BASTEI
LÜBBE

Weitere Titel des Autors:

David-Winter-Serie:

15346 Kanonendonner über der Adria
15522 Sieg und Frieden

Sven-Larsson-Serie:

15690 Rebell unter Segeln
15869 Unter der Flagge der Freiheit

Über den Autor:

Frank Adam ist das Pseudonym von Prof. Dr. Karlheinz Ingenkamp. Er hat Geschichte und Psychologie studiert und als Erziehungswissenschaftler ein bekanntes Forschungsinstitut geleitet. Im Ruhestand wandte er sich seinem Hobby, der Geschichte der britischen Flotte, zu. Außer den seehistorischen Romanen hat er marinegeschichtliche Aufsätze und Bücher geschrieben, darunter auch das 1998 erschienene deutschsprachige Standardwerk über die britische Flotte mit dem Titel »Herrscherin der Meere«.

Frank Adam

KURS AUF SIEG

Sven Larssons Abenteuer
im amerikanischen Unabhängigkeitskrieg

BASTEI
LÜBBE

BASTEI LÜBBE TASCHENBUCH
Band 16 283

1. Auflage: Juni 2009

Bastei Lübbe Taschenbücher in der Verlagsgruppe Lübbe

Originalausgabe

Lektorat: Jan Wielpütz/Rainer Delfs
Titelillustration: Bridgeman Giraudon Berlin
Satz: hanseatenSatz-bremen, Bremen
Druck und Verarbeitung: CPI – Ebner & Spiegel, Ulm
Printed in Germany
ISBN 978-3-404-16283-3

Inhalt

Vorwort ... 7
Hinweise für marinehistorisch orientierte Leser ... 9
Verzeichnis der Abbildungen ... 11
Personenverzeichnis ... 12

Die Rückkehr (Juni und Juli 1778) ... 15
Das Fiasko vor Newport (August 1778) ... 66
Im Kampf vor Georgia (September und Oktober 1778) ... 116
Der Angriff auf Savannah (November 1778 bis Juni 1779) ... 165
Am Rande der Niederlage (Juni bis Oktober 1779) ... 218
Auf des Messers Schneide (November 1779 bis Mai 1780) ... 273
Der große Konvoi (Juni bis August 1780) ... 328
Der Weg nach Yorktown (September 1780 bis Oktober 1781) ... 375

Glossar ... 437

Vorwort

Hiermit lege ich den dritten Band der Sven-Larsson-Serie vor und danke allen Lesern, die die beiden ersten Bände so wohlwollend aufgenommen haben wie vorher die David-Winter-Serie.

Sven Larsson erlebt in diesem Band Höhen und Tiefen des amerikanischen Unabhängigkeitskrieges. Fast uneingeschränkt erfolgreich sind nur die amerikanischen Kaperschiffe. Aber auch viele amerikanische Handelsschiffe fallen britischen Kapern zum Opfer. Die amerikanische Kriegsflotte, die Kontinentale Flotte, verlor die Mehrzahl ihrer Schiffe. Die Armee muss nun auch im Süden kämpfen, wobei sie sich vor allem auf die örtlichen Milizen stützt. Der Krieg zieht immer mehr Menschen in Mitleidenschaft und wird grausamer. Die Kapitulation der Briten in Yorktown lässt die Hoffnung der Amerikaner wachsen, dass der Sieg in Reichweite ist.

Dieser Roman kann nicht die Vielfalt des Krieges wiedergeben, sondern nur die Erlebnisse eines Kapitäns in dieser Zeit erzählen. Der Leser sollte auch nicht vergessen, wie langsam die Nachrichtenübermittlung zu jener Zeit war. Wenn im Hinterland von Carolina Schlachten geschlagen wurden, erreichten die Nachrichten oft erst nach Wochen die Hafenstädte in der Mitte und im Norden Amerikas. Sven Larsson wusste oft nicht viel mehr vom Kriegsgeschehen, als er selbst erlebte.

Und wenn ich berichte, dass die britischen Gefangenen beim Ausmarsch aus Yorktown das Lied »Die Welt steht Kopf« sangen, dann ignoriere ich die zahlreichen Kritiker, die in den letzten Jahrzehnten immer wieder behaupteten, diese Nachricht sei nicht zuverlässig belegt. Die sogenannten Ohrenzeugen seien nicht am Ort gewesen, oder ihr Bericht sei erst viele Jahre später notiert worden. Aber das Protestlied aus der Cromwell-Zeit passt so gut zu der Stimmung der britischen Soldaten nach der Kapitulation, dass es immer wieder in Verbindung mit Yorktown genannt werden wird.

Auch wenn die Quellen fast unüberschaubar und zuweilen umstritten sind, mir hat die Arbeit am Buch wieder viel Freude gemacht. Ich fand auch immer wieder sachkundigen Rat bei Herrn Rainer Delfs, bei den Mitarbeiterinnen und Mitarbeitern der Universitätsbibliothek in Landau/Pfalz, bei Herrn Dr. Sauer, Leiter der Bibliothek des Deutschen Schifffahrtmuseums in Bremerhaven, und bei Herrn Professor Dr. John B. Hattendorf vom Naval War College in Newport, Rhode Island. Ihnen allen danke ich vielmals für ihre Hilfe.

Den Lesern wüsche ich viel Freude.

Frank Adam

Hinweise für marinehistorisch interessierte Leser

Zur Information über Schiffe, Waffen und Besatzungen der britischen und anderen Flotte dieser Zeit verweise ich auf mein Buch mit zahlreichen Abbildungen und Literaturangaben:

Adam, F.: Herrscherin der Meere. Die britische Flotte zur Zeit Nelsons. Hamburg: Koehler 1998

Über die britischen Kolonien in Amerika und ihr Ringen um Unabhängigkeit findet der Leser unserer Zeit viele Hinweise im Internet. In der gedruckten Literatur verweise ich auf folgende Einführungen:

Earle, Alice Morse: Home Life in Colonial Days. Stockbridge, Mass.: Berkshire Traveller Press 1974
Gipson, Lawrence Henry: The Coming of the Revolution, 1763–1775. New York: Harper and Row 1962

Zum maritimen Aspekt nenne ich aus der Fülle nur folgende Werke:

Das Standardwerk:

William Bell Clark et al. (Hrsg.): Naval Documents of the American Revolution.
Naval Historical Center, Department of the Navy, Washington 1986 ff.

Zum Einstieg in das Thema kann man sich informieren bei:

Coggins, Jack: Ships and Seamen of the American Revolution. Harrisburg: Promotory Press 1969

Gardiner, Robert (Hrsg): Navies and the American Revolution 1775–1783. London: Chatham Publishing 1996.

Viele Details führt folgende Dissertation an:

Paulin, Charles Oscar: The Navy of the American Revolution. New York: Haskell House 1971

Verzeichnis der Abbildungen

Die dreizehn Kolonien 18

Rhode Island 99

Die Chesapeake Bay 138

Savannah und Umgebung 268

Charleston und Umgebung 311

Personenverzeichnis

Familie

Sven Larsson
Sabrina Larsson, geb. Wilbur, Svens Ehefrau
Lilian Astrid, beider Tochter, geb. 1776
Einar Edgar, beider Sohn, geb. 1777
Henry Richard, beider Sohn, geb. 1779

Astrid Wilbur, verw. Larsson, Svens Mutter
Dr. Edgar Wilbur, Svens Stiefvater und Sabrinas Vater

Ingrid Kellaghan, geb. Larsson, Svens Schwester
Dr. Henry Kellaghan, Svens Schwager
Edgar Humphrey Kellaghan, beider Sohn, geb. 1777
Astrid Kellaghan, beider Tochter, geb. 1779

Personal

Martha, Köchin
Hanna, Putzfrau

Henrietta, Amme
John, Hausdiener
Jack Jackson, Kutscher

Freunde

Mr Talbot, Charleston
Mr Richard Bradwick, Reeder
Mr Jonathan Smith, Mitglied des Marinekomitees

Besatzung der Fregatte Liberty

Sven Larsson, Kapitän
Michael Flinders, Erster Leutnant
Walter Johnson, Zweiter Leutnant
Tom Potter, Dritter Leutnant
Abraham Will, Leutnant der Seesoldaten
Dr. Albert Bader, Schiffsarzt
George White, Master
Paul Meyers, Schulmeister
Joshua Petrus, Bootsmann
Samuel Root, Masters Maat
Nathaniel Zander, Svens Schreiber
Martin, Svens Bursche
Tony Food, Svens Koch
Frank Waller, Midshipman
Bill Albert, Midshipman
Achille Grieve, Midshipman
Billy Walton, Midshipman
Ben Lancton, Midshipman
Zacharias Galler, Midshipman
John Brenton, Pulverjunge

Besatzung der Brigg Philadelphia

William Harvy, Kapitän
Heinrich Bergson, Erster Leutnant
Tim Albus, Bootsmann, später auf der *Defence*

Besatzung der Fregatte Defence

Sven Larsson, Kapitän
Tom Potter, Erster Leutnant
John Bergson, Zweiter Leutnant
Frank Waller, Dritter Leutnant
Billy Walton, diensttuender Vierter Leutnant
George White, Master
Dr. Albert Bader, Schiffsarzt
Tom Winner, Bootsmann/Tim Albus
Samuel Root, Maat und Begleiter des Kapitäns
Martin, Svens Bursche
Nathaniel Zander, Svens Schreiber
Ben Alton, Matrose
Kid Galter, Matrose
Bert Karici, Matrose
Walter Jungmann, Matrose
Alfred Holt, Matrose
Achille Grieve, Midshipman

Besatzung der Kanonenbrigg Hudson

John Brent, Commander
Matt Wheland, Leutnant
Joseph Grey, Midshipman

Die Rückkehr
(Juni und Juli 1778)

Kapitän Sven Larsson stieg die Leiter empor, die an der Breitseite des riesigen französischen Flaggschiffes herabhing. Er war noch nie an Bord eines Schiffes mit neunzig Kanonen gegangen. Im Vergleich zu seiner Fregatte waren das erdrückende Dimensionen.

Als sein Kopf über die Reling ragte, erlebte er die nächste Überraschung. Ohrenbetäubender Pfeifen- und Trommelklang empfing ihn. Das war nicht ein Querpfeifer mit einem Trommler, nein, das waren zwölf Pfeifer und sechs Trommler, die mit aller Kraft ihre Instrumente bearbeiteten. Und zudem waren noch fast zwei Dutzend Seesoldaten angetreten und präsentierten ihre Gewehre.

Ein Herr in goldbeladener Uniform erregte seine Aufmerksamkeit. Sven grüßte und stellte sich als Kapitän der Kontinentalen Fregatte *Liberty* vor. Der Herr war der Flaggkapitän und erbot sich, Sven zum französischen Admiral zu führen. Sven verstand Französisch recht gut, sprach es auch nicht schlecht, hatte sich aber einen Midshipman mitgebracht, der in Kanada zweisprachig aufgewachsen war. Er sicherte sich gern ab.

Nachdem Sven Ehrenformation und Kapelle gegrüßt hatte, gingen sie zur großen Achterdeckskajüte. Der Posten salutierte und riss die Tür auf. Der Flaggkapitän stellte Sven dem Herzog vor, einem älteren, würdevollen Herrn, von dem Sven nur wusste, dass er als General gedient hatte.

»Willkommen, Herr Kapitän«, sagte d'Estaing. »Sie sind der Erste, der mich vor der Küste der Neuen Welt begrüßt. Möge es ein gutes Omen für die Zusammenarbeit unserer beiden Länder sein!«

Sven hatte sich angesichts seines begrenzten Wortschatzes schon vorher eine Antwort auf eine höfliche Begrüßungsformel zurechtgelegt und brachte sie nun vor. Er dankte der ruhmreichen französischen Flotte für ihr Erscheinen, das alle Kolonien zu neuen Anstrengungen ermutige. Gemeinsam werde man den Sieg erreichen.

D'Estaing lächelte dankend. Sven erwartete, dass er nun konkret über kommende Operationen sprechen würde, aber der Midshipman ließ keinen Zweifel, dass Sven richtig verstanden hatte. D'Estaing forderte ihn auf, weitere Einzelheiten mit seinem Flaggkapitän zu besprechen.

Sven verbeugte sich, murmelte eine Abschiedsformel und folgte dem Flaggkapitän in seine Kajüte. Sie war nicht ganz so prunkvoll wie die des Admirals, aber auch noch mit sehr wertvollen Möbeln und Teppichen ausgestattet.

Der Flaggkapitän bat Sven, Platz zu nehmen, bot ihm Wein an und wurde ohne jede Verzögerung sehr konkret. Er bat Sven, dass er die Ansprüche der französischen Flotte auf Ergänzung der Wasser- und Proviantvorräte anmelden möge. Man werde zur Mündung des Delaware segeln und Admiral Howes Kräfte vertreiben. Dort solle dann auch der Proviant bereitgestellt werden.

Sven erklärte, dass er zur Aufklärung voraussegeln und alle Nachrichten übermitteln wolle. Er bat, seine beiden Prisen mit der französischen Flotte segeln zu lassen. Der Flaggkapitän schaute etwas skeptisch, meinte dann aber, die Prisen seien hoffentlich genügend bemannt, um allen Manövern der Flotte folgen zu können. Das sicherte Sven zu, und dann erhob sich der Kapitän auch schon zur Verabschiedung.

Sven schickte den Midshipman als Dolmetscher zu den Prisen und befahl ihnen, sich der Kiellinie der französischen Linienschiffe anzuschließen. Dann bat er Kapitän Harvy von der Brigg *Philadelphia* an Bord seiner Fregatte *Liberty*. Harvy stand ihm nach Rang und Erfahrung am nächsten.

»Ich wollte einfach mit Ihnen ein paar Worte vorab reden, Mr Harvy. Wem gegenüber soll ich sonst mein Herz erleichtern, wenn nicht Ihnen?«

»Bei mir finden Sie immer offene Ohren und einen verschlossenen Mund«, sagte Harvy lächelnd.

Sven erzählte ihm, dass er mit allem Pomp und freundlich empfangen wurde, dass aber überhaupt kein Gedankenaustausch stattgefunden habe, wenn man von der Forderung nach Verproviantierung absehe.

»Wenn man mit einer Flotte zu einem neuen Kontinent segelt, dann hat man doch als Seemann Hunderte von Fragen, vom Kartenmaterial über Küstenverhältnisse und Lotsen bis zu den Werftverhältnissen. Aber sie haben nichts gefragt, Mr Harvy. Sie haben keine Signale verabredet, sich nicht über Ansprechpartner in den Staatsflotten erkundigt, nicht nach Wetterbesonderheiten gefragt, nichts. Sie haben nur gesagt, dass sie Admiral Howe aus dem Delaware vertreiben wollen. Wenn sie ihn man noch antreffen. Sie sind schon neunundsiebzig Tage unterwegs und haben noch mindestens fünf Tage vor sich. Das ist eine äußerst langsame Überfahrt. Die haben ihre Segel geschont.« Sven schwieg enttäuscht.

Harvy stimmte ihm zu. »Das verstehe ich auch nicht, Mr Larsson. Allenfalls bei d'Estaing könnte ich es mir vorstellen. Der ist General und soll keine maritime Erfahrung haben. Aber dem Flaggkapitän müsste doch am Erfahrungsaustausch gelegen sein. Was unternehmen wir nun?«

»Wir werden in Richtung Delaware hin aufklären. Aber das bereden wir in Anwesenheit von Mr Flinders, damit er auch orientiert ist.«

Michael Flinders, seinen Ersten Leutnant, informierte Sven nur darüber, dass die französische Flotte zum Delaware segeln wolle. »Wir werden vorausssegeln und die Lage erkunden. Wenn der Delaware erst

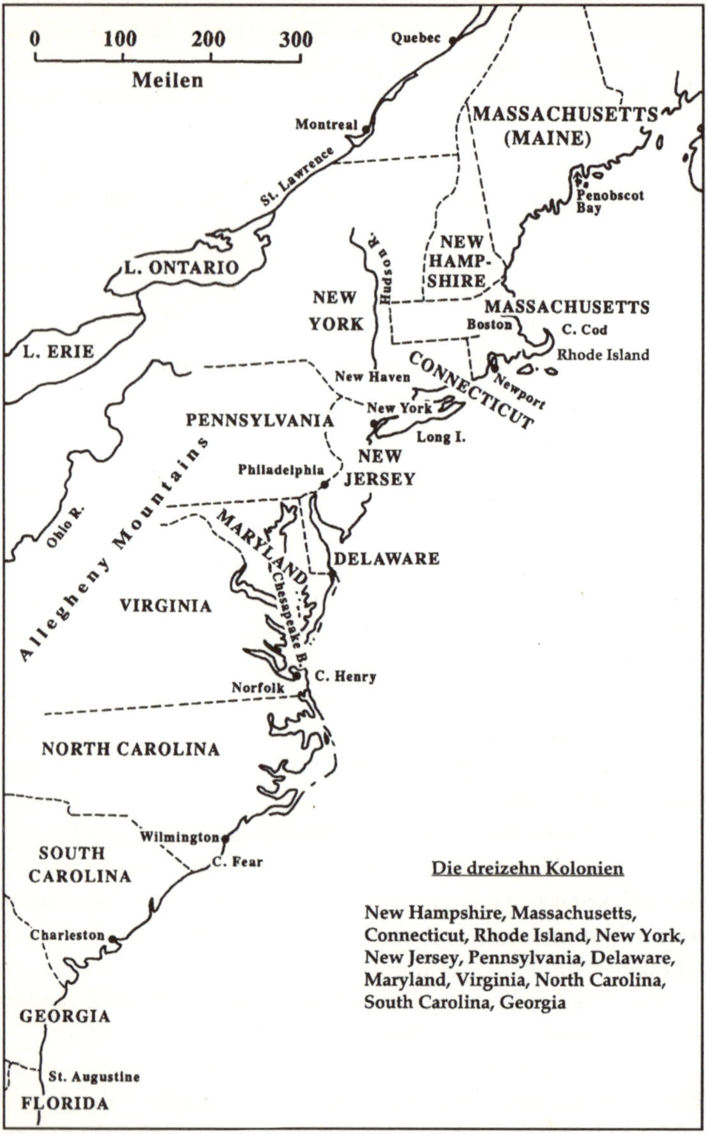
0 100 200 300
Meilen
Quebec
Montreal
St. Lawrence
MASSACHUSETTS
(MAINE)
Penobscot
Bay
L. ONTARIO
NEW
HAMP-
SHIRE
Hudson R.
NEW
YORK
MASSACHUSETTS
Boston
C. Cod
Rhode Island
L. ERIE
New Haven
CONNECTICUT
Newport
New York
PENNSYLVANIA
Long I.
NEW
JERSEY
Philadelphia
Ohio R.
Allegheny Mountains
MARYLAND
DELAWARE
Chesapeake B.
VIRGINIA
C. Henry
Norfolk
NORTH CAROLINA
Wilmington
C. Fear
SOUTH
CAROLINA
Charleston
GEORGIA
St. Augustine
FLORIDA
Die dreizehn Kolonien
New Hampshire, Massachusetts, Connecticut, Rhode Island, New York, New Jersey, Pennsylvania, Delaware, Maryland, Virginia, North Carolina, South Carolina, Georgia

freigekämpft werden muss, dann wäre zu entscheiden, ob wir unsere Prisen nach Charleston oder nach Boston bringen.«

Sven ordnete an, dass sie in drei Meilen Abstand nebeneinander segeln würden. Und sie diskutierten anschließend, wie man sich verhalten würde, wenn man auf Prisen, schwächere oder stärkere Kriegsschiffe träfe.

»Mit einer britischen Fregatte könnten wir es sicher aufnehmen, Sir«, sagte Harvy. »Meine Mannschaft ist schnell und treffsicher an den Kanonen.«

Sven stimmte zu. »Aber wir haben ja alle Möglichkeiten offen. Einen deutlich stärkeren Gegner könnten wir zur französischen Flotte locken.«

Unter der Mannschaft war die Stimmung gut. Man näherte sich der heimatlichen Küste. Man hatte einen starken Verbündeten im Gefolge. Man hatte gute Prisen. Und in den verbleibenden Tagen würde man die Augen offen halten. Vielleicht kam noch etwas hinzu.

Aber am nächsten Tag konnten sie sich die Augen aus dem Kopf gucken. Es kam nichts in Sicht. Dafür wurde der Tag mit Kanonendrill und Drill an Handwaffen gefüllt.

Sven ging auch in der Nacht oft an Deck und ließ Rocky, seinen Schäferhund, horchen und schnuppern, aber auch der entdeckte nichts.

Doch als Sven mit ihm kurz vor dem allgemeinen Wecken an Deck ging, stellte Rocky die Ohren auf, sträubte seine Nackenhaare und fing an, wütend zu brummen. Sven ließ sofort alle lauten Geräusche verbieten und spähte mit dem Nachtglas in die langsam heller werdende Dämmerung. Da war ein dunkler Fleck!

Er ließ einen Ausguck mit guter Nachtsicht kommen, und der bestätigte, da sei ein Schiff. Sofort wurde leise durch Melder Klarschiff befohlen. Emsig und lautlos bemannten die Mannschaften die Kanonen.

Leutnant Flinders meldete, dass das Schiff gefechtsbereit sei. Mit jeder Sekunde wurde es heller. Kapitän Harvy musste ebenfalls die Vermeidung jeden lauten Geräuschs befohlen haben. Und jetzt sah Sven auch, dass Harvys *Philadelphia* noch näher an dem unbekannten Schiff lag.

Das unbekannte Schiff war deutlich kleiner als eine Fregatte. »Ein Toppsegelschoner, Sir«, sagte der Ausguck neben Sven.

Sven spähte angestrengt durch das Teleskop. »Stimmt!«, sagte er zum Ausguck. »Du hast einen Dollar gut. Hol ihn dir beim Zahlmeister ab!«

»Danke, Sir.«

»Jetzt melde Leutnant Flinders, was da liegt!«

Als es hell genug war, dass die Ausgucke in die Masten aufentern konnten, ließ Sven die amerikanische Flagge hissen und dem fremden Schiff einen Schuss vor den Bug feuern. Auch Harvys Brigg setzte die Streifenflagge.

Der Schoner hisste die gleiche Flagge: die amerikanische.

»Signal setzen: Kommandant zum Rapport an Bord!«, befahl Sven.

Als der Schoner dann ein Boot aussetzte, das auf sie zuruderte, und als er keine Segel setzte, ordnete Sven an, dass die Gefechtsbereitschaft aufgehoben werde. Nun war er sicher, dass man sie nicht täuschen wollte.

In dem Boot saß ein erstaunlich dicker Leutnant, der als Kommandant mit Trommler, Querpfeifer, Marinesoldaten und dem wachhabenden Offizier empfangen wurde. Aber nach der lauten Musik auf dem französischen Flaggschiff hörten sich der eine Pfeifer und Trommler in Svens Ohren doch etwas kläglich an.

Tom Potter, amtierender Leutnant, hatte Wache und brachte den Besucher zu Sven.

»Roberto Santinos«, stellte sich der Leutnant vor, und nicht nur der Name, sondern auch Gestik und Mimik ließen den Spross italienischer Einwanderer erkennen.

»Ich habe Nachrichten, Sir«, sprudelte der Leutnant hervor. »Die Briten haben Philadelphia geräumt.«

»Eine mir auch persönlich höchst willkommene Nachricht, Mr

Santinos. Bitte, setzen Sie sich doch. Für ein Glas Wein wird die Zeit schon reichen.«

Der Leutnant ließ keine besondere Eile erkennen, sondern berichtete weiter, dass die Briten die Stadt am 28. Juni verlassen hätten und auch Admiral Howe mit seinen Schiffen den Delaware geräumt habe.

Sven hob sein Glas. »Trinken wir auf den Sieg, Mr Santinos, und dann will auch ich eine Nachricht loswerden.«

Sie tranken, und Sven erzählte, dass zwei Tage hinter ihm eine französische Flotte mit acht Linienschiffen segele. »Sie wollten Howe aus dem Delaware vertreiben, aber dazu kommen sie nun zu spät. Stellen Sie sich vor, die Franzosen brauchen von Toulon bis zum Delaware fünfundachtzig Tage.«

Leutnant Santinos klatschte in die Hände. »Das schaffe ich dreimal in der Zeit.«

»Sagen Sie das nicht dem französischen Admiral d'Estaing. Aber berichten Sie ihm von der neuen Lage. Ich werde den Delaware aufwärts segeln und von Philadelphia aus eine Nachricht für ihn senden. Viel Glück!«

Sven signalisierte Kapitän Harvys Brigg, längsseits zu kommen, und rief ihm die Nachricht zu. Der Jubel über die Befreiung Philadelphias fegte die Enttäuschung hinweg, dass der Schoner keine Prise war. Sven ließ Kapitän Harvy wieder eine Position drei Meilen steuerbord von ihnen einnehmen und segelte weiter auf die Küste zu.

»Es müsste doch mit dem Teufel zugehen, wenn die Briten nicht auch Schiffe direkt nach Hause geschickt hätten. Lassen Sie die Ausgucke doppelt besetzen«, sagte Sven noch zu Leutnant Flinders und ging in seine Kajüte.

Martin, sein Bursche, wartete schon mit dem Frühstück.

»Dann können wir ja auch wieder nach Hause, Sir«, freute er sich und löste bei Sven Sehnsucht nach seiner Familie aus.

Ein halbes Jahr hatte er Frau und Kinder nicht gesehen. Lilian, seine Tochter, könnte sicher schon ganze Sätze sprechen, und Einar, sein Sohn, würde bald anfangen zu krabbeln. Und Sabrina, seine Frau, würde hoffentlich auch wieder vor Sehnsucht vergehen. Seine Gedanken wanderten, wie er ihre Sehnsucht stillen würde. Ihm wurde heiß.

Irgendetwas schallte von draußen herein. Da war auch schon der Melder an seiner Tür. »Sir, Ausguck meldet Segel voraus.«

Sven sprang auf und rannte an Deck.

»Mr Waller ist schon mit dem Teleskop oben«, meldete Leutnant Johnson.

Midshipman Waller eilte die Wanten herab und berichtete: »Zwei Dreimaster, Sir, und ein Zweimaster. Ich tippe auf zwei Handelsschiffe und eine Brigg oder Briggsloop, Sir.«

Sven überlegte nur eine Sekunde: »Signal an *Philadelphia*: Toppsegel einholen. Feind steuerbord umfassen.« Zu Mr Johnson sagte er: »Wir holen auch die Toppsegel ein und flankieren nach backbord. Dann haben wir sie in der Schere.«

Die Mannschaften führten die Befehle in Sekundenschnelle aus. Prisen, so dicht vor dem heimatlichen Hafen! Die Aussicht beflügelte alle. Und sie wussten, die oberen Segel ließ der Kapitän einholen, damit ihr Schiff schwerer zu entdecken war.

Sven überlegte. Die Briggsloop war mit großer Wahrscheinlichkeit ein Kriegsschiff. Sie war seiner Fregatte deutlich unterlegen. Er hatte außerdem den Windvorteil. Also würde er die Sloop angreifen, und Harvys *Philadelphia* konnte die Handelsschiffe einsammeln. Das würde auch Harvy so sehen. Er brauchte nicht zu signalisieren

Die Zeit verstrich. Die drei Segel krochen am Horizont unentwegt voran. Die Brigg segelte windwärts von den beiden Transportern. Harvys Schiff war außer Sicht geraten.

Sven trat zu Leutnant Flinders. »Lassen Sie bitte wieder die oberen Segel setzen und Kurs auf die fremden Segel nehmen. Falls uns Mr Harvy nicht sichtet, dann werden wir der Sloop schon auf größere Distanz einen Schuss vor den Bug geben. Dann kann Mr Harvy den Transportern den Weg verlegen.«

Mr Flinders gab die Befehle weiter, und Sven schaute nach seinem alten Gefährten, dem Bootsmann Joshua Petrus, einem Neger aus Jamaika. Er würde jetzt wieder das Buggeschütz richten. Eigentlich hätte er im Gefecht eine ganz andere Stellung einnehmen müssen, aber da er der unerreichte Scharfschütze an Bord war, ging er immer an die Kanone, und sein ältester Maat übernahm die Position des Bootsmannes.

Mitunter gab es Probleme, wenn neue weiße Matrosen an Bord kamen. Für einige war es undenkbar, von einem Neger Befehle entgegenzunehmen. Aber Mr Petrus hatte nicht nur den uneingeschränkten Rückhalt seines Kapitäns. Er war auch ein ausgezeichneter Seemann, ein kraftvoller Riese, ein unfehlbarer Schütze und ein sehr gerecht denkender und freundlicher Mensch. Am Schluss erkannte fast jeder seine Autorität an.

Sven nickte Joshua Petrus zu, und der lächelte zurück. Sven sah auch, wie der kräftige Samuel Root, ebenfalls ein Neger, Achille Grieve unauffällig darauf hinwies, dass ein Kanonier in falscher Position stand, was Midshipman Grieve selbst hätte bemerken müssen. Aber vielleicht hatte er zu viel Angst. Dennoch, man konnte mit der Besatzung zufrieden sein.

Die *Liberty* trug noch die britische Flagge. Jetzt hatte die Sloop sie bemerkt und hisste ein Signal. Wahrscheinlich wollte sie die Geheimnummer der Fregatte erfahren. Nach Svens Schätzung waren sie nah genug und konnten sich weitere Täuschungsmanöver sparen.

»Unsere Flagge hissen und dann ein Schuss vor den Bug!«

Als ihre Flagge emporstieg, sagte es der Geschützführer Mr Petrus, der über das Kanonenrohr linste. Jetzt feuerte er die Kanone ab. Keiner wunderte sich, dass dicht vor dem Bug der Brigg die Wassersäule aus der See stieg.

Die Brigg wollte eine schnelle Wende segeln, um ihnen den Windvorteil zu nehmen. Aber damit hatte Sven gerechnet.

»Feuer frei!«, befahl er. Jetzt donnerte Schuss um Schuss hinaus, je nachdem, wie sicher der Richtschütze sich des Zieles war.

Auf der Brigg hagelte es Einschläge, aber auch um sie herum ragten die Wassersäulen aus der See. Jetzt sahen sie auch die Abschüsse auf der Brigg, und mancher zog den Kopf ein. Es krachte an der Achterdeckreling, und ein kleiner Splitter fegte Sven den Hut vom Kopf. Getroffene Matrosen schrien ihren Schmerz hinaus.

Sven rannte barhäuptig zu den Kanonen und feuerte die Männer an.

»Schießt schneller! Wir werden uns doch von so einem Äppelkahn nicht die Prisen verderben lassen.«

Auf der britischen Sloop stürzte der vordere Mast um und riss sie aus ihrem Kurs. Eine Stimme rief Svens Namen. Er drehte sich um. Mr Potter zeigte zu der einen Barke und schrie: »Sie holt die Flagge ein.«

Sven blickte hinüber. Tatsächlich! Er griff nach dem Teleskop. Was war da los? Auf der Dreimastbarke waren Rotröcke, aber jetzt strömten Massen von Männern ohne Uniform aus den Niedergängen und überrannten die Rotröcke förmlich.

Es gab nur eine Erklärung: Die Bark transportierte Gefangene, die jetzt die britischen Wachen überwältigten. Es wurde noch gekämpft auf dem Transporter, aber immer mehr Menschen strömten aus den Niedergängen an Deck. Jetzt hatten sie das Schiff in ihrer Gewalt. Sven sah keinen roten Rock eines britischen Soldaten mehr. Und jetzt änderte die Barke ihren Kurs und steuerte geradewegs auf die Brigg zu.

Die wollen die Brigg entern!, dachte Sven und befahl: »Feuer einstellen! Kurs auf die Brigg! Fertigmachen zum Entern!«

Die Kanoniere schauten ungläubig. Dann erfassten sie, was sich dort abspielte, und rannten zu den Segeln und zu ihren Entermessern.

Der Transporter war näher an der Brigg als Svens Fregatte. Mit zerschossenem Vormast hatte die Brigg keine Chance zum Entkommen. Ihre Kanonen schossen auf die Bark, aber sie konnten das Deck nicht treffen, das höher lag. Und die Treffer im Rumpf taten den Männern an Deck nicht weh.

Jetzt schrammte die Dreimastbark am hinteren Rumpf der Brigg entlang, riss ein paar Kanonen ab, die die Briten nicht eingeholt hatten, und kam dann neben der Brigg zum Liegen. Sie konnten das Gebrüll hören, mit dem die Gefangenen enterten.

Sven suchte mit dem Teleskop noch nach Harvys Schiff. Es hatte an der anderen Dreimastbark festgemacht. Harvy hatte die Sache im Griff.

Sven schaute wieder voraus. Noch zwanzig Meter, dann lagen sie längsseits der Brigg.

An deren Deck war die Hölle los. Die Briten wehrten sich verzweifelt gegen die Übermacht der Enterer. Die Gewehrschützen der *Liberty* feuerten auf jeden Offizier oder Marinesoldaten, der auf der Brigg zu sehen war. Auf Matrosen konnten sie nicht schießen, denn die waren nicht von den Gefangenen zu unterscheiden.

»Durchsagen!«, rief Sven. »Wir rufen immer ›Amerika‹, wenn wir entern. ›Amerika‹«. Und seine Männer nahmen den Ruf schon auf und brüllten: »Amerika!« Die Gefangenen schlossen sich an und riefen es ihnen entgegen, als sie mit erhobenen Entermessern auf die Brigg sprangen.

Sven stellte sich ein großer Kanonier in den Weg und hob die Wischerstange zum Schlag. Aber Sven schoss ihm in die Brust. Dann rief er »Amerika!« und rammte sein Entermesser einem Briten in den Rücken, der gegen Gefangene kämpfte.

Ein Gefangener wollte weiter gegen Sven kämpfen, aber der brüllte ihm »Amerika!« entgegen und parierte den Schlag mit seinem Säbel. Der Gefangene starrte überrascht, schrie dann auch »Amerika!« und sah sich nach anderen Gegnern um.

Am Achterdeck stand noch eine Gruppe von Briten, die ein Offizier um sich versammelt hatte. Er kämpfte ohne Rock, was ihn vor Gewehrschüssen bewahrt hatte.

»Gebt auf! Ergebt euch!«, brüllte Sven.

Die Briten sahen seine Uniform und schlugen nicht mehr zu, sondern hielten die Waffen unschlüssig vor ihren Körpern.

Sven rief immer wieder: »Amerika! Waffen nieder! Feuer einstellen!« Andere nahmen den Ruf auf und gaben ihn über das Deck weiter.

Die Briten sahen ihre Niederlage ein und legten die Waffen nieder. Aber einige der Gefangenen waren wie tollwütig und schlugen auf Briten ein, die sich ergeben hatten. Sven trat ihnen entgegen und rief: »Schluss! Runter mit den Waffen!«

Ein Bulle von einem Kerl schrie ihn an: »Aus dem Weg!« und hob seinen Arm gegen ihn. Da sprang Joshua den Kerl an, riss ihn um und schlug ihn bewusstlos.

Nun war es vorbei. Die ehemaligen Gefangenen hoben die Arme hoch und jubelten.

Sven rief: »Offiziere und Marinesoldaten zu mir! Tempo! Weitersagen!«

Einem Midshipman rief Sven zu: »Ich brauche eine Sprechtrompete!«

Bill Albert griff sich eine und brachte sie ihm.

Sven nahm die Sprechtrompete an den Mund und rief laut: »Alle Briten auf das Vorschiff! Alle gefangenen Amerikaner zurück auf die Bark! Leutnant Johnson übernimmt mit zehn Marinesoldaten und zwanzig Seeleuten die Bark. Leutnant Flinders übernimmt die Brigg. Mr Root, greifen Sie sich fünf Mann und durchsuchen Sie die unteren Decks. Mr Waller, Sie nehmen sich fünf Seesoldaten und untersuchen die gefangenen Briten.«

Langsam kehrte Ordnung auf die Schiffe zurück. Bootsmann Petrus sorgte an Bord der *Liberty* dafür, dass die Kanonen festgezurrt, die Verwundeten zum Schiffsarzt gebracht und die Toten zur Seite gelegt wurden.

Auf der eroberten britischen Brigg überwachte Leutnant Flinders, dass die Briten abgesondert und ihre Waffen eingesammelt wurden. Die Seesoldaten trieben die befreiten Amerikaner auf die Bark zurück.

Sven ging auf die Bark und stellte sich am Achterdeck auf. Leutnant Johnson und die Seesoldaten waren bei ihm. Sven hob den rechten Arm und wartete, bis die Befreiten ruhig waren.

»Landsleute«, sagte er dann »wir freuen uns, dass ihr wieder frei seid und in eure Heimat zurückkehren könnt. Ich bin Kapitän Larsson von der Kontinentalen Flotte. Ich danke euch allen, dass ihr so tapfer gekämpft habt. Wenn Offiziere unter euch sind, dann möchten sie bitte vortreten.«

Zwei Mann kamen zu Sven. Der eine stellte sich als Hauptmann Wilson vor und den jüngeren Mann neben ihm als seinen Leutnant Endres. »Wir sind am Tag der britischen Evakuierung aus Philadelphia gefangen genommen worden. Sie hatten keine Zeit mehr, uns in ein Offizierslager zu bringen. Daher werden Sie hier keine anderen Offiziere mehr finden. Die Briten hatten Listen aller Gefangenen. Es sind hundertvierzig Mann. Wir waren furchtbar zusammengepfercht.«

Sven schlug vor, dass sich die Befreiten erst alle an Deck niedersetzen sollten. Er erkundigte sich, ob die Briten sie nach Schlafstätten oder anderen Kriterien eingeteilt hätten. Er ließ Midshipman Waller und zwei Seesoldaten die Kapitänskajüte untersuchen und die gefangenen Briten in einem ihrer Räume unterbringen.

Allmählich brachte er mit Leutnant Johnson und den beiden Offizieren Ordnung in den Wirrwarr. Sie fanden auch Seeleute unter den Befreiten und einen Schiffskoch, der als Erstes Unmengen an Kaffee kochen musste.

Kapitän Harvy meldete sich an Deck und berichtete, dass der von ihm erbeutete Transporter mit militärischem Gut beladen war, das aus Mangel an Pferden nicht mehr abtransportiert werden konnte.

»Wir könnten ein ganzes Regiment mit Pferdesätteln ausrüsten. Sie haben auch Kanonen ohne Lafetten geladen, Wagen, Kaserneneinrichtungen und sogar Werftvorräte. Wir haben Rahen, die als Ersatzmast für die Brigg geeignet sind. Unser Zimmermannsmaat redet schon mit Ihrem.«

Die beiden merkten wieder einmal, dass ihre Maate der Rückhalt der Flotte waren. Die wussten, was getan werden musste, und warteten nicht auf Befehle. Die Zimmermannsmaate besprachen miteinander, was geschehen musste, um Schäden an Rumpf und Masten zu reparieren. Die Schlosser und Schmiede redeten über Arbeiten an Eisenverschalungen, Waffen und Geräten. Die Feuerwerker sprachen über Pulver und Munition. Die Sergeanten diskutierten mit den Bootsleuten über die Unterbringung der Gefangenen. Der Sanitätsmaat recherchierte, wer operiert und wer nur verbunden werden musste. An Sven und die Offiziere wurde nur herangetragen, was strittig war.

Ob der Mast der britischen Brigg neu aufgerichtet werden sollte, wenn sie hier am Ort lagen, oder wenn die Brigg von einer Bark geschleppt werden sollte, das musste Sven entscheiden.

Er überlegte nur kurz und entschied: »Den neuen Mast hier einsetzen, verschrauben und befestigen sowie je zwei Wanten nach vorn und hinten hier am Ort einsetzen. Rahen, Segel und so weiter werden angebracht, wenn Mr Harvys Prise sie schleppt.«

Wenn sie nicht in Bordeaux über die Sollstärke hinaus bemannt ausgelaufen wären, hätten sie gar nicht alle ihre Prisen besetzen können. Sie mussten auf allen drei Prisen das seemännische Stammpersonal stellen und auch je ein Kontingent an Seesoldaten.

Am stärksten war ihr Personalbedarf auf der Brigg, auf der auch die gefangenen britischen Offiziere und Maate der beiden Barken untergebracht wurden.

Auch die Seeleute unter den befreiten amerikanischen Gefangenen wurden vor allem auf die Brigg versetzt, damit man dort die Kanonen bemannen konnte.

Je zehn befreite Seeleute kamen auf jede Bark, dazu zwanzig Seesoldaten der *Liberty* auf die Gefangenenbark, die alle britischen Seeleute aufnahm. Die befreiten Amerikaner wurden vorwiegend auf der von Mr Harvy erbeuteten Prise untergebracht.

Als alle ihr Quartier hatten, als der Mast auf der Brigg befestigt war, tat schon die Nachmittagswache Dienst. Sven ließ sich vom Schiffsarzt bestätigen, dass er nach Meldungen seiner Sanitäter alle operationsbedürftigen Männer versorgt oder mindestens im Hospital habe, dann gab er den Befehl zum Gottesdienst für die Toten.

Harvys Brigg und Prise hatten keine Toten, aber die erbeutete britische Brigg allein siebenunddreißig. Die *Liberty* beklagte sechs Tote, und die befreiten Gefangenen hatten fünfzehn Mann im Kampf verloren. Sie wurden alle, in Leinwand eingenäht, der See übergeben. Dann ließ Sven die Segel setzen. Die eine Bark schleppte die britische Brigg am Tau. Mr Harvey segelte zur Aufklärung vor ihnen. Die *Liberty* lief an der Windseite des Konvois.

Nat Zander, Svens Schreiber, hatte sich von all den Papieren, die er sortieren, kopieren oder registrieren musste, losgerissen und eilte zu den Toiletten am Bugspriet, um sich zu erleichtern. Auf dem Rückweg traf er Mr White, den Master.

Als der ihn fragte, ob er spazieren gehe, stöhnte er ihm vor, was er alles erledigen müsse. »Wie lange werden wir noch brauchen bis zum Festland? Ich muss dann alles fertig haben.«

Mr White schnüffelte in den Wind, wie er es immer tat. »Noch zwei Nächte und einen Tag, Nat, dann haben wir die Mündung des Delaware erreicht.«

»Viel schlafen kann ich dann aber nicht, Mr White«, antwortete Nat und eilte zurück zu seinem Aktenkram.

Die drei Prisen segelten in Kiellinie. Die *Liberty* windwärts von ihnen. Auf der Brigg wurde die Arbeit am Vormast mit sinkender Dämmerung eingestellt. Sven wollte nicht, dass er den ganzen Konvoi deswegen beleuchten musste.

Harvys Brigg fiel etwas auf sie zurück und segelte nur noch eine Meile vor ihnen. Auf der Dreimastbark, die Harvy erobert hatte, waren ein Teil der amerikanischen Gefangenen und auch der Hauptmann und der Leutnant untergebracht. Leutnant Bergson kommandierte die Prise.

Er hatte dafür gesorgt, dass die amerikanischen Offiziere, Feldwebel und Sergeanten Pistolen und Säbel erhielten und in den unteren Decks Wache gehen mussten. Vor der Alkoholkabine und der Kapitänskajüte standen Marinesoldaten von Harvys Brigg *Philadelphia* Wache.

Korporal Forta langweilte sich mit dem Soldaten vor dem Alkoholraum, nachdem die Wache von zwei amerikanischen Sergeanten vorbeipatrouilliert war und ein wenig mit ihnen geplaudert hatte. »Den ganzen Tag muss man Wache stehen und die Leute dirigieren, die auf andere Schiffe verlegt werden. Und nun in der Nacht geht es weiter. Wenn ich jetzt ins Bordell käme, würde ich auch nur schlafen.«

»Haha«, lachte sein Kumpel. »Das glaubt dir brünstigem Stier doch kein Mensch. Auch wenn du schläfst und ein Weib geht vorbei, beult sich gleich deine Hose.«

»Lass doch deine dämlichen Witze!« Der Korporal gähnte laut.

In einer Schlafkajüte saßen sechs Soldaten in einer Ecke um eine große Truhe. Um sie herum hingen die Hängematten der anderen befreiten Gefangenen, die schon schliefen.

»Die schlafen und furzen und ich sitz hier rum, kann nicht schlafen und muss dauernd nur an ein Glas Gin oder Rum denken«, jammerte einer und umklammerte mit seiner linken Hand die rechte, die immer zitterte.

»Was haste denn bei die Briten gemacht? Da gab's doch ooch nichts zu saufen.«

»Mensch, uns haben se erst vor zwee Tagen gefangen, als se auslaufen wollten. Bis dahin hatte ich immer meine volle Flasche bei mir.«

»Ja«, bestätigten zwei andere. »Bis vor zwei Tagen war die Welt noch in Ordnung.«

»Nun habt euch man nicht so. Wir sollen morgen den Grog kriegen wie die Seeleute. Nur heute war det zu schnell mit all det Umgeziehe.«

»Du gloobst ooch an' Nikolaus, wat? Die haben hier Schnaps an Bord. Kommt, Kumpels, wir gucken mal!« Der Zitterer stand auf und musste sich stützen. »Verdammt! Wenn ich nichts zu saufen kriege, springe ich über Bord.«

Die beiden Soldaten aus seiner Truppe griffen sich Knüppel und gingen mit ihm. Am Ende des Ganges spähten sie um die Ecke.

»Da stehen zwei Posten«, flüsterte einer.

»Kommt man!«, stotterte ihr Kumpel.

»He, was wollt ihr denn hier?«, rief der Korporal.

»Ein Schluck Gin oder Rum. Einen ganz kleinen nur. Mir geht es verdammt dreckig«, stammelte der Zitterer.

»Seid ihr verrückt? Wir dürfen euch keinen Tropfen geben. Zurück! Sonst knallt's!«

Als die anderen weitertorkelten, hob der Soldat sein Gewehr, der Korporal seine Pistole. Aber die durstigen Kerle taumelten voran.

Der Posten schoss ihnen über den Kopf. Da hoben die beiden ihre Knüppel. Der Zitterer fiel vor Schreck vornüber, hatte auf einmal ein Messer in der Hand und ritzte dem Korporal das Bein auf. Der schoss ihm mit der Pistole in den Kopf.

Die Patrouille kam zurückgerannt und schrie: »Was ist hier los? Knüppel runter!«

Eine der Wachen auf der *Liberty* war nicht sicher, ob sie einen Schuss gehört hatte. Der Wind blies ja in Richtung des Konvois, die Rahen knarrten und das Wasser rauschte am Rumpf entlang. Aber dann hörte er auf der hinteren Bark Geschrei und sah Menschen mit Laternen herumlaufen. Er erzählte Mr Waller, dem Wachhabenden, von seiner Beobachtung.

Der schickte einen Melder und mahnte alle Ausgucke zu verstärkter Wachsamkeit. Aber auf der Bark hatte sich alles beruhigt. Als Sven vor dem Wecken an Deck kam, wurde er informiert.

Er schaute mit dem Teleskop zur Bark, sah aber nichts Besonderes. Doch jetzt kam Mr Bergson aus seiner Kabine. Zwei Mann wurden von Marinesoldaten gefesselt an Deck gebracht. Ein Boot wurde zu Wasser gelassen und bemannt.

»Mr Bergson kommt. Bereiten Sie alles vor. Ich bin in meiner Kajüte.«

Der Seesoldat meldete Mr Bergson an.

»Guten Morgen, Mr Bergson. Sie sind aber früh dran. Gab es Ärger?«

»Ja, Sir. Drei Mann wollten in den Alkoholraum und griffen den Posten an. Ein Posten verwundet, ein Angreifer tot, die beiden anderen gefangen«, meldete Leutnant Bergson kurz.

Sven erschrak. Sollte er schon wieder Männer für den Galgen liefern? »Das hört sich nach Ärger an. Setzen Sie sich mal erst, Mr Bergson. Eine Tasse Kaffee, ein Brötchen?«

»Gern, Sir.« Martin bediente.

Sven trank Kaffee und biss in sein Brötchen, um Bergson Gelegenheit zu geben, auch ein wenig zu trinken und zu essen. Als er den letzten Bissen gekaut hatte, sagte Sven: »Nun berichten Sie mal ausführlich, Mr Bergson.«

Der erzählte die ganze Geschichte aus der Sicht der Matrosen, die mit den Trinkern an der Truhe gesessen hatten, und aus der Sicht der beiden Posten vor dem Alkoholraum:

»Den verletzten Posten habe ich zu Dr. Bader geschickt.«

Sven rief nach dem Melder und sagte ihm, dass auch die beiden Gefangenen zu Dr. Bader zu bringen seien. Er möge sich ein Bild von ihrem Gesundheitszustand machen.

Sven fragte, ob die Posten von einem Angriff auf sie gesprochen hätten.

»Nicht direkt, Sir. Der Tote sei eher gestolpert. Wie das Messer in seine Hand gekommen sei, hätten sie nicht gesehen. Die beiden anderen sollen ihre Knüppel fallen gelassen haben, als der zweite Schuss gefallen sei.«

»Haben die Angreifer irgendetwas gesagt, Mr Bergson?«

»Sie haben um einen Tropfen Alkohol gebettelt. Sie gehörten zu denen, die erst seit zwei Tagen in Gefangenschaft waren.«

Sven dachte einen Moment nach. »Dann müssen sie doch zur Truppe des Hauptmanns gehören?«

»Ja, Sir. Der Leutnant kennt sie recht gut.«

»Dann veranlassen Sie bitte, dass ich mit dem Leutnant und dem zuständigen Sergeanten oder Korporal sprechen kann. Kommen Sie bitte mit dem Schiffsarzt und den beiden wieder zu mir.«

Nach einer guten Viertelstunde meldete der Posten Mr Bergson, den Armeeleutnant, einen Sergeanten und den Schiffsarzt.

»Kommen Sie herein, meine Herren. Wer einen Schluck Kaffee

möchte, nehme sich bitte eine Tasse und lasse sich von Martin einschenken.«

Außer dem Schiffsarzt ließen sich alle bedienen. »Dann berichten Sie doch mal zuerst, Dr. Bader. Wie ist der Zustand der beiden?«

»Stark auf Entzug, Sir. Sie zittern, können ihre Gedanken nicht folgerichtig ordnen und haben Gedächtnislücken. Sie jammern praktisch nur nach Alkohol, Sir, und behaupten, dass sei gestern alles ein Missverständnis gewesen. Sie hätten nur um etwas Alkohol bitten wollen.«

Sven wandte sich dem Leutnant zu. »Wie hoch war denn die übliche Ration bei Ihnen, Mr Endres?«

»Wie bei der Flotte, Sir. Ein halbes Pint (ein guter halber Liter) Rum oder Gin, vermischt mit zwei Teilen Wasser.«

Der Schiffsarzt sah Sven bedeutungsvoll an.

»Was waren das für Soldaten, Mr Endres?«

»Unauffälliger Durchschnitt, Sir. Nur der Tote war ein Großmaul, aber eigentlich feige. Wichtig war ihnen nur der Suff.«

»Und was sagen Sie zu denen, Sergeant?«

»Sir, das waren alte Kumpel aus dem Gefängnis. Kleine Diebereien. Der Tote war ihr Leitwolf mit einer großen Klappe, aber wenig dahinter. Sie waren immer scharf auf Alkohol und haben von den Rationen ihrer Kameraden noch mehr eingetauscht, wenn sie konnten. Die konnten gar keinen Posten mehr ernsthaft angreifen, Sir.«

Sven blickte zur Seite und schaute auf die weite See, während er nachdachte. Dann wandte er sich den anderen zu.

»Ich fälle folgendes Urteil: Den Toten kann ich nicht mehr bestrafen. Er hat einen Posten mit blanker Waffe angegriffen. Da hätte ich auf Tod plädieren müssen. Die beiden anderen verurteile ich zu je 24 Peitschenhieben und anschließend zwei Wochen Alkoholentzug.«

Alle bis auf den Schiffsarzt nickten. Der hob die Hand. »Darf ich noch etwas sagen, Sir?«

»Bitte, Dr. Bader.«

»Ohne Alkohol halten die beiden die Prügelstrafe mit ihrem Kreislauf nicht aus. Ohnmacht oder Herzstillstand wären die Folge, Sir.«

»Soll ich sie etwa ohne Strafe lassen?«

»Nein, Sir. Ein halber Liter Grog vorher, und sie stehen es durch.«

»Den verabreichen Sie aber, ohne dass es jemand sieht, sonst wird das Mode. Und gießen sie denen noch irgendeine stinkende Flüssigkeit über den Kopf, damit keiner den Alkohol riecht. Sie, meine Herren, bitte ich um Stillschweigen über diese medizinische Maßnahme. Und Ihnen, Leutnant Endres, muss ich noch sagen, dass wir an Bord meiner Schiffe nur dem die volle Rumration geben, der sie will. Wer möchte, dem kaufen wir sie ganz oder teilweise ab. Wir wollen keine Alkoholiker heranziehen. Vielen Dank, meine Herren. Die Strafe wird morgen Früh auf der Bark vollstreckt.«

Der jüngste Midshipman, Achille Grieve, sagte zu Bill Albert, seinem älteren Kollegen: »Du, ich bin froh, dass die nicht gehängt werden. Das ist immer eine furchtbare Sache, wenn Menschen da am Seil baumeln. Das ist für mich das Schlimmste am Leben auf See.«

»Das gibt es an Land doch auch!«

»Ja, aber da werde ich nicht dazu kommandiert, zuzusehen. Da gucken doch nur die primitiven Menschen zu. Hier muss ich aber in nächster Nähe daneben stehen.«

»Du warst doch auch schon dabei, als neben dir einer totgeschossen oder erschlagen wurde.«

»Aber Bill! Das war im Kampf. Da kann man sich wehren. Da hat jeder eine Chance. Hängen ist legalisierter Mord!«

»Achille, lass das keinen hören! Die halten dich glatt für einen Seeadvokaten. Strafen müssen sein, sonst kannst du kein Schiff führen.«

»Ist ja alles richtig, aber ich sag dir: Der Kapitän hat auch was gegen das Hängen.«

»Wie kommst du darauf?«

»Er macht immer ein ganz gezwungenes Gesicht, wenn er zusieht. Es ekelt ihn an, wenn ein Mensch am Seil zappelt und zu Tode stranguliert wird. Beim Auspeitschen macht er ein ganz anderes Gesicht, obwohl es auch nicht appetitlich ist.«

»Was du alles siehst, Achille! Du bist schon ein komischer Kerl.

Der Kapitän hat auch schon gesagt, dass die Peitsche keinen Mann besser macht. Aber wenn es sein muss, verurteilt er. So solltest du auch denken.«

Die Ausgucke sichteten einige Fischerboote, aber die flohen. Sie sichteten auch ein Geleit mit zwei Fregatten, das gerade mit Nordkurs am Horizont verschwand.

Svens Schiffe behielten den Kurs bei und stießen in der nächsten Nacht fast auf ein Fischerboot aus New Jersey. Beim gegenseitigen Beschimpfen merkten die Fischer jedenfalls, dass Svens Leute keine Briten waren. Daher gaben sie ihnen auch die Auskunft, dass die Briten aus dem Delaware abgezogen waren. Einige amerikanische Kaper wären schon stromaufwärts gesegelt, und zwei Galeeren aus Maryland wollten nach Philadelphia. Zurückgekommen wären sie noch nicht. »Ach ja, gestern kam hier noch ein britischer Konvoi an. Die wussten noch nicht, dass Howe abgezogen ist. Sie sind aber schnell nach New York weitergesegelt.«

Sven war mit der Auskunft zufrieden. Er wechselte im Morgengrauen seinen Posten mit Kapitän Harvy. Er kannte den Delaware viel besser als dieser und würde mit der *Philadelphia* das Geleit anführen, weil die Brigg im Fluss wendiger war als die Fregatte. Joshua, Samuel und Martin nahm er mit auf die Brigg.

In Wilmington nahm er einen Lotsen an Bord, denn er wusste natürlich nicht, welche Hindernisse die Briten im letzten halben Jahr geräumt und welche sie neu versenkt hatten.

Der Wind war ihnen günstig. Sie machten gute Fahrt und passierten am Nachmittag Billings Island, Hog Island, Fort Mifflin, Fort Mercer und das Wrack der *Augusta*, das Svens Galeeren damals versenkt hatten. Erinnerungen bewegten Sven. Am Ufer winkten Menschen, und er winkte zurück.

Rocky wollte gar nicht mehr unter Deck. Er stand an der Reling, schnupperte und schaute zum Ufer und winselte mitunter leise.

»Sir, Rocky erkennt die Heimat auch wieder«, sagte Svens Bursche Martin und streichelte den Schäferhund.

»Wir sind ja auch oft genug hier entlanggerudert, und er musste aufpassen, dass die Briten uns nicht überraschten.«

Aus der Unterhaltung merkte der Lotse, wer Sven war. »Dann sind Sie der berühmte Kapitän aus Gloucester, der damals die Erste Galeerenflottille kommandierte?«

Sven bejahte.

»Donnerwetter! Manche nennen Sie heute noch den Helden vom Delaware.«

»Ich habe nur die Kommandos gegeben. Geschossen haben meine Leute«, wehrte Sven ab. »Aber sagen Sie mal, hier steht ja kaum noch ein Wald. Meist stehen nur noch Stümpfe. Wie kommt denn das?«

»Die Briten haben immer Kommandos ausgeschickt, die Brennholz besorgen mussten. Es war ja ein sehr kalter Winter. Und die Einwohner wollten auch nicht frieren«, informierte ihn der Lotse.

Vor Gloucester ließ Sven ein Boot bemannen. Joshua, Samuel und Martin sollten sich von vier Mann ans Ufer rudern lassen und nach Martha und John im Haus der Larssons schauen. »Seid vorsichtig und bringt mir gleich Nachricht. Sagt den beiden, dass ich in den nächsten Tagen komme.«

Sie steuerten die wenigen Kilometer bis zur Hafenfront von Philadelphia. Sie war ungewohnt leer. Aber als jetzt die Schiffe mit der Flagge der Kontinentalen Flotte und den vielen Prisen einliefen, sammelten sich Menschen am Ufer und jubelten. Sven schaute, ob irgendjemand aussah, als ob er offizielle Stellen vertrat. Da, das war doch der Mann vom Hafenamt aus der Zeit vor der britischen Besatzung. Und dort kam ja auch einer vom Stadtkommandanten.

Sven ließ sie mit allen Ehren an Bord begrüßen und hieß sie willkommen. Sie hatten vor zwei Tagen ihre Ämter wieder übernommen.

»Sie sind das erste Schiff unserer Flotte, das wir begrüßen dürfen. Herzlichen Glückwunsch zu den Prisen.«

»Haben Sie alles gut überstanden? Wie war es denn während der Besetzung?«, fragte Sven.

»Ich war nicht in der Stadt, sondern bei den Belagerern. Aber Mr Targot kann Ihnen berichten, wenn Sie mir nur schnell sagen, Sir, wie viele Gefangene Sie uns übergeben wollen, damit ich die Truppen anfordern kann«, sagte der Vertreter der Stadtkommandantur.

Sven gab ihm Auskunft und schickte ihn auf die Bark mit den befreiten Amerikanern. »Am besten besprechen Sie mit dem Hauptmann, wo seine Truppen untergebracht werden sollen.«

Dann ließ er sich von Mr Targot erzählen, wie es in der Stadt war.

»Eigentlich gab es zu der Zeit zwei Städte, Mr Larsson. Eine für die Engländer und die Royalisten, die voller Leben, voller kultureller Ereignisse und Amüsement war. Der zentrale Punkt war die ›City Taverne‹, deren Management britische und hessische Offiziere übernommen hatten. Jede Woche fand ein Ball statt, ein großes Kasino war dort, wo sie ihr Geld verspielen konnten. Sie haben gefeiert und geprasst, wie es General Howe und seiner Geliebten gefiel. Die übrige Bevölkerung, soweit sie loyal zur Revolution blieb, musste sehen, wie sie durchkam. Essen, Arbeit, Geld, Heizmaterial waren knapp. Es wurde immer härter, je länger die Besetzung dauerte. Oft genug waren wir Freiwild für die Briten, besonders, wenn sie betrunken waren. Aber die Königsanhänger haben uns auch wie den letzten Dreck behandelt.«

»Hat das jetzt nicht Racheakte gegeben?«, fragte Sven.

Mr Targot schüttelte den Kopf. »Kaum. Die Königstreuen haben die Stadt mit den Briten verlassen. Über tausendfünfhundert Familien haben sich eingeschifft. Ihr Eigentum wurde hier und da geplündert, bis die neue Polizei wieder ihr Amt aufnahm.«

Sven sagte ihm: »Sie ahnen nicht, welche Sorge ich hatte, während wir vor Europa kreuzten. Meine Frau ist mit den Kindern nach Easton geflohen. Aber was ist aus dem Haus in Gloucester geworden?«

»Da hat es keine schlimmen Kämpfe gegeben, Sir. Und Sie könnten es ja leicht wieder aufbauen, wenn ich sehe, was Sie an Prisen bringen.«

»Dann wollen wir mal an die Bestandsaufnahme gehen.«

Joshua, Samuel, Martin und ein mit ihnen befreundeter Marinesoldat stiegen in Gloucester an Land. Rocky war bei ihnen. Außer einem alten Penner war niemand am Anlegeplatz. Der Stand, an dem es sonst Zeitungen und Brot gab, war umgeworfen und zertrümmert.

»Na, das sieht ja nicht gut aus«, sagte Joshua. »Wir wollen lieber unsere Flinten schussbereit halten. Sam, geh mit Rocky voraus. Wir verteilen uns etwas zur Seite.« Sie pirschten sich voran.

Aber nun verdrückten sich die Menschen, die sie mit ihren Flinten sahen. Nur ein zwölfjähriger Junge rief: »Joshua, was macht ihr denn da?«, und kam angerannt. Es war ein Junge, der in der Nachbarschaft der Larssons wohnte.

»Und was machst du hier, Ben?«, fragte Joshua. »Am Landeplatz sah alles so verwüstet aus. Stehen die Häuser noch?«

»Aber ja, Mr Petrus. Die Briten sind hier durchgezogen, als sie abrückten. Ein paar Fenster sind eingeworfen worden, Türen wurden eingetreten, aber viel haben sie nicht mehr zerstört. Sie wollten sich ja in Sicherheit bringen. John haben sie mit einem Stock auf den Kopf gehauen, aber Martha ist unversehrt. Kommen Sie nur.«

Sam ließ Rocky los, und der rannte freudig bellend voran. Doch vor der Tür stand er dann, bellte nicht mehr und schien enttäuscht.

»Ja, Rocky, dein Bruder Ricky ist bei Frauchen. Aber die werden wir auch bald holen«, tröstete ihn Martin und streichelte ihn.

Joshua schaute auf Haus und Garten. Das sah aber schon etwas beschädigt aus. Der Garten war verwildert. Die Fenster im Obergeschoss waren fast alle mit Brettern zugenagelt. Die Tür war provisorisch repariert. Die Sitzbänke im Garten waren umgeworfen.

Joshua ging zur Tür und klopfte.

»John, Martha!«, rief er. »Macht auf! Wir sind da, die Seefahrer!«

Die Tür wurde aufgerissen, und Martha stand dort, breitete ihre Arme weit aus und weinte vor Freude. »O Gott, o Gott! Unsere Gebete wurden erhört. Joshua, Martin und Samuel sind da. John, komm doch nur! Sie sind gesund und helfen uns nun. Es ist vorbei, John!«

Joshua drückte Martha herzhaft, ehe er den anderen den Weg frei gab. »Ja, wir sind wieder da. Der Kapitän ist gesund und mit Prisen im Hafen. Er kommt bald vorbei, lässt er euch sagen.«

John schlurfte im Flur heran. Er trug einen Verband um den Kopf.

»He, John! Schön, dich zu sehen«, begrüßte ihn Martin. »Du siehst ja wie ein Soldat nach der Schlacht aus.«

John lachte kurz. »Das war aber eine einseitige Schlacht. Drei verfluchte Marodeure haben mich mit dem Gewehr bedroht, und der vierte schlug mir einen dicken Knüppel auf den Kopf. Denen war egal, ob wir für König oder Kongress sind. Die wollten nur plündern. Aber viel gefunden haben sie nicht.« Und er fasste die Seeleute um. »Kommt nur herein. Martha macht einen Kaffee, und ich hole eine Flasche Rum aus dem Kellerversteck.«

»Langsam, John!«, mahnte Joshua. »Der Kapitän will schnell wissen, wie es hier aussieht. Wir sollen ihm sagen, wie es euch geht und was ihr braucht für euch und für das Haus. Anstoßen müssen wir ein andermal.«

Martha und John erzählten fast gleichzeitig. Einer fiel dem anderen immer wieder ins Wort und riss das Gespräch an sich. Aber es wurde klar, dass die letzten Wochen die schlimmsten waren. Briten kamen über den Fluss und suchten Nahrungsmittel. Amerikanische Milizen schossen sich mit ihnen herum und wollten Alkohol. Auf beiden Seiten gab es anständige Soldaten und gewalttätige Räuber.

»Wir hatten ja unser Versteck im Keller für Lebensmittel, Alkohol und Wertsachen. Und wenn sie nichts fanden, dann haben die Raubeine etwas zerschlagen. Die oberen Fenster brauchten wir alle, um unten auszubessern. Es gibt ja jetzt kein Fensterglas. Ein paar Türen müssten auch repariert werden. Und der Garten!«

»Ist gut, Martha«, sagte Joshua. »Da kommen Handwerker vom Schiff. Aber jetzt hätte ich schon gern einen Kaffee.«

Als Martha gegangen war, flüsterte John noch: »Und wenn einer sich nicht an ihrem Alter störte, sondern der Martha was antun wollte, dann hat sie sich einfach in die Hosen gepinkelt. Wenn sie ihr dann den Rock herunterrissen und die Bescherung sahen, dann haben sie geflucht und sie in Ruhe gelassen.«

»Verdammt gute Idee!«, bestätigte Martin.

»Ja, Martha kommt überall durch«, erkannte John an.

»Wir haben Sam und Rocky bei den beiden gelassen, Sir. Ich glaube nicht, dass noch Marodeure kommen, aber die beiden waren doch mit den Nerven etwas fertig. Da konnte der Sam mit seinen Waffen und mit Rocky schon viel zur Beruhigung beitragen. Aber sie brauchen einen Tischler und jemand für den Garten, um das Haus wieder in Ordnung zu bringen. Doch wo gibt es Fensterglas?«

»Der Zahlmeister soll sich mal umhören. Aber verletzt wurden die beiden nicht?«

Joshua erzählte von Johns Platzwunde auf dem Kopf und von Marthas Methode, Vergewaltigungen abzuwenden.

»Mein Gott! Die gute, alte Martha. Da muss einem ja die Lust vergehen. Sie ist ein Schatz! Wen sollen wir zum Haus schicken?«, fragte Sven.

»Den Bob als Tischler und den Hans als Gärtner, Sir. Die sind erfahren und freundlich. Es wird ihnen Spaß machen, ein paar Tage ohne Drill zu sein.«

»Sehr gut, Mr Petrus. Sie sollen alles mitnehmen, auch Brot und Butter. Sorgen Sie dafür, dass ein Boot sie hinbringt. Natürlich sollen sie auch Waffen mitnehmen. Sam kann bei ihnen bleiben. Ich muss jetzt sehen, wer auf dem Prisenamt und bei der Reederei ist.«

Joshua mahnte: »Bitte, Sir, nehmen Sie auch zwei bewaffnete Männer mit. Es ist noch sehr unruhig in der Stadt.«

In Easton, einer kleinen Stadt etwa achtzig Kilometer nördlich von Philadelphia, schien die Nachmittagssonne strahlend vom Himmel.

»Billy! Mach doch bitte das Fenster auf, damit wir ein wenig Luft haben«, sagte eine elegante junge Frau zu einem Jüngling von etwa sechzehn Jahren. »Wie weit bist du überhaupt mit deiner Übersetzung?«

»Noch zwei Sätze, dann bin ich fertig, Frau Larsson.«

Er ging zum Fenster und öffnete es. Unwillkürlich schaute er hinaus und sah, wie sich eine kräftige junge Frau mit gefülltem Einkaufskorb dem Haus näherte. »Die Henrietta kommt vom Einkaufen wieder. Soll ich ihr helfen?«

»Na, geh schon, du Kavalier. Sie möchte aber bitte heraufkommen.«

Dann wandte sich Frau Larsson wieder dem kleinen Mädchen zu, das neben ihr saß, und las ihr aus dem Märchenbuch vor. Die Kleine war fast zwei Jahre alt, hübsch und aufmerksam. Als die Mutter fertig war und sie ansah, sagte sie: »Das war ein schönes Märchen, Mutti. Schade, dass Einar das noch nicht versteht.«

»Lilian, er ist noch nicht einmal ein Jahr alt. Da hast du solche Märchen auch noch nicht verstanden. Und hör mal, jetzt ist er wach geworden. Da wollen wir schnell zu ihm gehen.«

Im Nachbarzimmer lag der kleine Einar, strampelte und stieß von Zeit zu Zeit einen kräftigen Schrei aus. »Er will schon wieder etwas zu essen haben, der kleine Nimmersatt«, sagte die Mutter.

»Du darfst nicht so ungeduldig sein, kleiner Bruder«, mahnte Lilian.

Ihre Mutter schmunzelte, nahm den Sohn und ging mit ihm zum Wickeltisch. Henrietta, Amme, Zofe und Hausmädchen zugleich, sagte: »Das kann ich doch machen, Frau Larsson.«

»Lass man, ich bin schon dabei. Du kannst ihn mir dann abnehmen und ihn füttern, Henrietta, denn ich muss mit Billy noch lernen.«

Sabrina Larsson korrigierte die Übersetzung, die Billy aus dem Französischen angefertigt hatte. »Das hast du sehr gut gemacht, Billy. Es sind eigentlich nur zwei Redewendungen, die du anders übersetzen müsstest. Guck mal hier!« Und sie erklärte ihm den Sinn des Wortspiels.

Billy begriff schnell. Auch sein Lehrer in Mathematik war sehr zufrieden mit ihm. Da würde er im Herbst sicher auf Svens Schiff als Midshipman beginnen können.

Als Sabrina an Sven dachte, wurde die Sehnsucht in ihr fast übermächtig. Der letzte Brief war aus Frankreich und schon wieder zwei Monate alt. Was konnte nicht alles geschehen sein?

Da klingelte es an der Haustür. Ob das Sven war?

»Mach doch bitte auf, Billy!«, sagte sie ungewohnt leise.

Sabrina hörte eine Frauenstimme, und ihre Hoffnung zerbrach. Aber die Stimme kam ihr bekannt vor.

»Eine Freundin möchte Sie sprechen, Frau Larsson«, meldete Billy.

»Deine Freundin Elisabeth«, ergänzte die Frau.

Sabrina hob vor Staunen die Hände vor den Mund. Dann öffnete sie sie zur Umarmung.

»Was machst du denn hier, liebe Elisabeth?«

Sie umarmten sich und küssten sich auf die Wangen.

»Ich wollte dich um Hilfe bitten, Sabrina.«

Als sie sich gesetzt und ihre Tasse Kaffee vor sich hatten, fragte Sabrina ihre Freundin: »Wie sollte ich dir helfen können, Elisabeth?«

»William und ich möchten dich und deinen Mann bitten, unseren Besitz zu kaufen, bevor wir ohne Kostenausgleich enteignet werden.«

Sabrina saß fassungslos mit offenem Mund da und sah Elisabeth an. »Welchen Besitz? Warum solltet Ihr enteignet werden?«

Elisabeth standen Tränen in den Augen, aber sie sprach sehr gefasst: »Mein Mann war Mitglied der Stadtregierung von Philadelphia unter britischer Besetzung. Er war für die Ernährung der Bevölkerung zuständig. Du weißt, wir hatten die großen Firmengebäude mit Lagerhäusern und eigenem Kai fast gegenüber von Gloucester. William war der größte Käufer und Verkäufer von Getreide in Philadelphia. Er neigte immer zu den Royalisten wie dein Vater. Darum übernahm er den Posten. Er hat nie Unrecht getan, sondern alles daran gesetzt, die Bevölkerung mit Nahrung zu versorgen.«

»Ich habe den großen Gebäudekomplex oft vom anderen Ufer aus gesehen«, bestätigte Sabrina. »Aber wieso sollte man euch das wegnehmen wollen, Elisabeth?«

»Seit der Revolution hat man für Gegner der Unabhängigkeit Gesetze geschaffen, die Enteignung und Verbannung vorsehen. Es gab und gibt *treason acts* und *test acts*, Sicherheitskomitees und jetzt Gerichte, die alle verfolgen, die gegen die Unabhängigkeit handeln. Die Einzelheiten muss dir ein Jurist erklären. William stand in der Stadtregierung nicht so im Vordergrund. Darum ist sein Besitz noch nicht beschlagnahmt. Aber das kann jeden Tag geschehen, und dann erhalten wir keinen Cent. Wir müssen vorher verkaufen, um in Florida eine neue Existenz gründen zu können. Versteh das bitte! Ich bin zu dir gekommen, weil dein Vater Verständnis für die Sache des Königs hatte, weil wir immer gute Freundinnen waren und weil ich hörte, dass dein Mann viel Prisengeld erbeutet hat. Ich wüsste sonst nicht, wer uns helfen könnte.«

»Ich will dir gerne helfen, Elisabeth, und Sven sicher auch. Aber er ist auf See. Und was sollten wir mit einem solchen Gebäude anfangen?«

»Du hast mir einmal gesagt, ihr wärt an der Reederei Bradwick beteiligt. Für eine Reederei ist das Gelände ideal.«

Sabrina dachte nach. »Ja. Aber dann müsste ich mit Mr Bradwick sprechen und mit Sven auch. Ich kann doch nicht unser ganzes Geld für etwas weggeben, das niemand von uns brauchen kann. Das wirst du doch auch verstehen.«

»Liebe Sabrina! Ich weiß, es ist eine Zumutung, dich hier zu überfallen und um eine Entscheidung mit so weitreichenden Folgen zu bitten. Aber bedenke, der Gebäudewert wird zwischen drei- und vierhunderttausend Dollar geschätzt. Wir erwarten nur vierzigtausend. Mr Bradwick ist jetzt in Germantown und wird jeden Tag nach Philadelphia zurückkehren. Du könntest ihn erreichen. Bitte, überlege es dir!«

Sabrina dachte angestrengt nach. Dann sagte sie entschlossen: »Ich gehe jetzt zu Rechtsanwalt Arthur, dem besten Freund, den wir in Easton haben, und lasse mich über die juristische Lage aufklären. Du kannst in meinem Zimmer ausruhen, denn ich sehe, dass du übermüdet bist. Danach schauen wir weiter.«

Henrietta und Billy waren über Sabrinas ungeplanten Ausgang überrascht. Genauso überrascht waren die Arthurs über ihren unerwarteten Besuch.

»Ist Ihrem Gatten oder einem der Kinder etwas passiert, Frau Larsson?«, fragte Frau Arthur mitfühlend.

»Nein, nein, Frau Arthur. Eine Freundin aus Philadelphia hat mir nur eben ein finanziell so außergewöhnliches Angebot unterbreitet, das unser Leben verändern könnte. Ich würde mir gern über die juristischen Konsequenzen die Ratschläge Ihres Gatten anhören.«

»Nun, da haben Sie aber Glück, Frau Larsson. In einer Stunde hat er einen Termin. Kommen Sie. Er ist in seinem Arbeitszimmer.«

Mr Arthur, der Sabrina das Fluchtquartier in Easton vermittelt hatte, war ein absolut vertrauenswürdiger Mann. Sabrina wusste, er würde kein Wort sagen, wenn sie um sein Schweigen bat.

Sie erzählte ihm in kurzen Worten von dem Angebot und bat um seine juristische Beurteilung.

Er hatte sich einige Notizen gemacht, dachte einen Moment nach und sagte dann: »Juristisch würde man einiges etwas anders formulieren, aber in der Sache entspricht die Schilderung der Freundin unserem Rechtsstand. Wir folgen dabei dem britischen Recht, nur haben wir keinen König von Gottes Gnaden mehr, sondern die Republik. Damit wir wussten, wer der amerikanischen Sache loyal gegenüberstand, haben auch wir einen Treueid gefordert, gegenüber der Verfassung des Einzelstaates oder auf die Unabhängigkeitserklärung. Wer ihn nicht schwören wollte, dessen Bürgerrechte wurden eingeschränkt, vom Berufsverbot bis zur Ausweisung und Enteignung. Sicherheitskomitees haben die Strafbestände dann auf Handlungen gegen unsere junge Republik ausgedehnt. Die schärfste materielle Strafe ist die Enteignung, die oft mit Ausweisung und Verbannung verbunden ist. Diese Enteignungen sind nicht selten ausgesprochen worden, vor allem in den nördlichen Staaten.«

Sabrina sagte leise: »Der Mann meiner Freundin war Mitglied der Stadtregierung von Philadelphia während der britischen Besatzung. Er war für die Versorgung der Bevölkerung zuständig. Sein Firmengebäude, dessen Enteignung er fürchtet, hat einen Wert von dreihundertbis vierhunderttausend Dollar. Er erwartet vierzigtausend Dollar.«

»Ein Schnäppchenpreis!«, sagte Mr Arthur lächelnd. »So ein Preis wird nur bei Notlage des Verkäufers und großem Risiko für den Käufer akzeptiert. Ihr Risiko, liebe Frau Larsson, will ich kurz benennen: Der Kauf ist ungültig, wenn das Gelände schon bei einem Gericht zur Enteignung angemeldet ist. Der Verkäufer könnte außerdem nach einiger Zeit die Annullierung des Kaufes beantragen, weil der Preis viel zu niedrig und das Geschäft daher sittenwidrig war. Ich kenne Sie und Ihren Gatten und weiß, dass sie keine Geschäftspiraten sind und keine Notlage ausnutzen würden. Dann müssen wir den Vertrag auch so formulieren. Können Sie denn das Gebäude nutzen?«

»Mein Mann ist stiller Teilhaber bei der Reederei Bradwick. Eine Reederei könnte das Gelände sehr gut nutzen. Aber ich müsste Mr Bradwick fragen. Er soll in Germantown sein und nach Philadelphia zurückkehren wollen.«

»Das wäre ja nicht aus der Welt. Aber können Sie ohne Ihren Gatten entscheiden?«

»Ich hätte die Vollmacht, aber ich bin mir nicht sicher, ob ich das will.«

»Wir kennen uns gut, Mrs Larsson. Daher mache ich den Vorschlag, dass wir morgen gemeinsam nach Germantown und Philadelphia fahren. Dann können wir vor Gericht und mit Mr Bradwick die Situation klären. Wenn der Verkäufer erreichbar wäre, könnten wir auch den Vertrag abschließen. Was könnten wir sonst tun, da Eile geboten ist? Sie können doch die Kinder ein oder zwei Tage bei Henrietta und Billy lassen? Meine Frau würde auch nach ihnen schauen.«

Sabrina blickte einen Moment zu Boden. Dann sah sie ihn an und sagte: »Wir fahren, Mr Arthur!«

Sven schaute sich unzufrieden in seiner Kajüte um. Seit Kapitän Hardy kurz nach Ihrer Ankunft wieder die Brigg *Philadelphia* übernommen hatte und mit ihr zur Mündung des Delaware zurückgesegelt war und seitdem Martin in Gloucester für Ordnung sorgen sollte, lag in seiner Kajüte auf der *Liberty* nichts mehr dort, wo es liegen sollte. Aber dann sagte sich Sven, dass Martin ja nicht sein Babysitter und er wohl alt genug sei, um selbst Ordnung zu halten.

Da lag das Papier mit den Daten der beiden Prisen, die mit der französischen Flotte segelten und nun von Mr Harvy nach Philadelphia gebracht werden würden. Das Papier wollte er schon beim Prisengericht vorlegen, um die Abwicklung zu beschleunigen.

Sven sagte Mr Flinders, dass er zur Prisenagentur und zum Prisengericht ginge und zwei Matrosen mitnehme. In einer Stunde sei er zurück.

Auf der Prisenagentur traf Sven nur den früheren Chef und einen Schreiber, die in einem kleineren Raum an Schreibtischen saßen. In den anderen beiden Räumen schleppten Männer Schränke, Stühle und Tische herein.

»Willkommen, Mr Larsson!« Der Chef kam ihm mit ausgestreckter Hand entgegen. »Wenn das kein gutes Zeichen ist, dass unser erfolgreichster Kapitän der Erste ist, der uns nach Wiedereröffnung des Geschäfts besucht, dann weiß ich auch nicht mehr. Sie haben gute Prisen mitgebracht, habe ich schon gesehen.«

»Es kommen noch zwei, Mr Hubbler. Aber wo waren denn all Ihre Sachen?«

»Die Aktenschränke waren im Keller verstaut, Mr Larsson. Meine Leute und ich haben bei der Straßenreinigung gearbeitet, damit wir überhaupt Essen erhielten. Aber es war erträglich. In die Dreckarbeit hat niemand viel hineingeredet. Da waren wir relativ unbehelligt. Und in zwei Tagen sind wir wieder voll leistungsfähig.«

»Dann gebe ich Ihnen erst einmal die Papiere zur Durchsicht. Ich gehe noch zum Prisengericht zur formellen Anmeldung. Und können Sie mir sagen, ob Mr Bradwick schon wieder in der Stadt ist?«

»Gestern traf ich zufällig Mr Smith vom Marinekomitee, der mir sagte, dass Mr Bradwick heute oder morgen zurückkommt. Aber sein Büro wurde verwüstet.«

Sven ließ sich sagen, wo er wohl Mr Smith finden könne, und verabschiedete sich dann. Als er durch die Straßen ging, fiel ihm auf, wie ungleich die Auslagen in den Geschäften waren. Einige waren wie leer gefegt, in anderen stapelten sich die Auslagen.

Einen Kaufmann, der Sabrina schon mehr als ein Kleid verkauft hatte, fragte er nach dem Grund. »Da haben die Anhänger des Königs alle ihre Waren verramscht, seitdem schon vor Wochen von der Evakuierung geredet wurde. Dann sind sie mit den Briten verschwunden. Ich hoffe, man enteignet ihre Läden und versteigert sie. Ich könnte die Räume neben meinem Geschäft gebrauchen.«

Mr Smith kam gerade aus dem Haus und schimpfte vor sich hin.

»Na, Mr Smith! Wer hat Sie denn geärgert?«, fragte Sven und stellte sich ihm in den Weg.

Mr Smith schaute auf, und der Ärger in seinem Gesicht war wie weggewischt. Sie umarmten sich.

»Mr Larsson, wie lange habe ich Sie nicht gesehen! Aber alle Berichte über Sie habe ich verfolgt und mich immer wieder daran erfreuen können. Aus dem jungen Mann von einst ist einer unserer bekanntesten Kapitäne geworden. Und ich habe dazu beigetragen.«

»Ich habe so sehr gehofft, Mr Smith, dass Sie alles gut überstehen. Geht es auch Ihrer Familie und besonders Ihrem Sohn in der Armee gut?«

Mr Smith war wieder ernst geworden. Er fasste Sven an und zog ihn an seine Seite. »Er hat in den Kämpfen vor New York seinen linken Unterarm verloren, aber er ist wieder gesund, arbeitet jetzt in der Armeeverwaltung, und ich will ihn bald in der Kongressverwaltung unterbringen.«

»Es tut mit leid, Mr Smith, dass Ihr Sohn so schwer verwundet wurde. Als ich die Fregatte *Liberty* bemannen musste, konnte ich nur einen Ersten Leutnant finden, der seinen linken Fuß verloren hatte und mit einem Stumpf lief. Ein hervorragender Mann. In Frankreich konnte man ihm eine Prothese verpassen, mit der seine Behinderung kaum mehr auffällt.«

Mr Smith war interessiert. »Von den Prothesen müssen Sie mir mehr erzählen. Können wir uns morgen zum Lunch in ›Hobson's Eagle‹ treffen? Ich habe jetzt alle Hände voll zu tun, um die Lieferungen für die französische Flotte zu organisieren.«

»Wenn etwas dazwischenkommt, schicke ich Nachricht, Mr Smith.«

Sabrina hatte Mr Arthur empfohlen, zuerst zu Mr Bradwicks Haus in der Mulberry Street in der Nähe der deutsch-calvinistischen Kirche zu fahren. »Irgendjemand wird das Haus hüten und uns Auskunft geben können, wo er ist. Und meine Cousine wohnt ganz in der Nähe. Da kann ich schlafen. Und an der Ecke zur Third Street ist ein kleines, gutes Hotel, da können Sie sicher mit dem Personal unterkommen, Mr Arthur. Wäre Ihnen das recht?«

»Ihre Vorschläge sind meist optimal, Mrs Larsson. Ich bin einverstanden.«

Aber zu ihrer Überraschung sagte ihnen der Diener von Mr Bradwick, dass der Reeder in Philadelphia sei, und führte sie zu Frau Bradwick. Beide Frauen kannten sich recht gut und waren froh, sich nach all den Kriegswirren unversehrt wiederzusehen.

Sabrina stellte Mr Arthur vor und berichtete, dass sie beide Mr Bradwick einen geschäftlichen Vorschlag unterbreiten wollten.

»Er ist ins Büro gefahren, Mrs Larsson. Sie wissen ja, dass wir während der Besetzung in Boston waren. Aber ehrlich gesagt, hat es uns dort nicht so gut gefallen. Und als dann vor Wochen die ersten Gerüchte aufkamen, dass die Engländer abziehen würden, haben wir uns vorgenommen, sobald als möglich nach Philadelphia zurückzukehren. Vorgestern sind wir angekommen. Mein Mann ist im Büro, das verwüstet sein soll. Ob er Sie morgen schon dort empfangen kann, weiß ich nicht. Aber Sie könnten sich doch auch hier treffen. Das Haus ist groß genug, und wenn noch nicht alles wieder an seinem Platz ist, werden Sie nicht so kleinlich sein, nicht wahr?«

»Aber nein«, versicherte Sabrina. »Dafür kennen wir uns doch zu gut. Ich werde bei meiner Cousine schlafen, die hier um die Ecke wohnt. Sie kennen sie doch auch?«

»Aber ja. Doch da fällt mit ein, dass ein Brief von Mr Smith vom Marinekomitee heute abgegeben wurde. Ich werde ihn aufmachen und nachsehen, ob etwas drin steht, das für die morgige Terminabsprache wichtig ist.«

Sie ging zum Sideboard, nahm das Kuvert, schlitzte es auf und las. Vor Überraschung rief sie: »Das gibt es doch nicht!«

Dann lachte sie Sabrina an. »Ihr Gatte ist gestern eingelaufen! Morgen Mittag trifft er sich mit Mr Smith, und übermorgen will er Sie aus Easton holen.«

Sabrina hatte es die Sprache verschlagen, aber sie strahlte.

Mr Arthur räusperte sich. »Das ist eine ganz wunderbare Überraschung, Mrs Larsson. Besser hätte es sich nicht fügen können.«

»Ich nehme es als gutes Zeichen für unsere Pläne, dass gerade Sie mir die gute Nachricht mitteilten, Frau Bradwick. Ich fahre gleich zum Hafen und sage auf dem Hinweg meiner Cousine Bescheid und setze Mr Arthur beim ›Prince of Wales‹ ab, das Sie sicher kennen. Ich glaube, die Herren werden sich morgen Nachmittag treffen. Grüßen Sie Ihren Gatten und entschuldigen Sie uns, Mrs Bradwick.«

Sabrina war in Hochstimmung. Was dem Wiedersehen mit ihrem Sven noch im Wege stand, erledigte sie wie in Trance. Ihre Cousine wusste gar nicht, wie ihr geschah, als Sabrina ihr einige Taschen vor die Tür stellen ließ, sie wie ein Liebhaber umarmte, einige Sätze wie »Sven wird überrascht sein« murmelte und wieder mit der Kutsche davonrollte.

Mr Arthur merkte sich die Adresse und sprang vor dem Hotel selbst aus dem Wagen, ließ sich und seinen Begleitern die Taschen reichen, rief »Herzliche Grüße an den Kapitän« und winkte dem Wagen nach.

Als sie den Kai erreichten, steckte Sabrina den Kopf weit aus dem Fenster und spähte umher. Da! Das war die *Liberty*, sie lag am Kai. Die Segel waren ordnungsgemäß angeschlagen. Kisten wurden ausgeladen. Säcke eingeladen. Und dort, das kannte sie, teerten einige Matrosen das »Stehende Gut«. Sie klopfte an die Scheibe, damit der Kutscher hielt, und sprang aus dem Wagen, bevor er die Treppe herunterklappen konnte.

»Damen, die sich wie Bettlermädchen benehmen«, schüttelte der Kutscher den Kopf.

Sabrina lief auf den Posten an der Gangway zu. »Ist der Kapitän an Bord?«

Der Posten kannte sie nicht und zeigte nur zur Seite auf ein Boot, das von einem im Fluss ankernden Schiff kam. Sabrina schaute angespannt voraus. Ja, dort saß ihr Sven. Sie winkte mit ihrem Tuch und rief: »Huhu!«

»He, du kannst hier nicht schreien wie eine Dockschwalbe. Warte, bis die hier sind. Wenn du einem gefällst, wird er dir schon ein paar Penny geben, bevor er dir unter den Rock fasst«, schimpfte der Posten.

Sabrina hatte gar nicht zugehört, denn sie sah, wie ihr Sven aufstand und mit seinem Hut winkte.

»Mein Mann hat mich erkannt. Ach, Sven, mein Liebster«, sagte sie vor sich hin.

Der Posten guckte zum Boot, als er »mein Mann« hörte, sah, dass der Kapitän winkte, hörte auch noch den Namen Sven und wäre am liebsten im Boden versunken. Mein Gott, er hatte die Frau des Kapitäns als Hafendirne behandelt.

»Verzeihung, gnädige Frau«, sagte er in seinem höflichsten Tonfall. »Der Herr Kapitän kann dort anlegen, dort unter der Treppe, nur zehn Meter entfernt.«

Sabrina sah seine Bewegungen, erkannte selbst die kleine Plattform und war selig. »Ist es nicht wunderbar, dass er wieder da ist?«

Dem Posten war gleichgültig, wo der Kapitän war, wenn er ihn nur in Ruhe ließ. Aber die Dame hatte anscheinend nichts gegen ihn. Na gut, wenn es ihr nichts ausmachte, als Dirne angeschnauzt zu werden. Ein Sergeant hatte ihm ja mal gesagt, es gäbe Damen, die liebten es, beleidigt oder geschlagen zu werden. Komisch, sie sah doch ganz normal aus.

Sven sprang auf die Anlegeplattform und rief ihr entgegen: »Sabrina, Liebste. Was machst du hier? Sind die Kinder auch in Gloucester?«

»Ach, Sven, dass du nur gesund wieder bei mir bist. Ich bin gerade mit Mr Arthur angekommen. Die Kinder sind gesund in Easton. Ich musste wegen einer dringenden geschäftlichen Erledigung nach Philadelphia. Aber sag mir doch erst, wie es dir geht und wie lange du bleiben kannst. Ich habe ja nur durch Zufall erfahren, dass du dich morgen mit Mr Smith triffst.«

»Mir geht es gut, Liebste. Unsere Reise war erfolgreich. Wir haben auf Hin- und Rückfahrt wertvolle Prisen gekapert. Aber was ist das für eine dringende geschäftliche Angelegenheit, die dich zwingt, die Kinder allein zu lassen.«

»Sven, sie sind nicht allein. Henrietta und Billy werden gut auf sie achtgeben, und Mrs Arthur schaut auch nach ihnen. Es sollte ja alles nur drei Tage dauern.«

»Liebling, nun sag mir doch endlich, was dieses ›Es‹ ist, das nur drei Tage dauern sollte.«

»Können wir uns dazu nicht setzen und eine Tasse Tee trinken?«

Sven überlegte kurz. »Bei mir in der Kajüte ist jetzt beim Überholen des Schiffes zu viel Unruhe. Aber dort drüben ist eine Teestube, die für die Hafengegend erstaunlich solide und gediegen ist, weil dort die Agenten sich mit Kapitänen und Reedern treffen. Komm, es sind nur wenige Schritte.«

Sie saßen am Tisch, nippten an ihrer Tasse, und Sabrina begann mit dem Bericht, der ihr sichtlich schwerfiel. »Du kennst doch meine Freundin Elisabeth, verheiratete Redbook. Ihren Mann kennst du auch und erinnerst dich sicher, dass er die große Handelsfirma mit den Riesengebäuden besitzt, die wir über den Fluss immer an der Ecke Swanson und Almonds Street sehen.«

Sven nickte. »Ja, die Gebäude habe ich oft gesehen. Sie haben auch Kaianlagen dort. Elisabeth habe ich auch vor meinen Augen, aber das Bild ihres Mannes bleibt ein wenig farblos. War er der Große mit dem dicken Bauch?«

Sabrina lächelte. »Man könnte ihn auch ein wenig freundlicher beschreiben, aber du meinst sicher den Richtigen. Elisabeth kam nun gestern Früh zu mir und erzählte, ihr Mann würde enteignet werden, weil er im Stadtrat während der britischen Besatzung war und mit den Briten zusammengearbeitet und ihre Sache aktiv unterstützt hat. Er versteckt sich jetzt.«

»Warum kommt sie damit zu dir? Sollen wir ihn verstecken?«

»Nein, Sven. Aber wenn ihre Firmengebäude enteignet werden, haben sie gar nichts und können nirgendwo neu anfangen. Sie bat mich, dass wir ihnen die Firma für vierzigtausend Dollar abkaufen. Sie hatte wohl von deinen reichen Prisen gehört und dass wir bei Bradwick beteiligt sind. Die Gebäude sind für eine Reederei ideal.«

Sven fuhr sich mit der Hand über die Stirn und sperrte den Mund auf.

»Das kann doch nicht sein, dass du mir so etwas vorschlägst, Sabrina. Das Gebäude ist doch etwa das Zehnfache wert. Können wir deine Freundin so betrügen, ganz abgesehen davon, dass wir sicher gegen alle möglichen anderen Gesetze verstoßen?«

»Ich habe mit Mr Arthur im Vertrauen darüber gesprochen. Wir verstoßen nicht gegen andere Gesetze. Wenn das Gebäude noch nicht amtlich zur Enteignung gemeldet ist, kann es verkauft werden, zu welchem Preis auch immer. Und bitte, überlege einmal, welche Alternative die Redbooks haben.« Sie machte eine kurze Pause und fuhr entschlossen fort. »Gar keine! Sie werden enteignet und erhalten keinen Penny. Sie können den Verkauf jetzt nicht öffentlich anbieten, denn das ruft alle auf den Plan, die noch mit den bekannteren Royalisten beschäftigt sind, dann aber aufmerksam werden. Sie hat nur eine gute Freundin, die sie bitten kann: Tut es für uns, damit wir etwas haben. Sagt es keinem anderen, sonst wird der Verkauf gesperrt, und wir müssen ohne einen Penny flüchten. Ich weiß, meinte sie, ihr würdet mehr zahlen, wenn ihr könntet. Aber tut es jetzt so und tut es schnell und verschwiegen, sonst sind wir verloren. Was sollte ich da sagen?«

Sven sah sie nachdenklich an. »Du warst schon immer gut im Argumentieren. Mein Verstand kann dir folgen, aber meine Moral nicht. Ich kann doch Freunde nicht so übervorteilen! Ja, ich sehe ein, dass ihnen keine Alternative bleibt. Aber …«

Sabrina unterbrach ihn. »Mir geht es wie dir. Ich grübele auch schon den ganzen Tag. Da kam mir der Gedanke: Wenn wir von dem Kauf profitieren, also wenn die Reederei dort gut geht, dann können wir ein Waisenheim für Kinder stiften und es nach Redbooks nennen. Damit tragen wir einen Teil der moralischen Schuld ab und tun etwas für die Familie.«

»Das ist ein erwägenswerter Gedanke. Aber wir wollen nichts überstürzen. Ich schlage vor, dass du jetzt zu deiner Cousine fährst und dich von den Strapazen der Reise erholst. Ich lasse mich schnell noch nach Gloucester übersetzen und rede mit Mr Leifrath, dem Rechtsanwalt meines Großvaters. Dann fahre ich noch kurz zum Haus und regele, dass Joshua und Sam morgen Henrietta und die Kinder abholen. Wir treffen uns morgen um neun Uhr bei deiner Cousine.«

»Aye, aye, Sir. Das ist alles zweckvoll geregelt, Herr Kapitän, aber wo bleibt die Liebe?«

»Schatz, wenn du so eine schwierige Angelegenheit schnell geregelt haben willst, muss sie einen Tag länger warten. Aber ich weiß nicht, ob ich das durchhalten kann.«

Sie umarmten sich lachend und kümmerten sich nicht um die Blicke der Gäste.

An Einzelheiten des nächsten Tages konnten sie sich später kaum noch erinnern. Es war ein Tag der Hetze und der Formalitäten. Mr Leifrath traf sich um neun Uhr mit Mr Arthur, den er früher einmal in die Juristerei eingeführt hatte. Sie klapperten Anwälte, Ämter und Gerichte ab, um sicherzustellen, dass keine Enteignung eingeleitet war, dass der Verkauf in Anwesenheit der Familie Redbook amtlich beglaubigt werden konnte und dass die Eintragung der Käufer in die Grundbücher umgehend erfolgen würde.

Sabrina und Sven trafen Mr Bradwick, fuhren mit ihm zusammen zu dem Gebäudekomplex an der Swanson Street und besprachen, wie ihre Teilhaberschaft an der Reederei künftig geregelt werden könne. Mr Bradwick war kinderlos und hatte auch keine näheren Verwandten.

Sie waren alle begeistert von der Eignung der Gebäude für die Reederei, vereinbarten, dass die Larssons auch maßgeblich den Ankauf der neu erbeuteten britischen Briggsloop und der einen Bark übernehmen würden und dafür einen Anteil von neunundvierzig Prozent an der Reederei erhielten.

Mr Bradwick lud Sabrina zum Lunch ein, und Sven traf sich mit Mr Smith. Dieses Treffen brachte Sven die Bestätigung, dass die Fregatte *Maine* mit den acht Prisen sicher eingelaufen war.

Nach dem Lunch trafen sich die Redbooks und die Larssons mit ihren Anwälten bei einem Anwalt in Philadelphia zur Unterzeichnung des Kaufvertrages. Sven sah Elisabeth und Mr Redbook wieder. Elisabeth hatte ihm schon immer gefallen, und er begrüßte sie herzlich. Mr Redbook hatte ihm nicht so sehr gelegen, aber er war überrascht, mit welchem Ausdruck der Erleichterung und Dankbarkeit Mr Redbook ihm heute gegenübertrat.

Er bedankte sich, dass die Larssons ihm in dieser verzweifelten

Lage helfen wollten und dass sie alles so schnell und gut geregelt hatten. »Sie hatten wahrscheinlich etwas ganz anderes mit Ihrem Geld vor, Herr Kapitän, und müssen es nun so überhastet für uns anlegen. Aber ich bin zuversichtlich, dass Sie bald mit dem Kauf zufrieden sein werden.«

Sven bedauerte, dass sie bei dieser Hast keinen angemessenen Gegenwert aufbringen konnten. Seine Frau habe aber vorgeschlagen, dass sie ein Redbook-Waisenheim für Kinder errichten und stiften würden, sobald die Anlage sich rentiere. So werde der Name seinen guten Klang behalten. Die Redbooks waren sehr angetan davon und die Überschreibung verlief in angenehmer Stimmung.

Bei der formellen Eintragung des Eigentumswechsels standen die Anwälte im Vordergrund. Sven und Mr Leifrath hatten verabredet, dass der Name Larsson amtlich nicht in Erscheinung trat, sondern dass eine Anteilsgemeinschaft der Reederei Bradwick, vertreten durch Mr Arthur, Eigentümer wurde. Alles andere war durch vertrauliche Schriftstücke geregelt.

Sabrina und Sven waren regelrecht erschöpft durch diesen endlosen Paragrafenmarathon und fuhren zu ihrem Haus nach Gloucester. Sie sahen, als sie über den Delaware setzten, dass Mr Harvy mit seiner Brigg *Philadelphia* und den beiden Prisen eingelaufen war.

»Nein«, äußerte Sven, »heute Abend fahre ich nicht mehr zu Mr Harvy. Das muss Zeit bis morgen Früh haben. Von Mr Smith habe ich ja auch nicht so angenehme Nachrichten für ihn.«

»Du erwähntest das Thema schon einmal. Hat Mr Smith etwas gegen Mr Harvy?«, fragte Sabrina.

»Nicht gegen ihn persönlich, aber er geht nicht davon ab, dass ein amputierter Mann nicht Kapitän eines Schiffes der Kontinentalen Flotte werden kann. Ich konnte ihn nicht davon abbringen und möchte Mr Harvy als Entschädigung das Kommando der Brigg *Star* anbieten, die wir gerade als Kaper für die Reederei Bradwick erworben haben. Wir haben mehr Vorteile von dieser Regelung als er.«

»Ich habe nichts dagegen, Sven. Bange ist mir nur etwas davor, dass Mr Bradwick mich mit unserem großen Anteil jetzt mehr in die Geschäftsführung einbinden wird, wenn du nicht da bist. Er hat mir auch jetzt alle ein oder zwei Monate beim Kaffeebesuch die Situation der Reederei dargestellt und mich um meine Meinung zu bestimmten Maßnahmen gefragt. Aber wenn das häufiger wird und stärker ins Detail geht, werde ich schnell überfordert sein.«

Sven fasste sie um. »Das glaube ich nicht. Ich habe sehr großes Vertrauen in deinen gesunden Menschenverstand und dein Urteilsvermögen. Mr Bradwick ist ja auch kein Seemann und Navigator. Er weiß etwa, wie Schiffe segeln können, und er denkt nach, was wo gebraucht wird. Und da wirst du mithalten können.«

Sabrina blickte ihn ernst an. »Sag einmal, Sven, hast du nie überlegt, warum ich so sehr einverstanden bin, unser ganzes flüssiges Geld in die Reederei zu stecken? Fragst du dich nicht, ob ich nicht lieber die völlige Renovierung unseres Hauses, neue Möbel, Kleider und Schmuck haben möchte? Ist dir nie der Gedanke gekommen, dass ich für die Reedereibeteiligung bin, weil ich hoffe, dass du möglichst bald für immer an Land bleibst und als Reeder arbeitest?«

Sven schien überrascht. »Nein, daran habe ich nicht gedacht. Das kann im Alter was für mich sein, aber jetzt? Du weißt doch, wie gern ich zur See fahre. Sie würden mich doch auch gar nicht an Land haben wollen, weder Mr Bradwick noch das Marinekomitee. Das an Land können auch andere. Aber sie glauben, dass ich als Kapitän nicht zu ersetzen bin. Alle reden es mir dauernd ein, dass ich es selbst auch schon glaube.«

»Dann sollte ich dir vielleicht öfter sagen, dass du für mich unersetzbar bist, damit du das glaubst«, bemerkte Sabrina und schien enttäuscht. Aber sie mussten ihr Gespräch abbrechen, denn sie waren an der Anlegestelle in Gloucester angekommen.

Die kurze Entfernung vom Kai zu ihrem Haus sprachen sie nicht mehr über das Thema, sondern waren voller Anspannung, ob Joshua die Kinder schon gebracht hätte. Als sie Hundebellen hörten, fragten sie sich, ob das Rocky war oder beide Hunde.

Und dann sahen sie ihr Grundstück und sahen Rocky mit seinem Bruder Ricky herumtollen. Sie schauten sich in die Augen, lachten sich an, und Sven wäre am liebsten losgerannt, aber er musste ja auf Sabrina Rücksicht nehmen. Die Hunde hatten sie auch bemerkt, liefen an die Gartenpforte, winselten und bellten. Jemand öffnete die Haustür und wollte die Hunde rufen. Dann sah er Sabrina und Sven und rief ins Haus: »Die Herrschaften kommen! Henrietta, bring die Kinder!«

Sam und der alte John kamen zur Tür. Und dann lief ein Kind aus dem Haus, fiel beinahe die Treppe hinunter und rief immer: »Mami, Daddy, Mami, Daddy!«

Sven starrte das niedliche Mädchen mit seinen hübschen Locken an. »Mein Gott! Das ist ja Lilian. Und sie ruft nach uns.«

Er lief vor, streckte seiner Tochter beide Arme entgegen, schwenkte sie hoch in die Luft und bedeckte das vor Freude kreischende kleine Mädchen mit Küssen.

»Prinzessin! Bist du groß geworden! Und sprechen kannst du so fein.«

»Einar kann noch nicht sprechen. Brüderchen ist klein. Daddy ist groß.«

Sven konnte sich vor Freude kaum fassen. »Hörst du, wie sie spricht? Und hübsch ist sie.«

»Sven, Lilian ist zweieinhalb Jahre alt und hat nicht ganz dumme Eltern. Warum sollte sie nicht sprechen?«, mahnte Sabrina etwas nüchtern.

Ihr Mann sah sie ein wenig tadelnd an. »Sabrina! Tut mir leid. Ich kenne mich mit Kanonen besser aus als mit der Entwicklung von Kleinkindern.«

Sabrina zeigte zur Haustür: »Das werden wir schnell ändern. Schau nur! Dort bringt Henrietta deinen Sohn Einar!«

Die Amme trug den kräftigen kleinen Kerl auf dem Arm. Er kümmerte sich mehr um Henriettas Haarzöpfe als um seinen Vater. Aber als seine Mutter rief: »Einar! Dein Daddy ist da!«, drehte er sich um und schaute interessiert auf den großen fremden Mann.

Aber dann wanderte sein Blick zu Sabrina. Ein Strahlen breitete sich auf seinem Gesicht aus. »Mama!«, krähte er freudig.

Sabrina nahm ihn aus Henriettas Arm, drückte ihn an sich und küsste ihn.

»Da ist dein Daddy!«, sprach sie deutlich zu ihm und zeigte auf Sven.

Einar blickte seinen Vater kritisch an und zeigte mit seiner kleinen Hand auf ihn. »Da!«

Sven strahlte. »Einar, mein Sohn! Gib ihn mir auch auf den Arm!« Und er trug Lilian rechts und Einar links und marschierte stolz auf die Haustür zu, in der sich John, Martha, Joshua und Billy drängten.

»Willkommen daheim, Sir!«, begrüßte ihn Martha.

»Herzlichen Dank, liebe Martha. Und Dank auch dir, lieber John, dass ihr das Haus so gut behütet habt. Hoffentlich bleibt jetzt alles friedlich hier.«

»Es fehlt noch hier und da, Sir. Fensterglas wurde noch nicht geliefert. Aber wir haben uns Mühe gegeben, Sir. Bitte treten Sie mit Ihrer Gattin ein«, bat John.

Im Erdgeschoss sieht es aus wie immer, dachte Sven und erinnerte sich auf einmal an Sabrinas Bemerkung über neue Möbel. Dafür musste er wohl etwas sensibler werden. Er setzte seine Tochter ab und sagte: »Nun zeig mir doch mal die oberen Zimmer, liebe Lilian.«

Lilian schaute ihre Mutter etwas zweifelnd an, meinte dann aber entschlossen: »Lilian kann allein!«, und hielt sich am Geländer fest, während sie Fuß um Fuß die Stufen emporstieg.

Sabrina flüsterte zu Sven: »In Easton durfte sie das nicht allein, weil die Treppe steiler war.«

Aber Lilian schaffte es, auch wenn es etwas lange dauerte. Oben sah Sven dann, dass die Zimmer noch keine Fensterscheiben hatten, sondern mit Brettern vernagelt waren. Aber an diesem warmen Sommertag war ein Teil der Fenster geöffnet, und man erkannte, dass sie sonst unbeschädigt waren.

Allmählich lockerte sich bei Sabrina und Sven die Spannung, die dieser Tag in ihnen aufgebaut hatte.

»Wann sagen wir es ihnen?«, fragte Sabrina leise.

»Noch nicht«, entschied Sven. »Ich möchte erst richtig zu Hause ankommen.«

Und richtig daheim fühlte er sich erst, nachdem er auch mit Billy und Henrietta gesprochen, nachdem sie gespeist, die Kinder ins Bett gebracht hatten und er nun mit Sabrina im Schlafzimmer stand.

»Lass uns erst im Bett noch ein wenig plaudern, Liebster. Mein Kopf schwirrt noch von all diesen Entscheidungen«, bat Sabrina und sah ungewohnt scheu aus.

In Sven regte sich die Lust, aber er verstand Sabrina und hielt sich zurück. Als sie dann im Bett nebeneinanderlagen, fragte ihn Sabrina: »Sind wir nun richtig reich, Sven? Ändert sich unser Leben?«

Sven war so überrascht, dass er sich besinnen musste. Waren sie nun reich?

»Ich weiß es auch nicht, Sabrina. Dem Papier nach schon. Wenn man allen Besitz zusammenzählt, kommen wir ja fast an eine halbe Million Dollar. Das ist ungeheuer viel. Außer deiner Freundin Elisabeth kannte ich niemanden, bei dem ich so viel Geld vermutet hätte. Na ja, Mr Bradwick vielleicht. Aber das steht ja nur auf dem Papier. Ob es das wert ist, muss sich erst zeigen, wenn Handel und Wandel wieder in Gang kommen. Ohne Schiffe und Ware ist das Gebäude nicht zu verkaufen. Und Ausgaben für Instandsetzung und Wartung werden auch auf uns zukommen. Ich kann dir die erste Frage nicht beantworten. Aber bei der zweiten Frage neige ich zur Verneinung.«

»Dann kann alles wie ein Kartenhaus zusammenkrachen?«, fragte Sabrina unsicher.

»Das kann es im Krieg immer. Aber ich erwarte es nicht. Deine Fragen haben aber meine moralischen Bedenken verringert. Wenn wir Pech haben, stehen wir noch schlechter da als die Redbooks. Hoffen wir für beide Familien.«

»Du wirst es schaffen, Sven. Wenn du da bist, ist alles leichter. Du löst die Sorgen auf.«

»Und wenn ich dich und die Kinder sehe, weiß ich, wie glücklich ich bin. Das hat nichts mit Besitz zu tun. Wir wären auch in Einars Tal glücklich wie damals mein Vater und meine Mutter. Ich habe übrigens keine Nachricht von unseren Eltern. Was weißt du?«

»Es geht ihnen gut. Sie freuen sich sehr, wenn ich von den Enkelkindern berichte. Sie sind nur traurig, dass der Krieg noch keinen Besuch bei uns und bei deiner Schwester erlaubt.«

Sven richtete sich auf. »Was bin ich nur für ein herzloser Bruder. Ich habe noch gar nicht nach meiner Schwester und meinem Schwager gefragt.«

Sabrina strich ihm über die Schulter. »Nun sei nicht zu streng, Liebster. Hattest du denn an einem dieser drei Tage mehr als ein paar Minuten zur Besinnung? Aber Ingrid und ihrem Henry geht es gut. Henrys Praxis wächst und wächst. Sie haben im Hospital angebaut und zwei Krankenpfleger fest angestellt. Und ihr Sohn, unser Neffe Edgar Humphrey, ist nun ein halbes Jahr alt und gesund. Wir müssen sie bald besuchen.«

Sven lehnte sich erleichtert zurück. »Nun geht es mir besser, Sabrina. Du machst mein Herz leicht und glücklich. Streichele nur weiter so über meine Schulter.«

Sabrina lächelte hintergründig. »Darf ich dich auch küssen, Schatz?«

Er küsste sie als Antwort, und er antwortete häufiger, als sie gefragt hatte. Die Leidenschaft verdrängte ihre Erschöpfung, und sie liebten sich, bis sie sich wieder erschöpft in den Armen lagen, aber diesmal ohne Gedanken und Sorgen.

Sven wachte aus Gewohnheit schon vor dem Morgengrauen auf. Als ihm klar wurde, dass er nicht auf dem Schiff, sondern in seinem Heim war, lehnte er sich entspannt zurück und schlief wieder ein. Aber in seinem Kopf war mit der Erkenntnis, dass er daheim war, auch die Erinnerung an die leidenschaftliche Vereinigung mit seiner Frau geweckt worden und führte nun ein Eigenleben.

Nach einiger Zeit tastete er im Halbschlaf neben sich. Und dann spürte er, dass es nicht einer der vielen Wunschträume, sondern Realität war. Er war hellwach und musste sich zurückhalten, um Sabrina langsam auf den Weg vom Schlaf in die Leidenschaft zu führen.

»Es ist wirklich wahr!«, flüsterte dann auch Sabrina, als sie Erfüllung gefunden hatte. »Du bist bei mir. Es ist nicht nur ein Traum.«

Sven küsste sie zärtlich. »Aber es hat wie ein Traum ein Ende, Liebling. Die Pflicht ruft. Ich muss heute Nachmittag mit Mr Bradwick sprechen und würde dich gern dabei haben. Wenn es für uns gut werden soll, müssen wir beide über die Geschäfte der Reederei informiert sein und an den Entscheidungen teilhaben.«

»Wunderbar, Sven. Du siehst es also ein. Du musst daheim bleiben und kannst nicht mehr monatelang auf dem Ozean umherschippern.«

»Halt! Davon habe ich nichts gesagt«, protestierte Sven.

»Doch! Du hast ausdrücklich gesagt, dass wir über die Geschäfte der Reederei informiert sein und mit entscheiden müssen. Das kann niemand, der monatelang auf See ist.« Sabrina schaute ihn triumphierend an.

Er lächelte. »Manchmal ist es auch anstrengend, eine so kluge Frau zu haben. Du weißt, wie ich es meinte. Wenn ich hier bin, halte ich den Kontakt. Wenn ich auf See bin, vertrittst du mich. Bradwick und du, ihr informiert mich durch Briefe.«

Sabrina blickte ihn nun sehr ernst an. »Du wirst dir nicht immer das Angenehmste aussuchen können, Sven. Sollte einmal die Zeit kommen, in der ich für meine Kinder oder die Reederei Zeit haben muss, werde ich immer die Kinder wählen. Dann wirst du da sein müssen.«

Sven nickte. »Die Zeit wird kommen. Ich beginne, es einzusehen. Aber heute Nachmittag bist du dabei?«

Sie hatten daheim eine kleine Mahlzeit zu sich genommen und waren dann in das Boot gestiegen. Sam und Billy begleiteten sie. Joshua wurde auf dem Schiff gebraucht.

Mr Bradwick begrüßte sie herzlich, und bot ihnen Kaffee, Tee oder Wein an. Sie entschieden sich für Kaffee, und als ihre Tassen vor ihnen standen, eröffnete Mr Bradwick die Besprechung.

»Heute treffen wir uns zum ersten Mal als nahezu gleichberechtigte Partner. Unsere Väter waren seit Jahrzehnten enge Freunde. Wir kennen uns seit vielen Jahren. Da scheint es mir nicht unzumutbar, wenn ich Ihnen vorschlage, dass wir uns mit dem Vornamen anreden, um dieser Verbundenheit auch äußerlich Ausdruck zu geben.«

»Da wir häufiger miteinander zu tun haben werden, Mr Bradwick, als Sie mit meinem Mann, will ich einmal für uns sprechen. Wir sind sehr geehrt und erfreut, dass unsere Familien nun auf dieser Basis zusammenarbeiten. Ich werde es immer gern hören, wenn Sie zu mir Sabrina sagen.«

»Und ich werde stolz sein, wenn Sie mich mit Richard anreden. Und bitte, schließen Sie meine Frau Anne in dieses Freundschaftsband ein.«

Sie mussten dann noch schmunzeln, wenn es »Rückfälle« zu »gnädige Frau« oder »Mr Bradwick« gab, aber sie merkten bald, dass sie auch geschäftlich in ähnlichen Kategorien dachten. Mr Bradwick erläuterte zunächst die Anteile des Transport- und des Kaperaufkommens in der Firma.

»Wir sind mit neun Transportschiffen inzwischen eine der größeren Reedereien. Sie wissen, dass wir nur im überregionalen Transport tätig sind. Den nahen Küstentransport hatte schon mein Vater aufgegeben. Wir haben ein Schiff verloren, das vor Spanien gekapert wurde. Die Versicherung hat siebzig Prozent des Schadens gedeckt. Sie sehen aus den Zahlen auf diesem Blatt, dass wir im letzten Jahr einen respektablen Gewinn im Transportbereich aufweisen konnten. Als Kaperschiffe verfügen wir über den Schoner *Freedom* und die Brigantine *Anne*. Sven gab uns den guten Rat, den Schoner für die aktive Kaperei einzusetzen und die *Anne* eher defensiv. Sie hat in der Tat sehr effektiv unsere Transporter geschützt, elf Angriffe abgewehrt und durch Täuschung oder eigene Aktivität außerdem neun Prisen gewonnen. Der nominelle Ertrag der Kaperei ist etwas geringer als der bei den Transportern. Aber bezogen auf das eingesetzte Kapital ist der prozentuale Gewinn deutlich höher. Sollen wir nun den Kaperbereich überproportional verstärken?«

Sabrina sah Sven aufmunternd an.

»Nein, Richard«, erwiderte Sven. »Das kann ich nicht empfehlen. Das Kapergeschäft wird risikoreicher, da die Briten immer stärker geschützte Konvois zusammenstellen. Die *Freedom* kann mit den Geleitschiffen nicht mehr konkurrieren. Wir sollten nicht noch mehr Kaper hinzunehmen als die Briggsloop, die wir gerade erworben haben. Wir müssen das Transportgeschäft verstärken, denn auch durch die französische Flotte an unseren Küsten wird der Bedarf an Frachtraum steigen.«

Mr Bradwick nickte. »Wenn Sabrina auch einverstanden ist, dann gehen wir unseren Weg weiter. Wir haben die Sloop *Star* erworben und die Bark *Portsmouth*, die ich in *Billingsport* umtaufen möchte nach diesem Städtchen am Delaware. Ich habe auch einen tüchtigen Kapitän für die *Billingsport* aus unserer Flotte, aber bei der *Star* muss Sven helfen.«

Sabrina studierte unauffällig ihren Mann, den sie ja sonst nicht in professionellen Diskussionen erlebte. Er sah nicht nur gut aus in seinem blauen Jackett mit den Goldverzierungen und dem weißen Hemd. Er zeigte auch eine sehr sympathisch wirkende Mimik und Gestik. Seine Bewegungen waren freundlich und schlicht. Seine Sprache ohne einen Anflug von Überheblichkeit und doch sehr sicher und überzeugend.

»Ich habe einen ausgezeichneten Kapitän, Richard, dem ich zu dem Kommando über die Brigg *Philadelphia* verhelfen wollte, die wir als Prise aus Frankreich mitbrachten. Aber Mr Smith beharrt unbeugsam auf der Linie des Marinekomitees, keinen Amputierten zum Offizier zu ernennen. Mr Harvy ist fußamputiert, hatte als Erster Leutnant bei mir einen Stockstumpf, jetzt aber eine richtige Fußprothese. Er ist so gut wie nicht behindert und gleicht das leichte Hinken durch beeindruckende Kenntnisse und Führungseigenschaften aus. Bei ihm wäre die *Star* in besten Händen. Viele Seeleute, die wir als freigelassene Gefangene mitbrachten, werden bei ihm anheuern, denn er ist zu allem auch noch beliebt.«

Mr Bradwick war einverstanden, und sie verabredeten, dass die Seeleute für die *Star*, die nicht im Urlaub waren, in dem neu erworbenen Gebäudekomplex untergebracht werden sollten. Mr Bradwick erzählte, dass er zwei nicht mehr auf Schiffen aktive Zahlmeister beauftragt habe, die Bestände im Gebäude zu registrieren. Es war noch erstaunlich viel Proviant, aber auch Decken und Mobiliar in den Gebäuden.

»Die Briten haben zum Schluss bei dieser gewaltigen Evakuierung wohl etwas den Überblick verloren. Für uns ergibt sich aber die Konsequenz, dass wir Wachen für den Komplex einsetzen müssen, denn sonst stößt einer durch Zufall auf die Vorräte, und dann wird gnadenlos geplündert.«

Sven sagte, dass er für heute Nacht Seesoldaten abordnen könne. Dann aber müsse aus der künftigen Mannschaft oder aus angeheuerten Wachleuten der Dienst organisiert werden.

»Wir bräuchten einen richtigen Hausmeister, der Reinigung, Reparaturen und Bewachung ständig organisiert«, warf Sabrina ein.

»Ausgezeichnet, Sabrina«, gab Mr Bradwick zu. »Als Mieter in diesem Haus brauchte ich mich darum bisher nicht zu kümmern. Ich werde meinen Büroleiter fragen.«

»Könnten Sie bitte damit noch etwas warten, Richard? Ich möchte gern noch mit meinen Leuten sprechen, ob einer unserer hervorragenden Handwerkermaate nach einer Fuß- oder Handamputation verfügbar ist. Ihm wäre geholfen und wir hätten einen langjährig bewährten Mann.«

Sabrina wandte sich den beiden zu. »Mir ist gerade noch eingefallen, dass du, lieber Sven, von Beschädigungen auf dem neuen Kaperschiff sprachest. Muss es noch in eine Werft?«

Sven klatschte in die Hände. »Sabrina, wenn bei uns noch ein Zweifel war, ob du für dieses Geschäft geeignet bist, jetzt hast du ihn selbst widerlegt. Natürlich müssen wir die *Star* schnell in die Werft bringen. Der Fockmast muss neu eingesetzt werden, und einige leichtere Schäden an den Aufbauten sind auszubessern. Ich schlage die Burlington Shipbuilding Company vor und wäre bereit, an Mr Wilkes, den Inhaber, zu schreiben.«

»Einverstanden! Sie können das gleich machen. Aber sagen Sie, Sabrina, Sie waren also nicht so glücklich über die Mitarbeit in der Reederei?«

»Ich verstehe davon zu wenig und fühle mich unsicher, Richard.«

Mr Bradwick lächelte und wirkte dabei sehr verständnisvoll und gütig. »Ein nicht von fachlichen Vorurteilen belasteter kritischer Kopf bringt oft mehr Gewinn als ein Dutzend Experten. Glauben Sie mir, Sabrina, Ihre Beiträge sind für uns ein Gewinn.«

Als sie nach drei Stunden ihre Besprechung beendet hatten, als Sven den Brief an Wilkes geschrieben und Mr Bradwick die sofortige Zustellung versprochen hatte, war Sabrina erleichtert, dass sie heim zu den Kindern konnte. Aber da sagte Sven zu ihr: »Wir müssen noch bei der *Star* vorbeifahren und kurz mit Mr Harvy sprechen.«

»Sven, einmal musst du auch ein Ende finden. Ich bin müde, und daheim wollen sie auch noch dies und das mit uns regeln.«

»Du hast recht, Liebling, aber Kapitän Harvy verliert einen Tag, wenn ich ihm nicht die Entscheidung mitteile. Es dauert nur fünf Minuten, und du lernst ihn kennen.«

Sabrina ergab sich in das Schicksal, und die Kutsche rollte zum Anlegeplatz. Sie fuhr fast an die Gangway. Sam sprang ab und lief aufs Schiff, um Kapitän Harvy in die Teestube zu bitten, in der Sabrina schon mit Sven geplaudert hatte. Die Kutsche setzte sie dann dort ab.

Es war laut drinnen, denn auch einige Maate tranken dort ihr Bier. Als Sabrina mit Sven eintrat, guckten einige erstaunt, belästigten sie jedoch nicht. Kaum hatten sie ihre Bestellungen aufgegeben, da kamen schon Kapitän Harvy und Sam.

Sven stellte Harvy vor und der zeigte sich gesellschaftlich gewandt zu Sabrina. Er hatte ein breites Gesicht, buschige Augenbrauen und wirkte erschöpft.

»Ich hoffe, Sie hatten einen angenehmeren Tag als ich«, sagte er. »Dauernd kam jemand und wollte dringend diese oder jene Anweisungen. Die Leute unseres Stammpersonals, die in der Nähe wohnen, habe ich vereinbarungsgemäß in Urlaub geschickt. Die befreiten Armeesoldaten sind dem Stadtkommandanten überstellt. Die befreiten Seeleute habe ich in dem Gebäude untergebracht, das unsere Marinesoldaten bewachen. Wir fanden dort genug Decken.«

»Da sind Sie unseren Vereinbarungen schon zuvorgekommen. Aber darüber sprechen wir morgen. Heute muss ich Ihnen leider sagen, dass meine Versuche, Ihnen das Kommando der *Philadelphia* zu übertragen, gescheitert sind. Das Marinekomitee ernennt keine Amputierten zu Kapitänen. Es tut mir sehr leid. Als Ausgleich könnten Sie Kapitän der *Star* werden, die künftig als Kaperschiff der Reederei Bradwick segelt. Sie wird baldmöglichst in der Werft überholt.«

»Ich danke Ihnen sehr für Ihre Bemühungen, Mr Larsson, und nehme Ihr Angebot gerne an. Ich werde morgen gleich unter den befreiten Seeleuten nach Freiwilligen für die *Star* werben und mich auch sonst umhören.«

Sven schüttelte ihm die Hand und sagte: »Ich wusste, Sie würden keine Minute versäumen. Das Gebäude, in dem Sie die Seeleute untergebracht haben, gehört jetzt der Reederei Bradwick. Sie braucht einen Hausmeister. Wenn Sie einen zuverlässigen guten Handwerker kennen, der durch Hand- oder Fußamputation aus dem Dienst scheiden musste, lassen Sie es mich wissen.«

»Ich werde mir sehr viel Mühe geben. Darf ich mich jetzt verabschieden und Ihnen einen schönen Abend wünschen, Mrs Larsson, Mr Larsson?«

»Er wirkt tüchtig und sympathisch, dieser Mr Harvy«, bemerkte Sabrina zu Sven, als sie wieder in der Kutsche saßen.

»Er ist kompetent, ehrlich und zuverlässig. Er wird künftig zu dem Kreis meiner Seemannsfreunde gehören wie Joshua, Karl Adam, Sam und mancher andere«, ergänzte Sven und legte den Arm um ihre Schulter. »Dich wird er in die Freundschaft einbeziehen. So, nun lass uns unseren Freund Joshua abholen, der schon bei der *Liberty* warten wird, und zu dem Boot fahren, das uns übersetzen soll.«

Das Fiasko vor Newport
(August 1778)

Es war dunkel geworden, als sich das Boot der Anlegestelle von Gloucester näherte. Sabrina lehnte ihren Kopf an Svens Schulter. Wenn es nur erst zwei Tage später wäre, dachte sie. Dann fahren wir alle zu Ingrid und Henry nach Norristown. Dann kann Sven sich nicht dauernd mit offiziellen Dingen befassen und muss für uns Zeit haben.

Sven reckte sich und sagte zu Sabrina: »Lass uns aufstehen, Liebste! Wir sind da.«

Sam war schon an den Bug des Schiffes gegangen, um die Leine festzumachen. Aber man sah ihn gar nicht in der Dunkelheit, denn das Dunkelblau seiner Kleidung und die Schwärze der Haut verschwanden in der Nacht. Gleiches galt für Joshua, aber er war unmittelbar vor Sabrina, sodass sie seine weißen Zähne leuchten sah. Er reichte ihr die Hand und sagte freundlich: »Bitte, Mrs Larsson.«

Am Steg halfen ihr Sam und Sven nach oben. Sie wartete auf Sven und ging mit ihm über die dunklere Fläche des breiten Steges. Sam und Joshua warfen dem Schiffer die Leinen zu.

Sabrina und Sven waren jetzt auf festem Boden und wanderten den ausgetretenen Pfad zu ihrer Straße entlang.

»Wie schön ...«, begann Sabrina ihren Satz, als zwei Gestalten hinter einem Busch hervorsprangen.

»Hände hoch!«, rief einer leise und doch drohend. »Sonst seid ihr tot!«

Sven hob die Hände und sagte ruhig zu Sabrina: »Heb nur die Hände, dann tun sie uns nichts.«

»Sehr gut«, bestätigte der Wortführer. »Und jetzt werfen Sie Ihre Tasche zu mir her, Lady, und Sie ziehen mit der linken Hand vorsichtig die Börse aus der Tasche, Mister.«

Sabrina warf die Tasche zu kurz, sodass der Räuber sie nicht erreichen konnte, ohne zwei Schritte vorzutreten. Er wartete, ob Sven gehorchte. Dann ging er vor und bückte sich. In dem Moment zerplatzte der Kopf seines Kumpans. Der Mann sackte mit einem dumpfen Laut zusammen.

Sven sprang vorwärts und stieß den Wortführer mit einem kräftigen Fußstoß zu Boden. Dann sprang er mit beiden Füßen auf seine rechte Hand, die die Pistole hielt. Er brüllte vor Schmerz und ließ die Waffe los. Sven stieß sie mit dem Fuß zur Seite, und dann stand Joshua neben ihm, zielte mit seiner Pistole auf den Räuber und zischte: »Komm, steh auf, damit ich dich abschießen kann!«

Der Räuber blieb reglos liegen. Sabrina klammert sich an Sven. Der sagte: »Bitte bringt den Gauner zum Sheriff. Der kann den anderen abholen lassen. Das war wieder ein Meisterwurf, Sam. Kommt dann bald heim. Der Sheriff kann uns morgen befragen.«

Sven hob Sabrinas Tasche auf, fasste sie um und ging mit ihr weiter. Sie stolperte mechanisch voran. Nach einigen Schritten sagte sie: »Sven, was war das denn wieder? Warum ist dem einen plötzlich der Kopf zerplatzt?«

»Du weißt doch, dass der Sam so zielsicher werfen kann. Er hat immer Eisenkugeln in der Tasche, etwa vier Zentimeter Durchmesser, wie wir sie in unseren Traubengeschossen verwenden. Das hält kein Kopf aus.«

Sabrina konnte es noch nicht fassen. »Aber es war doch zu dunkel zum Zielen!«

»Frag mich nicht, wie er das wieder geschafft hat! Die beiden sind so gefährlich als Kämpfer, wie sie gut und treu als Freunde sind. Ich wundere mich über nichts mehr.«

Die Kinder schliefen schon, aber Henrietta berichtete, dass es ihnen gut ginge. Billy habe den ganzen Nachmittag mit Lilian gespielt. »Und Einar wollte immer zu den Hunden. Er zeigte mit dem Ärmchen und sagte so lange ›Da, da!‹, bis wir zu den Hunden gingen.«

Sven bedankte sich auch bei Martha und John. »Auf Billy werdet ihr in Zukunft verzichten müssen. Morgen geht er mit mir aufs Schiff und bleibt dort als Midshipman. Dann lässt er euch strammstehen.«

»Aber doch nicht der Billy«, widersprach Martha. »Der ist so ein lieber Kerl.«

Sie lachten, und Sven und Sabrina schauten nach den Kindern, ehe sie sich an den Abendbrottisch setzten.

In der Küche wandte sich Martha in einem freien Moment an Billy. »Billy, bevor du aufs Schiff gehst, musst du mir noch etwas erklären. Wir hatten doch hier in Philadelphia den britischen General Howe als Besatzer. Dann sind die Briten abgezogen. Howe ist zurückgetreten, und General Clinton wurde Kommandeur. Und jetzt reden die Männer wieder alle von Howe, dass er vor New York kommandiert. Ist er nun zurückgetreten oder nicht, oder ist er wiedergekommen?«

Billy war zum Lächeln, aber er verbiss es sich, um Martha nicht zu kränken. »Martha, es sind Brüder. Der ältere, Richard Howe, ist Admiral und kommandiert Schiffe. Er hat den Titel eines ›Earl‹ geerbt. Der jüngere, William Howe, ist General und kommandierte die Landtruppen. Dieser jüngere Bruder, der General, ist abgelöst worden. Der Admiral, der ältere Bruder, ist noch im Dienst. Er hat einen guten Ruf und ist beliebt. Seine Seeleute nennen ihn ›Black Dick‹.«

Aber dann kamen Joshua und Sam vom Sheriff zurück, und nun regten sich Martha und Henrietta erst einmal über die Gefahren auf, die die Herrschaften wieder erlebt hatten. Doch auch Sabrina hatte sich beruhigt und bat, man möge sie erst in Ruhe essen lassen.

Aber auch in Norristown bei Ingrid und Henry, Svens jüngerer Schwester und seinem Schwager, wurde der Überfall erneut zum Thema. Henrietta hatte wohl etwas zur Köchin gesagt und die zum Hausdiener. Aber bis es dann am Kaffeetisch die Herrschaften beschäftigte, hatten die damit zu tun, gegenseitig ihre Kinder zu bestaunen. Edgar Humphrey, Ingrids und Henrys Sohn, war ja nur einen Monat jünger als Einar.

Lilian wurde bewundert, wie groß sie schon war, und sie fühlte sich wie eine junge Dame. Zwischen Einar und Edgar wurde manche Ähnlichkeit gefunden, und dann musste über die schöne Schiffsfahrt den Schuylkill aufwärts berichtet werden. Schließlich hatte Sven ja auf See auch einiges erlebt, und Henry hatte in Norristown mit seiner Arztpraxis und dem Hospital ein medizinisches Kleinod aufgebaut.

Die Kinder waren längst im Bett, und die Eltern saßen am späten Abend schon etwas erschöpft beisammen, als Sabrina und Sven über den Kauf der Gebäude am Delaware und die Erhöhung des Anteils in der Reederei sprechen konnten.

»Nein, ich glaube nicht, dass ihr unmoralisch gehandelt habt«, sagte Henry. »Ohne euch hätten die Redbooks nicht einen Cent erhalten. Und ihr habt die Stiftung im Hintergrund, in die ihr übermäßige Gewinne investieren wollt. Nein, ihr braucht keine Skrupel zu haben. Wir kennen das mit den Enteignungen. Auch hier widerfuhr es manchen Loyalisten. Es hat viel böses Blut gegeben. Hoffentlich kommen unsere Länder einmal zur Ruhe.«

»Und wir können unsere Eltern einmal in Kanada besuchen, nicht wahr, Sabrina?«, warf Ingrid ein.

Sie berichtete, was sie über das erfolgreiche Einleben der Eltern in Kanada wussten.

»Was müssen die erst für Sehnsucht haben, ihre Enkel zu sehen«, ergänzte Sabrina.

Am nächsten Morgen zeigte Henry stolz die Praxis und das kleine Hospital. Sven sah seinen ehemaligen Schiffsarzt Tim Bolder wieder, der jetzt Henrys rechte Hand war.

»Wir könnten wieder einen so guten Mann brauchen, wie Sie einer waren, Mr Bolder. Die Reederei stellt eine Sloop mit einem guten Kapitän als Kaperschiff in den Dienst. Da hat man auch Gewinnchancen«, sagte Sven.

»Ich werde sofort anfragen, Mr Larsson. Ein jüngerer Freund von mir hat gerade sein Examen abgelegt. Er hat bei uns manchmal geholfen und ist tüchtig.«

Sven erzählte Henry von Kapitän Harvys Fußamputation, die in Bordeaux so kunstvoll durch eine Prothese ausgeglichen wurde.

»Wie lange ist Kapitän Harvy noch in Philadelphia?«, fragte Henry.

Als Sven ihm erklärte, vier Wochen würden Reparatur und Ausrüstung des Schiffes schon dauern, entschied Henry, dass er mit einem Zimmermann kommen würde, und fragte Sven, ob er eine Untersuchung Harvys vermitteln könne.

»Ich beschäftige mich seit einiger Zeit mit Prothesen. Aber das ist nur zum Teil ein medizinisches, zum anderen ein handwerkliches Problem. Aus Schriften kann man wenig lernen. Man muss die Prothesen fühlen und in Funktion sehen können. Dann können wir hier mit Erprobungen beginnen, denn der Bedarf besteht in der Tat.«

Sven sagte seine Hilfe zu und sah mit Bewunderung, was Henry und Tim Bolder im Hospital leisteten.

Auf dem Rückweg sprach er mit Henry noch über die Anforderungen, die durch die neuen Gebäude auf Sabrina und ihn zukämen. »Du hast uns damals Rocky und Ricky besorgt, unsere treuen Wächter. Hast du noch Verbindung mit dem Hundezüchter? Wir könnten bei diesem Areal vier Hunde mit vier Wächtern gebrauchen.«

»Das ist kein Problem. Ich bringe sie mit.«

Henry verlangsamte seine Schritte. »Sven, ich kenne einen Arzt, der mit General Washington befreundet ist. Er hält große Stücke von seinem Freund. Aber er sagt, Washington seien die Hände gebunden, weil unsere Milizen nach Hause gingen, sobald die unmittelbare Gefahr für ihre nähere Heimat vorbei sei. So könne man keine Armee aufbauen.«

»Ich höre das auch von der Armee. Wir haben die Probleme in der Flotte, dass Kriegsschiffe nicht auslaufen können, weil sie nicht genug Seeleute finden. Die lassen sich lieber von Kaperschiffen anwerben, weil sie dort größere Gewinne erwarten. Da wir Soldaten und Seeleute nicht mit Zwang rekrutieren können, werden wir mit diesen Problemen leben müssen. Ich persönlich habe keine Schwierigkeiten, Seeleute zu finden, weil ich in dem Ruf stehe, immer Prisen zu kapern.«

»Das ist in der Landarmee schlechter«, betonte Henry. »Aber Washington hat jetzt auch ausländische Offiziere, um die Truppen besser zu drillen. Aus Preußen kam ein Major von Steuben und aus Frankreich ein Marquis de Lafayette. Man redet bei uns aber jetzt viel davon, dass die Briten Truppen in die südlichen Staaten senden wollen, weil sich dort viele Loyalisten offen zum König bekennen.«

Sven schüttelte den Kopf. »Das werden die Briten nicht schaffen, solange d'Estaing mit seiner Flotte so überlegen ist. Wenn die französische Flotte nur sechs Tage früher angekommen wäre, hätte es ein Desaster für die britische Flotte und ihre Transporter beim Rückzug aus Philadelphia gegeben. Ich hoffe, dass d'Estaing jetzt Howes Schiffe vor New York energisch angreift.«

»Kennst du ihn?«

»Flüchtig. Ich habe mich auf seinem Flaggschiff gemeldet, und er hat ein paar bedeutungslose Sätze mit mir gewechselt.«

Henry sah Sven an. »Das klingt aber nicht so, als ob du von ihm beeindruckt seist.«

»Das bin ich auch nicht. Ich hatte erwartet, dass er sich genauer nach den Bedingungen erkundigen würde, die er bei uns vorfindet.«

»Hoffentlich täuscht dein Eindruck.«

»Das hoffe ich sehr, Henry. Die Franzosen sind nach New York gesegelt, um Admiral Howe dort anzugreifen.«

Sven schlief lange in der Nacht nach ihrer Heimkehr nach Gloucester. Sabrina war vor ihm aufgewacht und hatte ihn voller Liebe angeschaut, wie er dort lag, die Decke halb abgestrampelt. Sie sah seine kräftigen Schenkel, die Wunden, die er im Krieg erlitten hatte, und sie fühlte die Lust der letzten Nacht wieder in sich aufsteigen.

Aber dann sagte sie sich, dass er nach seiner Rückkehr kaum Zeit zum Ausruhen hatte, und ging leise aus dem Zimmer, um sich um Frühstück und die Kinder zu kümmern.

Kurz vor neun Uhr weckte sie ihn dann mit Lilian an der Hand und Einar auf dem Arm. Lilian krabbelte gleich zu Sven ins Bett, und Einar fuchtelte mit seinen kleinen Ärmchen umher, als Sabrina ihn neben seinen Vater legte.

»Lieb sieht es aus, wie ihr drei dort liegt. Man müsste immer einen Maler zur Hand haben, der solche Bilder festhält.«

»Wenn die Geschäfte gut gehen in der Reederei, dann kannst du einen im Haushalt anstellen, Liebste. Aber jetzt muss ich erst einmal in unseren Baderaum, um mich etwas frisch zu machen.«

Sie frühstückten, als Sven noch im Morgenmantel war, und saßen bei dem schönen Wetter auf der Terrasse zum Fluss. Lilian zeigte, wie sie selbst essen konnte. Einar wurde von Sabrina und Sven abwechselnd gefüttert. Die Hunde lagen brav in der Nähe und sahen ihnen unverwandt zu und warteten, dass ihnen etwas zugeworfen wurde.

Sven hatte den Blick von Lilian zu Sabrina wandern lassen und dabei auf dem Fluss ein größeres Schiff unter Segeln gesehen. Er blickte genauer hin.

»Das ist die *Enterprise*, Sabrina, mein altes Schiff. Karl Bauer kommt nach Philadelphia. Mein Gott, ich hab ihn lange nicht gesehen. Was würdest du sagen, wenn ich ihn heute Abend zum Essen mit zu uns bringe?«

Sabrina hätte am liebsten gesagt, dass sie mit Sven allein sein möchte, aber Karl Bauer war seit vielen Jahren ein so guter und lieber Freund, dass sie seinen Besuch nicht abwehren konnte. »Bring ihn mit, Sven. Ich erinnere mich, dass er so gern Sauerkraut aß.«

»Das ist wohl sein deutsches Erbe. Er wird dann sicher auch seine Familie in Germantown besuchen. Aber ich wette, dass er vorher jemanden in Philadelphia aufsuchen wird.« Und er erzählte Sabrina die Geschichte, wie sich Karl an Bord eines Auswandererschiffes ein wenig in die Tochter eines deutschen Schriftsetzers verguckt hatte, den beim »Philadelphischen Staatsboten« eine Stelle erwartete.

Als Sven gegen Mittag auf seine Fregatte kam, wo überall gehämmert, gesägt und gestrichen wurde, bat er Leutnant Flinders zu sich und ließ sich über den Stand der Arbeiten berichten. Als die aktuellen Dinge geregelt waren, forderte er ihn auf, ein Boot zur *Enterprise* zu schicken. Er wolle Sam mit einer Nachricht beauftragen. Der Kapitän der *Enterprise* sei sein ehemaliger Erster, Karl Bauer.

»Ich habe von ihm gehört, Sir. Der Bootsmann kennt ihn doch auch.«

»Ja, aber verraten Sie ihm noch nichts.«

Als das Boot der *Enterprise* kam, wurde Kapitän Bauer ohne großes Zeremoniell empfangen, weil das inmitten all der Handwerksarbeiten deplatziert gewesen wäre. Aber Sven stand an der Reling und umarmte seinen Freund herzlich. Beiden war die Freude anzumerken, dass sie sich gesund wiedersehen konnten.

Joshua wartete in der Kajüte des Kapitäns. An Deck hätte er einen Kapitän nicht so freundschaftlich umarmen können. Da musste die Disziplin beachtet werden. Aber in der Kajüte waren sie nur alte, erprobte und gute Freunde.

Sie suchten im Gesicht des anderen nach Veränderungen. »Joshua, bist du noch größer und kräftiger geworden?«, fragte Karl Bauer. Und Sven neckte Karl, weil er bei ihm den Ansatz eines Bäuchleins entdeckte.

Karl gratulierte Sven zu seinem Sohn und scherzte mit Joshua, warum er noch nicht sein eigenes Kaperschiff kaufe, wo er doch mit Sven so reiche Prisen gekapert habe. Joshua gab zu, dass er alles spare, weil er ja auch einmal heiraten wolle. »Aber die hübschen Frauen schnappen unsereinem ja die weißen Männer immer weg.«

Die Bemerkung löste bei Karl und Sven einige Erinnerungen an die reizvollen farbigen Mädchen in der Karibik aus. »Ich war lange nicht dort, immer nur im Norden. Jetzt komme ich mit eiligen Nachrichten aus New York«, klagte Karl.

Sven war sehr interessiert, aber Joshua verabschiedete sich, weil heikle Arbeiten an Deck seine Anwesenheit erforderten. Die Flottenpolitik überlasse er lieber den Herren Kapitänen.

Karl wurde recht schnell ernst, nahm noch einen Schluck Wein und erzählte Sven dann: »Ich habe vor der Einfahrt nach New York patrouilliert, als d'Estaing am 11. Juli ankam. Das war ein Anblick! Zwölf Linienschiffe, darunter eines mit neunzig und eines mit achtzig Kanonen, sechs Vierundsiebziger und, und, und.«

»Ich habe sie auch einmal gesehen«, warf Sven ein.

»Und was hat der britische Admiral Howe getan?«, fuhr Karl fort. »Er hat seine sechs Linienschiffe und einen armierten Transporter hinter der Sandbank von Sandy Hook verankert. Sie haben Springseile aufgesteckt, sodass sie leicht die Einfahrt nach New York bestreichen konnten. Nun war d'Estaing in der Klemme. Seine großen Schiffe brauchten sieben Meter und sechzig zur Durchfahrt. Über der Sandbank waren aber nur gut sieben Meter Wasser. Er war also drückend überlegen, konnte aber nicht an sie herankommen, denn sie hatten auf Sandy Hook auch eine Batterie errichtet.«

Sven schüttelte den Kopf. »Hätte er nicht die Halbinsel von Sandy Hook erobern können? Gegen seine vielen Kanonen kann sich dort auf dem schmalen Stück Land niemand halten. Und dann errichtet er selbst starke Batterien und vertreibt die Briten.«

Karl zuckte mit den Schultern. »Ich weiß es nicht. Manche sagen, dann hätte er die britischen Landtruppen aus New York am Hals gehabt. Andere sagen, die wären gegen seine Kanonen auf Sandy Hook nie angekommen. Wie es auch sei. Er hat Lotsen konsultiert, und dann kam am 22. Juli eine Springflut in Verbindung mit starkem Nordostwind. Das Wasser über der Sandbank stieg auf neun Meter zehn. Jetzt wäre er durchgekommen. Aber er segelte nicht. Manche sagen, er habe nicht wissen können, wie lange diese Flut hielt. Er war zu vorsichtig für ein solches Risiko.«

»Und nun?«, fragte Sven.

»Ich weiß nur, dass er Befehl gegeben hat, abzusegeln. Wohin, steht in seinen verschlossenen Briefen.«

»Wenn der Kerl nichts riskiert, wie will er dann etwas gewinnen? Wie kann man einen Infanteriegeneral so eine Flotte kommandieren lassen? Mein Gott, solche Chance kommt doch nicht wieder. Er hätte die britische Flotte vor unserer Küste vernichten können. Nun werden die Briten Verstärkungen schicken.« Sven hatte sich in Wut geredet.

»Beruhige dich, Sven. Noch sind die Verstärkungen nicht da. Und Washington soll seine kontinentale Armee sehr vergrößert haben.«

Sven antwortete nicht, und beide tranken schweigend ihren Wein.

Karl räusperte sich und sagte dann: »Ich hätte noch eine ganz andere Frage. Hast du dich schon einmal in Philadelphia nach dem Schriftsetzer Lader umsehen können?«

Svens Ärger schien verflogen. Er grinste Karl an. »Du meinst nach seiner Tochter Hanna, nicht wahr, Karl. Nein, in den kurzen Wochen habe ich noch keine Zeit gehabt. Aber sie hat während der Besatzung sicher einen britischen Offizier gefunden.«

Karl drohte ihm lächelnd.

»Ja, ich weiß inzwischen, dass der Herr Lader die Setzabteilung beim ›Staatsboten‹ leitet. Über die Tochter weiß ich nichts. Ich konnte nur meinen Diener schicken, um sich zu erkundigen. Aber morgen werde ich hoffentlich selbst Zeit finden.« Karl hatte Sabrina diese Antwort am Abend auf ihre Frage gegeben.

»Sven hatte mir nichts gesagt, lieber Karl. Sonst hätte ich schon meine Fühler ausgestreckt. Aber Männer sind in diesen Dingen so wenig einfühlsam. Wie lange bleibst du hier?«

»Ich werde eine Woche zu tun haben, um alle Berichte und Gesuche zu bearbeiten. Wenn ich dann die Reparaturen in Gang gebracht habe, will ich eine Woche zu meiner Familie fahren. Es ist ja nicht weit.«

»Viel Zeit bliebe dann aber nicht für deine Hanna«, wandte Sabrina ein. »Mehr als drei bis vier Wochen Ruhezeit geben sie euch doch nicht.«

»Hast du die Sollstärke?«, mischte sich Sven ein.

»Ja, seit deiner Zeit hatten wir keinen Personalmangel. Und inzwischen haben sie sich an mich gewöhnt und sorgen immer für Ersatz, wenn wir Ausfälle haben. Sie haben auch gute Prisen gemacht während der letzten beiden Fahrten. Aber wenn ich dann sehe, dass manche von dem guten Geld nicht einen einzigen Penny mehr am letzten Ruhetag haben, dann sträuben sich mir die Haare.«

Sabrina überlegte. »Man müsste eine Sparkasse nur für Seeleute gründen. Direkt an der Gangway müssten die Mitarbeiter der Bank einen Stand aufmachen und ihre Dienste und Sparprämien anpreisen.«

»Das wäre aber ein gefährliches Geschäft, Sabrina«, warnte Karl. »Die Huren und ihre Zuhälter würden die Stände zerschlagen, und die normalen Banken würden im Geldgeschäft Ärger bereiten.«

Sabrina blickte ihn prüfend an. »Ihr wollt so eine neue Bank wohl gar nicht?«

Henry war mit dem Handwerker gekommen und Sven begleitete ihn selbst zur Brigg *Star*, die Harvy jetzt kommandierte. Er hatte den Besuch des Arztes angekündigt, und Harvy empfing sie freundlich.

Die Brigg sah gut aus mit ihrem neuen Mast.

»Sind Sie mit der Arbeit der Werft zufrieden, Mr Harvy?«, fragte Sven.

»Sehr, Mr Larsson. Die Leute haben gut und schnell gearbeitet. Und wenn Sie Zeit haben, zeige ich Ihnen mal die Pivotkanonen. Das sind Wunderwaffen.«

Sven betonte, dass er die Kanonen gern sehen würde, aber Zeit sei Mangelware. Er wünsche alles Gute für die Untersuchung durch Dr. Kellaghan. »Es wäre doch wunderbar, wenn durch Ihre Erfahrung vielen anderen geholfen werden könnte.«

Henry kam nach der Untersuchung noch auf der Fregatte *Liberty* vorbei. Sven war gerade im Mannschaftsdeck und überprüfte die Hängematten.

»Es war wahnsinnig interessant, das zu sehen«, berichtete Henry. »Abgesehen von einem Mechanismus, der völlig neu war, ist alles andere bekannte Handwerkerarbeit. Man muss eben nur auf die Idee kommen, es so zusammenzufügen. Mein Handwerker hat nur gezeichnet und gemessen. Er wird jetzt eine Kopie anfertigen. Und ich habe auch einen Amputierten, bei dem wir sie erproben können. Wenn wir ihm helfen, können wir auch anderen Erleichterung bringen.«

Den nächsten Vormittag wollten Sabrina und Sven der Besichtigung der neu erworbenen Gebäude für die Reederei widmen. Mr Bradwick hatte sich mit ihnen verabredet.

Sie trafen sich am Kai vor der Front Street. »Hier können doch ohne Weiteres drei große Schiffe gleichzeitig entladen«, staunte Sven.

»Kein Problem«, bestätigte Mr Bradwick. »Und wir haben gute Kräne und Rollen zum Transport.«

Sie gingen durch große Lagerhallen. Mr Lockney begleitete sie, den Mr Bradwick als Chef des Wachdienstes ausgesucht hatte. Außerdem war Mr Brewton dabei, den Sven noch als Bradwicks Lagerverwalter in den alten Räumen kannte.

Mr Brewton war früher britischer Sergeant gewesen und bei Beginn der Kämpfe in den Kolonien aus der Armee ausgeschieden. Da er eine Rückgratverletzung erlitten hatte, war keine politische Motivation vermutet worden. Er hatte die letzten Jahre als Hausmeister in einem Artilleriedepot gearbeitet, das die Briten bei ihrem Abzug niedergebrannt hatten. Er machte einen kompetenten Eindruck und erzählte stolz von den vier neuen Wachhunden.

Das Gebäude hatte an der Westseite auch Büroräume und drei Wohnungen, von denen Mr Lockney und Mr Brewton je eine bewohnten. Aus der Reederei arbeiteten schon vier Schreiber und Buchhalter in den neuen Büros.

»Es wird bald voller werden«, betonte Mr Bradwick und berichtete, was in den Räumen renoviert und was an Personal neu eingestellt werden müsste.

Sabrina und Sven waren einverstanden und bestätigten Mr Bradwick auch in seinem Plan, auf dem Dach an der Frontseite in Großbuchstaben die Bezeichnung »Bradwick und Co.« anzubringen.

Sabrina scherzte gerade, dass er aber kein Schild anbringen solle, das späte Gäste nach den Dienststunden an ihre Adresse in Gloucester verweise, da kam Mr Lockney mit einem Mann an und sagte: »Die Firma Balter will die Mehlsäcke aus der Halle II abtransportieren.«

Mr Bradwick schaute den Fremden verwundert an. »In wessen Auftrag und mit wessen Erlaubnis?«

Der Fremde stellte sich vor, zeigte ein Schreiben und sagte: »Die Firma hat das Mehl am 11. Juni von Mr Redbook gekauft, wie Sie aus den Schreiben ersehen. Ich soll es in die Lager der Firma bringen.«

Die Larssons und Mr Bradwick sahen sich erstaunt an. Das war einen Tag vor ihrem Kauf. Sie baten den Fremden um Verständnis, wenn sie einen Moment allein beraten müssten, und traten zur Seite.

»Das war einen Tag vor unserem Gebäudekauf, und die Papiere scheinen in Ordnung«, sagte Mr Bradwick mit einer Mischung aus Staunen und Empörung.

»Mr Redbook hatte doch aber gesagt, er verkaufe die Gebäude mit eingelagertem Gut«, erinnerte sich Sven. »Und der Notar der Grundbuchverwaltung sagte, bewegliches Gut werde in seinen Akten nicht angeführt«, fügte Sabrina hinzu.

»Richtig!«, erinnerte sich Sven. »Mr Leifrath meinte noch, wir könnten uns die Gebühren für einen gesonderten Vertrag sparen, da wir die Redbooks gut kennen.«

»Nicht gut genug, wie sich jetzt zeigt«, bemerkte Mr Bradwick sarkastisch. »Die haben uns reingelegt, auch wenn das Lagergut nicht umfangreich ist.«

»Elisabeth würde mich nie reinlegen«, widersprach Sabrina.

»Aber ihr Mann ohne ihr Wissen, wie ich annehme. Es soll auch solche Ehemänner geben. Was machen wir nun?«, fragte Sven.

»Wir werden nichts überstürzen, schlage ich vor. Ich konsultiere meinen Rechtsanwalt und vertröste den Transportunternehmer, wenn Sie einverstanden sind, Sabrina und Sven?«

Sie waren einverstanden und baten Mr Bradwick, ihnen noch Bescheid zu geben. Sie seien von zwei bis vier Uhr nachmittags auf Svens Schiff.

Es war schon etwas nach vier Uhr, als Sven Mr Bradwick eilig auf den Kai kommen sah.

»Komm, Sabrina, fahren wir ihm entgegen. Wir können in dem kleinen Kaffee reden und lassen uns dann nach Hause bringen.«

Mr Bradwick hatte keine gute Nachricht. »Die mündliche Zusicherung von Mr Redbook ist nicht einklagbar. Wir hätten über das Lagergut einen eigenen Vertrag abschließen müssen. Aber der Vertrag für die Gebäude ist sicher. Ich habe meinen Büroleiter den Wert der Lagergüter schätzen lassen. Er kam auf sechstausend Dollar. Davon sind Güter für viertausend Dollar leicht verkäuflich. Die werden wohl abgeholt werden. Das können wir verschmerzen.«

»Ja«, bestätigte Sven. »Was ich aber nicht verschmerze, ist, dass wir unter Berufung auf alte und enge Freundschaft so hintergangen wurden. Ich werde nie meine Zustimmung für einen einzigen Cent geben, der für eine Redbook-Stiftung bestimmt ist.«

»Ich verstehe das, Sven, aber ich bleibe dabei: Elisabeth hat davon nichts gewusst. Ich vertraue ihr, wie du deiner Schwester Ingrid vertraust«, meldete sich Sabrina.

»Nicht nur Ingrid, auch dir, meine Liebste.«

Mr Bradwick lächelte. »Das wird Ihnen eine Lehre sein. Man sagt immer, bei Geld hört die Freundschaft auf. Ich lehne den Spruch ab. Aber ich prüfe schon, wie echt und bewährt die Freundschaft ist. Eine eingeheiratete Freundschaft gibt es anscheinend nicht. Wo wollten die Redbooks eigentlich hin?«

»Nach St Augustine im spanischen Florida, aber vorher noch nach Charleston«, antwortete Sabrina.

Es kam so, wie Mr Bradwick erwartet hatte. In den nächsten Wochen wurden für etwa viertausend Dollar Waren abgeholt. Aber inzwischen füllte sich das Lager mit Waren der Reederei Bradwick, sodass sie über den Verlust nicht lange nachdenken konnten.

Wochen später, Sven war längst wieder auf See, erhielt Sabrina einen Brief von Elisabeth aus Charleston.

»Liebste Sabrina! In Schmerz und Scham schreibe ich dir diesen Brief. Ich habe erfahren, dass mein ehemaliger Mann Benedict euch hintergangen und die Lagergüter noch einmal verkauft hat. Die Nachricht wurde in Charleston wie ein Präriefeuer bekannt. Niemand hat ihm mehr ein Wort geglaubt, und er ist jetzt in St Augustine. Mich hat er schon nach unserer Ankunft hier verlassen. Eine Geliebte war uns vorangereist, und er zog zu ihr, ohne von mir und unserem Sohn Abschied zu nehmen. Ich fand zum Glück die Hilfe einer jüngeren Kusine meiner Mutter, wurde als Lehrerin angestellt und kann mich und meinen Sohn ernähren. Ich muss oft an dich denken. Bitte verzeih mir, dass ich meinem Mann nicht zutraute, dass er meine engste Freundin und mich betrügen würde. Ich denke oft an dich. Grüße Sven. Bitte schreib mir, wenn ihr mir verzeiht.«

Sven strebte mit eiligen Schritten dem Büro von Mr Smith zu. Die vorletzte Juliwoche war für ihn weniger arbeitsreich und endlich urlaubsähnlich gewesen. Und dann platzte in die gemütliche Ruhe mit Frau und Kindern die Nachricht herein, das Schiff sei auslaufbereit zu machen und er habe am nächsten Morgen die Befehle bei Mr Smith abzuholen.

In der letzten Nacht hatte sich Sabrina an ihn geklammert, als wollte sie ihn für immer festhalten. Sven wusste: Muße und Urlaubsstimmung waren vorbei. In allem war ein Hauch Abschied. Nun wollte er von Mr Smith auch wissen, was vor ihm lag.

Vor dem Büro sah Sven einen Mann in Kapitänsuniform stehen. Nanu? Das war Karl Bauer. In den letzten Tagen hatte er nicht an ihn gedacht.

Karl strahlte ihn an und rief beim Händeschütteln: »Stell dir vor, ich habe Hanna gefunden!«

Sven machte wohl ein etwas verdutztes Gesicht, denn er fügte hinzu: »Na, die Hanna Lader vom Auswandererschiff.«

»Sag bloß! Wie war's?«

»Schön! Ich war zwei Mal mit ihr spazieren und im Café. Wir nennen uns beim Vornamen, und sie sagte, es sei wunderbar, dass der Zufall uns wieder zusammengeführt habe. Wenn ich auslaufen muss, werde ich sie bitten, auf mich und die Verlobung zu warten.«

»Donnerwetter! Aber wieso Zufall? Du wusstest doch, wo du sie finden konntest.«

Karl lächelte verschmitzt. »Ach, das hätte doch zu aufdringlich gewirkt. Einfach hingehen und klopfen? Nein, ich habe die Wohnung ausgekundschaftet. Und als Hanna wegging, lief ich ihr zwei Straßen weiter über den Weg. Nun war es ein Wink des Schicksals!«

»Ich hätte dich nicht für so raffiniert gehalten, Karl, woher hast du das?«

»Ich war jahrelang mit einem Menschen zusammen, bei dem habe ich mir das abgeguckt.«

Sven stieß ihn in die Seite. »Komm rein, ehe du mich noch mehr madig machst.«

Als sie Mr Smith sahen, waren Scherz und Freude wie weggewischt.

Er blickte sehr ernst und sagte nach flüchtiger Begrüßung: »Meine Herren, die Dinge stehen schlecht für uns. Sie sollen versuchen, da etwas zu ändern. Kommen Sie bitte zur Karte!«

Kein Schluck Wein, keine Frage nach der Familie. So hatte Sven Mr Smith noch nie erlebt.

»Meine Herren«, sagte er ohne weitere Floskeln. »Unsere Lage ist sehr ernst. Sie kennen unsere Verluste in diesem Jahr: die Fregatte *Randolph*, die Sloop *Alfred*, die Sloop *Columbus*, die Fregatte *Virginia* und die Fregatten *Effingham* und *Washington*, die auf dem Delaware von den Briten verbrannt wurden, bevor sie überhaupt ausliefen. Dem stehen einige spektakuläre Raubzüge vor Englands Küsten gegenüber. Es gibt eine Fraktion im Marinekomitee, die Angriffe auf Englands Küsten befürwortet, weil wir dadurch britische Schiffe in der Heimat binden.

Ich gehöre nicht zu dieser Fraktion. Ich bin der Meinung, dass es unser Hauptziel sein muss, den britischen Nachschub nach Amerika zu stören und Angriffe auf unsere Küsten zu verhindern. Unsere zahlenmäßig weit unterlegene Flotte hat nun die Unterstützung einer überlegenen französischen Flotte erhalten. Wir haben einen mächtigen Verbündeten.

Aber die ›Hilfe‹ des Verbündeten war bisher eine einzige Enttäuschung. D'Estaing hat die britische Flotte im Delaware verpasst und ist jetzt vor New York abgesegelt, ohne die Briten anzugreifen, wie mir durch Kurier gemeldet wurde. Aber diejenigen, die gegen amerikanische Flotten waren, verstecken sich hinter diesem ›Verbündeten‹, um die Ausgaben für unsere Flotte zu kürzen. Ich habe Informationen, dass die Ausgaben für die Staatsflotte Pennsylvaniens Ende dieses Jahres radikal gekürzt werden sollen. In anderen Staaten sieht es nicht anders aus. Wir brauchen Erfolge auf See, meine Herren, sonst haben wir nichts mehr, wenn die Franzosen in die Karibik absegeln.

Und diese Entscheidung droht. Den französischen Kaufleuten sind die Zuckerinseln wichtiger als die amerikanischen Kolonien. Darin unterscheiden sie sich gar nicht von den Briten. Wir brauchen einen Erfolg, bevor d'Estaing in die Karibik entschwindet. Ich bin informiert worden, dass mit General Washington verabredet wurde, dass die Franzosen Rhode Island angreifen und dort zu Lande von General Sullivan mit etwa zehntausend Mann unterstützt werden sollen.

Sie werden angewiesen, sofort nach Rhode Island zu segeln und dafür zu sorgen, dass d'Estaing eng mit unseren Landtruppen zusammenarbeitet. Bisher war der Kontakt mit ihm viel zu locker. Er muss die Kommandeure der Landtruppen kennen lernen, Sie müssen Landungsunternehmen initiieren und die Küstenbatterien beschießen. Sie müssen ihm für den kleinsten Erfolg den Dank der Kommandeure überbringen und ihm unsere Interessen vermitteln. Wie Sie das im Einzelnen schaffen, liegt bei Ihnen, aber schaffen müssen Sie es!«

Sven ging auf dem Achterdeck seiner Fregatte hin und her und grübelte. Der überstürzte Abschied von Sabrina und den Kindern wurde nur dadurch erträglicher, dass er an der amerikanischen Küste blieb. Er war ja nur vier oder fünf Tage von zu Hause entfernt, und daheim war weit und breit kein Brite mehr.

Hinter ihm erklang eine lautes »Sir«. Er wandte sich um. Aber er war nicht gemeint. Billy erstattete Leutnant Flinders eine Meldung. Der ließ Billy rühren und unterhielt sich freundlich mit ihm.

Billy hatte sich gut eingelebt. Sven dachte nach, was das doch für ein Weg vom kleinen heulenden Schiffsjungen war, den sie 1776 von einem gekaperten Schiff übernommen hatten. Zur Familie mit dem Stiefvater wollte er nicht mehr. Und heute war er ein zufriedener Offiziersanwärter, der sich bei den Larssons daheim fühlte. War das nun Zufall, Glück, Bestimmung?

Sven schob den Gedanken fort und dachte an seinen Auftrag. Was sollte er erreichen, wenn auch d'Estaing wusste, dass der britische Admiral Byron mit einer großen Flotte zur Verstärkung Admiral Howes in England abgesegelt war? Dass er noch nicht angekommen war, lag vielleicht am Wetter. Der Brite hatte den Spottnamen »Schlechtwetter«-Byron, weil er mit seinen Flotten fast immer in Unwetter geriet. Aber wenn er ankam, dann war d'Estaing in der Unterzahl. Wollte er darum kein Risiko eingehen?

Sie waren Tag und Nacht mit jedem Fetzen Tuch gesegelt, das sie an die Rahen bringen konnten, aber fliegen konnten sie nicht. Was mochte inzwischen geschehen sein? Sven hatte die Karte von Rhode Island und den Küsten in der Nähe stundenlang studiert. Er hatte nachfragen lassen, welche Besatzungsmitglieder aus der Gegend stammten. Sie hatten drei Maate und fünf Matrosen von dort an Bord.

Zwei Maate und drei Matrosen kannten die Küsten wirklich gut. Er hatte immer wieder bei ihnen nachgefragt und sich überlegt, wie Schiffe in den Kampf eingreifen konnten. Er hatte auch gelesen, was ihm über die Besetzung durch die Briten vorlag. Und an einem Tag, als die See weniger rau war, hatte er Karl Bauer auf sein Schiff kommen lassen und mit ihm über ihre Möglichkeiten diskutiert.

Zwei Tage lagen noch vor ihnen, und sie hatten kein Schiff der französischen Flotte gesichtet. Sven sah, wie die Mannschaften den Kanonendrill beendeten, sich den Schweiß abwischten und zum Unterdeck gingen.

»Deck!«, störte der Ruf des Ausgucks die Feierabendstimmung. »Segel steuerbord sieben Punkt, vier Meilen voraus!«

Sven löste keinen Alarm aus. Erst einmal sehen, was da kam. Er schickte einen erfahrenen Maat mit dem Teleskop auf den Mast. Der berichtete ihm, dass er nicht sicher sei.

»Es hat die Größe eines Linienschiffs, Sir. Ich glaube auch, dass zwei Reihen Geschützpforten zu erkennen waren, aber da könnte die Bemalung täuschen. Doch das Schiff trug an einem Mast Notbeseglung und liegt schlecht im Ruder. Das würde ich bei einem Kriegsschiff anders erwarten, Sir.«

»Na gut!«, antwortete Sven. »In einer halben Stunde schauen Sie noch einmal nach. Sie können inzwischen auf Ihre Station.«

Sven winkte seinem Ersten Leutnant, der in seiner Nähe stand. Mr Flinders nahm diese Stelle ein, seit Mr Harvy sein eigenes Kommando hatte. Sven informierte ihn.

»Sir, das könnte ein britischer 74er von Byrons Flotte sein, der durch einen Sturm beschädigt wurde. Vielleicht können wir uns mit ihm anlegen, wenn er nicht richtig segeln kann.«

Sven lächelte. »Ja, wenn er keine Wende mehr segeln kann und uns nur sein Heck darbietet. Aber sonst sollten wir unseren Auftrag nicht gefährden. Lassen Sie erst einmal britische Flaggen setzen. Bitte auch Signal an die *Enterprise*.«

Die beiden Amerikaner näherten sich dem unbekannten Schiff. Es war tatsächlich ein vom Sturm zerzaustes Linienschiff. Dann war es mit großer Wahrscheinlichkeit ein Brite. Es war unwahrscheinlich, dass ein einzelnes französisches Linienschiff mit diesem Kurs segelte.

Bald erkannten sie auch die britische Flagge. »Gehen wir ruhig etwas näher heran«, sagte Sven zu Mr Flinders. »Wir können denen immer noch davonsegeln.«

Das Linienschiff musste einem schweren Sturm entkommen sein. Der obere Teil des Hauptmastes war weggebrochen. Auch am Klüver und an der Fockrah waren Behelfssegel angebracht. Teile der Reling waren weggebrochen, und das Ruder schien etwas beschädigt.

»Wir haben den Windvorteil. Was würden Sie befehlen?«, fragte Sven den Midshipman Frank Waller, der als Melder bei ihm stand.

»Hinter sein Heck kreuzen und angreifen, Sir.«

»Und wenn die ihr Ruder noch gut benutzen können und uns die Breitseite zeigen?«

»Dann weg mit allen Segeln, Sir.«

Sven lächelte. »Gut, dass Sie nicht leichtsinnig sind. Signalisieren Sie der *Enterprise*, dass sie sich dreihundert Meter backbord von uns halten soll. Wir passieren den Briten fast auf Gegenkurs und wenden hinter sein Heck. Klar Schiff ohne Auffälligkeiten. Während das Passierens Flaggengruß und winkende Matrosen. Steuerbordbatterie mit zwei Kugeln laden.«

Leutnant Will musste die roten Röcke an seine Seesoldaten verteilen, damit sie an der Reling grüßen konnten. Die Matrosen unterschieden sich bei den verschiedenen Flotten kaum in ihrer Kleidung. Aber die Offiziere durften nur in Alltagskleidung und ohne Goldlitzen an Deck. Da wäre der Unterschied aufgefallen.

»Flaggengruß!«, befahl Sven.

»Sir, der Brite signalisiert«, rief der Signalmidshipman. »Ich glaube, er fordert den Kommandanten zum Rapport.«

»Mr Petrus, tun Sie so, als ob Sie mein Boot fertigmachen!«, befahl

Sven und studierte das Linienschiff durch sein Teleskop. Vierundsiebzig Kanonen, britische Bauart, deutliche erkennbare Sturmschäden, Kanonen nicht feuerbereit, normaler Dienst an Deck.

»Sir, der Brite signalisiert erneut. Diesmal fordert er anscheinend die geheimen Erkennungssignale«, meldete sich wieder der Midshipman.

»Setzen Sie die Signale vom Mai, die haben wir doch!«, antwortete Sven und ließ dann durchsagen: »Fertigmachen! Wir legen Ruder, um sein Heck zu beschießen.«

Alle waren auf ihrem Posten. Da rief Joshua: »Sir, der Brite bereitet Kursänderung vor und bemannt die Geschütze. Er traut uns nicht mehr!«

Sven gab Signal, nach Steuerbord zu drehen. »Ziel auffassen! Feuer frei!« Dem Bootsmann befahl er: »Nach dem Feuer zurück auf alten Kurs und auf und davon mit allen Segeln.«

Den Signalmidshipman ließ er für die *Enterprise* das Signal zum Rückzug setzen. Jetzt sah er das Heck des Briten. *»Cornwall«* konnte er als Namen lesen. Ja, das war kein Schiff aus Howes Flotte. Das musste eines von Byron sein.

Endlich feuerten seine Kanonen. Der Brite begann, ihnen seine Breitseite zu zeigen. Nur weg, ehe die schweren Kanonen sie erreichen konnten. Sven zählte in Gedanken die Sekunden. Aber jetzt drehte seine Fregatte wieder und entfernte sich mit jeder Sekunde von der drohenden Breitseite.

Dann schossen die Briten. Backbord von der *Liberty* wuchs ein Wald von Wassersäulen aus dem Meer.

»O Gott! Wenn die uns getroffen hätten«, stöhnte Leutnant Flinders.

Sven studierte die Schäden im britischen Heck. Praktisch jeder ihrer Schüsse musste getroffen haben. Aber das Linienschiff konnte noch furchtbar zurückschlagen. Nichts wie weg.

Zwei Tage später, am 2. August, begegnete ihnen vor Kap Judith eine Fregatte. Sie trug die französischen Farben.

Auf der *Liberty* atmeten die meisten erleichtert auf. Sven wartete den Austausch der Erkennungssignale ab und ließ dann sein Boot fertig machen zum Übersetzen.

Er wurde an Bord der Fregatte mit allen Ehren empfangen. Der Kapitän begrüßte ihn an Deck, und Sven war froh, dass er sein Französisch vor wenigen Monaten in Bordeaux ein wenig aufgefrischt hatte.

»Ich habe Ihr Schiff schon gesehen, Kapitän, als Sie vor New Jersey zu unserer Flotte stießen. Hier sind wir Ihnen vier Tage zuvorgekommen und landen heute Truppen auf Conanicut Island.«

Sven fand seinen französischen Kollegen recht sympathisch und bat ihn, ihm auf der Karte zu zeigen, was er über die beiderseitigen Stellungen wisse.

Der Franzose ging mit ihm zur Karte und trug seine Kenntnisse wie ein Wasserfall vor.

Sven hob die Hand. »Bitte, Sir. Ich komme nicht mit. Mein Französisch ist keineswegs perfekt. Könnten Sie bitte langsamer sprechen.«

Der Franzose lachte und legte Sven die Hand auf die Schulter. »Ich spreche auch meinen Landsleuten zu schnell. Entschuldigen Sie bitte meine Gedankenlosigkeit.« Und dann begann er noch einmal, zeigte auf Newport. Dort sei General Pigot mit etwa sechstausend Briten. Er halte auch die Insel Rhode Island besetzt, die manche auch Aquidneck nennen würden. Das Festland im Westen und auch im Osten sowie einige der inneren Inseln seien in der Hand der Amerikaner, die General Sullivan kommandiere.

Kapitän Suffren sei mit zwei Fregatten in die Mittlere Passage eingedrungen. Er wisse auch, dass die Briten Schiffe versenkt hätten, um den Zugang nach Newport zu erschweren. Aber darüber könnten ihm die Kommandeure vor Ort mehr sagen. Er habe jetzt die langweilige Aufgabe, vor Kap Judith zu patrouillieren.

»Hoffentlich kommen häufiger so nette Verbündete.«

Sven dankte freundlich, aber er wollte sich nicht weiter aufhalten. Er wollte jetzt den Kontakt zu d'Estaing und Sullivan aufnehmen und aktiv werden, wo es nur ging.

Die *Liberty* segelte in die Narraganset Bay hinein. Alle Kanonen waren besetzt und feuerbereit. In den Mastkörben hatten sich die Scharfschützen postiert. Einige der Matrosen, die die Segel bedienten, stießen sich an und wiesen sich auf den hohen Leuchtturm hin, der am Kap Beavertail stand. Einer der alten Rhode Islander gab Auskunft, dass er seit knapp dreißig Jahren dort stehe und sie flüsterten es weiter.

Sven rückte seinen Gürtel mit Schwert und Pistole zurecht. Er kannte den Leuchtturm, einen der drei ersten in den Kolonien. Er ließ die Blicke schweifen. Dort voraus waren die französischen Transporter, die die Truppen entladen hatten. Einige Fregatten lagen dort zur Unterstützung. Er hatte mit Admiral d'Estaing verabredet, dass er über Prudence Island hinaus vorstoßen wolle, um mit General Sullivan Kontakt aufzunehmen, der bei Tiverton auf Rhode Island übersetzen wollte.

War das nun ein guter Anfang, dass d'Estaing diesmal Interesse an Details gezeigt und bereits mit General Sullivan gesprochen hatte? Als Sven ihm berichtet hatte, dass er die sturmgeschädigte *Cornwall* auf dem Weg nach New York getroffen habe, wirkte er einen Augenblick wie versteinert, war dann aber über die Meldung hinweggegangen.

Svens Gedanken wurden unterbrochen.

»Schüsse steuerbord voraus auf der Insel, Sir.«

Waren das die Franzosen bei ihrem Vorrücken? Sven stellte sich an die Reling und musterte die Küste durch sein Teleskop. Die französischen Transportschiffe lagen ein Stück hinter ihm. Trotzdem konnten Spähtrupps schon auf dieser Höhe sein.

Aber dann sah er einen Trupp Soldaten mit roten Röcken hinter Büschen kauern und mit ihren Musketen auf einen Waldrand schießen. Dort bewegte sich hin und wieder etwas. Aber was? Sven schaute zur Seite und dann wieder auf den Waldrand. Aber er war sich nicht sicher.

Er winkte Billy zu sich. »Mr Walton, Sie haben junge und gute Augen. Können Sie erkennen, was sich dort am Waldrand bewegt?«

Billy stutzte einen Moment, weil Sven ihn so formell anredete. Aber dann hatte er realisiert, dass sie ja nicht mehr in der Familie, sondern in Uniform an Deck waren.

»Ich werde mir Mühe geben, Sir«, antwortete er und nahm das Teleskop. Nach einigen Momenten sagte er: »Das sind Leute in Farmerkleidung, Sir, Milizen oder Zivilisten. Hundert Meter weiter rechts läuft jetzt ein Trupp rechts über die Wiese und will die Rotröcke umfassen.«

Sven überzeugte sich. Ja, das waren Milizionäre. Die Briten schienen eine kleine Einheit zu sein, deren Rückzug abgeschnitten wurde. Könnte man sie gefangen nehmen?

»Mr Walton! Bitten Sie Leutnant Will für einen Moment zu mir.«

Billy rannte davon, und kurz darauf kam er mit dem Leutnant der Seesoldaten zurück. Sven zeigte ihm das Gebüsch mit den Rotröcken und die Milizionäre. »Wie beurteilen Sie das, Mr Will?«

Leutnant Will war auch der Meinung, dass eine britische Einheit, ein Zug etwa, auf dem Rückzug vor den Franzosen abgeschnitten worden war. Dann sah er Sven an und sagte: »Nun wollen Sie wissen, Sir, ob wir uns die Rotröcke schnappen könnten.«

Sven zog die Augenbrauen hoch. »Ich hoffe, Sie können nicht alle meine Gedanken erraten. Schlagen Sie mir vor, wie Sie es anstellen wollen, die Burschen zu greifen. Ich hätte gern ein paar Auskünfte von den Rotröcken, und nach meiner Erfahrung ergeben sie sich lieber uns als der Miliz.«

Will überlegte kurz und unterbreitete seine Vorschläge.

»Einverstanden!«, entschied Sven. »Ich lasse gleich ein paar Schüsse zwischen Waldrand und Gebüsch setzen.«

Zwei Boote mit gut vierzig Mann landeten bald darauf. Die Boote blieben in Ufernähe und richteten ihre Zweipfünder-Drehbassen feuerbereit auf das Ufer. Sven beobachtete durch das Teleskop, wie seine Männer geduckt in die Büsche liefen. Billy war mit Rocky bei ihnen.

Billy hatte seine Uniform als Midshipman mit einer dunklen Hose und einem dunkelgrünen Jackett getauscht und schlich nun neben Leutnant Will durch den Busch. Rocky war neben ihm und schnüffelte.

Der Sergeant hinter ihnen fluchte und klatschte sich auf den Nacken, um Stechmücken abzuwehren. Mr Will drehte sich um und sah ihn böse an. Der Sergeant schloss den Mund und schaute betreten drein.

Vor ihnen lag eine kleine Lichtung. »Dahinter muss nach hundert Metern die andere Lichtung mit dem Gebüsch kommen«, flüsterte der Leutnant. »Sergeant, gehen Sie dort an der Eiche mit zehn Mann weiter vor. Wenn Sie auf Miliz treffen, handeln Sie, wie verabredet.«

Der Trupp entfernte sich von ihnen, und die anderen huschten über die Lichtung. Im Wald legten sie sich erst einmal auf den Boden. Mr Will stand an einen Baum gelehnt und spähte voraus. Dann gab er ein Zeichen. Ein Teil seiner Leute sprang etwa zehn Meter voran, duckte sich hinter Bäumen und hielt die Musketen schussbereit. Billy war bei ihnen und ließ Rocky schnüffeln.

Dann sprangen die anderen. So wechselten sie sich ab. Bis jetzt hatten sie niemanden entdeckt. Plötzlich fing Rocky an zu knurren und schnüffelte zur Seite. Billy spähte in die Richtung. Da! Ein Rotrock huschte hinter einem Baum hervor und sprang zum nächsten Baum. Jetzt wieder einer!

Billy flüsterte Mr Will ins Ohr: »Die ziehen sich zurück zum Strand.«

Der Leutnant nickte und flüsterte Befehle zu den nächsten Männern. Die gaben sie leise weiter. Sie wandten sich jetzt mit ihren Gewehren den Briten zu. Fünf Mann schickte Mr Will nach vorn. Sie sollten den Briten den Rückweg abschneiden. Die anderen schlichen langsam voran.

»Und der Sergeant?«, flüsterte Billy Mr Will zu.

»Der muss wissen, was er zu tun hat, wenn er die Rotröcke sieht oder unsere Schüsse hört«, antwortete der Leutnant.

Rocky hatte sich beruhigen lassen, horchte und schnüffelte aber weiter aufmerksam nach Neuigkeiten. Die Briten hatten sich jetzt in einem größeren Gebüsch gesammelt. Entweder hatten sie etwas bemerkt, oder sie wollten die Richtung ändern. Man sah hier oder da einen Fleck ihrer roten Jacken.

Plötzlich fielen Schüsse. Billy wusste nicht, ob die Briten auf den Trupp des Sergeanten feuerten oder dieser auf die Briten. Er schaute zum Leutnant. Der spähte aufmerksam voraus und deutete mit der

Hand an, dass sich alle ducken sollten. Billy sah, wie ihm der Schweiß den Hals hinunterrann.

Und dann lief ein Rotrock aus dem Gebüsch zur Seite, duckte sich hinter einen Baum und feuerte in die andere Richtung.

Mr Will zeigte auf einen ihrer Scharfschützen: »Knall ihn ab!« Dann rief er den anderen zu: »Fertig machen zur Salve in das Gebüsch!«

Der Scharfschütze schoss. Der Rotrock sackte hinter seinem Baum zusammen, und Mr Will rief: »Feuer!«

Auch Billy hatte nur auf das Gebüsch zielen können, denn Feinde sah er nicht. Aber sie hatten wohl Treffer erzielt, denn sie hörten Schreie und mindestens eine Stimme jammerte immer noch.

Und dann pfiffen Kugeln an ihnen vorbei, und sie hörten kurz darauf den Knall. Billy duckte sich unwillkürlich noch mehr. Aber Rocky wollte mit gefletschten Zähnen losrennen. Mit einem kurzen Ruf zwang ihn Billy auf den Boden und zielte wieder. Dort sah er einen roten Fleck. Er zog den Finger durch. Drüben taumelte ein Körper aus dem Gebüsch und blieb liegen.

Von beiden Seiten wurde auf das Gebüsch gefeuert. Leutnant Will rief nach wenigen Minuten laut: »Feuer stopfen!«

Als es ruhig wurde, stand er auf, winkte mit seinem weißen Tuch und rief: »Ergebt euch! Wir sind Seesoldaten von der kontinentalen Flotte. Unser Schiff liegt vor dem Ufer. Der Arzt ist an Bord. Für euch ist der Kampf sofort vorbei. Warum wollt ihr euch abknallen lassen?«

Drüben wurde gestritten. Dann flogen Musketen aus dem Busch, und die ersten Rotröcke kamen mit erhobenen Händen heraus. Als nicht auf sie geschossen wurde, kamen immer mehr. Aber dann schoss noch einer.

Rocky knurrte.

»Fass ihn!«, rief Billy und rannte dem davonjagenden Hund hinterher. Die Kapitulanten gingen ihm aus dem Weg. Billy hörte Knurren und Schreie aus dem Gebüsch. Er stieg mit erhobenem Gewehr hinein. Rocky hatte einen schreienden Briten in den Oberarm gebissen und zerrte ihn hin und her.

»Aus!«, befahl Billy. »Hände hoch!«

Rocky ließ los, und der Brite hob die Arme, indem er mit der rechten Hand den linken Arm stützte. Blut träufelte aus dem Uniformärmel.

»Lauf zu den anderen! Dort wird dein Arm verbunden.« Dann sah er sich um. Hier und da lagen Tote. Aber dort regte sich noch einer. Er stieß dessen Gewehr zur Seite und drehte ihn auf den Rücken. Er hatte eine Wunde in der rechten oberen Brust. Ängstliche Augen sahen ihn an.

»Kannst du ein Stück gehen? Dann wird dir geholfen.«

Der Brite nickte und versuchte aufzustehen. Billy half ihm, und Rocky blickte aufmerksam auf den Briten.

Als sie einige Schritte gegangen waren, kamen ihm zwei Kameraden entgegen und halfen dem Verwundeten.

Rocky drehte sich um und bellte, aber es waren die Leute ihres Sergeanten, und er beruhigte sich. Sie trugen einen eigenen Verwundeten.

»Los! Runter an den Strand! Ihr drei bildet die Nachhut. Midshipman Walton kommandiert. Los! Das erste Boot soll abfahren und sofort zurückkommen. Tempo!« Leutnant Will machte ihnen Beine.

Billy und seine drei Männer hielten nur geringen Abstand zu den anderen. In diesem Wald wollten sie nicht allein bleiben. Aber sie achteten sorgfältig auf das Gelände, das sie verließen. Billy forderte Rocky immer wieder zum Schnüffeln auf.

Am Ufer hörten sie schon Rufe der Ruderer. Aber Rocky knurrte. Sie hockten sich nieder, hielten die Musketen schussbereit und spähten in die Büsche. Da huschten braun gekleidete Gestalten von Baum zu Baum. Aber sie folgten ihnen nicht direkt, sondern strebten eher rechts an ihnen vorbei.

»Los!«, zischte Billy. »Schnell noch zehn Meter zurück!« Sie sprangen zurück und konnten durch die Bäume das Ufer sehen. Das erste Boot legte ab. Die Gefangenen standen dicht an dicht in der Mitte. Am Ufer schrie auf einmal einer laut: »Hurra!«

Leutnant Will drohte, und der Mann war ruhig. Aber die Milizsoldaten im Wald waren aufmerksam geworden. Jetzt sprangen sie auf Billys Leute zu.

Billy stand auf, hielt seine Muskete zur Seite und rief: »Gut Freund! Wir sind Amerikaner von der kontinentalen Flotte! Nicht schießen! Alle Briten sind gefangen.«

Bei den Milizsoldaten stand einer auf, winkte zwei andere an seine Seite und ging mit ihnen auf Billy zu. Ihre Kleidung war nicht sehr einheitlich, aber alle trugen braune Jacken. Der Führer hatte Schafthosen und Stiefel und einen Hut mit breiter Krempe. Ein anderer trug lange braune Hosen, beim dritten waren sie Schwarz. Alle hatten Rifles in der Hand und lange Messer an der Seite. Sie trugen auch alle Bärte.

Der Anführer wandte sich an Billy. »Ich bin Hauptmann Salter vom Zweiten Rhode Island Regiment. Wo sind die Briten?«

»Midshipman Walton von der kontinentalen Fregatte *Liberty*. Die Briten werden mit einem Boot zur Fregatte gebracht. Sie hatten sich uns nach Kampf ergeben.«

»Verdammt!«, schimpfte der Hauptmann. »Wir hatten die Burschen doch abgeschnitten. Das sind unsere Gefangenen.«

»Sie haben sich uns nach Kampf ergeben. Tragen Sie Ihre Forderung dem Kapitän vor. Kommen Sie! Ich bringe Sie zum Boot.«

Der Hauptmann musterte Billy mit prüfenden braunen Augen und nickte dann.

Die gefangenen Briten wurden an Deck der *Liberty* noch einmal auf Waffen untersucht. Dann mussten sie sich auf dem Vorderdeck hinsetzen. Es waren achtzehn Mann. Zwei mussten verwundet zum Arzt.

»Mr Johnson!, Sie verhören mit Mr Potter einzeln die Briten. Ich will wissen, welche britischen Truppen auf Rhode Island, Prudence und Bristol Island sind. Fragen Sie, wo uns Küstenbatterien erwarten. Wer verhört ist, kommt einzeln in die leere Kammer im Unterdeck.«

Die Leutnants gaben Anweisungen und nahmen zwei Kammern neben der Offiziersmesse zum Verhör. Als die Briten aufgerufen wurden, stand einer sehr schnell auf. »Will es hinter mir haben«, brummelte er zu den anderen und ließ sich zu Leutnant Johnson führen.

Mr Johnson fragte nach Name und Dienstgrad. Ehe er weitere Fragen stellen konnte, sagte der Gefangene: »Ich bin schanghait worden, Sir, als meine Eltern vor vier Jahren in Dublin ein Auswanderschiff nach New Haven bestiegen. Ich will zu ihnen, Sir, und hier leben.«

Leutnant Johnson war überrascht. »Wer hier lebt, kämpft für uns.«

»Sir, ich bin bereit, auf Ihrem Schiff zu kämpfen. Aber bitte: Wenn Sie wegsegeln, lassen Sie mich meine Eltern suchen. Ich sage alles, was ich weiß. Am Nordende von Conanicut Island und am Südende von Prudence Island sind versteckte Batterien.«

Mr Johnson forderte den Gefangenen auf, mit ihm zu kommen, und brachte ihn zu Sven. Er orientierte den Kapitän kurz über den Gefangenen. Sven ließ den Master rufen und sagte: »Wir müssen wissen, ob Du es ehrlich meinst. Sag uns, was du über die Batterien und die Truppen der Briten weißt. Dann entscheiden wir über deine Wünsche.«

Der Gefangene redete, und der Master trug die Angaben auf der Karte ein. Er berichtete von vier hessischen Infanterieregimentern, von den britischen Regimentern und von Loyalisten, von denen er aber nur über die unter dem Kommando von Oberst Fannings mehr wusste. Er erzählte, dass bereits drei britische Fregatten vor Newport versenkt worden waren, um den Zugang zum Hafen zu versperren, und dass die vorgelagerte Gould-Insel eine Garnison erhalten habe.

Sven war mit den Auskünften des Mannes zufrieden. »Wir vergleichen deine Aussagen jetzt noch mit denen der anderen. Wenn sich alles bestätigt, kannst du bei uns dienen.«

Kaum war der Gefangene in der Kartenkammer verwahrt, da meldete ein Midshipman, dass sich der Kutter mit zwei Milzsoldaten an Bord nähere. Der Maat habe mit Handzeichen signalisiert, dass einer Offizier sei. Sven entschied, dass er sofort an Deck kommen werde.

Leutnant Flinders hatte sich nach Musterung durch das Teleskop entschlossen, den Besuch ohne besonderes Zeremoniell zu empfangen. Er hatte mit Sicherheit keinen hohen Dienstgrad, und die Seesoldaten waren alle an Land.

Der Maat meldete vom Boot: »Hauptmann Salter vom Zweiten Rhode Island Regiment bittet, an Bord kommen zu dürfen.«

Sven nickte und Flinders rief: »Erlaubnis erteilt.«

Der Hauptmann blickte etwas verwundert. Dieses Zeremoniell war ihm anscheinend fremd, aber er kletterte sicher die Jakobsleiter herauf.

Sven trat ihm entgegen. »Ich bin Sven Larsson, Kapitän der Fregatte *Liberty* der Kontinentalen Flotte. Was führt Sie zu mir?«

»Herr Kapitän! Wir haben einen Zug der Briten beim Rückmarsch abgeschnitten und bekämpft. Er hat sich dann Ihren Leuten ergeben und wurde auf Ihr Schiff geschafft. Ich erhebe Anspruch auf die Gefangenen.«

Sven sah ihn erstaunt an. »Ich muss Ihnen doch nicht erläutern, Herr Hauptmann, dass derjenige die Verantwortung für die Gefangenen hat, dem sie sich ergeben. Wollen Sie bestimmte Gefangene wegen begangener Kriegsverbrechen belangen, oder was wollen Sie von ihnen?«

»Ich will sie befragen, welche Einheiten uns noch bekämpfen können. Und meine Männer wollen sich von den Gefangenen die Teile der Ausrüstung besorgen, die ihnen fehlen.«

In Svens Gesicht verschwand jedes Lächeln, und er antwortete sehr ernst. »Die Befragung der Gefangenen findet auf dem Vorschiff statt, Herr Hauptmann. Sie können ihr beiwohnen und zusätzliche Fragen stellen. Die Briten haben ihre Waffen an Land gelassen. Sie können sie nehmen, wenn Sie möchten. Ihre persönliche Habe darf den Gefangenen nach Kriegsrecht nicht genommen werden.«

Sven beobachtete, wie die Barthaare des Hauptsmanns zitterten, obwohl sein Gesicht ausdruckslos blieb. »Sie können gut reden. Ihre Leute müssen nicht mit undichten Stiefeln und zerfetzter Kleidung im Regen marschieren, haben ihre Küche immer bei sich und sogar einen Arzt.«

Sven hob die Hand. »Sie wissen wenig von der See, Herr Hauptmann. Es gibt keine Kleidung, die verhindert, dass wir bei schwerem Sturm nach zehn Minuten bis auf die Haut nass sind. Es gibt keinen Schutz, wenn wir bei Schnee und Eis Taue lösen müssen. Niemand braucht uns etwas über die Leiden im Dienst zu sagen. Ich schlage vor, dass Sie sich jetzt anhören, was die Gefangenen unseren Leutnants aussagen. Midshipman Albert wird Sie geleiten.«

Der kleine Bill Albert reckte sich und sagte: »Sir!«

Der Hauptmann drehte sich wortlos um und ging mit ihm mit.

Mit nur wenigen Segeln schlich die *Liberty* am späten Nachmittag dicht an der Küste der Conanicut-Insel zur Nordspitze. Noch zwei andere Gefangene hatten von der Batterie berichtet. Die anderen hatten sie verschwiegen.

Sven stand mit zwei Maaten aus der Umgebung am Bugspriet der Fregatte. Sie beobachteten sorgfältig das Wasser vor ihnen und gaben die Befehle über eine Melderkette an die Rudergänger weiter. Ein Matrose mit dem Peilstab stand bereit. Sie wollten sich der versteckten Batterie, die vier Achtpfünder haben sollte, möglichst unerkannt nähern.

Dort vorne ragte ein Landvorsprung hervor. Dahinter musste die Batterie auf einem kleinen Felsenplateau liegen. Sven gab Befehl, mehr Segel zu setzen und vom Ufer abzuhalten. Die Kanoniere standen bereit. Nach Zielauffassung sollten die Batterieoffiziere unabhängig das Feuer eröffnen.

Die *Liberty* nahm Fahrt auf. In Kiellinie folgte ihr die *Enterprise*.

Jetzt sah Sven die Batterie. Die britischen Kanoniere liefen zu ihren Geschützen. Sie waren überrascht worden. Die Vordeckbatterie der *Liberty* schoss. In der britischen Batterie wurden Kanoniere zu Boden geschleudert, bevor sie ihre Kanonen erreicht hatten.

Jetzt schossen auch die anderen Batterien der *Liberty*. Auf dreihundert Meter Entfernung konnten sie ihr Ziel gar nicht verfehlen. Auf dem kleinen Felsplateau schien ein Vulkan auszubrechen. Die Achtzehnpfünder der *Liberty* rissen Krater aus dem Boden, ließen Sand- und Staubwolken aufsteigen, warfen Bäume und Kanonen um und pflügten den Boden. Und nun mischten sich auch die Kanonen der *Enterprise* ein.

Die Briten kämpften mit dem Mut der Verzweiflung. Es krachte im Rumpf der *Liberty*, und an ihren Seiten wuchsen zwei Wassersäulen empor. Sven hörte, wie kleine Kugeln an ihm vorbeipfiffen. Also hatten sie auch Rifleschützen.

Aber die Übermacht war zu groß. Nach zehn Minuten stand nur noch eine britische Kanone. Munitionslager flogen in die Luft. Dann schwieg auch die letzte Kanone. Diese Batterie würde den Vormarsch der Franzosen nicht mehr behindern.

Mr Will schaute Sven fragend an, aber der schüttelte den Kopf. Warum sollten sie die Batterie noch besetzen und Verluste riskieren? Sie war ausgeschaltet, und die französischen Infanteristen besetzten die Insel sowieso.

Sven schaute mit dem Teleskop voraus zur Bristol-Insel. Er wollte zwischen ihr und Rhode Island durchsegeln und die Küste in der Nähe von Tiverton erreichen. Dort sollte General Sullivan sein Hauptquartier errichten. Die Batterie an der Südspitze von Bristol Island konnte Sven nicht entdecken. Wenn er sie nicht bekämpfen konnte, sollte es ihm auch recht sein. Vorrang hatte jetzt der Kontakt mit General Sullivan.

Es war eine schöne Landschaft, die Sven durch sein Teleskop erblickte. Sie war viel unberührter, als Sven es vom Ufer des Delaware gewohnt war. Einzelne Felsvorsprünge und dichte Wälder wechselten sich ab. Zwischen Bristol Island und dem Festland östlich davon erstreckte sich die Mount Hope Bay. Sven schaute mit dem Teleskop hinein.

Ein kleiner Kutter geriet in sein Blickfeld. Er jagte mit allen Segeln in Richtung auf die schmale Passage bei Tiverton. Und jetzt löste sich an seinem Heck eine kleine Rauchwolke.

Das war doch kein einfacher Fischkutter!

Sven rief einen Midshipman. »Entern Sie auf, und untersuchen Sie mit dem Teleskop, was da los ist.« Er selbst beobachtete die Szene auch noch und sah, wie ein größeres Schiff ins Blickfeld kam. Aber dann hatte Leutnant Flinders die Batterie entdeckt, und er musste sich diesem Ziel widmen.

Die Batterie lag am östlichen Ende der gespaltenen Südspitze von Bristol Island, gegenüber der Küste von Warwick. »Die stört uns nicht, wenn wir nach Tiverton wollen, Mr Flinders. Aber schauen Sie sich die Batterie genau an. Wir nehmen sie uns später vor.«

Und dann meldete der Midshipman, dass ein kleineres Kanonenboot mit britischer Flagge den Kutter verfolge. »Der Kutter trägt einen Wimpel, der nicht zu erkennen ist. Er transportiert etwa sechs Männer außer der Besatzung. Ich tippe auf Milizoffiziere. Sie haben eine Drehbasse am Heck und schießen mit Musketen.«

»Wir werden das Kanonenboot angreifen. Informieren Sie Mr Flinders. Ich rede mit dem Master über den Kurs.«

Der Master hatte keine Bedenken, was die Wassertiefe betraf, und sie schlichen sich hinter der Südostspitze von Bristol Island an die Bay heran. Die *Enterprise* kam dicht querab, und Sven informierte Karl Bauer mit der Sprechtrompete über seine Pläne. Er würde das Kanonenboot mit einer Salve ausschalten, und Mr Bauer solle dann übernehmen, was übrig sei. Die *Liberty* kümmere sich um den Kutter und segle nach Tiverton.

Die *Liberty* stieß in die Hope Bay vor und feuerte dem Kanonenboot eine Salve in die Breitseite, bevor seine Besatzung realisierte, was auf sie zukam. Das Kanonenboot trieb nach der Salve als hilfloses Wrack im Wasser. Matrosen enterten auf den Mast und riefen um Hilfe.

Sven hielt auf den Kutter zu, der sein Segel einholte. Die Männer auf dem Kutter winkten der *Liberty* erleichtert zu. Sven sagte dem Master, er solle die Fregatte langsam längsseits auf den Kutter zutreiben lassen, ging an die Reling und fragte, wohin der Kutter wolle und warum er verfolgt würde.

Der Schiffer legte die Hände um den Mund und rief zurück: »Wir wollen nach Fort Barton. Die Briten haben anscheinend mitbekommen, dass wir General Sullivan an Bord haben, und wollten uns vernichten oder fangen.«

Sven war überrascht. General Sullivan an Bord dieser Nussschale! Da musste er ihm wohl die *Liberty* zum Transport anbieten. Natürlich! Dann konnte er direkt mit ihm reden.

Er rief hinüber: »Ich bin Kapitän Larsson von der Fregatte *Liberty* der Kontinentalen Flotte. Wer von Ihnen ist, bitte, General Sullivan?«

Ein Mann in blauer Uniform und mit großen Schulterstücken winkte mit der Hand. Aufstehen wollte er anscheinend in dem schwankenden Boot nicht. Sven fiel ein energisches Gesicht mit gerader Nase, hoher Stirn und dunklen Haaren auf. Wahrscheinlich kein Mann, der sich versteckte.

Sven rief: »Herr General, würden Sie bitte auf unsere Fregatte umsteigen? Wir bringen sie sicher nach Fort Barton.«

Der General hob den Arm und rief: »Einverstanden!«

Der kleine Kutter legte an der *Liberty* an. Die Jakobsleiter wurde hinuntergeworfen, und auf der *Liberty* präsentierte die Wache. Trommler und Pfeifer spielten ihre Melodie.

Der Hut des Generals tauchte auf. Sven nahm seinen zur Meldung ab. Billy hielt Rocky an der Leine fest und verbat ihm sein Knurren. Aber der General sah den Hund. Als Sven seine Meldung erstattet hatte, sagte er kurz »Danke« und fügte hinzu: »Sie haben aber einen schönen und stattlichen Hund.«

»Möchten Sie ihn streicheln, Herr General?«

»Schon, aber ist er so gut dressiert?«

Sven befahl nur: »Still, Rocky. Komm! Gib Pfötchen!«

Rocky war still, lief zu Sullivan, setzte sich hin und hob die rechte Vorderpfote.

»Donnerwetter!«, sagte der General. »Du bist aber ein braver Hund!« Er streichelte Rocky Kopf und Brust. Dann stellte er Sven noch zwei Adjutanten und seinen Burschen vor, die mit ihm gekommen waren.

»Wir wollten den Weg von Providence ein wenig beschleunigen, aber anscheinend ist unsere Absicht verraten worden. Die hätten uns auf den Grund des Sees gebombt. Wir verdanken Ihnen unser Leben, Herr Kapitän.«

Sven lud die Herren in seine Kajüte ein. »Ich möchte Ihnen gern Kaffee oder Tee anbieten und auch etwas zu Essen, wenn Sie möchten, Herr General.«

»Kaffee und ein paar Kekse wären recht. Und dann bereden wir, wie Sie uns helfen können.«

Als die Herren ihren ersten Schluck Kaffee getrunken hatten, fragte Sullivan: »Kennen Sie Admiral d'Estaing? Wie ist Ihr Urteil über ihn?«

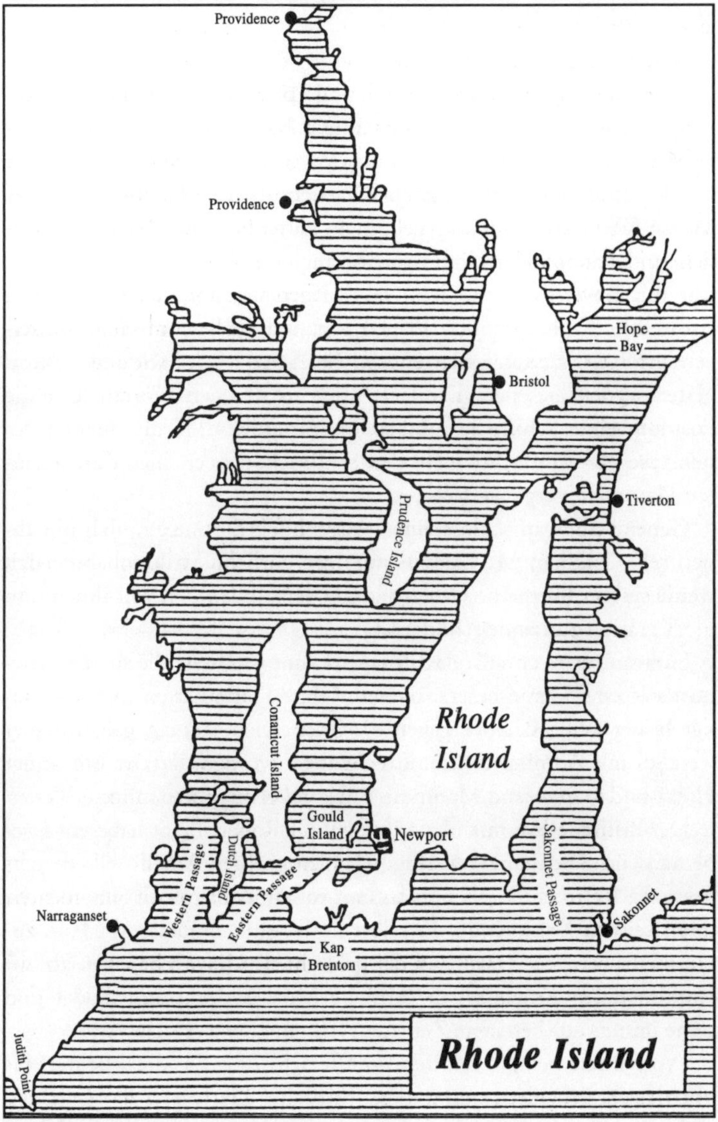
Providence
Providence
Hope Bay
Bristol
Tiverton
Prudence Island
Conanicut Island
Rhode Island
Gould Island
Newport
Dutch Island
Western Passage
Eastern Passage
Sakonnet Passage
Narraganset
Sakonnet
Kap Brenton
Judith Point
Rhode Island

»Ich kenne ihn, aber ein Urteil über einen Admiral steht mir nicht zu.«

»Ich bitte Sie darum. Sie können es ja diplomatisch formulieren.«

Sven nahm noch einen Schluck und sah Sullivan direkt in die Augen. »Ich lernte den Comte d'Estaing auf dem Rückweg von Frankreich vor der Küste New Jerseys kennen, zwei Tage, bevor seine Flotte den Delaware erreichte. Zunächst war ich überrascht, dass er so lange für die Atlantiküberquerung gebraucht hatte. Er empfing mich freundlich und hat mich nach einigen belanglosen Worten entlassen. Das war mir unverständlich, denn jeder Kommandant, der eine fremde Küste erreicht, hat hundert Fragen nach feindlichen Schiffen, Wasserverhältnissen, Wettereigenarten und vieles mehr. Ich habe den General gestern erneut gesehen. Er klärte mich in wenigen Worten über die Position seiner Schiffe auf und stellte mir anheim, in die Buchten hineinzusegeln. Er machte nicht den Eindruck, dass er einen durchdachten Plan mit Energie verfolge.«

General Sullivan schloss einen Augenblick die Augen. »Ich bin Ihnen sehr dankbar, Mr Larsson, für Ihre ehrliche Stellungnahme. Ich werde sie nur für meine Urteilsbildung verwenden. Ich will Ihnen nun die Situation zu Lande schildern.«

Sullivan setzte voraus, dass Sven bekannt war, dass die Briten Newport seit zwei Jahren besetzt hielten. Ohne Flotte hätten die Amerikaner bisher keine Chance gegen die britische Besatzung gehabt. Aber jetzt sei mit Admiral d'Estaing vereinbart worden, dass er mit seiner Flotte und viertausend Mann die Rückeroberung unterstütze.

Der britische Kommandeur General Sir Robert Pigot habe etwa siebentausend Soldaten zur Verfügung. Den größten Anteil stellten sechs hessische Regimenter. Aber auch eine größere Zahl von Loyalisten stehe unter seinem Kommando. Er selbst hoffe, gut zehntausend Mann zusammenzubringen. Davon sei der größte Teil Miliz. Im Gegensatz zur Kontinentalen Armee sei die örtliche Miliz schlecht ausgebildet und stehe immer nur befristete Zeit zur Verfügung, wie er sicher wisse.

»Von Ihren beiden Schiffen erhoffe ich, dass Sie die Buchten bis hoch nach Providence erkunden, britische Uferbatterien vernichten und uns dann mit Ihren Kanonen beim Übersetzen nach Rhode Island unterstützen. Wir wollen morgen an der Landenge bei Tiverton auf Rhode Island übersetzen. Ich schlage vor, dass uns eines Ihrer Schiffe zur Sakonnet-Passage, das andere gegen die Hope-Bucht absichert.«

Sven war einverstanden und versicherte, dass er die Passage erkunden wolle, sobald er den General in Fort Barton abgesetzt habe.

Die *Enterprise* segelte zweihundert Meter vor der *Liberty* und dichter an der östlichen Küste. Dort waren vor allem das 4. und 13. Regiment der Miliz von Massachusetts stationiert. Die Briten beherrschten Rhode Island.

Beide Schiffe waren in höchster Kampfbereitschaft. Die Ausgucke suchten unaufhörlich die Küsten ab. Der größte Abstand zwischen den Ufern betrug etwa drei Kilometer. Meist war die Passage enger. Da musste man sich vor Uferbatterien hüten.

Wumm, wumm. Zwei Abschüsse krachten. Wassersäulen stiegen an der Seite der *Enterprise* empor.

»Batterie vierhundert Meter steuerbord voraus!«, brüllte der Ausguck.

»Ziel auffassen!«, schrie der Batterieoffizier der *Liberty*. »Gleich neben der hohen Platane!« Die Geschützführer, die ihr Ziel im Visier hatten, hoben die Hand. »Feuer!«, rief der Batterieoffizier.

Sie hatten eher geschossen als die *Enterprise*. Ihre Kugeln fegten das Gebüsch beiseite, das die Kanonen verborgen hatte, und schlugen in die Stellung. Eine Kanone wurde umgeworfen. Sven sah, wie Kanoniere wegrannten.

Nach ihnen hatte Karl Bauers Sloop gefeuert. Diese Übermacht war für die britischen Kanoniere zu viel. Sie gaben die Stellung auf und rannten davon. Sven gab Mr Will den Befehl, er möge mit einem Trupp an Land gehen und Kanonen und Munition sprengen. »Aber schnell, Mr Will. Wir segeln langsam weiter.«

An der Einfahrt zur Passage stand noch eine Batterie mit vier 24-Pfündern. Sie war durch Erdwälle und Holzstämme geschützt. Die Offiziere auf der *Liberty* sahen sich bedeutungsvoll an. Das war eine harte Nuss.

Sven rief Kapitän Bauer zu, er möge nach Sakonnet ausweichen und dann die Batterie von seewärts beschießen. Er würde aus der Bucht heraus angreifen.

Die Briten schossen schon auf sie, als sie noch nicht in Position waren. »Verschwendet nur euer Pulver«, spottete Leutnant Johnson, der Batterieoffizier. Aber dann waren sie in Reichweite, zeigten ihre Breitseite, zielten und feuerten.

Am Erdwall waren Sandwolken und gesplitterte Stämme zu bemerken, aber die Kanonen waren nicht beschädigt.

»Diese Erdwälle sind am härtesten zu knacken«, murrte Sven. »Ich schieße lieber auf Mauern.« Der Master nickte.

»Dann fliegen denen die Splitter um die Ohren.«

Im nächsten Augenblick flogen die Splitter auf der *Liberty*. Eine Britenkugel hatte die Reling zerfetzt. Ein Kanonier war tot. Vier wurden verwundet unter Deck geschleppt. Aber die Ersatzleute rannten schon von der anderen Bordseite heran. Und diesmal hatten sie gut getroffen. Es krachte innerhalb der Batterie. Eine Rauchwolke stieg auf.

»Wahrscheinlich ein Magazin«, triumphierte Leutnant Johnson.

Die Briten brauchten etwas Zeit, ehe sie wieder feuerten. Aber diesmal nur mit drei Kanonen. Und die *Enterprise* schoss mit hohem Tempo. An einer Stelle war der Erdwall fast eingeebnet.

Die Briten zielten nur auf die *Liberty*. Und sie trafen auch. Verwundete schrien. Der Master sackte neben Sven zusammen. Ein Splitter steckte in seinem Oberschenkel. Sven griff ihm unter die Arme und schleppte ihn zum Niedergang. Dort nahmen ihm zwei Mann den Verwundeten ab und trugen ihn ins Lazarett.

Als eine Kugel so dicht neben Svens Kopf vorbeisauste, dass sie ihm den Hut abriss, stand er einen Augenblick wie betäubt da und fing dann an, furchtbar zu fluchen.

Die erfahrenen Seeleute grinsten sich an. Sie luden und schossen in ihrem gewohnten Tempo weiter, ob er nun brüllte: »Macht endlich Schluss mit der verdammten Bande!«, oder nicht.

Dann war es vorbei. Bei den Briten löste sich kein Schuss mehr. Auf der *Enterprise* rief die Besatzung »Hurra!«, und auf der Fregatte schlossen sie sich an.

Mr Will schaute Sven erwartungsvoll an, aber der schüttelte den Kopf. Eine Landung hatte keinen Sinn. Hier war zu viel britische Infanterie an Land.

Die Fregatte patrouillierte im frühen Morgenlicht in der Hope-Bucht vor der Einfahrt zur Tiverton-Landenge. Die *Enterprise* segelte etwa fünf Meilen südlich in der Sakonnet-Passage.

Die Landtruppen setzten mit Scharen von kleinen Booten von Tiverton nach Rhode Island über. Hin und wieder knatterten Schüsse.

»So könnte det den janzen Tach weiterjehen«, meinte ein Kanonier grinsend zum anderen. »Wir warten hier in Ruhe und die da hinten rackern sich ab«. Sein schwieliger Daumen zeigte auf die Landungsboote.

Die *Liberty* war an ihrem südlichen Wendepunkt angekommen und konnte in die östliche Passage einsehen. »Deck!«, meldete der Ausguck. »Französische Flotte liegt bei der Insel Gould.«

Donnerwetter!, dachte Sven. Da ist d'Estaing doch in die Passage hineingesegelt. Das wird den Briten gar nicht passen, denn nun sind ihre Befestigungen vor Newport unmittelbar bedroht.

Kurz darauf kam ein Ruderboot von den Landungsschiffen auf sie zu. Der Adjutant von Sullivan kam an Bord.

»Kapitän Larsson! Sie möchten unsere Truppen beim Vormarsch an der Westseite von Rhode Island unterstützen.«

Sven gab die notwendigen Befehle, und sie segelten zwischen Prudence Island und Rhode Island entlang. Am Ufer konnten sie sehen, dass gekämpft worden war. Gefangene wurden zurückgetrieben. Amerikanische Truppen marschierten mit wehenden Fahnen voran. Dann stockte der Vormarsch. Die Soldaten warfen sich auf den Boden. Sven erkannte mit dem Teleskop einen Erdwall. Dort standen wohl auch Kanonen.

»Ziel am Ufer am nördlichen Ende der Lichtung auffassen!«, befahl er. Er wandte sich zu Leutnant Johnson. »Lassen Sie einzeln feuern!«

Leutnant Johnson rief eine Kanone nach der anderen auf und beobachtete die Einschläge. Seine Kommentare lösten nicht immer Freude aus. Wenn er zum Beispiel schrie: »Kanone drei! Fünfzig Meter zu kurz!«, dann drohte der Geschützführer dem Richtkanonier mit der Faust. Und als er brüllte: »Kanone fünf! Schielt ihr? Fünfzig Meter nach backbord!«, stieß der Geschützführer den Richtkanonier weg und zielte selbst.

Aber insgesamt war ihre Beschießung sehr wirkungsvoll. Die Soldaten erhoben sich und stürmten voran. Sie überwanden den zum Teil eingeebneten Erdwall ohne sichtbare Verluste, winkten zum Schiff und marschierten weiter.

Die Besatzung nahm nun gruppenweise ihr Mittagessen ein und lehnte dann etwas faul an den Kanonen herum. Die *Liberty* glitt langsam auf die Insel Gould zu. Da meldete plötzlich der Ausguck, dass über Newport Raketen in die Luft geschossen würden.

Sven ließ Midshipman Walton mit dem Teleskop aufentern. »Das müssen Freudenraketen sein, Sir. Sie werden einfach ohne erkennbares Ziel hochgeschossen.«

Sven und Leutnant Flinders sahen sich an. »Die müssen eine gute Nachricht erhalten haben, Sir.«

»Eine andere Lösung wüsste ich auch nicht. Warten wir's ab.«

Sie mussten sich nicht lange gedulden. Von der französischen Flotte segelte ein Boot auf sie zu. Ein Adjutant teilte Sven mit, dass die englische Flotte vor Kap Judith gesichtet worden sei. Die französische Flotte werde in Kürze zum Kampf auslaufen. Die *Liberty* möchte weiterhin die gelandeten Truppen unterstützen.

Nun schossen überall die Spekulationen ins Kraut. Hatte Lord Howe Verstärkung erhalten, dass er es wagte, den Franzosen auf See entgegenzutreten? Was sollte aus den amerikanischen Landungstruppen werden? Ohne die Bedrohung durch die französische Flotte konnten die Briten Truppen aus Newport schicken.

Der von seiner Splitterwunde noch humpelnde Master kam an Deck. »Ist eben kein Seemann, der Herr d'Estaing. In weniger als vierundzwanzig Stunden haben wir einen Sturm, da kann keiner auf See gegen andere Schiffe kämpfen, da geht es nur ums Überleben.« Und er zeigte auf die Wolken am Horizont und schnüffelte in seiner typischen Art in den Wind.

»Was der nur immer riecht?«, flüstert Achille Grieve Billy Walton zu. Aber der legte nur den Finger auf den Mund.

Die Franzosen setzten Segel und liefen aus. Sven folgte ihnen mit seiner Fregatte bis auf Höhe der Insel Gould und suchte die Ufer mit dem Teleskop ab. Die amerikanischen Landtruppen rückten weiter vor. Jetzt knatterten die Musketen am Ufer besonders heftig. Hurrageschrei war zu hören. Die Amerikaner hatten wohl eine Stellung der Briten gestürmt.

An einer Landzunge sprang ein Mann ins Wasser und schwamm auf die *Liberty* zu. Er musste ein geübter Schwimmer sein, denn er kam schnell vorwärts.

Am Ufer stellten sich amerikanische Milizionäre auf und schossen hinter dem Schwimmer her.

»Sind die wahnsinnig?«, rief Sven. »Die treffen doch unser Schiff mit ihren Rifles. Alle Mann in Deckung! Mr Petrus! Schießen Sie dem Baum in der Mitte des Strandes die Krone ab!«

Der Bootsmann rannte zu einer Kanone, richtete sie und feuerte. Die Krone des Baumes barst auseinander, und die Milizsoldaten warfen sich zu Boden. An Deck jubelten und klatschten sie. »Bravo!«, rief Sven. Joshua lächelte.

Der Schwimmer war an ihrem Rumpf angekommen, ergriff die heruntergelassene Jakobsleiter und kletterte flink empor. Er grüßte, indem er die Hand an die Stirn legte und meldete: »Leutnant Hilbert von den Royal Marines bittet, an Bord kommen zu dürfen.«

»Erlaubnis erteilt!«, antworte Sven. »Ich bin Kapitän Larsson. Was ist der Grund für Ihren ungewöhnlichen Besuch?«

»Sir, ich erbitte Ihre Hilfe. Die amerikanischen Milizionäre erschießen kampfunfähige Verwundete und rauben alle aus, ob lebend oder tot.«

Sven wandte sich an den Dritten Offizier: »Mr Potter, bitte machen Sie zwei Kutter fertig! Nehmen Sie Schiffsarzt und Sanitäter mit. Leutnant Will wird Sie mit einem Trupp Seesoldaten begleiten. Erkunden Sie, was dort an Land los ist. Sagen Sie dem kommandierenden Offizier, dass wir Verwundete gern an Bord versorgen. Wenn seine Männer aber kampfunfähige Verwundete erschießen, werden wir jede Unterstützung des Vormarsches einstellen.«

Seesoldaten und Matrosen sprangen in die Kutter und legten ab. Sven bot dem Briten an, sich abzutrocknen und in seiner Kajüte Kaffee zu trinken. »Mein Diener wird Sie versorgen. Ich muss an Deck abwarten, was sich dort entwickelt.«

Einer der beiden Kutter blieb vor dem Ufer liegen, die Drehbassen an Bug und Heck schussbereit. Der andere Kutter landete die Seesoldaten an. Leutnant Will marschierte voran. Die Seesoldaten folgten in Doppelreihe, die Musketen vor der Brust.

Leutnant Will rief laut in das Unterholz: »Wir sind amerikanische Seesoldaten und suchen den Kommandeur der Miliz!«

Er erhielt keine Antwort. Sie sahen Briten tot am Boden liegen. Einige waren ohne Zweifel im Kampf erschossen oder erstochen worden. Aber sie fanden auch welche mit leichteren Verwundungen und einem Kopfschuss.

»Sir, die hat man nachträglich erschossen«, meldete der Korporal.

Leutnant Will presste die Lippen zusammen und nickte.

Dann trafen sie auf amerikanische Milizionäre, die tote Briten ausraubten.

»Seid Ihr eine Räuberbande oder amerikanische Soldaten? Wer kommandiert hier?«, rief Leutnant Will ärgerlich.

»Welcher Feiertagssoldat will denn das wissen?«, fragte ein Unteroffizier zurück.

»Sind Sie wirklich so unerfahren, dass Sie die Offiziersuniform der Kontinentalen Seesoldaten nicht erkennen? Ich bin Leutnant Will und kämpfe seit anno fünfundsiebzig für unsere Freiheit.«

»Ich bin Sergeant Zoker und kommandiere diesen Trupp vom Zweiten Rhode Island State Regiment. Was wollen Sie von uns?«

»Wir unterstützen Ihren Vormarsch mit den Kanonen der Fregatte *Liberty*. Der Kapitän lässt ausrichten, dass wir bereit sind, Verwundete auf dem Schiff zu versorgen. Wir werden aber jede Hilfe einstellen, wenn Sie Verwundete ermorden. Das ist gegen die Gesetze des Kongresses. Ich soll das Ihrem kommandierenden Offizier bestellen.«

Der Sergeant verzog das Gesicht. »Ich habe hier noch keinen Kongress gesehen. Aber wenn Sie den Verwundeten helfen wollen, soll uns das recht sein. Wo sollen wir sie hinbringen?«

Leutnant Will deutete nach hinten. »Vierzig Meter zurück liegen unsere beiden Kutter. Wo sind Ihre Verwundeten, und wer kann mich zum Offizier bringen.«

»Die Verwundeten sind dort im Gebüsch, und der Major ist dort vorn. Ich schlage vor, dass zwei unserer und zwei Ihrer Leute die Verwundeten zum Boot schaffen. Ich bringe Sie zum Major.«

»Einverstanden«, erwiderte Will knapp und ordnete zwei Mann ab.

Sven unterhielt sich mit dem britischen Leutnant Hilbert in seiner Kajüte. Der Brite war etwa so alt wie Sven und schien ein erfahrener Offizier zu sein. Er hatte die Nachricht schon erhalten, dass die britische Flotte vor Kap Judith lag. »Eine Ihrer Kugeln hat einen Baum umgeworfen, der mich eingeklemmt hat. So kamen die Amerikaner an mir vorbei. Als ich mich dann befreit hatte, konnte ich nur in Gefangenschaft oder ins Wasser. Ich habe das Wasser vorgezogen.« Er lachte.

»Dürfen Sie mir sagen, auf welchem Schiff Sie dienten?«, fragte Sven.

»Warum nicht? Auf der *Orpheus*, Sir. Sie liegt jetzt vor der Einfahrt nach Newport, versenkt als Hindernis.«

Ein Midshipman unterbrach das Gespräch. »Sir, der Wachhabende lässt melden, dass einer unserer Kutter zurückkommt. Der Schiffsarzt bringt wahrscheinlich Verwundete.«

»Ich komme. Wollen Sie auch sehen, wer kommt, Leutnant Hilbert?«

Der Brite bejahte und stand bald darauf mit Sven an Deck und sah dem Kutter entgegen. Der Kutter brachte acht Verwundete, darunter drei Briten. Sie wurden mühsam an Deck gehievt. Einer der Briten war bei Bewusstsein und fragte Mr Hilbert erstaunt: »Wie kommen Sie hierher, Herr Leutnant?«

»Ich bin vorausgeschwommen und habe dich angemeldet.«

»Sie machen wohl gern Ihren Spaß?«, fragte Sven.

»Ja, Sir. Der Kampf ist ernst genug, und die Leute haben etwas Aufmunterung gern.«

Sven nickte lächelnd. Der Kutter legte schon wieder ab. Es warteten noch mehr Verwundete an Land.

Mit dem letzten Kutter kam Leutnant Will und berichtete.

»Der Major, relativ jung, schien erst wütend, als er meine Botschaft hörte. ›Die Herren von der Kontinentalen Flotte führen wohl einen Salonkrieg‹, knurrte er. Aber dann hörte er, dass wir Verwundete auf die Fregatte schafften, und sagte leiser zu mir, dass er Männer in seiner Truppe habe, die durch die Kämpfe mit Indianern verroht seien. Er werde sie noch einmal energisch belehren. Für unsere Unterstützung bedanke er sich.«

»Dann haben Sie erreicht, was wir wollten. Vielen Dank, Mr Will.«

»Darf ich mich auch für Ihre Unterstürzung bedanken, meine Herren«, sagte Leutnant Hilbert. Er erwies sich als netter Gesprächspartner und hatte in der Messe viel Sympathie gefunden, als sie ihn zwei Tage später in Fort Barton ablieferten.

Die Situation hatte sich in diesen zwei Tagen vor Newport grundlegend verändert. D'Estaing war mit seiner Flotte abgesegelt, um sich mit Lord Howe zu messen. Der vom Master prophezeite Hurrikan hatte mit Wucht eingesetzt und tobte über zwei Tage. Der amerikanische Vormarsch auf Newport war ins Stocken geraten, da die Amerikaner ohne Unterstützung einer starken Flotte die Befestigungen nicht stürmen konnten. Sie gruben sich ein.

Aber der Regen, der den Hurrikan begleitete, machte Freund und Feind an Land schwer zu schaffen. Svens Schiffe fanden in den weit ins Land reichenden Buchten windgeschützte Stellen, an denen sie ruhig liegen konnten. Aber der Regen durchnässte jeden, der an Deck Wache hatte.

Es war unmöglich, Pulver an Deck trocken zu halten. Noch weniger halfen Ölmäntel gegen die Nässe. Wenn die Niedergänge nicht peinlich genau abgedichtet worden wären, hätten sie befürchten müssen, dass ihr Schiff untergeht. Der Krieg hatte einstweilen Pause.

Nur die Briten in Newport und den festen Stellungen vor der Stadt hielten es einigermaßen aus. Die Amerikaner in ihren Erdverschanzungen wurden fast fortgeschwemmt. Alle sehnten ein Ende des Unwetters herbei.

Als Regen und Wind abgeflaut waren, beobachteten die Ausgucke der *Liberty*, dass einzelne französische Schiffe, mehr oder weniger beschädigt, in die Bucht vor Newport zurückkehrten. Sven segelte zu ihrem Liegeplatz und setzte auf die Fregatte über, die er von seiner Ankunft her kannte.

Auch der Kapitän erinnerte sich an ihn, bat ihn in seine Kajüte und bot ihm ein Glas Wein an. Sven erkundigte sich, ob es zu einer Schlacht gekommen wäre.

Der Franzose lachte. »Wir sind ein wenig herummanövriert, und dann kam dieser furchtbare Orkan. Da konnte jeder nur noch für sich sorgen. Ich habe in einem ruhigen Moment unser Flaggschiff, die *Languedoc*, entmastet und ohne Ruder treiben sehen, konnte aber nicht helfen. Während einer anderen Wetterlaune lag eine britische Fregatte vor unserem Bug. Wir zeigten unsere Breitseite und feuerten eine Salve. Dann deckte der Regen uns zu, und unser Pulver war nass. Wir müssen abwarten, wer den Sturm überstanden hat und das Kommando übernimmt.«

Sven brachte die Nachrichten General Sullivan, der vor Ärger mit der Faust auf den Tisch schlug. »Wir hatten den Erfolg so dicht vor Augen! Noch zwei Tage, und die Briten hätten kapitulieren müssen. Ihre Befestigungen vor und in Newport hätten den Kanonen der Flotte nicht widerstehen können.«

»Müssen wir nicht abwarten, bis die französische Flotte zurückkehrt, Herr General?«, fragte Sven.

»Sie wollen mir Hoffnung machen?« General Sullivan lächelte müde. »Wir wissen doch beide, dass d'Estaings Flotte nicht ungeschoren zurückkommen kann. Und wenn seine Schiffe es schaffen, kommen auch britische Schiffe zurück. Und dann fragt sich d'Estaing, was ihm geschehen könnte, wenn die Schiffe von Byrons Ersatzflotte hinzukommen. Er wird nach Boston segeln, um sich dort innerhalb der Hafenforts zu verbergen und seine Schiffe reparieren zu lassen. Und mir werden meine Milizregimenter davonlaufen, denn die Milizsoldaten haben sich nur für den Feldzug zur Eroberung Newports verpflichtet. Ihre Kommandeure sagen mir jetzt schon, dass unsere Chance vertan sei.«

Sven hatte keine Gegenargumente. Er saß am Abend mit seinem Freund Karl Bauer beisammen und sprach über ihre Möglichkeiten.

»Wenn d'Estaing tatsächlich absegelt und die Briten den Rhode-Island-Sund blockieren, dann können wir uns eine Weile unter amerikanischen Batterien bei Providence oder Fall River verstecken, aber aktiv können wir kaum eingreifen.«

»Wir können Sullivan aber auch nicht im Stich lassen. Solange er Truppen auf Rhode Island hat, müssen wir ihn von See aus unterstützen, auch bei einem Rückzug«, ergänzte Sven.

Aber beide Seiten warteten erst voller Bangen, welche Flotte in welchem Zustand vor dem Rhode-Island-Sund erscheinen würde. Am 20. August tauchten viele Segel auf, darunter auch d'Estaings Flaggschiff *Languedoc* mit Hilfssegeln und am Tau eines Vierundsiebzigers.

Sullivan schickte die Generäle Greene und Lafayette zum französischen Admiral. »Bitten Sie ihn nur um zwei Tage Hilfe bei der Erstürmung Newports. Wenn seine Kanonen eingreifen, haben wir es in zwei Tagen geschafft.«

Der Zufall wollte es, dass sich die Boote der Generäle und Svens kreuzten, als er zu *Enterprise* übersetzte.

»Na, haben Sie ihn überzeugt?«, fragte Sven General Greene, den er kannte.

Der hob die Schultern. »Er hat uns angehört«, antwortete Greene, »mehr nicht« und schüttelte den Kopf.

Und nach Mitternacht verließ die französische Flotte ihre Liegeplätze und segelte nach Boston.

Damit war der Damm gebrochen. Keiner glaubte mehr an die Eroberung Newports. Die Milizsoldaten desertierten in Scharen. Sven wurde zu General Sullivan befohlen.

Der tobte vor Wut und beschimpfte die verbündeten Franzosen allgemein und d'Estaing im Besonderen. »Ich befehle Ihnen, jedes Boot mit flüchtigen Milizionären sofort zu versenken.«

Sven fragte betont kühl zurück: »Woran sind flüchtige Milizionäre aus der Entfernung von jenen zu unterscheiden, die auf Kundschaft sind?«

Sullivan schäumte vor Zorn und nannte Sven einen Haarspalter und Rechtsverdreher. Als Sven fragte, ob er entlassen sei, wurde Sullivan plötzlich ruhig. »Wenn es Ihnen Freude macht, einen geschlagenen Mann zu treten, dann gehen Sie. Wenn Sie jemandem helfen wollen, der ohne Schuld gestürzt ist, dann reichen Sie mir die Hand.«

Sven streckte seine Hand aus, die Sullivan ergriff. Er sagte mit leiser Stimme: »Sehen Sie mir meine Entgleisung nach, Kapitän Larsson. Wir hätten für die Sache unserer Freiheit so viel erreichen können, und nun müssen wir sehen, ob ich meine Regimenter in Sicherheit bringen kann. In wenigen Tagen wird Lord Howe mit britischen Schiffen kommen, und dann werden die Briten versuchen, uns auf dieser Insel einzuschließen und zu vernichten oder zu fangen. Ich werde sofort den Rückzug vorbereiten, um wieder bei Tiverton zum Festland übersetzen zu können. Dabei brauche ich Ihre Hilfe mehr denn je.«

Und Sullivan erklärte Sven, wie er verschiedene Verteidigungslinien bei Butt's Hill und Turkey Hill aufbauen wolle, da ja nicht alle Truppen übersetzen könnten. »Die Regimenter, denen ich vertrauen kann, müssen denen den Rücken schützen, die mir sowieso weglaufen würden. Ihre Kanonen sollen die Angriffe der Briten erschweren und Landungsoperationen in unserem Rücken verhindern.«

»Herr General, dann kann ich nur hoffen, dass die Briten nicht mit Linienschiffen aufkreuzen. Dagegen kommen wir beim besten Willen nicht an.«

Aber die britische Flotte kam nicht mit Linienschiffen. Die verfolgten d'Estaings Flotte, wie die Amerikaner erfuhren. Doch zwei britische Fregatten und zwei Sloops patrouillierten vor dem Newport-Sund.

»Die können uns nicht viel anhaben«, waren sich Sven und Karl Bauer einig. Die *Enterprise* schützte wieder in der Sakonnet-Passage die Flanken der amerikanischen Truppen, die *Liberty* segelte am westlichen Ufer der Insel.

Als die Briten bemerkten, dass General Sullivan am Abend des 28. August seinen Rückzug begann, setzten sie am nächsten Morgen nach und griffen die Amerikaner an.

Die *Liberty* hatte sich hinter einer Landzunge versteckt. Die Ausgucke auf dem Mast konnten über die Bäume hinwegsehen und meldeten Sven, dass ein britisches Bataillon mit einer Batterie Kanonen heranrücke. Sven ließ dem amerikanischen Kommandeur signalisieren, er möge erst feuern, wenn die Briten den Wald gänzlich verlassen hätten. Die *Liberty* setzte die britische Flagge und lud ihre Kanonen mit Traubengeschossen.

Als die britischen Soldaten die Fregatte mit britischen Flaggen sahen, jubelten sie über die vermeintliche Hilfe. Sie kannten die Regeln des Flaggentauschs auf See nicht und waren leichtgläubig. Sie wurden bitter betraft. Als die letzte Kanone der Batterie den Schutz des Waldes verlassen hatte, sanken blitzschnell die britischen Flaggen, und die amerikanischen stiegen auf.

Es wurde ein Gemetzel. Die Kanonen der *Liberty* donnerten unaufhörlich, und die Briten konnten sich nicht wehren. Bevor sie eine Kanone aufgestellt hatten und sie richten konnten, war sie von Schüssen hinweggefegt.

»Mir wird speiübel, wenn ich das sehe«, sagte Sven zu Leutnant Flinders. »Das ist ja kein Krieg mehr, das ist Abschlachten.«

Flinders nickte. »Und an Land sieht man, wie die Leute krepieren. Auf See ist es meist hinter Bordwänden verborgen.«

»Meine Herren«, wandte der Master ein.

»Die Soldaten, die wir jetzt zusammenschießen, würden sich nicht scheuen, unsere fliehenden Truppen niederzumetzeln. Da ist es mir so herum doch lieber.«

Die *Liberty* hatte keine Gelegenheit mehr zu so einem leichten Erfolg. Aber als am nächsten Tag die Briten im Norden der Insel die britischen Linien westlich umfassen wollten, kam ein amerikanischer

Offizier zur Fregatte herausgerudert und bat um Kanonenfeuer auf jenen Hügel. Er zeigte ihn mit dem Finger und beschrieb ihn deutlich. Britische Kanonen würden seinen Truppen sehr zusetzen.

»Welche Truppen führen Sie?«, fragte Sven, denn er hatte sich gewundert, dass der Offizier schwarze Soldaten bei sich hatte.

»Wir gehören zum Ersten Rhode Island Regiment und haben ein ganzes Bataillon farbiger Soldaten. Ihnen wurde für ihren Dienst Befreiung von der Sklaverei angeboten.«

»Wie bei uns«, bestätigte Sven. »Wir haben gute Leute.«

Der Kampf an Land tobte den ganzen Nachmittag. Das farbige Bataillon schlug mehrere Angriffe hessischer Regimenter zurück. Joshua berichtete es mit Stolz. Gegen Mitternacht war alles vorbei. Die letzten amerikanischen Truppen setzten bei Tiverton zum Festland über. Der Kampf um Rhode Island war verloren.

General Sullivan empfing Sven in Fort Barton. »Ich danke Ihnen, Kapitän Larsson, für Ihre Unterstützung. Ich werde mich künftig immer für den Ausbau einer Kontinentalen Flotte aussprechen. Hätten Sie mehr und größere Schiffe gehabt, hätten wir vor Newport nicht dieses Fiasko erlebt. Ich marschiere mit meinen kontinentalen Truppen nach Connecticut zurück. Die Milizen gehen nach Hause, sofern sie noch nicht desertiert sind. Und was machen Sie?«

»Ich werde sehen, dass wir der britischen Kontrolle vor dem Sund entrinnen und nach Philadelphia segeln. Der Kongress hat sicher neue Aufgaben für uns.«

»Mögen Sie sie ähnlich erfolgreich meistern wie Ihre Hilfe für unsere Landtruppen. Gott sei mit Ihnen, Herr Kapitän!«

»Und mit Ihnen, Herr General!«

Liberty und *Enterprise* verbargen sich hinter Dutch Island in der westlichen Passage. Ihre Ausgucke beobachteten den Sund. Sie hatten ein Boot zum Kap Beavertail geschickt, um ebenfalls die Bewachung der Ausfahrt zu erkunden.

»Sie haben eine Fregatte mehr, aber sonst hat sich nichts geändert. Sie segeln in sich überlappenden Schlägen vor der Küste. Ein Durchbruch vor der Küste ist möglich«, meldete Leutnant Flinders, der das Boot kommandiert hatte.

Sven gab einen Knurrlaut von sich und schloss die Augen. »Schicken Sie mir bitte den Master, Mr Flinders.«

Nun überlegt er sich wieder einen Trick, dachte Flinders, als er hinausging.

Sven fragte den Master nach dem genauen Verlauf der Strömungen vor der westlichen und östlichen Passage. Der Master holte die Karten und zeigte sie Sven.

»Nichts Besonderes, Sir. Die Strömung geht hinaus auf See und weicht leicht nach Osten ab.«

»Lassen Sie sich doch mal nach Saunderstown übersetzen, und fragen Sie ein paar Fischer nach Besonderheiten aus.«

Der Master kam mit der Information zurück, dass dicht vor Kap Sakonnet eine südwestliche Strömung vorherrsche, die dann nach Süden abbiegen würde. Nun ließ Sven den Ersten Leutnant und den Feuerwerker kommen und erklärte seinen Plan.

»Ich sehe meine Aufgabe darin, die Schiffe möglichst ohne Verluste heimzubringen. Wenn der Zufall es will und wir auf zwei Fregatten stoßen, hätten wir es schwer. Darum«, er wandte sich an den Feuerwerker, »sollen sie mir ein großes Fass zur Hälfte mit Pulver und Leuchtkugeln füllen. Sie ziehen einen Boden ein, durch den eine Lunte zum Pulver führt. Im oberen Teil liegt die langsam brennende Lunte, die genug Luft unterhalb der oberen Abdeckung hat. Stellen Sie sie auf drei Stunden ein. Wenn wir das Fass vor der östlichen Ausfahrt bei Kap Brenton aussetzen, dann müsste es hier explodieren. Es wird die westlicher patrouillierende Schiffe zeitweilig ablenken und abziehen. In der Zeit schlüpfen wir hier durch.«

In der mondarmen, dunklen Nacht schlichen die beiden amerikanischen Schiffe abgedunkelt vor der Küste von Narragansett südwärts. Alle Nachtgläser waren im Einsatz. Billy Walton ging mit Rocky umher und ließ ihn nach allen Seiten schnüffeln. Vom Bugspriet war eine Melderkette zum Achterdeck aufgestellt. Alle Kanonen waren feuerbereit.

Als sie die Lichter von Narragansett steuerbord vorwärts erkannten, explodierte einige Kilometer vor Brenton ihr Fass in der offenen See. Alle Richtkanoniere hatten schon seit einer halben Stunde eine Binde vor den Augen und durften das Spektakel nicht sehen, um nicht geblendet zu werden.

Auch ein Teil der Ausgucke durfte die Augen erst wieder öffnen, als die Leuchtraketen verglüht waren. Sie sahen noch backbord voraus einen Schatten nach Osten abdrehen. Rocky knurrte ihm nach.

Dann war alles wieder dunkel, und sie rundeten Kap Judith.

Sven stand noch lange an Deck. Er grübelte, ob er das Fiasko hätte verhindern können, und fand keine Antwort.

Im Kampf vor Georgia
(September und Oktober 1778)

Ein Klopfen an der Tür unterbrach Mr Bradwicks Aktenstudium. Der Büroleiter steckte den Kopf zur Tür herein. »Mrs Larsson, Sir.«

Bradwick schaute überrascht auf seine Uhr. »Mein Gott, wie ist die Zeit vergangen.« Lauter fügte er hinzu: »Sind Kaffee, Tee und Kekse bereit?«

»Ja, Sir«, antwortete der Büroleiter und öffnete die Tür ganz.

Bradwick kam hinter seinem Tisch hervor, lächelte seine Besucherin an, streckte ihr die Hand entgegen und sagte: »Reizend sehen Sie wieder aus, Sabrina. Ihr Kostüm ist wie geschaffen für diese manchmal etwas kühlen ersten Septembertage. Kommen Sie, wir setzen uns hier an den Tisch. Was wünschen Sie zu trinken?«

»Eine Tasse Tee kann nicht schaden, Richard. Vielen Dank. Ihr Mr Smith wird ja für unseren John sorgen.«

»Natürlich. Und wie geht es den Kindern, Sabrina?«

»Danke, sehr gut. Es ist erstaunlich, was man in diesem jungen Alter jeden Tag neu lernt. Lilian rennt überall umher und will Schmetterlinge fangen. Einar setzt seine Füße an der Hand schon richtig voreinander.«

»Na, bei den Eltern«, scherzte Mr Bradwick. »Haben Sie neue Nachrichten von Sven?«

»Nein, Richard. Ich nehme an, dass er noch vor Newport ist.«

»Es gehen Gerüchte um, dass Admiral d'Estaing nach Boston abgesegelt sei. Vielleicht ist er jetzt dort.«

»An diese Ungewissheit gewöhne ich mich nie«, klagte Sabrina. »Ich hoffe nur, dass er nicht zu lange wartet und hier in der Reederei mitarbeitet.«

»Ja, ich könnte seine Hilfe gebrauchen. Damit sind wir ja schon bei unserem Geschäftsbericht. Ich werde etwas allgemein beginnen, Sabrina, denn wir stehen vor einer Entscheidung.«

Und Bradwick erläuterte Sabrina, dass sich nach seinen Beobachtungen die britische Strategie geändert habe, seit eine große französische Flotte vor Amerikas Küsten stehe. »Der neue britische Oberbefehlshaber Clinton versucht, die Anhänger des britischen Königs in Amerika, die Tories oder Loyalisten, stärker zu integrieren. Ihre Kaperschiffe machen uns in der Chesapeake Bay mächtig zu schaffen, und Clinton baut auch ihre Landtruppen in den südlichen Staaten aus. Er wird versuchen, dort Stützpunkte der regulären Armee zu errichten. Außerdem werden die Briten ihre Raubzüge an unseren Küsten verstärken. Unsere Sache steht nicht so gut, wie wir es uns wünschten. Unsere Kaper sind zwar sehr erfolgreich. Auch unsere Reederei profitiert davon, doch die Bevölkerung übersieht zu leicht, dass die Briten noch mehr Schiffe von uns kapern. Wir sind aber auf Nachschub angewiesen. Nach Europa schicken wir praktisch nur noch Schiffe unserer Kontinentalen Flotte. Der Handel mit Waffen und Gebrauchswaren läuft nur über neutrale Schiffe bis in die Karibik. Dort holen wir die Waren dann mit unseren Schiffen ab und natürlich auch Zucker, Rum und andere Waren aus der Karibik. Der Umweg über die Karibik verteuert zwangsläufig die Waren aus Europa. Der Reeder, der direkt mit Europa handelt, hätte gute Verdienstspannen, aber auch ein großes Risiko.«

»Haben wir denn entsprechende Partner in Europa, Richard?«

»Wir haben vertrauenswürdige Partner aus der Zeit vor anno '73, und Sven hat uns mit der Beziehung zu Baron du Savord einen potenten Partner verschafft, der nur auf den Handel mit uns wartet. Er könnte sogar dafür sorgen, dass eine französische Korvette einen Konvoi von uns geleitet. Aber dazu bräuchten wir Schiffe, die nicht nur schnell, sondern auch tragfähig genug sind.«

»Aber Richard, wir haben doch auch große Schiffe, die schnell sind. Und wir haben doch auch den sehr schnellen Kaperschoner, der sie weiträumig absichern könnte.«

»Gewiss, Sabrina, aber schnell genug, um mit einer Fregatte mitzuhalten, sind nur zwei unserer großen Schiffe. Der Schoner segelt allen davon, aber er kann keine Bark gegen eine Fregatte oder eine große Kaperbrigg …«

Es klopfte an der Tür.

»Was ist denn?«, rief Mr Bradwick ärgerlich. Sabrina hatte die Hand vor den Mund geschlagen und war vor Schreck erstarrt. »Kommen Sie, Sabrina! Schauen wir.«

»Schauen Sie aus dem Fenster, Sir. Die *Liberty* läuft ein.«

Mr Bradwick fasste sich als Erster, ging zu ihr und griff behutsam ihren Arm. Sie gingen zum Fenster, das den Blick auf den Delaware erlaubte.

»Ja, es ist die *Liberty*.« Sabrinas Hand krampfte sich in seinen Arm. Sie nickte, und ihre Augen wurden feucht.

»Und die *Enterprise* folgt ihr und eine gekaperte Bark«, fuhr Bradwick fort. »Das ist eine Bark, die das britische Board of Ordnance gechartert hat. Man sieht es an der Flagge mit den drei Punkten und den drei Kanonen darunter. Die Bark hat bestimmt tausend Tonnen und sollte Waffen und Munition für die Briten bringen. Das Glück ist mit dem Tüchtigen.«

Sabrina achtete gar nicht auf seine Worte. »Ich kann Sven nicht sehen«, klagte sie.

Bradwick rief: »Mein Teleskop, Mr Smith!« Dann spähte er zum Schiff. »Sven ist auf dem Achterdeck. Jetzt dreht er sich zu uns herum und schaut in unsere Richtung.«

Sabrina zog die Gardine zurück und öffnete das Fenster. Dann winkte sie. »Er hat Sie nicht gesehen, Sabrina. Er schaut jetzt voraus zum Anlagepunkt und gibt Befehle.«

»Ich muss zu ihm, Richard«, erklärte Sabrina.

»Mr Smith! Der Wagen soll für Mrs Larsson fertig gemacht werden und sofort vorfahren. Sagen Sie auch John Bescheid.«

Die *Liberty* hatte in Höhe der Market Street geankert. Ein Boot von der *Enterprise* mit Kapitän Karl Bauer ruderte zur *Liberty*. Karl wollte mit Sven besprechen, was zuerst nötig war, um die Schiffe wieder auslaufbereit auszurüsten und wie sie Urlaub gewähren wollten. Die beiden Freunde saßen in Svens Kajüte und tranken Kaffee, während sie sich einigten.

Sie waren gerade bei der Frage, ob sie bei der Zunahme an Diebereien im Hafen ein Wachboot um die Schiffe rudern lassen sollten, als der Marinesoldat Midshipman Walton meldete.

»Was gibt es, Mr Walton?«, fragte Sven.

»Sir, eben ist Mrs Larsson mit einer Kutsche am Kai angekommen.«

Sven stutzte. »Sie muss in der Stadt gewesen sein. Gehen Sie bitte zu ihr, Mr Walton. Ich komme in wenigen Minuten, muss aber noch zum Hafenkapitän und zum Prisenamt.«

Als Billy Walton gegangen war, scherzte Karl: »Sie wollte sicher sehen, ob du erst Freundinnen von Bord schaffst.«

Sven grinste. »Sabrina weiß, dass ich nie Frauen an Bord nehmen würde. Dann ist die Disziplin sofort zum Teufel. Aber du Lästermaul schuldest uns jetzt eine Verlobungsfeier. Sag uns bald den Termin!«

Sabrina sah ihren Mann die Treppe am Kai hochsteigen und schnellen Schrittes auf die Kutsche zukommen. Er sieht unverändert gut und kraftvoll aus, dachte sie. Und ein Schauer lief ihr über die Haut, als sie daran dachte, wie es sein könnte, wenn sie erst allein wären. John stand diskret neben der Kutsche, als Sven die Tür öffnete und sagte: »Ich bin wieder da, mein Schatz.« Dann stieg er ein und umarmte seine Sabrina, die ihn herzlich küsste.

»Ich sage noch John guten Tag. Warum begleitet er dich?«

»Es ist immer noch nicht so sicher wie früher, und außerdem geht eine Dame nicht unbegleitet auf fremden Straßen. Da bleibt nur John übrig. Henrietta ist mit den Kindern und Martha mit der Küche beschäftigt.«

»Ich hätte jemanden, der das übernehmen könnte. Wir wollen nachher darüber sprechen. Ich muss jetzt erst zum Hafenkapitän und zum Prisenamt.«

»Kann das nicht dein Erster Leutnant erledigen?

»Das schon, Liebling. Aber dann wird die Prise nicht so gut und nicht so schnell verrechnet. Willst du mitfahren und in Balcons Café warten?«

»Dann gehe ich lieber zu meiner Kusine, und du holst mich dort ab, damit wir gemeinsam nach Hause fahren.«

»Auf der Fahrt kannst du mir aber schon berichten, wie es unseren Kindern geht, Sabrina.«

Joshua Petrus, Samuel Root und Billy Walton gingen in Gloucester auf das Haus der Larssons zu. Sie würden wieder dort wohnen wie während aller Liegezeiten ihres Schiffes in Philadelphia. Sie waren Teil der Familie Larsson.

Billy führte Rocky an der Leine, der überall schnüffelte und alte Spuren erkannte. Der große Schäferhund war voller Unruhe. Er spürte die Nähe seines Bruders Ricky. Und dann hörten sie auch schon Rickys Bellen.

»Lass ihn los!«, sagte der große Joshua. »Er hängt sich sonst an der Leine auf.«

Billy ließ Rocky los, und sie hörten, wie sich die beiden Brüder kurz am Zaun anbellten, dann den gegenseitigen Duft erkannten und vor Freude winselten. Im Haus wusste man, was das bedeutete. Martha, die Köchin, eine Art Mutterfigur für die drei Seeleute, riss erwartungsvoll die Tür auf und rief ins Haus: »Unsere Seeleute sind wieder da!«

Die kleine Lilian wusste schon, was diese Worte bedeuteten. Sie rannte aus dem Kinderzimmer zur Tür. Henrietta, das Kindermädchen, folgte mit Einar auf dem Arm.

»Mein Vati ist nicht dabei«, rief die kleine Lilian enttäuscht.

»Er kommt bald nach, kleine Prinzessin. Du bist ja noch mehr gewachsen«, sagte Joshua und nahm sie auf den Arm. Lilian drückte sich an ihn. Er war wie auch Sam und Billy ein großer Onkel, der mit ihr spielte, wenn er da war.

Rocky und Ricky hatten sich angesprungen, abgeleckt und kamen nun zu ihnen. Martha und Henrietta sowie Lilian mussten Rocky begrüßen, die Seeleute Ricky. »Nun streift euch die Schuhe ab und kommt aber rein. Und ihr beiden Brüder lauft nach hinten zur Küche. Ich hab einen kleinen Leckerbissen.« Die Hunde stoben davon, und die drei Seeleute gingen ins Haus.

Henrietta gab Sam den Einar, holte eine Keksbüchse heraus und fragte: »Martha, kochst du frischen Kaffee?« Die setzte schon Wasser auf, gab den Hunden zwei Stücke Fleisch und griff nach der Kaffeedose. Dabei fragte sie: »Habt ihr wieder eine Prise mitgebracht?«

»Ja«, antwortete Billy stolz. »Und Rocky hat sie entdeckt. Als ich ihn vor New York in stockdunkler Nacht schnuppern ließ, hat er immer wieder in die Richtung geknurrt, bis wir schließlich eine große Bark fanden, vollgestopft mit Pulver und Munition.«

»Na, da hätte er ein größeres Stück Fleisch verdient«, kommentierte Martha.

»Das hat er schon an Bord erhalten. Wir wissen, was wir an ihm haben«, sagte Sam, Joshuas farbiger Freund.

Aber dann beanspruchten Lilian und Einar mehr Aufmerksamkeit, und die drei Seeleute warfen die Kinder in die Luft und fingen sie auf, bis Henrietta das Kreischen nicht mehr aushielt und eingriff. »Jetzt ist Schluss. Ihr macht die Kleinen ja ganz verrückt. Los, ab ins Kinderzimmer.«

»Ich bin schon groß!«, protestierte Lilian.

Sven fand beim Leiter des Prisenamtes viel Aufmerksamkeit für seine Beute. »Sie haben wieder Glück, Mr Larsson. Die Armee wartet händeringend auf Munition und Ausrüstungsgegenstände. Überall wird gekämpft. Das gibt gute Preise.«

»Und wie ist der Markt für Schiffe?«, fragte Sven.

»Auch gut«, antwortete der Leiter. »Wir haben in letzter Zeit viele Handelsschiffe durch britische Kaper und Kriegsschiffe verloren. Aber die kleinen Reedereien haben nicht viel Geld. Es kann ein wenig dauern. Doch ich schicke gleich die Einschätzungskommission an Bord.«

Sven war nicht glücklich über die Antwort. »Sollte Mr Bradwick Interesse haben, gebe ich gleich Bescheid.«

Der Hafenkapitän war ein alter Bekannter aus den Tagen seines Großvaters. »Na, wieder im Lande, mein Junge? Da wird sich deine Frau aber freuen.«

»Ich freu mich auch, Onkel Jan. Wie sieht es denn aus? Wird uns etwas Ruhe gegönnt, oder müssen wir gleich wieder raus?«

»Das weiß ich selbst nicht, Sven. Das Marinekomitee sagt nur, wir müssen alle bereit sein. Es kann im Süden losgehen, in der Chesapeake Bay oder sonst wo. Aber ein paar Wochen hast du schon Zeit. Brauchst du größere Reparaturen?«

Sven verneinte. Der Hafenkapitän wollte nun ein wenig über Svens Erlebnisse vor Newport hören und ging zum Schrank, um Getränke und Gläser abzuholen, aber Sven wehrte ab. »Onkel Jan, heute habe ich keine Zeit. Sabrina hat mich beim Anlanden abgefangen und wartet nun bei ihrer Kusine auf mich. Ich komme mal vorbei.«

»Manchmal sind diese Frauen eine rechte Plage«, brabbelte der Hafenkapitän.

»Aber ohne bist du auch nicht ausgekommen, wenn ich mich an die Erzählungen meines Großvaters erinnere«, lachte Sven.

Der Hafenkapitän grinste. »Werde bloß nicht kess, du junger Spund. Hau ab und grüß Sabrina!«

Als Sven mit Sabrina in der Kutsche saß, herrschte erst einmal Schweigen, weil sie sich innig küssten. Aber dann wollte jeder wissen, wie es dem anderen ergangen sei. Bei Svens Fragen standen die Kinder im Vordergrund. Sabrina wollte wissen, ob er in Gefahr gewesen sei.

»Manchmal habe ich furchtbare Angstträume, dass dir etwas passiert sei. Die Zeitungen schreiben auch immer von schweren Kämpfen. Wahrscheinlich übertreiben sie, damit die Leute die Zeitungen kaufen. Aber wenn man keine anderen Nachrichten hat, ist man darauf angewiesen und wird immer ängstlicher.«

Als sie auf dem Fährschiff saßen, sprachen sie über Nachrichten von ihren Eltern und von ihrer Schwester. »Unsere Mutter klagt so sehr in ihren Briefen, dass sie ihre Enkelkinder nicht sehen kann. Unser Vater hatte eine Gallenkolik, aber jetzt praktiziert er schon wieder. Wenn wir nicht in den nächsten Jahren mit den Kindern zu ihnen reisen können, werden sie schwermütig, fürchte ich«, meinte Sabrina.

Sven zuckte mit den Schultern. »Dann werden wir aber schneller siegen müssen. Der Weg durch das Hudsontal ist von den Briten blockiert, und ich sehe nicht, wie wir sie dort vertreiben können. Und wie geht es unserer Schwester?«

»Prächtig! Die Praxis ihres Mannes blüht. Sie haben schon wieder angebaut. Jetzt hat er zwei Assistenzärzte und sechs Krankenpfleger. Der Sohn wächst und gedeiht, und Ingrid ist wieder schwanger.«

»Die merken wohl gar nichts mehr vom Krieg«, meinte Sven.

»Höchstens von den Königstreuen in der Chesapeake Bay«, antwortete Sabrina. »Deren Aktivität hat in letzter Zeit zugenommen. Aber auch die respektieren Ärzte im Allgemeinen. Man weiß ja nie, wann man sie braucht.«

Sie sprachen noch über Möglichkeiten des gegenseitigen Besuchs, und dann legten sie schon in Gloucester an.

»Hier hat sich nicht viel verändert«, meinte Sven.

»Wieso auch? Aber wenn du zur anderen Flussseite rüberschaust, dann kannst du einiges sehen.«

Sven blickte sich um und sah über dem Delaware das große Gebäude der Reederei mit dem Schriftzug »Bradwick und Co«.

»Donnerwetter!«, staunte er. »Da habt ihr aber gemalt und geschafft. Und drei Schiffe liegen an den Kais.«

»Ja, das Geschäft blüht«, bestätigte Sabrina. »Aber heute reden wir noch nicht darüber. Da gibt es dringendere Dinge.«

Nun blinzelte er ihr zu, und Sabrina wurde rot.

»Warte nur, bis deine Kinder dich in die Finger kriegen«, warnte sie ihn. Und dann fing schon ein Hund an, erwartungsvoll zu bellen.

Wenn Sven von einer Seefahrt heimkam, war das in letzter Zeit immer ein turbulentes Ereignis. Am wildesten gebärdeten sich die Hunde, die ihn anspringen wollten und nur durch strenge Befehle daran gehindert werden konnten. Bevor sie nicht gestreichelt worden waren, hatte niemand anders eine Chance, an Sven heranzukommen.

Dann forderten die Kinder ihr Recht, seitdem sie alt genug waren, ihm entgegenzugehen oder zu krabbeln. Sie wollten nicht nur gedrückt und geküsst werden, sie warteten auch auf mitgebrachte Geschenke. Auch diesmal fragte Lilian nach dem ersten Abgedrücke: »Hast du uns was mitgebracht?«

Sabrina sah sie strafend an, aber Billy hatte Sven schon den kleinen Sack gereicht, den er vom Schiff nach Gloucester gebracht hatte. Sabrina wunderte sich immer wieder, wie Sven es schaffte, Geschenke zu erwerben, auch wenn er nicht in Städten anlegte, wo er durch Geschäfte streifen konnte.

Diesmal hatte er eine Puppe für Lilian und ein kleines Schaukelpferd für Einar. Die beiden waren nun erst einmal beschäftigt, und Sven musste sich den Hausangestellten widmen. Auch für sie hatte er kleine Geschenke: hübsche Umhängetücher für die Frauen und eine Flasche guten Rums für John.

Dann konnte er mit Sabrina nach oben gehen und sich umziehen. Sven blickte Sabrina schon verlangend an, aber sie flüsterte: »Du musst dich noch gedulden. Ich habe gesehen, dass Martha schon eine Torte auf den Tisch gestellt hat.«

Nun, das würde auch vorbeigehen. Während sie Kaffee tranken und Torte aßen, erzählte Sven, dass er ihr einen neuen Hausangestellten als Hilfe für John vorschlagen wolle. »Ich habe einen sehr geschickten und zuverlässigen Zimmermannsmaat, etwa dreiundzwanzig Jahre alt. Er ist bei einem Gefecht vor Newport an beiden Füßen verwundet worden. Er kann nicht mehr an Bord dienen, aber mit besonderen Schuhen könnte er ohne Weiteres als Kutscher arbeiten und im Garten helfen. Seine Familie ist von Indianern ermordet worden, und ich möchte nicht, dass er mit den paar Cents vom Staat auf der Straße bettelt.«

Sabrina war einverstanden. »Wenn du ihn vorschlägst, wird er gut sein. Und wir können wirklich Hilfe gebrauchen, seitdem ich so oft in die Stadt zu Mr Bradwick muss. Nun habe ich das Unterrichten aufgegeben und habe doch kaum mehr Zeit.«

»Aber dein Unterricht hat auch Erfolg gehabt. Mein Erster Leutnant und der Master loben Billys Wissen als Midshipman. Er selbst macht auch einen zufriedenen Eindruck.«

Sabrinas und Svens Liebe war reifer geworden. Vielleicht waren ihre Vereinigungen weniger stürmisch, aber sie waren inniger. Sie trennten sich kaum in diesen ersten Tagen. Sie sahen ihren Kindern zu. Sie erzählten von den Tagen der Einsamkeit, aber auch von den Ereignissen dieser Tage.

Sven erfuhr, welche Waren knapp und teuer geworden waren. Tee, Gewürze, Seide und manche Artikel der weiblichen Schönheitspflege. »Am nachhaltigsten hat sich der Pakt mit Frankreich wohl auf die Parfümpreise ausgewirkt«, klärte ihn Sabrina auf. »Wir können endlich wieder unter mehreren Sorten wählen und mit stabilen Preisen rechnen.«

Sven fasste sie lachend um. »So positiv hat mir noch niemand diese Allianz geschildert. Wird denn schon ein Parfüm nach d'Estaing benannt?«

»Du mit deinen Scherzen! Aber vor einigen Wochen wurde mir ein Artillerieoffizier bei Bradwicks vorgestellt. Er fragte mich, ob ich was mit ›Larssons Schießpulver‹ zu tun hätte. Sie schossen seit zwei Wochen damit. Es sei beste britische Qualität. Was sagst du nun?«

Sven war sprachlos. Damit hatte er nicht gerechnet.

Die Tage vergingen. Sven war an zwei Tagen der Woche auf dem Schiff, kümmerte sich um notwendige Reparaturen und Ergänzungen, besprach den Personalbedarf mit seinem Ersten und die Krankheitsfälle mit seinem Schiffsarzt.

Dr. Bader überraschte ihn eines Tages mit einem neuen Fall. Ein Mann, abgemagert fast bis zum Skelett, bleich, die Haut mit Geschwüren bedeckt, lag im Lazarett. »Er hat nur nach Ihnen gefragt, Sir, und die Leute schleppten ihn zur *Liberty*. Sie werden ihn nicht erkennen. Er heißt Gilbert Dickson und war Maat auf dem Schoner *Freedom*. Bei einem Landungsunternehmen geriet er in britische Gefangenschaft und war auf einer Hulk in New York eingesperrt. Durch Zufall gelang ihm die Flucht.«

»Kriegen Sie ihn durch, Doktor?«

»Ja. Es sieht schlimmer aus, als es ist. Herz und Lunge sind in Ordnung. In zwei Tagen redet er mit Ihnen.«

Sven hatte schon von Gefangenenhulks in New York und in England gehört. Er wusste, dass die Gefangenen bei minimaler Kost und Bewegung auf alten, außer Dienst gestellten Schiffen zusammengepfercht wurden, aber was er dann von Gilbert Dickson hörte, übertraf jede Fantasie.

Hunderte von Gefangenen mussten auf einem Schiff leben, das vorher vielleicht mit dreißig Mann Besatzung auskam. Alle Luken waren vernagelt. Zur Bewegung kamen sie eine halbe Stunde an Deck. Das war auch die einzige Zeit, frische Luft zu atmen. Kümmerliches, vergammeltes Brot war ihre Hauptnahrung. Jeden Morgen mussten sie die Toten an den oberen Luken stapeln.

»Ausgetauscht mit Gefangenen, die wir gemacht hatten, wurden vor allem die Landsoldaten, Sir. Sie waren bei Weitem in der Mehrheit und besetzten alle Posten unter den Gefangenen. Wir Seeleute konnten nur verrecken. Sie kennen manchen, der dort krepiert ist. Erinnern Sie sich noch an Dirk Salton, Sir, den Spaßmacher? Er starb eine Woche, bevor ich fliehen konnte.«

Sven erinnerte sich. »Verdammt, wir machen doch auch Gefangene. Auf der letzten Bark hatten wir allein zwanzig Feuerwerker, die die Munition betreuen sollten. Ich rede mit dem Hauptquartier, Mr Dickson. Da muss sich was ändern.«

Er beriet sich vorher mit Mr Bradwick und Mr Smith und hatte dann ein langes Gespräch mit dem zuständigen Oberst. Er erhielt die Zusicherung, dass Seeleute künftig im Austausch mit Seeleuten freigelassen werden würden. Noch vor seiner nächsten Ausfahrt kam ein Trupp von zwanzig Freigelassenen.

Nathaniel, Svens Schreiber, hatte der Besatzung erzählt, wie es zu der Freilassung gekommen war. »Wenn ich wieder auf den Beinen bin, gebe ich keine Ruhe, bis ich auf ein Schiff von Mr Larsson komme«, sagte einer der Freigelassenen, und mehr als einer seiner Gefährten nickte.

Svens Schwager, Henry Kellaghan, den die Larssons in Norristown besuchten, hatte auch schon zwei Männer von Gefangenenhulks in seinem Hospital behandelt. »Einen konnte ich nicht retten.«

Seine Frau Ingrid hatte die Idee, die vielen Gefangenen das Leben erleichtern sollte. »Und warum haben wir Frauen noch keinen Wohltätigkeitsverein gegründet, um diesen armen Kerlen zu helfen? Wir reden immer, wie viel freier und aktiver Frauen heute im öffentlichen Leben sind, aber hier wäre doch ein Gebiet, es einmal zu beweisen. Und es betrifft nicht nur unsere Gefangenen. Ich bin einmal an einem Lager britischer Gefangener vorbeigekommen und habe mich geschämt. Sabrina, hilfst du mir, Gleichgesinnte zu werben und Spenden zu sammeln?«

»Mit ganzem Herzen, Ingrid. Das ist eine wunderbare Idee. Und wir müssen auch mit den Pfarrern reden.«

»Bitte«, sagte Henry mit gespielter Demut. »Das ist wirklich eine großartige Idee. Aber redet erst einmal mit uns. Wir haben euch auch so viel zu erzählen. Ich will Sven doch auch seinen Jack Jackson vorführen.«

»Wer ist denn das?«, fragte Sabrina erstaunt.

»Na, der gehbehinderte Maat, den mir Sven geschickt hat. Jack, komm mal her!«

Aus dem nahe gelegenen Schuppen kam ein junger, kräftiger Mann.

»Aber der geht doch völlig normal«, stellte Sabrina fest.

»Ich werd verrückt«, staunte Sven. »Wie hast du das geschafft? Er konnte doch nur noch hinken.«

Henry lächelte stolz. »Wir haben ihm Stiefel angepasst, die die Lücken, an denen Teile des Fußes fehlen, ausfüllen. Dadurch hat der Fuß wieder Halt und rutscht nicht mehr weg. Zeig doch mal die Schuhe, Jack!«

Jack zog die Hosenbeine hoch, und sie sahen ganz normale Schnürschuhe aus Leder. Jack wandte sich an Sven. »Das Besondere erkennt man erst, wenn man auch das Innere der Stiefel sieht, Sir. Aber ich will Ihnen damit nicht die Begrüßung verderben. Ich zeige es Ihnen morgen.«

»Gut, Mr Jackson. Ich komme morgen auf Sie zu. Und zwei Tage später reisen Sie mit uns zurück, nicht wahr?«

»Wenn Sie mich noch nehmen wollen, Sir.«

Die Besuchstage waren voll und ganz ausgefüllt. Die Kinder waren ein Dauerthema, der Ausbau von Henrys Hospital und Praxis war nach einer Besichtigung ein mindestens abendfüllendes Thema. Der neue Hauptsitz der Reederei Bradwick und Co. mit seinen Folgen für das Geschäft entlockte Henry und Ingrid viele Fragen, und die Erlebnisse Svens im Kampf wurden von allen gleichermaßen bestaunt.

Jacks Schuhe mit ihren raffinierten Innenpolstern wurden von Sven, Joshua und den anderen Begleitern bewundernd betastet, und zwei Wächter aus dem neuen Reedereigebäude, die mitgekommen waren, ihre Familien zu besuchen, waren stolz auf die Produkte ihrer Handwerker. William, der früher in Gloucester gearbeitet hatte und dann mit den Kellaghans nach Norristown gezogen war, freute sich, den Larssons die Produkte seiner Arbeit zu zeigen.

Beide Familien unternahmen auch Ausflüge in die schöne Umgebung. Henry zeigte Sven manche Wildpflanzen und erzählte, dass er sie manchmal mit William pflücken ging. »Wir haben immer wieder Engpässe mit unseren Medikamenten. Wir waren früher ganz von der Einfuhr aus England abhängig und sind trotz aller Anstrengungen unserer Apotheker immer noch nicht autark. Manche Grundstoffe kommen aus Fernost. Manche erfordern komplizierte Techniken zur Herstellung. Achte mal bei deinen Prisen darauf, Sven!«

Und dann kamen sie auf den Bedarf an Schiffsärzten, ihre Ausbildung und Erfahrung zu sprechen. Nach einer Weile drängten sich Ingrid und Sabrina protestierend zwischen sie und forderten mehr Anteil am gemeinsamen Gespräch.

Daheim hatten die Larssons noch nicht aufgehört, von ihrem Besuch in Norristown zu schwärmen, da brachte John auf seinem oft belächelten Tablett die Einladung zu Karls Verlobung.

»Joshua ist auch eingeladen«, stellte Sven fest. »Karl vergisst seine ältesten Freunde nicht. Schade, dass William Adams gefallen ist, sonst wäre das alte Quartett wieder einmal beisammen.«

»Ihr wart schon besondere Freunde«, bestätigte Sabrina. »Schau nur, was aus allen geworden ist. Und William war damals schon Bootsmann.«

Karl Bauer hatte nur seine Familie und die engsten Freunde eingeladen. Die Eltern und die beiden Geschwister von Karl waren einfache, aber respektable Leute. Die Eltern sprachen wenig Englisch und freuten sich, dass Karl und Sabrina ein paar deutsche Worte mit ihnen tauschten. Joshua sah in seiner besten Uniform stattlich und würdevoll aus.

Herr Lader, der Brautvater, zeigte in seiner gepflegten Kleidung, dass er eine gute Stellung gefunden hatte. Und dann trat die Braut mit ihrer besten Freundin ein. Hanna Lader sah in ihrem weißen, reich mit Spitzen versehenen Kleid wunderschön aus. Sie strahlte vor Glück.

»Die muss man ja gern haben«, flüsterte Sabrina leise Sven ins Ohr.

»Schau Karl an. Der ist hingerissen«, flüsterte Sven zurück. Aber während er das sagte, fiel sein Blick auf Joshua. Der stand da wie eine Salzsäule und starrte nur in eine Richtung. Sven folgte seinem Blick und sah Hannas beste Freundin.

Sie war eine Mulattin, bescheidener gekleidet als die Braut, und hielt sich zurück. Aber sie war ungewöhnlich attraktiv. Ihr Gesicht hatte europäische Züge mit dem leichten Hauch von afrikanischem Einschlag, der oft den Reiz so erhöht. Ihre Haut hatte die Farbe leichten Brauns und schimmerte samtweich. Hanna und ihre Freundin waren jede auf ihre Art wunderschön.

Auch Sabrina war aufgefallen, wie beeindruckt Joshua von der Mulattin war. »Wie sehr würde ich diesem treuen Riesen eine hübsche und liebe Frau wünschen«, sagte sie leise.

»Dann wollen wir ihn und uns einmal bekannt machen«, antwortete Sven und ging zu Karl und bat um Vorstellung. Hanna, die Braut, wusste nicht mehr, ob sie Sven und Joshua bei der Befreiung des Auswandererschiffes gesehen hatte, aber sie betonte, wie oft Karl bewundernd und dankbar von seinen ältesten Freunden gesprochen habe, und begrüßte die Freunde und Sabrina herzlich.

»Meine Freundschaft mit Adeline Galton besteht noch nicht so lange wie die zwischen Karl und Ihnen, aber sie ist nicht minder herzlich und unzerbrechlich. Adeline ist nach dem Tod ihrer Eltern mit einer alten Dame als Gesellschafterin nach Philadelphia gekommen. Die alte Dame hat ihr das Geld für ein Lehrerstudium hinterlassen. Dort haben wir uns dann kennen gelernt. Ich habe Adeline lange vor Karl versteckt, damit er nicht zu meiner schöneren Freundin wechselt, aber sie sagte mir, er sei für sie tabu. Nun können die anderen Herren ja ihr Glück versuchen.«

In das Lachen hinein sagte Sabrina laut genug zu Sven, damit es alle hörten. »Sven, ich glaube, wir müssen gehen. Die Gefahr für dich wird zu groß.«

Nun lachten die anderen noch mehr, und Adeline wurde ein wenig rot.

»Seien Sie beruhigt, Frau Larsson, aber ich habe immer von einem wesentlich größeren Mann geträumt.«

Ihre Freundin Hanna fiel ein.

»Dann habe ich dir ja den richtigen Tischherrn ausgesucht, Adeline. Kommen Sie bitte näher, Mr Petrus, und stellen Sie sich ruhig auf die Zehenspitzen, wenn Adeline nicht gleich beeindruckt ist.«

»Solange Sie mich nicht aufhängen, Fräulein Lader, will ich alles tun, um Ihrer Freundin zu imponieren.« Und er reckte sich spielerisch in die Höhe und stellte sich neben Adeline, die lachend zu ihm aufsah.

»Nun ist nicht mein Mann gefährdet, sondern der Mann, den ich als ungewöhnlich treuen Freund schätze. Ich bin hier als Verliererin«, scherzte Sabrina.

»Es könnte ja auch sein, dass Sie zwei treue Freundinnen gewinnen«, sagte Hanna.

»Dann wollen wir uns doch gleich mit den Vornamen anreden«, schlug Sabrina vor. »Ich heiße Sabrina.«

»Meine Damen und Herren, können wir jetzt das Gelöbnis der Brautleute vornehmen«, meldete sich Herr Lader.

Henrietta fragte Martha: »Wo ist denn der Joshua heute? Er hat noch gar nicht gefrühstückt.«

»Er ist heute ganz früh mit den beiden Hunden losgezogen.«

»Nanu? Er legt doch sonst so viel Wert auf ein gemütliches Frühstück. Hat er Dienst?«

Martha zuckte mit den Schultern. »Mir hat er nichts gesagt. Aber hör mal. Da hat doch eben ein Hund gebellt.«

Jetzt kamen beide Hunde an die Küchentür und mauzten. Sie wollten auch ihr Frühstück.

Joshua steckte den Kopf zur Tür rein. »Guten Morgen! Habt ihr den Kapitän schon gesehen?«

John kam herein und hörte noch den letzten Satz. »Er ist gerade in die Bibliothek gegangen. Er möchte dort frühstücken. Seine Frau schläft noch.«

Joshua nickte nur und ging zur Bibliothek. »Was ist denn mit dem los? Er hätte doch was mitnehmen können«, ärgerte sich Martha.

Joshua klopfte an der Tür zur Bibliothek und trat ein, nachdem Sven gerufen hatte.

»Guten Morgen, Sir!«

»Nanu! Warum so förmlich, Joshua?«

»Es ist eine dienstliche Bitte, Sir.«

»Na, dann raus damit, Bootsmann Petrus.«

»Könnte ich am Freitag Nachmittag nicht zum Dienst eingeteilt werden, Sir?«

Sven sah Joshua kurz an und sagte dann: »In Ordnung. Wird gemacht.«

Joshua sagte kurz »Danke« und ließ dann die dienstliche Förmlichkeit beiseite. »Das war gestern eine schöne Feier, nicht wahr? Karl kann sehr glücklich sein mit seiner Hanna. Das ist eine liebe und nette Frau.«

Sven lächelte. »Sie war nicht die Einzige. Und ich würde mich sehr freuen, wenn du mir das nach dem Freitag mit voller Überzeugung bestätigen könntest.«

»Ich werde mir Mühe geben, Sven«, lachte Joshua zurück.

»Joshua trifft sich am Freitag Nachmittag mit Adeline, und ich habe schon für zehn Uhr eine Einladung zu einem Gespräch mit den Herren Bradwick und Smith mit anschließendem Lunch«, berichtete Sven wenig später seiner Sabrina.

»Ich würde lieber bei Adeline und Joshua zuhören als bei eurem Geschäftspalaver«, gab Sabrina zu.

»Wie kann man nur so neugierig sein«, wies Sven sie mit gespielter Entrüstung zurecht.

»Du Heuchler! Ich habe gesehen, wie du sie bewundert hast. Die würde dir auch gefallen.«

»Ja«, gab Sven mit entwaffnender Offenheit zu. »Und was ich von ihr hörte, bewies Wissen und Verstand. Ich würde mir sehr wünschen, dass die beiden ein Paar werden.«

»Da sind wir uns ja wieder einig«, stimmte Sabrina zu und fasste Sven um. »Joshua hat wirklich eine hübsche, kluge und treue Frau verdient.«

Sven hatte Mr Smith seit seiner Rückkehr von Newport noch nicht gesehen und begrüßte ihn am Freitag herzlich in den neuen Räumen der Reederei. »Wie geht es Ihnen, Mr Smith? Ich habe Sie ja ewig nicht gesehen.«

»Ich habe viel zu tun, Mr Larsson, bin aber leider dabei nicht so erfolgreich wie Sie. Mein Sohn ist jetzt als Sekretär für das Komitee tätig und wundert sich jeden Tag, dass wir die Flotte noch nicht zugrunde gerichtet haben. Er meint, es sei eine Fehlkonstruktion, dass die Pflanzer, Anwälte und Kaufleute im Marinekomitee gleichzeitig Vertreter der Gesetzgebung seien und zusätzlich ihr eigenes ausführendes Organ. Er gibt uns dauernd Befehle zurück und weist nach, dass sie gar nicht auszuführen seien, weil bereits ganz andere Befehle vorlägen. Langsam sehen einige im Komitee ein, dass er recht hat und dass wir uns anders organisieren müssen. Aber anfangs habe ich mir Dinge über meinen Sohn anhören müssen und war mit fast allen anderen im Dauerstreit. Da ist es schön, mal wieder mit Ihnen zu diskutieren. Wir haben uns doch immer verstanden.«

»Uns wollten Sie ja auch keine Befehle geben, Mr Smith«, scherzte Bradwick. »Aber im Ernst: Ich sehe es etwa so wie Ihr Sohn. Ohne eine gründliche Neuorganisation wird unsere Flotte nie auf einen grünen Zweig kommen.«

»Und ich habe gerade eben erlebt, dass die beste Organisation nichts hilft, wenn der Mann an der Spitze nicht genug Entschlusskraft und Risikobereitschaft besitzt«, ergänzte Sven.

»Also eine Reform an Haupt und Gliedern«, fasste Mr Smith zusammen. »Wenn Sie mir erlauben, meine Herren, dann will ich versuchen, die Hauptziele unserer Flottenpolitik zusammenzufassen.«

Sie ließen sich noch Kaffee eingießen und waren dann bereit, Mr Smith zuzuhören.

»Wir alle wissen, dass unsere Kontinentale Flotte in den letzten beiden Jahren furchtbare Verluste erleiden musste. Wir verloren über zwanzig Schiffe, darunter zehn Fregatten. Wenn unsere Armee Ausfälle in derartigen Proportionen aufwiese, hätten wir die Waffen niederlegen müssen.

Zeitlich das erste Ziel unserer Flottenpolitik war die Störung des Nachschubs für die feindlichen Landstreitkräfte. Das ist immer noch eines unserer wichtigsten Ziele und entlastet unsere Armee. Ein weiteres Ziel war die Störung des britischen Handels. Indem wir Schiffe angriffen, die Waren von und nach England transportierten, haben wir den Handel des Feindes geschädigt. Oft ist die Beute für unser Land wichtig gewesen, ich erinnere nur an Pulver und Industriewaren. Größer noch war der Schaden, den nur die Bevölkerung in England merkte, wo in Teilen sogar Hungersnot herrschte. Es gibt aber Bereiche des britischen Handels, die wir kaum oder gar nicht stören konnten, zum Beispiel der Ostindienhandel. Wir müssen sehen, wie wir hier erfolgreicher operieren können.

Ein weiteres Ziel, das in unserer Region weniger bemerkt wird, ist die Störung der britischen Fischerei an den Neufundlandbänken. Hier sind die nördlichen Kolonien aktiv. Ihre Erfolge tragen wesentlich zu Versorgungsengpässen in der britischen Versorgung bei und sollten von uns nicht unterschätzt werden.

Ein anderes Ziel ist der Schutz der eigenen Versorgung. Unsere Flotte beschränkt sich bei der geringen Zahl von Schiffen meist auf das Geleit von Schiffen in die Karibik und zurück. Wenn es uns möglich wäre, Konvois nach Frankreich und Spanien zu sichern, wären uns viele Sorgen genommen.

Ein weiterer Wunsch ist der Angriff auf feindliche Küsten, um dort den Handel und Angriffsvorbereitungen zu stören und feindliche Schiffe in der Verteidigung zu binden, die den Briten dann für den Angriff fehlen. Robert Morris, Vizepräsident des Marinekomitees, betont besonders diese Strategie. Die Nadelstiche an der britischen Küste haben viel Wirbel ausgelöst, aber für wirksame Aktionen fehlten uns bisher die Kräfte.«

Mr Bradwick und Sven hatten interessiert zugehört.

»Wenn ich es richtig sehe, Mr Smith, dann haben wir bei den Zielen mehr erreicht, die auch unsere Kaperschiffe verfolgen, und hinken dort sehr hinterher, wo die Kaper kein Interesse haben«, folgerte Mr Bradwick.

Smith nickte. »Das stimmt und ist nicht verwunderlich, wenn man bedenkt, dass die Kaperschiffe insgesamt der Kontinentalen Flotte an Tonnage, Feuerkraft und Mannschaften um ein Vielfaches überlegen sind.«

Mr Bradwick ergriff noch einmal das Wort: »Wir Reeder haben natürlich das größte Interesse am Schutz unserer eigenen Transporte. Sie wissen, Mr Smith, dass unsere Reederei selbst etwas dafür tut und die Brigantine *Anne* als Geleitschiff für unsere Transporter segeln lässt. Sie hat nicht nur viele britische Kaper abgewehrt, sondern auch selbst gekapert, da britische Transporter sich oft gutgläubig unserem Konvoi anschlossen, der unter britischer Flagge segelte. Die hatten keine Zweifel, dass ein geschützter Konvoi nur britisch sein könne. Aber, Mr Smith, da die Briten jetzt Kaper mit zwanzig und mehr Kanonen aussenden, stoßen wir Reeder an unsere Grenzen. Dann brauchen wir doch die Flotte. Diese Flotte braucht mehr Schiffe, und wir sehen ein, dass wir da auch finanziell helfen müssen. Ich habe gute Verbindungen nach Baltimore. Dort diskutiert eine Gruppe von Reedern, wie sie sich öffentlich zu Zahlungen verpflichten könnte, wenn das Marinekomitee Schiffe zum Geleit einsetzt.«

Mr Smith nickte. »Darüber könnte man sich sicher einigen, besonders, wenn dieses Beispiel Schule in anderen Städten macht.«

Nun griff Sven ein. »Ihrer Übersicht über wichtige Ziele der Flottenpolitik kann ich nur zustimmen, Mr Smith. Aber die Ziele sind nur zu realisieren, wenn wir mehr Schiffe haben, wie Mr Bradwick betonte. Ich habe sowohl unsere Konvois geleitet als auch britische angegriffen. Natürlich ist der Angriff eine lohnendere und interessantere Aufgabe. Aber jeder sieht auch die Notwendigkeit des Geleits.

Doch ich möchte noch ein Ziel hervorheben: den Schutz unserer Handelszentren. Wir können sicher nicht unsere ganze Küste verteidigen. Dafür ist sie zu lang. Aber die großen Flussmündungen und Buchten, Nadelöhre der Schifffahrt, die müssen wir sichern. Als Beispiel nenne ich nur die Chesapeake-Bucht, die den Zugang zu mehreren Handelszentren eröffnet. Was sich dort jetzt britische Kaper erlauben können, richtet mehr Schaden an, als wir ausgleichen können. Wir bräuchten Befestigungen an den Kaps und ständige Patrouillen mit Fregatten.«

Mr Bradwick stimmte wortreich zu, und Mr Smith sagte schließlich: »Die Forderung wird immer lauter. Wir werden sie auf die Tagesordnung des Marinekomitees setzen. Aber vorher müssen wir noch Klarheit über die britischen Pläne in Georgia und Karolina gewinnen. Unsere Agenten melden aus New York, dass Schiffe für eine Landung in einer Stadt dieser beiden Staaten zusammengezogen werden. Bis Mitte nächster Woche werde ich Mr Larsson sagen können, welche Aufgabe wir ihm in diesem Zusammenhang zugedacht haben.«

Die letzte Woche in der Heimat verging für alle viel zu schnell. Joshua war sicher, die Frau fürs Leben gefunden zu haben, wie er Sabrina und Sven am Abend glückstrahlend berichtete.

Mr Bradwick wollte mit Sven zu einem Erntschluss über das Ostasienprojekt kommen und schickte ihn zur Werft nach Burlington, um die Möglichkeit zu erkunden, dort Schiffe mit entsprechender Tonnage zu bauen. Sven war nicht nur mit einem kleinen Anteil stiller Teilhaber in der Werft, er schätzte auch deren Leiter. Aber in Burlington war man auf derartig große Schiffe noch nicht vorbereitet. So riet Sven Mr Bradwick, erst gekaperte Ostindiensegler anzukaufen.

Als Sven am Abend nach Philadelphia zurückkehrte, erfuhr er, dass sein Schiff in vier Tagen auszulaufen und einen Konvoi in die Karibik zu geleiten habe. Gleichzeitig solle er auf britische Schiffe vor Georgia und Karolina achten.

Für Sabrina kam das Auslaufen viel zu schnell. Sie war still, aber sehr erfolgreich bemüht, alle Termine außer den Vorbereitungen für sein Schiff und außer dem Zusammensein mit der Familie abzublocken.

Sie erlebten die letzten Tage und Nächte sehr intensiv, und Sabrina empfing ihr drittes Kind.

Der Konvoi wartete in der Bucht vor Salem auf Svens Fregatte und Karl Bauers Sloop *Enterprise*. Weiter zur Mündung des Delaware hatten sich die Handelsschiffe nicht getraut, denn auch dort waren schon britische Kaper aufgetaucht.

Sven ließ alle Kapitäne an Bord der *Liberty* kommen, übergab ihnen nach dem obligatorischen Schluck Rotwein ein Verzeichnis der internen Signale, erläuterte seine Pläne für die Reise und beantwortete Fragen.

Sven musste wieder über den bunten Haufen schmunzeln. Neben würdigen und mit Sorgfalt gekleideten älteren Herren, von denen ihn zwei auf seinen Großvater ansprachen, standen Veteranen des Kapergeschäftes im mittleren Alter und junge Burschen, die sich lässig wie Matrosen kleideten.

»Hoffentlich beachten sie unsere Signale prompt und genau«, sagte Sven zu Karl Bauer, der noch einen Moment wartete, nachdem die Kapitäne gegangen waren.

Aber der nickte nur. »Es ist doch viel schwerer, Abschied zu nehmen, wenn man einen lieben Menschen zurücklässt, mit dem man das Leben teilen will«, meinte er etwas bedrückt.

»Aber es ist auch viel schöner, sich auf das Wiedersehen mit diesem Menschen zu freuen, lieber Karl«, erwiderte Sven. »Wenn du über die ersten Tage hinweg bist, wirst du es merken. Und wir werden uns beide viel Mühe geben, gesund heimzukommen.«

Als sie den Atlantik erreicht hatten, übernahm die *Liberty* die Spitze des Geleits. Die acht Handelsschiffe folgten in zwei Kolonnen und die *Enterprise* segelte am Schluss.

Langsam ließen Belastung und Hektik nach. Das Leben auf dem Schiff spielte sich wieder ein. Nur wenig neue Männer waren an Bord und fügten sich in die Routine des Kanonendrills ein. Amüsiert beobachtete Sven, dass auch Billy Walton als Midshipman nun schon als alter Hase respektiert wurde. Und Joshua erledigte alle Arbeiten nicht nur in der gewohnten Präzision, sondern auch mit einer glückhaften Leichtigkeit, die man nicht beschreiben konnte.

Sven schaute in die Wolken, die sich zu den eigenartigsten Gebilden auftürmten. Kein Maler würde diese Vielfalt an Farben und Figuren je wiedergeben können. Die vom Menschen geschaffenen Gegenstände waren meist einfacher Natur. Auch Sextanten oder Uhren waren nicht mit der komplexen Gestaltung von Nerven, Sehnen, Knochen und allem anderen zu vergleichen, was den Vogel dort oben fliegen ließ.

Seine Gedanken wurden unterbrochen, als Mr White, der Master, zu ihm trat. »Sir, der Wind wird auffrischen. Er kommt aus Nordost. Hoffentlich steigert er sich nicht zum Sturm, bevor wir die Bay erreichen.«

»Das wäre noch zu früh für uns. Es ist doch angenehmer, wenn der Regen, der einen durchnässt, wärmer ist.«

»Ja, Sir, wenn Sie nicht gleich auf einem Hurrikan bestehen, bin ich einverstanden.«

Sven hatte Karl Bauer an Bord gebeten und besprach mit ihm ihr Vorgehen beim ersten Zwischenhalt. »Wir laufen am frühen Morgen in die Chesapeake Bay ein. Je nach Windrichtung und -stärke werde ich mit dem Konvoi bei dem Ort Cape Charles oder bei Yorktown ankern, falls die Schiffe aus Baltimore noch nicht warten. Du kannst ihnen dann entgegensegeln. Sobald wir beisammen sind, laufen wir gleich wieder aus.«

»Gibt es eine Grenze, bis zu der ich segeln soll, oder wollen wir sie auf jeden Fall in unseren Konvoi eingliedern? Wie viele Schiffe sind es denn?«, fragte Karl zurück.

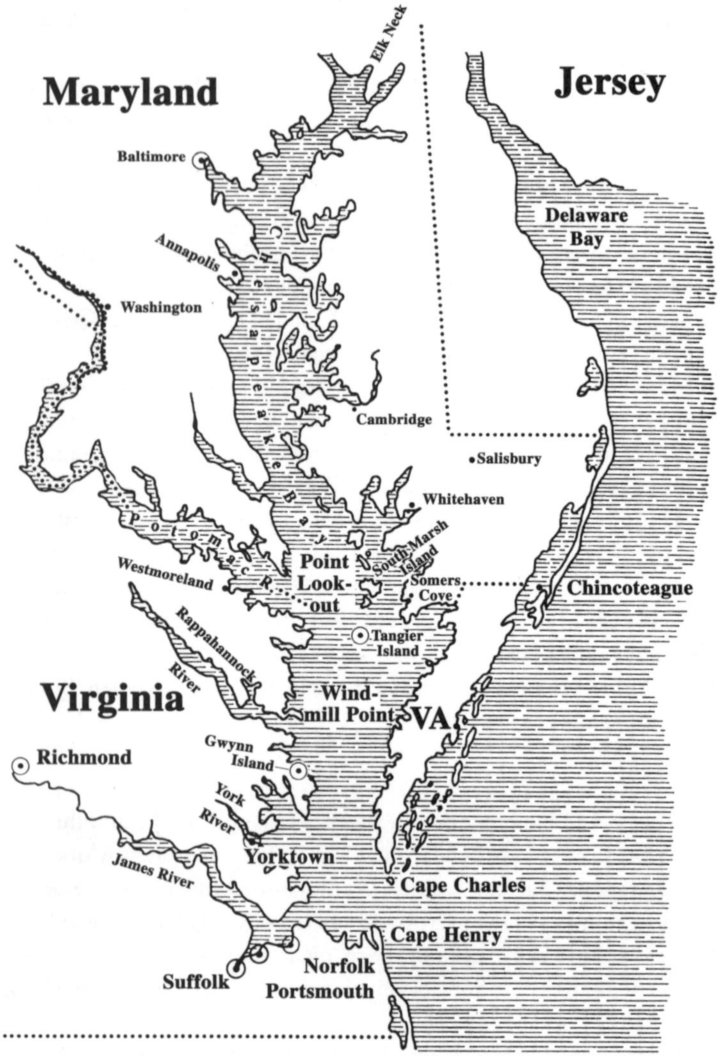

Die Chesapeake Bay

»Es sind elf Schiffe aus Baltimore. Das Komitee will, dass wir die Schiffe auf jeden Fall geleiten. Es hat einen politischen Handel mit der Stadt vor, um sich Finanzen zu sichern.«

Sie liefen bei frischem Wind und rauer See an Kap Charles vorbei in die Bay ein. Alle Geschütze waren bemannt. Auch auf den Handelsschiffen waren die Matrosen in Alarmbereitschaft. Aber selbst der verdoppelte Ausguck auf der *Liberty* konnte keinen Konvoi erspähen.

Sven stand mit Rocky an Deck und wartete ungeduldig auf eine Meldung. Rocky stellte mit einem Mal die Ohren auf und fing an zu knurren. War da nicht ein anderes Geräusch gewesen?

»Sei mal ruhig, Rocky! Psst!«, flüsterte Sven und griff sich die Sprechtrompete, um sie ans Ohr zu halten. Aber da rief der Ausguck schon vom Bug: »Kanonendonner voraus!«

Sven wandten sich an den Signalmidshipman: »Bereiten Sie das Signal vor, das dem Konvoi befiehlt, im Halbkreis zu ankern und feuerbereit zu sein.«

Dann horchte er. Ja, das war Kanonendonner und gar nicht weit weg.

»Signal aufstecken!«, befahl er. »Signal an *Enterprise*: Folgen!« Dem Ersten Leutnant teilte er mit: »Mr Flinders, wir segeln in die Bay hinein. Geben Sie die entsprechenden Befehle und bereiten Sie alles für ein Gefecht vor!«

Schon auf der Höhe von Windmill Point konnten sie erkennen, dass zwei britische Schiffe breitseits zwischen Tangier Island und Smith's Point lagen und mit ihren Schüssen Handelsschiffe am Auslaufen hindern wollten, die in einem ungeordneten Haufen baywärts lagen. Jetzt hörte Sven auch hinter den Handelsschiffen dumpfes Krachen.

»Mr Albert! Entern Sie auf und sehen Sie, ob Sie hinter den Handelsschiffen noch etwas erkennen können!«, befahl Sven.

Er wandte sich an Leutnant Flinders. »Es sieht so aus, als ob die Kaper die Schiffe aus Baltimore in die Zange genommen hätten.«

Flinders spähte mit dem Teleskop voraus. »Sehen Sie doch nur, Sir.

Bei Point Lookout und den gegenüberliegenden Inseln legen Boote ab und halten auf die Schiffe aus Baltimore zu. Das können doch nur Royalisten sein.«

Sven stimmte zu. »Ja, so viele Leute werden die Kaper nicht mitgebracht haben. Das wird ein heißer Tanz! Signal an *Enterprise*: Station längsseits einnehmen!«

Midshipman Albert meldete: »Nördlich der Handelsschiffe liegt noch ein Kaper in der Bay und feuert auf den Konvoi.«

Sven hob die Sprechtrompete: »Männer, der Konvoi wird von drei Kapern vorn und achtern angegriffen. Boote wollen ihn von Land aus entern. Ihr müsst schneller und genauer schießen als je zuvor. Aber wir schaffen es!«

Der alte Wilson an Kanone eins murmelte: »Und was machen die Möwen? Greifen die nicht an?«

Sie waren jetzt etwa tausend Meter von den britischen Kapern entfernt. Das waren große Kaper mit mindestens zwanzig Kanonen. Die *Enterprise* schob sich Backbord neben die *Liberty*.

Sven nahm die Sprechtrompete und rief: »Mr Bauer, wir segeln bis zweihundert Meter heran, wenden den Kapern dann die Steuerbord-Breitseite zu und schießen sie zusammen. Hoffentlich schlafen ihre Ausgucke weiter so und lassen uns nah ran.«

»Aye, aye, Sir. Zweihundert Meter. Dann Breitseiten«, antwortete Karl und winkte.

Die Männer auf den Kaperschiffen waren so intensiv mit den Handelsschiffen beschäftigt, die heftig zurückschossen, dass sie die Amerikaner nicht bemerkten. Die kamen auf zweihundert Meter heran, legten Ruder und feuerten eine furchtbare Breitseite.

Die Kanoniere konnten nicht sehen, wie auf den Kaperschiffen Rahen herunterkrachten und Decksbalken aufrissen, denn sie wurden angetrieben, sofort erneut zu laden und zu zielen.

Aber Sven beobachtete die Schäden genau und sah, wie von den Booten, die von Land aus kamen, einige abdrehten und den Angriff aufgaben.

Auf den Kapern rannten Matrosen an die den neuen Angreifern zugewandte Seite. Aber bevor sie ihre Kanonen richten konnten, feuerte die *Liberty* erneut. Sven ballte die Faust. Das hatte wieder reingehauen. Und auch die *Enterprise* setzte ihrem Gegner gewaltig zu.

»Gut gemacht!«, schrie Sven. »Weiter so!«

Noch zwei Runden, dann waren die Masten beim Gegner gefallen und die Aufbauten zerfetzt.

Sven nahm sein Sprachrohr und rief zu Karl Bauer: »Näher ran! Wir geben ihnen mit Kugeln und Kartätschen den Rest und nehmen uns dann die Boote vor.«

Mr Flinders gab sofort die entsprechenden Befehle. Sie legten das Ruder herum, brassten die Segel neu und näherten sich den angeschlagenen Gegnern. Auf fünfzig Metern Distanz drehten sie bei und feuerten eine Salve mit Traubengeschossen auf die Kaper.

Alle, die dort noch an Deck waren, wurden zu Boden geschleudert. Während die Kanoniere auf der *Liberty* nachluden, krochen auf den Kaperschiffen wieder Matrosen aus der Deckung. Einige wollten die Kanonen bemannen, andere wollten die weiße Fahne hissen. Nun kämpften sie gegeneinander.

Sven rief den Scharfschützen in den Mastkörben zu: »Macht ein Ende! Schießt die Kampflustigen ab!«

Aber das war nicht so einfach. Auf den Kaperschiffen schoben sich die Streiter eng verhakt hin und her. Schließlich ließ Sven wieder die Kanonen schießen. Die Handelsschiffe könnten sich sonst der Boote nicht erwehren, wenn sie ihnen nicht bald zu Hilfe kämen.

Nun war es auf den Kaperschiffen still. Die *Liberty* und die *Enterprise* segelten heran. Die Enterleinen flogen, und die Amerikaner sprangen auf die britischen Kaper.

»Verdammt! Hier sind doch bloß noch Trümmer. Da jibt et doch keen Prisengeld für. Wat soll denn det?«, schimpfte John leise zu seinen Kameraden. Er war nicht der Einzige, der so dachte. Sogar Karl Bauer schüttelte den Kopf, als er die Verwüstungen sah. Mit seiner Hochzeit im Sinn war ihm jeder Dollar Prisengeld willkommen.

Aber Sven rief schon seine Befehle, dass der größte Teil der Entermannschaften auf die eigenen Schiffe zurückkehren sollte, um die Boote zu bekämpfen.

Zuerst schossen sie mit Kugeln auf die Boote. Als sie näher kamen, setzten sie Traubengeschosse ein. Und wenn Boote schon an Handelsschiffen festgemacht hatten, schossen nur noch ihre Scharfschützen.

Dieser Kampf dauerte nicht lange. Als ein Teil der Boote versenkt oder zusammengeschossen war, merkten die Angreifer, dass sie keine Chance hatten. Sie ruderten zum Land zurück, wieder verfolgt von den Kugeln der Kriegsschiffe. Von einigen Booten sprangen Menschen ins Wasser und schwammen zum Land.

Die *Liberty* steuerte ein Handelsschiff an, an dessen Deck gekämpft wurde. Ihre Entermannschaft band sich weiße Bänder um die Stirn und sprang hinüber zum Handelsschiff. Das entschied den Kampf im Nu.

Sie trieben die Royalisten auf dem Vordeck zusammen. Sven gab Befehl, sie zur Vernehmung bereitzuhalten und steuerte das nächste Handelsschiff an.

Die Scharfschützen schossen schon auf die Enterer aus den Booten. Als die den großen Rumpf der *Liberty* neben dem Handelsschiff auftauchen sahen, warfen sie ihre Waffen weg und ergaben sich.

Es dauerte nur noch Minuten, dann waren die Handelsschiffe gesichert, die Boote vertrieben. Sven gab Karl Bauer den Befehl, das letzte Kaperschiff mit seiner Sloop auszuschalten. Er selbst dirigierte seine Fregatte zu den Inseln vor der Küste von Somerset. Dort lagen die geflohenen Boote. Die Royalisten rannten in die Wälder.

Sie legten sich mit der Breitseite zum Land und ihre Kanonen fetzten in die Boote und in die Haufen der Flüchtenden. Dann fanden sie kein lohnendes Ziel mehr und stellten das Feuer ein.

In die ungewohnte Stille hinein hörten sie vom Strand deutlich eine Stimme: »Larsson, du Verräter! Dich und deine Familie kriegen wir noch!«

Sven hatte es genau gehört. »Dich und deine Familie!« Ihn packte die Wut. Woher kannten sie ihn? Warum wollten sie seine Familie hineinziehen? Das ließ er nicht zu. Er brüllte: »Vier Landungstrupps bereit zum Einschiffen! Boote bereit! Mr Flinders, geleiten Sie die Schiffe zum anderen Konvoi! Kommen Sie dann, und holen Sie uns ab.«

Flinders hatte bei Davids Ausbruch Mund und Nase aufgesperrt.

Jetzt stotterte er regelrecht. »Das, das geht doch nicht, Sir! Bitte schicken Sie mich an Land. Sie tragen doch die Verantwortung für den Konvoi.«

»Keine Diskussion«, fuhr ihn Sven an und starrte wie gebannt an den Strand. Aus den Augenwinkeln bekam er mit, wie Leutnant Will von den Seesoldaten ins Boot stieg, und sprang hinterher. »Ablegen!«

Auf South Marsh Island hatten sich die Männer ins Gebüsch geworfen, als die *Liberty* auf ihre Boote und auf sie selbst schoss. Jetzt rappelten sie sich wieder hoch und rannten landeinwärts.

Einem etwas älteren und schon beleibten Major in der langen, grünen Jacke der amerikanischen Loyalisten halfen zwei Soldaten hoch. Er klopfte seine hellbraunen Bundhosen ab, rückte den Hut mit der dunklen Feder zurück und lief den anderen in die waldigen Hügel nach.

»Verdammt! Wer hat da noch gebrüllt?«, schimpfte er laut vor sich hin.

Sein Adjutant, der neben ihm lief, informierte ihn: »Ich bin ziemlich sicher, Sir, das war Leutnant Redbook, der vor drei Wochen neu zu uns kam. Aber woher der den Schiffsoffizier kennen sollte, weiß ich nicht.«

Sie kamen im Wald auf eine kleine Lichtung, auf der zwei Blockhäuser mit besonders dicken Balken und etwa zehn leichtere Hütten standen. Ein Teil der Soldaten war schon in den Hütten verschwunden. Andere zündeten das Holz an den Feuerstellen wieder an.

Zum Major lief ein Melder. »Sir, die Rebellen sind mit vier Booten gelandet und suchen uns.«

»Alle raustreten!«, befahl der Major. »Hauptmann Bill, führen Sie die Truppe strikt nach Norden. Schicken Sie Patrouillen aus, die auf die Rebellen von weitem schießen. Wir wollen sie von unserem Lager weglocken, aber uns nicht fangen lassen.«

Der Hauptmann salutierte und zog mit den Soldaten ab. Der Major hielt noch Leutnant Redbook zurück. »Mr Redbook! Was zum Teufel hat Sie bewogen, dem Rebellenkapitän zu drohen?«

»Er hat mich um meinen Besitz in Philadelphia gebracht, Herr Major.«

»Wenn er jetzt unser Lager findet, wird er sie vermutlich um Ihr Leben bringen, mein Herr. Los, gehen Sie und lenken Sie ihn ab.«

Sven hockte am Bug des ersten Kutters, der das Ufer ansteuerte. Er sprang hinaus, als der Kutter auflief, und watete ans Ufer. Rocky war bei ihm. Joshua und Sam folgten ihm unmittelbar.

Sven hatte sich genau die hängende Weide gemerkt, von der die Stimme gekommen war. »Hier muss es gewesen sein. Such, Rocky, such!«, sagte Sven.

Joshua sah Sam bedeutungsvoll an. Aber Sam suchte nach Fußspuren und ließ Rocky schnüffeln. Dann nahm er die Leine und folgte dem Hund.

Die anderen waren gelandet und gingen links und rechts von ihnen vor. Sie entdeckten abgebrochene Zweige und immer wieder Spuren im Gras. Aber dann wurde links von ihnen geschossen.

»Sir«, rief Leutnant Will, »die sind inzwischen nach backbord ausgewichen. Von dort kamen die Schüsse.«

»Dann nehmen Sie drei Trupps und gehen in Richtung der Schüsse. Aber Vorsicht! Wir folgen den Spuren.«

Immer wieder hörte Svens Truppe Schüsse von links, aber Sven lief stur Rocky hinterher. Dann blieb Rocky stehen und horchte und schnüffelte voraus. Die Männer der *Liberty* knieten, hielten ihre Flinten bereit und spähten voraus. Sven sah eine kleine Lichtung mit Gebäuden.

Er winkte zwei Männern. »Geht ihr steuerbord um die Lichtung, ihr beiden geht backbord. Wenn ihr uns zwischen den Gebäuden seht, kommt ihr zu uns.«

Rocky musste langsam vorangehen und immer wieder schnuppern. Aber sie sahen niemanden, und niemand schoss auf sie. Das Lager war anscheinend verlassen.

»Ich wette«, flüsterte Sven zu Joshua, »sie wollten uns hier weglocken.«

Langsam schlichen sie sich an den Wänden der Hütten und Blockhäuser weiter in das Lager hinein. Die Hütten hatten als Nachtlager gedient. Bei den Blockhäusern vermutete Sven Munitions- und Waffenspeicher. Die Blockhäuser waren mit dicken Ketten und Schlössern versperrt.

»Seht euch mal nach einer Axt um«, sagte Sven zu Sam und Joshua. Aber dann wurde er abgelenkt, weil die beiden Seesoldaten, die er ausgeschickt hatte, die Lichtung zu umkreisen, zwei Gefangene heranschleppten.

»Das waren Posten, die flüchten wollten, Sir«, berichtete die Streife. »Sie liefen uns direkt vor die Füße. Wir mussten ihnen nur den Kolben über den Schädel geben.«

Die sehen aber kaum besser aus als unsere Milizen mit ihren zerschlissenen Kleidern und den zusammengebundenen Schuhen, dachte Sven. »Wer von euch hat am Ufer geschrien und einen Kapitän Larsson bedroht?«

Die beiden Gefangenen waren wohl noch etwas benommen: Sie guckten sich blöd an. »Wir haben nichts gerufen und nichts gehört. Wir sind Soldaten der Vereinigung amerikanischer Loyalisten.«

»Meint ihr, das hindert uns, die Wahrheit aus euch herauszuprügeln?«, fragte Sven.

Die beiden zuckten mit den Schultern.

»Bringt sie zu den Booten«, befahl Sven den beiden Posten.

Sam kam mit einer Axt angelaufen. »Sie haben sie liegen gelassen, nachdem sie Feuerholz geschlagen hatten.«

»Schlag die Schlösser und Ketten auf!«, befahl Sven.

In den Blockhäusern waren Gewehre, Pulver, Kugeln, Handgranaten und Verpflegung. »Sucht hier und in den Hütten nach Schriftstücken, Befehlen oder Bestandslisten. Joshua und Sam bereiten die Sprengung vor!«, ordnete Sven an.

Sie fanden einige Akten und einzelne Papiere. Einen Mann schickte Sven damit zu den Booten. Mit den anderen ging er weiter in der Richtung, aus der jetzt mehr Schüsse zu hören waren.

Hinter ihnen explodierten die Munitionslager.

»Verdammt! Jetzt sind wir aufgeschmissen!«, fluchte der dickliche Major der Loyalisten. »Unterkunft, Munition und Verpflegung sind futsch!«

Er atmete immer heftiger. »Leutnant Redbook zu mir!«

Die Soldaten riefen es weiter, hoben die Flinten und schossen. Leutnant Redbook kam angelaufen und warf sich neben dem Major auf die Erde.

»Haben Sie die Explosionen gehört?«

Redbook nickte: »Ja, Sir!«

»Wir haben Ihnen zu verdanken, dass die alles gefunden und in die Luft gejagt haben. Sie gehören nicht mehr zu meiner Einheit. Verschwinden Sie sofort! Wenn ich Sie noch einmal sehe, knalle ich Sie als Spion über den Haufen. Weg!«

Der Major platzte bald vor Wut. Redbook kroch davon, stand dann auf und lief weg. Am Abend fand er ein Fischerboot, das ihn zum Festland brachte. Dort lief er am nächsten Tag einem Posten der Miliz vor die Flinten. Sie erschossen ihn. Dann durchsuchten sie ihn, fanden ein wenig Geld und einen Ausweis als Mitglied der amerikanischen Loyalisten.

»Das geben wir dem Hauptmann, wenn wir abgelöst werden. Wer vergräbt ihn?«

»Schmeißt ihn doch in das Sumpfloch, hier gleich nebenan.«

Sie taten es. Der Hauptmann nahm den Ausweis. »Kenne ich nicht. Soll ich vielleicht extra eine Meldung schreiben?« Er warf den Ausweis ins Feuer. Niemand erfuhr mehr etwas über den Mann, der Anlass für Schutzmaßnahmen und Ängste geworden war.

Svens Männer meldeten drei Gefangene und zwei eigene Verwundete.

»Wir ziehen uns zurück zu den Booten. Das bringt nichts mehr! Los! Trupp eins und vier zurück!«

Sie bestiegen die Boote und blieben am Ufer, bis auch die Letzten bei ihnen waren. Dann zogen sie die Riemen durch und nahmen Kurs auf Yorktown.

Bei der Tangier Insel kam ihnen die *Liberty* entgegen.

Sven kam die ganze Aktion inzwischen etwas unüberlegt vor. Als Leutnant Flinders ihn fragte: »Hatten Sie Erfolg, Sir?«, antwortete er nur kurz: »Ja!«

In seiner Kajüte legte ihm Mr Zander, sein Schreiber, die Liste vor, die bei den Loyalisten gefunden worden war. Sven ging die Namen durch. Gegen Ende stieß er auf Redbook. Er stutzte. Aber der Redbook, den er kannte, der war doch in Georgia.

»Die Gefangenen sollen mir einzeln vorgeführt werden. Leutnant Will soll zu mir kommen!«, befahl er.

Er befragte die Gefangenen, aber keiner wollte den Ruf an ihn gehört haben und den Rufer kennen. Aber sie kannten Leutnant Redbook und erzählten, dass er seit etwa drei Wochen bei ihnen sei, aus Georgia kam und wie er aussah.

Sven nickte. Das war der Mann, der ihm das Lagerhaus verkauft hatte, bevor man es ihm wegnahm. Der Mann, der die gelagerten Waren doppelt verkauft hatte. Der Mann, der seine Frau verlassen hatte und ihn anscheinend hasste. Und er wollte auch seine Familie bestrafen.

»Bringen Sie mir Papier, Feder und Tinte«, befahl Sven.

»Soll ich nicht schreiben, Sir?«, fragte Mr Zander.

»Nicht nötig. Es sind nur ein paar Sätze. Erkundigen Sie sich inzwischen, was mit der *Enterprise* ist.«

Sven schrieb in aller Eile an Sabrina, dass er hier auf Loyalisten gestoßen sei. Unter ihnen sei der Mann ihrer Freundin Elisabeth, Mr Redbook, gewesen. Dieser habe ihm gedroht, dass er sich an ihm und seiner Familie rächen werde. Sabrina solle vier Wächter einstellen, die abwechselnd das Haus bewachen müssten. Wenn sie ausfahre, müssten sie zwei begleiten. Sie möge Mr Salsberg aus Gloucester, Kaistraße, um Rat bitten. Er sei erfahrener Rangerhauptmann und ihm verpflichtet. Dann siegelte er das Schreiben und ging an Deck.

Vor ihm wuchsen die Masten der neunzehn Schiffe empor, die vor Yorktown ankerten. Vom Achterdeck kam die Meldung, dass sich die *Enterprise* mit einem gekaperten Schiff nähere.

Sven ließ sich die Liste der Schiffe geben. Er hatte schon eingeteilt, wie die Schiffe auf drei Kolonnen aufzuteilen waren. Er winkte Leutnant Potter und gab ihm die Liste. »Lassen Sie sich zu den Schiffen rudern, und sagen Sie einem Offizier, welche Position in welcher Reihe das Schiff einzunehmen hat. Nehmen Sie sich eine Sprechtrompete mit, sonst schreien Sie sich heiser. Ach ja. Die Schiffe sollen sofort auslaufen, die Steuerbordreihe voran, die Backbordreihe zum Abschluss.«

Dann wollte ein Vertreter Yorktowns von ihm wissen, ob der Konvoi länger hier liegen bleibe.

»Wir setzen schon Segel. Aber Sie könnten mir den großen Gefallen tun, diesen Brief zur Post zu geben.«

Der Mann versprach es und ging mit dem guten Gefühl, dass diese Horden von Seeleuten seinem Ort erspart blieben.

Karl Bauer kletterte an Bord und meldete, dass er die britische Brigg *Amelie* mit sechzehn Kanonen gekapert habe. Sie sei gut erhalten.

»Wollen wir sie in Norfolk abliefern oder bis Charleston mitnehmen?«, fragte Sven.

»Mitnehmen, Sir«, antwortete Karl lakonisch. »Sie bringt dort mehr und kann uns unterwegs helfen.«

»Gut, dann soll sie sofort zu den beschädigten Kapern laufen, von denen alles übernehmen, was man brauchen kann, und die beiden Wracks dann im Ozean abfackeln. Die *Enterprise* segelt am Schluss des Geleits.«

Sie drückten sich fest die Hand. Dann gellten auf der *Liberty* die Befehle zum Segelsetzen.

Sie holten die Segel ein, als sie im Cooper River neben dem Hafengelände von Charleston angekommen waren. Scharen von Einwohnern standen am Ufer und sahen dem großen Konvoi zu.

Der Hafenmeister blickte aus seinem Fenster. »Es waren doch nur neunzehn Schiffe plus Geleit gemeldet. Zählen Sie noch einmal durch. Ich bin auf zweiundzwanzig gekommen«, sagte er zu seinem Sekretär.

Auch der Sekretär zählte zweiundzwanzig. »Da werden sie noch Prisen gemacht haben«, vermutete er. »Aber von der Fregatte legt schon das Beiboot ab. Bald werden wir es wissen, Sir.«

Als Sven dann berichtete, dass die Brigg *Amalie* in der Chesapeake Bay beim Angriff auf britische Handelsschiffe gekapert wurde, während sich die Transporter *Bristol* und *Helen* freiwillig dem Konvoi angeschlossen hätten, weil sie ihn für einen britischen Konvoi hielten, lächelte der Sekretär selbstgefällig.

»Nun, das haben sie ja bald bereut«, fügte der Hafenkapitän hinzu und fragte: »Wohin waren die Transporter bestimmt, und was haben sie geladen?«

»Sie sollten nach St. Augustine und haben Nachschub für die britischen Truppen, darunter Medizin und Verbandsmaterial für die Apotheken der Armee.«

»Da werden sich die Interessenten bald danach drängeln«, betonte der Hafenkapitän.

»Mir wird auch diese Medizin nicht mehr viel helfen, lieber Mr Larsson«, stellte dagegen resigniert Mr Talbot, Svens alter Bekannter und Förderer, fest. »Ich mache es nicht mehr lange. Und warum auch? Ich habe ein langes und erfülltes Leben gelebt. Warum soll ich mich jetzt mit allen möglichen Leiden plagen?«

»Aber Mr Talbot«, antwortete Sven. »Wir können doch Ihren Rat gar nicht entbehren.« Doch er schaute ein wenig skeptisch auf Mr Talbot, der da im Hausmantel auf einem Liegestuhl vor ihm ruhte. Dieser allzeit geschäftige Mann, der alles über jeden in Charleston wusste, war doch sehr gealtert.

»Meine Nichte kommt aus Portugal. Hoffentlich bleibt mir noch genug Zeit, sie einzuweisen.«

»Eine Frau in diesem Geschäft, in dem sonst nur Männer sich gegenseitig das Geld abjagen? Wie soll das gelingen, Mr Talbot?«

»Warten Sie nur ab, lieber Freund. Sie ist wunderschön, aber ihre Schönheit wird noch von ihrem Geschäftssinn übertroffen. Sie ist vor vier Jahren mit tausend Dollar nach Portugal gegangen und hat daraus inzwischen hunderttausend gemacht. Ich habe keine Kinder, aber ich könnte mir keine bessere Erbin wünschen.«

»Sie können es besser beurteilen als ich, Mr Talbot, aber ich habe den Eindruck, dass mehr Frauen als früher nicht nur häkeln und mit Kindern spielen wollen. Auch meine Frau ist sehr selbstständig und greift in Männergeschäfte ein. Aber sie ist gleichzeitig eine wunderbare Mutter und Ehefrau.«

»Ach, Mr Larsson, ich glaube nur, dass die Frauen ihr Eingreifen heute öfter zugeben können. So weit ich in der Geschichte zurückblicken kann, hat es immer sehr kluge Frauen gegeben, die die Fäden gezogen haben. Allerdings taten sie das früher eher über die Männer, denken sie an Kleopatra oder die Frauen der Medici. Wenn es die dummen Männer dadurch schwerer haben, bin ich ganz dafür. Aber nun erzählen Sie mir doch einmal, wohin unser Kongress Sie jetzt schickt.«

»Gen Süden, Mr Talbot. Man erwartet, dass die Briten den Krieg nach Georgia und Karolina tragen wollen und dass sie dafür auch Truppen aus Florida einsetzen. Ich werde einmal nachschauen, welche Vorbereitungen zu erkennen sind und wie ich sie stören kann. Und dann werde ich zu d'Estaing nach Westindien segeln.«

»Ich möchte sterben, Mr Larsson, bevor der Krieg nach Charleston kommt. Ich habe nicht geahnt, dass wir so hart um unsere Freiheit kämpfen müssen. Besuchen Sie mich wieder, sofern ich noch lebe, bevor Sie in Ihre Heimat zurückkehren.«

Sven saß mit Karl in einem der Lokale, in das ihn vor Jahren Mr Talbot eingeladen hatte, um ihn in die Spezialitäten Südkarolinas einzuführen, und erzählte ihm von den Leiden Mr Talbots.

»Nach deinen Erzählungen, Sven, war er doch der Mann, der in Charleston jeden kannte, der hier alles erreichen konnte und dir manchen Vorteil gebracht hat. Was ändert sich nun für dich?«

»Ich weiß es noch nicht. Er hat von einer Nichte erzählt, die in Portugal so erfolgreich Geschäfte gemacht hat und nun seinen Handel fortführen soll.«

Karl blickte skeptisch. »Ob da die Männer mitmachen werden?

Mr Talbot hat doch von alten Beziehungen, von Geben und Nehmen gelebt. Lassen die Männer es zu, wenn sich eine Frau mit an diesen Trögen laben will?«

Sven wischte sich den Mund ab, nachdem er den letzten Löffel der Lobster-Suppe gegessen hatte. »Ah, es schmeckt immer noch so gut. Aber zu deiner Frage: Ich kann mir auch nicht vorstellen, dass sie eine Frau hier mitmischen lassen. Für mich wäre es schlimm, wenn ich auch hier bei all den Behörden antichambrieren müsste.«

Während sie speisten, wurde es auf der Straße lauter und lauter. »Was ist denn da los?«, fragte Karl den Ober.

»Die Seeleute werden sich prügeln. Wir haben viele Schiffe im Hafen«, antwortete der gleichmütig.

»Na, da wird es wieder Ärger mit den Konstablern geben«, sagte Sven.

Während er das sagte, standen Joshua und Sam an der Wand einer Kneipe und verteidigten sich gegen fünf Matrosen, die sie mit Stuhlbeinen angriffen. Es waren Matrosen aus Georgia, die viel getrunken hatten und nun nicht zulassen wollten, dass »Nigger« in ihrer Kneipe neben ihnen aßen und tranken.

Die Angreifer hatten sich wohl verschätzt. Zwei lagen schon bewusstlos am Boden, und ein Dritter schrie gerade vor Schmerz, weil Joshua seinen Arm erwischt und umgebogen hatte.

In der Tür tauchte ein Matrose auf, der erstaunt auf die Schlägerei blickte.

»Jungs!«, rief er. »Kommt mal her! Hier wollen welche Joshua und Sam aufmischen.«

Vier Matrosen kamen und schauten. Dann schrie einer: »Auf sie!« Und sie stürzten sich auf die drei übrigen Angreifer und schlugen sie zusammen.

»Ist jetzt Schluss?«, rief der Wirt. »Sonst schenke ich nichts mehr aus.«

»Es ist Schluss!«, erwiderte Joshua mit Nachdruck. »Unsere Kameraden haben sich nur noch eingemischt, weil sie von mir einen Drink spendiert haben wollten.«

Die anderen lachten und tranken auf Joshuas Wohl.

»Verdammt und zugenäht! Ihr faulen Säcke, strengt euch gefälligst an, sonst übt ihr heute Nacht noch an den Kanonen. In Charleston, da habt ihr gesoffen und gehurt wie tausend Mann. Aber jetzt sind wir auf See! Und da müsst ihr zupacken!« Leutnant Johnson, Zweiter Leutnant und Batterieoffizier, war mit dem Ergebnis des Drills überhaupt nicht zufrieden. Sicher würde der Kapitän morgen auf die Scheibe schießen lassen, und wenn es nicht klappte, dann hatte er es auszubaden.

Die *Liberty* segelte an der Küste vor Savannah. Sie hatten noch kein britisches Schiff entdeckt. Sven ließ Kurs auf Savannah nehmen.

»Soll ich die Karten über die Einfahrt holen lassen, Sir?«, fragte ihn der Master.

»Nein, Mr White. Wir laufen den Hafen nicht an. Ich will nur einen Blick in das Inselgewirr werfen, ob sich dort Britenkaper verstecken. Dann segeln wir weiter vor der Küste nach Süden.«

Sven sah nicht, wie enttäuscht sich drei Matrosen anblickten, die in der Nähe standen. Nun würden sie sich vorläufig in keinem Hafen volllaufen lassen können. Vor der Karibik gab es doch hier kein anständiges Nest mehr.

Sven schickte Billy Walton mit dem Teleskop in den Mast hinauf, um die Tybee-Insel und die anderen weiter südwärts auf Masten in den Buchten oder in den Wasserläufen hinter den Inseln abzusuchen. Zwischen der Skiddaway- und der Wassaw-Insel wurde Billy auf zwei Masten aufmerksam, die in einer Bucht über die Bäume ragten.

Die *Liberty* setzte Signal, dass die *Enterprise* längsseits kommen solle, und brasste die Segel back, um langsamer zu segeln.

Die Mannschaften grinsten sich über die paar Meter Wasser hinweg an, die sie trennten. Winken oder Rufen wäre gegen die Disziplin gewesen und hätten ihnen Strafen eingetragen. Auch Sven war seinem Freund Karl gegenüber formell.

»Kapitän Bauer, würden Sie bitte in die Meerenge zwischen Skiddaway und Wassaw einlaufen und nachsehen, wer sich dort versteckt. Bitte greifen Sie noch nicht an.«

Karl tippte an seine Hut. »Aye, aye, Sir«, rief er lächelnd und erteilte Befehle zur Kursänderung. Dann zwinkerte er noch Joshua zu, der auch mit seinen Fingern an den Hut tippte. Viele wussten, dass die drei seit vielen Jahren eng befreundet waren, aber niemand wunderte sich, dass sie so steif miteinander umgingen. Dienst ist Dienst!

Die *Enterprise* signalisierte, dass eine Brigantine mit sechs Kanonen in einer Bucht ankere. Sie reagiere nicht auf Signale. Und dann legte ein Boot von der *Enterprise* ab.

»Wetten, dass ihr Kapitän kommt, um einen Angriffsplan vorzuschlagen?«, sagte Sven zu Leutnant Flinders.

»Sir, ich wette nicht so gern, wenn ich weiß, dass ich verliere.«

Sven lachte ihn an. »Dann lassen Sie man schon alles für einen Bootsangriff fertig machen. Aber dass die Ausgucke nicht vergessen, das Meer abzusuchen!«

Karl enterte schnell auf und wurde ohne Seesoldaten und Trommler begrüßt. Jetzt stand der Kampf und nicht die Etikette im Vordergrund.

Als er in Svens Kajüte stand, kam er auch gleich zur Sache. »Sir, meine Herren, in dieser engen Bucht der Skiddaway-Insel liegt eine Brigantine vor Anker. Sie hat die Segel angeschlagen und ein Springseil ausgebracht. Sie ist achtzig Meter vom Ufer entfernt, Enternetze geriggt. Sie verfügt über sechs Geschütze, wahrscheinlich Achtpfünder, zusätzlich eine Bug- und wahrscheinlich auch eine Heckkanone. Ich schlage vor, dass wir sie über Bug und Heck angreifen und während des Angriffes vom Land aus beschießen.«

Sven fragte: »Ist die Bucht zu eng, als dass wir einlaufen und sie mit unseren Kanonen bedrängen könnten, Mr Bauer?«

»Ja, Sir. Sie scheint bis auf eine Rinne auch sehr flach zu sein.«

»Also bleibt nur der Bootsangriff mit Unterstützung von der Landseite. Hat einer der Herren Vorschläge, die wir beachten sollten?« Während Sven sich umsah, hatte er die Ideen in seinem Kopf bereits in Befehle umgesetzt.

Die Scharfschützen der *Liberty*, vorwiegend mit Rifles ausgerüstet, schlugen sich durch Busch und Wald auf der Insel, um an das Ufer der Bucht zu gelangen, in der die Brigantine lag. Leutnant Will führte die Truppe, zu der auch Joshua mit seiner Rifle und Sam gehörten.

Sam trug eine Art Hellebarde bei sich, einen festen Stab, an dem vorn ein langes, scharfes Messer befestigt war. Leutnant Johnson hatte in der Besprechung vorgeschlagen, dass ein guter Schwimmer versuchen sollte, das Springseil, das die Brigantine an ihrem Ankertau angebracht hatte, durchzutrennen, damit sie nicht ihre Lage verändern und die angreifenden Boote mit Breitseiten beschießen könne.

Sam war der gute Schwimmer, aber Sven hatte ihn auch nachdrücklich auf die Gefahren hingewiesen. Niemand dürfe ihn sehen, während er ins Wasser gehe. Und wenn Leutnant Wills Truppe auf die Brigantine schösse, dürfe er nur kurz zum Atemholen an die Wasseroberfläche kommen. Wenn er dann am Seil sei, müsse er tief im Wasser bleiben, dass nur der lange Stab zu sehen sei.

Sam wusste, dass sich Sven immer Gedanken um das Leben der Leute machte, die er in den Kampf schickte. Aber als er allein Gegenstand der Fürsorge war, wurde es ihm ein wenig zu viel. Doch jetzt, als sie schweigend durch den Wald hasteten und das Ufer sahen, wurde ihm flau im Magen. Wenn die Brigantine Traubengeschosse ins Wasser schoss, hatte er wenig Chancen.

Sechs Boote lagen hinter einem Landvorsprung verborgen bereit. Sie sollten mit achtzig Mann die Brigantine entern. Leutnant Flinders kommandierte die Boote. Leutnant Bergson, Erster Leutnant der *Enterprise*, war sein Vertreter. Drei Boote würden das Heck stürmen. Die anderen drei Boote sollten während dieses Angriffs schnell an der Seite der Brigantine entlangrudern und den Bug stürmen. Sie mussten die Brigantine so dicht passieren, dass diese ihre Kanonen nicht so tief nach unten richten konnte.

Sven stand am Bug der *Liberty*. Dicht neben ihr hatte die *Enterprise* festgemacht. Sven hatte sein Teleskop bei sich und musterte die Ufer. Nichts zu sehen. Aber seine Unruhe blieb.

Auf einmal hörte er eine Stimme. Er sah sich um. Niemand war da. Aber es war die Stimme seiner Schwester Ingrid. »Sven«, sagte sie klar und deutlich. »Sie wollen dir eine Falle stellen. Pass auf. Ich habe Angst!«

Sven atmete tief durch. War das wieder das zweite Gesicht seiner Schwester Ingrid? Sie hatte schon öfter in die Zukunft gesehen. Er nahm ihre Worte ernst.

»Mr Walton!«, rief er. »Nehmen Sie Teleskop und Gewehr. Zwei Mann sollen die Gig rudern! Kommen Sie, schnell. Martin, bring mir meine Rifle!« Und zur *Enterprise* befahl er: »Mr Bauer, Sie übernehmen das Kommando über beide Schiffe. Höchste Wachsamkeit!«

Sein Bursche Martin rannte heran. Billy Walton sprang mit zwei Mann in die Gig und hielt sie am Tau so fest, dass Sven einsteigen konnte. Dann legten sie ab.

»Vorwärts zum Eingang der Bucht! Ich muss unsere Boote sehen!«, befahl Sven. Er hockte sich am Bug hin und suchte alles mit dem Teleskop ab.

Dann sah er seine Boote und vor ihnen die Brigantine. Jeden Augenblick konnte der Angriff beginnen. Er ließ die Gig zum anderen Ufer rudern. Dort war ein einzelner Baum. Er hatte wohl oft den Anwohnern zum Ausguck gedient, denn Sven sah Eisenstäbe in der Rinde. Sie lenkten die Gig dort ans Ufer, und Sven selbst kletterte empor, bis er in vier Meter Höhe auf einem dicken Ast saß.

Er nahm sein Teleskop, und was er sah, ließ ihm den Atem stocken. Hinter der Bordwand der Brigantine hockten dicht an dicht die Musketenschützen. Am Bug hatte sie vier zusätzliche Kanonen, für die nur Stücke der Reling zur Seite geschoben werden mussten.

Dort am Gegenufer waren Boote im Schilf vertäut. Dahinter hockten im Ufergebüsch Massen von Soldaten. Sven schwenkte sein Teleskop. Dort am Gegenufer, wo die Schiffe lagen, warteten auch viele Männer hinter dem Schilfgürtel auf das Angriffssignal. Eine Falle!

Er sprang die letzten zwei Meter hinunter und rannte zur Gig. »Eine Falle!«, rief er. »Her mit der Sprechtrompete! Rudert raus in die Bucht!« Und während sich die Gig vom Ufer löste, brüllte er mit aller

Kraft: »Leutnant Flinders, eine Falle! Alle Mann zurück auf die Schiffe! Schnell! Zurück!«

Er sah, wie auf dem Boot eine Sprechtrompete in seine Richtung zielte. Er schrie den Befehl noch einmal. Jetzt hatten sie ihn verstanden. Die Boote wendeten, die Riemen peitschten das Wasser. Er rief noch einmal laut, dass auch Leutnant Will zurück müsse.

Und dann hatten sie auf der Brigantine bemerkt, dass ihre Falle entdeckt war. Sie öffneten die Luken für die verborgenen Kanonen und schossen den Booten hinterher. Durch das Schilf sprangen die Soldaten in die Boote und trieben sie auf die Schiffe zu.

Svens Matrosen ruderten wie die Wilden. Billy sah sich erschrocken um. »Das sind ja mehr als zwanzig Boote, die uns entern wollen!«

Sven hörte ihn nicht. Er zielte auf ein Boot, das etwa achtzig Meter entfernt von ihnen auf sie zuruderte. Er schoss, und ein Ruderer sackte zusammen. »Lade nach, Billy, und gib mir dein Gewehr.«

Wieder traf er einen Ruderer. Und dann noch einen. Das Boot kam aus dem Takt. Und jetzt krachte auch der erste Kanonenschuss von der *Liberty*. Sven guckte schnell hin. Sie holten das Schiff herum, um die Breitseite einzusetzen. Und auch die *Enterprise* bewegte sich.

Zwischen den feindlichen Booten stiegen Wassersäulen auf. Einige Boote wurden getroffen und taumelten aus der Bahn, ehe sie versanken. Auch von den amerikanischen Booten wurde jetzt mit Musketen und Drehbassen auf die britischen Boote geschossen. Männer sackten zusammen oder fielen über Bord. Aber es waren so viele Feinde.

Als Svens Gig an die *Liberty* heranruderte, warfen sie Strickleitern herunter, und Sven und die anderen enterten schnell auf und rannten auf ihre Gefechtsstationen.

Kapitän Bauer winkte Sven zu und sprang auf sein Schiff zurück. Svens Seesoldaten hatten Handgranaten an Deck geholt. Die Matrosen zogen die Enternetze hoch. Alle Kanonen und Drehbassen feuerten auf die feindlichen Boote. Jetzt waren auch ihre eigenen Boote längsseits.

Die Matrosen sprangen förmlich die Strickleitern empor. Man holte die Enternetze hoch. Die Männer krochen an Deck und reihten sich ein. Zwei Boote befahl Sven ans Ufer, um den Landungstrupp von Leutnant Will zu holen.

Jetzt waren die Gegner so dicht heran, dass fast jeder Schuss traf. Auch ein Sergeant, der beste Werfer der Seesoldaten, warf schon Handgranaten. Sie explodierten im Boot und schalteten die halbe Besatzung aus.

»Schneller, ihr Lahmärsche!«, brüllte Leutnant Johnson die Kanoniere an. Und sie schufteten wie nie zuvor bei einer Übung. Die Hälfte der Boote trieb zerschlagen im Wasser oder war versunken. Männer schwammen im Wasser immer noch auf die *Enterprise* und die *Liberty* zu. Die Seesoldaten schossen auf sie wie auf Scheiben und zielten sofort auf den nächsten, wenn ein Schädel zerplatzte.

Plötzlich hörte Sven Joshuas Stimme, wie der die Schützen anfeuerte. Er hatte ihn gar nicht an Deck kommen sehen und blickte sich um. Dort stand ihr Meisterschütze und feuerte Schuss um Schuss. Und dort war auch Leutnant Will bei seinen Handgranatenwerfern. Wir werden es schaffen, dachte Sven.

Auf dem Mastkorb schrien sie »Hurra!«. Sven schaute sich um. Die verbliebenen acht Boote wandten sich zur Flucht. Aber jetzt kam die Brigantine in Sicht. Sie hatte Segel gesetzt und schoss mit ihren Kanonen auf die Liberty.

»Zielwechsel!«, befahl Sven. »Auf die Brigantine feuern!«

Dann ging er an die andere Bordwand und rief: »Kapitän Bauer! Verfolgen Sie die restlichen Boote!«

Die Brigantine konnte ihren Verzweiflungsangriff nicht lange durchhalten. Die schweren Kanonen der *Liberty* zerschossen ihr Bug und Masten. Die eigene Fahrt drückte den Rumpf unter Wasser. Ihre Besatzung sprang über Bord, schwamm oder klammerte sich an Trümmer.

Sven befahl: »Boote aussetzen! Sechs Seesoldaten in jedes Boot. Vorsicht bei der Aufnahme von Schwimmern. Durchsucht sie.«

Die Boote ruderten hin und her. Das waren keine Berberpiraten dort im Wasser, dachte Sven. Die hier ließen sich retten. Wer noch lebte, dem wurde aus dem Wasser geholfen. Aber viele waren tot. Die ließen sie treiben. Das Wasser sah wie ein Beet im Wind aus mit den hüpfenden Körpern der Toten.

Das erste Boot mit Geretteten legte an. Hier reichte es nicht, den Bootsmannsstuhl zu benutzen. Zu viele waren nicht mehr fähig, die Strickleiter hochzuklettern. Sie ließen einfach Netze hinunter und zogen die Geretteten in kleinen Gruppen empor.

»Da gibt's wohl was zu tun, Doc?«, äußerte Leutnant Potter.

Dr. Bader brummte nur. Er untersuchte jeden Geretteten oberflächlich und entschied dann, ob er ins Hospital kam, ob der älteste Sanitäter ihn an Bord verband oder ob er in die Gefangenenkajüte gesperrt wurde. Sie hatten achtundsiebzig Gerettete an Bord gebracht, als die *Enterprise* längsseits kam und Kapitän Bauer berichtete, dass sie zwei Boote versenkt und die anderen am Ufer zerstört hätten. »Das war ein verlustreicher Angriff. Aber beinahe wären wir in die Falle getappt. Warum sind Sie mit der Gig losgefahren und haben noch einmal nachgeprüft, Sir?«

»Einfach eine Ahnung, Mr Bauer«, antwortete Sven und merkte nicht, dass Joshua in der Nähe stand und ihn beobachtete. Dann fuhr Sven fort: »Können Ihr Schiffsarzt und Ihre Sanitäter hier helfen? Ich muss Ihnen auch fünfundzwanzig Gefangene schicken.«

Kapitän Bauer nickte. »Wird erledigt, Sir. Mein Arzt hat nur noch ein paar Leute zu versorgen. Wir haben auch einen Oberst gerettet.«

Als der Oberst auf die *Liberty* gebracht wurde, war er beeindruckt, wie viele Menschen beschäftigt waren, den Geretteten zu helfen.

»Ich danke Ihnen, Herr Kapitän, dass Sie mit meinen Leuten so human umgehen.«

»Das ist doch selbstverständlich, Herr Oberst. Wir sind doch keine Mörderbande.«

»Verzeihen Sie, Herr Kapitän. Ich habe es auf beiden Seiten schon anders erlebt in diesem Krieg.«

Dann führte Martin den Oberst in die Kartenkammer, wo er etwas zu essen und zu trinken erhielt. Nur der Posten vor der Tür erinnerte an die Gefangenschaft.

An Deck sah Sven Sam mit seinem Messerstab herumlaufen. »Was willst du denn damit noch, Sam?«, fragte er ihn.

»Ich will ihn aufheben. Er ist fabelhaft geeignet, bei Schwimmern dumme Gedanken zu vertreiben. Wenn wir mal wieder mit Berberpiraten zu tun haben, nehme ich ihn mit. Dann überlegen sie es sich, ob sie aus dem Wasser mit Messern zustechen.«

Sven orientierte Mr Flinders, dass er jetzt Kurs auf Brunswick nehmen solle. »Ich will die Gefangenen dort abliefern. Eine Prise haben wir ja nun leider nicht.«

»Sir, wenn ich ehrlich bin, muss ich sagen, mir reicht es, dass wir dieser Übermacht entkommen konnten. Das waren doch bestimmt an die anderthalbtausend Mann.«

»Kann sein.«

Viele atmeten auf, als sie wieder die offene See erreichten.

»Man fühlt sich anders hier als in diesen engen Wasserschläuchen mit den nahen Ufern«, sagte ein Maat zu seinem Kumpel. »Hier siehst du doch, was kommt.«

»Wenn dein Ausguck nicht schläft!«

Leutnant Potter störte sie. »Meine Herren, würden Sie die Güte haben, diese Verwundeten hier ins Unterdeck bringen zu lassen, damit wir hier Segel und Kanonen bedienen können?«

»Wichtigtuer«, raunte der eine Maat dem anderen zu.

Sie segelten mit günstigem Wind an der inselreichen Küste Georgias entlang nach Süden. Auch Sven schien keine Lust zu haben, nach ihrem letzten Erlebnis noch die Nase zwischen die Inseln zu stecken. Er konnte sich damit rechtfertigen, dass sie zu viele Gefangene für ein neues Gefecht an Bord hätten.

Am Abend tranken die Mannschaften ihr Bier und erzählten ihre Heldentaten, mit denen sie sich aus der Falle gekämpft hatten.

Der Kapitän lud seine Offiziere und den gefangenen Oberst zum Essen ein. Sie tranken ihren Wein und genossen das gute Essen, aber mit Heldentaten hielten sie sich mit Rücksicht auf den Gefangenen zurück. Dafür unterhielten sie sich mit lustigen Geschichten über Pannen, wie sie immer wieder im Dienst passieren.

Bootsmann Petrus hatte die Wache übernommen. Als Sven noch

an Deck kam, nachdem die Gäste gegangen waren, ergab es sich, dass sie außerhalb der Hörweite von Rudergänger und Ausguck standen.

»Es war Ingrids Warnung, nicht wahr?«, sagte Joshua leise.

»Ja«, antwortete Sven einfach.

»In meinem Volk hätte man sie als Göttin verehrt. In ihr wohnen gute Geister, das haben wir nun mehrfach erfahren. Ich bewundere deine Schwester.«

»Bei uns würde man sie eher als Hexe verfolgen, wenn man wüsste, dass sie manchmal in die Zukunft sehen und über viele Meilen hinweg warnen kann. Aber du hast recht. Sie ist ein wunderbarer Mensch. Ich verstehe bloß nicht, warum die Loyalisten sich so viel Mühe gegeben haben, uns zu fangen? Es ist doch nicht einfach, anderthalbtausend Mann zusammenzukriegen.«

»Wir haben ihnen viel Schaden zugefügt, und jemand möchte uns unbedingt aus dem Weg räumen«, gab Joshua zu bedenken.

»Hoffen wir, dass ihnen das auch künftig nicht gelingt. Gute Nacht, mein Freund«, sagte Sven.

»Gute Nacht, Sven.«

Brunswick war eine kleine Stadt, vor wenigen Jahren erst gegründet. Aber sie hatte Zukunft mit dem guten Hafen. Ihre Straßen waren schachbrettartig nach dem Muster Savannahs angelegt. Auch eine Gloucester Straße war dabei.

»Da soll ich mich wohl heimisch fühlen?«, sagte Sven.

Die Matrosen schauten eher skeptisch. Kleine Städte boten wenig Abwechslung. Mehr als drei oder vier Kneipen waren auch nicht zu erkennen.

»Wo sollen die mit den vielen Gefangenen hin?«, fragte Mr Flinders Leutnant Johnson.

»Sie werden die Gesunden arbeiten lassen, und wer verkrüppelt oder krank ist, den werden sie mit Florida austauschen, nehme ich an. Es ist ja nicht weit.«

Der Milizhauptmann, der mit seinen Leuten an Bord kam, sah auch nicht erfreut aus. »Wo sollen wir die vielen Verwundeten nur unterbringen?«

»Warten Sie nur ab! Ihre Frauen werden sich freuen, mal andere Männer pflegen zu können«, scherzte Leutnant Will.

»Wenn einer eine ledige Frau heiraten will, lassen wir ihn sowieso frei«, antwortete der Hauptmann. »Er muss nur schwören, dass er der Stadt keinen Schaden zufügt.«

»Das ist ja Förderung der Vielweiberei«, stellte Mr Will fest.

Sven hatte ein etwas ernsteres Erlebnis. Der Oberst bedankte sich bei ihm beim Abschied für die gute Behandlung der Gefangenen. »Zum Dank will ich Ihnen eine Information anvertrauen, Herr Kapitän. Unser Agent hatte den Tipp, dass Sie die Küste absuchen würden, von einer Frau aus Charleston. Sie soll aus einem der ersten Häuser sein. Mehr weiß ich auch nicht!«

»Aber wieso haben Sie so viel aufgeboten, um eine Fregatte und eine Sloop zu fangen, Herr Oberst?«

»Herr Kapitän, Sie haben unserer Sache schon viel Schaden zugefügt, und wenn wir Ihre Schiffe in unsere Hand bekommen hätten, wäre die Chesapeake Bay mindestens zeitweilig für amerikanische Schiffe nicht mehr zugänglich gewesen. Das hätte Ihnen sehr geschadet.«

Das leuchtete ein, aber Sven wurde nicht schlau aus der anderen Information. Eine Frau aus Charleston? Er kannte doch dort keine Frau. Über seine Aufgaben hatte er auch nur mit dem Hafenkapitän und mit Mr Talbot gesprochen. Von denen würde keiner ihn verraten.

Sie verweilten nur eine Nacht in Brunswick. Die meisten Seeleute blieben nicht lange in der Stadt. »Nicht mal 'nen richtigen Puff haben sie in dem Kaff«, maulten die Rückkehrer.

»Das Städtchen liegt ja recht hübsch, aber viel zu bieten hat es nicht«, beklagte sich auch Leutnant Flinders bei Sven.

»Wir sind ja bald in der Karibik. Dort werden Sie mehr Abwechslung finden«, antwortete ihm Sven.

Kümmert euch man lieber um Prisen, dachte der Master, der ihnen zugehört hatte.

Sven ahnte, dass auch viele Matrosen Prisen herbeisehnten, und ließ die *Enterprise* mit vier Meilen Abstand vor der Küste segeln. Die *Liberty* suchte weiter seewärts.

Nach der Inselwelt vor Georgias Küste war die Küste Floridas eher geradlinig und eintönig. Der Hafen von St Augustine war ein wichtiger Nachschubhafen der Briten. Sven wollte eine Nacht vor der Einfahrt warten, ob sich Schiffe im Morgengrauen nähern würden.

Schon vor Beginn der Morgenwache stand er wieder an Deck. Er hatte Rocky bei sich, und bevor ein Ausguck etwas sehen konnte, sträubten sich schon Rockys Nackenhaare. Er knurrte und horchte und schnupperte seewärts. Sven kraulte seinen Kopf. Dann würden sie wohl Glück haben.

Die Ausgucke meldeten einen Dreimastsegler und eine Zweimastbrigg. *Liberty* und *Enterprise* setzten britische Flaggen und segelten den beiden entgegen, als seien sie gerade aus St. Augustine ausgelaufen. Die Schiffe schöpften keinen Argwohn. Nach ihrer langen Reise fühlten sie schon die Vorzüge des Hafens und sahen in den beiden Schiffen Vorboten.

Die beiden Amerikaner segelten den Briten bis auf hundert Meter entgegen. Die *Liberty* lag breitseits vom Dreimaster, die *Enterprise* neben der Brigg. Dann wechselten sie im Nu die Flaggen, rannten die Kanonen aus und donnerten den Briten einen Schuss vor den Bug. Hinter den Amerikanern kamen Boote mit Enterern hervor.

Die Briten erkannten, dass sie nicht den Hauch einer Chance hatten, und ergaben sich ohne Gegenwehr. Kapitän Bauer ließ sich zur *Liberty* übersetzen und berichtete in Svens Kajüte: »Schöne Schiffe! Ein Westindiensegler von etwa 340 Tonnen und eine Brigg mit etwa 200 Tonnen. Beide segeln im Auftrag des Transportamtes und bringen Ausrüstungen und Munition für Loyalistenregimenter, die sie in Georgia aufstellen wollen.«

Sven rieb sich das Kinn. »Ein guter Fang, Karl. Aber er bringt Probleme. Wir müssten möglichst schnell zu d'Estaing in die Karibik. Aber es wäre doch Unsinn, diese Güter den ganzen Weg nach Martinique mitzuschleppen. Das wäre ein großes Risiko. Vorher, in den spanischen Häfen, möchte ich sie auch nicht verkaufen. Es sind ja genau die Ausrüstungen, die unsere Miliz braucht. Wir müssen zurück nach Savannah und alles unseren Truppen anbieten.«

»Dann ist aber keine Zeit zu verlieren, Sven.«

»Nein, mein Lieber. Ich schlage vor, dass du die Offiziere der Brigg auf dein Schiff nimmst. Ich werde die des Westindienseglers übernehmen. Stelle einen guten und vorsichtigen Prisenkommandanten ab und genug Leute. Wir müssen sehr achtsam sein. Die werden alles versuchen, uns die Prisen zu entreißen. Das bringt ihnen dicke Prämien.«

»Wir werden vorsichtig sein, Sven. Ich kann das Prisengeld gebrauchen.«

Nach drei Tagen trafen sie vor Savannah ein.

»Das war eine Schinderei, Mr White«, sagte Joshua zum Master. »Wir haben ja keinen Windhauch versäumt. Die Männer sind viel zu müde, um sich auf die Kneipen zu freuen.«

»Ach, Mr Petrus. Wenn die den Hafen erst riechen, dann werden sie wieder wach. Passen sie nur auf, wenn die Nutten uns einlaufen sehen, was dann los ist.«

In der Tat! Die Burschen wurden munter, als die Huren Beine und Busen zeigten.

»Dann werde ich das Schiff aus Jamaika, das sich uns anschloss, weil es einen britischen Konvoi vermutete, mal vorschicken. Es ist ja voll mit gutem Rum. Das wird dann wohl reichen. Länger als einen Tag will ich hier sowieso nicht bleiben«, scherzte Sven mit Mr White.

Es kam wieder etwas anders. Sven wischte sich noch den Schweiß von der Stirn, den ihn der Anstieg den Hügel hinauf gekostet hatte. Er stand vor dem Büro des Hafenkommandanten und wollte nur die notwendigen Formalitäten erledigen.

Aber der Kapitän begrüßte ihn mit besonderer Freude. »Was für ein Glück, dass Sie Savannah noch einmal anlaufen. Gestern kamen Depeschen vom Marinekomitee, mit einem ganzen Sack anderer Post übrigens. Das Komitee hat neue Befehle für Sie. Ich hätte Ihnen einen

Schoner nachsenden müssen, aber die unserer Navy sind gerade alle unterwegs. Nun sparen wir das Geld und brauchen kein Schiff anzuheuern.«

Sven waren das entschieden zu viele unnötige Worte. »Wissen Sie, was die Befehle fordern?«, fragte er recht kurz.

»Ich weiß nur, dass Sie sofort zum Delaware zurücksegeln sollen. Die Karibik ist gestrichen.«

»Das wird nicht alle erfreuen«, stellte Sven fest.

Der Angriff auf Savannah
(November 1778 bis Juni 1779)

Die Stimmung auf der *Liberty* war schlecht. Viele hatten sich auf die Karibik gefreut. Auf unbekannte Inseln, billigen Rum und braune Frauen, heißblütig, erwartungsvoll.

»Und nun heißt es wieder Herbststürme, Kälte und langweilige, graue Häfen mit teuren Weibern«, klagte Leutnant Potter, der die Karibik noch nicht kannte.

»Mit euch jungen Burschen ist es doch immer dasselbe. Nach vier Wochen Karibik sehnt ihr euch dann nach den grünen Küsten des erfrischenden, klaren, sauberen Nordens und habt die Hitze, den Dreck und die Unordnung satt«, kritisierte Mr Flinders, der Erste.

Sie saßen in der Offiziersmesse und hatten gerade ihr Abendessen verspeist.

»Seien Sie nicht zu streng, Mr Flinders«, mahnte der Schiffsarzt. »Die Karibik wollen doch alle mal erleben, und wenn ich zum Beispiel an St Lucia und die Grenadines denke, da gibt es so viele schöne und unberührte Landschaften. Dort wäre ich auch gern wieder gewesen.«

Der Master grinste. »Na, Doktor, denken Sie gar nicht an die Nebeneinnahmen, die Ihnen die Behandlung der Lustseuche einbringt? Und die ist in der Karibik nicht gerade selten.«

Die anderen klopften auf den Tisch und lachten.

»Sie sind Banausen, meine Herren, dass Sie immer an so etwas denken. Dann müsste ich mir London als Reiseziel ausdenken. Da sind pro Einwohner die meisten Huren, und die Geschlechtskrankheit ist dort am häufigsten.«

»Da lässt der König Sie ja jetzt nicht hin«, ulkte Leutnant Will.

Sven saß während dieser Scherze in seiner Kajüte und las Sabrinas Briefe. Sie glaubte, dass sie wieder schwanger sei. Freude und Sorge stritten in Sven. Er freute sich auf das Kind, und er sorgte sich um die Geburt. Was konnte nicht alles passieren? Er musste an Dr. Kellaghan, seinen Schwager, schreiben. Ob der Sabrina nicht vorsorglich bei sich aufnehmen sollte?

Aber das würde Sabrina nicht wollen. Sie wollte sich ja immer um alles kümmern, um den Haushalt, ihre Gesellschaft zum Wohl der Kriegsgefangenen und um die Reederei. Auch über die Wachen, die er ihr nach der Drohung Redbooks verordnet hatte, mokierte sie sich. Was könne ihr der Maulheld schon anhaben? Ihre Nachbarn passten doch auf.

Was sich seine Frau so dachte? Wenn der Redbook mit einem Haufen dieser Banditen dort auftauchte und die ersten Nachbarn abschlachtete, dann wagte doch niemand mehr einen Mucks. Man musste froh sein, dass solche Raubmörder Gloucester noch nicht heimgesucht hatten. Na ja, nun waren die Wachen jedenfalls da, und Jack Jackson, der neue Diener, war ja auch kampferprobt.

An der Tür brummte Rocky. Sven sah auf die Wanduhr. Mein Gott! Rocky musste ja an Deck, um sich zu entleeren. Daran hatte er nicht mehr gedacht.

Es war eine klare Nacht. Der Wind kam mehr von steuerbord als von achtern. Man merkte es auch an der Schräglage des Decks.

Rocky rannte zu seiner Schütte. Als er sein »Geschäft« beendet hatte, kam er zu Sven aufs Achterdeck, um sich ein Lob abzuholen. Komisch, dachte Sven kurz. Kinder und Hunde werden gelobt, wenn sie sich entleeren. Und wer lobt mich dafür? Aber da knurrte Rocky schon. Er schnüffelte und horchte steuerbord voraus.

Sven starrte in die Richtung, aber er sah und hörte nichts. »Mr Grieve«, bat er den diensthabenden Midshipman. »Holen Sie mir bitte das Nachtglas und die Sprechtrompete.«

Achille Grieve kam mit den Geräten angelaufen. »Schauen Sie mal, Mr Grieve, wohin Rocky schnüffelt. Horchen Sie dorthin mit der Sprechtrompete, und ich spähe mit dem Nachtglas aus.«

Aber es war nichts zu sehen oder zu hören. Ja, einmal glaubte Sven, einen Schatten zu sehen, aber dann sah er wieder nichts. »Mr Grieve, stellen Sie einen Mann mit guter Nachtsicht und einen mit gutem Gehör hierher. Die sollen die ganze Zeit in diese Richtung aufpassen. Rocky knurrt ja nicht umsonst und weiß längst, dass er bei Walen nicht zu brummen braucht.«

»Aye, aye, Sir«, antwortete Achille.

In unserem Dienst zur See unterscheiden wir uns kaum von den Briten, dachte Sven, als er in seine Kajüte zurückging. Er hätte auf den britischen Schiffen damals einem Offizier im gleichen Tonfall geantwortet.

Erst im Morgengrauen entdeckte ihr Ausguck ein Schiff an der vermuteten Stelle. Es hatte die Segel eingeholt. Dadurch war es in der Nacht kaum zu erkennen. Die *Liberty* signalisierte der *Enterprise*, und beide nahmen Kurs auf das Schiff ohne Segel.

»Ist das ein Geisterschiff?«, fragte Leutnant Flinders. »Kein Mensch setzt ein Segel oder unternimmt irgendetwas, obwohl wir uns doch nähern.«

Mr White, der Master, murmelte: »Die liegen auch ziemlich tief. Überladen oder Wassereinbruch.«

Sven dachte, dass sie es bald wissen würden. Mit gut zweihundert Tonnen war die Barke schon eine ziemlich fette Prise. Plötzlich schoss ihm ein Gedanke durch den Kopf. Wenn das nun auch eine Falle war. Ein Schiff, gefüllt mit Pulver und einer kleinen Gruppe Verrückter, die die Lunte zündet, sobald sie nahe genug waren, und dann in ein Boot sprang.

»Nicht näher ran als zweihundert Meter!«, rief er. »Schuss vor den Bug! *Enterprise* soll sich auf die andere Seite legen!«

An Deck der Bark erschienen zwei ältere Seeleute. Sie winkten, schienen aber dabei zu taumeln.

»Sind die besoffen?«, raunte Leutnant Will dem Master zu.

Die Seeleute holten ein weißes Laken und schwenkten es

Sven entschied: »Mr Potter, nehmen Sie sich ein Boot und fühlen Sie denen auf den Zahn. Untersuchen Sie Schäden im Rumpf und die Ladung! Ich muss wissen, ob sich ein Abschleppen lohnt.«

Die Bark hatte Trockenfisch und Getreide aus Kanada für Jamaika geladen. Das Schiff war in einen schweren Sturm geraten. Dann waren sie auf ein Wrack aufgelaufen. Wasser strömte am Bug ein. Die Mannschaft hatte in Booten das Schiff verlassen. Die beiden Alten hatten betrunken unten bei den Bilgen gelegen, wo sie immer ihre Rumflaschen versteckten, und nichts gemerkt.

»Am Bug sind einige Balken eingedrückt. Das ist zu reparieren. Das eingelaufene Wasser kann abgepumpt werden. Die meisten Segel scheinen in Ordnung«, fasste Leutnant Potter zusammen.

»Mr Petrus, würden Sie mit all unseren Zimmerleuten hinübergehen und die Reparatur beginnen? Wenn Sie mir ein Zeichen geben, denn lassen wir die Trosse raus und schleppen Sie, bis alle Segel gesetzt werden können. In Charleston kann man die Ladung auch gebrauchen.«

Sie brauchten die Bark nicht lange zu schleppen. Sie konnte nun Segel setzen und Wasser pumpen. Die Zimmerleute kamen zurück, und eine normale Prisenbesatzung unter Midshipman Waller setzte über.

Die Stimmung der Matrosen besserte sich, als sie an das Prisengeld dachten. Nur bei der Prisenbesatzung stellte sich Ernüchterung ein, als sie pumpen musste.

»Die anderen kriegen keinen Cent weniger und müssen nicht pumpen«, maulte ein gebürtiger Schotte.

»Guck mal rüber!«, sagte wenig später sein Maat. »Die machen jetzt Kanonendrill. Willste rüber?«

Auf der *Liberty* summte es förmlich vor Erwartung. Das Schiff hatte längst Sullivan's Island und nun auch Hog Island passiert und sah den Hafen von Charleston vor sich, ein bei fast allen sehr beliebter Hafen. Er bot für jeden Geschmack etwas, für den Gourmet, den Trinker, den Andenkensammler, die Liebessüchtigen. Es war der Lieblingshafen der Besatzung.

»Mehr als eine Nacht kann ich noch nicht versprechen. Ich muss erfahren, wie dringend man uns am Delaware braucht«, hatte Sven seinen Offizieren gesagt.

»Sir, ich glaube, für jede Nacht mehr segelt die *Liberty* dann zwei Knoten schneller«, warf der Master ein.

In das Gelächter der anderen hinein fragte Sven: »Können Sie das garantieren, Mr White?«

»Leider nicht, Sir. Sonst könnte ich berühmt werden. Denken Sie nur: zwanzig Knoten!«

Sven erledigte die Besuche beim Hafenkapitän und dem Vertreter der Reederei. Die anderen Formalitäten übertrug er Mr Johnson und ließ sich zu Mr Talbots Haus fahren.

Als die Kutsche hielt, erkannte er mit einem Blick: Das war ein Trauerhaus. Mr Talbot musste gestorben sein.

Der bekannte Butler öffnete ihm, ganz in Schwarz gekleidet.

»Herr Kapitän, darf ich Sie bei der gnädigen Frau anmelden?«

Welche gnädige Frau?, dachte Sven einen Moment. Dann fiel ihm ein: die Nichte, von der Mr Talbot gesprochen hatte.

»Ja, natürlich«, antwortete er und setzte sich in den Salon.

Die Tür öffnete sich, und eine schlanke Frau mit braunem Haar trat ein. Sie hatte eine wunderschöne Figur, das ließ auch das Trauerkleid erkennen. Auch ihr Gesicht, das jetzt ernst erschien, hatte wohlgeformte Züge.

Sven stand auf und verneigte sich.

»Ich bin Kapitän Larsson, gnädige Frau, und möchte Ihnen mein Beileid zum Tode Ihres Onkels aussprechen.«

Talbots Nichte sah Sven gelassen an.

»Danke, Herr Kapitän. Er hat von Ihnen als einem Freund gesprochen.«

»Das macht mich stolz, gnädige Frau. Wir kannten uns seit einigen Jahren und ich habe ihn immer sehr bewundert.«

»Er sie auch, Kapitän. Er sagte mir, es sei erstaunlich, dass Sie als junger Kapitän mehr Kompetenz und Erfahrung hätten als andere nach einem langen Leben. Und Sie seien ein rechter Glückspilz.« Dabei lächelte sie.

Sven durchfuhr es wie ein Schock. Das war doch Rosita aus Lissabon! Die erste Frau, die ihn in die Liebe eingeführt hatte. Und wie! Dieses Lächeln, das war unverwechselbar.

»Rosita!«, stammelte er. Und jetzt war sie erschrocken.

»Wie konntest du mich erkennen nach all den Jahren? Ich bin doch ganz anders gekleidet und geschminkt.«

»Aber dein Lächeln ist so, wie es war. Hast du nicht gesagt, die erste Frau vergisst man nicht?«

Sie sah ihn liebevoll, aber ernst an. »Ich bin jetzt ein anderer Mensch, Sven. Mein Onkel hatte mir noch einen Mann gesucht, den ich heiraten werde. Er ist ein guter Mann, klug, reich und zuverlässig, wenn auch nicht sehr schwungvoll. Aber niemand darf erfahren, wer ich war.«

»Auf meine Verschwiegenheit kannst du rechnen, Rosita«, versprach Sven.

»Ich bin nicht mehr Rosita. Hier hieß ich immer Katharina. Ich habe auch nie als Hure gearbeitet, nur als Madame, um schnell das Geld zu verdienen, das meinem Onkel imponierte. Nur wenn ein ganz junger Mann mir besonders gefiel, habe ich ihn geliebt wie dich.«

Sie schwieg. Auch Sven wusste nicht, was er sagen sollte.

»Damals hast du ›Sween‹ zu mir gesagt. Ich dachte, du könntest es nicht aussprechen.«

»Ja, ich habe die Französin gespielt. Das gehörte zum Geschäft. Aber du warst nie Geschäft, Sven. Du warst echte Leidenschaft. Und wenn du nicht verheiratet wärst und Kinder hättest, wärst du auch die Wahl meines Onkels gewesen und es hätte mich glücklich gemacht. Kurz vor seinem Tode erzählte er mir noch, dass du vor Georgias Küste kreuzen und nach britischen Kapern suchen würdest.«

Sven schoss ein furchtbarer Gedanke durch den Kopf. »Das wusste nur dein Onkel. Wem hast du es erzählt?«

Katharina überlegte. Sie schüttelte den Kopf. »Nur einem. Reverend Wolter von der Anglikanischen Kirche. Er war hier, als es meinem Onkel so schlecht ging. Er sagte mir, er habe deinen Namen geflüstert. Da habe ich gesagt, du seiest auf dem Weg nach Georgia, um vor der Küste Kaper zu jagen. Warum ist das wichtig?«

»Weil die Loyalisten davon erfahren haben und uns eine Falle stellten. Der Kampf hat mehr als hundert Menschen das Leben gekostet. Ohne diese Nachricht wäre es dazu nicht gekommen.«

Katharina schlug verzweifelt die Hände vor das Gesicht. »O Gott! Ich bin schuld am Tod dieser Menschen. Ich war niedergeschlagen über den Zustand des Onkels und habe ganz automatisch geantwortet. Ich kannte doch seine Devise: Niemals etwas von Bedeutung über einen Freund erzählen.«

»Dein Onkel wüsste, wen ich jetzt in der Armeeverwaltung informieren und um Überwachung bitten müsste.«

Katharina lächelte traurig. »Das weiß ich auch, Sven. Major Anbrom von der Stabsabteilung. Aber kannst du bitte verschweigen, dass ich es gesagt habe?«

Sven war erstaunt. »Du weißt, wer für Spionage zuständig ist?«

»Ich weiß fast alles, was mein Onkel wusste. Er hat es mir gesagt, solange er sprechen konnte. Und ich kenne das Geheimnis seines Safes und lese immer noch in den geheimen Aufzeichnungen. Du kannst mir vertrauen. Ich habe nur einmal geplaudert. Und das wurde für mich eine furchtbare Lehre.«

Sven trat auf sie zu und nahm sie in den Arm. »Ich werde dir so vertrauen, wie ich deinem Onkel vertraute. Ich freue mich sehr, dass ich dich wieder fand und nun eine Freundin habe, mit der mich so viel verbindet, ohne dass ich gegenüber meiner Frau ein schlechtes Gewissen haben muss.«

Katharina sah ihn lächelnd an. »Weißt du, dass das für eine Frau, die lange mit Koketterie gelebt hat, nicht gerade ein Kompliment ist?«

»Für dich schon, meine Liebe.«

Sie nickte und küsste ihn auf die Wange. »Danke!«

»Nun hatten wir doch zwei Nächte, Joshua«, sagte der Master zum Bootsmann. »Ich habe das Essen wieder genossen. Die Küche in Charleston ist unübertroffen.«

»Ich habe es mir auch schmecken lassen. Der Sam hat noch anderes genossen, aber das ist für mich vorbei.«

Mr White lächelte ihn an. »Eine gewisse Adeline steht dem im Wege, nicht wahr?«

»Woher weißt du das denn schon wieder, George?«

»Wir sind doch nun auch schon eine Weile zusammen, Joshua. Ich kenne das Personal vom Kapitän. Da schnappt man schon mal ein Wort auf. Sie freuen sich doch alle für dich. Und ich rede hier an Bord nichts rum.«

Joshua klopfte ihm auf den Arm. »Schon gut, George. Ich hoffe, dass ich dich bald zur Hochzeit einladen kann.«

»Das wäre für mich eine große Freude, Joshua.«

Sven saß mit seinen Offizieren beisammen. »Vom Beauftragten des Marinekomitees in Charleston weiß ich, dass man einen britischen Angriff auf Savannah in nächster Zeit vermutet. Wir sollen zwischen Savannah und New York aufklären, ob wir Aktivitäten zur Erkundung oder Versorgung beobachten.«

»Aktivitäten zur Versorgung wären mir lieber, Sir«, warf Mr Flinders ein.

»Wie kann man nur so habgierig sein«, scherzte der Zweite.

Sven passte es nicht, dass sich die Offiziere so ungefragt in seinen Vortrag einmischten. »Meine Herren, dies ist kein bunter Abend«, tadelte er mit ernster Stimme, und seine Leutnants guckten sich bedeutsam an. Der »Alte« war nicht in Stimmung.

»Gleichzeitig sollen wir auch ein Auge auf die Chesapeake Bucht haben, inzwischen ein Sorgenkind des Komitees und der Reeder. Wir werden in bewährter Formation die Küste auf und ab segeln. Bitte überprüfen Sie die Ausgucke und üben Sie an Kanonen und Handwaffen.«

Die ernste Stimmung des Kapitäns färbte ab. Die Mannschaften hatten beim Drill nichts zu lachen. Auch an den Segeln und in der Takelage gab es aufgeschürfte Hände und Beulen an den Beinen. Und dann verschlechterte sich auch noch das Wetter, das sie bisher verwöhnt hatte.

Der Master kam zum Kapitän. »Sir, die Wolkenformationen im Süden und das Absinken des Barometers gefallen mir gar nicht. Ich befürchte einen schweren Sturm.«

Sven sah ihn an. »Ich komme gleich mit an Deck, Mr White. Wir sollten dann Kurs auf die offene See nehmen und alle Vertäuungen überprüfen.«

Sie standen beide an Deck und diskutierten über die Wolkenformationen und ihren Vorhersagewert, über die Entwicklung des Barometerstandes, den Vogelflug, die Farbe des Wassers und was Seeleuten so alles Hinweise auf kommende Stürme geben kann. Ihre Schlussfolgerung war klar: Das Schiff musste in aller Eile sturmklar gemacht werden.

Die *Enterprise* erhielt ihr Signal. Die Offiziere und der Bootsmann waren nicht überrascht. Sie hatten die Befehle erwartet und leiteten schnell und routiniert ihre Maßnahmen ein. Auch Kapitän Bauer hatte seine Schlüsse gezogen. Als die *Enterprise* sich auf Rufweite genähert hatte, stand jemand mit der Schiefertafel neben ihm.

»Welche Treffpunkte, Sir?«, fragte er. Der Schreiber neben ihm notierte sorgfältig Längen- und Breitengrade. »Wie dicht sollen wir aufschließen, Sir?«, fragte er noch.

Sven hatte sich für einen Kilometer entschieden. Dann war alles klar. Sie winkten sich zu, wünschten sich alles Gute und konnten sicher sein, dass auf beiden Schiffen alles getan wurde, um einen Sturm abzuwettern.

Der junge Matrose Slobodan mit seinem struppigen schwarzen Haaren zurrte mit dem Matrosen Björn weitere Taue um Kanone drei. Slobodans Eltern waren aus Polen eingewandert. Björn selbst war noch in Schweden geboren worden und seit fünf Jahren Amerikaner.

Björn fuhr schon lange zur See, Slobodan erst seit einem Jahr.

»Nun mach schon!«, schrie Björn und zog den Knoten fest. »Wir müssen zur nächsten Kanone.«

»Meckere nicht dauernd! Du machst doch bloß die Knoten und ich muss die Taue holen.«

»Ich lege sie auch richtig rum. Du kannst ja nicht einmal das Kanonenrohr von einer Rah unterscheiden, du Polacke.«

»Nenn mich nicht Polacke, du versoffener Schwedenarsch. Ich bin in Amerika geboren.«

Björn ließ das Tau los und hob den Arm.

Da packte auf einmal eine Hand seinen Arm. »Seid ihr wahnsinnig?«, brüllte Joshua sie an. »Wir arbeiten, um zu überleben, und ihr streitet euch, wer der bessere Amerikaner ist. Amerikaner ist nur, wer den anderen anerkennt, woher er auch kommt, wenn er für unsere Freiheitsrechte kämpft. Wenn ihr das nicht kapiert, gehört ihr nicht auf dieses Schiff. Und nun weiter mit eurer Arbeit!«

Slobodan sah Björn an. Der nickte und sagte: »Komm!«

Sam spannte mit Tony Seile über das Deck, an denen sich die Wache festhalten konnte, wenn die Wellen über das Deck krachten. Andere zogen zusätzliche Taue um die Boote, und die Zimmerleute verschalten die Luken. Alle Segel waren eingeholt. Midshipman Bill Albert überprüfte am Vormast noch, ob sie alle fest eingebunden waren.

Martin, Svens Bursche, hatte in der Kajüte alles verschraubt und festgezurrt. Jetzt rief er Rocky. »Komm, Rocky! Ich muss dich festmachen. Es hilft doch nichts, sonst fliegst du durch die Kajüte.«

Rocky kannte die Prozedur und mochte sie ebenso wenig wie die Stürme, die damit verbunden waren. Er erhielt dann einen breiten Bauchgurt umgebunden und wurde so in einer Ecke an der Wand festgeschnallt, dass er durch die Schiffsbewegungen nicht in der Kajüte umhergeschleudert werden konnte.

Vier Mann hatten das Ruder gepackt. Mr Johnson hatte Wache und stand im Ölmantel an Deck und überwachte die Arbeiten. Sven hatte auch seinen Ölmantel an und sagte zu Leutnant Johnson: »Lassen Sie das Ruder noch drei Punkte mehr nach steuerbord legen, dann nehmen wir den Sturm besser.«

Und dann packten die ersten Böen zu. Die Letzten der Freiwache rannten unter Deck und knallten die Luken zu. Ein Mann der Wache hatte nicht aufgepasst und wurde vom Wind umgeworfen. Hastig griff er nach einem der über Deck gespannten Seile und hielt sich fest, bis eine kleine Pause ihm erlaubte, sich hochzuziehen und hinter den Aufbauten Schutz zu suchen.

Donner krachte. Unwillkürlich zuckte Sven zusammen und schaute zu den Mastspitzen. Nein, bei ihnen hatte es nicht eingeschlagen.

Midshipman Billy Walton stand neben ihm. Er blickte voraus in die See, die grau und drohend erschien. Die Wellen wurden immer höher. Sie schlugen gegen den Bug. Das Schiff bockte. Jetzt kam eine gewaltige Welle auf sie zu. Billy stieß laut einen Warnruf aus, packte die Seile und duckte sich.

Die Welle warf ihn gegen den Kapitän. Der fluchte unterdrückt. Billy entschuldigte sich. »Du kannst doch nichts dafür«, beruhigte ihn Sven. »Ich schimpfe auf die Wellen.«

Das wird denen nicht viel ausmachen, dachte Billy und musste sich schon wieder ducken.

Dieses Trommelfeuer der Sturmböen und der Wellen nahm kein Ende. Nach einer halben Stunde schienen Material und Menschen gleichermaßen erschöpft.

Eine Kanone schlug bei jedem Wellentakt gegen die Bordwand. Sven schickte ein Kommando los, das sich in den Wellenpausen von Kanone zu Kanone vorarbeitete, bis es die gelockerten Taue festziehen konnte.

Als sie zurückkehrten, sah einer eine Welle zu spät und wurde mitgerissen. Er schlidderte nach achtern und gegen die Reling. Dort konnte er über Bord gerissen werden.

Sven hatte sein Tau fest um den Besanmast geknotet und zusätzlich beide Arme um den Mast geschlungen. Als er den Mann in seine Nähe gleiten sah, stieß er sich mit beiden Händen vom Mast ab und rutschte mit den Beinen voran in die Bahn des Matrosen.

»Halt dich an meinen Beinen fest!«, schrie er und klammerte sich mit beiden Händen ans Tau. Der Matrose erkannte seine Chance und griff nach Svens Beinen. Aber eine Hand schloss er zu früh und hatte nur Svens Hosenbein in der Hand. Der Stoff begann zu reißen.

»Greif um das Bein, nicht an die Hose!«, schrie Sven. Der Matrose fasste nach, und Sven zog ihn Hand um Hand an seinem Tau näher an den Mast heran.

Dann kam die nächste Welle. Sven konnte keine Hände hochnehmen, um die Augen zu schützen, und das Wasser schlug ihm wie eine Faust ins Gesicht. Instinktiv wollte er mit beiden Händen ans Gesicht fassen, aber dann war die Vernunft schneller, und er hielt am Tau fest.

Der Matrose hing noch an seinen Beinen. Wie lange würde er noch die Kraft haben? Da sprang ein Schatten vorbei, griff den Matrosen, riss ihn hoch und schleuderte ihn zu den anderen hinter der Deckshütte. Die griffen ihn und zogen ihn in ihre Mitte.

Der Schatten war Joshua. Er zog sich jetzt an seinem Seil schnell zum Mast zurück, umklammerte ihn mit den Beinen und zog an Svens Tau, bis der an den Mast zurückgerutscht war und sich wieder festhalten konnte.

»Danke!«, keuchte Sven, aber Joshua schrie schon wieder Befehle und löste sein Tau, um bei der Befestigung einer Kanone zu helfen.

Wieder einmal staunte Sven über Joshuas Kraft und sein seemännisches Können.

Am zweiten Tag schlich die Wache nur noch an Deck und war froh, wenn sich alle festklammern konnten und nicht irgendetwas festziehen mussten. Sie konnten auch gar nicht mehr schnell reagieren, denn der Verstand schien wie auf Watte zu schweben. Die Ölmäntel hielten schon nach einigen Minuten nichts mehr ab. Sie waren klatschnass. Ein Trost, dass das Wasser nicht so kalt war.

Svens halbe Wache war vorbei, als es am Großmast krachte. Sven hob den Kopf. Eine Gischtwolke wurde ihm vom Sturm ins Gesicht geschlagen. Er schloss die Augen. Als er sie wieder öffnete, brannten sie vom Salzwasser, und er konnte nicht klar sehen. Dann schlug etwas wie ein riesiger Hammer gegen seinen Kopf und den Arm, den er instinktiv hochgerissen hatte. Er sackte zusammen und hing schlaff am Tau.

»Den Käptn hat's erwischt!«, schrie einer. Zwei Mann griffen nach ihm und hoben ihn so, dass er atmen konnte. Sie fühlten nach der Schlagader am Hals. »Er lebt!«, sagte einer.

»Gebt ihn her«, befahl Joshua, der schnell aufgetaucht war. Er nahm ihn in die Arme, stürzte sich hinter den Mast und umschlang ihn mit den Beinen. So überstand er die Welle und rief, kaum dass sie vorbei war: »Schneid ihn los!« Dann rannte er mit Sven im Arm zur Luke und reichte ihn unter Deck, bevor die nächste Welle zuschlug.

Sven war bewusstlos. So nahm er den Gestank nicht wahr, der nach zwei Tagen mit völlig geschlossenen Luken im Unterdeck herrschte. Matrosen gaben ihn weiter, bis die Sanitäter ihn in Empfang nahmen und nach dem Schiffsarzt riefen.

»Legt ihn vorsichtig dort auf den Tisch!«, befahl Dr. Bader und hielt mit beiden Händen Svens Kopf, der nach unten schaukelte.

Er horchte nach Herz und Atem und sagte halb für sich: »Gott sei Dank, er lebt.« Dann tastete er die Brust ab, befühlte vorsichtig den Kopf. »Nicht gebrochen«. Er hob den Arm, was sogar dem Bewusstlosen ein Stöhnen entlockte. Vorsichtig tastete er den Arm ab.

»Ich finde keinen Bruch«, sagte er schließlich zum ältesten Sanitäter. »Aber er hat schwere Prellungen. Er muss ruhig liegen. Machen Sie Umschläge mit kaltem Wasser und all den Zutaten. Sie wissen schon. In einer halben Stunde komme ich mit Riechsalz. Dann müssten wir ihn wach kriegen.«

Als Svens Bursche Martin von der Verletzung Svens hörte, lief er sofort ins Lazarett. »Wie geht es ihm?«, fragte er Schreiber Nathaniel, dessen Alarmstation das Lazarett war.

»Sie haben ihn aufgeweckt und bandagieren gerade seinen Arm. Dann bringen sie ihn in seine Kajüte. Er hat nur schwere Prellungen und muss ruhig liegen und kühle Umschläge erhalten. Bereite schon alles vor. Ich helfe dir dann. Leutnant Flinders ist schon benachrichtigt, dass er das Kommando übernehmen muss.«

Als Sven in seine Kajüte kam, war er mit Schmerz- und Betäubungsmitteln vollgestopft und lallte nur.

»Ganz ruhig, Sir. Es wird alles wieder gut!«

Sven hechelte wie ein Hund. Martin verstand, dass er etwas trinken wollte, und reichte ihm kühlen Saft.

Sven lächelte und schloss die Augen.

Rocky wimmerte in seinem Bauchgurt und wollte zum Herrchen. Martin schimpfte mit ihm, bis er ruhig war. Dann kühlte er seinem Herrn Kopf und Arm.

Nach einer Weile kam Sam in die Kajüte. »Joshua fragt, wie es dem Käpten geht.«

»Ganz gut. Er schläft, und ich kühle Kopf und Arm. Er hat nichts gebrochen, nur schwere Prellungen. Wahrscheinlich auch eine Gehirnerschütterung, obwohl er noch nicht erbrochen hat.«

Mit Svens Verletzung schien der Sturm sein Ziel erreicht zu haben. Er wurde von Stunde zu Stunde schwächer. Einer der letzten Windstöße riss noch das eingebundene Vormarsrahsegel heraus und zerfetzte es.

Aber eine weitere Stunde später konnte Leutnant Flinders die oberen Luken öffnen lassen und Bilanz ziehen. Drei Matrosen wurden vermisst und waren wahrscheinlich im Sturm über Bord gespült worden. Fünf hatten sich Arme und Beine gebrochen und drei hatten wie Sven Prellungen.

Sie setzten wieder Segel, und das Feuer in der Kombüse durfte wieder entzündet werden.

»Mann, tut das gut!«, sagte Mr Flinders zum Master, als er die heiße Tasse an die Lippen setzte.

»Ja, langsam wird man wieder Mensch. Aber schauen Sie mal! Dort räumt Joshua mit den Leuten schon wieder auf. Der Mann hat wohl unerschöpfliche Kräfte.«

Allmählich waren immer mehr Matrosen beschäftigt, die Ordnung wiederherzustellen. Maate schrien schon wieder herum.

»Also, wenn du mich fragst«, sagte Benedikt, ein alter Vollmatrose, »ich höre lieber den Sturm pfeifen, als diese Wichtigtuer brüllen.«

Einen Augenblick hielten alle inne, als der Ausguck meldete, dass die *Enterprise* Backbord querab gesichtet sei. Zum Glück hatte sie auch keine sichtbaren Schäden erlitten und näherte sich der *Liberty*.

Mr Flinders meldete Kapitän Bauer die Verletzung Svens, als beide Schiffe in Sichtweite waren. »Möchten Sie auf die *Liberty* übersetzen und das Kommando übernehmen, Sir?«, fragte Mr Flinders.

»Nein, Mr Flinders«, antwortete Kapitän Bauer. »Ich übernehme vorläufig von meinem Schiff aus das Kommando über den Verband. Die *Liberty* befehligen Sie. Wir nehmen jetzt Kurs auf unser Ziel. Ich segele voraus.«

Fast immer beschädigte ein Sturm einige Schiffe schwer. Die Seeleute rechneten nach einem Sturm daher damit, auf hilflose Schiffe zu treffen. So war auch niemand sonderlich erstaunt, als der Ausguck rief: »Wrack Steuerbord drei Meilen voraus!«

Billy Walton musste wieder mit dem Teleskop hinauf zum Ausguck und meldete eine Brigg, deren zwei Masten gebrochen seien und die tief im Wasser läge.

»Das hört sich eher nach Bergung als nach Prise an«, raunte Sam Joshua zu.

Es war die amerikanische Brigg *Edith* aus Boston, die im Sturm ihre Segel verloren hatte und leck geschlagen war. Die Matrosen der Brigg winkten wie wild und riefen: »Holt uns!«

»Ja, ja«, knurrte Mr Flinders. »Wir sind ja schon unterwegs.« Und er teilte Leutnant Potter mit drei Booten ein. »Bringen Sie die Ladepapiere mit, Mr Potter.«

Als die Boote zurückkamen, stellte Mr Potter an Deck Mr Flinders den Kapitän der Brigg, einen Mr Eginhard Berner, vor und verzog dabei ganz komisch das Gesicht. Was er meinte, sollte Flinders sofort erfahren.

»Ich bin der ältere Kapitän. Der Herr ist außerdem nur Leutnant. Der Herr muss mir vorgestellt werden, nicht ich ihm. Ich hoffe, der Herr räumt die Kajüte für mich.«

Mr Flinders wurde wütend. »Wir sind ein Kriegsschiff der Kontinentalen Flotte. Hier wird jeder Besucher dem kommandierenden Offizier vorgestellt. Von einem Schiffbrüchigen wird nach der Rettung ein wenig Dankbarkeit erwartet. Wenn Sie dazu nicht fähig sind, kann ich Sie gern auf Ihr Wrack zurückbringen lassen. Martin, bring den Herrn in die Kartenkammer.«

Einige der geretteten Matrosen grinsten. »Geschieht dem Großmaul recht«, brummelte einer.

Der Maat bedankte sich für die Rettung. »Ist doch selbstverständlich«, wehrte Flinders ab. »Bitte verstehen Sie, dass wir jetzt die Namen aufschreiben und Sie Ihre Waffen ablegen müssen. Danach gibt es erst mal eine warme Suppe.«

Die Mannschaft der *Liberty* empfing die Geretteten freundlich und half ihnen, wo es ging. Als der Kapitän des Wracks wieder an Deck kam, schien ihn dagegen kein Matrose der *Liberty* zu hören oder zu sehen.

»Wo ist der Wachhabende?«, schrie er. »Was ist das für eine Disziplin auf diesem Scheißkahn?«

Mr Flinders rief: »Bootsmann, sorgen Sie da für Ruhe!«

Joshua war mit vier schnellen Schritten bei dem fremden Kapitän, packte mit der linken Hand sein Jackett und hob ihn hoch. Mit der rechten Hand zeigte er ihm seine Faust. »Halt dein Maul, Angeber. Wenn du nicht sofort still bist, hau ich dir die Nase platt. Wenn du dann noch schreist, werfe ich dich über Bord.«

Der Kapitän zitterte und war schneeweiß vor Angst. Als Joshua ihn losließ, rannte er davon. »Ich hoffe, er hat seine Lektion gelernt«, sagte Joshua.

Alle Matrosen, auch die von der *Edith*, hatten dem Vorgang schmunzelnd zugeschaut. Einige klatschten, aber bevor Joshua sich das verbitten konnte, rief der Ausguck: »Schiff mit Hilfssegeln backbord vier Meilen voraus!«

Nun war der Kapitän vergessen. Die Mannschaft spekulierte, ob es diesmal eine Prise war. Achille Grieve hatte jetzt als Midshipman Dienst und musste mit dem Teleskop nach oben.

»Dreimaster, backbord voraus, vier Meilen. Sturmschäden, Kurs Süd, Nationalität nicht erkennbar.« Nach kurzer Pause fügte er hinzu: »Dreimaster schleppt Kutter ohne Mast.«

Flinders befahl sofort: »Britische Flagge setzen« und signalisierte der *Enterprise* »Habe Nachrichten«. Und der Signalmidshipman musste sich den Kopf zerbrechen, wie er »schleppt Kutter ohne Mast« in Signale umsetzen sollte.

Liberty und *Enterprise* näherten sich den beiden fremden Schiffen ohne sichtbare Vorbereitungen zur Kampfbereitschaft. Sie trugen nicht nur britische Flaggen. Auf jedem Schiff hatten auch einige Seesoldaten die roten Jacken der Briten an. Matrosen winkten den beschädigten Schiffen zu.

Nach einem schweren Sturm sind Schiffsbesatzungen müde. Wenn sie noch Hilfssegel zu errichten hatten, war noch keine Gelegenheit, sich etwas zu erholen. Die Briten nahmen die Annäherung daher nur ziemlich verschlafen wahr und beruhigten sich mit dem Gedanken, dass Landsleute zu Hilfe kämen. Die Landsleute setzten auch Boote aus, die ihnen Hilfe brachten.

Aber dann kam alles ganz anders. Die fremden Schiffe hissten die amerikanische Streifenflagge. Die »Landsleute« aus den Booten sprangen in Scharen mit gezückten Waffen auf ihr Deck und schrien: »Hände hoch!«

Die überraschten Briten leisteten keinen Widerstand. Die dreimastige Bark war ein übliches Transportschiff, das Nachschub für Truppen nach St. Augustine bringen sollte. Kapitän Bauer nickte zufrieden. Das war finanziell eine durchschnittliche Prise. Aber als er den Bericht vom Kutter bekam, strahlte er, obwohl dort nichts gefunden worden war, was finanziell zu Buche schlug.

Aber der Nachrichtenkutter der britischen Flotte hatte weder seine Depeschen noch seine Geheimsignale über Bord geworfen. Die Mannschaft war im Kampf mit dem Sturm besonders hart getroffen worden. Der Kommandant, der Bootsmann und vier Matrosen waren über Bord gerissen worden. Acht Matrosen waren zum Teil schwer verletzt. Alle waren so erschöpft, dass ihnen im Augenblick der Besuch des Schiffsarztes wichtiger war als die Selbstanklage wegen der fahrlässig behandelten Dokumente.

Die erbeuteten Papiere wurden an Bord der *Liberty* gebracht, wo sie Svens Schreiber Nathaniel sortierte und katalogisierte. Leutnant Flinders studierte dann die Geheimsignale, die Midshipmen Galler und Grieve die Depeschen.

Schon nach kurzer Zeit meldeten die beiden stolz: »Sir, es sind Depeschen zur Vorbereitung der Eroberung von Savannah.«

Mr Flinders fühlte sich mit dieser Verantwortung ein wenig überfordert und ließ fragen, ob Sven immer noch bewusstlos sei.

Nein, wurde ihm mitgeteilt. Der Kapitän sei bei Besinnung und habe eine kräftige Brühsuppe gegessen. Er dürfe aber noch nicht aufstehen.

Flinders ließ sich bei Sven anmelden.

Als Mr Flinders seinen Kapitän blass und erschöpft liegen sah, erschrak er. Man sah die Spuren der Prellungen am Kopf deutlich. Der Arm war am Körper fixiert, damit er nicht bewegt werden konnte. Die Bartstoppeln sprossen in dem sonst so peinlich sauber rasierten Gesicht. Die Augen schauten ihn matt an, ein Zeichen, dass Sven noch Laudanum nehmen musste.

Aber er konnte sprechen und begrüßte Flinders mit müder Stimme: »Willkommen! Ich höre, Sie machen reiche Beute, Mr Flinders. Wie kann ich als Krüppel helfen?«

Flinders berichtete von den Geheimsignalen und den Depeschen, die um die Eroberung Savannahs kreisten.

Svens Gesicht belebte sich. »Wir müssen Philadelphia anlaufen. Marinekomitee und Kongress müssen orientiert werden. Mr Zander soll Kopien der Geheimsignale für uns und Kapitän Bauer anfertigen. Die Depeschen lassen Sie nach Empfänger und Absender registrieren und eine kurze Inhaltsangabe anfertigen.«

»Wird erledigt, Sir. Und die *Enterprise*? Segelt die weiter Aufklärung?«

Sven nickte. »Wir können nur zwei Tage und eine Nacht bleiben. Aber ich muss mit den Verantwortlichen des Komitees reden. Darum muss Kapitän Bauer die Patrouille allein fortführen.«

Sven hatte ein etwas schlechtes Gewissen, weil seine Entscheidung vom Wunsch mitbestimmt war, Sabrina zu sehen. Und Karl hätte sicher auch gern seine junge Frau gesprochen. Aber die Erschöpfung ließ das schlechte Gewissen in den Hintergrund treten, und er schloss die Augen.

Dr. Bader schaute nach seinem Kapitän. »Sir, ich habe gehört, dass wir in zwei Tagen Philadelphia anlaufen wollen. Da müssen Sie sich noch ein wenig anstrengen, sonst kommen Sie nicht durch die Kontrollen beim Landgang.«

Er lachte über seinen Witz, und Sven lächelte mit Mühe. »Es geht mir schon viel besser.«

»Das will ich gerade überprüfen, Sir.« Der Schiffsarzt horchte Herz und Lunge ab und war zufrieden. Dann betastete er Svens Kopf, was an einigen Prellungen noch schmerzte. »Gut gekühlt, Martin«, lobte er.

Danach löste er den Arm aus der Binde und bewegte ihn. Das ging ohne große Schmerzen. Aber der Oberarm war noch sehr druckempfindlich. »Kühlen Sie jetzt den Oberarm besonders, Martin. Sie, Sir, bewegen ihn bitte möglichst wenig. Ich bandagiere ihn heute Abend frisch. Morgen können Sie sich hinsetzen.«

Als sie die Mündung des Delaware erreichten, war der Wind nicht günstig. Er traf sie fast von vorn, und auch der Master meinte mit Sorge, dass sie kaum vor dem Abend in Philadelphia sein könnten.

»Wir können dort, wo die Bucht weit ist, kreuzen, dann steige ich in einen Kutter um und lasse mich rudern. Wir haben dann auch auflaufende Flut, wenn ich recht orientiert bin. Wenn die Mannschaft schneller in Philadelphia sein will, muss sie die *Liberty* mit zwei Kuttern ziehen«, entschied Sven.

Mr White bestätigt, dass die Flut dann kommen würde, und schmunzelte bei der Aussicht, dass die *Liberty* mit Ruderbooten gezogen werden solle.

Sven ging zu Joshua und sagte ihm, dass er einen Kutter für ihn vorbereiten solle. »Alle Mann mit Waffen, vier Seesoldaten im Boot.

Verpflegung für einen halben Tag. Wenn wir dort sind, können wir den Kutter in der Reederei Bradwick aufbewahren und Landurlaub gewähren.«

Es war auch mit der Flut ein hartes dreistündiges Rudern, bis Sven Gloucester in der Ferne auftauchen sah. »Wir legen kurz an. Mr Walton und Sam können Ihre Sachen mitnehmen, Mr Petrus. Ich muss noch zur Hafenkommandantur und eventuell zum Sekretär des Marinekomitees.«

Billy und Sam sprangen mit Rocky freudig an Land und machten sich auf den Weg zu Svens Haus. Der Kutter ruderte Sven bis Crooked Billet, wo er in der Chestnut Street eine Kutsche finden würde, die ihn leicht an seine Ziele beförderte.

Der diensthabende Hafenkapitän begrüßte Sven herzlich und fragte besorgt nach der Ursache der Verletzungen.

Sven berichtete von dem Sturm und von den Prisen, die wohl erst im Laufe des morgigen Tages eintreffen würden. Der Hafenkapitän notierte sich die notwendigen Vorbereitungen und gratulierte zu den Prisen.

Er teilte mit, dass die Kontinentale Flotte ein ständiges Sekretariat beim Marinekomitee eingerichtet habe, was seine Kontakte sicher vereinfache. Sven verabschiedete sich bald und ließ sich zum Marinekomitee und Flottensekretariat fahren. Mr Smith war nicht mehr im Büro, sondern aß mit einigen Abgeordneten zu Abend. Aber ein Erster Leutnant empfing Sven.

Als Sven von den eroberten Geheimsignalen berichtete, war der Offizier wie elektrisiert. »Ich werde sofort einen Kopisten beauftragen, damit wir möglichst bald die Signale an ausgewählte Schiffe verteilen können.«

»Gehen die Signale auch an Kaperschiffe?«

»Die stehen am Ende des Verteilers, Sir. Und auch nur ausgewählte Kaper werden berücksichtigt. Wir verteilen zuerst an Schiffe der Kontinentalen Flotte, dann der Staatsflotten, Kommandeure von Geleitzügen und zuletzt an Kaper.«

Sven schien das vernünftig. Er erzählte, dass er auch geheime Depeschen für das Armeekommando und das Büro des Kongresses habe.

»Sie können mir die Depeschen anvertrauen, Sir. Ich werde Sie morgen Früh zum Kongresssekretariat bringen.«

»Hätten Sie morgen auch einen Boten zum Reeder Bradwick? Dann würde ich schnell noch ein paar Zeilen schreiben, ehe ich mich nach Hause verabschiede.«

Der Leutnant hatte den Boten. Sven schrieb schnell, dass er morgen Vormittag zur Reederei kommen werde, und stieg in seine Kutsche.

»Erholen Sie sich auch etwas, Sir!«, mahnte der Leutnant.

Die Kutsche brachte Sven zur Fähre. Sie fuhr erst in einer Viertelstunde nach Gloucester. Daher fand er leicht Platz und schaute sich unter den Passagieren um. Einige kannte er vom Sehen. Er nickte ihnen zu. Und dann betrat ein ehemaliger Kollege von Sabrina die Fähre, begrüßte ihn und fragte besorgt, warum er den Arm in der Binde trage.

Sven erklärte es ihm und fragte, ob es Neuigkeiten in Gloucester gebe.

»Ihrer Familie geht es gut. Ich habe gestern noch das Mädchen mit den Kindern gesehen. Ein Wächter mit Gewehr und Hund war dabei. Wir haben gehört, dass Sie bedroht werden. Sonst ist neu, dass die Tochter des Steuereinnehmers den ältesten Sohn des Bäckers geheiratet hat. Der alte Anderson, der früher Holz verkaufte, ist gestorben. Der Buchhändler hat einen Sohn bekommen. Sonst gibt es nur Gerüchte, wer mit wem Ehebruch treibt, aber das Getratsche ist mir zu primitiv.«

Sven lachte. »Es hat oft auch wenig Ähnlichkeit mit der Wahrheit. Aber sagen Sie, gibt es noch Unruhen und Demonstrationen in Philadelphia?«

»Nein, Mr Larsson, davon habe ich nichts mehr gehört. Die Königstreuen haben die Stadt verlassen. Jetzt herrscht Ruhe.«

Am Landeplatz warteten John und Jack Jackson mit der Kutsche. »Ihre Gattin meinte, es sei besser, falls sie sich nicht wohl fühlen und noch Schmerzen haben.«

»Das ist sehr fürsorglich, ihr beiden. Aber ich habe den ganzen Tag gesessen. Wenn Sie gut zu Fuß sind, John, dann können Sie ja mit mir gehen und Jack bringt die Kutsche heim.«

So geschah es. John hatte den ganzen Weg genug zu plaudern, um Sven davon zu unterrichten, was im Haushalt so alles passiert sei. Sven interessiert sich wenig dafür, dass Martha die Suppe beim Servieren verschüttet habe, aber er hörte genau zu, als John von den neuen Wächtern erzählte.

Tagsüber wache nur einer, aber nachts gingen immer zwei im Garten umher. Sie hätten einen Hund bei sich. Auch tagsüber, wenn die gnädige Frau oder die Kinder das Haus verließen, sei immer ein Wächter dabei. Auch Jack sei bewaffnet. Selbst die Nachbarn passten auf, ob Fremde in die Nähe kämen.

Die Nachrichten beruhigten Sven sehr. Als sie am Haus ankamen, fanden sie Sabrina und die Kinder und das gesamte Personal vor der Haustür. Als Jack die Kutsche brachte, waren sie alle herausgestürmt und warteten nun die paar Minuten, bis Sven mit John eintraf.

Die Hunde hörten sie zuerst und bellten freudig und sprangen an der Pforte empor. Nun liefen die Kinder auch an die Pforte, und Sabrina folgte.

Sven lachte und winkte, um zu zeigen, dass er gesund sei. Sabrina stürzte sich in seine Arme. Lilian krallte sich an seinen Beinen fest und Einar streckte auf dem Arm von Henrietta beide Händchen aus.

Sven küsste und drückte erst Sabrina und dann die beiden Kinder. Bei Lilian merkte man, dass sie ganz bewusst die Heimkehr des Vaters erlebte. Einar ahmte mehr seine Schwester nach, aber er war ja auch noch nicht einmal ein Jahr alt.

Sven griff in seine Jackentasche, in die er die spanischen Golddollars gesteckt hatte, die er dem Personal geben wollte, wie es bei einer Rückkehr Brauch war. Sie freuten sich wie immer.

Als er im Salon war, fragte Sabrina: »Stimmt es, dass du nur zwei Tage bleiben kannst, Sven?«

»Ja, Liebste. Ich habe uns diese Pause in großzügiger Auslegung der Vorschriften selbst bewilligt und habe ein etwas schlechtes Gewissen, dass ich hier bin und Karl Bauer draußen segeln muss. Er hat doch eine junge Frau.«

»Ja, das stimmt. Aber Joshua kann nun seine Liebste auch morgen sehen, dann sind es zwei gegen einen.«

Sven musste lachen. »Wenn du ein Mann wärst, müsstest du Advokat werden, weil du immer noch ein Argument findest. Aber nun gehen wir zu den Kindern.«

»Hast du denn etwas für sie? Du warst doch nicht lange weg.«

»In Charleston fand ich Spielzeug. Aber zuerst musst du mir noch eine Frage beantworten. Bist du nun sicher?«

Sabrina wusste, was er meinte. »Ja«, sagte sie einfach. »Ich erwarte wieder ein Kind. Aber du wirst noch ein Weilchen warten müssen.«

Sven fasste sie um und hatte Tränen der Freude in den Augen.

Er musste viel erzählen, zuerst von seinen Verletzungen. Als er Sabrina berichtete, dass Dr. Bader garantiere, alles werde vollständig verheilen, war sie beruhigt. Dr. Bader würde so etwas nicht leichthin sagen.

Dann bekannte Sven ernst: »Ingrid hat mich wieder vor einer Gefahr bewahrt.«

»Erzähle!«, bat Sabrina und war auch ernst geworden.

Sven berichtete, wie sie die Brigantine kapern wollten und Ingrid ihm erschienen sei und ihn vor einer Falle gewarnt habe.

Sabrina zweifelte keine Sekunde. Sie kannte Ingrids Gabe. »Ingrid leidet manchmal darunter, aber für uns war es immer ein Segen. Sie ist ein guter Mensch. Joshua hat schon recht: Sie hat den guten Geist. Schade, dass dein Besuch zu kurz ist. Sonst könntest du mit ihr darüber reden.«

»Ich habe ihr geschrieben, aber bei der Kürze der Zeit noch keine Antwort. Nun will ich aber auch noch etwas wissen. Wie steht es in der Reederei? Morgen Vormittag habe ich mich bei Bradwick angesagt. Kommst du mit?«

Sabrina bejahte und versicherte ihm, dass es mit der Reederei sehr gut stehe. Dann sagte sie: »Du willst diesmal überhaupt nicht ins Bett gehen, Liebster. Fühlst du dich zu sehr behindert durch deine Verletzungen?« Sie schmunzelte.

Er musste auch lächeln. »Etwas Sorgen, dass es mir weh tun würde, habe ich schon.«

»Dann legst du dich nur hin und ich mache alles andere.« Nun war Sven neugierig.

Am Morgen durfte seine Tochter Lilian nicht so mit Sven toben wie sonst. Sie lag mit Einar neben ihm, und Sven erzählte ihnen von den Delfinen, den Freunden der Menschen. Und Lilian erzählte ihm von den beiden kleinen Mädchen, die sie nach der Kirche kennen gelernt hatte und die sie schon zum Spielen einladen durfte.

»Aber die wollten nur mit Einar spielen, weil sie kein Brüderchen haben.«

In der Reederei war Sven von der Fülle der guten Nachrichten überrascht. Mit Stolz berichtete Mr Bradwick nicht nur von der Zunahme des Handelsvolumens.

»Nein, Sven, wir profitieren auch sehr von unseren Kaperschiffen. Der erfolgreichste war Kapitän Harvy. Oft segelt er gemeinsam mit dem Schoner *Freedom* und sie treiben sich die Beute zu. In diesem Jahr haben sie schon eine halbe Million Beute gemacht. Und die Brigantine, die unsere Konvois schützen soll und dies auch gut tut, lockt immer wieder Briten an, die sich unter ihren Schutz begeben wollen. Den erhalten sie dann auch, und zwar intensiver, als sie sich das wünschen.«

Sie sprachen noch über Änderungen für die Zukunft. Sie standen vor der Wahl, größere Geleitschiffe anzuschaffen oder schnellere Handelsschiffe. »Aber welches Handelsschiff kann schon einer Fregatte entkommen? Ich hörte, dass sie in Baltimore eine Fregatte der Staatsflotte verkaufen wollen. Aber wenn wir sie als Geleitschiff kaufen, was soll sie machen, wenn sie auf einen Vierundsechziger oder Vierundsiebziger trifft?«

Nun mischte sich Sabrina ein. »Die Fregatte muss das Linienschiff etwas aufhalten, und inzwischen segeln die Handelsschiffe davon.«

Mr Bradwick schüttelte lachend den Kopf. »Frauen wählen mit Garantie die teuerste Lösung. Dann müssten wir die Fregatte kaufen und dazu noch schnellere Handelsschiffe bauen.«

Sven mischte sich ein: »Können wir nicht den Kauf einer Fregatte im Auge behalten und zugreifen, wenn er ansteht und der Preis passabel ist? Und nur bei der Neuorder oder dem Neukauf von Handelsschiffen erhält ihre Geschwindigkeit mehr Gewicht.«

Sie sprachen noch über Änderung in der Zusammensetzung der Güter, Anheuerung von Mannschaften, die Auswahl von Kapitänen und ähnliche Fragen. Dann musste Sven weiter zu Mr Smith vom Marinekomitee.

Sabrina fuhr nach Gloucester zurück und hatte einen Wachmann von Mr Bradwick bei sich, während Sam Sven begleitete.

»Lieber Mr Larsson! Was haben Sie uns wieder für wunderbare Beute mitgebracht. Sie müssten längst Admiral sein bei Ihren Erfolgen, aber unsere Abgeordneten fürchten, dass sie die Monarchie wieder zur Hintertür hereinließen, wenn sie solche Ränge schaffen würden. Die Depeschen, die Savannah betreffen, hat die Armee bereits. General Robert Howe hat das Kommando dort, aber zum Kommandieren hat er so gut wie nichts. Wir haben in Georgia und Karolina zu Beginn des Krieges zehn kontinentale Regimenter aufgestellt. Davon sind nur Reste übrig, insgesamt siebenhundertfünfzig Mann. Die Befestigung der Stadt stammt aus dem Siebenjährigen Krieg und ist zerfallen. Jetzt werden sie versuchen zu retten, was zu retten ist. Ob es viel helfen wird, wer weiß das schon?«

»Wird das nie anders, Mr Smith? ›Zu wenig und zu spät‹, das scheint unsere Devise zu sein.«

Mr Smith nickte bekümmert. »Wir sind noch keine Nation, Mr Larsson. Wir sind eine zusammengewürfelte Menschenmenge, in der sich manche noch stärker mit ihrem Herkunftsland identifizieren als mit der neuen Heimat. Sie sind hergekommen, weil sie frei von jeder Regierung sein wollten, die für sie gleichbedeutend war mit Schikane und Ausbeutung. Warum sollen sie sich hier für Regierungen im County, im Staat und in der Union interessieren? Erst wenn sie selbst bedroht werden, dann erkennen sie, dass Hilfe vorbereitet und organisiert werden muss, dass alle zusammenstehen müssen. Es wird mindestens hundert Jahre dauern, Mr Larsson, bis wir hier ein Volk, ein Land, eine Nation mit Nationalgefühl sind. Aber das kommt.«

»Aber irgendetwas müssen wir doch tun können, Mr Smith.«

»Wir werden alle Schiffe, die verfügbar sind, auffordern, den britischen Transport von New York nach Savannah anzugreifen. Bei dem starken Geleitschutz, der zu erwarten ist, wird das keine großen Verluste für die Briten bedeuten. Die Armee wird natürlich an Milizen aufbieten, was sie kann. Aber wenn ich ehrlich bin, hoffe ich eigentlich nur darauf, dass die Briten ihre Kräfte verzetteln, wenn sie nun auch im Süden aktiv werden. Von den Loyalisten werden sie nur enttäuscht werden. Unser Land ist groß, und eines Tages wird ihnen der Atem ausgehen.«

»Hoffentlich, Mr Smith. Ich werde versuchen, den Transport nach Savannah so gut zu behindern, wie ich kann.«

Als der kurze Aufenthalt der *Liberty* beendet war, war eigentlich nur einer selig vor Glück. Joshua nahm seine Umgebung gar nicht richtig wahr. Er dachte nur an Adeline.

»Bei der nächsten Heimkehr wird geheiratet. Und der Urlaub muss mindestens zwei Wochen dauern, vorher ist die Hochzeitsnacht nicht vorbei.«

Sam fragte vorwitzig: »Hast du die noch nicht vorweggenommen?«

Da tauchte Joshua aus seinem Nebel auf und wurde richtig böse. »Wer meiner Adeline so etwas zutraut, dem breche ich die Knochen.« Er drohte Sam mit der Faust.

»Nun mal langsam, Joshua«, mahnte Billy. »Wir sind Freunde. Sam hat nicht Adeline etwas Schlechtes zugetraut, nur dir. Wenn du dein Temperament jetzt beherrschen kannst, umso besser. Wir freuen uns mit dir auf die Hochzeit.«

Joshua sah ein, dass er unrecht hatte. »Seid mir nicht böse. Adeline ist wunderbar. Ich möchte alles Böse von ihr fernhalten. Wenn ihr sie kennt, werdet ihr mich verstehen.«

Sven hatte beim Abschied mehr Sorgen. Wie würde seine Frau die Schwangerschaft überstehen? Würde er gesund wiederkommen oder noch schlimmer verletzt als diesmal? Er hatte vor dem Abschied mit Sabrina über ihre beiden Eltern gesprochen. Wie lange hatten sie diese prächtigen Menschen nicht gesehen.

Sabrina tauschte regelmäßig Briefe mit den Eltern, aber das war doch nicht dasselbe, als wenn sie sie und die Enkelkinder sahen. Sabrina würde auch von diesem unerwarteten Kurzurlaub berichten. Aber was war das für ein Leben, das ihm nur solche Familienepisoden erlaubte?

Sven fragte sich, ob seine Leidenschaft für die See nicht ein Irrweg war. In letzter Zeit kamen ihm öfter solche Gedanken.

Aber dann legte ihr Boot ab. Sie winkten sich zu, die Bleibenden und die Scheidenden. Ricky und Rocky jaulten, als sich das Boot immer weiter entfernte. Sven winkte, solange er Sabrina sah.

Dann wuchs die *Liberty* vor ihnen empor. Die Pfeifen schrillten. Sven war wieder Kapitän.

Sie passierten Kap May im letzten Abendlicht.

»Nehmen Sie bitte Kurs Nordwest auf den Atlantik hinaus und kürzen Sie die Segel. So werden wir die *Enterprise* am ehesten finden«, ordnete Sven an.

Leutnant Potter bestätigte den Befehl.

Aber da kam eine Meldung vom Ausguck: »Kanonendonner voraus!«

Sven schickte den diensthabenden Midshipman mit einer Sprechtrompete zum Bug.

Nach kurzer Zeit kam er zurück: »Sir, zwei Schiffe im Gefecht. Eines mit größerem Kaliber, das andere mit kleinerem. Der Lärm wandert in westliche Richtung.«

Mr Potter blickte Sven fragend an, aber der überlegte noch. Dann hatte er sich entschieden. »Lassen Sie Kurs auf Nordwest zu West ändern. Die Segel bleiben stehen. Klarschiff in einer halben Stunde. Dann haben die Mannschaften gegessen, und so nahe ist das ja nicht.«

Er wandte sich zum Gehen. »Lassen Sie mich rufen, Mr Potter, wenn etwas Unerwartetes passiert. Ich bin in meiner Kajüte.«

In der Kajüte erhielt Rocky etwas zu fressen. Sven trank einen heißen Tee und aß eine Scheibe Brot mit Wurst. Dann lehnte er sich zurück und entspannte sich. Würde das eine unruhige Nacht werden?

Er hörte Rufen und Trampeln, aber kein Pfeifen und keinen Trommelschlag. Also ließ Mr Potter die Mannschaft leise zu den Waffen holen. Vorsicht ist gut!

Sven war ein wenig eingenickt, als Martin ihn weckte.

»Sir, ein Melder des Ersten!«

Der Midshipman meldete, dass man schon das Licht der Abschüsse sah. Das kleinere Schiff fliehe anscheinend vor dem größeren. Entfernung etwa zwei Meilen. Schnell abnehmend.

»Ich komme«, entschied Sven und ließ sich von Martin die warme Jacke und die Waffen geben. »Nimm Rocky mit nach unten!«

An Deck war es sehr dunkel. Nur wenige Sterne waren zu sehen. Der Mond würde später aufgehen. Sven blieb etwas stehen, um die Augen an die Dunkelheit zu gewöhnen. Dann erkannte er die Gestalten an Deck und ging zu Mr Flinders, dem Ersten Leutnant.

»Konnten Sie schon etwas erkennen, Mr Flinders?«

»Ja, Sir. Der Verfolger schießt überwiegend mit dem Buggeschütz. Von Zeit zu Zeit dreht er bei und feuert eine Breitseite. Aus ihr kann man auf ein Schiff mit fünfzig Kanonen schließen, also ein Brite. Der Verfolgte antwortet bei hohem Tempo mit guter Treffgenauigkeit von zwei Kanonen am Heck. Einige Treffer beobachtet. Der Verfolgte vergrößert den Abstand.«

»Dann wollen wir sehen, dass wir hinter das Heck des Verfolgers kommen. Bitte lassen Sie noch einmal kontrollieren, Mr Flinders, dass alle Lichter gelöscht sind.«

Der Master trat zu Sven. »Sir, darf ich etwas melden?«

»Natürlich, Mr White.«

»Ich hatte vorhin den Eindruck, dass östlich vom Verfolger ein weiteres Schiff ist, das einen Signalschuss abgab. Aber es war nur ein Schuss, Sir, und bei diesem Begleitdonner kann ich nicht sicher sein.«

»Gut, dass Sie mich erinnern, Mr White. Lassen Sie bitte alle Ausgucke verdoppeln. Der Sektor, in dem Sie das andere Schiff vermuten, soll besonders beobachtet werden.«

Die *Liberty* näherte sich lautlos dem Verfolger. Auch Sven hatte wenig Zweifel, dass es ein Brite war. Nur die hatten einige der veralteten Fünfzig-Kanonen-Schiffe in Amerika. Und bei dem verfolgten Schiff vermutete er, dass es sich um ihre *Enterprise* handelte.

Sven ließ den Feuerwerksmaat rufen und gab ihm Instruktionen für Erkennungs- und Leuchtraketen.

Gewohnheitsmäßig orientierte er Mr Flinders über seine Absichten, damit dieser, falls ihm etwas zustieße, sofort die Aktion fortführen konnte. »Ich will hinter sein Heck und ihm mindestens eine Breitseite hinten reinjagen, zwei Kugeln pro Kanone. Gleichzeitig will ich unser Erkennungssignal hochschießen. Falls die *Enterprise* gejagt wird, weiß sie dann, dass sie mit uns den Briten angreifen soll.«

Unbemerkt und lautlos kamen sie hinter das Heck des Briten. Sie brassten kurz die Segel back, um länger hinter dem Heck zu bleiben. Dann gab Sven gleichzeitig den Befehl für die Salve und die Rakete.

Ihre Kanonenkugeln zerfetzten das Heck des Gegners. Die Galerie hing in Trümmern bis zum Wasser hinunter. Das Ruder war zerschossen und das britische Schiff schien in der See zu torkeln.

Die Kanoniere der *Liberty* luden in jagendem Tempo nach und feuerten dann einzeln, wenn sie fertig waren. Der Eindruck war nicht so gewaltig wie bei einer Salve, aber die Zerstörung war nicht geringer. Jede der großen Kugeln schlug sich vom Heck bis zum Bug ihre Bahn durch das ganze Schiff und zerschmetterte alles, was in ihrer Flugbahn lag.

»Die sind erledigt!«, flüsterte Mr Flinders ergriffen.

Aber die Briten waren harte Kämpfer. Mit den Segeln versuchten sie das Schiff herumzubringen, um ihren unbekannten Gegner breitseits zu bekämpfen.

Sven gab die Befehle, damit auch die *Liberty* in die gleiche Richtung wendete, um hinter dem Heck zu bleiben. Die Briten schossen mit Musketen vom Heck auf die *Liberty*.

»Traubengeschosse auf die Kugeln! Einzelfeuer nach Zielauffassung!«, befahl Sven.

Die Traubengeschosse zerrissen die menschlichen Körper, als sie wie ein Hagelgewitter im Heck einschlugen. Die Kugeln zerschlugen Balken und Holzwände und jagten Splitter durch die Luft. Dort auf dem Briten musste es die Hölle sein.

»Schatten backbord vor dem Gegner!«, meldete der Ausguck.

Sven richtete sein Nachtglas auf die Stelle. Ja, das war die *Enterprise*. Ihre Vormarsrah war zerschossen, aber sonst war kein sichtbarer Schaden entstanden. Kapitän Bauer versuchte, vor den Bug des Briten zu kommen.

Sven gab Befehl, dass die *Liberty* an die Breitseite des Briten segelte, um aus der Geschossbahn der *Enterprise* zu gelangen. Aber er vergrößerte den Abstand, denn die Briten konnten mit ihren 22-Pfund-Kanonen noch gewaltig zuschlagen.

Als die *Enterprise* ihre erste Salve in den Bug des Gegners jagte, rief auch Sven den Befehl für eine Breitseite. Sie hatten den Briten im Kreuzfeuer.

»Jetzt haben wir ihn bald!«, jubelte Mr Flinders.

»Großer Schatten eine knappe Meile achteraus!«, rief der Ausguck und zerstörte ihre Träume. Sven suchte achteraus mit dem Nachtglas. Jetzt hatte er den Schatten. Er gewann Konturen und wurde zum Linienschiff.

»Leuchtrakete achteraus!«, befahl Sven. »Erkennungssignal hinterher!«

Die Leuchtrakete platzte weit hinter ihnen und zeigte, dass da ein Vierundsiebziger mit allen Segeln näher kam. Das konnte nur ein Brite sein. Er beachtete ihr Erkennungssignal auch gar nicht.

»Noch eine Ladung für den Gegner und dann weg!«, befahl Sven. »Signal für die *Enterprise*: Kampf abbrechen! Kurs Nordwest! Folgen!«

Die Kanoniere der *Liberty* verstanden nicht, warum sie die Beschießung des Briten einstellen sollten. Einige meckerten so laut, dass Joshua es verstand.

Er sagte zu Mr Johnson, dem Batterieoffizier: »Sir, die Kanoniere verstehen den Abbruch nicht und sind verärgert. Darf ich sagen lassen, dass ein Vierundsiebziger den Briten zu Hilfe kommt?«

»Ach was«, antwortete Johnson. »Nicht einmal das verstehen die Dussels. Gehen Sie rum und sagen Sie denen, dass da ein dicker Pott mit achtundzwanzig 32-Pfünder-Kanonen heransegelt. Wenn uns nur drei davon richtig treffen, sind wir geliefert.«

»Aye, aye, Sir«, bestätigte Joshua lächelnd und ging herum. Auf einmal segelte die *Liberty* den Kanonieren viel zu langsam davon.

Auch Sven schaute enttäuscht auf das Linienschiff mit fünfzig Kanonen, das sie so schwer getroffen hatten. Ein Brand flackerte noch auf dem Schiff. Woher kam nur der Vierundsiebziger? Diese Schiffe segelten ja nicht einfach in der Nacht herum.

Beide britischen Schiffe mussten zu einem Verband gehört haben. Da war Sven ziemlich sicher. War es ein Konvoi oder ein Flottenverband?

Die *Enterprise* war an die *Liberty* herangekommen. Sven rief Kapitän Bauer mit der Sprechtrompete an: »Mr Bauer! War der Fünfziger allein oder Teil eines Flottenverbandes, weil ihm ein Vierundsiebziger zu Hilfe kam?«

Von Ferne tönte die Antwort: »Der Fünfziger bewachte einen Konvoi, aus dem wir eine Bark herauspicken wollten. Der Vierundsiebziger muss auch zum Geleit gehören. Er nimmt jetzt den Fünfziger auf den Haken.«

Sven reagierte lebhaft. Da müsste man den Konvoi doch eventuell noch erwischen. »Welchen Kurs segelte der Konvoi?«

»Südwest zu West. Etwa zwanzig Schiffe.«

Sven überlegte. Bei einem Wind aus Nordost würde der Konvoi in absehbarer Zeit seinen Kurs auf Südost zu Süd ändern, um nicht zu weit von der Küste abzukommen. Wenn sie jetzt Südsüdost segeln würden, hätten sie eine Chance, am nächsten Morgen den Konvoi abzufangen.

»Mr Bauer«, rief Sven laut, »wir gehen jetzt auf Südsüdost. Folgen Sie. Alle Segel!«

»Aye, aye, Sir. Südsüdost.«

Sie kümmerten sich nicht mehr um den Vierundsiebziger und den Fünfziger. Da der eine den anderen schleppte, würden sie wesentlich langsamer sein als sie. Da konnten sie dem Konvoi schon einigen Schaden zufügen.

Die Mannschaften wurden unter Deck geschickt, als Klarschiff aufgehoben wurde. Doppelten Ausguck und völlige Abdunkelung behielt Sven bei. Er legte sich ohne Jackett auf sein Bett und war im Nu wieder eingeschlafen. Martin würde ihn um vier Uhr früh wecken.

Er träumte von Sabrina. Sie lag im Ehebett, und Sven bemerkte mit Erstaunen, wie sehr ihr Bauch angeschwollen war. Nanu, dachte er, sie ist doch erst im dritten Monat? Da sah er vor dem Fenster ein Gesicht. Es war Mr Redbook. Die Angst drückte ihm die Brust zusammen. Er versuchte zu schreien. Aber nur ein Krächzen war hörbar. Und dann sah er, wie Sabrina unter ihr Kopfkissen griff und eine Pistole hervorholte. Sie zielte und schoss. Mr Redbooks Schädel zerplatzte.

Aber nun klopfte es an der Tür. Sabrina schien nichts zu hören. Er wollte ihr zurufen, brachte aber keinen Ton hervor. Und dann merkte er, dass es an seiner Kajütentür klopfte, fuhr hoch und rief: »Ja!«

»Sir, der Ausguck meldet Lichter backbord voraus. Wind nach wie vor aus Ost. Monduntergang vor einer Stunde.«

»Danke, Mr Grieve«, entließ Sven den Midshipman. »Ich komme sofort.«

Er ging an Deck. Rocky drückte sich an ihn und begrüßte ihn. Er hatte den Konvoi geschnuppert, bevor man die Lichter sah.

Sven sah durch sein Teleskop. »Das sind ja mehr als ein Dutzend Schiffe.« Aber er wartete ab, bis er mehr sehen konnte. Der Horizont hellte sich langsam auf.

Ein Ausguck meldete sich: »Fregatte vor dem Konvoi!«

Tatsächlich! Vor dem Konvoi segelte ein Schiff, das eigentlich nur eine Fregatte sein konnte. Was musste der Konvoi für Güter transportieren, wenn man ihm einen Vierundsiebziger, einen Fünfziger und eine Fregatte als Geleit gab? Sven ließ Signal geben, dass die *Enterprise* längsseits kommen sollte.

Als sie neben ihnen segelte und Kapitän Bauer an der Reling stand, winkte ihm Sven und griff nach seiner Sprechtrompete. »Kapitän Bauer, ich greife die Fregatte an. In der Zeit versenken Sie vom Konvoi so viele Schiffe wie möglich. Wir haben nicht die Zeit und nicht die Leute, Prisen zu nehmen.«

»Und die Besatzungen, Sir?«

»Die sollen in ihre Boote gehen. Lassen Sie auch zum Schluss ein

Schiff übrig, dass die Schiffbrüchigen aufnehmen kann, sofern der Vierundsiebziger noch nicht heran ist.«

Karl Bauer winkte, dass er verstanden habe. Beide Schiffe machten Klarschiff und steuerten auf den Konvoi zu.

Die Geleitfregatte hatte sie gesichtet und segelte ihnen entgegen. Die *Enterprise* lief einen Kurs, der sie an der Geleitfregatte vorbei zum Konvoi führen sollte. Die *Liberty* versuchte, gegenüber der anderen Fregatte den Windvorteil zu gewinnen.

Sie kamen sich schnell näher, während der Konvoi anscheinend Befehl hatte, sich zu zerstreuen und zu flüchten. Aber die *Enterprise* war so schnell, der konnten nicht alle davonsegeln.

Sven beobachtete sorgfältig, wie die feindliche Fregatte segelte. Wie gut wurde sie gesteuert? Wie schnell und exakt führte sie neue Manöver aus? Er kam zu dem Schluss, dass es sich um ein gut geführtes Schiff mit eingespielter Besatzung handeln müsse. Das würde ein harter Kampf werden.

»Lassen Sie zwei Kugeln laden, Mr Johnson!«, befahl er. Dann schaute er zur *Enterprise*. Sie hatte eine gute Position und würde bald die ersten Schiffe erreichen.

Die Entfernung zur Geleitfregatte betrug nur noch vierhundert Meter. Sven befahl: »Ruder hart steuerbord!« Das würde sie hinter das Heck des Gegners bringen.

Sven beobachtete durch sein Teleskop den feindlichen Kommandanten. Was würde er tun? Der Kommandant war ein erstaunlich junger Mann in Galauniform. Er wedelte mit einem anscheinend seidenen Taschentuch herum. Erstaunlich bei einem so gut geführten Schiff.

Jetzt schien ein älterer Leutnant neben ihm etwas zu fragen oder zu sagen. Der Jüngling nickte, und der Leutnant hob die Sprechtrompete. So ist das, dachte Sven. Der Erste Leutnant kommandiert in Wirklichkeit. Der junge Stutzer ist irgendein Günstling, der immerhin so viel Verstand hat, einem erfahrenen Seemann die Kommandos zu überlassen.

Nun beobachtete Sven, was geschah. Sie wollten entgegensteuern und so die *Liberty* vom Bug aus beschießen. Sofort nahm Sven sein

Kommando zurück. »Belegt das Ruder, wie es geht. Feuer frei nach Zielauffassung!«

Die Richtkanoniere starrten über das Kanonenrohr. Jetzt wanderte durch die Drehung des Gegners sein Heck in ihr Blickfeld. »Achtung!«, warnten sie noch einmal und prüften, dass niemand in der Rücklaufbahn der Kanonen stand. »Feuer!«

Vom Zündloch fraß sich die Flamme in die Kammer. Das Pulver explodierte, trieb die Kugeln aus dem Rohr und schleuderte die Kanone zurück, bis die Brooktaue sie bremsten. Und nun brüllten die Maate und trieben die Kanoniere an, die Kanonen schnell neu zu laden.

Sven und Mr Flinders beobachteten, wie ihre Kugeln trafen. Sie hatten den Gegner nicht ganz von achtern erwischt, sondern etwas schräg. Die Backbordseite des Hecks schien unbeschädigt. Dafür wühlten sich die Kugeln von der Steuerbordseite schräg nach vorn durch das Schiff, rissen einen Teil der Bordwand heraus. Zwei Backbordkanonen stürzten ins Meer.

»Nicht schlecht!«, murmelte Mr Flinders für sich.

Sven entschloss sich, noch eine Breitseite zu feuern und dann abzudrehen. Dem Melder sagte er, die Scharfschützen sollten auf den Ersten Leutnant zielen.

Die zweite Breitseite stotterte hinaus. Diesmal wurde die Steuerbordseite des Hecks zerfetzt. Der Besanmast des Gegners schwankte. Er musste in seinem Bodenteil beschädigt sein.

Sven gab die Ruderkommandos und beobachtete, wie sich ihre Position zum Gegner veränderte und wie der Gegner reagierte.

»Was macht die *Enterprise*?«, fragte er Mr Flinders, denn er durfte den Gegner jetzt keine Sekunde aus den Augen lassen.

Mr Flinders blickte hinüber und meldete: »Sie hat ein Schiff versenkt. Zwei Schiffe haben sich gerammt. Die anderen flüchten durcheinander. Die *Enterprise* ist unter ihnen und feuert mit beiden Seiten.«

Sven sah, wie drüben die Segel neu gebrasst und das Ruder gelegt wurde, und gab wieder die entsprechenden Kommandos, um nicht vor die Breitseite des Gegners zu kommen. Wieder konnten sie sein Heck treffen. Und diesmal hatte eine Kugel den Ersten Leutnant umgerissen. Der Kapitän winkte einen anderen Offizier zu sich heran.

Nach einer weiteren halben Stunde beobachte Sven, dass drei Backbordkanonen des Gegners schräg hinunterhingen. Sie waren zerstört. »Mr Johnson, wir passieren ihn mit der Steuerbordbatterie und legen uns vor seinen Bug. Traubengeschosse auf die Kugel!«

Die Mannschaften jubelten. Das musste die Entscheidung sein.

Ihre Kanonen schossen und luden in noch nie erreichtem Tempo. Bei dem Briten fetzten die Balken und Bretter aus der Bordwand. Geschütze stürzten um. Kanoniere wollten wegrennen und wurden durch Maate zurückgetrieben.

Und dann hallte der Schrei ihres Bootsmanns über das Deck: »Vorbramstenge zerschossen. Klüver und Vorstengestagsegel ausgefallen. Vormasttrupp aufentern. Tempo!«

Sven sah nach oben. Das war die Katastrophe! Ein unglücklicher Schuss hatte die Marsstengestage ihres Haltes beraubt. Dadurch waren die Segel ausgefallen, die er für schnelle Wendemanöver brauchte. Der Gegner würde es merken. Wie würde er reagieren?

Der Brite drehte ab und segelte dem Konvoi hinterher. Sie mussten ihm folgen, denn die *Enterprise* konnte es allein nicht mit der Fregatte aufnehmen, auch wenn sie schon beschädigt war.

Sven gab die nötigen Kommandos. Sie konnten der britischen Fregatte folgen, nur für schnelle Wendemanöver fehlten ihnen die vorderen Zugsegel.

Sven sah zu Joshua und rief: »Können Sie es reparieren, Mr Petrus?«

»Wir sollten in zehn Minuten ein Provisorium schaffen, mit dem wir alle Manöver segeln können, Sir.«

Der Master nickte anerkennend.

Der Konvoi war zersprengt. Etwa sechs Schiffe flüchteten in nördliche Richtung. Sie wollten wohl zurück nach New York. Die Fregatte folgte ihnen. Sechs bis sieben Schiffe hatte Kapitän Bauer versenkt. Zwei waren kollidiert und vier flüchteten vor der *Enterprise* in mehr südliche Richtung.

Sven überlegte kurz. Ihr Ziel war erreicht. Der Konvoi war zersprengt und die Begleitfregatten erheblich beschädigt. Es hatte keinen

Sinn, der Fregatte weiter zu folgen. Er rief den Signalmidshipman: »Signalisieren Sie der *Enterprise*: Schiffe als Prisen nehmen.«

Dann sagte er dem Master: »Mr White, bringen Sie uns zu den beiden kollidierten Schiffen zurück.« Die Matrosen lachten sich an. Einige klopften sich auf die Schulter. Jetzt würden Prisen genommen, nicht mehr Schiffe versenkt.

Sven bat Mr Flinders, sich zwei Enterkommandos von je zwanzig Mann zu nehmen und die beiden Schiffe zu besetzen. »Sie kommandieren das wertvollere Schiff und später den Prisenkonvoi. Mr Waller kann das andere Schiff übernehmen. Aber bringen Sie die beiden schnell auseinander. Kurs Süd.«

Von den versenkten Schiffen trieben Boote im Meer. Als Dr. Bader an Deck kam und berichtete, dass sie vier Verwundete und einen Toten hätten, sah er die Boote und fragte Sven: »Was machen wir mit denen, Sir?«

Sven zuckte mit den Schultern. »Ich weiß es noch nicht. Ich würde sie uns nicht gern aufladen, aber ich kann sie auch nicht im Ozean treiben lassen.«

»Nein, Sir. Sicher nicht.« Er blickte sich um. »Ich halte mich bereit, um auch auf die *Enterprise* überzusetzen.«

Der Ausguck rief etwas, was Sven nicht verstand.

»Was hat er gerufen, Mr Waller?«, fragte er.

»Vierundsiebziger mit Schiff im Schlepp in Ost, sieben Meilen, Sir.«

»Dann müssen wir verschwinden, aber ich habe eine Lösung für die Boote.«

Er ließ den Feuerwerker rufen. »Richten Sie vier oder fünf Raketen mit dem Notsignal. Wir geben sie den Booten.«

Dann musste sich Mr Grieve eine Sprechtrompete nehmen und allen Booten zurufen, dass ihr Linienschiff aus Ost heransegele, um sie aufzunehmen. Ein vertrauenswürdiger Kapitän erhielt die Notsignale.

Der *Enterprise* wurde signalisiert, dass der Vierundsiebziger in Sicht sei und sie sich mit den letzten Prisen beeilen müsse.

Nun segelte die *Liberty* noch zu den zwei kollidierten Schiffen, aber die lösten sich gerade voneinander. Mr Flinders erhielt das Signal: »Folgen Sie uns!«

Nach einer weiteren Stunde hatten sie alles geregelt. Die *Enterprise* segelte mit Kurs auf den Delaware voran. Dann folgten sechs Prisen. Den Abschluss bildete die *Liberty*. Die Prisenbesatzungen waren neu verteilt worden, sodass Kapitän Bauer nicht die Hauptlast der Abordnungen zu tragen hatte. Schiffsarzt Bader hatte auf der *Enterprise* zwei Schwer- und acht Leichtverwundete betreut.

Das britische Linienschiff war am Horizont zu sehen. Es sammelte die Schiffbrüchigen aus den Booten ein. Sven war sicher, dass es ihnen nicht folgen, sondern auch nach New York segeln würde. Es würde sie vor Einbruch der Dunkelheit auch nicht einholen können, denn die Prisen waren recht schnelle Schiffe.

Die *Liberty* setzte etwas mehr Segel und postierte sich windwärts vom Geleit. Kapitän Bauer und die Prisenkommandanten ließen sich an Bord rudern und erstatteten Sven Bericht.

Kapitän Bauer strahlte und dachte an seine junge Frau, der er jetzt ein schönes Haus bauen oder kaufen konnte. Sven wurde bei der Aufzählung der Reichtümer ein wenig bange. So konnte das Schicksal einen doch gar nicht verwöhnen. Wann würde er die düstere Rückseite der Medaille kennen lernen?

Aber wenn er dann die zufriedenen Gesichter um sich herum sah, freute er sich mit ihnen. Sechs schöne und stabile Schiffe, beladen mit allem, was eine Loyalistenarmee in Georgia gebraucht hätte, von Infanteriekanonen mit sechs und acht Pfund Kaliber über Gewehre, Uniformen bis zu Feldflaschen und Suppenlöffeln. Das würde auch ihren Milizen hochwillkommen sein.

Kapitän Bauer würde die Prisen nach Philadelphia führen. Dann hätte er zwei Tage Zeit für seine Frau. Sven musste bald seiner Sabrina alles schreiben, und Joshua sollte den Brief überbringen, damit der treue Geselle auch seine neue Liebe sehen konnte. So empfand Sven doch noch ungestörte Genugtuung.

Sie waren seit Wochen wieder beisammen, die *Liberty* und die *Enterprise*. Sie patrouillierten vor den Küsten Süd- und Nordkarolinas. Sie hatten Stürme überstanden. Einige Prisen hatten sie erbeutet und nach Wilmington oder Charleston gesandt. Sven hatte auch die *Enterprise* mit allen Midshipmen in den Pamlico-Sund geschickt, damit die Sloop die britischen Kaper vertreiben und die Midshipmen diese interessante Landschaft kennen lernen konnten.

Es war für manchen das erste Mal, dass er Weihnachten in so südlichen Breiten weilte.

»Mir fehlt der Schnee«, flüsterte ein Vortoppmann zum anderen, als Sven an Deck der Mannschaft am Weihnachtstag die biblische Geschichte von der Geburt Jesu vorlas.

»Mir nicht«, antwortete der andere. »Ich habe die Kälte immer gehasst. Daheim hatten wir nicht genug Holz zum Heizen. Hier fühle ich mich besser.«

Es gab besonders gutes Essen am Weihnachtsfeiertag und eine Extraration Rum. Untereinander machten sie sich kleine Geschenke. Die Offiziere aßen gemeinsam in der Messe, und Sven war froh, dass Sabrina schon bei seinem letzten Aufenthalt an Geschenke für die Offiziere und seine Burschen und Freunde gedacht hatte: Bücher, Getränke, Pelzwesten und Pralinen. Sven selbst packte auch Geschenke von Sabrina und den Kindern aus. Lilian hatte ihm ihr Haus in Gloucester gezeichnet, damit er immer an sie denke.

Er musste lächeln. Ein Glück, dass ihr Haus nicht in Wirklichkeit so windschief war. Aber in Gedanken sah er sie am Tisch sitzen und die Zunge verziehen, wenn sie mit den Malstiften hantierte. Und Einar, der noch nicht malen konnte, hatte einen bunten Stein beigelegt, den er gefunden und der ihm so gefallen hatte. Den neuen Schlafanzug von Sabrina zog Sven gleich an.

Die Weihnachtsfeiertage waren kaum vorbei, als sich der gewaltige Konvoi der Briten zur Besetzung Savannahs über den Horizont schob. Kapitän Bauer setzte alle Segel, um die Besatzung Savannahs zu warnen. Die *Liberty* versuchte, dem Konvoi zu schaden, wo es ging. Aber er war von allen Seiten gut gesichert.

»Donnerwetter!«, bekannte Mr Flinders zu Walter Johnson. »So viele Schiffe habe ich noch nie beisammen gesehen. Das sind doch weit über hundert.«

Wir müssen aus dieser Menge einige rausschießen, schwor sich Sven, als sie wieder einmal ein Vierundsechziger von den Flanken des Konvois verjagt hatte. Er ließ eine Wende segeln und steuerte erneut auf den in vier Kolonnen dahinziehenden Konvoi zu. Dem Vierundsechziger hatte er den Windvorteil genommen. Bis der ihm folgten konnte, musste er sich durch den Konvoi schießen.

Alle Kanonen hatten zwei Kugeln geladen. Eine Bark in der Backbordkolonne war ihr erstes Ziel. Sie schossen ihr zwei Breitseiten durch das Heck. Und dann musste der Feuerwerker noch einige Leuchtraketen aus nächster Nähe auf sie abfeuern. Flammen flackerten auf. Als Matrosen hinzulaufen wollten, um die Flammen zu löschen, schossen die Scharfschützen der *Liberty* aus dem Masttopps. Nachdem einige Matrosen tot an Deck lagen, versteckten sich die anderen, und die Bark brannte.

Aber auch die *Liberty* blieb nicht ungeschoren. Die Frachter in der linken Mittelkolonne schossen auf sie, töteten einen Kanonier und verletzten andere durch Holzsplitter. Aber dann schlugen wieder ihre Breitseiten in zwei Frachter ein. Einem zerschossen sie seine Steueranlage. Er lief aus dem Ruder und rammte einen Frachter der nächsten Kolonne. Der Feuerwerker nahm sich die beiden mit Raketen vor, und bald brannten beide.

Ein weiteres Schiff musste aus der Kolonne ausscheren und seine Rahen reparieren. Die Besatzung der *Liberty* brüllte ihr »Hurra« heraus und überhörte einen Befehl von Sven. Und auf einmal ragte der Bugspriet einer Brigg mittschiffs vor ihnen auf. Sie schossen der Brigg eine Breitseite in den Bug. Der Bugspriet und der Bug zersplitterten. Sie legten ihr Ruder hart herum und entkamen mit flatternden Segeln nur knapp einem Zusammenstoß.

Sven fluchte wie ein Fuhrknecht und trieb die Matrosen an, die Segel neu zu brassen.

»Mann, ich hab gar nicht gewusst, dass er solche Wörter kennt«, tuschelte der Master zum Bootsmann.

»Ja, alles weißt du auch nicht«, antwortete Joshua.

Drei Frachter brannten, als sie auf die zweite Mittelkolonne zusegelten. Eine Sloop kam durch die Außenkolonne auf sie zu.

»Zwei Strich West!«, befahl Sven. »Steuerbordseite feuert auf die Sloop, Backbordseite auf die Brigantine! Feuer frei!«

Jetzt mussten sich die Kanonen an beiden Seiten die Kanoniere teilen. Das Laden dauerte länger. Aber die Sloop hatte einen Mast verloren und die Brigantine schor aus, um Segel zu ersetzen. Die *Liberty* konnte ungestört die Steuerbordkolonne angreifen.

Eine große Brigg war ihr Opfer. Und diesmal war es ein Truppentransporter. Als er brannte, kamen von den anderen Schiffen Boote, um die Mannschaften zu retten. Die *Liberty* hielt vom Konvoi ab, denn schon segelte ein Vierundsiebziger auf sie zu.

»Lassen Sie die Schäden feststellen, Mr Flinders. Ich gehe ins Hospital. Heute Nacht müssen wir mehr schaffen. Vier Schiffe sind ein mageres Ergebnis«, schimpfte Sven.

»Und kein Cent Prisengeld!«, ärgerte sich ein Kanonier. »Dat ist noch weniger als mager.«

»Es gibt doch Versenkungsgeld, wenn wir im Kampf Schiffe versenken«, korrigierte ihn sein Geschützführer.

»Gilt dat nicht bloß für Kriegsschiffe?«, fragte der andere zurück.

Der Schiffsarzt operierte mit blutverschmierter Schürze. Sein Patient schrie fürchterlich, bevor er ohnmächtig wurde. Aber die Sanitäter hatten ihn eisern festgehalten.

»Das ist der Zweite, den ich amputieren muss. Außer dem einen Toten haben wir drei Schwer- und vier Leichtverletzte«, meldete Dr. Bader. »Die werden es wohl alle überleben.«

Sven sah nach den Leichtverletzten und sprach mit ihnen. Sie waren dankbar für den Zuspruch und tranken mit Genuss den Rum, der ihre Schmerzen betäuben sollte.

Sven ging in seine Kajüte und ließ sich von Martin ein Brot mit Wurst und eine Tasse Kaffee geben.

»Wollen Sie sich nicht noch ein wenig ausruhen, Sir?«, fragte Martin, als Sven wieder aufstand.

»Nein, Martin. Ich muss die Ziele für heute Nacht aussuchen.«

Martin verzog das Gesicht. Da war wohl heute nicht viel mit Schlaf.

Sven studierte den Geleitzug mit dem Teleskop. Dort in der zweiten Kolonne segelten vier dicke Dreimaster hintereinander. Sie müssten völlig abgedunkelt vier Schiffe vorher durch die Außenkolonne schlüpfen und dann mit backgebrassten Segeln die Kolonne an sich vorüberziehen lassen. Wenn sie auf fünfzig Meter Entfernung unter die Wasserlinie feuerten, dürfte keine Bark zwei Breitseiten aushalten. Aber dann müsste alles bereitliegen.

»Mr White! Wann ist heute Mondaufgang?«, erkundigte er sich noch.

Es war sehr dunkel in der ersten Hälfte der Nacht. Die *Liberty* segelte neben dem schemenhaft zu erkennenden Konvoi. Sven hatte sich genau die Eigenarten des Schiffes gemerkt, hinter dem er die Außenlinie des Geleits passieren wollte. Da war es jetzt mit dieser komischen Form des Kreuzbramstagsegels.

Der Rudergänger wirbelte sein Rad herum, als Sven den Befehl gab. Jetzt mussten sie durch die etwa zweihundert Meter lange Lücke in das Geleit schlüpfen. Neben Sven standen noch zwei Zusatzausgucke mit der besten Nachtsicht an Deck. Leise stimmte er mit ihnen seine Wahrnehmungen ab.

Nun hatten sie die äußere Linie passiert. Ruder herum, Segel backbrassen und aufpassen! Da hinten kam sein erstes Ziel herangesegelt. »Achtung!«, gaben die aufgestellten Melder leise weiter.

»Ziel auffassen! Feuer frei!« Mit tief gerichteten Rohren donnerten die Kanonen ihre Kugeln hinaus. Ja, sie trafen unterhalb der Wasserlinie.

»Gut so!«, rief leise der Batterieoffizier, und die Midshipmen gaben es weiter. Und dann krachten wieder die Schüsse.

»Du, der legt sich schon schief!«, flüsterte der eine Ladekanonier dem anderen zu und gab automatisch die Munition weiter.

»Quatsch! Das dauert noch 'ne Weile!«, gab der andere zurück.

Sven spähte schon nach dem nächsten Ziel aus. Da kam es heran und änderte etwas den Kurs, um dem angeschossenen Schiff auszuweichen. Und außerdem feuerte ihr Ziel auf sie. Zu früh zwar, aber immerhin einige Kugeln trafen.

Und eine riss die Lunte an Kanone vier aus dem Ständer und sie glitt auf die Kartuschen zu, die als Reserve dort für diese Aktion ausnahmsweise gestapelt waren. Sven sah es! Sein Atem stockte. Seine Glieder waren wie erstarrt.

Aber dann huschte ein Pulveräffchen vorbei, griff die brennende Lunte und riss sie aus dem Gefahrenbereich. Sven atmete durch. Das waren nur Zentimeter zwischen Leben und Tod. Aber nun war der Feind heran, und er konnte wieder seine Befehle rufen.

Sie mussten doch die Segel noch einmal brassen, weil die Schiffe der Kolonne bei ihrem Ausweichmanöver ihnen zu nahe kamen. Aber dann hatten sie den vierten Transporter zusammengeschossen und segelten zur anderen Seite durch den Konvoi.

Sven sah durch sein Nachtglas, dass dort ein Vierundsiebziger wachte. Er ließ die *Liberty* etwas achteraus sacken und stahl sich dann mit seinem Schiff davon.

»Mr Flinders, lassen Sie Klarschiff aufheben. Wir segeln mit normalen Wachen, aber doppeltem Ausguck. Der Pulverjunge, der die Lunte aufgehoben hat, soll sich sofort bei mir in der Kajüte melden.«

»Aye, Sir. Der Bursche hat uns gerettet. Tolle Leistung!«

Sven war erschöpft und warf in der abgedunkelten Kajüte seinen Hut und seine Jacke weg und nahm sich ein Glas Rum zur Entspannung.

»Möchten Sie noch etwas essen, Sir?«, fragte Martin.

»Leg mir nur ein paar Kekse hin und ein paar zusätzlich für ein Pulveräffchen, das gleich kommt. Ich will mich dann etwas hinlegen.«

Martin starrte ungläubig. »Habe ich recht verstanden, Sir? Ein Pulveräffchen!«

»Ja! Der junge Bengel hat uns alle gerettet, als er eine abgeschossene Lunte von den Kartuschen wegriss.«

Und dann meldete der Posten vor der Tür schon: »John Brenton, Pulverjunge, zum Rapport!«

»Soll reinkommen!«

Ein zwölfjähriger, schmaler Junge mit blauen Hosen, kurzer blauer Jacke und nass gebürstetem Haar trat vor den Tisch, hob die Hand an die Stirn und meldete: »John Brenton zum Rapport!«

»Komm, mein Junge, setz dich dorthin«, begrüßte ihn Sven freundlich. »Möchtest du Milch, heiß oder kalt, oder Kaffee?«

»Heißen Kakao trinke ich am liebsten, Sir«, antwortete der Junge.

Sven lächelte. »Hast du gehört, Martin?«

»Aye, Sir. Kommt gleich.«

»Nimm inzwischen von den Keksen«, ermunterte Sven den Jungen, und der griff sich eine ganze Hand voll.

»Seit wann bist du auf der *Liberty*?«

»Seit September, Sir!«

»Leben deine Eltern noch?«

»Nein, Sir. Sie starben vor zwei Jahren an Typhus. Ich war dann bei meiner älteren Schwester. Als sie ein Kind bekam, ging ich als Pulverjunge. Für zwei Kinder reichte das Essen nicht.«

»Du warst heute sehr tapfer, John, und hast uns alle gerettet. Der Bootsmann sagt, dass du auch sonst deine Sache gut machst. Fühlst du dich wohl an Bord?«

»Ja, Sir. Die anderen Jungen sind nett, und der Maat ist freundlich zu mir. Aber starken Sturm mag ich nicht.«

»Wer mag den schon? Kannst du lesen und schreiben?«

»Nur meinen Namen, Sir. Ich wäre gerne länger zur Schule gegangen.«

Sven wurde nachdenklich. Wollte er nicht einmal, dass alle Matrosen ihren Namen schreiben konnten? So vieles ging in dem täglichen Allerlei unter.

»Darüber reden wir ein andermal, John. Heute schenke ich dir für deine Tapferkeit zwei Dollar, die der Zahlmeister für dich verwaltet, damit sie niemand stehlen kann und damit du nicht alles auf einmal ausgibst. Ich werde auf dich aufpassen, John. Du kannst mehr werden als Pulveräffchen.«

»Ich wäre gern wie der Bootsmann, Sir. Der kann alles, ist groß und stark, und alle müssen auf ihn hören.«

»Groß und stark musst du allein werden, John. Nun trink deinen Kakao aus und geh schlafen.«

John stand auf, nahm die Knöchel an die Stirn, drehte sich wie ein Seesoldat und ging zur Tür.

Sven lächelte.

»Ein pfiffiges Kerlchen, wenn ich das sagen darf, Sir«, stellte Martin fest.

»Du darfst, Martin, und jetzt schlafen wir beide.«

Am nächsten Morgen steckten sie im Nebel. Als er sich gegen zehn Uhr lichtete, meldete der Ausguck ein Schiff, dessen Masten in drei Meilen Entfernung über die tief liegende Nebeldecke hinausragten. Es war die *Enterprise*, die dann schnell auf sie zuhielt. Die Sloop setzte ein Boot aus, als sie dicht bei der *Liberty* war, und Kapitän Bauer kam an Bord.

Als er mit Sven allein in der Kajüte war, umarmten sich beide. »Wie geht es deiner Frau?«, fragte Sven.

»Danke, sehr gut. Sie hat sich wahnsinnig gefreut, als ich überraschend mit den Prisen nach Philadelphia kam. Wir werden uns ein Haus kaufen, das wir schon ausgesucht haben. Wer hätte gedacht, dass sich unser Schicksal so entwickeln würde?«

»Ja, Karl, wir haben durch den Krieg an Ansehen und vor allem an Prisengeld gewonnen. Manchmal habe ich ein schlechtes Gewissen. Vielen Menschen geht es schlecht. Sie hungern, leiden durch Kämpfe und haben Angehörige verloren – und wir?«

»Aber Sven, es fällt uns doch nicht in den Schoß. Wir kämpfen hart dafür und sind von unseren Lieben getrennt.«

»Ja, Karl, aber die Trennung ist durch unseren Beruf bedingt. Auch wenn wir Maat auf einem alten Seelenverkäufer wären, wir wären Monate und Jahre getrennt. Und wenn ich ehrlich bin, es gefällt mir immer weniger.«

»Mir geht es nicht anders. Aber nun muss ich auch meine Meldung loswerden. Die Briten haben heute früh, bevor der Nebel kam, die Gaskins-Bank passiert und sind in den Savannah-Fluss eingelaufen. Die Verteidiger der Stadt konnte ich warnen.«

»Wie sieht es dort aus, Karl?«

»Du warst ja schon in Savannah. Die Stadt liegt auf dem Kliff über dem Fluss, etwa vierhundertfünfzig Häuser. General Howe hat siebenhundert Soldaten der kontinentalen Armee und einige Hundert von der Miliz. Die Befestigungen liegen in etlicher Distanz von den Häusern und sind verfallen. Howe hat sich östlich der Stadt verschanzt, wo er von den Sümpfen gedeckt wird. Auf dem Fluss sind ein paar kleinere Schiffe der Staatsflotte von Georgia postiert. Das Übliche: zu wenig und zu spät. Sie werden sich nicht gegen die Briten halten können.«

»Anscheinend lernen wir es nie!«, schimpfte Sven. »Seit Monaten wird geredet, dass die Briten im Süden Stützpunkte erobern wollen, um die Loyalisten zu unterstützen. Und was tun wir? Befestigen wir die augenscheinlichen Ziele ihres Vorstoßes? Verstärken wir die Besatzungen? Nein, wir bilden unsere Komitees, halten lange Sitzungen ab, pflegen unsere Geschäfte. Kämpfen können die anderen. Im Grunde sehe ich es doch bei Mr Bradwick, dem ich wirklich nicht bös gesonnen bin. Wir wachen erst auf, wenn der Feind an unser Haus bummert.«

»Ach, Sven, das siehst du zu schwarz. Wir haben überall tapfere Leute, die hart und ausdauernd kämpfen, auch im Hinterland von Georgia und auf den Inseln vor der Küste. Mit denen auf den Inseln sollten wir Kontakt aufnehmen.«

»Das werden wir tun. Ich werde sehen, ob ich auf den Inseln Wilmington und Tybee Kontakte finde, und du kannst die Inseln Hutchinson und Hilton Head erkunden. In drei Tagen könnten wir uns wieder treffen. Sehen wir uns das mal auf der Karte an.«

Als sie sich wiedersahen, war Savannah gefallen. Ein Negersklave hatte den Briten angeboten, sie auf einem Pfad durch die Sümpfe in die Flanke der Amerikaner zu führen. Die Amerikaner wurden vernichtend geschlagen, und Savannah stand den Eroberern offen.

Sven rief die Offiziere beider Schiffe zu einer Besprechung in seine Kajüte. Sie hatten die Karten auf dem Tisch und berichteten, was sie über die Lage wussten: zuerst über Savannah, dann über die einzelnen Inseln.

Der britische Kommandant war Oberstleutnant Campbell. Er befehligte dreieinhalbtausend Mann, meist Hessen. Die britischen Schiffe wurden von Kommodore Hyde Parker geführt. Aus St. Augustine wurde General Prevost mit weiteren Truppen erwartet. Er würde dann die Landtruppen kommandieren. Vorstöße ins Hinterland von Georgia sollten vorgesehen seien.

»Überall erheben sich die Loyalisten und besetzen Städte. Die Bewohner sollen den Treueid für den König leisten.«

»Und dann kommt es wieder andersherum. Dann müssen sie den Eid auf den Kongress leisten, oder sie werden enteignet«, fügte Leutnant Potter hinzu.

Sven wollte das Palaver nicht ausufern lassen und sagte recht kühl: »Dann wollen wir uns einmal auf der Karte zeigen, wo wir Kontakt zu Rebellen gefunden haben und was wir über ihre Stärke und ihre Absichten wissen.«

Während Leutnant Flinders über ihre Begegnung auf der Wilmington-Insel berichtete, sah Sven die Szene wieder vor seinen Augen. Die *Liberty* lag im Meeresarm vor Anker. Die Kutter suchten die Buchten der Insel ab. Sven saß mit Rocky im Bug und versuchte, mit seinen Augen Schilf und Ufergebüsch zu durchdringen.

Rocky schlug an, und auf einen großen Baumstamm, der das Gebüsch niedergedrückt hatte, trat plötzlich ein großer, grauhaariger Mann in Uniform.

»He, Leute, ihr seid doch von der Kontinentalen Flotte. Ich bin Major Stulton von der Miliz auf den Inseln vor Georgia. Dort vorn können Sie an Land, und wir können bereden, wie wir die Engländer wieder aus Savannah verjagen.« Er schloss ein paar trockene Lacher an, oder waren es Hustenanfälle?

Mein Gott, nun auch noch ein komischer Kauz, dachte Sven und ließ zu dem Anlegeplatz rudern. Dort warteten einige Soldaten. Die meisten lehnten sich auf ihre langen Rifles und starrten die Ankömmlinge mit großen Augen an. Sie waren wie fast alle Milizsoldaten, die Sven gesehen hatte, in schäbige Jacken und Hosen gekleidet. Die meisten Kleidungsstücke hatten einen braunen Grundton. Einige trugen rote oder blaue Litzen. Die Waden waren nur bei wenigen von Stoff oder Leder bedeckt. Einige hatten nicht einmal Schuhe.

Sven stieg an Land. Sam kam mit Rocky mit, den er mit aller Kraft bändigen musste, denn der Hund schien die schäbig gekleideten Gestalten eher für Räuber als für Verbündete zu halten. Unter einem großen Baum setzte sich Sven mit dem Major auf Baumwurzeln.

»Wie viel Mann haben Sie hier, Herr Major?«, kam Sven gleich zur Sache.

»Knapp fünfzig hier und zwanzig auf der Skidaway-Insel, Kapitän.«

»Sind alle gut bewaffnet?«

»Nur die Hälfte haben Gewehre. Ich hoffe, die Flotte kann aushelfen.«

»Dazu müsste ich erst Ihre Pläne kennen, Herr Major.«

Der zuckte mit den Schultern. »Die Männer hier auf Wilmington sind Bürger von Savannah oder Farmer. Sie sollen kleinere Einheiten der Briten überfallen, wenn sie an der Küste entlangstreifen. Die Männer aus Skidaway habe ich aus dem Gefängnis entlassen. Sie werden Häuser und Lager der Briten niederbrennen, Soldaten, die Ausgang haben, ermorden, die Verpflegung vergiften, Kuriere abschießen, das ganze Verbrechensprogramm.«

Sven glaubte, sich verhört zu haben. »Was sollen Ihre Leute machen?«

»Was sie immer gemacht haben. Rauben, morden und brennen. Aber diesmal nur gegen die Briten. Ich bin Richter und weiß genau, was sie können und am liebsten tun. Sie werden den Briten viel Schaden zufügen, mehr als die Einfaltspinsel hier auf Wilmington.«

Sven stahl sich eine Erinnerung in sein verwirrtes Denken. Er war damals im dritten Jahr zur See und sollte einen Passagier aus einer Kneipe holen, einen Richter. Der hatte sich volllaufen lassen und war kaum noch bei Besinnung. Aber als der Wirt ihn beim Rausgeben betrügen wollte, lachte er nur müde.

»Ich kenne jeden deiner Tricks, du Schnapspanscher. Leg die zwei Penny wieder hin, die du mit deinem Wischlappen mitgenommen hast, als du den Dreckstisch säubern wolltest.«

Und als Sven ihn auf dem Weg zum Kai stützte, murmelte er nur: »Ein Richter hat genauso viel Kriminelles im Kopf wie ein Schwerverbrecher, nur vorn und hinten einen Paragrafen dran. Verstehst du das?«

Jetzt verstand Sven den Spruch.

Der Major sah ihn prüfend an. »Na, wenigstens lassen Sie nicht die übliche gutbürgerliche Entrüstungsschau laufen. Die Verbrecher sind ungeheuer effektiv, wenn man sie richtig steuert. Und die Briten werden immer rätseln, ob das eigene Banditen sind oder fremde.«

»Major, Sie kennen sicher mehr Kriminelle als ich, aber ich habe mehr Mord und Totschlag gesehen, als diese Leute je anrichten werden. Ich weiß, dass Ihre Leute die Briten mit vielen Wespenstichen nerven können, aber sie werden nicht kriegsentscheidend sein.«

»Die allein nicht. Aber viele von ihnen könnten den Briten das Leben hier unerträglich machen.«

Sven nickte. »Und wenn die Briten weg sind, machen sie uns das Leben unerträglich. Die hören doch nicht auf.«

»Wir brauchen dann viele Gefängnisse«, grinste der Major ungerührt.

»Und hoffentlich haben wir auch viele Polizisten, die hart durchgreifen«, fügte Sven hinzu. »Ich werde Ihnen zwanzig Musketen und Munition bringen lassen, Herr Major. Ich habe aber nur die Brown Bess, keine Rifles.«

Der Major zuckte mit den Schultern. »Dann müssen wir sie näher rankommen lassen.«

Als Sven diese Episode Kapitän Bauer erzählte, schüttelte der nur den Kopf. »Man trifft hier an Land noch verrücktere Typen als auf See. Ich fand auf Hilton Head Island Männer, die rodeten am Ufer Bäume und Büsche. Am Rande der Rodung ließ ein Hauptmann eine Palisade errichten. Als ich fragte, was das solle, zeigte er auf zwei Drehbassen, Zweipfünder. Er wolle die feindlichen Kriegsschiffe abwehren und dafür Schussfeld haben.«

Sven schaute Karl Bauer ungläubig an. »Mit Zweipfünder-Drehbassen?«

Karl nickte. »Der Kerl war verrückt oder absolut unwissend. Als ich ihm sagte, dass auch kleine Kriegsschiffe oft schon das zehnfache Kaliber seiner Drehbassen verschießen, wollte er es nicht glauben. Seine Mannschaften standen herum und verkniffen sich das Lachen. Ich habe dann erfahren, dass das ein reicher Farmer von Hutchinson's Island war. Er wollte in seinem Leben einmal Feldherr sein. Irgendeiner hatte ihm eingeredet, dass die Drehbassen viel dickere Rohre hätten als die Rifles. Daher schössen die Drehbassen auch weiter. Die ihm zu Munde redeten, beschenkte er immer. ›Wenn es ernst wird, verdrücken wir uns ganz schnell‹, sagte einer zu mir.«

»Karl, da müssen wir noch schneller jemanden finden, der diesen Unsinn abstellt.«

Aber dieser »Jemand« fand sie zuerst. Als sie einige Tage später von der Verfolgung britischer Transporter, die ihnen drei Prisen eingebracht hatte, nach Tybee an der Mündung des Savannah-Flusses zurückkehrten, wurden amerikanische Fahnen am Ufer geschwenkt.

Sven schickte einen Kutter unter Leutnant Potter, der mit einem Obersten und seinem Adjutanten zurückkehrte. Der Oberst hatte keinen linken Unterarm mehr. Er war ihm bei Trenton abgeschossen worden, wo er als Washingtons Adjutant gedient hatte. »Für die Miliz bin ich anscheinend noch gut genug«, fügte er sarkastisch hinzu.

Noch nie hatte Sven einen Milizoffizier getroffen, der ihm so imponiert hatte. Oberst Norton machte nicht viel Worte. Er berichtete in lakonischer Kürze, dass Prevost aus Florida eingetroffen und landeinwärts marschiert sei. Er habe Augusta am Oberlauf des Savannah eingenommen. Die Loyalisten strömten ihm in Scharen zu.

»Aus Nordkarolina marschieren etwa siebenhundert Loyalisten zu seiner Unterstützung. Andrew Pickens mit seinen Leuten verlegt ihnen den Weg. General Benjamin Lincoln hat das Kommando von Howe übernommen und marschiert auf Augusta, um es zurückzuerobern. Was wir brauchen, sind vor allem Waffen. Können Sie uns helfen, Kapitän?«

Sven hatte gerade von einer Prise hundert Musketen und ein Sechspfünder-Feldgeschütz übernommen und bot das dem Oberst an.

»Brauchen Sie aber nicht genauso sehr fähige Offiziere?«, fragte er.

Der Oberst sah ihn nur fragend an, und Sven erzählte die Geschichten von den beiden Offizieren, die sie in den letzten Wochen kennen gelernt hatten.

»Der bedenkenlose Richter wird den Briten schön einheizen. Nach dem Sieg werden wir auch mit seinen Verbrechern fertig. Aber diesen Operettenfeldherrn müssen wir schnell aus dem Verkehr ziehen. Ich habe die Vollmachten dazu. Können Sie mich mit einem Stab fähiger Offiziere zu einer Kurzvisite der Inseln transportieren? Ich muss dort die Befehlsstrukturen ordnen.«

»Das kann Kapitän Bauer mit seiner Sloop besser. Ich werde ihn für eine Woche abstellen.«

Während die *Enterprise* zwischen den Inseln durchschlüpfte und sich mit britischen Patrouillenschiffen herumschoss, versuchte die *Liberty*, vor der Mündung des Savannah den Nachschub der Briten zu stören. Sie versenkten einen Nachrichtenkutter und zwei Transporter. Einer war mit Truppen beladen, die sich mit Booten und Flößen ans Ufer retteten.

Und als die *Enterprise* wieder bei ihnen war, erreichte sie der Befehl, bei der Verteidigung Charlestons zu helfen. General Lincoln hatte die Briten in Augusta angegriffen. Und der britische General Prevost hatte sich gedacht, dass es nichts Besseres gab, um Lincoln von Augusta abzubringen, als ein Angriff auf Charleston. Und so marschierte er quer durch Südkarolina auf Charleston zu.

Die Amerikaner rafften alle Truppen zusammen, um Charleston zu verteidigen. Svens Schiffe kreuzten in den engen Meeresarmen zwischen James's und John's Island und beschossen britische Einheiten, die sie am Ufer sahen oder die auf dem Wasser nach Charleston transportiert wurden.

Sven ließ sich oft mit dem Kutter durch enge Wasseradern rudern, um die Lage zu erkunden. Rocky zeigte ihm mit seinem Knurren die Richtung auf ein Bootslager der Briten. Sie hatten hier mindestens dreißig Boote eng beieinander vertäut, um sie zum Transport einzusetzen. Am Ufer brannte das Feuer an mehr als einem Dutzend Kochstellen. Hier wurde Essen für Truppen gekocht, die in Kürze eintreffen mussten.

Sie versteckten sich unter überhängenden Ästen, drehten ihren Kutter vorsichtig um und ruderten leise zurück zu den Schiffen. Vier Kutter zogen dann die *Enterprise* an langen Seilen leise durch den schmalen Kanal. Sie hatten alle Kanonen mit Traubengeschossen geladen. Sven hatte mit dem Batterieoffizier besprochen, welche Kanonen die Lichtung nach hinten abriegeln und welche vorn das Ufer blockieren sollten.

Vor ihnen ruderte die Gig zur Erkundung. Jetzt kam sie zurück.

»Die Hessen rücken ein und bereiten sich zum Essen vor!«, rief Karl aus seiner Gig heraus Sven zu und kletterte dann an Bord. Die *Enterprise* glitt leise voran. Gleich mussten sie den Platz mit den Booten und den Kochfeuern sehen. Die Lunten glimmten.

Die Boote glitten zur Seite und blieben zurück.

Die *Enterprise* trieb an den Bäumen vorbei. Vom Bug konnte man jetzt die Briten sehen. Die Soldaten legten ihre Tornister ab, holten die Essgeschirre heraus und gingen lachend und scherzend zu den Kochkesseln. Niemand schaute zum Wasser.

Sven hatte die Hand erhoben. Alle waren bereit.

Sind wir wirklich fairer als dieser Richter, der von seinen Verbrechern zuletzt ein britisches Kasino mit dreiundzwanzig Offizieren in die Luft sprengen ließ, dachte Sven noch und senkte den Arm. Die Kanonen donnerten wie auf einen Schlag.

Es war eine Metzelei. Die Kugeln aus den Traubengeschossen rissen ihre Bahnen durch die Menschenleiber, zerstreuten die Feuer und schleuderten die Suppe auf den Boden.

Sven zwang sich hinzuschauen, die zerfetzten Körper zu sehen, die blutend weiterliefen, bis sie in den Tod stürzten. Ihm graute vor den aufgerissenen Bäuchen, aus denen die Därme quollen. Er war dankbar für das laute Krachen der Kanonen, die die Schmerzensschreie übertönten. So nah kam der Tod auf See selten an sie heran.

»Die Boote!«, schrie er, und die Kanoniere der vier Kanonen, die vorher bestimmt waren, wussten, dass sie jetzt die Boote zerfetzen mussten. An Land war kaum noch etwas übrig. Ihre Scharfschützen töteten die, die sich noch wehren oder die davonlaufen wollten.

Es war vorbei! Zwei Boote zogen den Bug der *Enterprise* herum, zwei andere ihr Heck. Dann schleppten sie die Sloop zurück. Einzelne Flintenschüsse zischten ihnen hinterher.

Einige an Bord lachten und klopften sich auf die Schulter. Aber die meisten fühlten sich wie Sven beklommen und beschmutzt.

»Das war kein ehrlicher Kampf«, flüsterte Joshua zu Sam. »Das war ein Abschlachten.«

Sam sah seinen Freund skeptisch an. »Du bist verliebt, Joshua, darum hast du die rosarote Brille auf. Krieg ist immer Abschlachten. Wir sehen es nur selten so deutlich.«

Oberst Norton war zufrieden mit ihrer Nachricht. »Prevost ist so dicht an Charleston herangekommen, wie wir es nie erwartet hatten. Aber dann rückte unser General Lincoln mit seiner Übermacht heran, und Prevost zog seine Briten und Hessen zurück. Und wissen Sie, was die Bürger von Charleston getan haben, als Prevost vor ihren Toren stand?«

Oberst Norton wedelte mit einer Proklamation vor Svens Nase. Natürlich wusste Sven nicht, was die Bürger getan hatten. Aber dann gab ihm Norton den Aufruf zu lesen.

Die Bürger hatten vorgeschlagen, dass Südkarolina bis Kriegsende neutral bleiben solle und dann den Status seiner Nachbarn annehme. Bedingung sei, dass sich die britische Armee zurückziehe.

Sven gab Töne von sich, bei denen man nicht wusste, ob er lachte, weinte oder fluchte.

»Was ist mit Ihnen?«, fragte Norton.

»Mir ist zum Kotzen! Verzeihen Sie, Oberst. Diese Bande will sich tatsächlich aus dem Krieg beurlauben. Sie will handeln und verdienen und danach den Status haben, den die anderen im Kampf errangen. Schämt sich dieser Abschaum nicht?«

Norton blickte ihn prüfend an. »Was regen Sie sich so auf? Haben Sie geglaubt, auf unserer Seite gäbe es nur freiheitsliebende, tapfere und großmütige Kämpfer? Wir haben die gleiche Mischung von edlen Menschen und Schurken, von tapferen Kämpfern und feigen Drückebergern wie überall. Sie müssen noch hundert Jahre warten.«

»Ach, und dann sind die Menschen besser?«

Norton schüttelte den Kopf. »Nein. Aber wenn sie in hundert und ein paar Jahren unseren Sieg und die Unabhängigkeit feiern, dann sind wir alle in der Rückerinnerung nur edle, uneigennützige und großherzige Freiheitskämpfer gewesen.«

Sven lachte lauthals. Dieser Norton war doch ein toller und kritischer Kerl. Aber dann sagte Norton etwas, was er nur zum Teil verstand.

»Der britische General Prevost lässt einen Teil seiner Truppen in der Nähe Charlestons zurück, bei Beaufort auf der Insel Port Royal. Oberstleutnant Maitland kommandiert sie. Ich nehme an, die Truppen, die sie gerade beim Lagern vernichtet haben, sollten zu ihm. Mit diesen Truppen hält Prevost seinen Druck auf Charleston aufrecht. General Lincoln will vor allem auch aus diesem Grunde, dass Sie sofort nach Philadelphia segeln und den Kongress über unsere Lage unterrichten.«

Sven war nicht sicher, dass er richtig gehört hatte. »Nach Philadelphia?«

»Ja«, antwortete Norton ungeduldig. »Ihre Ohren haben sich wohl noch nicht von dem Kanonendonner erholt? Sofort absegeln, den Kongress informieren und Unterstützung organisieren!«

Jetzt hatte Sven verstanden, und dann sprudelten die Befehle nur so aus seinem Mund heraus.

Am Rande der Niederlage

(Juni bis Oktober 1779)

Der Kutter bewegte sich, von der gleichmäßigen Kraft der Ruderer getrieben, durch die Nacht stromaufwärts. Sven saß mit Rocky am Bug und spähte voraus. Rocky wurde unruhig. Er roch immer mehr vertraute Gerüche, die ihn an das Haus in Gloucester und seinen Bruder Ricky erinnerten.

»Ist ja gut«, flüsterte Sven ihm zu. »Wir sind bald daheim.«

Sie hatten die *Liberty* und die *Enterprise* in Chester vor Anker legen müssen, weil es für eine Weiterfahrt auf dem Delaware für die großen Segler zu dunkel wurde. Sven wollte aber nicht nur die Depeschen bald dem Kongress übergeben. Er wollte auch Frau und Kinder sehen. Es war nicht schwer gewesen, Freiwillige für die Besatzung der Kutter zu finden. Auch die Seeleute wollten bald in den Hafenkneipen sitzen.

Es war harte Arbeit, vier oder fünf Stunden gegen den Strom zu rudern. Aber man würde schon zarte Hände finden, die über die schmerzenden Schultern strichen und sicher noch ein wenig weiter abwärts. Immer wieder verirrten sich die Gedanken der Ruderer in diese Richtung, und ihre Lippen verzogen sich zu einem genüsslichen Grinsen.

Joshua hielt das Ruder in der Hand. Sam rief den Takt, wenn Unruhe aufkam, aber das war bei den erfahrenen Matrosen selten. Joshua wusste noch nicht, ob die Zeit seines Aufenthaltes zur Heirat mit seiner geliebten Adeline reichen würde. Er hatte genug Prisengeld gespart, um sich ein kleines Haus zu kaufen, in dem seine Frau ohne Sorgen leben konnte.

Ob Adeline gern weiter als Lehrerin unterrichten würde? Was sollte sie den ganzen Tag allein im Haus. Er musste es herausbekommen.

»Schatten Steuerbord voraus!«, klang es vom Bug.

Joshua nahm das Ruder etwas herum.

»Hast du geträumt?«, fragte Sam leise. »Deren Lichter konnte man doch schon lange sehen.«

»Ich habe an Adeline gedacht«, flüsterte Joshua zurück.

Sam grunzte verständnisvoll.

Sven sah steuerbord voraus die Lichter von Gloucester, seiner Heimatstadt. Bald würde er an Backbord die großen Gebäude sehen, die er in die Reederei Bradwick eingebracht hatte. Er war jetzt ein reicher Mann. Was sein Großvater wohl dazu gesagt hätte?

Bei solchen Fragen dachte er immer an seinen Großvater, nie an seinen Vater. Aber der war ja auch Farmer gewesen und hatte nicht zur See fahren wollen. Wie anders wäre sein Leben verlaufen, wenn er in Einars Tal geblieben wäre? Aber dann hätte er ja auch Sabrina nicht kennen gelernt. Unvorstellbar!

Jetzt waren sie bald in Philadelphia. Die Zahl der Schiffe, die im Fluss ankerten, nahm zu. Am nächsten Morgen würden sie die freien Plätze am Kai einnehmen oder zum Meer segeln. Am Ufer verdrängten die Lichter der Lagerhäuser, der Werften und Kneipen die Dunkelheit. Sven hörte das Gegröle der Matrosen.

Er schüttelte den Kopf. Konnte man aus diesen Burschen schlau werden? Auf See waren die meisten kompetent und zuverlässig. Im Sturm und im Kampf konnte man ihnen sein Leben anvertrauen. Und in den Hafenkneipen hatten sie nicht mehr Verstand als brüllende Kleinkinder. In Stunden vergeudeten sie das Geld, das sie in Monaten harter Fron verdient hatten und mit dem sie sich in ihren Träumen auf See eine ganz andere Zukunft schaffen wollten.

Rocky bellte einmal kurz. Sven fuhr hoch. Hatte der Hund nicht schon eine ganze Weile geknurrt. Backbord voraus wuchs ein Schatten aus der von den Lichtern am Ufer zerfaserten Nacht.

»Ruder hart …«, schrie Sven, aber Joshua hatte das Ruder schon herumgelegt. Der schwarze Schatten glitt sicher vorbei. Ein kleiner Flussfrachter ohne Markierungszeichen, auf dem die Wache nicht weniger laut grölte als die betrunkenen Kerle in den Kneipen.

»Mr Petrus«, befahl Sven. »Legen Sie kurz bei Dickinsons in Höhe der Walnut Street an. Ich kriege dort eine Kutsche. Sam geht mit mir. Zwei Drittel der Mannschaft können dort auch aussteigen. Urlaub bis morgen Früh. Der Rest rudert zu Bradwicks Werft. Dort übergeben Sie den Kutter der Aufsicht. Dann sind alle frei, und Sie können mit Mr Walton nach Gloucester. Sagen Sie, dass ich in zwei Stunden nachkomme.«

Joshua bestätigte mit »Aye, aye, Sir.« Das würde Ärger geben mit dem einen Drittel, das den Kutter einen Kilometer zurückrudern musste.

Sven verschwendete daran keinen Gedanken. Er wusste, Joshua würde das regeln. Er klopfte mit der Hand an seine Tasche, vergewisserte sich, dass der Geldbeutel da war, rückte Pistole und Schwert zurecht und machte sich bereit, auf den Kai zu springen.

Sam war schon vor ihm auf dem Kai und eilte zu ihm, um ihm die Depeschentasche abzunehmen. Sven dankte ihm und ging schnell voran. Dort vorn war die Walnut Street. An der Ecke zur Front Street standen die ganze Nacht Kutschen.

Aber da standen auch die ganze Nacht Nutten, und die kamen jetzt auf Sven und Sam zu und riefen ihnen ihre Angebote entgegen. »Na, ihr Hübschen? Mit euch machen wir ein Quartett im Bett, das ihr nicht vergesst.«

Sven schüttelte den Kopf, doch Sam schimpfte: »Behaltet euren Tripper für euch, ihr kümmerlichen Dockschwalben.«

Aber jetzt wurden die Huren böse, schwenkten drohend ihre Taschen, fluchten mit so schmutzigen Ausdrücken, dass Sven erstaunt war, dass er nicht rot wurde, und spuckten nach ihnen.

»Kannst du nicht den Mund halten, Sam? Legst dich hier mit Huren an!«, schimpfte Sven. Dann sprang er in die nächste Kutsche und rief: »Zur Hafenkommandantur und danach zum Büro des Kongresses!«

Der Kutscher war froh, dass er einen Fahrgast hatte, knallte mit der Peitsche zu den Nutten und trieb sein Pferd an.

Den diensttuenden Hafenkapitän kannte Sven gut, was nicht verwunderlich war. Sein Großvater, ein berühmter Kapitän, hatte ihn oft mitgenommen. Er selbst lief seit Jahren immer wieder den Heimathafen an.

»Wo kommen Sie denn mitten in der Nacht her, Sven?«, fragte ihn der Hafenkapitän.

»Aus Georgia, James. Ich bringe Nachrichten von der Einnahme Savannahs durch die Briten und von ihrem Rückschlag bei Charleston.«

»Da haben Sie ja wenigstens auch etwas Gutes dabei. Die Bürger und die Abgeordneten haben die Nachricht von der Chesapeake Bay noch gar nicht verarbeitet.«

Sven stutzte. »Was war denn da los? Davon weiß ich noch gar nichts.«

»Die Briten haben am 8. Mai ein Geschwader mit Landungstruppen in die Bucht geschickt, das Portsmouth und Norfolk besetzte, die Werften bei Gosport zerstörte, auch das Armeedepot bei Suffolk, hundertsiebenundfünfzig Schiffe eroberte oder verbrannte und alles mitschleppte, was irgendwelchen Wert für Flotte und Armee hatte. Sie haben fast zwei Wochen dort gehaust, und wir konnten sie nicht hindern.«

Sven schüttelte den Kopf. »Wie sollten wir auch? Haben wir an allen wichtigen Punkten Küstenbefestigungen gebaut? Haben die Gouverneure der angrenzenden Staaten nicht begonnen, ihre Staatsflotte zu verkaufen, statt sie aufzurüsten? Jetzt werden sie wieder allen anderen die Schuld geben. Ihre Zeitungsschreiber, dieses Hurenpack, wird lügen, was die Politiker alles tun werden, um das Volk besser zu schützen, und das dämliche Volk wird sie wieder wählen.«

Der Hafenkapitän hob die Hand. »Sven, so sollten Sie aber nicht überall reden. Man glaubt ja, Sie wollen wieder den König haben.«

»Aber nein! Ich will nur kompetente und ehrliche Politiker.«

Der Hafenkapitän lachte kurz auf. »Die sind auch nicht häufiger als treue Ehemänner, mein Lieber.«

Sven musste auch lachen. »Ja, gut. Aber ich bin ziemlich sicher, meine Tochter wird später nicht den Untreuesten wählen.«

»Sicher nicht, denn sie ist bei den Eltern ja auch klug, gebildet und zur Beurteilung von Menschen erzogen. Sind das die Wähler auch? In hundert Jahren vielleicht. Bis dahin müssen wir es aushalten. Aber nun sagen Sie mir bitte noch kurz, wie es vor Georgia steht. Sie wollen ja noch Ihre Depeschen im Kongressbüro abgeben.«

Sven berichtete vom Rückzug Prevosts vor Charleston und seiner Garnison auf Port Royal Island. Dann kam ihm ein Gedanke, und er fragte besorgt: »Waren die Briten noch Anfang Juni in Portsmouth?«

»Nein«, antwortete der Hafenkapitän. »Sie sind am 26. Mai abgesegelt. Warum fragen Sie, Sven?«

»Wir haben am 2. Juni eine britische Brigantine und eine Bark vor der Delawaremündung überrascht. Die Brigantine haben wir versenkt, die Bark als Prise genommen und nach Portsmouth geschickt. Ich dachte schon, wir hätten sie den Briten in die Arme segeln lassen.«

Sie wechselten noch ein paar Sätze, und als Sven zum Kongressbüro weiterfuhr, bot ihm der Hafenkapitän an, dass er die Barkasse des Hafenamtes für ihn bei Masters an der High Street bereithalten würde. »Die bringt Sie dann nach Gloucester.«

Im Büro des Kongresses waren um diese Zeit nur ein Sekretär und zwei Schreiber. Der Sekretär orientierte Sven, wer noch in der Nacht vom Eingang der Nachrichten erfahren werde. Am Morgen früh um sieben Uhr seien drei Abgeordnete anwesend, die alle Nachrichten lesen dürften und sofort Kopien versenden würden, falls erforderlich.

Sven sagte noch etwas zu den einzelnen Depeschen und gab Anregungen, wer morgen Früh vom Marinekomitee eine Abschrift erhalten sollte. Dann verabschiedete er sich und stieg mit Sam in die Kutsche, die sie zur Barkasse bringen sollte.

Der Barkassenführer begrüßte Sven sehr höflich. Einige der Ruderer blickten ihn dagegen mürrisch an und gähnten demonstrativ. Aber einer starrte Sven an und fragte: »Mr Larsson, erinnern Sie sich nicht?«

Sven musterte den Frager und überlegte. »Du warst Rudergänger auf dem Schoner *Freedom*. Stimmt's?«

»Ja, Sir. Anno fünfundsiebzig. Sie waren Obersteuermann.«

Der Barkassenführer rief: »Ruder auf!«

Sven setzte sich und war froh, dass es heimging.

Das Erste, was sie von der Heimat hörten, war wieder das freudige Bellen der Hunde. Rocky und Ricky tobten am Tor und wollten angefasst und gestreichelt werden.

»Ruhe!«, schrie der alte John. »Ihr weckt ja die ganze Nachbarschaft auf.«

Aber erst, als er die Tür öffnete und sie sich an Sven und Sam drücken konnten, wurden sie ruhig. Inzwischen hatte sich auch die Haustür geöffnet, und Sven sah vor allem Sabrina, die ihm die Stufen hinunter entgegenkam. Das Personal stand im Hintergrund. Nun, er hatte das »Begrüßungsgeld« schon in der Tasche bereit.

Aber Sabrina war hoch in anderen Umständen, und Sven lief ihr entgegen, um sie zu stützen.

»Vorsicht, Sabrina!«, rief er. »Fall bloß nicht hin!«

Aber sie fasste ihn nur fest um und küsste ihn vor allen Dienstboten. »Jetzt hältst du mich ja, mein Liebster. Wie bin ich glücklich, dich gesund wiederzusehen.«

Es dauerte ein wenig, bis Sven beruhigt war, dass es ihr gut gehe und dass auch den Kindern, dem Personal und dem Haus nichts Böses widerfahren war.

Dann endlich waren sie allein, tranken eine Tasse Tee. »Jetzt schauen wir nach den Kindern und dann legen wir uns noch etwas ins Bett. Du musst doch sehr müde sein«, sagte Sabrina.

Der kleine Einar mit seinen gut anderthalb Jahren hatte sich seit Svens Abreise doch erheblich verändert. Aus dem Baby war ein Kleinkind geworden. Gesicht und Glieder schienen irgendwie andere Proportionen bekommen zu haben. Lilian, ein Jahr älter, ließ schon das hübsche Mädchen ahnen, das sie einmal werden würde.

»Warte nur, wenn beide mit dir herumtollen wollen. Sie haben immer von ihrem Daddy erzählt und sich das so gewünscht.« Sabrina blickte ihn lächelnd an. »Ich habe mich auch so danach gesehnt.«

Sven sah sie erstaunt an. »Aber Sabrina! Du bist doch im neunten Monat! Das geht doch nicht!«

»Es gibt viele Möglichkeiten, Liebster. Warte nur ab.«

Er wurde wirklich überrascht. Als er befriedigt einschlief, fuhr ihm noch der Gedanke durch den Kopf, woher seine Frau solche Sexualpraktiken kannte.

Sven schlief in den nächsten Morgen hinein wie ein Toter. Auch sein Unterbewusstsein musste spüren, dass er keine Verantwortung trug, keine Wache zu überprüfen, keinen Horizont nach feindlichen Schiffen abzusuchen hatte.

Die Kinder waren schon seit zwei Stunden wach. Nun konnte Sabrina sie einfach nicht mehr zurückhalten.

»Ihr dürft den Vati aber nicht erschrecken. Nur ganz langsam und zart ein wenig an der Wange kraulen, bis er die Augen aufmacht. Wenn er euch anguckt, dann dürft ihr rufen, ihn küssen und ins Bett springen.«

Lilian ging wieder zuerst ans Bett und hob die Hand zu Vatis Gesicht. Einar stand daneben und schaute noch zu. Aber als der Daddy zu blinzeln anfing, da griff er mit seinen kleinen Händchen zu und stieß dem Vater an die Nase. Sven schüttelte den Kopf und riss die Augen auf. Da schrien die beiden wie ein ganzer Indianerstamm und krabbelten zu ihm ins Bett.

»Was ist los?«, stammelte Sven erst erschrocken, begriff dann und drückte sie. »Ihr beiden Racker weckt den Daddy auf. Na wartet mal.« Und er kitzelte und knuddelte sie.

Sie sahen ihm zu, wie er sich wusch. Sie sahen ihm beim Essen zu, und wenn Sabrina sie nicht zurückgeholt hätte, wären sie ihm aufs Klo gefolgt.

»Ich muss doch noch schnell zum Marinekomitee, Sabrina. Willst du mit nach Philadelphia?«

»Nein, Liebster, das mute ich mir nicht mehr zu. Ein heftige Welle bei der Überfahrt, und unser Sohn wird schon auf dem Wasser geboren.«

»Und woher weißt du, dass es ein Sohn wird?«

»Es war ein ziemlicher Strampler, und ich sehe dir an, dass du noch einen Sohn haben willst.«

Sven fasste sie um. »Ich nehme, was kommt, Liebste. Hauptsache, du und das Kind sind gesund.«

Mr Smith wartete schon auf ihn im Büro des Marinekomitees. Er rief nach ihrer herzlichen Begrüßung noch einen Kollegen aus dem Komitee und einen Kongressabgeordneten aus Georgia zu ihrer Besprechung hinzu.

Sven schilderte die Lage vor Savannah und Charleston und auf den Inseln vor der Küste. Er berichtete, welchen Schiffen und Truppen er selbst begegnet sei und welche Informationen er über Schiffe und Truppen erhalten habe.

Mr Smith bedankte sich und sagte: »Wir kennen uns lange genug, um zu wissen, dass wir beide uns alles sagen können, Kapitän Larsson. Ich versichere Ihnen, dass Sie auch diesen beiden Herren ohne Risiko Ihre persönliche Meinung darlegen können und wenn sie noch so kritisch ist. Notfalls können wir Vertraulichkeit vereinbaren.«

Sven hatte so etwas erwartet. »Sie kennen den Vorschlag der Bürgerschaft von Charleston, der den Depeschen beilag?«

Die Herren nickten, und der Abgeordnete aus Georgia stellte fest: »Das ist eine politische Frage, Kapitän Larsson, zu der wir sicher alle einer Meinung sind. Aber dazu brauchen wir nicht den Flottenkapitän. Wir würden gern Ihre Stellungnahme zu militärischen Fragen hören.«

Sven urteilte unverblümt, dass er wieder erleben musste, dass alle Bemühungen der eigenen Seite zu halbherzig und zu spät unternommen würden. »Die Befestigungen verfallen. Die Milizsoldaten gehen nach Haus und werden nicht gedrillt. Erst wenn der Feind nicht nur vor der Tür steht, sondern sie schon eintritt, dann bringt man ein paar Schaufeln an die Wälle und holt die Männer aus dem Wirtshaus. Aber ihre Offiziere haben keine Kampferfahrung und können die Soldaten weder drillen noch führen. Warum halten wir nicht alle Befestigungen in Stand und geben den Einheiten kampferprobte Offiziere?«

Der Abgeordnete aus Georgia nickte. »Das wird sich jeder vernünftige Bürger fragen. Manche kommen dann gleich zur Antwort, dass unsere Abgeordneten und unsere Verwaltung unfähig oder korrupt seien. Beides gibt es sicher, aber in nur geringem Ausmaße. Viel wichtiger ist, dass wir die Koordination von Verwaltung und Armeeführung erst lernen müssen und dass wir die Zusammenarbeit unserer Staaten noch nicht beherrschen. Wir in Georgia zum Beispiel hatten lange keinen ernsthaften Angriff vom Meer aus. Wenn die Verwaltung dann ihr Geld einsetzt, nimmt sie es für Dinge, die auf den Nägeln brennen, zum Beispiel Bau und Instandsetzung von Straßen, Ankauf von Waffen für die Milizen. Die Befestigungen an der Küste scheinen dann weniger wichtig als die Aufrüstung der Milizen gegen die Indianer und die britischen Ranger im Inneren des Landes. Und unsere Offiziere sind allenfalls im Krieg gegen Indianer erfahren. Sie werden ja nicht in den anderen Staaten wie New Jersey oder New York eingesetzt.«

Mr Smith fuhr fort: »Wir haben uns im Kampf gegen einen zentral regierten Staat zusammengefunden und wollen nun nicht selbst die zentrale Gewalt betonen. Wir haben zwar einen Oberkommandierenden, aber der Norden hat auch ein eigenes Oberkommando und der Süden so etwas Ähnliches. Unsere Milizoffiziere können nur in ihrem eigenen Staat Kampferfahrungen sammeln. Wir haben jetzt für unsere kontinentale Armee durch den Baron von Steuben aus Preußen die Ausbildung wesentlich verbessert, aber für die Staaten fehlen uns noch die Offiziere. Doch Sie werden immer öfter Offiziere wie den von Ihnen so anerkannten Oberst Norton finden.«

Als Sven wieder daheim war, erzählte ihm Sabrina, dass sie Joshua zu seiner Adeline geschickt habe. »Er sehnt sich so nach der Hochzeit, Sven, und sprach mit mir über Adelines Zukunft. Er fragte, was ich davon hielte, wenn sie weiter unterrichten wolle. Ich habe ihn darin sehr bestärkt und ihnen jede Unterstützung versprochen. Du bist doch auch einverstanden, nicht wahr, und hast nichts dagegen, dass er nachts frei hat?«

Sabrina ist immer sehr engagiert, wenn es um Freunde geht, dachte

Sven. »Na ja«, sagte er. »Die *Liberty* und die *Enterprise* sind eingelaufen, da wird Joshua eigentlich gebraucht. Aber wenn du meinst, machen wir eine Ausnahme.« Er zwinkerte ihr zu.

»Du bist ein ganz Lieber«, bestätigte ihm Sabrina. »Das Essen wartet schon auf uns, da ich weiß, dass du wieder weg musst. Aber das erlauben die Kinder und ich nur am ersten Tag. Später musst du bei uns bleiben.«

Sven fuhr zuerst zur *Liberty*. Zwar war längst geregelt, wer Urlaub erhielt und wer auf dem Schiff blieb. Aber Sven musste auch den an Bord bleibenden Offizieren und Mannschaften zeigen, wie ihr Einsatz geschätzt wurde. Sie hatten eine zugesicherte Ruhezeit von zwei Wochen.

Sven besprach mit Leutnant Johnson, der die erste Woche Dienst tat, welche Reparaturen mithilfe von Handwerkern der Werft erledigt werden mussten.

Dann verabschiedete er sich aber, um mit Mr Bradwick von der Reederei zu sprechen.

Mr Bradwick war Sven inzwischen so freundschaftlich verbunden, dass sich beide umarmten, als sie sich sahen und sich auf die Schultern klopften.

»Sven, ich freue mich so, dass Sie wieder gesund heimgekommen sind. Kommen Sie, darauf müssen wir einen trinken.«

»Gern, Richard. Ich liebe meinen Beruf, aber ich bin auch glücklich, dass ich wieder daheim sein kann. Frau, Kinder und Freunde wie Sie fehlen mir doch sehr.«

»Ja, Sven. Und Sie fehlen uns in der Reederei. Unsere Aufgaben erweitern sich trotz und wegen des Krieges. Wir haben unseren Handel mit Südamerika ausgebaut, und wir müssen diesen Handel selbst mit Kriegsschiffen beschützen, weil die Staaten und der Kongress zu wenig Schiffe und Geld dafür haben. Wir haben ja schon bei Ihrem letzten Besuch darüber gesprochen, dass Maryland eine Fregatte verkaufen wollte. Händler in Baltimore sind interessiert und bitten mich um Beteiligung. Wir werden den Zuschlag erhalten. Sie können also auch in unserer Reederei eine Fregatte kommandieren und Patriotismus mit Gewinn verbinden.«

Sven war überrascht: »Eine Fregatte in Privatbesitz? Das ist eine interessante Idee. Aber ich kann nicht von heute auf morgen aus der Kontinentalen Flotte ausscheiden, weil ich zu sehr in laufende Aktionen eingebunden bin. Doch ich werde darüber nachdenken. Erzählen Sie mir doch mehr über die Fregatte aus Maryland und über unsere Schiffe und ihre Fahrten.«

Sie saßen zusammen und diskutierten über die Möglichkeiten, eine Fregatte einzusetzen, und über die Entwicklung ihres Handels. Kaffee und Tee, Rum, Gin und Whisky wurden ihnen von den Schreibern gebracht. Der Büroleiter wurde unruhig, denn er wollte heute pünktlich nach Hause, weil seine Frau mit ihm einkaufen gehen wollte. Schließlich klopfte er an und brachte die Post zum Unterzeichnen.

Die Unterbrechung erinnerte Sven daran, wie sehr seine Familie auf ihn wartete.

»Mein Gott, Richard, wie ist die Zeit vergangen. Meine Familie wartet. Wir müssen unser Gespräch an einem anderen Tag fortsetzen. Sie können doch auch mit Ihrer Gattin zum Kaffee zu uns kommen. Ich lasse von mir hören.«

Der Empfang in seiner Familie war eine Mischung aus Freude und Vorwurf.

»Wir warten schon so lange«, schmollte Lilian, als sie ihren Vater umarmte. Und seine Frau meinte: »Ihr hattet sicher viel zu besprechen.« Ihr Blick war nicht weniger mehrdeutig als ihre Sprache.

Aber dann spielte Sven mit den Kindern. Sie vergaßen ihren Groll schnell und lachten und scherzten mit dem Vater. Sabrina blieb länger reserviert, ließ sich aber dann von dem Gelächter anstecken. Ihr ungeborenes Kind strampelte besonders kräftig, und sie musste daran denken, wie es wohl mit drei Kindern sein werde.

Sie brachten die Kinder gemeinsam ins Bett. Lilian und Einar genossen es.

»Papi, bleib doch immer bei uns!«, bat Lilian, und Einar rief: »Au ja!«.

Sven strich ihnen übers Haar. »Ihr wisst doch, dass das nicht geht.

Ich muss doch mit dem großen Schiff segeln, damit die bösen Menschen nicht zu euch kommen.«

»Das machen doch schon der Joshua, der Sam und der Billy«, wandte Lilian ein.

»Und die brauchen mich als Kapitän«, gab ihr Vater zurück.

»Der Joshua ist aber größer und stärker als du!«, krähte Einar.

Sabrina lachte. »Siehst du!«, sagte sie zu Sven. »Du musst noch wachsen.« Dann wandte sie sich zu den Kindern: »Nun ist aber Schluss. Jetzt wird geschlafen!«

In Norristown stand Svens Schwester Ingrid, die Frau von Dr. Henry Kellaghan, am Fenster ihres Hauses und sah ihrem Sohn Edgar zu, der im Garten mit dem Kindermädchen spielte. Sie wandte sich um, als es an der Tür klopfte, und rief: »Herein!«.

William, der Hausdiener, den sie bei ihrer Heirat und ihrem Umzug nach Norristown aus Gloucester mitgenommen hatte, stand in der Tür. »Eine Nachricht aus Gloucester wurde abgegeben, gnädige Frau.«

»Gib her, William, und warte einen Moment. Du wirst doch auch wissen wollen, was sich dort ereignet hat.«

Sie riss den Umschlag auf, nahm schnell den Bogen heraus und las. Schon nach den ersten Sätzen strahlte sie. »William, mein Bruder ist wieder mit reicher Beute gesund heimgekehrt.«

»Das ist eine gute Nachricht«, sagte William. »Ist das Baby schon da?«, fragte er nach.

Ingrid hatte weitergelesen. »Nein, aber meiner Schwester geht es gut. Sie sind alle sehr glücklich.« William nickte. »Hoffentlich wird es eine gute und leichte Entbindung«, sagte er abschließend und ging.

Ingrid öffnete das Fenster, um das Kindermädchen mit Edgar hereinzurufen, da hörte sie Geschrei aus Richtung der Klinik ihres Mannes.

»Was ist da los?«, fragte sie.

»Etwa ein Dutzend Leute stehen da mit Plakaten und schreien«, antwortete das Kindermädchen.

Ingrid war unruhig und ging selbst aus dem Haus und an die Gartentür. Dort konnte sie die Leute sehen und las auf einem Plakat:

»Raus mit dem Königsknecht!«, und auf einem anderen: »Hier wird nur Königstreuen geholfen!« Sie wusste nicht, was das bedeuten sollte, aber da rief ihr Mann schon aus dem Fenster: »Komm bitte wieder rein, Ingrid!«

Sie war noch nicht im Zimmer, da fragte sie schon: »Was soll denn das, Henry?«

»Beruhige dich, Liebling. Es sind nur ein paar dumme Schreihälse. Du kennst doch die beiden Kneipen in der Marktstraße, das ›Royal Arms‹ und das ›Patriot's Heaven‹. Im einen sitzen die, die immer noch dem König nachtrauern, im anderen die Befürworter der Unabhängigkeit. Vor zwei Wochen nun gab es eine große Rauferei zwischen den Gästen beider Kneipen. Es stand auch in der Zeitung. Beide Wirte waren im Gerangel, und wie es der Zufall will: Beide erhielten einen Messerstich in die Brust. Der Unterschied war nur, dass beim Patrioten die Lunge angestochen war, beim Royalisten aber nicht. Den Königsanhänger konnten wir retten, den Befürworter der Unabhängigkeit nicht. Nun glauben einige seiner Freunde, das sei Absicht und hänge mit meiner politischen Einstellung zusammen. Sie haben sich verabredet und schreien vor der Klinik herum. Die Ärzte und Pfleger haben den Patienten schon alles erklärt.«

»Alle wissen doch, dass du jeden mit gleichem Eifer behandelst, welche Religion, Hautfarbe oder politische Gesinnung er auch haben mag.«

Henry hob beschwichtigend die Hand. »Es gibt immer welche, die sich nicht um Fakten kümmern, wenn sie nur schreien können. Aber wie es der Zufall so will, Oberst Bird von der Miliz, die damals hier kämpfte, ist heute in der Stadt, um das Denkmal für seine Gefallenen, das die Kaufleute der Stadt gestiftet haben, einzuweihen. Er weiß, wie viele seiner Leute ich retten konnte, und der Bürgermeister will ihn herbringen. Der Spuk ist bald vorbei.«

Ingrid drückte sich an ihn. »Du opferst dich als Arzt oft beinahe auf. Da tut mir diese Ungerechtigkeit weh.«

»Anerkennung gibt es nicht ohne Neider. Und auf beiden Seiten sind die Mitläufer immer in der Überzahl. Man muss aufpassen, dass man nur denen vertraut, die Verstand und Gewissen miteinander verbinden.«

Ingrid nickte, lächelte dann und sagte: »Nun habe ich noch eine gute Nachricht. Sven ist gesund mit reicher Beute heimgekehrt. Sabrina und die Kinder sind wohlauf.«

Henry sah man die Freude an. »Ich muss mir unbedingt einen Tag in der nächsten Woche freihalten, damit wir sie besuchen. Ich habe auch viel mit ihnen zu bereden. Passt dir der Mittwoch?« Als Ingrid bejahte, setzte sich Henry gleich hin und schrieb eine kurze Nachricht für die Larssons.

Sven und Sabrina freuten sich sehr, als sie die Nachricht erhielten. Aber Sabrina blickte auch fragend zu Sven: »Wie sollen wir das alles unter einen Hut bringen? Bradwicks haben sich für einen Nachmittag angesagt. Unsere Freunde aus Gloucester kommen einen Abend zum Essen. Meine Kusine in Philadelphia wollen wir besuchen und in der Stadt ein wenig einkaufen. Deinen Offizieren muss ein Essen ausgerichtet werden. Von Mr Harvy war auch die Rede.«

Sven zuckte mit den Schultern. »Mr Harvy kann ich mit den Offizieren zusammen bewirten. Und es ist doch bei allem mehr Vergnügen als Last, Liebste. Wir mögen sie doch. Da fällt mir ein, dass ich dich fragen wollte, wie wir einem Pulverjungen helfen können. Ein Waisenkind, das uns allen das Leben rettete, als es eine brennende Lunte unter Einsatz seines Lebens vom Pulver wegriss. Er ist sicher so fähig wie Billy Walton.«

»Unser Billy, der mich begleitete, als ich vor den Briten flüchten musste?«

»Ja, so ist er auch. Aus sehr einfachen Verhältnissen, ohne Schulbildung, aber befähigt und lernwillig.«

Sabrina dachte nach und sagte zögernd: »Wenn er in unsere Familie aufgenommen wird wie damals Billy, dann seid ihr beide zur gleichen Zeit im Heimathafen. Wie soll ich ihn unterrichten, wenn ich mich um dich und die Kinder kümmern will?«

Sven sah das ein und fragte schließlich, ob nicht Adeline dem Jungen lesen und schreiben beibringen könne. Aber Adeline wolle doch in dieser Zeit auch viel von Joshua haben, gab Sabrina zu bedenken. Das leuchtete Sven ein, aber er konnte einwenden, dass Joshua viel länger auf dem Schiff gebraucht werde als der kleine John Brendon. Ein paar Stunden müssten doch drin sein.

»Aber ich sehe ein, ich muss für unser Schiff einen Schulmeister verpflichten. Es war immer mein Mindestziel, dass jeder an Bord seinen Namen lesen und schreiben können müsse. Für die künftigen Deckoffiziere kann der Schulmeister dann noch mehr tun.«

Sabrina pflichtete ihm bei und fügte hinzu: »Bring doch den John mal tageweise mit, wenn kein Besuch da ist. Dann können wir uns alle ein wenig kennen lernen.«

Die Larssons waren an diesem Morgen früh aufgestanden, denn die Kellaghans, Svens Schwester Ingrid und ihr Mann, wollten sie an diesem Tag besuchen. Und die fuhren immer sehr früh in Norristown los, um viel vom Besuch zu haben.

Die Larssons saßen gerade am Frühstückstisch, als John hereinkam und einen Brief brachte, natürlich auf dem Tablett. »Unser Nachbar war schon früh auf der Poststation und hat diesen Brief mitgebracht. Er ist an Sie adressiert, Mrs Sabrina.«

Sabrina las den Absender. »Von meiner Freundin Elisabeth Redbook«, sagte sie und öffnete den Umschlag mit dem Messer. Dann las sie und ihr Blick bedeutete Sven, er möge jetzt bitte auf die Kinder schauen.

Sie las, und Sven sah ihr nach kurzer Zeit an, dass der Brief Überraschungen enthielt. Aber sein Sohn Einar lenkte ihn ab. »Wann kommt denn Edgar nun endlich?«, quengelte er.

Aber ehe sein Vater ihn besänftigen konnte, sprudelte Sabrina heraus: »Sven, stell dir vor, Elisabeth nimmt an, dass ihr geschiedener Mann tot sei. Jemand habe ihr sein Tagebuch geschickt und ihr geschrieben, der Besitzer des Tagebuchs sei bei Yorktown erschlagen und verscharrt worden. Dieser Jemand hat das Tagebuch für eine Brieftasche gehalten und heimlich an sich genommen. Elisabeth hat nach Schrift und Inhalt das Tagebuch als das ihres Mannes erkannt. Sie fühlt sich nun noch einsamer in Charleston. Können wir sie nicht bitten, wieder nach Philadelphia zu ziehen? Wir sind ihr doch verpflichtet. Sie könnte helfen, wenn wir die Stiftung ins Leben rufen.«

»Ich bin nicht traurig, dass dieser Bandit tot ist, Sabrina. Wenn du Elisabeth zur Rückkehr raten willst, bin ich einverstanden. Aber über die Stiftung müssen wir noch reden. Ich bin nicht …«

Sven stutzte.

»Hörst du, dass müssen die Kellaghans sein. Komm, lass uns zur Tür gehen.« Er half Sabrina auf und führte sie zur Tür. Ja, da standen sie vor ihnen, Ingrid und Henry mit ihrem Sohn Edgar. Sie umarmten sich herzlich, und dann kamen Lilian und Einar, jauchzten vor Freude und hielten nach Geschenken Ausschau. Sie erhielten sie bald, und auch Edgar erhielt von Sabrina ein Spielzeug.

»Kommt rein, ihr Lieben«, sagte Sabrina. »Jetzt sind sie ein wenig abgelenkt, und wir können eine Tasse trinken und ein wenig plaudern.«

Es blieb nicht bei einer Tasse. Es gab ja auch so viel zu besprechen. Sven musste von seiner letzten Fahrt berichten. Henry erzählte von seiner Praxis, und Ingrid fügte die Demonstration vor dem Krankenhaus an, die Oberst Bird mit einigen energischen Worten im Nu aufgelöst habe.

Aber Ingrid weihte sie, als kein Dienstbote im Zimmer war, auch stolz in das Geheimnis ein, dass sie im dritten Monat schwanger sei. »Du siehst, liebe Sabrina, ich mache dir alles nach.«

»Haha«, lachte Sven. »Henry ahmt mich nach. Aber ich bin eben schneller.«

Henry schmunzelte. »Angeber! Warte nur, vielleicht bin ich bald öfter bei Sabrina, als dir lieb ist. Ich werde vielleicht eine zweite Praxis in Philadelphia aufmachen, weil ich immer mehr Patienten habe, die zu mir reisen müssen. Ich dachte, ich könnte zwei Tage in jeder Woche hier sein. Ich habe gute Ärzte, die mich an den anderen Tagen in Norristown oder Philadelphia vertreten könnten.«

»Das wäre ja wunderbar«, freute sich Sabrina. »Denkst du daran, Sven, dass wir gerade über die Stiftung sprachen, als Ingrid und Henry ankamen?«

Sven fragte: »Und was hat Henry damit zu tun?«

Sabrina rollte mit den Augen. »Aber Sven, wie kann ein tüchtiger und reaktionsschneller Kapitän nur manchmal so schwer von Begriff sein. Henry könnte neben der Stiftung ein Hospital errichten. Dann hätten wir immer ärztliche Versorgung für die Waisenkinder und das Personal.«

»Ist das die Stiftung, die ihr mit den Redbooks vereinbart habt?«, fragte Ingrid.

Sabrina bestätigte es.

Henry schaute skeptisch drein. »Ich hätte die Praxis lieber im Zentrum, und ihr würdet die Stiftung sicher lieber am Rand der Stadt bauen.«

»Nicht unbedingt, Henry, denn wir bräuchten mindestens die ersten Jahre auch den Zugang zu Schulen. Aber wir waren ja auch gerade erst bei den ersten Sätzen der Diskussion. Lasst uns heute nur ein paar Gedanken austauschen, ehe wir dann tiefer in die Planung einsteigen«, schlug Sven vor.

An Henrys nachdenklichem Blick merkte Sven mitunter noch, das er über das Projekt nachdachte. Aber die beiden Schwestern unterhielten sich so lebhaft und beschäftigten sich mit den Kindern, dass jeder sicher sein konnte, dass ihre Gedanken nicht mehr bei Hospital und Stiftung waren.

Doch als sie sich am Abend verabschiedeten und versicherten, was für ein wunderbarer Tag das doch gewesen sei, bemerkte Ingrid: »Hoffentlich können wir uns noch öfter sehen, wenn Henry teilweise in Philadelphia arbeitet.«

Am nächsten Morgen weckten Lilian und Einar wieder ihren Vater. Sven wunderte sich, wie schnell er diesmal seine Schlafgewohnheiten geändert hatte, und tobte dann mit ihnen herum.

Sabrina rief sie alle zum Frühstück. »Hast du vergessen, dass wir heute Vormittag einiges in Philadelphia einkaufen wollten? Heute Abend kommen doch die Freunde aus Gloucester zum Essen.«

Sven hatte das nicht vergessen. Die Kinder durften auch mit, aber nur in Begleitung von Henrietta und Jack.

»Sonst kommen wir zu gar nichts«, entschied Sven.

Der Abend mit den Freunden war ein Erlebnis, aber er zog sich hin, und als Sven am nächsten Morgen seine Fregatte inspizierte, sah er übermüdet aus und gähnte immer wieder, wenn er sich unbeobachtet fühlte.

»Der Alte hat aber schwer gesündigt«, flüsterte ein alter Maat zu seiner Gruppe. Ein junger Matrose antwortete: »Hoffentlich hat es ihm so viel Spaß gemacht wie mir.«

Sven aß mit den Leutnants Flinders und Potter noch zu Mittag in seiner Kajüte und ließ sich dann nach Gloucester rudern. Er schlief während der Fahrt auf der Ruderbank ein und wurde von Midshipman Billy Walton vorsichtig geweckt.

»Ich muss mich noch ein wenig hinlegen«, gestand Sven seiner Sabrina, »sonst schlafe ich ein, wenn Mr Smith zum Kaffee kommt.«

Sabrina war ein wenig enttäuscht. »Ihr Männer seid gar nicht so stark, wie ihr immer tut«, antwortete sie knapp und ging zu den Kindern.

Mr Smith, ein alter Freund und Mitglied des Marinekomitees, nahm Rücksicht auf Sabrina und plauderte beim Kaffee über Neuigkeiten aus der Gesellschaft. Nachdem sie über ein paar gehörnte Ehemänner aus dem Kreis der Abgeordneten gelacht hatten, erzählte Mr Smith von seinem Neffen, der das Studium beendet hatte, jetzt aber keine freie Stelle als Lehrer fand. »Dabei ist er nicht nur ein hübscher und zuverlässiger junger Mann, sondern auch ganz vernarrt, anderen etwas beizubringen. Aus der Nachbarschaft hat er sich ein halbes Dutzend Jungen zusammengeholt und bringt ihnen bei, was sie in der Schule nicht verstanden haben.«

»Hast du schon einen Schulmeister für dein Schiff gefunden, Sven?«, fragte Sabrina. »Du warst doch so sehr daran interessiert, als du vom Pulverjungen John Brenton sprachst.«

Sven nickte, bedankte sich für die Erinnerung und fragte Mr Smith, ob er glaube, dass sich der Neffe für eine Schulmeisterstelle auf der Fregatte *Liberty* interessieren würde.

Smith bejahte, und Sven bat, den Neffen an einem der nächsten Tage zu ihm zu schicken. Nun wollte Mr Smith aber noch wissen, was es mit diesem Pulverjungen auf sich habe. Sabrina entschuldigte sich, da sie die Geschichte kannte.

Nachdem die Geschichte schnell erzählt war, konnten die beiden Männer über den Krieg und die Aussichten für die dreizehn Kolonien sprechen. »Der Verkauf der Fregatte *Defence* ist perfekt. Die Reederei Bradwick und Co wird die Fregatte federführend betreuen. Und dann gibt es noch eine Nachricht, die Sie aber sogar vor Ihrer Gattin geheim halten müssen.«

Sven sagte es zu, obwohl es nicht leicht sei.

Scherzend sagte Mr Smith, dass er ihm dann sofort wieder den Auslaufbefehl erteilen müsse. »Aber im Ernst, es ist eine wunderbare Nachricht. Wir haben die feste Zusage, dass Spanien noch in diesem Monat den Briten den Krieg erklären wird. Auch wenn die Spanier nicht so aktiv eingreifen werden wie die Franzosen, sie binden britische Truppen, und das hilft uns. Wir werden Mr Bradwick bitten, die *Defence* in die Karibik zu senden, um den Franzosen Material zu bringen und mit den Spaniern Kontakt aufzunehmen.«

Der Bootsmann Joshua hatte während dieser Liegezeit häufig ein schlechtes Gewissen, weil er so selten an Bord war. Aber andererseits war er so glücklich, wenn er mit Adeline zusammentraf, dass er den Hochzeitstermin kaum erwarten konnte. Noch drei Tage bis zum Sonntag!

Joshua hatte bereits mit Sabrina über Adelines Zukunft gesprochen.

»Sie sollte auf jeden Fall weiter als Lehrerin unterrichten, wenn ihr der Beruf Spaß macht. Was soll sie denn sonst anstellen, wenn du auf See bist, Joshua? Wir werden im nächsten Jahr die Stiftung bauen. Da hätte ich euch beide gern dabei. Adeline als Lehrerein, du als Verwalter der Häuser.«

»Aber Mrs Sabrina! Der Kapitän braucht mich doch an Bord!«

»Deine Frau braucht dich noch mehr. Sie hat nur einen Mann. Sven hat viele Seeleute, wenn auch nicht so gute wie dich. Überleg es dir! Es hat ja noch Zeit.«

Mit seinen Offizieren und mit Mr Harvy, der früher unter Sven gedient hatte und jetzt ein Kaperschiff der Reederei Bradwick kommandierte, speiste Sven in einem Restaurant in Philadelphia. Sie waren fröhlich, aßen gut und spannen ihr Seemannsgarn.

Als Mr Harvy auf die Toilette ging, folgte ihm Sven und sagte ihm, dass ein Reederkonsortium unter Führung von Mr Bradwick die Fregatte *Defence* der Staatsflotte von Maryland gekauft habe, um sie als Kaperschiff einzusetzen. »Man wird Ihnen das Kommando anbieten, Mr Harvy, und diesmal kann uns kein Marinekomitee wegen Ihrer Amputation dazwischenreden. Ich gratuliere Ihnen ganz herzlich.«

Harvy freute sich sichtlich und bedankte sich sehr.

Mr Harvy war auch bei der Hochzeitsgesellschaft, die vor der Kirche wartete.

»Wo bleibt denn nur Kapitän Larsson?«, fragte er. »Er ist doch sonst immer überpünktlich.«

Sie sahen in der Ferne schon die Kutsche mit der Braut, als um die nächste Ecke eine Kutsche raste und vor der Kirche stoppte.

Sven sprang hinaus und entschuldigte sich bei dem wartenden Bräutigam: »Ich konnte nicht eher. Meine Frau hat in dieser Nacht einen Sohn geboren. Mutter und Kind sind gesund.«

Die Gesellschaft klatschte und gratulierte. Joshua riss Sven bald den Arm ab.

Adeline sah erstaunt auf die lachende Gesellschaft, die sich um Sven drängte. Joshua lief zu ihr.

»Mrs Larsson hat heute Nacht einen gesunden Sohn geboren. Das ist ein gutes Omen für uns. Komm, er wird dich in die Kirche führen, sobald ihn nicht mehr alle bedrängen.«

Ein strahlender Sven führte eine strahlende Braut in die Kirche und übergab sie vor dem Altar dem Bräutigam. Was für ein Brautpaar!, dachte er. Sie so schön und er so stattlich!

Sven war in den nächsten Stunden ein wenig neben sich. Er schien sich selbst zuzusehen, wie er immer wieder von Gästen umringt wurde, denen er von Sabrina und dem neuen Erdenbürger erzählen musste. Sabrina schien es von Geburt zu Geburt leichter zu empfinden. Der junge Henry Richard, wie er nach Svens Schwager und nach seinem Partner Bradwick getauft werden sollte, war ein kräftiges und gesundes

Kerlchen, das von der nicht einmal drei Jahre älteren Schwester Lilian fast mütterlich betreut wurde.

Und dann tanzte Sven mit Adeline. Ihr weißes, wallendes Kleid war ein so reizvoller Kontrast zu der leicht braunen Samthaut und zu dem wunderschönen Körper mit der Spannung einer Stahlfeder, dass Sven ein wenig schwindlig wurde. Adeline schien alle zu verwirren.

»Sie werden Joshua bald an Land lassen müssen, Sven«, flüsterte Richard Bradwick ihm kurz darauf zu. »So eine bezaubernde Frau kann man nicht allein lassen.«

Sven nickte. »Sie wird zunächst mehr bei Sabrina als allein sein«, antwortete er. »Und dann werden wir für beide eine leitende Stellung in der Stiftung finden. Oder wollen Sie Adeline behüten, Richard?«

»Wenn es meine Frau nicht gäbe und keinen Joshua, lieber Sven, dann sofort«, antwortete Mr Bradwick.

Sven drohte lächelnd mit dem Zeigefinger.

Drei Tage später wurde Sven mit allen Ehren an Bord der *Liberty* von Leutnant Flinders empfangen.

»Das Schiff ist bereit zum Auslaufen, Sir«, meldete dieser.

Sven schüttelte den Deckoffizieren die Hand und sagte: »Lassen Sie Segel setzen, Mr Flinders. Möge es für uns alle eine gute und erfolgreiche Fahrt werden.«

In seiner Kajüte empfingen ihn Nathaniel Zander, sein Schreiber, Martin, sein Bursche, und Tony, der Koch. Sie strahlten ihn an.

»Na, war's schön an Land?«, fragte Sven.

»Ja, Sir. Martin hat eine Braut gefunden.«

»Donnerwetter, dann hört die Heiraterei bei uns ja gar nicht mehr auf. Wie heißt sie denn.«

»Milred Flaro aus einer griechischen Familie, Sir.«

»Das ist doch mal was Besonderes, Martin. Dann tanzen wir bei der Hochzeit Sirtaki, so heißt das doch wohl?«

»Ja, Sir. Die Familie bringt es mir schon bei.«

Sven klopfte ihm auf die Schulter. »Auf meinem Schreibtisch liegt ja schon wieder so viel Post. Da müssen wir wieder alle an die Arbeit.

Nathaniel bleibt gleich bei mir. Martin bringt uns beiden einen Kaffee, und Tony überlegt sich, was er übermorgen servieren kann, wenn wir die Offiziere einladen.«

Martin musste Sven rufen, als die *Liberty* Gloucester passierte, so sehr hatte er sich in die Akten verbissen. Eilig lief er an Deck und starrte auf die vertrauten Häuser. Würden sie sich alle gesund wiedersehen? Sven war irgendwie belastet. Er wusste selbst nicht, warum. Der dritte Sohn war ohne Komplikationen zur Welt gekommen. Finanziell ging es ihnen gut. Schwester, Schwager und Eltern waren auch gesund. Vor wenigen Tagen hatte er Joshuas Hochzeit genossen. Woher kam diese resignierte Stimmung?

Als die Offiziere dann alle in seiner Kajüte saßen und Tonys Rollbraten lobten, spürte Sven keine Resignation mehr. Dr. Bader, der Schiffsarzt, und Paul Meyers, der neue Schulmeister, saßen nebeneinander, und Mr Meyers musste von seinen Unterrichtsplänen berichten.

Sven hatte entschieden, dass auch Mr Meyers unterrichtet werden müsse. Fechten und Schießen müsse er bei den Midshipmen trainieren. In die Schiffsführung weihten ihn täglich abwechselnd eine Stunde der Master und der Bootsmann ein.

Paul war zweiundzwanzig Jahre alt, blond und kräftig. Er war ausgesprochen kontaktfreudig. Er hatte die Midshipmen jeden zweiten Tag eine Stunde lang in Schrift- und Sprachgebrauch sowie Literatur zu unterrichten. »Das hört sich anspruchsvoll an, aber manch einer der jungen Gentlemen hat sich außer den eingedrillten Formeln noch nie Gedanken über die Formulierung eines Satzes gemacht.«

Dr. Bader lachte. »Was meinen Sie, wie viele Schiffsärzte ich kenne, von denen ich mir lieber den Arm amputieren als einen Liebesbrief an eine junge Dame schreiben ließe. Wenn Sie sich als Briefschreiber anbieten, können Sie hier Ihren Sold sehr aufbessern.«

Paul schüttelte den Kopf. »Das wird vorläufig nichts. Alle sollen das Alphabet kennen und ihren Namen schreiben können. Was meinen Sie, wie viel Schweiß das kosten wird.«

Aber der Schulmeister sah das wohl zu pessimistisch. Wer lesen und schreiben konnte, war für die Seeleute ein »Studierter«. Nach kurzem Zögern siegte ihr Stolz, und sie nahmen froh und intensiv an den Stunden teil. Sven musste oft ein Lächeln unterdrücken, wenn sich eine Gruppe erfahrener Seeleute mit den kleinen Schiefertafeln auf dem Vordeck zusammensetzte und emsig mit den schwieligen Händen nachmalte, was Paul so leicht an der großen Tafel darbot.

Nach wenigen Tagen war Sven wieder ganz im Schiffsalltag gefangen. Sie hatten einen Teil bewährter Matrosen abgegeben, die auf der *Defence* als Maate dienen sollten. Diese Stellen konnten sie mit Freiwilligen auffüllen.

»Es kann nicht nur das Prisengeld sein, was die Männer zu uns kommen lässt, während andere Schiffe der Staatsflotte am Kai liegen müssen, weil sie nicht genug Besatzungen finden können«, bemerkte Joshua zum Master.

Mr White lachte. »Es waren ja auch nicht nur die schwarzen Augen deiner Adeline, die dich bezaubert haben, Joshua. Es kommt immer viel zusammen. Bei uns ist es sicher der Ruf des Kapitäns, der seine Männer nicht schindet, der sich um ihr Leben und ihr Wohlergehen sorgt, der ein gerechter Kapitän ist. Und wir haben einen sehr kräftigen Bootsmann, der die meiste Arbeit allein macht.«

»Und einen Master, der stets für ruhigen Wind und gutes Wetter sorgt, du Spaßvogel. Aber du hast recht. Der Ruf des Kapitäns ist Gold wert.«

Sie hatten gerade Kap Hatteras vor der Küste Nordkarolinas passiert, als voraus eine Brigg gesichtet wurde, die schnell den Kurs änderte und durch die Durchfahrt bei Ocracoke in den Pamlico Sound flüchtete.

»Wir wollen die Brigg verfolgen, Mr Potter. Wir waren lange nicht im Pamlico Sound. Mr White soll die Midshipmen einweisen. Die Gewässer sind heikel. Außerdem haben die Loyalisten in der Gegend großen Anhang. Also Vorsicht!«

Die Brigg verschwand in dem Inselgewirr um Cedar Island.

»Dort können wir ihr nicht folgen mit unserem Tiefgang«, sagte Sven enttäuscht.

»Fort bei Point March mit kontinentaler Flagge«, meldete der diensthabende Midshipman.

Sven suchte die Ufer mit seinem Teleskop ab. Tatsächlich! Dort am Ufer waren Wälle aufgeschüttet, Kanonenrohre lugten hinüber, und ihre Flagge wehte.

»Sehr gut aufgepasst, Mr Lancton«, lobte Sven den Midshipman.

Dann wandte er sich zu Mr Flinders, der an Deck gekommen war: »Nun fangen unsere Leute wohl doch rechtzeitig an, die Küsten zu schützen. Lassen Sie den Kutter fertig machen. Ich möchte Kontakt aufnehmen. Sechs Marinesoldaten sollen mit einem Korporal mitkommen. Sie übernehmen das Kommando über die *Liberty* und ankern hier gefechtsbereit, bis ich zurück bin.«

»Aye, Sir«, bestätigte der Erste Leutnant und erteilte die Befehle.

Joshua blickte fragend zu Sven hin, aber der winkte ab. »Ist ja nur ein Besuch. Aber Sam kann mit Rocky mitkommen. Und Mr Galler hätte ich auch gern dabei.«

Martin brachte Sven Pistole und Degen. Rocky drückte sich an ihn und schnupperte zum Ufer hinüber. Sven sah durch sein Teleskop, dass ein Trupp mit Gewehren vom Fort in den benachbarten Wald lief. Er wunderte sich, ging aber dann, um den Kutter nicht warten zu lassen.

Kaum war er als Letzter im Kutter, da gab Sam die Kommandos. Die Riemen tauchten ins Wasser, sie legten das Ruder und entfernten sich von der Fregatte.

Zacharias Galler, einer der jüngeren Midshipmen, kauerte vorn am Bug und spähte mit einem Teleskop dem Fort entgegen. Der Kutter ruderte in einem Halbkreis auf das Ufer zu. Das war reine Routine. Man vermied immer, zwischen die Kanonen des eigenen Schiffes und das eigene Ziel zu geraten. Die eigenen Kanonen brauchten auf jeden Fall freies Schussfeld.

Svens Blicke schweiften umher. Sie lagen in der weiten Bucht der Neuse, Pamlico etwas achteraus, Buchten und Landzungen von Cedar Island vor sich. Über dem Fort sah die Luft eigenartig aus. Sie kräuselte sich. Staub und einige Blätter wirbelten. Waren das Rauchschwaden?

»Mr Galler, sind dort Rauchschwaden über dem Fort?«, rief Sven und griff nach seinem Taschenteleskop.

»Dort brennen mindestens zwei Feuer zwischen den Kanonen, Sir«, rief Galler vom Bug. »Jetzt laufen auch welche zum Flaggenmast.«

In Svens Gehirn gab es förmlich einen Ruck. Feuer zum Erhitzen von Kanonenkugeln. Aktivitäten am Flaggenmast, um die eigenen Flagge zu hissen und das Feuer auf die zu eröffnen, die man in eine Falle gelockt hatte. Sven durchfuhr es wie ein kalter Speer. Jetzt war er wieder ganz in der Gegenwart, mitten im Krieg.

»Ruder hart steuerbord. Schlagzahl erhöhen! Signal an Schiff: Feuer frei!«, brüllte er und passte auf, dass die Befehle schnell befolgt wurden. Der Kutter legte sich auf den neuen Kurs und entfernte sich seitwärts aus dem Schussfeld der Kanonen des Forts. Die Ruderer legten sich so stark in die Riemen, dass das Wasser schäumte.

Sven blickte zum Fort. Dort stieg am Fahnenmast die britische Flagge empor. Kaum war sie oben, schlug eine Salve der *Liberty* ein. Die Einschläge furchten durch die Wälle und warfen Kanonen um. Aber das Fort musste in derselben Sekunde gefeuert haben. Zwei Einschläge lagen so nahe am Kutter, dass Sven noch ein paar Wassertropfen abbekam.

Rocky bellte wütend und legte sich erst auf Svens Befehl zögernd auf den Boden des Kutters. Die *Liberty* hatte anscheinend einen Treffer erhalten. Man konnte ein Loch in der Reling sehen. Aber schon schossen sie wieder.

»Das Fort ist doch bald erledigt!«, verkündete Sam.

Aber da rief Midshipman Galler. »*Liberty* setzt Signal: ›Feind in Sicht!‹« Und nun setzte sie auch die Segel und signalisierte, dass ein stärkerer Feind sich aus Richtung Hatteras Inlet nähere.

Sven überschlug in Gedanken ihre Positionen. Hatteras Inlet war nordwestlich von ihnen. Die *Liberty* würde aus dem Sund auslaufen. Nur in offener See konnte sie einem überlegenen Gegner entkommen. Der Kutter müsste sich zum Ufer retten. Die Mannschaft müsste sich an Land verbergen, bis die *Liberty* sie wieder abholen konnte.

Die Kanonen des Forts konnte den Kutter nicht mehr erreichen. Aber man würde Mannschaften aussenden, um sie zu suchen. Sven ließ um eine Landzunge herumrudern und eine bewaldete Bucht ansteuern. Dort landeten sie.

Zwei Mann mussten einen Platz suchen, an dem sie ihren Kutter verstecken konnten.

»Etwa hundert Meter landeinwärts!«, schärfte Sven ihnen ein.

Die anderen zogen den Kutter ans Ufer und luden alles aus, was sie an Land brauchen konnten. Midshipman Galler lief herum und kontrollierte, dass kein bisschen Munition, Verpflegung und Wasser vergessen wurde. Dann stellten sich alle um den Kutter auf und hoben ihn an.

»Verfluchte Schinderei«, stöhnten die Männer, als sie ein paar Meter geschleppt hatten.

Sven sah ein, dass sie ihn ohne zusätzlich Seile und Stämme nicht transportieren konnten. Er teilte Leute ab, die Stämme fällen, und andere, die die Schleifspuren unmittelbar am Strand verwischen mussten.

Dann kamen auch die beiden zurück, die nach einem Versteck gesucht hatten. »Eine Einbuchtung im dichten Gebüsch, Sir, dort!«

»Wie weit?«, fragte Sven.

»Siebzig Meter etwa, Sir«.

Die Matrosen stöhnten leise.

»Na dann!«, entschied Sven. »Zwei Seesoldaten sichern nach vorn. Die anderen an den Seiten, und wir packen alle an.«

Sie keuchten und ächzten. Einige fluchten. Andere strauchelten. Einige schimpften über andere, aber Sven, der auch kaum noch Kraft hatte, feuerte sie an.

Und dann hatten sie den Platz erreicht. Matrosen rissen ihre Entermesser heraus und wollten den Weg durchs Gebüsch frei hacken.

»Aufhören!«, brüllte Sven. »Wir dürfen keine Spuren hinterlassen! Zweige vorsichtig zur Seite schieben.«

Schließlich hatten sie den Kutter in der Vertiefung verborgen, tarnten ihn mit Zweigen, die sie über ihm verhakten, und suchten den Weg zum Strand nach Spuren ab, die sie vertuschen mussten. Als sie den Strand erreichten, war nichts mehr von der *Liberty* zu sehen. Sie waren allein.

Einige Matrosen sahen sich mutlos an.

»Keine Sorge!«, sagte Sven. »Die holen uns bald. Wir schlagen uns an Land durch! Jetzt erst einmal weg vom Strand. Den suchen sie zuerst ab.«

Sie gingen vorsichtig durch einen zunächst lichten Wald. Sam war mit Rocky an der Spitze. Dann folgte Sven mit drei Seesoldaten. Die Matrosen bildeten in Zweierreihen die Mitte. Die Nachhut führte Midshipman Galler mit drei Seesoldaten und dem Korporal.

Sie spähten aufmerksam in alle Richtungen, denn den Matrosen war bei einem Landeinsatz in feindlicher Umgebung nicht ganz wohl. Hier konnte sich ein Feind verstecken, bis man vor ihm stand. Allerdings konnte man sich selbst auch besser verbergen als auf weiter See, aber dem Feind war das Gelände vertrauter. Der Kapitän hatte ihnen gesagt, dass es in Nordkarolina immer Gegenden gab, die von Loyalisten beherrscht wurden, besonders, wenn diese Gegenden von der See her unterstützt werden konnten. Aber das kannten sie auch von anderen Staaten ihrer Union.

Sven wollte das Fort umgehen und die Südspitze der Halbinsel erreichen, damit sie die rückkehrende *Liberty* bald sichten konnten. Ob sie auf ihrem Weg auf Königsanhänger oder Rebellen stoßen würden, wusste er nicht. Im Augenblick war ihm auch wichtiger, dass sie auf Süßwasser trafen. Irgendeinen Bach oder eine Quelle musste es hier doch geben.

Rocky schnupperte auf ihrem Weg unentwegt. Verschiedentlich brummte oder knurrte er auch. Sam beugte dann ein Knie und spähte mit angelegtem Gewehr umher. Die anderen taten es ihm nach.

Als Rocky am stärksten geknurrt hatte, jagten sie ein Wildschwein auf. Die anderen Male waren es Hasen oder Rehe. Wenn wir schießen könnten, hätten wir unser Essen schon beisammen, dachte Sven. Aber sie wollten ja den Feind nicht aufmerksam machen. So ließ er durchfragen, wer das Wild mit einem Messer- oder Steinwurf erledigen könne. Zwei Messerwerfer meldeten sich.

Der Wald war dichter geworden. Sven blickte immer wieder auf den Kompass. Er erwartete eine Bucht auf ihrem Weg. Es ging wieder bergab.

Rocky war stehen geblieben und blickte zu Sven. Der hatte das Zeichen zum Anhalten gegeben. Sie knieten und spähten umher.

Dann hörten sie Stimmen. Hin und wieder ein Befehl. Mal ein Fluch, mal ein Lachen.

»Sie suchen nach uns«, flüsterte Sam zu Sven. Der nickte. Er hatte den Eindruck, dass die Feinde auch eine längere Schlange bildeten. Sicher waren es um die zwanzig Mann. Er ließ Mr Galler holen.

»Mr Galler, laufen Sie mit ihren jungen Beinen schnell und vorsichtig voraus und schauen, wie das Gelände aussieht, das die Quatschtanten, die da von rechts anrücken, in der nächsten Zeiten durchsuchen werden!«, ordnete Sven an.

Zacharias Galler war ein wenig erstaunt, dass der Kapitän das bevorstehende Zusammentreffen mit dem Feind so leicht zu nehmen schien. Aber er kannte Sven lange genug, um zu wissen, dass der den Feind meist richtig einschätzte.

Zacharias Galler merkte bald, dass der Strand recht nahe war und dass der Feind rechts in etwa einem Kilometer Entfernung dicht am Strand in ihre Richtung marschierte. Ein Offizier ritt auf seinem Pferd an der Spitze. Ihm folgten etwa zwanzig Soldaten, mal in Zweier-, mal in Dreiergruppen. Sie gingen dicht am Wasser, wo der Boden fest war. Sie hatten keine Vorhut oder Nachhut.

Zacharias lief zurück und berichtete.

Sven nickte. »Ist irgendwo Gebüsch bis dicht an den Strand heran?«

»Ja, Sir. Backbord voraus gehen die Büsche etwa in sechzig Meter Breite bis fast an den Strand heran. Dort könnten sie uns nicht so schnell entdecken.«

Sven ließ alle Mann dicht nebeneinander hinhocken und gab seine Befehle leise, aber sehr nachdrücklich. Dann packten alle ihre Sachen und schlichen voraus. Rocky war bei Sam und Sven.

Der Feind kam näher. Der Anführer trottete müde auf seinem Gaul voran. Die Soldaten schienen ihre Aufgabe auch nicht tatkräftiger auszuführen. Sie schlurften in ihren grünen Uniformen durch den Sand und riefen ab und an einen Scherz oder einen Fluch durch die Reihen.

»Schauen Sie, die grünen Uniformjacken mit den weißen Westen und Hosen haben sie seit zwei Jahren von den Briten. Sie sind ziemlich zerfetzt«, flüsterte Sven Mr Galler zu.

Der zeigte mit der Hand. »Sir, sie schleppen einen Gefangenen mit.«

Ein Mann im schwarzen Zivilanzug war an den Händen gefesselt und wurde in der Truppe mitgezogen. Er war wohl stark misshandelt worden, denn er taumelte.

Sven huschte hinter seinen Männern entlang und gab Befehle, wer auf wen schießen sollte.

Sam rief erst den lang gezogenen Schrei eines Seeadlers und dann dreimal das Hacken einer Möwe. Beim dritten Krächzer schossen Svens Leute.

Der Anführer fiel vom Pferd, und der Gaul jagte davon. Die feindlichen Soldaten wurden fast alle getroffen. Der unverletzte Gefangene starrte umher und begriff nicht, was geschehen war.

Jetzt stürmten Svens Männer aus ihrem Gebüsch auf die wenigen Feinde zu, die noch standen.

»Ergebt euch! Hände hoch! Waffen runter!«, brüllten sie.

Sven sah, wie einer der Feinde sein Gewehr an die Schulter riss. Er schoss ihn mit der Pistole nieder. Dann gaben die Königstreuen angesichts der ihnen entgegenstarrenden Bajonette auf und hoben die Hände.

Acht Mann ergaben sich, drei davon verwundet. Svens Leute nahmen ihnen Gewehre und Munition ab und durchsuchten sie nach Messern. Den Gefangenen befreiten sie von seinen Fesseln, gaben ihm etwas zu trinken und verbanden seine Wunden.

Die Gefangenen hatten sie hinter das Gebüsch getrieben, damit sie am Strand nicht so auffielen, wenn jemand nach dem Anlass der Schießerei ausschaute. Sam untersucht mit zwei Mann die Toten, ob sie wirklich tot waren, und nahm ihnen Waffen und Munition ab.

Mr Galler versuchte mit dem befreiten Gefangenen zu reden, aber der war noch zu kraftlos. Sven kam mit großen Schritten auf ihn zu. »Wer ist der Mann? Was sagt er?«

»Er ist noch zu schwach, Sir.«

»Verdammt. Wir haben keine Zeit!« Und Sven wandte sich an den

Gefangenen: »Mein Herr, ich bin Sven Larsson, Kapitän der kontinentalen Fregatte *Liberty*. Ich brauche ganz dringend Informationen von Ihnen. Wer sind Sie? Warum hat man Sie gefangen?«

Der Gefangene sah ihn mit großen Augen an und quälte sich die Antwort heraus.

»Dudley Simson. Lehrer in Parkton. Ich unterrichte auch die Kinder aus zwei Gemeinden auf der Insel. Heute haben sie mich auf dem Weg aufgegriffen, weil ich als Anhänger der Rebellen gelte.« Seine Worte waren von keuchenden Pausen unterbrochen.

»Wir reden weiter, wenn es Ihnen besser geht. Einstweilen danke, Sir«, sagte Sven.

Die Gefangenen hatten sie in zwei Gruppen aufgeteilt, damit sie sich nicht so leicht absprechen konnten, als Sven und Zacharias Galler sie verhörten. Das Fort existierte nach ihren Angaben erst seit drei Wochen, hatte achtzig Mann Besatzung und vier Achtpfünder. Zehn Mann waren britische Soldaten, die anderen königstreue Amerikaner. Zwei Trupps waren ausgeschickt worden, die Besatzung des Kutters zu suchen.

Sven ließ sich von drei Gefangenen, die ihm willig und intelligent genug erschienen, eine Skizze des Forts in den Sand zeichnen. Es war drei Kilometer entfernt. Ein Kilometer nördlich vom Fort war eine Landzunge, von der aus sie leicht zur *Liberty* Kontakt aufnehmen konnten, wenn sie einliefe.

Die Gefangenen mussten einen Verwundeten und den Befreiten tragen. Die anderen gingen mit gefesselten Händen und wurden streng bewacht. Midshipman Galler marschierte mit drei findigen Matrosen zum Fort, um es zu erkunden.

Sven führte den Haupttrupp zur Landzunge.

Sie trafen auf ihrem Weg einen kleinen Bach, der ihnen endlich das ersehnte Süßwasser bot. Svens Männer ließen sich auf die Knie nieder und beugten die Köpfe zur Erde, um aus dem Bach zu trinken. Sven musste schimpfen, ehe sie sich auf ihre Pflicht besannen und immer zur Hälfte auf die Gefangenen aufpassten.

Sie füllten noch ihre Flaschen, ehe sie den Gefangenen Becher reichten. Auch Sven ließ sich einen Becher geben. Aus den Augenwinkeln sah er, wie ein Gefangener einem Posten den Becher ins Gesicht schüttete, ihn umstieß und davonrannte. Rocky schlabberte noch im Bach, aber Sven rief: »Rocky! Da! Fass!«, und zeigte mit der Hand auf den Flüchtenden, der schon zehn Meter entfernt war.

Rocky startete aus dem Stand, erreichte den Mann in wenigen Sätzen, sprang hoch, schlug die Zähne in seinen Oberarm und riss ihn zu Boden. Sven rief den Hund zurück. Matrosen liefen zu dem Flüchtling, der vor Schmerzen jämmerlich schrie.

Mr Simson, der befreite Lehrer, hatte sich nach dem Trinken sehr erholt, sah den Schreienden und sagte: »Das ist Ben Barry. Er ist Schäfer und hat hier in der Nähe seine Hütte.«

Svens Trupp erreichte die Landzunge, aber von der *Liberty* war nichts zu sehen. Sie suchten sich einen Lagerplatz, der nicht leicht zu entdecken war. Einige mussten Wache gehen. Die anderen kontrollierten die Fesseln der Gefangenen, fesselten auch die Beine und ruhten sich dann aus.

Midshipman Galler kehrte zurück. »Der zweite Suchtrupp kam ins Fort zurück, Sir. Es gab keine Anzeichen, dass sie nach dem von uns gefangenen Trupp heute noch suchen werden. Das Fort ist sehr provisorisch angelegt, aber für uns paar Männer zu stark. Wir werden auf die *Liberty* warten müssen.«

»Hoffen wir auf morgen Früh. Bitte teilen Sie die Wachen ein. Ich rede ein wenig mit dem Lehrer über die Lage in diesem Bezirk.«

Mr Simson hatte sich genug erholt und konnte ohne Schmerzen sprechen. Er schilderte Menschen und Landschaft dieser abgelegenen Gegend, die sie auch Carteret nannten, sehr anschaulich. Es lebten nicht viele Menschen hier. Die meisten waren Farmer. Handel und Schifffahrt wurden durch die Sand- und Riffbänke, die sich an der gesamten Küste entlangzogen, stark behindert.

Sven fühlte sich an Einars Tal erinnert, die Landschaft seiner Kindheit. Er wunderte sich, dass in diesem abgeschlossenen Teil Nordkarolinas der Anteil der Königstreuen so groß war. Auch dieser Lehrer mit seinen starken buschigen Augenbrauen und seiner ruhig belehrenden Stimme erinnerte ihn an manchen Farmer, den er gesehen hatte, wenn seine Eltern zu den Nachbarn fuhren.

»Die Leute leben doch hier nicht vom Handel mit England, Mr Simson. Warum ergreifen sie für den König Partei? Sie müssten doch eigentlich für die Selbstregierung ihres Landes eintreten.«

»Sir, die Leute richten sich hier nach dem, was der Wortführer, der reichste und mächtigste Mann in ihrer kleinen Siedlung, sagt. Bei uns ist das ein Rechtsanwalt, dessen Bruder in der Provinzialversammlung sitzt. Hier ist es der Händler, der sie mit allem versorgt und der in seiner Jugend einmal vor dem königlichen Palast stand.«

Sven schüttelte den Kopf. »Nach solchen Zufälligkeiten richten sich politische Entscheidungen! Ich kann das nicht verstehen. Warum bilden sich die Leute nicht ihre eigene Meinung?«

Mr Simson blickte Sven erstaunt an. »Sir, kaum einer kann lesen. Zeitungen gibt es nur einige in den Städten Morehead City oder New Berne. Niemand liest hier königliche Proklamationen oder Aufrufe der britischen Regierung. Dass es Abhandlungen von John Adams, Benjamin Franklin, Thomas Jefferson und anderen gibt, hat vielleicht jemand gehört. Gelesen hat sie bestimmt niemand. Ob die jüngste Tochter des Farmers vom Sohn des Müllers schwanger ist, ob der Schmied schlechten Stahl für die Wagenachsen nimmt, das bestimmt die Gespräche der Leute. Was sie tun sollen, sagt ihnen der, von dem sie abhängig sind oder der im Ruf steht, in solchen Fragen die richtige Antwort zu kennen.«

»Dann brauchte man nur einige Leute zu steuern, um alle hinter sich zu haben?«, fragte Sven ungläubig.

Mr Simson nickte bedächtig. »Bevor nicht alle lesen können, bevor nicht genügend Zeitungen zur Verfügung stehen, ändert sich nichts. Und dann sehnen sich alle nach der guten, alten Zeit.«

Sven wurde bald nach Mitternacht durch lautes Krachen aus dem Schlaf gerissen. Er sah sich um. Das waren Schüsse. In seiner Nähe war jemand getroffen worden und schrie. Sven tastete nach seiner Pistole. Ihre eigenen Posten schossen nun zurück auf die Menschen, die auf ihr Lager gefeuert hatten.

Sven schickte Sam mit Rocky und einigen Leuten zur Erkundung um das Lager herum.

Als Sam wiederkam, berichtete er, dass sie keinen Feind mehr entdeckt hätten. »Es war sicher nur ein kleiner Spähtrupp, der aus größerer Entfernung auf das glühende Lagerfeuer geschossen hat, Sir. Aber er wird im Fort berichten, dass wir hier sind.«

Sven machte sich Sorgen und überlegte. Sie brauchten kein Lagerfeuer mehr, denn sie hatten ihr Essen am Abend gewärmt. »Wir verlagern das Lager zweihundert Meter in diese Richtung. Hier bleiben drei Posten. Am neuen Ort wird nur mit der Waffe am Körper geschlafen. Die Postensicherung wird verstärkt. Dort können sie uns nicht so schnell überraschen.«

Sie hatten nur den einen Verletzten, den Sven schreien gehört hatte. Es war nur eine Fleischwunde. Der Sanitäter hatte ihn schon verbunden. Aber ihre Gefangenen hatten neue Hoffnung geschöpft und zerrten an den Stricken.

Der Rest der Nacht war eher unruhig als erholsam.

Als der Morgen graute, lagen sie alle mit ihren Waffen bereit und starrten in die Runde. Rocky hockte neben Sven und schnupperte. Aber auch er entdeckte nichts.

Sven ging zum Strand und spähte nach der *Liberty* aus. Nichts! Nur einige Fischerboote waren in großer Entfernung zu sehen.

Sie schickten die Hälfte ihrer Leute, um ein Stück Brot zu essen, und wechselten sich dann ab. Sven war unruhig. Sie konnten hier nicht passiv warten. Wenn der Gegner ihren Standort kannte, konnte er handeln, und sie konnten nur abwarten. Sie mussten ihren Standort verändern. Aber mit der Last der Gefangenen war das nicht einfach.

Lehrer Simson hatte sich völlig erholt, ging im Lager herum und schaute umher. Dann blieb er stehen und blickte gespannt in eine Richtung. Sven nahm sein Teleskop aus der Tasche und spähte auch. Er sah sofort, dass die *Liberty* um die Landzunge segelte.

Er rief laut: »Alle Mann bleiben auf ihrem Posten! Die *Liberty* kommt! Maat Samuel Root nehmen Sie Kontakt auf. Bitten Sie um ein Boot!«

Sam ging zum Ufer und schwenkte ein Tuch mit seinem Stock. Auf dem Schiff drehten sie Sprechtrompeten um. Sam wusste, dass sie seine Nachricht hören wollten.

»Kapitän fordert Boot!«, schrie er, so laut er konnte.

Sie hatten ihn verstanden. Matrosen liefen durcheinander. Jetzt wurde ein Boot herabgelassen. Die *Liberty* holte die Segel ein. Ihre Matrosen winkten. Svens Trupp jubelte. Sie waren wieder bei ihren Leuten.

Zwei Stunden später lag die *Liberty* mit schussbereiten Kanonen vor dem Fort. Sven stand wieder auf seinem Achterdeck. An der Landseite des Forts riegelten ihre Seesoldaten das Fort ab, begleitet von Männern, die bei Sven gewesen waren.

Sven hatte die Absicht gehabt, das Fort mit seinen schweren Kanonen zusammenzuschießen. Aber Mr Simson, der befreite Lehrer, hatte protestiert.

»Sir, dieses Land braucht Menschen. Wir sind zu arm an allem, um Menschen wegzuwerfen. Es hat doch zu allen Zeiten eine Art Kapitulation gegeben, wenn der Feind seine Waffen abgab und schwor, in diesem Krieg nicht mehr gegen den Sieger zu kämpfen. Dann können Sie die Männer zu ihren Frauen und Kindern lassen, und das Land kann aufblühen. Wem ist geholfen, wenn er über ein Land ohne Menschen herrscht?«

Und so ging jetzt Mr Simson mit einem Soldaten, der eine große weiße Flagge schwenkte, und mit Leutnant Will von den Seesoldaten auf das Fort zu.

In Rufweite der Wälle hielt er an und rief zu einer kleinen Gruppe, die sich dort versammelt hatte: »He, John Allers, Gerd Rütti und ihr anderen! Ihr kennt mich. Ich würde euch nie belügen. Ich weiß, wie viel große Kanonen das Schiff hat, das vor eurem Fort liegt. Und ich weiß, dass hier genug Soldaten sind, um eure Flucht zu verhindern, wenn die Kanonen euer Fort zusammenschießen. Ihr könnt nicht gewinnen! Wenn ihr leben wollt, müsst ihr die Waffen niederlegen und schwören, in diesem Krieg nicht mehr gegen den Kongress der dreizehn Kolonien und seine Parteigänger zu kämpfen. Dann könnt ihr zu euren Familien. Der Kapitän hat es mir versprochen. Glaubt mir!«

Auf dem Wall schrie einer zurück: »Komm näher, Dudley Simson, aber nur du. Wir müssen noch mehr wissen.«

Abraham Will musste zehn Minuten warten, dann kam Mr Simson zurück. Seine buschigen Augenbrauen standen noch mehr ab als sonst. Er strahlte. »Vielleicht habe ich meine Kompetenzen überschritten, aber ich habe ihnen zugesagt, dass sie ihre persönlichen, privaten Sachen behalten können und für zwei Tage Verpflegung erhalten. Dann wollen sie schwören.«

Leutnant Will blickte ihn erst ernst und besorgt an, lachte dann aber: »Das geht in Ordnung. Kommen Sie. Wir sagen es dem Kapitän.«

Simons winkte zurück zu den Royalisten.

Am Abend betraten Leutnant Flinders, Leutnant Will, Dr. Bader und der Zahlmeister das Fort und besprachen die notwendigen Einzelheiten der Übergabe und des Abzuges. Die Briten verlangten, zum nächsten britischen Stützpunkt gebracht zu werden. Flinders sagte es zu.

Am nächsten Morgen kam es zu einer der seltsamsten Zeremonien in diesem Krieg. Sven marschierte mit der Flagge der Rebellion, mit einem Trupp Seesoldaten und mit Mr Simson in das Fort ein und wurde von salutierenden Royalisten begrüßt. Sie legten auf Befehl ihre Waffen nieder. Mr Simson sprach den Eidestext vor. Die Royalisten hoben die rechte Hand und sprachen den Text nach.

Als sie ihn gesprochen hatten, sagte Sven laut: »Herr Kommandant, Offiziere und Soldaten. Sie sind frei und können zu Ihren Familien gehen! Ich wüsche Ihnen Gottes Segen, viel Glück und ein Wiedersehen im Frieden.« Er hob seinen Hut und rief: »Auf den Frieden! Auf unsere schöne Heimat!«

Alle jubelten.

»Das war der schönste Moment, den ich in diesem Krieg erlebt habe, Mr Flinders«, stellte Sven fest, als die *Liberty* den Sund verließ.

»So etwas kann ich Ihnen nicht noch einmal bieten, Sir, aber warten Sie ab, bis wir den Ozean erreichen.«

Sven blickte ihn zweifelnd an, hielt sich aber mit Fragen zurück. Sie passierten wieder die Enge bei Ocracoke und segelten hinaus ins freie Meer.

»Segel steuerbord voraus!«, meldete der Ausguck.

Sven schmunzelte. Da hatte Leutnant Flinders in der kurzen Zeit seines Kommandos wohl Prisen gewonnen.

Er hatte eine Prise gekapert, einen großen Dreimaster, voll mit Verpflegung und Munition für die Garnison von New York. Und dann war eine amerikanische Kanonenbrigg zu ihnen gestoßen.

»Mein Glückwunsch zu Ihrem ersten Prisenanteil als Kapitän, Mr Flinders!«, sagte Sven.

Flinders schaute ihn verblüfft an. »Sir, ich war nicht in der Position eines Kapitäns.«

»Rechtlich nicht, aber praktisch. Ich werde Ihnen doch nichts wegnehmen, was Sie sich verdient haben.«

Mr Flinders wollte einen Protest loswerden, aber Sven schnitt ihm das Wort ab: »Ich gratuliere Ihnen zu diesem Prisenanteil! Freuen Sie sich endlich, denn ich will keine Ablehnung hören.«

Mr Flinders strahlte und nahm die Glückwünsche der anderen an.

»Mensch, Sam, wenn der Kasten 10 000 bringt, kriegt Mr Flinders drei Achtel, das sind 3750. Sonst hätte er mit den anderen Offizieren den sechsten Teil eines Achtels erhalten, also gut 208. Das ist ein Unterschied!«, flüsterte der Master seinem Maat zu.

»Der Kapitän kann es sich jetzt leisten, und er war auch früher schon großzügig.«

Das erzählte Sam auch Mr Flinders, der am Abend die Offiziersmesse freihielt und sich bis zur Besinnungslosigkeit betrank. Nun könne er seine Liebste heiraten, rief er in jeder Trinkpause.

Mr Flinders war längst wieder nüchtern, als sie sich Charleston näherten. Sie passierten das Inselgewirr bei Kap Roman. Leutnant Wilson, Kommandant der Brigg *Virginia*, stand mit Sven auf dem Achterdeck, weil beide besprochen hatten, ob die Brigg auch in Charleston einlaufen oder vor der Küste kreuzen sollte. Wilson war ein junger Leutnant, aber ein guter Seemann und sehr beliebt wegen seiner offenen und herzlichen Art.

Vom Ausguck rief der Matrose: »Masten ohne Segel hinter Cape Island!«

Sven nahm sein Taschenteleskop und spähte hinüber. Dann gab er es Leutnant Wilson und sagte: »Schauen Sie selbst. Da will sich wohl jemand verstecken.«

Wilson guckte und sagte: »Sieht aus wie eine Handelsbrigg, Sir.«

»Da sollten Sie mit Ihrer *Virginia* nachsehen. Wenn die Brigg weiter in das Inselgewirr flüchtet, wird es für uns schnell zu flach«, bemerkte Sven. »Wir warten hier für alle Fälle.«

»Melde mich ab, Sir«, war Wilsons fröhliche Antwort und er rannte zu seinem Boot.

Sven lächelte über das jugendliche Ungestüm und befahl, die Segel zu kürzen.

Die Besatzung der *Liberty* stand an den Kanonen und wartete, während die Brigg zwischen die Inseln segelte. Einige Kanonenschüsse krachten, aber niemand schien die Ruhe zu verlieren.

Mr White, der Master, flüsterte zu Joshua: »Abgebrühte Bande! Die haben schon so viele Prisen gekapert, dass ihnen das bisschen Geknalle um eine Brigg nichts mehr ausmacht.«

»Die Aussicht auf Prisengeld ist stärker als Angst«, antwortete Joshua. Dann lief er zum Vordeck, denn ein Segel flatterte. Lange dauerte es nicht, bis die *Virginia* den Widerstand der britischen Brigg brach. Die Brigg war auf dem Weg von New York nach Savannah.

»Dann haben sie hoffentlich Pulver und Verpflegung an Bord, Sir. Das bringt Kohle«, sagte der junge Midshipman Ben Lancton zum neuen Schulmeister.

Paul Meyers überlegte kurz und antwortete dann: »Aber wir haben die Brigg doch nicht gekapert, Mr Lancton. Das war doch die *Virginia*!«

»Aber wir waren in Sichtweite, Sir. Dann steht uns der Anteil zu. Und das ist auch richtig. Wer weiß, wie lange die Brigg noch gekämpft hätte, wenn hier nicht eine starke Fregatte gelegen hätte.«

So waren sie alle zufrieden, als sie wieder mit Südwestkurs vor der

Küste Südkarolinas segelten. Die meisten Seeleute freuten sich auf Charleston. Das war eine große, gastfreundliche Stadt mit vielen Gelegenheiten, sich zu amüsieren. Die meisten dachten natürlich an die temperamentvollen Mulattinnen. Fast jeder wollte jetzt erzählen, was er mit denen erlebt hatte.

Sven dachte an Rosita, die sich jetzt Katharina nannte, Mr Talbots Nichte. Als er sie kennengelernt hatte, war sie Bordellchefin in Lissabon gewesen und hatte ihn so unvergesslich in die Liebe eingeführt. Aber jetzt war sie als Nachfolgerin ihres Onkels nur noch befreundete Handelspartnerin, inzwischen wohl auch verheiratet.

»Segel achteraus!«, meldete der Ausguck.

»Schauen Sie mal nach, Mr Albert«, sagte Sven lächelnd zu Bill, der jetzt diensthabender Midshipman war.

Nach kurzer Zeit meldete Bill: »Ein Schoner, Sir. Vermute amerikanischer Depeschenschoner. Flagge noch nicht zu erkennen.«

»Gut! Beobachten Sie weiter.« Sven wandte sich zum Signalmidshipman: »Signal an Virginia: Achteraus aufklären!«

Die Entfernung war noch zu groß, um die *Liberty* in Gefechtsbereitschaft zu versetzen. Der Koch steckte die Nase aus seiner Kombüse und sagte zu einem Maat, der die Arbeiten von Seeleuten am Tauwerk überwachte: »He, Jimmy, wenn ihr schießen wollt, dann wartet bis nach der Mittagspause, sonst schwappen meine Kessel wieder über.«

Der Maat grinste, sodass seine Zahnlücken zum Vorschein kamen: »Klar, Smutje, wenn wir deine Erbsen intus haben, dann können wir ja auch ohne Pulver schießen.«

Die *Virginia* bestätigte nach kurzer Zeit, dass es sich um einen amerikanischen Schoner handle und setzte dann das Signal hinzu: »Benötige Arzt!«

Mr Flinders sah Sven verwundert an. Der sagte: »Den Arzt brauchen sie für den Schoner. Lassen Sie bitte die Segel kürzen und Dr. Bader informieren.«

Der Schoner war ein Schiff der Kontinentalen Flotte und segelte immer die Küste der Kolonien von Nord nach Süd und zurück, um allen

Schiffen und großen Städten die wichtigsten Nachrichten schnell zu überbringen.

Der Kommandant des Schoners, ein Leutnant von etwa vierzig Jahren, ließ sich übersetzen und meldete sich bei Sven, der ihn in seine Kajüte bat.

»Mr Flinders, meinen Ersten, nehmen wir gleich mit. Sonst fragt er mich nachher nach allen Kleinigkeiten aus.«

Flinders und der fremde Leutnant lachten.

Bevor Martin Kaffee servierte, fragte Sven noch nach dem Notfall für den Arzt. »Mein Maat bittet Ihren Arzt, sich den Kranken bei uns anzusehen. Ich glaube aber, er sollte auf Ihr Schiff übersetzen, weil er bei uns nicht behandelt werden kann.«

»Ein Besatzungsmitglied?«, fragte Mr Flinders.

»Nein, ein Kaperoffizier, der das Desaster in der Penobscot Bay überlebt hat. Er will nach Charleston, aber seine Wunde ist wieder aufgebrochen.«

Sven mischte sich ein. »Penobscot Bay? Was ist da passiert? Wir haben noch nichts erfahren.«

»Dann bin ich der Überbringer schlechter Nachrichten, Sir. Etwa zwanzig unserer Kriegsschiffe und zwanzig Transporter sind von Teilen der britischen Flotte in der Penobscot Bay dicht an der kanadischen Küste fast völlig vernichtet worden.«

Sven und Mr Flinders waren geschockt. »Mein Gott, wie konnte das passieren?«

Sie erfuhren es vom Überlebenden, und Dr. Bader, der ihn gerade untersucht hatte, hörte auch zu.

Penobscot Bay ist eine größere Bucht an der Mündung des Penobscot-Flusses, etwa zweihundertvierzig Kilometer nordöstlich von Boston. Im Juni 1779 hatten britische Truppen auf einer Halbinsel in der Bucht ein Fort errichtet, um einen Stützpunkt für ihren Nachschub aus Kanada und für den Holzbedarf ihrer Schiffe zu haben.

»Die Herren in Boston wollten den Briten in die Parade fahren, bevor sie ihr Fort richtig ausgestattet hatten.« Der Verwundete sprach mühsam, mit Pausen und holte zwischendurch keuchend Atem. Dr. Bader hatte den Verband gelöst und tupfte eine Stichwunde über der Hüfte ab. Der Patient war grauhaarig und seit Tagen nicht rasiert. Seine Augen glänzten fiebrig in dem abgemagerten erschöpften Gesicht.

»Er will zu seinem Sohn, der nach Charleston geheiratet hat«, flüsterte ihnen Dr. Bader zu.

Der Verwundete berichtete weiter. »Massachusetts hat drei Briggs mit sechzehn bis zwanzig Kanonen gestellt, die Kontinentale Marine ordnete eine Sloop, eine Brigg und eine Fregatte ab, deren Kommandant Mr Dudley Saltonstall auch den Befehl über alle Schiffe erhielt. Mit Kaperschiffen waren wir zwanzig.«

Sven dachte nach. Natürlich hatte er schon von Saltonstall gehört, denn so viele Fregattenkapitäne gab es ja nicht in ihrer Flotte. Aber getroffen hatte er ihn noch nie.

Mr Sarker, der Verwundete, hatte sich etwas erholt und erzählte, dass auch die Miliz von Massachusetts zusammengerufen wurde. »Aber es fanden sich nur gut achthundert Männer, vom Knaben bis zum Greis, alle so unerfahren im Kampf wie ihr Kommandeur, der Brigadegeneral Salomon Lovell.« Er hielt erschöpft inne.

»Am 24. Juli kamen wir an der Bucht an, eine Brise verhinderte eine Landung. Am nächsten Tag schossen wir uns stundenlang mit drei Sloops herum, die die Briten zur Hilfe für das Fort verankert hatten. Wir haben sie mit all unserer Übermacht nur etwas zurückgetrieben. Das Fort war noch unfertig, die Wälle nicht mehr als einen guten Meter hoch. Aber General Lovell ließ es nicht stürmen, sondern begann eine Belagerung mit Graben und Wällen.«

Dr. Bader schaltete sich ein. »Bitte eine kleine Pause, meine Herren.« Er flößte dem Verwundeten Tee ein.

Mr Flinders flüsterte Sven leise zu: »Da ist ja wohl alles wieder schiefgegangen.«

Sven wisperte zurück: »Unsere Befehlshaber haben zu wenig Erfahrung. In unserer Flotte ist der Posten eines Admirals nicht einmal vorgesehen, weil wir Angst haben, hohe Offiziersgrade würden zur Monarchie tendieren.«

Der Verwundete konnte wieder erzählen. »Über zwei Wochen schossen wir uns mit den Briten herum. Der Kapitän und der General hielten eine Konferenz nach der anderen ab und gaben einander die Schuld, dass es nicht voranging. Am 13. August dann wollten wir angreifen, aber da erschien die englische Flotte mit sieben Schiffen vom Linienschiff bis zur Sloop am Eingang zur Bucht. Wir bildeten erst eine Schlachtlinie und wollten den Briten widerstehen, denn wir hatten mehr Kanonen. Aber dann setzten einige Kaper Segel zur Flucht. Kapitän Saltonstall gab nun das Signal, dass es jedes Schiff auf eigene Faust versuchen sollte. Mein Gott, war das ein Durcheinander. Einige wollten zur See durchbrechen, aber die meisten segelten flussaufwärts, setzten dann die Schiffe aufs Ufer und verbrannten sie. Wir retteten uns ans Ufer und begannen den langen Marsch durch die Wildnis.«

»Bitte, meine Herren, eine Pause!«, unterbrach Dr. Bader abermals und flößte dem Verwundeten wieder Tee ein.

Der Kommandant der Sloop flüsterte Sven zu: »Nach allem, was ich hörte, ist keines unserer Schiffe davongekommen. Die Briten hatten nur minimale Verluste.«

Sven konnte seine Wut kaum bändigen. »Wir haben doch wirklich tapfere Leute auf unseren Schiffen, aber es gibt Kommandeure, die sollte man aufhängen!«

Der Verwundete hatte sich etwas erholt. »Wir haben unser Schiff bei einem winzigen Nest namens Bearsport an Land gesetzt. Wir wollten nach Augusta am Kennebec River, denn unser Bootsmann stammte von dort. Es waren etwa siebzig Kilometer. Dort ist fast unberührtes Land. Hin und wieder eine Farm. Die Leute sind alle geflüchtet, als sie uns sahen. Am dritten Morgen ging ich mit einem Matrosen voran auf einem Waldweg in südlicher Richtung. Aus einem Gebüsch wurde auf uns geschossen. Wir rannten vom Weg in die Büsche. Plötzlich sprang einer seitlich von mir hinter einem Baum hervor. Ich stolperte vor Überraschung und wäre fast nach vorn gefallen. Er wollte mich mit dem Bajonett abstechen. Durch mein Stolpern traf er mich nur in die Seite. Es war ein furchtbarer Schmerz. Ich habe noch meine Pistole gegriffen, mich umgedreht und ihn erschossen. Wie ich das schaffte, weiß ich selbst nicht mehr.

Meine Kumpel schleppten mich den halben Tag nach Augusta, wo ein Arzt war. Er konnte nicht feststellen, ob die Niere verletzt war, hat mir Schmerztropfen gegeben und mich verbunden. Dann sind wir mit Booten flussabwärts nach Brunswick gebracht worden. Auf dem Schoner hier bin ich mal gesegelt, und sie haben mich mitgenommen. Auf Kumpel kann man sich verlassen, auf Generäle nicht.«

Sven flüsterte zum Schiffsarzt. »Versorgen Sie ihn im Hospital, Dr. Bader. Wir setzen sofort wieder alle Segel, damit wir ihn noch bis Charleston bringen.«

Zu Michael Flinders und zum Kommandanten des Schoners sagte Sven niedergeschlagen: »Was für ein Desaster. Mehrere dieser Art könnten wir kaum vertragen.«

Liberty und *Virginia* mit ihren Prisen wurden in Charleston wieder herzlich empfangen. Am Kay am Cooper-Fluss standen Menschen und winkten ihnen zu. Und wer immer konnte, winkte zurück.

»Siehste da, det dritte Haus, da neben dem Schuppen, da wohnt meene Liebste. Se wird gleich aus 'nem Fenster winken«, freute sich der Maat am Vormast.

Ein anderer Maat, der ihm zugehört hatte, war erstaunt. »Sach mal, du bist doch verheiratet in Chester am Delaware. Du hast doch och 'n Kind mit deine Frau.«

»Nu mach dir man nich in de Hosen. Die eene weeß nich von der anneren. Det läuft doch alles prima. Ick hab überall 'nen Bett und die Weiber werden bedient. Noch wat?«

Sven ließ sich ans Ufer bringen und suchte die Hafenkommandantur auf. Er wurde freundlich empfangen. Man kannte sich seit langem.

»Na, Mr Larsson. Dasselbe wie immer? Gute Prisen und in Eile. Nun ist es nicht mehr Mr Talbot, zu dem Sie schnell wollen, sondern seine Nichte. Die ist jetzt aber verheiratet, mein Lieber.«

Der alte Hafenkapitän, der Svens Opa noch gekannt hatte, lachte ihn schelmisch an.

»Das weiß ich längst, Kapitän Zoller. Das hat sie mir schon angekündigt. Ihr Onkel hat den Mann ausgesucht.«

Der alte Kapitän wurde ernst. »Ja, der alte Talbot dachte immer nur ans Geschäft. Ich hätte meiner Nichte einen knackigeren und jüngeren

Mann ausgesucht. Aber schauen Sie sich Mr Fernando nur selbst an. Wir treffen uns ja noch.«

Während die Kutsche zu Talbots Villa ratterte, versuchte Sven, sich über seine Gefühle zu Rosita klar zu werden. Wenn er an sie in letzter Zeit gedacht hatte, wurden nicht nur sachliche und neutrale Gefühle in ihm wach, sondern auch erregende Erinnerungen an einen leidenschaftlichen Körper. Er wollte Sabrina nicht betrügen, aber die Erinnerungen tauchten immer wieder auf.

In Talbots Villa begrüßte ihn der alte Butler und bat ihn in den Salon, servierte ihm einen Tee und ging, um die Herrschaften zu benachrichtigen. Rosita erschien zuerst. Sie hatte sich verändert. Sie hatte auch vor Jahren nicht wie eine Hure gewirkt, aber jetzt war sie noch damenhafter und von einer gepflegten Gelassenheit, die jeden Gedanken an Nacktheit und Leidenschaft verbannte.

Sie lächelte ihn an und reichte ihm die Hand zum Kuss. »Wie schön, dass du wieder einmal vorbeischaust, lieber Sven. Mein Mann freut sich auch, dich kennen zu lernen. Er wird gleich bei uns sein.«

Sven war erleichtert und enttäuscht. Sie förderte keinen der erotischen Gedanken, die ihn erregt hatten. Das erleichterte und bedrückte ihn zugleich.

Mr Fernando war sicher zwanzig Jahre älter als seine Frau, um die fünfzig etwa. Er war schlank, hatte schwarze Haare und einen schwarzen Schnurrbart. Seine Familie stammte aus Spanien, war in Mexiko ansässig geworden, und sein Vater hatte nach Philadelphia geheiratet. Er wirkte lebhaft, gediegen und kultiviert.

Das Gespräch wandte sich nach einleitenden Sätzen über Svens Anreise und das beiderseitige Befinden bald den Prisen zu, die Sven hier auf den Markt bringen wollte. Rosita erkundigte sich nach Größe und Zustand der Schiffe, fragte nach der Ladung, und ihr Mann erbat zusätzliche Auskünfte, die seine Sachkenntnis verrieten.

Sven war überrascht, wie Rosita sich in das Geschäft eingearbeitet hatte. Wer nicht wie er ihre Vergangenheit kannte, musste annehmen, dass sie ihrem Onkel seit ihrer Kindheit über die Schulter geschaut und alles gelernt habe, was er wusste.

Mr Fernando schien sich vor allem der finanziellen Seite des Geschäftes zuzuwenden. Er war zuständig dafür, dass interessierte Käufer die Kredite erhielten, die sie benötigten, um die Prisenagenten und damit die Schiffsbesatzungen schnell zu bezahlen.

Sie waren sich bald einig. Ein Diener schenkte einen guten Wein ein, um auf das Geschäft anzustoßen.

»Auf eine Welt, in der Geschäfte unser Leben bestimmen und nicht Waffen«, toastete Mr Fernando.

Sven stutzte und dachte an jene Proklamation aus Charleston, in der die Geschäftsleute vorgeschlagen hatten, dass Charleston neutral bleiben solle, bis die militärische Auseinandersetzung zwischen den Briten und Amerika entschieden sei.

Sven trank seinen Schluck und sagte: »Mr Fernando, Geschäfte und auch Leben müssen in dieser Welt durch Waffen beschützt werden.«

»Das sagen uns die Krieger immer«, spottete Mr Fernando. »Aber, lieber Mr Larsson, ich garantiere Ihnen, wenn die Waffen zwischen Rebellen und Royalisten schweigen, wird der Handel zwischen Amerika und England einen Umfang wie nie zuvor erreichen. Ob Mutterland und Kolonien oder zwei unabhängige Staaten, wir sind ideale Handelspartner, und das können die Befürworter von Kriegen nicht ausschalten.«

»Ich glaube Ihnen gerne, dass der Handel zunehmen wird, aber warum haben sich die Geschäftsleute nicht gleich durchgesetzt und liberale Beziehungen eingeführt?«, fragte Sven. »Nein, Mr Fernando, vielen britischen Geschäftsleuten gefiel die Ausbeutung besser als ein fairer Handel, und sie haben auf die entsprechende Partei gesetzt. Doch ich merke, wir beuten die Geduld Ihrer Gattin aus.«

Mr Fernando schaute auf Rosita: »Verzeih, mein Schatz, aber ich habe den Eindruck, mit Mr Larsson lässt sich auch trefflich streiten. Doch nun wollen wir uns wieder der erfreulichen Unterhaltung widmen.«

Auf der *Liberty* sprach sich schnell herum, dass der Kapitän gute Preise für die Prisen erzielt habe. Ein Großteil der Besatzung hatte bis zwei Uhr früh Ausgang. Sie überboten sich in der Planung, wie sie ihr Geld auf den Kopf hauen wollten.

Sven hatte mit Mr Flinders gesprochen, ob es den Offizieren angenehm sei, wenn er sie heute Abend einlade, da die *Liberty* am nächsten Vormittag schon wieder auslaufe.

Mr Flinders hielt ein Essen in einem feineren Restaurant für eine gute Idee. »Nach einem lustigen und lauten Fest steht uns allen wohl nach dem Desaster Penobscot nicht so der Sinn, wenn auch die Besatzung sich austoben wird wie eh und je.«

Das entsprach auch Svens Meinung, der immer noch mit sich haderte und nicht so ganz wusste, warum.

Sie saßen im Nebenraum eines guten Restaurants, das gerade weit genug vom Hafen entfernt war, um nicht von Seeleuten besucht zu werden. Sie speisten vorzüglich, tranken guten Wein und unterhielten sich wie gute, alte Freunde. Leutnant Wilson von der *Virginia* passte zum Team, als sei er schon ewig mit ihnen gesegelt.

Es war nach Mitternacht, als sie aufbrachen. Ihre Diener holten die Kutschen, aber Sven entschied sich, dass er zu Fuß gehen wolle. »Die halbe Stunde ist gut für meine Gesundheit, und Sam kann mich für meine Sicherheit begleiten.«

Einige widersprachen, aber er ließ sich nicht umstimmen. Ihm war so eigenartig, und er wollte mit sich klarkommen.

Als sie fast am Kai waren, kreisten in Svens Gedanken immer noch Sabrina und Rosita umeinander, mitunter in Positionen, die ihn mit Lust und Scham erfüllten. Da sah er, nur einen Steinwurf entfernt, die Kutsche der Talbots. Ein Taschentusch winkte aus dem Türfenster. Der Diener stieg von der Kutschbank und kam auf Sven zu. Der war wie erstarrt.

Es war der alte Butler. »Sir«, meldete er, »Mr Fernando hat eine Neuigkeit, über die er sofort mit Ihnen sprechen möchte, wenn es genehm ist. Sam kann schon an Bord gehen. Wir bringen Sie zur Gangway zurück.«

Sven nickte Sam zu. »Ist gut! Ich komme.« Dann ging er mit dem Butler zur Kutsche. Der Butler hielt ihm die Tür auf und im Dunkel der Kutsche erkannte er Rosita.

Er hatte es so erwartet, aber das Gewissen drückte ihm den Hals ab.

»Welch ein Glück, dass ich dich noch traf, Sven. Ich komme nicht zur Ruhe. Wenn wir uns überhaupt wiedersehen, Sven, wird es erst in Jahren sein. Charleston wird den Briten in die Hände fallen. Es sind schon viele ihrer Spione in der Stadt. So kann ich dich doch nicht segeln lassen.«

Sven setzte sich zu ihr, fasste sie um. Sie sank ihm entgegen. Ihre Lippen fanden sich zu einem leidenschaftlichen Kuss.

»Wohin fahren wir?«, fragte Sven.

»In mein Mädchenzimmer, wo nur wir zwei sind. Es ist nur ein paar Schritte entfernt.«

Sie küssten sich und schwiegen, bis der Wagen hielt und sie unter ein Vordach einer Tür schlüpften, die Rosita aufschloss.

»Warte hier ein wenig«, bedeutete sie ihm und zündete Kerzen an.

Nun sah er das Zimmer, das wenig mehr als ein Bett, einen Schrank und einen Sekretär enthielt.

»Ich habe nur einen Saft hier«, unterbrach Rosita seine Besichtigung.

»Ich bin schon von dir berauscht, Rosita«, lächelte er sie an.

»Scherze nicht mit mir, Sven. Ich möchte mich nur an dich klammern und in dir vergehen. Die Furcht, dass wir uns nie wiedersehen, schnürt mir mein Herz ab.«

»Mir ist auch so beklommen, und ich weiß nicht warum. Vielleicht spüre ich den Tod vor mir und möchte noch einmal das Leben durch dich fühlen.«

Ihre Lippen fanden sich. Ihre Hände zogen dem anderen die Kleider vom Leibe. Die letzten Hüllen fielen und sie drückten ihre Körper im Bett aneinander, als wollten sie sich nicht mehr trennen. Aber dann verwöhnte einer den anderen mit Zärtlichkeiten und erhöhte die Lust, sodass sie förmlich glühten und nach einander schrien. Er drang in sie ein und löste ein lautes Stöhnen aus, das ihren gespannten Körper zusammensinken und sich ganz der Hingabe öffnen ließ. Es war keine Vereinigung raffinierter Liebestechniken, es war das liebevolle Ineinanderversinken zweier Menschen, die nur den anderen vor dem Verlieren glücklich machen wollten.

Später lagen sie erschöpft nebeneinander und sprachen zögernd darüber, was sie so einsam gemacht hatte. Raoul Fernando war ein Kavalier, der auch zu Rosita Distanz hielt. Sie blieben höfliche Fremde. Alles musste sich bei ihm auszahlen. Er wollte immer mehr erhalten, als er investierte. Als Geschäftspartner war er optimal, als Geliebter eine große Enttäuschung.

»Ich habe den Mann nicht bekommen, der für mich, aber auch für meinen Onkel erste Wahl war. Wir hatten es ja auch nicht für nötig gehalten, es ihm früh genug zu bekennen. Und nun soll ich ihn auch nicht mehr sehen können? Aber ich habe ein unvergessliches Stück Erinnerung mehr.«

Sie streichelte Sven, weil sie spürte, wie sein Gewissen sich in ihm regte.

»Rosita, darf ich mich an diesen Abend mit dir erinnern? Ich habe doch alles, was dir fehlt. Eine liebende Ehefrau und drei Kinder, die mein ganzer Stolz sind.«

»Und warum zweifelst du an der Liebe deiner Ehefrau, Sven? Ich spüre es doch. Ohne diese Zweifel wärst du doch nicht einsam durch die Stadt gewandert.«

Sven erzählte zögernd von seiner letzten Heimkehr, wie Sabrina im neunten Monat der Schwangerschaft nach ihm verlangt und ihn oral befriedigt habe. »Ich liebe es nicht so sehr, dabei nur der passive Teil zu sein. Aber für sie schien es selbstverständlich. Woher kennt sie das nur? Sie war vorher nie so!«

Rosita drehte sich herum, legte ihren Oberkörper auf seinen und schaute ihm erstaunt in die Augen. »Mehr hast du nicht zu erzählen, Sven?«

»Nein!«

Sie drehte sich wieder von ihm herunter und schlug die Hände zusammen. »Das kann doch nicht wahr sein! Der große Kapitän! Erfahren, beliebt und gefürchtet, tapfer und listig, temperamentvoll und treu! Dieser Übermann ist auch nur der kleine Spießer wie der Schneider an der Ecke! Sven, deine Frau ist hoch in anderen Umständen. Sie fühlt sich unterlegen, weil sie so unförmig ist. Sie weiß, dass sie auf übliche Art nicht mehr Sex haben kann oder dass du es nicht mitmachen würdest. Aber sie liebt dich so, dass sie Sex haben will, weil auch sie glücklich ist, wenn du zum Orgasmus kommst. Sie kennt viele erfahrene Frauen, vielleicht hat sie auch einmal einer Hure geholfen, denn sie ist ein guter Mensch. Sie erkundigt sich, wie man einen Mann auch in dieser Situation zum Orgasmus führen kann. Sie hätte es ja auch lesen können. Wahrscheinlich hat es sie Überwindung gekostet, denn viele Frauen stehen nicht so darauf. Sie tut es. Du wirst glücklich, und dann quälst du dich, weil deine Frau in sexuellen Dingen nur wissen darf, was du sie gelehrt hast. Sven, das bist doch nicht du! Da hat sich etwas Fremdes in dein Gehirn geschlichen. Du bist doch kein heuchlerischer Moralapostel. Erkenne doch, wie sehr dich deine Frau liebt!«

Er wandte sich von ihr ab. Er atmete heftig. Er setzte zum Sprechen an und brach wieder ab.

»Du beschämst mich, Rosita. Ich war so blind und so dumm. Und du zeigst mir, wie ich mich der Liebe einer anderen Frau unwürdig erwiesen habe. Du bist eine wunderbare Frau.«

»Ich werde dir jetzt zeigen, wie ich wirklich bin: unersättlich!« Und sie schwang sich auf ihn, schob ihn in sich hinein und brachte ihn erneut zum Orgasmus. »Diesmal hast du nicht mit mir verkehrt, sondern mit Sabrina. Ach, Sven, hoffentlich sehen wir uns in diesem Leben noch einmal. Und jetzt möchte ich auch Sabrina kennen lernen, die liebevolle Frau.«

»Merkt ihr nicht, ihr faulen Säcke, dass das Segel nachgebrasst werden muss?« Der Maat schrie den kleinen Trupp Seeleute an und zeigte auf ein Focksegel. Die Matrosen liefen zu den Tauen.

»Das sind nicht die Einzigen, denen die Nacht noch in den Gliedern steckt«, flüsterte Sam zu Joshua. »Ich habe von unserem Kapitän noch kein einziges anfeuerndes Wort gehört.«

Joshua blickte ihn vorwurfsvoll an. »Du solltest doch auf ihn aufpassen. Ich hätte ihn nicht so verschwinden lassen.«

»Was sollte ich denn machen? Ich kannte die Leute, und der Käpten ging mit ihnen.«

Joshua drehte sich um und begab sich zum Achterdeck.

Bevor er dort ankam, überraschte sie der Ausguck: »Deck! Segel drei Strich voraus, etwa acht Meilen!«

Sven drehte sich herum. »Sie kommen gerade recht, Mr Petrus. Sehen Sie doch bitte nach, wer da kommt?«

Der sieht aber wirklich ausgelutscht aus, dachte Joshua, griff sich ein Teleskop, steckte es sich hinten in den Gürtel und enterte auf.

»Rutsch mal ein Stück«, murmelte Joshua zum Ausguck und setzte sich auf die Rah. Er spähte zum Segel aus. Dann gab er dem Ausguck das Teleskop und sagte: »Wofür hältst du es?«

Der Ausguck meinte: »Könnte der Depeschenschoner sein, Mr Petrus.«

»Na, dann sind wir schon zwei, die das annehmen«, antwortete Joshua und rief: »Deck! Bekannter Depeschenschoner hält Kurs auf uns!«

Sven nickte und drehte sich zu Leutnant Johnson um. »Vielleicht kommt er so schnell zurück, weil d'Estaing Savannah eingenommen hat.«

»Könnte sein, Sir. Er ist ja seit Mitte September schon mit seiner Flotte vor Savannah.«

Sven nickte. »Schön und gut, mein Lieber. Aber die Briten hatten seit Januar Zeit, sich vorzubereiten, und d'Estaing hat kein Belagerungsgerät an Bord seiner Schiffe.«

Der Schoner erreichte sie erst nach über einer Stunde, da er gegen den Wind ankreuzen musste. Schließlich brasste er seine Segel back und sandte ein Boot zur *Liberty*.

»Unser Freund, der ältere Leutnant, ist auch wieder dabei«, informierte der Master den Schiffsarzt.

»Dann wird er von mir wissen wollen, wie es dem Verletzten erging, den er uns übergab«, sagte Dr. Bader.

»Sie haben ihn doch gut zum Sohn gebracht«, warf der Master ein.

»Es ging ihm etwas besser, das stimmt. Aber sein Sohn, der ja auch Arzt ist, wie Sie wissen, wird noch viel Arbeit mit ihm haben, bevor er ihn wieder richtig auf die Beine bringt. Und Glück braucht er auch.«

Sven fragte den Kommandanten des Schoners nach der Lage vor Savannah, kaum dass der Kommandant ihm zugetoastet hatte.

Die Lage sei unverändert, erfuhren Sven und sein Erster Leutnant.

»Der französische Admiral d'Estaing ist mit zwanzig Linienschiffen und fünftausend Mann gelandet, hat seine Kräfte mit unseren unter

General Lincoln vereinigt und die Briten am 16. September zur Kapitulation aufgefordert. Deren Befehlshaber Prevost hat die Verhandlungen hinausgezögert und dann die Kapitulation abgelehnt, nachdem sich die Truppen von den Inseln südlich von Charleston mit ihm vereinigt hatten«, berichtete der Schonerkapitän.

»Deshalb haben wir auf den Inseln niemanden mehr gefunden«, bestätigte Sven, und Mr Flinders nickte. »Aber warum greift d'Estaing nicht an? Er ist doch überlegen«, fuhr Sven fort.

»Ja, Sir. Aber die Briten haben einen ausgezeichneten Ingenieuroffizier, der ihre Stellungen sehr verstärkt hat, und General Lincoln bestand auf einer ausreichenden Beschießung der Festung. Die hat vor zwei Tagen, am 3. Oktober, begonnen. Ich nehme an, dass der Sturm dann unmittelbar bevorsteht.«

Sven stand am nächsten Morgen früh auf dem Achterdeck. Rocky hörte den Kanonendonner, als er das Deck betrat. Sven musste noch eine Weile warten. Die Wache meldete das Gegrolle, und dann hörte es Sven auch.

»Die müssen ja Schuss um Schuss feuern, damit es so pausenlos grummelt«, sagte Sven zu Joshua, der bei ihm stand.

»Das kostet einiges an Munition, Sir. Werden wir unsere Seesoldaten anlanden, Sir?«

»Darum wird man uns sicher bitten, Mr Petrus. Aber wir haben ja noch einige Stunden Zeit.«

Die *Virginia* segelte voraus, als sie die Einfahrt zum Savannah-Fluss erreicht und die Masse der französischen Linienschiffe passiert hatten. Sven fragte das Patrouillenboot nach dem Hauptquartier des amerikanischen Generals. Er wollte sich dort melden und nicht bei d'Estaing. Es ist unser Land, dachte er, und d'Estaing hat nicht viel für uns erreicht.

General Lincoln galt als eher wortkarger Mann, aber er begrüßte Sven freundlich. »Kapitän Bauer, der mir kürzlich sehr geholfen hat, erzählte von Ihnen, Kapitän Larsson. Sie kommen im richtigen Moment. Ihre Kanonen können beim Bombardement helfen und Ihre Ma-

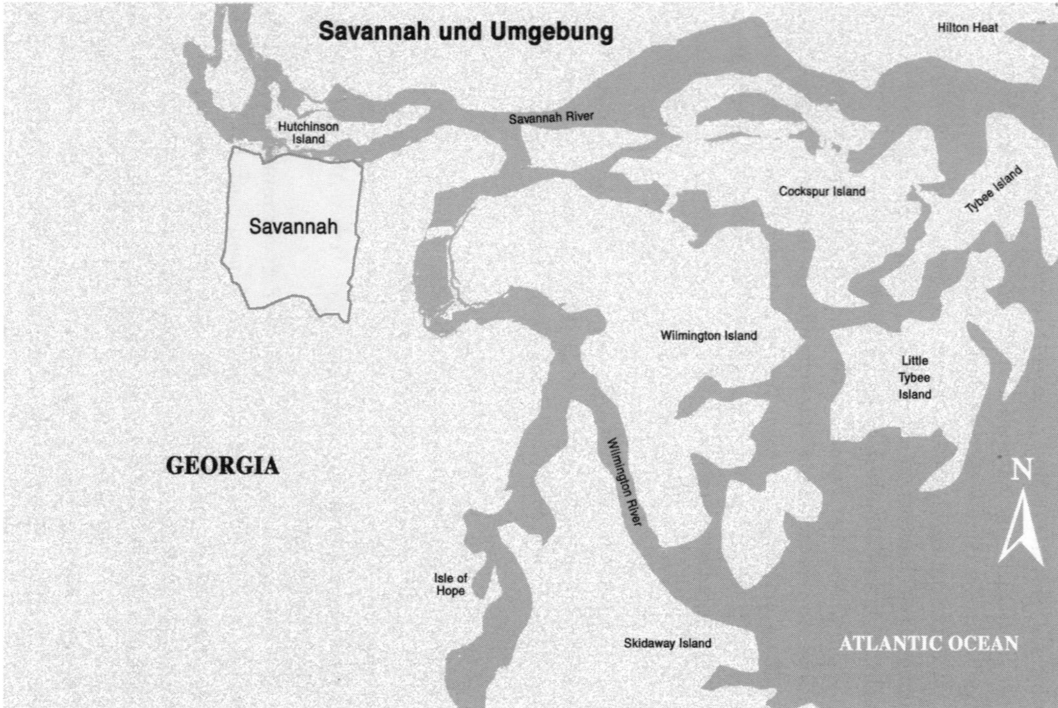
Savannah und Umgebung
Hilton Heat
Hutchinson Island
Savannah River
Savannah
Cockspur Island
Tybee Island
Wilmington Island
Little Tybee Island
GEORGIA
Wilmington River
N
Isle of Hope
Skidaway Island
ATLANTIC OCEAN

rinesoldaten beim Sturm. Ich zeige Ihnen an der Karte, wo wir Sie gut gebrauchen könnten.«

Er gab Sven an der Karte eine kurze Schilderung der Lage und verschwieg nicht, dass er die Beschießung der Festungsanlagen noch gerne fortgesetzt hätte, aber für Admiral d'Estaing sei der Ankerplatz seiner Schiffe nicht genug gegen Stürme geschützt und er müsse die Flotte nach Frankreich bringen. »Also werden wir morgen stürmen. Die genaue Zeit wird Ihnen noch mitgeteilt werden. Ich wünsche Ihnen und uns viel Erfolg, Herr Kapitän.«

Sven informierte auf der *Liberty* zunächst Leutnant Will, dass seine Seesoldaten sich für einen Landeinsatz von zunächst drei Tagen vorbereiten sollten, und besprach dann mit Leutnant Flinders, wie er die Fregatte an den Ort der Beschießung verholen solle.

Flinders gab dem Bootsmann seine Befehle und diskutierte mit Sven, ob der Schiffsarzt auf dem Schiff bleiben oder das Kontingent der Seesoldaten an Land begleiten solle.

Sven entschied, dass er ihn erst an Bord behalte, denn heute werde die *Liberty* auch Gegenfeuer erhalten, wenn sie die Befestigungen beschieße. Morgen früh müsse er bei den Seesoldaten sein. »Ich werde sie auch beim Angriff begleiten.«

Die Seesoldaten waren in der Frontlinie zwischen einem Regiment der Franzosen und zwischen einer Kompanie aus Virginia eingeschoben worden.

Sven besuchte mit Leutnant Will den Hauptmann der Virginier und den Major des nächsten französischen Bataillons. Die amerikanischen Truppen sahen zerlumpt aus. Sie hatten keine Strümpfe mehr und liefen mit nackten Waden herum. Die braunen Jacken waren mitunter arg zerfetzt.

Der amerikanische Hauptmann bemerkte seine Blicke. »Ja, unsere Uniformen sind lange überfällig. Wenn wir nicht in der vorigen Woche Schuhe bekommen hätten, könnten wir kaum beim Sturm mithalten, denn was glauben Sie, was in dem zerwühlten Gelände an Splittern verdeckt liegt.«

Sven ließ sich noch erklären, wo die Stärken und Schwächen der britischen Stellung lagen und wie man sich beim Angriff unterstützen könne. Bei den Franzosen war das anders. Die Grenadiere mit ihren weißen Hosen und Jacken sahen so adrett aus, als wären sie gerade aus der Kaserne gekommen. Ihr Kommandeur sehnte die Heimkehr nach Frankreich herbei und sprach mit Sven eigentlich nur über die französischen Hafenstädte, die dieser angefahren hatte, aber nicht über die Stellungen der Briten.

»Der Oberkommandierende, Comte d'Estaing, wird morgen bei uns den Sturm anführen. Das ist eine große Ehre für uns.« Sie plauderten noch einige Zeit und verabschiedeten sich dann.

»Wenn sie wirklich öfter mit uns Seite an Seite kämpfen würden wie echte Verbündete, dann müsste ich mein Französisch aber wieder aufpolieren«, bemerkte Sven zu Leutnant Will.

»Sir«, antwortete der gespielt demütig. »Wenn es ums Lernen geht, bin ich aber kein guter Patriot.«

Sven lachte. »Da würde ich Ihnen den Patriotismus schon beibringen, mein Lieber.«

Bevor die Sonne aufging, hockten die Soldaten schon in ihren Deckungen und hielten die Gewehre bereit. Die Amerikaner hatten nur zum Teil Bajonette aufgepflanzt.

»Warum haben sie die Bajonette nicht auf ihren Musketen?«, fragte Sven den Hauptmann.

»Wir haben unterschiedliche Musketen, Sir. Mal passen die Bajonette zu ihnen, mal nicht«, entgegnete der Hauptmann.

Dann schauten sie auf ihre Uhren. Die Kanonen feuerten noch über ihre Köpfe auf die britischen Stellungen. Von hinten kam ein Trupp Offiziere. Sie trugen französische Uniformen.

»Das wird d'Estaing mit seinem Gefolge sein«, stellte der Hauptmann fest.

Sven sah den Admiral neben seinem Adjutanten. Jetzt schaute er zu ihnen hinüber. Sven zog seinen Hut. D'Estaing winkte mit der Hand und lüftete seinen Hut.

»Da ist der amerikanische Kapitän, der mich als Erster an der Küste des Kontinents begrüßte«, erklärte d'Estaing seinem Adjutanten, und der zog auch seinen Hut.

»Kennen Sie die Franzosen?«, fragte der Hauptmann erstaunt.

»Nicht alle, aber d'Estaing. Ich führte das erste amerikanische Schiff, das er vor unserer Küste traf.«

Mit einem Schlag endete das Bombardement. Nur zwei Kanonen bummerten etwas hinterher.

Sven sah zu Sam und Midshipman Billy Walton und nickte Leutnant Will zu.

»Auf, auf! Mir nach!«, brüllte der mit gezogenem Degen und rannte voran. Sven und die Seesoldaten folgten ihm.

Jetzt sahen sie die britischen Stellungen, die nicht mehr vom aufstiebenden Sand umwölkt waren, klar vor sich. Aber sie sahen nun auch Briten, die auf sie schossen und kleine Kanonen auf den Wall rollten.

»Lauft!«, rief Sven. »Näher an sie ran, ehe ihr schießt!«

Sie stampften entschlossen neben ihm voran. Einer griff sich an die Brust und fiel vornüber. Im Rennen schielte Sven etwas nach hinten. Ja, da liefen die Sanitäter, und etwas weiter zurück beeilte sich Dr. Bader mit seiner Arzttasche.

Jetzt stoppten die Seesoldaten, knieten und zielten. Ihre Salve fegte eine Reihe der Verteidiger hinweg. Die Marines steckten nun ihre Bajonette auf und stürmten weiter. Sven griff nach seiner Pistole und zielte auf einen britischen Offizier. Er traf ihn an der Schulter.

Sven sah Sam und Billy an seiner Seite. »Voran!«, rief er und lief los. Da rollte etwas vor seine Beine und platzte mit hell krachendem Knall. Sven spürte einen gewaltigen Schlag gegen seinen linken Unterschenkel und wurde zu Boden geschleudert. Er schüttelte den Kopf und wollte wieder aufstehen, aber der linke Fuß knickte ihm weg. Und dann spürte er auch den Schmerz.

Sam warf sich neben Sven zu Boden, drückte sofort mit seinen Händen das linke Bein oberhalb des Knies ab und rief: »Billy, hol den Arzt! Den Kapitän hat's erwischt.«

Billy hatte sich schon nach dem Schiffsarzt umgeschaut. Dort kniete er neben einem Verwundeten.

»Dr. Bader! Der Kapitän ist schwer verwundet!«

»Sofort!«, antwortete der Schiffsarzt, knüpfte den Verband zu und wies die beiden Sanitäter an: »Bringt ihn zurück und kommt sofort wieder. Wo liegt der Kapitän?«

»Dort!«, wies Billy. »Nur zwanzig Meter.«

Billy nahm die Arzttasche und lief voraus.

Sven sah mit matten Augen, wie Dr. Bader sein linkes Bein untersuchte.

»Hören Sie mich?«, fragte er Sven.

Der nickte mühsam.

»Hier kann ich nur unterhalb des Knies amputieren«, sagte Dr. Bader.

Sven schüttelte den Kopf. »Keine Amputation!«, murmelte er.

»Dann binde ich ab, und Sie werden aufs Schiff transportiert. Aber ich kann nichts garantieren.«

Sven nickte.

Der Schiffsarzt band das Bein fest ab und befahl, während er arbeitete: »Ihr beiden bringt ihn zum Schiff. Dort hinter der Scheune liegen Tragen. Ich komme, sobald ich kann.«

Sam rannte und holte die Trage. Billy saß neben Sven, hielt seine Hand und sprach auf ihn ein: »Bleiben Sie wach, Sir. Gleich bringen wir Sie aufs Schiff. Dort wird Ihnen geholfen. Nicht ohnmächtig werden. Alles wird gut!«

Auf des Messers Schneide
(November 1779 bis Mai 1780)

»Deck!«, rief der Ausguck. »Französische Flotte ändert Kurs!«

Auf dem Achterdeck hob Leutnant Flinders das Teleskop ans Auge. Er brummte vor sich hin und sagte dann zum Midshipman: »Lassen Sie Abschiedssignal hissen: ›Gute Fahrt‹ usw.«

Dann ging er weiter zum Master: »Wieder einmal hauen die Franzmänner ab, ohne Erfolg gehabt zu haben. Was haben uns diese Verbündeten schon gebracht?«

»Sir, da sind Sie aber ungerecht!«, antwortete Mr White. »Sie haben in der Karibik den Briten einige Schläge verpasst, und die englische Flotte schwärmt nicht mehr so aus, wenn die Franzosen in der Nähe sind. Auch ihr Admiral ist bei seinem persönlichen Einsatz schwer verwundet worden wie unser Kapitän.«

Mr Flinders sah den Master böse an. »Erinnern Sie mich bloß nicht an die Verwundung unseres Kapitäns! Musste er an Land mit den Seesoldaten gegen die feindlichen Wälle stürmen? Hier auf dem Achterdeck ist sein Platz. Er muss doch niemandem mehr beweisen, dass er tapfer ist. Wir brauchen ihn, und er setzt sein Leben unnötig aufs Spiel.«

Der Master schüttelte den Kopf. »Unnötig nicht, Sir. Das ist Teil seines Charismas. Wenn Wachwechsel ist, fragen alle der neuen Wache die Abgelösten: ›Wie geht es ihm? Gibt's was Neues?‹ Und jede kleine Besserung macht sie glücklich.«

»Ja, wir alle hängen an ihm. Gott sei Dank, dass der Schiffsarzt sich dauernd um ihn kümmern kann. Wenn er wie die einfachen Soldaten liegen geblieben wäre, hätten ihn höchstens die Plünderer gefunden und abgestochen. Das Schicksal muss von unseren Seesoldaten keiner erleiden. Sanitäter und Arzt sind immer dabei.«

Ein Deck tiefer trat Martin, Svens Diener, leise in die Kajüte, die als Hospital umgebaut war. In der Mitte stand eine große Holztafel, auf der Matratze und Laken lagen. Ein Bein des Verwundeten hing in der Luft. Sein Unterschenkel war von einer Holzschale unten und einer oben umgeben. Von diesen Holzschalen führten Schnüre an die Decke, sodass der Oberschenkel schräg nach oben wies und der Unterschenkel in gleicher Höhe stabil gehalten wurde.

Der Schiffsarzt hatte diese Vorrichtung basteln lassen, denn er hatte in einer Veröffentlichung des deutschen Arztes Richter von ihrem Nutzen gelesen. Sie hatte den Vorteil, dass schwer verletzte Unterschenkel hoch und ruhig gelagert war und bei Stößen nur langsam mitschwang.

Dr. Bader hatte die obere Schale und den Verband abgenommen, roch an den Wunden, schaute sie genau an und tupfte hier und da ein wenig.

»Haben Sie noch Schmerzen, Sir?«

Sven, der mit blassem, ausdruckslosem Gesicht dalag, antwortete leise: »Ja.«

»Aber die Wunde sieht recht gut aus, Sir. Da brauchen Sie keine Sorge zu haben. Wollen Sie etwas Laudanum zum Tee oder lieber Alkohol? Ich plädiere eigentlich heute für ein wenig Alkohol. Ihr Kreislauf braucht eine Anregung.«

Sven nickte.

Martin fragte: »Soll ich ein kleines Glas Rum in den Tee füllen?«

»Das wäre gut«, antwortete der Schiffsarzt. »Wann löst Billy dich ab?«

»In einer Viertelstunde, Sir.«

»Dann bin ich ja noch da. Und wo ist der kleine Brendon?«

»Der schläft ein wenig im Kartenraum«, informierte Martin.

Der Schiffsarzt musste lächeln. Billys Vater war tödlich verunglückt. Seine Mutter und ihr neuer Mann hatten kein Interesse mehr an dem Jungen gehabt. Er war auf einem Schiff gelandet und von Svens Schiff gerettet worden. Dorthin kam auch John Brendon, als seine Schwester ihn nicht mehr ernähren konnte. John hatte sie alle vor einer furchtbaren Explosion bewahrt, als er kaltblütig eine brennende Lunte vom Pulvervorrat wegriss. Seither hatte Sven ein Auge auf den neuen Pulverjungen, nahm ihn auf, wenn das Schiff außer Dienst war, und sorgte für seine Fortbildung. Jetzt war Billy Midshipman und John Brenton war nun der Junge. Elternlos, aber vielversprechend. Und Billy half jetzt mit, John den Weg zu bahnen, der einst ihm gebahnt worden war.

Martin sah Dr. Bader lächeln. Das war ein gutes Zeichen. Zwei Tage hatte er nur an Svens Lager gestanden und die Wunde behandelt. Svens Unterschenkel war von der Handgranate fürchterlich zerfetzt gewesen. Die Haut war aufgerissen und hing herum. Adern waren durchtrennt und bluteten. Sehnen lagen frei. In den blutigen Brei waren Stofffetzen und Erdstücke gepresst.

Mit unendlicher Geduld hatte Dr. Bader wichtige Adern wieder zusammengefügt, Nervenbahnen angenäht, Hautfetzen gereinigt und aneinandergefügt. Der Schiffsarzt hatte sich auch zu der neuen medizinischen Richtung bekehren lassen, nach der offene Wunden nur mit sauberen Händen und Instrumenten berührt werden durften. Immer musste eine Schale mit Wasser, Seife und sauberen Handtüchern bereitstehen. »Neumodisches Bücherwissen!«, hatte der Koch geschimpft, als man ihm das erzählte.

Während der Behandlung hatten sie auch Johns besondere Fähigkeit entdeckt. Dr. Bader musste in dem Fleischbrei immer kleine Nervenenden oder Adern suchen, ohne zu viel Gewebe zu zerstören. In der linken Hand hielt er eine Lupe, in der rechten eine Pinzette. Aber die linke Hand zitterte etwas in dieser Richtung, die rechte in jener. John schaute zu, konnte sich nicht zurückhalten, leise zu flüstern: »Nach rechts, nein, jetzt mehr links.«

»Hast du saubere Finger, du Schlaumeier?«, knurrte Dr. Bader genervt.

»Aber ja, Sir«, betonte John und zeigte seine gewaschenen und gebürsteten Hände.

»Siehst du hier die kleine graue Faser?«

»Natürlich, Sir.«

»Sie muss zu der hier gezogen werden, ohne Fleisch zu beschädigen.«

»Ja, Sir«, sagte der kleine Kerl, griff mit der Pinzette, die keinen Millimeter zitterte, die kleine Nervenfaser und führte sie ruhig und sicher zur anderen.

»Da liegt noch eine Tuchfaser, Sir«, fügte er hinzu und zeigte mit der Pinzette auf ein winziges Teilchen. Dr. Bader linste durch die Lupe.

»In der Tat. Hol sie raus!«

Und so wurde John im wahrsten Sinne des Wortes zum Handlanger, der mit winzigen Hautfetzen hantierte und alle Fremdkörper entfernte.

»Der Bursche hat Augen wie ein Falke, und seine Hände zittern weniger als ein Felsklotz«, brummte der Schiffsarzt anerkennend in der Messe.

»Wie lange fällt der Kapitän nun aus?«, fragte Leutnant Will.

Der Schiffsarzt zog die Stirn in Falten und wiegte den Kopf hin und her. »Drei Monate schätze ich. Die Knochen sind ja nicht ernsthaft verletzt. Ein taubes Gefühl in der Wade bleibt natürlich länger. Und hinken wird er auch.«

»Dann werden sie uns einen anderen Kapitän schicken«, stellte Mr Johnson, der Zweite Leutnant, fest. »Ein Schiff mit voller Besatzung lässt das Komitee doch nicht ein Vierteljahr am Ufer liegen.«

»Wenn ein Fremder Kapitän wird, läuft ein Teil der Besatzung weg«, gab Mr Flinders zu bedenken.

Mr Johnson warf ein: »Am besten wäre es, du würdest Kapitän, Michael. Aber ob das Komitee mitmacht? Da hat doch jeder seine Günstlinge.«

Am nächsten Tag war Sven wesentlich munterer. Er frühstückte mit Appetit, ließ Mr Flinders kommen und erkundigte sich nach dem Zustand des Schiffes.

Dr. Bader traf die beiden in regem Gespräch vertieft, als er zum Krankenbesuch kam.

»Da brauche ich ja gar nicht zu fragen, Sir, wie es geht. Man sieht Ihnen an, dass die Heilung voranschreitet. Bei dem schönen Wetter sollten Sie heute ein wenig in die Sonne.«

Sven lächelte. »Einverstanden. Aber wie wollen Sie die ganze Apparatur transportieren?«

»Kein Problem, Sir. Die Wadenschale lassen wir hier, setzen Sie auf einen Stuhl, tragen Sie rauf und legen das Bein hoch. Dann können Sie die Arbeit an Deck beobachten.«

»Das sollen die anderen machen. Ich habe jetzt Genesungsurlaub.«

Auffällig viele Matrosen hatten in der Nähe des Achterdecks zu tun, suchten einen Blick auf Sven zu erhaschen und lächelten stolz, wenn er ihnen zunickte.

»Dem Brown hau ich die Nase blau«, sagte ein bulliger Seemann. »Der hat mir doch weismachen wollen, dass der Schiffsarzt dem Kapitän aus Versehen ein Ohr an die Stirn genäht hat.«

Joshua hörte das, grinste und verdrehte die Augen.

Zehn Tage später glitt die *Liberty* den Delaware aufwärts Philadelphia entgegen. Dr. Bader hatte lange mit Sven diskutiert, ob Sven nicht zuerst zu seinem Schwager in dessen Hospital nach Norristown gehen solle. Dort habe er ausgezeichnete ärztliche Betreuung, gute Pflege, seine Frau könne mit den Kindern dort wohnen, seine Schwester sei dort usw.

Aber Sven zeigte sich stur. Er wolle in sein Heim. Dort habe er die beste Pflege. Ärzte, auch sein Schwager, könnten ins Haus kommen. Der Schiffsarzt musste nachgeben, denn ein medizinischer Notfall war Sven nicht mehr. Der Kreislauf hatte sich erholt. Die Haut schloss sich um die Wade. Bald würde er die ersten Schritte mit Krücken probieren.

Die Männer, die Sven in Gloucester an Land begleiten würden, machten sich fertig. Dr. Bader wollte den örtlichen Kollegen medizinisch informieren. Joshua hatte sich vorgenommen, Sabrina die Meldung zu überbringen. Billy Walton und John Brenton würden wie Sam bei den Larssons wohnen.

Aber als sie Sven mit aller Sorgfalt in seinem Stuhl zum Haus getragen hatten, als Joshua am Tor wartete und Lucky und sein Bruder Ricky aufgehört hatten sich anzubellen und nur noch winselten, kam der alte Hausdiener John zum Tor und jammerte: »O Gott, o Gott! Der Herr verletzt, und die gnädige Frau ist vor einer Stunde nach New York abgefahren.«

»Was redet er da!«, ärgerte sich Dr. Bader. »Was soll sie denn in New York bei den Briten?«

»Gefangenenlager mit der Delegation besuchen«, antwortete John gekränkt.

»Das geht schon in Ordnung. Meine Frau ist da in so einer Kommission. Lange wird sie nicht bleiben. Mach auf, John, bitte! Bringt mich rein! Sind alle gesund, John?«

»Aber ja, Herr Kapitän. Wird das eine Freude bei den Kindern sein.« John ließ sie herein.

Es war gut, dass die Kinder Unterricht bei ihrer Hauslehrerin hatten. So kam Sven ruhiger in sein Zimmer und ließ sich dort einen Stuhl herrichten. Aber ohne Aufregung ging das auch nicht.

Martha, die gute, alte Köchin, hatte Svens Ankunft mitbekommen und weinte und jammerte nun, dass er so schwer verletzt sei. Joshua und Billy trösteten ihre alte Wohltäterin, und Sven lenkte sie ab, als er fragte, ob sie zufällig eines ihrer wunderbaren Nusstörtchen für ihn habe.

Und dann brachte Henrietta den jüngsten Sohn Henry Richard, ganze zwei Monate alt. Er hielt seinen Kopf schon recht gut, und Sven hatte den Eindruck, dass er ihn mit seinen blauen Augen nachdrücklich mustere.

»Dein Daddy ist wieder da«, sagte Sven und hob ihn mit beiden Armen an sein Gesicht. Der Kleine krähte und Sven nahm wie alle Väter an, dass er ihm was sagen wolle.

»So ein Pech, dass die gnädige Frau gerade abgereist ist. In vier Tagen wollte sie wiederkommen. Sie wird jedem Tag hinterhertrauern«, sagte Henrietta.

»Lass nur«, meinte Sven. »Dann bin ich schon ein wenig erholter, und sie erschreckt sich weniger.«

Aber dann hörten beide Getrampel auf der Treppe. Der Unterricht war vorbei und Lilian und Einar wollten zum Vater.

»Langsam!«, rief Henrietta. »Euer Vater ist noch krank.«

Aber die beiden wollten ihren Vater sehen, holten sich ein Küsschen ab, bestaunten das Bein mit dem Verband, drückten sich an ihn und schwabbelten los, was sie ihm alles sagen wollten. Kinder wärmen einem das Herz, dachte Sven wieder einmal und war glücklich.

Es waren äußerlich recht beschauliche Tage, in denen Sven auf seine Sabrina wartete. Besuch sollte er noch nicht empfangen. Nur der Doktor aus dem Ort kam, wechselte den Verband und zeigte Sam einige Übungen für das Bein, bei denen er Sven helfen sollte.

Martha kochte nur die Leibgerichte Svens. Lilian und Einar waren vormittags und nachmittags jeweils zwei Stunden bei ihrem Vater und erzählten ihm alles, was sie bewegte. Sie spielten auch Ratespiele mit ihm, und er musste ihnen vorlesen.

Sven wurde informiert, was es in Haus und Garten Neues gab, er las die örtliche Zeitung von der ersten bis zur letzten Zeile und hatte das Gefühl, dass er noch nie in den letzten Jahren von Gloucester so viel gewusst habe.

Aber wenn keiner bei ihm war, dann dachte er an Sabrina, und sein Gewissen plagte ihn. Wie hatte er nur ihren Versuch, ihn trotz hoher Schwangerschaft sexuell zu befriedigen, so falsch deuten können? Warum hatte er sie bei der ersten Gelegenheit mit Rosita betrogen, obwohl er ihr doch immer treu sein wollte? Manchmal erwog er, ihr alles zu beichten. Aber dann entschied er sich für absolutes Schweigen. Es würde sonst immer zwischen ihnen stehen. Sabrina würde immer daran denken.

Joshua war zu seiner schönen jungen Frau weitergefahren.

»Er hatte ja noch nicht einmal richtig Flitterwochen«, scherzte Sam, der mit Billy und John bei den Larssons wohnte.

Am dritten Tag kamen die Kellaghans mit Edgar und Astrid, ihrem jüngsten Baby. Nun waren Lilian und Einar erst einmal mit Cousin und Cousine beschäftigt, Henry Kellaghan, Svens Schwager, untersuchte in Gegenwart von Ingrid den Unterschenkel.

Er betastete jeden Zentimeter, fragte nach Druckempfindlichkeit, achtete auf Hautverfärbungen, prüfte die Beweglichkeit der Gelenke und sagte schließlich zur Erleichterung aller: »Gut behandelt, gut verheilt. Du musst jetzt immer einige Schritte mit Stützen gehen und im Sitzen viel üben, dann kannst du wieder die volle Tauglichkeit erreichen. Vielleicht bleibt der Unterschenkel wetterfühlig.«

»Wie schön, du alter Seebär«, fügte Ingrid hinzu und umarmte ihren Bruder. »Du machst einem schon Sorgen. Und deine Frau ist nicht da.«

Sie bekamen Tee, und dann wurde erzählt, was sich in jeder Familie ereignet hatte. Nach einer Stunde verabschiedete sich Henry. Er musste in seiner Zweitpraxis in Philadelphia Sprechstunde abhalten. Er hatte schon drei angestellte Ärzte, arbeitete aber auch immer selbst mit.

»Wenn dein Schiffsarzt einen Job sucht, bei mir kommt er immer unter, lieber Sven«, sagte er zum Abschied.

Die Kinder spielten mit den Hunden, und Sam achtete auf sie. Henrietta versorgte den kleinen Henry und Astrid. Sven war seit langer Zeit wieder einmal ungestört mit seiner Schwester.

»Erinnerst du dich manchmal noch, wie wir aus Einars Tal geflüchtet sind, Bruderherz?«, fragte Ingrid.

»Selten und etwas verschwommen. Aber Angst bekomme ich dann immer noch.«

»Was haben wir für ein Glück gehabt. Die Großeltern haben uns liebevoll aufgenommen. Wir konnten behütet aufwachsen. Wir haben einen neuen, liebevollen Vater und noch eine Schwester gefunden. Sie wurde deine geliebte Frau. Ich habe einen guten, tüchtigen Mann. Wir beide haben gesunde Kinder und haben guten Besitz. Nur Vater und Mutter, die nun in Kanada leben, fehlen mir manchmal sehr.«

Sven nickte. »Mir geht es auch so. Ich habe mir schon den Kopf zerbrochen, was wir anstellen könnten, sie zu besuchen. Aber im Krieg ist das so gut wie unmöglich. Ein Glück, dass es eine Post gibt. Sonst wüssten wir nicht einmal, dass sie gesund und zufrieden sind.«

»Nun müssen wir dafür sorgen, dass die Familie nicht auseinanderstrebt. Könnten wir Weihnachten nicht bei uns in Norristown feiern, alle zusammen?«

»Da lädst du dir aber etwas auf, liebe Ingrid.«

»Ach, Sven, wir haben doch Bedienstete genug. Und vieles kann man vorher vorbereiten. Rede mal mit Sabrina.«

Sven versprach es, und sie kamen auf die Bediensteten. Ingrid erkundigte sich nach Joshua, und Sven schwärmte von dessen Hochzeit und der Schönheit seiner Frau Adeline.

»Ist sie auch so dunkel wie er?«

»Nein, sie ist Mulattin, hat europäischen Gesichtsschnitt, vielleicht etwas höhere Wangenknochen, ein wenig vollere Lippen, relativ helle Samthaut und graziöse Bewegungen.«

»Sag mal, Brüderchen, so schwärmst du ja nicht einmal von Sabrina. Du wirst doch da nichts anfangen wollen?«

»Ingrid, du kennst doch Joshua. Soll ich mich von dem Riesen verprügeln lassen?«

»Der ist dir so ergeben, Sven. Der würde dich nie verprügeln. Er würde still ganz weit fortgehen, wenn du ihm so etwas antun würdest.«

»Und darum könnte ihn auch nur ein völlig böser Mensch so enttäuschen. Und so böse, wie du denkst, bin ich nicht.« Sie lachten sich beide an.

Ingrid und Henry hatten vor, Sabrinas Ankunft abzuwarten, aber dann gleich abzureisen, um das Wiedersehen von Sabrina und Sven nicht zu stören.

Sven lächelte. Ohne einen halben Tag mit ihrer besten Freundin und Stiefschwester würde Sabrina sie nicht fortlassen.

Als dann die Kutsche vorfuhr und Sabrina kam, schien sie aber erst einmal gar nicht zu merken, dass Henry und Ingrid mit Kindern zu Besuch waren.

»Wo ist er?«, rief sie John zu, der das Tor öffnete, und rannte ihn fast um.

»In der Bibliothek!«, rief John hinterher.

Sabrina lief ganz undamenhaft schnell, den Rock unziemlich hochgezogen. Sie stieß die Tür auf, eilte über den Flur, rief: »Sven!«, und öffnete die Tür zur Bibliothek.

Sven saß im Sessel, das Bein auf einem Hocker und hatte die Zeitung auf den Schoß sinken lassen. Sein Mund öffnete sich zum freudigen Lachen, als er Sabrina erkannte. Sie stürzte auf ihn zu, stieß an sein linkes Bein, was ihm einen Schmerzensschrei entlockte, und fasste ihn um. »Dass du nur lebst, mein Liebster! Alles andere schaffen wir schon.«

Sie küssten sich hingebungsvoll. Dann löste sich Sven und stellte mit einem fragenden Ton fest: »Du wusstest, dass ich hier bin und verwundet wurde?«

Sabrina nickte unter Tränen. »Wir mussten im Ort anhalten, und da rief eine Frau ins Kutschenfenster: ›Ist Ihr Gatte schon über den Berg?‹ Da konnte ich Zwei und Zwei zusammenzählen. Und ich war schon in so gedrückter Stimmung.«

»Wieso, Liebste?«

»Das erzähle ich gleich. Aber sag mir, wo du verwundest wurdest und wie es der Wunde geht.«

Sven zog seine Hose hoch, sodass Sabrina die Wund sehen konnte. »Vor Savannah hat mir eine Handgranate die Wade zerfetzt. Sam und Billy haben mich aufs Schiff geschleppt und Dr. Bader hat mit viel Mühe alles zusammengeflickt. Es heilt gut. Morgen muss ich mit Krücken die ersten Versuche machen. Ein wenig Hinken wird wohl bleiben.«

»Wenn du nur lebst, Liebster. Und zur See kannst du jetzt doch auch nicht fahren.«

Sven lachte. »Die nächsten drei Monate wirst du mich wohl nicht loswerden. Aber ich weiß noch nicht, ob das Komitee die *Liberty* unter Leutnant Flinders oder einem anderen vorher losschickt. Und nun musst du mir sagen, was dich bedrückte.«

Sabrina löste sich von Sven. »Ich muss doch schnell Ingrid und Henry begrüßen. Sie können dann ja auch hören, was ich dir von New York erzähle.«

Sie kam gleich darauf mit den beiden zurück und begann zu erzählen: »Ihr wisst ja alle, dass ich in einem Komitee bin, das die Lage der

Gefangenen verbessern soll. Nach langen Verhandlungen fand nun ein Austausch von Kommissionen statt. Vier Briten besuchten die Lager bei Boomington und vier Amerikaner die von New York. Wir waren zwei Frauen und zwei Männer. Die Herren waren Dr. Rowen, den Henry sicher dem Namen nach kennt, und Stadtrat Able. Außer mir war eine Frau Michel mit, die Frau eines Schuldirektors. Wir waren mit zwei Kutschen unterwegs und hatten einen Diener und eine Zofe mit. Wir wurden in New York höflich und korrekt aufgenommen, sprachen mit dortigen Komiteemitgliedern und besuchten die alten Schiffe, auf denen sie die Gefangenen zusammengepfercht haben. Sie nennen sie Hulks. Es war die Hölle. Auf diesen verrottenden Schiffen ist die drei- oder vierfache Zahl der früheren Besatzung untergebracht. Sie haben an Deck Verschläge errichtet und die Menschen hineingepresst. Unter Deck kann man kaum atmen, so stinkt es. Das Essen ist knapp und miserabel. Die Leute können sich wenig bewegen und kommen kaum an die Luft. Ein Arzt soll fünfhundert Mann versorgen, die alle mehr oder weniger krank sind. Man kann sich nicht vorstellen, wie menschenunwürdig dort vegetiert wird. Und Stadtrat Able sagte uns im Vertrauen, dass es in unseren Lagern auch nicht besser ist.«

Ingrid trocknete sich Tränen ab, und Henry fragte ein wenig wütend. »Und was könnt ihr ändern?«

»Nicht viel«, antwortete Sabrina resigniert. »Wir haben mit dem britischen Befehlshaber gesprochen, wir haben einen Bericht verfasst, der auch den Zeitungen zugeleitet wird. Die Antwort war bisher: Zu wenig Wachen, zu wenig Verpflegung, zu wenig Räume. Aber wenn die Welt weiß, wie es dort zugeht, werden immer mehr fordern, dass es sich ändert. So, jetzt wird aber Kaffee serviert, und wir reden über etwas Fröhlicheres, sonst komme ich aus Sorge und Bedrückung gar nicht mehr heraus, wo mein Mann hier noch sein Bein ruiniert. Erzählt mir, wie es euch geht!«

Sven behielt recht. Die Kellaghans durften nicht gleich abfahren. Sie sollten mit ihren Kindern bis zum nächsten Morgen bleiben. Dafür musste Sabrina dann die Zusage zum Weihnachtsbesuch geben.

In Sven wuchs während der Erzählungen der Respekt vor seinem Schwager Henry, der nun schon zwei florierende Praxen mit angeschlossenen Hospitälern als Arzt unterhielt. Sven erzählte von dem kleinen John Brenton, der mit ruhiger Hand und scharfem Auge die kleinen Fremdkörper aus seiner Wund geholt habe, die Dr. Bader nicht mehr sehen und mit der Pinzette fassen konnte. Seitdem sei John dem Schiffsarzt nicht mehr von der Seite gewichen, und der habe ihn immer mehr herangezogen.

»Gebt ihn uns doch bis Weihnachten mit, dann kann er ausprobieren, ob ihm die Medizin etwas bedeutet oder ihn abschreckt«, schlug Henry vor.

Sven hob die Hand. »Damit ist es nicht allein getan, Henry. Du meinst es gut, aber John muss hier auch für seine Grundbildung arbeiten. Er wusste gar nichts, als wir ihn retteten.«

»Bruderherz«, mischte sich Ingrid ein, »Hast du vergessen, dass ich genauso Lehrerin war wie meine Schwester Sabrina? Das schaffen wir auch.«

»Nun mussten wir aber lange warten, bis wir allein sind«, sagte Sven leise im Schlafzimmer zu Sabrina. »Wir haben ja nun auch noch etwas vor, worauf wir lange warten mussten. Dafür bin ich schon genug geheilt.«

Sabina lehnte die Stirn an seine Wange. »Sei mir nicht böse, Liebster. Ich brauche ein wenig mehr Abstand von diesen Bildern der Hölle. Das hat mir das Gespräch mit Ingrid und Henry nicht verschafft. Ich möchte mich nur an dich kuscheln und in deinem Arm einschlafen. Kannst du das verstehen?«

»Aber ja. Es ist gut, dass wir uns das sagen können. Eigentlich bin ich auch zu müde. Aber morgen!«

Der nächste Tag brachte mehr Unruhe, als den beiden lieb war. Kellaghans reisten ab und wurden mit vielen Umarmungen verabschiedet.

Aber dann kam Mr Smith vom Marinekomitee. »Ich entschuldige

mich tausendfach, dass ich Sie bei Genesung und Wiedersehen störe, aber die Flotte muss wissen, wie es um den Kapitän der *Liberty* steht.«

Sabrina ließ kein Gespräch zu. »Erst einmal muss ich wissen, lieber Mr Smith, ob Sie Kaffee oder Tee wünschen, ob Sie lieber Kekse, Kuchen oder Brot hätten. Offizielle Gespräche darf mein Mann noch nicht führen, nur gemütlich beim Kaffee plaudern.«

Mr Smith lachte. »Ich habe Ihnen ja schon oft gesagt, dass Sie eine wunderbare Frau sind, Mrs Larsson, aber manchmal überraschen Sie mich immer noch. Kaffee und Kuchen bitte.«

Als sie sich ein wenig gestärkt hatten, berichtete Sven, wie es zu der Verwundung gekommen war und dass er wahrscheinlich erst in drei Monaten wieder ein Schiff führen könne. »Ob es dann ein Kaper ist oder ein Schiff der Staatsflotte, hängt nicht allein von mir ab, wie das Beispiel von Kapitän Harvy lehrt.«

Mr Smith verzog das Gesicht. »Ja, ich weiß, Sie sind immer noch böse, dass wir Kapitän Harvy nicht das Kommando über ein Flottenschiff gaben, weil er amputiert war. Aber das sind Sie ja nicht. Wen schlagen Sie denn als Vertretung für Ihr Schiff vor?«

Sven überlegte. »Die ideale Lösung wäre Kapitän Karl Bauer. Leutnant Flinders könnte seine Sloop übernehmen. Aber ich weiß nicht, wo Kapitän Bauer segelt.«

Mr Smith lächelte verschmitzt. »Er wird gerade Chester auf dem Weg nach Philadelphia passieren und hat zwei große Prisen bei sich.«

»Hast du das gehört, Sabrina? Karl kommt! Wir müssen ihn sehen.«

Aber Karl fuhr erst zu seiner Frau, denn auch er war ja noch nicht lange verheiratet. Er würde mit seiner Frau kommen, um Sven und Sabrina zu besuchen, ließ er ausrichten.

»Die wird mich nicht sehen wollen, wenn sie erfährt, dass Karl auf meine Empfehlung hin gleich wieder mit einem anderen Schiff in See stechen muss.«

Dafür meldete sich Richard Bradwick an, mit Sven Teilhaber der Reederei und ihr Geschäftsführer. Ihn konnten sie nicht abwimmeln.

Er umarmte Sabrina und Sven und sagte: »Liebe Freunde, ich störe euch nur kurz. Aber ich musste einfach sehen, wie es meinem Partner und Freund geht. Und das sage ich, weil Mr Smith mir wieder zuvorgekommen ist: Ich muss wissen, wann Sven unsere Kaperfregatte übernehmen wird.«

»Die kommandiert doch Kapitän Harvy«, warf Sven ein.

»Ich bin Überbringer einer schlechten Nachricht: Kapitän Harvy ist in einem kleineren Gefecht so unglücklich getroffen worden, dass er starb.«

»Das tut mir leid!« Sven sprach sehr leise. »Wir haben viel gemeinsam erlebt. Er war ein guter Mann.«

Mr Bradwick bestätigte es. »Er war erfolgreich und hoch geachtet. Nun müssen Sie ran, Sven, sobald Sie gesund sind.«

Sabrina wurde ärgerlich. »Jetzt seien Sie aber still davon, Richard. Wir wissen doch, dass Sie ihn schon lange als Kommandant der Fregatte haben wollen. Aber noch ist ungewiss, ob er wieder richtig wird laufen können. Ich wäre froh, wenn er mit Ihnen am Schreibtisch sitzen würde.«

Mr Bradwick hatte Sabrinas Vorwürfen etwas zerknirscht gelauscht. Jetzt lächelte er aber wieder. »Sie sind doch schon die Sonne meines Büros, Sabrina, wenn auch nur alle zwei Wochen.«

Sven musste lachen. »Sonne meines Büros! Sie sind ein Charmeur, Richard. Nun sagen Sie mir doch mal in aller Kürze, wie die Geschäfte laufen.«

Mr Bradwick berichtete, dass die Geschäfte prächtig liefen. Sie hätten einschließlich der Kaper elf Schiffe unter ihrer Flagge und wären damit eine der größten Reedereien Pennsylvanias.

»Wir hatten nur einen Verlust im letzten Jahr, und der wurde von der Versicherung gedeckt. Sie sind im letzten Jahr zehntausend Dollar reicher geworden, Sven.«

Sabrina und Sven sahen sich an. »Das ist eine großartige Nachricht, Richard. Aber Sven hat auch gute Prisen gemacht. Mir macht dieser Erfolg Sorgen. Wir haben doch gar nichts getan, um diesen Segen zu verdienen. Wir müssen jetzt die Stiftung bauen, Sven«, meldete sich Sabrina.

Richard Bradwick war von Anfang an in die Geschichte des »Redbook-Vermögens« eingeweiht, das die Larssons vor der Enteignung billig von den Freunden kauften, damit diese überhaupt etwas von ihrem Vermögen behielten. Er wusste auch, dass die Larssons ihre Gewissensbisse nur damit beruhigt hatten, dass sie verkündeten, von den Gewinnen eine Redbook-Stiftung für Waisenkinder zu gründen. Wenn diese gute Absicht jetzt realisiert werden sollte, dann konnte er dem als Ehrenmann nicht widersprechen. Aber als Kaufmann tat ihm schon jeder Cent leid, der nicht in die Firma gesteckt wurde.

Sven schaute grübelnd vor sich hin. »Ich bin voll und ganz einverstanden, liebe Sabrina, aber ich habe zwei Bitten.«

Sabrina sah ihn fragend an und fasste seine Hand.

Sven fuhr fort: »Wir müssen vorher mit Leuten reden, die Waisenhäuser oder Altenheime leiten, und wir müssen Architekten suchen, die diese Erfahrungen berücksichtigen. Außerdem erinnere ich daran, dass uns Mr Redbook nach dem Kauf betrogen und sich auch seiner Frau gegenüber als Schuft erwiesen hat. Ich schlage daher vor, dass wir den Namen in ›Elisabeth-Redbook- und Sabrina-Larsson-Stiftung‹ ändern.«

Mr Bradwick applaudierte spontan, aber Sabrina widersprach. »Du hast viel mehr für die Verwirklichung der Stiftung getan, Sven. Dein Name gehört zuerst in den Stiftungsnamen.«

Sven schüttelte den Kopf: »Liebling, mein Name steht für Kampf und hoffentlich auch für Sieg. Für Barmherzigkeit und Güte soll bei uns immer dein Name stehen.«

»Sabrina, ich glaube, Sven hat recht. Natürlich weiß ich, dass ihm Güte nicht fremd ist, aber für diese Stiftung sind Frauennamen besser«, betonte Mr Bradwick. »Für die Architekten hätte ich zwei ausgezeichnete Vorschläge und für die anderen Gesprächspartner habe ich noch Namen im Hinterkopf.«

Sie redeten noch ein Weilchen über Größe und Anlage einer Stiftung, doch dann drängte Sabrina zum Abschied, denn Sven wurde recht einsilbig, weil er erschöpft war.

Aber Sven musste sich am Abend genügend erholt haben, denn als sich Sabrina im Bett an ihn drängte, wurde auch in ihm das Verlangen übermächtig, und sie liebten sich hingebungsvoll. Mehr als das verletzte Bein störte Sven anfangs die Erinnerung an seine Vereinigung mit Rosita. Aber dann waren seine Gedanken nur noch bei seiner Sabrina. Nur noch die Liebe zu ihr und ihren Kinder hatte Raum in seinem Herzen.

In den nächsten Tagen meldeten sich Freunde und Bekannte, darunter auch Joshua und Adeline. Sabrina achtete darauf, dass die Besuche kurz gehalten wurden und Sven nicht zu sehr anstrengten. Er vernachlässigte auch seine Übungen nicht und demonstrierte den Gästen immer zum Abschied, wie er schon mit zwei Krücken gehen konnte.

Ermuntert und froh war er aber eigentlich nur nach dem Gespräch mit Joshua und seiner Frau. Sie erzählten so lustig und frei von den Erlebnissen ihrer jungen Ehe, dass auch Sabrina ganz angetan war.

»Ich wusste ja immer, dass Joshua ein treuer und mutiger Mensch ist, aber dass er so voller Humor und Scherze steckt, habe ich heute zum ersten Mal erlebt. Das hat Adeline in ihm geweckt. Sie ist nicht nur bezaubernd schön, sie ist auch eine kluge und wertvolle Persönlichkeit. Wir müssen sie in den engsten Freundeskreis aufnehmen. Es tut auch unser aller Toleranz gegen Neger gut.«

Der Tenor der anderen Gespräche war eher deprimierend. Svens Verwundung brachte zwangsläufig den Abzug der Franzosen vor Savannah und damit die Aufgabe der Belagerung zur Sprache. Südkarolina, so war die vorherrschende Meinung, sei in der Hand der Briten. Charleston sei wahrscheinlich das nächste Ziel der Engländer und werde auch nicht widerstehen können. Und dann die Lage in der Chesapeake Bay! Britische Kriegsschiffe und Kaper könnten dort schalten und walten, wie sie wollten. Sie plünderten und brandschatzten. Normaler Handel sei in diesem Gebiet nicht mehr möglich. Glaube Sven noch an eine Wende? Müsse nicht auch er mit der Rache der vertriebenen und enteigneten Königsanhänger rechnen?

Sabrina merkte, wie ihm dieser Defätismus zusetzte. Seine Argumentation stützte sich darauf, dass die Briten ihre Kräfte so zersplittert hätten, dass sie bis an die Grenze ihrer Kräfte gekommen seien.

»Wir haben es an der Küste immer wieder gemerkt, dass die Briten den Widerstand in Karolina zusätzlich anfachen, weil sie keinen geregelten Nachschub haben und daher plündern und beschlagnahmen. Sie herrschen nur über einige Städte. Auf das Land können sie sich einzeln oder in kleinen Gruppen nicht trauen. Wenn Sie in größeren Kolonnen ausmarschieren, um Nahrungsmittel zu beschlagnahmen, lauern ihnen überall Kämpfer auf, die sie aus dem Hinterhalt beschießen. Die britischen Verluste sind groß. Die Soldaten wollen sich rächen und fachen den Kleinkrieg noch mehr an. Das sind Pyrrhussiege.«

Aber dann kamen Karl und Hanna Bauer. Sven hatte Karl auf seinem ersten Schiff kennen gelernt. Er hatte viel von seiner maritimen Erfahrung profitiert und Karl viel von Svens Allgemeinbildung. Sie waren unzertrennliche Freunde und respektierten sich auch als Flottenoffiziere.

Karl hatte Hanna erstmals gesehen, als er ein Auswandererschiff inspizierte. Sie erzählte am Kaffeetisch, was ihr als Seemannsfrau so alles widerfahren war, und sie mussten herzlich lachen.

»Wir haben auch Joshua und Adeline, meine alte Freundin, besucht. Stell dir vor, Sabrina, Adeline ist schwanger und Joshua, der Riese, freut sich wie ein kleines Kind«, erzählte Hanna. »Wenn er Sven nicht so treu verbunden wäre, würde er wohl nicht mehr zur See fahren.«

»Wir würden auch an Land für ihn eine Vertrauensstellung finden. Ich werde als Freund mit ihm reden, wenn es aktuell ist«, schaltete sich Sven ein.

Aber dann riss Karl die Unterhaltung an sich. Er hatte einen alten Freund getroffen, der mit Kapitän John Paul Jones gesegelt war. »Du hattest mit ihm einen Zusammenstoß, als wir im Winter 75/76 unser Schiff ausrüsteten.«

Sven wehrte ab. »Er hat den Werftbesitzer beschimpft, den ich gut kannte und der mich bei der Belieferung mit Spieren bevorzugte. Mir war dieser Jones nicht sympathisch. Er war sehr eitel und egozentrisch.«

»Dann hör dir mal an, was dieser Mann geleistet hat.«

Und Karl erzählte, wie Kapitän John Paul Jones mit einer ganzen Flottille aus französischen und amerikanischen Schiffen vor den Küsten Englands gekreuzt sei und viele britische Schiffe gekapert habe. Dann sei er auf einen britischen Konvoi mit einundvierzig Schiffen aus der Ostsee gestoßen. Der war durch eine 50-Kanonen-Fregatte und eine Sloop gesichert.

»John Paul Jones griff mit seinem umgebauten Ostindiensegler *Bonhomme Richard* sofort die überlegene britische Fregatte *Serapis* an. Sie haben sich stundenlang beschossen und ähnelten mehr Wracks als Kampfschiffen. Die britische Sloop hatte sich bereits ergeben, und die Handelsschiffe waren geflohen. Da forderte der britische Kapitän Jones zur Übergabe auf. Und was meinst du, was der getan hat?«

Sven antwortete: »Ich nehme an, er hat abgelehnt.«

Karl hob die Hand. »Viel besser! Er hat gerufen: ›Ich habe ja noch nicht einmal begonnen zu kämpfen!‹ Und dann schossen seine Kanonen mit noch größerer Geschwindigkeit auf die *Serapis*.«

Sven zeigte sich beeindruckt. »Ein Satz, der Geschichte machen wird.«

»Und stell dir vor: Der Brite hat dann kapituliert. Aber Jones' *Bonhomme Richard* war inzwischen so beschädigt, dass sie sank. Jones musste mit dem Rest seiner Besatzung auf die erbeutete britische Fregatte umsteigen. Beide Schiffe hatten fast die Hälfte ihrer Besatzung verloren.«

Sven schüttelte den Kopf. »Lieber Karl, wenn er den Konvoi gekapert hätte, wäre es ein großer Sieg gewesen. Aber da der Konvoi entkommen ist, war es mehr ein imposantes Theaterstück.«

Sabrina mischte sich ein: »Sven, das sagst du bloß, weil du den Jones nicht magst.«

»Nein!«, widersprach Sven. »Hauptziel ist die Schädigung des Nachschubs für Holz zum Schiffbau. Dafür sind die baltischen Staaten der Hauptlieferant, seit wir mit England kämpfen. Dieses Ziel wurde überhaupt nicht erreicht.«

»Ich stimme Sven zu«, sagte Hanna ganz ruhig. »Von Karl weiß ich, dass so ein Konvoi zweimal im Jahr segelt. England hat also Nachschub für ein halbes Jahr behalten. Eine Fregatte kann man überall versenken, wenn es auch hier besonders eindrucksvoll geschah.«

Nun begann eine lustige Diskussion, ob die Frauen nun ausgetauscht werden sollten, da sie mit dem jeweils anderen Mann übereinstimmten.

Sabrina scherzte, dass ihr Karl schon immer so gut gefallen habe, und Hanna antwortete, dass es Schicksal war, dass damals Karl an Bord des Auswandererschiffes gekommen sei und nicht Sven.

»Hör dir das an, Karl. Diese Frauen wollen uns gegeneinander aufhetzen«, schimpfte Sven zum Schein. »Aber lieber nehmen wir uns welche von den Frauen, die uns schon lange umschwärmen und immer von uns abgewiesen wurden.«

Beide Frauen lachten laut: »Hör dir das an, Hanna, jetzt kommt wieder das Märchen von den sie anbetenden Frauen. Das können doch nur Seejungfrauen sein.«

Auch die Männer lachten nun und umarmten ihre Frauen.

»Auch ein wunderbares Paar«, stellte Sabrina fest, als sie die Gäste verabschiedet hatten.

Je mehr sich Sven erholte, desto mehr wurde er auch beansprucht. Die *Liberty* wurde unter dem Kommando von Karl Bauer zur Verstärkung nach Charleston verabschiedet. Mr Flinders übernahm dessen Sloop als Kapitän auf Zeit. Beide segelten unter dem Kommando von Kapitän Whipple mit einem kleinen Geschwader von drei Fregatten und einer Sloop.

»So viele kontinentale Schiffe auf einem Haufen habe ich noch nie gesehen«, meinte Sabrina, als sie den Schiffen zuwinkte.

Entferntere Freunde wollten Sven sehen. Mr Bradwick mahnte regelmäßige Besprechungen in der Reederei an. Mr Smith brauchte verstärkt Svens Rat, nachdem das Marinekomitee im Oktober durch einen »Board of Admirality« abgelöst worden war und Mr Smith eines der beiden Kongressmitglieder in diesem fünfköpfigen Gremium der Admiralität war.

Aber die meiste Zeit wurde von den Vorbereitungen der Stiftung beansprucht. Sabrina und Sven besichtigten Waisenhäuser und Seniorenheime, konferierten mit Architekten, Wirtschaftern und Pflegern. Henry, der sie besuchte, wenn er zu seiner Praxis in Philadelphia fuhr, war ein guter Ratgeber. Und schließlich schälte sich ein Komplex von zwei Häusern und einem Verwaltungsgebäude heraus, den sie auf einem Gelände in südlicher Fortführung der Front und Second Street und nordöstlich der neuen Reederei Bradwick und Co errichten wollten.

Das Land war billig zu haben. In dieser Situation des Krieges dachte niemand an Expansion. Und Sabrina und Sven waren sich einig, dass sie die Stiftung später vergrößern müssten und daher Land zur Reserve brauchten. Sven hatte auch den Gedanken im Hinterkopf, dass seine Familie ein schöneres größeres Landhaus gut nutzen könnte, auch um das Übersetzen über den Delaware zu sparen. Und dafür bot sich das Gelände südwestlich der Stiftung, wo sich der Schuylkill der Stadt näherte, geradezu an.

Sie kauften Land. Sie einigten sich mit Architekten und Baumeistern. Im Frühjahr sollte die Arbeit beginnen. Und woher sollten sie das Personal kriegen? Zuerst stellten sie eine Liste auf, wen sie für fünfundzwanzig Jungen und fünfundzwanzig Mädchen alles brauchten, um sie zu versorgen und zu unterrichten.

Die Liste war größer, als sie gedacht hatten. »Sven, hast du daran gedacht, dass wir nicht nur Waisen aufnehmen sollten, sondern auch Halbwaisen, bei denen die Mutter die Kinder sonst nur durch Prostitution ernähren könnte? Dann müssten wir wohl auch einigen Müttern eine Heimat bieten. Die könnten dann Kochen und Putzen übernehmen.«

Sven bejahte. »Ich habe daran gedacht. Aber mir ist nicht wohl bei den Gedanken, was diese Mütter uns für Schwierigkeiten bereiten könnten. Nicht alle wählen die Prostitution aus Not. Manche sind zu faul und zu dumm für andere Arbeit. Da braucht es einen energischen und befehlsgewohnten Verwalter.«

»So einen wie Joshua?«, fragte Sabrina.

»Der würde jede und jeden zur Räson bringen. Aber der dient auf der *Liberty*, und den will ich wieder bei mir haben, wenn das Schiff zurückkommt.«

Sabrina tat, als hätte sie den Einwand nicht gehört. »Und Adeline wäre als Lehrerin für uns ein Gewinn. Dann könnten beide gemeinsam dort leben. Wir müssen auch noch darüber sprechen, wo die Bediensteten untergebracht werden.«

Sven musterte seine Frau. »Hast du nicht gehört, dass Joshua nicht zur Verfügung steht?«

»Liebster, kannst du in die Zukunft sehen?«

Keine Sorge hatten sie, woher die Waisenkinder kommen könnten. Die Stadt Philadelphia und die umgrenzenden Gemeinden mussten durch Krieg und Krankheiten so viele Waisenkinder durchfüttern, dass sie schon lange nicht wussten, wie sie alle gut unterbringen konnten. Und Sven hatte eine beachtliche Liste gefallener Schiffskameraden, deren Kinder keine Mutter mehr hatten.

Richard Bradwick war eine große Hilfe, als die Verträge mit Landbesitzern, Architekten und Baumeistern abgeschlossen werden mussten. Er kannte alle. Wie Mr Talbot damals in Charleston, dachte Sven, und sofort war auch das schlechte Gewissen wegen Rosita da.

Richard Bradwick und seine Frau hatten den größten Respekt vor Sven und Sabrina. Nicht nur ihr soziales Engagement, ihre Ehrlichkeit, ihren anständigen Charakter und ihre Kinderliebe bewunderten sie seit Jahren.

Bradwicks waren kinderlos. Als Erbe galt lange ein Neffe, der aber im vorigen Jahr an Typhus gestorben war. Er war der letzte Verwandte. Die Bradwicks hatten lange überlegt, ob sie ihr erhebliches Vermögen in eine Stiftung einbringen sollten. Aber Mr Bradwick schlug dann vor, die ihnen bekannte Stiftung der Larssons zu wählen und die Übertragung rechtlich so zu gestalten, dass Sven zu Lebzeiten auch Teile des Vermögens für die Reederei nutzen könne.

Es war ein bewegender Moment, als die Bradwicks das den Larssons mitteilten. »Wenn das Ihr Vater und mein Großvater erleben dürften! Wie stolz und glücklich wären sie gewesen«, sagte Sven bewegt.

Mrs Bradwick war auch ergriffen. »Eigentlich sind Sie, Sabrina und die Kinder schon lange Teil unserer Familie, in unseren Gedanken meine ich. Wäre es da nicht richtiger, wir würden uns nicht nur beim Vornamen nennen, sondern auch ›du‹ zueinander sagen?«

Alle waren mit Freuden dabei und sie umarmten sich herzlich.

Sven, der mit seinen beiden Krücken schon recht gut lief, fuhr nun auch öfter in die Reederei. Das war mitunter eine aufwändige Reise, denn der Winter versprach sehr streng zu werden, und der Delaware führte im Dezember schon Eis.

Sven diskutierte mit Mr Bradwick über die Firmenpolitik und tauschte mit den Kapitänen seine Erfahrungen aus. Richard Bradwick ließ auch einmal ihre Lieblingsidee, den Handel mit Ostasien, anklingen, aber sie waren sich einig, dass das in der gegenwärtigen Lage nicht möglich sei.

Doch sie wollten den direkten Handel mit Frankreich fördern. Der Umweg über die Karibik verteuere die Waren zu sehr. Auf der Hinfahrt müsste man das Überraschungsmoment ausnutzen und dem Schutz durch die eigenen Kaperschiffe vertrauen. »Für die Rückfahrt, wenn die Briten gewarnt sind, müsstest du uns doch über deinen gut bekannten Baron du Savord für einen Teil der Strecke französisches Geleit beschaffen können, Sven.«

»Ich werde schon einmal in einem Brief vorfühlen. Ich bin dabei recht zuversichtlich«, antwortete Sven.

Als Sven am nächsten Vormittag die Reederei erreichte, spürte er allgemeine Aufregung.

»Was ist denn los?«, fragte er den Pförtner.

»Wir sind in der Nacht überfallen worden, Sir. Ein Wachmann ist erschlagen worden.«

Sven humpelte eilig zu Mr Bradwicks Büro. Mr Lockney, der Chef des Wachdienstes, war bei Mr Bradwick.

»Was ist denn geschehen?«, fragte Sven hastig.

»Das Lager 3 im Nordwesten des Komplexes ist heute Nacht von mehreren Banditen überfallen worden. Dort lagerten Gewürze für den Abtransport ins Landesinnere. Den Wächter, der sie überraschte, haben die Banditen niedergestochen und seinen Hund auch. Aber der muss mindestens einen durch seine Bisse verletzt haben.«

»Die Zeiten werden immer gefährlicher, Sven«, meinte Richard Bradwick. »Wir werden den Wachdienst verstärken müssen. Aber im Augenblick überlegen wir, wer die Verbindungen hat, die Gewürze abzusetzen. Mit zehn Säcken kann man ja nicht bei Hausfrauen nachfragen. Übrigens, der Leiter der örtlichen Polizei wird gleich kommen.«

Der Polizist hatte schon eine Spur. »Der Bauer, der den Milchladen am östlichen Ende der Walnut Street beliefert, hat heute Morgen einen hoch beladenen Karren gesehen, der von sechs Männern in das Brandy-Viertel im Westen geschoben wurde. Das ist das Viertel, in dem das arbeitsscheue Gesindel schwarzbrennt und sein Gebräu gleich selbst säuft.«

»Sie müssten nachschauen, bevor die Banditen die zehn Säcke verteilen können«, empfahl Mr Bradwick.

»Ja, Sir, aber ich habe nur zwei Konstabler im Augenblick frei, Sir«, antwortete der Leiter der örtlichen Wache.

»Wir werden Ihnen sechs bewaffnete Wachmänner für die Suche ausleihen«, bot Mr Bradwick an. »Könntest du den Suchtrupp begleiten, Sven?«

»Aber ja. Ich kann die Männer in meiner Kutsche mitnehmen und fahre dann durch die paar Straßen. Meine Pistole ist im Wagen.«

Die Wachmänner hatten sich respektvoll in der Kutsche und neben Sam auf dem Bock zusammengedrückt und folgten Mr Bradwicks Kutsche, die die Polizisten beförderte.

Sven kannte das Brandy-Viertel nur vom Hörensagen. Jetzt sah er die dreckigen, teils verfallenen Hütten zum ersten Mal aus der Nähe. Als sie in die erste Straße einfuhren, kamen Leute aus den Hütten und starrten sie an. Als sie sahen, dass Polizisten und bewaffnete Wachmänner ausstiegen, wurde die Stimmung feindselig. Flüche und Beschimpfungen wurden laut. Die Männer spuckten auf die Straße.

Sven blickte ärgerlich auf das zerlumpte und dreckige Gesindel. Er konnte sich nicht vorstellen, dass Menschen ohne eigenes Verschulden in solche Lage geraten könnten. »Gebt sie mir nur auf ein Schiff. Da machen wir in einem Jahr saubere und arbeitswillige Menschen aus ihnen«, pflegte er zu sagen.

Je ein Polizist ging mit drei Wachmännern auf einer Straßenseite entlang und um die Hütten herum. Die Wachmänner mussten die Kolben ihrer Gewehre benutzen, um Hunde wegzustoßen, wenn sie in Verschläge schauten.

Sven fuhr mit seiner Kutsche langsam voran und ließ Sam in eine Seitenstraße einbiegen. Aufmerksam spähte er von links nach rechts. Sam rief etwas, und Sven sah, dass an einem Haus mehrere Männer Säcke mit Sand zuschaufelten.

»Halt an!«, rief Sven, griff seine Pistole in der Wagentasche, langte nach einer Krücke und stieß die Wagentür auf. Sam kam ihm zu Hilfe, damit er aussteigen konnte. Auch er hatte eine Pistole dabei.

Sven humpelte auf die Männer zu. »Halt!«, rief er mit Befehlsstimme. »Legt sofort die Schaufeln nieder! Die Polizei ist schon hier!«

Zwei Männer hoben ihre Schaufeln und gingen drohend auf Sven zu. Der hob seine Pistole und schoss über ihre Köpfe. Da blieben sie stehen und ließen die Schaufeln fallen. Einer versuchte zu fliehen, aber er rannte den Wachmännern in die Arme, die aus der Nebenstraße heranliefen, nachdem der Schuss gefallen war.

Es waren die gestohlenen Säcke und vier Mann der Bande. Der Polizist drohte ihnen mit harten Strafen, bis sie den Namen des Spediteurs herausrückten, der die Ware übernehmen und im Hinterland verkaufen wollte.

Bradwick freute sich. »Ich sag ja immer, Sven, dass du auch an Land gut wärst. Die zehn Säcke sind eine Menge Geld wert. Aber auch wenn alles gut ausging, wir müssen die Wachen verstärken. Immer zwei Mann sollen Streife gehen.«

»Und sie sollten Pfeifen bei sich tragen, Richard, mit denen sie Hilfe herbeipfeifen können.«

Der Überfall war natürlich auch ein Thema, dass in Norristown Interesse fand, als sie zu ihrem Weihnachtsbesuch bei den Kennaghans eintrafen. Beim Kaffee, der auf die herzliche Begrüßung folgte, war es der erste Diskussionspunkt.

»Wir sind froh, dass sich auch der Wächter, der den Tipp auf die Ware gab, Sven offenbarte«, erzählte Sabrina.

»Warum hat er das getan?«, fragte Ingrid.

»Weil dein lieber Bruder raffinierter ist, als er aussieht«, antwortete

Sabrina. »Er hat aufgepasst, ob die Banditen einen Wächter besonders anschauen. Und dann fiel ihm auf, dass einige so taten, als würden sie ihn gar nicht beachten und ein anderer den Wächter besonders hasserfüllt anstarrte. Da hat er ihn beiseitegenommen und ihm gesagt, dass die Gangster ihn sicher verraten würden, wenn die Polizei sie erst in die Mangel nähme. Wenn er ihm aber gegenüber zugäbe, dass er den Tipp gegeben habe, dürfe er gehen und erhalte drei Stunden Vorsprung, bevor man nach ihm fahnde.«

»Und das hat gewirkt?«, fragte Henry.

Sven bejahte. »Er konnte fliehen und muss nicht ins Gefängnis. Wir sind einen unsicheren Kantonisten los. Nur die Gerechtigkeit bleibt auf der Strecke.«

»Also, moralisch ist das nicht, Bruderherz. Der Kerl wird anderswo seine Verbrecherlaufbahn fortsetzen.« Sie drohte ihm mit dem Finger und Sven blickte einen Augenblick schuldbewusst, bevor er lächelte.

Dann kamen sie bald auch auf John Brenton. »Das ist ein medizinisches Naturgenie, wie man es in hundert Jahren nur einmal erlebt«, sagte Dr. Kellaghan. »Er ist mit solchem Interesse dabei, empfindet nicht den geringsten Ekel vor Blut und Eiter, geht mit den Kranken so um, dass sie jeden Griff als Wohltat empfinden. So eine sichere Hand, so eine Schnelligkeit im Umgang mit der Pinzette habe ich noch nicht erlebt. Er ist mein liebster Assistent bei kleinen Eingriffen. Ihr wisst ja, Schnelligkeit ist unsere einzige Möglichkeit, die Schmerzen der Patienten zu verkürzen. Wir können sie ja nicht bei jedem kleinen Schnitt mit Alkohol bis zur Bewusstlosigkeit vollpumpen.«

»Dann müsste er doch Medizin studieren und Arzt werden«, stellte Sabrina fest.

»Das glauben wir auch«, mischte sich Svens Schwester Ingrid ein. »Ich würde ihn auch gern unterrichten und dann würden wir eine Schule und das College finanzieren, wenn Ihr einverstanden wärt. Er ist doch in erster Linie euer Schützling.«

»Aber da können wir doch nichts dagegen haben, liebe Schwester. Wir wollen doch auch sein Bestes. Ihr müsstet uns nur sagen, wann wir helfen können. John hat ja schließlich mein Leben und das meiner Matrosen gerettet«, entschied Sven.

John war überglücklich, als er davon erfuhr. »Ich werde alles tun, um vielen Menschen zu helfen.«

Etwas von seiner Beliebtheit bei den Patienten spürten sie auch bei der Weihnachtsfeier. Sie begann bei den Kellaghans am Nachmittag bei den Patienten, denen kleine Geschenke überreicht wurden und für die ein Kinderchor Weihnachtslieder sang. Für manche war die Feier am Heiligen Abend etwas ungewohnt, aber Kellaghans hielten es mit dem kontinentaleuropäischen Brauch.

Auch die eigene Familie wurde später am Heiligen Abend beschert. Henry und Astrid, die beiden Babys, schlummerten die meiste Zeit, auch wenn ihnen die Geschwister begeistert die Geschenke zeigten. Aber die anderen drei Kinder bewunderten den Weihnachtsbaum und sangen mit den Eltern mit.

Als alle Kinder dann schliefen, saßen die Eltern bei Glühwein beisammen und plauderten, wie glücklich sich ihr Leben entwickelt habe.

»Nun fehlt uns nur der Frieden«, sagte Dr. Kellaghan, »damit wir unser Glück genießen und alles ausbauen können.«

»Ich hätte nie gedacht, dass wir einmal so wohlhabend und so zufrieden leben könnten«, bestätigte Sabrina. »Du hast recht, Henry, nur der Friede fehlt uns noch.«

»Dann würde unser Land auch einen großen wirtschaftlichen Aufschwung nehmen. Dessen bin ich sicher«, ergänzte Sven. »Und vielleicht können wir auch einmal nach Europa reisen und die Länder unserer Eltern sehen. Aber zuallererst würden wir die Eltern selbst besuchen. Hoffentlich ist es bald so weit.«

Sven und Sabrina mussten mit dem Schlitten im neuen Jahr heimfahren. Der Winter war mit Macht gekommen. Der Schuylkill-Fluss war im Nu gefroren. Aber es war ja kein Problem, eine Kutsche auf Kufen umzurüsten.

Für die Kinder war auch das ein Vergnügen. Henrietta und Jack saßen mit ihnen im zweiten Schlitten, den Sam mit dem Gewehr auf dem Bock bewachte. Billy Walton schützte die Eltern.

Sie waren alle etwas müde, denn da man sich mit den Kellaghans relativ selten sah, war auch die letzte Minute des Beisammenseins noch mit Berichten ausgefüllt, die man bisher vergessen hatte.

»Es war wunderschön«, sagte Sabrina. »Hoffentlich kommen wir heil nach Hause, denn der Delaware wird viel Eis führen.«

»Wenn der Charles Trybarg uns übersetzt, schaffen wir es«, antwortete Sven schläfrig. »Sonst müssen wir in der Reederei unterkommen.«

Die Überfahrt war entsetzlich. Auch Charles Trybarg, der erfahrene Schiffer, konnte nicht allen Eisschollen ausweichen. Sie stießen das Boot fast um. Henrietta wurde ohnmächtig. Sven, Sam und Billy mussten helfen, die Eisschollen mit langen Stangen auf Distanz zu halten. Die Kinder schrien vor Angst. Als sie schließlich über Bretter auf brüchigem Eis ans Ufer krochen, sandte nicht nur Sabrina ein Stoßgebet zum Himmel.

Billy lief voran, um einen Schlitten zu holen, der sie und das Gepäck zum Haus bringen konnte. Auch Sven konnte mit dem verletzten Bein nicht durch den Schnee stapfen.

Aber dann saßen sie alle in der Wärme, zogen trockene Sachen an und tranken die heißen Getränke, die Martha ihnen reichte.

»Du wirst hoffentlich nicht den Wunsch haben, morgen in die Reederei zu fahren, lieber Sven!«, äußerte Sabrina nach dem ersten Schluck heißen Tees.

»Nein, Liebste. Das hieße wohl Gott versuchen. Jetzt müssen wir warten, bis der Fluss zugefroren ist. Und es scheint ein harter Winter zu werden. Nun, ich habe daheim noch genug zu erledigen.«

Es wurde kälter als sonst im Januar, und es schneite häufiger. Sven konnte nur zweimal den gefrorenen Fluss überqueren und in der Reederei arbeiten. Aber er besprach daheim mit Sabrina alle Einzelheiten der geplanten Stiftung. Und er deutete an, dass er daran dachte, in der Nähe der Stiftung ein neues Haus für sie zu bauen.

»Dann müssen wir nicht mehr den Delaware überqueren, wenn wir zur Reederei oder zur Stiftung wollen.«

»Ich will kein neues Haus, Sven. Ich will einen Mann, der bei mir und den Kindern bleibt und nicht mehr zur See fährt. Bitte!«

»Es geht noch nicht, Liebste. Richard hat alles vorbereitet, damit wir im Frühjahr einen Konvoi nach Nordspanien schicken, um dort die Waren billiger als in der Karibik zu kaufen. Ich soll den Konvoi auf unserer Fregatte mit den übrigen Kapern der Reederei begleiten. Ich kann das nicht ablehnen nach allem, was Richard für uns tut.«

»Ach, Sven, solche Gründe wird es immer geben. Dann muss ich ja sogar hoffen, dass das Marinekomitee für dich einen anderen Auftrag mit der *Liberty* hat.«

Mr Smith kam Anfang Februar mit einer Kutsche über den zugefrorenen Fluss.

»Es sieht so schön aus, wenn alles vereist und verschneit ist«, sagte er. »Aber das hat der liebe Gott nicht gut eingerichtet, dass es dabei immer so fürchterlich kalt sein muss. Überall im Land sterben Handel und Wandel ab.«

»Na, dann können Sie mir auch nicht meinen Sven abholen«, fügte Sabrina ein.

»Ich könnte es nicht, auch wenn ich es wollte. Drei Fregatten und eine Sloop haben wir nach Charleston geschickt. Da verbleiben der Kontinentalen Flotte nur noch fünf Fregatten und zwei Sloops. Und die sind in festen Händen.«

»Das ist wirklich keine Flotte, die eines großen Landes würdig ist«, stelle Sven kopfschüttelnd fest.

»Aber dafür bekommen wir jetzt ein offizielles Siegel für die Flotte, das der Kongress in Kürze adoptieren wird«, lächelte Mr Smith.

Mitte Februar lief dann das Gerücht durch Gloucester, dass die britische Flotte vierzehntausend Mann bei Charleston gelandet habe und die Stadt belagere. Zwei Tage später stand es in den Zeitungen. Dort las Sven auch, dass die vier Schiffe der Kontinentalen Flotte im Hafen von Charleston eingeschlossen seien.

»Sabrina, stell dir nur vor, meine *Liberty* ist in Charleston gefangen. Die kommen da nicht mehr raus. Entweder zerstören die Briten mein Schiff, oder sie erbeuten es.«

»Ein Glück, dass du bei uns bist. Ich hätte keine ruhige Minute mehr«, äußerte sich Sabrina.

Doch die Unruhe zermürbte ihren Sven. Er wollte nicht mehr mit den Kindern spielen, sondern saß immer wieder grübelnd über den Karten. Dann ließ er Billy kommen.

»Billy, unsere Kameraden von der *Liberty* sitzen in der Falle. Wir müssen etwas für sie tun!«

Billy sah ihn mit großen Augen an. »Was sollen wir denn tun, Sir?«

»Wir müssen Ihnen helfen, dass sie ausbrechen können, wenn Charleston fällt oder übergeben wird.«

»Wie sollten wir das schaffen, Sir? Wir haben weder ein Schiff noch eine Armee.«

Sven winkte. »Komm mal her zur Karte. Erinnerst du dich, wie wir damals hier zwischen den Inseln gesegelt sind? Wenn jemand aus Charleston ausbrechen will, wird Nordost die bevorzugte Richtung sein. Wir werden aber im Südwesten ansetzen. Erinnerst du dich an Rockville, dieses kleine Nest gegenüber von Seabrook Island?«

»Aber ja, Sir. Wir suchten mit zwei Kuttern zwischen den Inseln. Im Ort hat uns dann ein Fischer allen einen Rum spendiert, weil er so glücklich war, dass die Kontinentale Flotte sich sehen ließ. Die Nachbarn haben uns zu essen gegeben. Sie standen alle auf Seiten der Revolution.«

»Ja, ich glaube, sie meinten es wirklich ernst. Du musst mit Sam und ein paar Mann, die du dir aus unseren Leuten aussuchst, die jetzt auf der *Defence* sind, nach Rockville. Hör dich mit Sam im Hafen und in den Kneipen um, wie ihr am besten dorthin gelangt. Ihr könnt zu Land fahren oder zur See segeln. Ihr könnt auch einen kleinen Schoner dafür kaufen. Am Geld soll es nicht liegen. Dort müsst ihr dann Kontakt zu Kapitän Bauer aufnehmen und für den Fall einer Kapitulation einen Fluchtweg ausfindig machen. Nutzt das große Durcheinander aus, das bei jeder Kapitulation oder Eroberung auftritt. Ich segele mit der *Defence* nach Charleston, um euch in dem Inselgewirr aufzunehmen. Aber bis dahin muss alles geplant sein. Hör dich jetzt gut um. Ich rede mit Mr Bradwick und anderen Reedern. Dann sprechen wir uns wieder mit Sam und den anderen Seeleuten, die mit euch gehen.«

Sam und Billy stöberten die nächsten Abende und Nächte in Hafenkneipen herum und kundschafteten aus, wie man in diesem harten Winter am besten nach Charleston gelangen könne.

Ein alter Seemann sagte ihnen gleich in der ersten Kneipe, was sie drei Tage später als Fazit ihrer Erkundigungen an Sven melden mussten: »Nach Charleston? Auf dem Landweg musst de so viel Schnee wegschippen, dass de drei Tage für zwee Meilen brauchst. Und der Delaware ist gefroren, da jeht janischt. Kommt mal im Sommer wieder.«

Aber Sven hatte bessere Nachrichten. »Ich habe auf der Hafenkommandantur erfahren, dass sie in Lewes an der Mündung des Delaware einen Schoner beim Schmuggeln beschlagnahmt und vor Anker gelegt haben. Der Kommandant meint, wer gut zahlt, könnte ihn schon vor der nächsten Versteigerung erwerben. Ich rede mit Jack. Er soll euch mit dem Schlitten nach Lewes bringen. Sucht alles raus, was ihr für die Fahrt braucht.«

Nach einer Woche waren sie wieder da, völlig erschöpft, durchgefroren und hungrig. Nachdem Martha sie eine Stunde mit warmen Kleidern, heißen Getränken und warmem Essen verwöhnt hatte, konnten sie auch ihre gute Nachricht loswerden: »Das ist ein kleiner, sehr solide gebauter und scharf geschnittener Schoner, der mit drei Mann gesegelt werden kann. Seinem Schnitt nach ist er sehr schnell und nach den Reden der Schiffer dort fliegt er geradezu. Wenn wir siebenhundert Dollar zahlen, erhalten wir ihn ohne Versteigerung, die erst im Sommer ist. Da oben wirkt der Atlantik so stark mit Ebbe und Flut und seinem Salz, dass sich keine feste Eisdecke bildet. Man kann dort absegeln.«

Sven hatte Billy aufmerksam zugehört. »Wie viel Mann braucht ihr für eure Aufgabe?«

»Für Segeln und Erkundigen: sieben Mann, Sir. Einen langen Dreipfünder sollten wir auch haben.«

Nun wurde Sven dienstlich: »Gut, Mr Walton. Ich ernenne Sie zum diensttuenden Leutnant. Sagen Sie dem Lagerleiter bei Bradwick, er soll für einen Monat Verpflegung für euch bereitstellen. Die Bewaffnung besorgt ihr gemeinsam mit dem Waffenmeister der *Defence*. Fragt bei eurer Suche nach Männern, ob jemand die Inseln vor Charleston kennt. Ich kümmere mich um den Transport nach Lewes. In drei Tagen treffen wir uns zum Zwischenbericht auf der *Defence*.«

Sabrina hatte Svens Entwicklung in den letzten beiden Wochen immer skeptischer beobachtet.

»Lieber Sven, ich erinnere mich, dass du für Mr Bradwick im Frühsommer einen Konvoi nach Nordspanien geleiten solltest. Aber jetzt geht der Februar zu Ende, und ich habe den Eindruck, dass du in wenigen Tagen absegeln willst. Kann ich mich auf deine Aussagen nicht mehr verlassen?«

»Sabrina! Bitte übertreibe nicht. Ich kann und will nicht in wenigen Tagen lossegeln, wohl aber in wenigen Wochen. Und du weißt, was mich dazu zwingt und was ich nicht voraussehen konnte: Meine Mannschaft wird in britische Gefangenschaft geraten, wenn ich ihr nicht helfe. Und gerade du weißt am besten, was Gefangenschaft bedeutet.«

»Deine Fürsorge ehrt dich, Sven. Wir selbst haben sie ja auch dankbar erfahren. Aber übertreibst du jetzt nicht? Deine Mannschaft hat gute Offiziere bei sich. Viele andere Offiziere dort bemühen sich, eine Gefangenschaft für die Verteidiger Charlestons abzuwenden. Wieso solltest du, fernab vom Geschehen, mehr erreichen als alle diese fähigen Offiziere am Ort?«

Sven sah sie nachdenklich an. »Du weißt, dass ich kein Übermensch bin und mich nicht so sehe. Ich plane nur für den Notfall, sollte alles andere schiefgehen. Und da ich nur für meine Mannschaft und nur für den Sonderfall planen muss, gehe ich ganz anders an die Sache heran. Bei mir geht es nicht um den Kampf in der Schlachtlinie, sondern von vornherein um List und Täuschung, Versteck und Tarnung. Damit fanden wir manchmal einen Ausweg. Ich muss es auch diesmal versuchen.«

Sabrina hatte Tränen in den Augen, als sie sich an ihn lehnte. »Wie schaffst du es nur, dass ich dich immer wieder verstehe und dann nicht mehr böse sein kann? Dabei fällt doch die Trennung von jemandem leichter, dem man böse ist.«

»Dafür bist du ein zu guter Mensch, Sabrina. Du würdest für Martha und Henrietta und erst für deine Kinder auch zu jeder List greifen, um sie aus Gefahr zu retten. Mach dir nicht zu viel Sorgen, Liebste. Es ist doch immer gut gegangen.«

Die *Defence*, einst Fregatte des Staates Maryland, jetzt im Besitz einiger Reeder unter Federführung von Mr Bradwick, lag am Kai der Reederei Bradwick. Eigentlich hätte sie schon in der zweiten Februarhälfte hinaus auf den Atlantik segeln sollen, aber der harte Winter hatte alle Pläne durchkreuzt.

Sven näherte sich der *Defence* mit dem Pferdeschlitten. Auf dem Schiff waren alle Segel abgetakelt und die oberen Stengen niedergeholt. Das gab den Masten ein wenig den Eindruck abgebrochener Zahnstümpfe. Alle Luken waren geschlossen. Die Niedergänge waren durch zusätzlich aufgebaute Windfänge abgedichtet. Überall quoll Rauch aus Rohren, die aus dem Schiff ragten.

»Das sieht ja aus wie ein Leichnam«, flüsterte Jack zu Sam, der neben ihm auf dem Bock des Schlittens saß.

Aber auf dem Deck liefen Menschen herum. Jetzt kamen auch Offiziere und Seesoldaten an Deck.

Sven saß mit Billy in der Kajüte des Schlittens und sagte gerade: »Hoffentlich veranstalten sie keinen offiziellen Empfang!«, als Billy Walton durch das Loch zeigte, das er ins Eis der Scheibe gehaucht hatte.

»Mein Gott!«, entfuhr es Sven. »Sie stehen schon dort! Dann wollen wir uns beeilen!« Und alle staunten, wie schnell er schon die Strickleitern hinaufkam. Auch an Deck hinkte er nur ganz wenig.

Der diensthabende Leutnant meldete, Sven dankte und rief den Soldaten zu: »Gewehre abnehmen, wegtreten und schnell zurück in die Wärme. Geschunden werdet ihr erst wieder, wenn es warm ist.«

Sie lachten dankbar und verschwanden schnell im Schiffsrumpf. »Kommen Sie, Leutnant Potter, ich will auch ins Warme. Warten die Leute in der Kajüte auf mich?«

»Aye, Sir! Wir heizen sie seit drei Tagen und hoffen, dass Sie es erträglich finden.«

»Danke, Mr Potter. Wir sprechen uns nachher noch, wenn ich die Mannschaftsquartiere besichtige.«

Vor der Kapitänskajüte stand nicht nur ein Seesoldat im warmen Mantel und mit hochgeschlagenem Kragen, sondern auch ein Pulverjunge von vielleicht elf Jahren mit dicker Jacke, Wollmütze und Schal.

»Was machst du denn hier?«, fragte Sven.

»Sir, das ist Dick Borell, der Junge, von dem ich Ihnen erzählte«, mischte sich Billy ein.

»Dann rein mit dir«, entschied Sven. »Oder erfrierst du gerne?«

»Nein, Sir«, antwortete der Kleine unerwartet schnell und sicher.

Sven schaute Billy an und lächelte anerkennend.

Im Raum sprangen sechs Matrosen auf und legten die Knöchel der rechten Hand grüßend an die Stirn.

»Setzt euch«, sagte Sven. »Wir springen doch unter Deck zum Gruß nicht auf.« Er kannte drei der Männer, und einer sah ihn an, als hätte er etwas zu sagen. Sven nickte ihm zu.

»Sir, wir wussten nicht, wie es in der Kapitänskajüte ist. Lieber zu viel als zu wenig, Sir.«

Sven lachte und winkte ihnen zu, sich zu setzen. »Drei von euch sind noch nicht mit mir gesegelt. Sie sagen mir jetzt die Namen und schildern kurz, auf welchen Schiffen sie wo gesegelt sind und welchen Posten sie hier zuletzt hatten.«

Es waren die üblichen Matrosenlaufbahnen. Drei oder vier Jahre Seepraxis auf fast allen Meeren der Welt. Jetzt Vollmatrosen oder einer sogar Maat. Billy gab noch kurze Kommentare für den Grund der Auswahl, »Kennt das Inselgewirr dort wie seine Westentasche« oder »Hat als Lotse auf dem Ashley River gearbeitet«.

Unter den bekannten Gesichtern war ein Chinese. Sven wusste, dass er mit der Muskete jedes Scheunentor auf zehn Meter verfehlte, aber ein Meister des Nahkampfes war. Er wusste auch, dass die Matrosen gern einen Scherz hörten, und daher warf er lächelnd ein: »Und Yia Sa Jun nehmt ihr als Scharfschützen mit.«

Alle lachten, und die Stimmung war entspannt, als Sven ihnen die Aufgabe erklärte. Motiviert waren sie genug, denn jeder kannte die Kameraden von der *Liberty*. Sven erklärte ihnen, dass die Übermacht der Briten zu groß sei, als dass sich Charleston lange halten könne. Die britische Flotte sei auch stark genug, jeden Ausbruchsversuch ihrer Schiffe zu verhindern.

»Es wird zum Ausbruchsversuch zu Lande oder zur Kapitulation kommen. Wir müssen vorher Kontakte mit Kapitän Bauer und unseren Leuten haben, damit wir für sie Fluchtwege erkunden und ihnen dabei helfen. Spätestens Anfang April bin ich mit der Fregatte *Defence* vor Charleston. Dann können wir ihre Feuerkraft einplanen. So, und jetzt werden wir einmal diskutieren, wie man mehr als zweihundert Mann am besten unbemerkt aus Charleston schmuggeln könnte.«

Sven war überrascht, mit welcher Fülle an Ideen die Seeleute aufwarteten. Da kannte einer noch von seinem Großvater einen alten Abwasserkanal, der jetzt am Hafen von Lagerhäusern überbaut, aber immer noch intakt war und vom Hafen über dreihundert Meter in locker bebautes Siedlungsgelände führte. Ein anderer plädierte für »Schilfinseln«, die immer wieder den Ashley und seine Seitenflüsse hinuntertrieben. »Mit ein paar Fässern und Latten sowie Schilf kann man leicht ein Geflecht für fünfzig Mann konstruieren, dass auf fünfzig Meter keinem auffällt.«

»Gut«, sagte Sven, »Solche Ideen müssen wir sammeln. Was man verwirklichen kann, zeigt sich erst, wenn man dort ist. Aber um dort im besetzten Charleston Kontakt aufnehmen zu können, brauchen wir Leute, die nicht als Fremde auffallen. Wir müssen uns eine Identität für sie ausdenken, einen Namen, eine Lebensgeschichte mit Freunden usw. Der junge Dick hier ist zum Beispiel nicht verdächtig, ein Soldat zu sein. Aber um wirklich unauffällig zu sein, müsste er gekleidet sein wie ein Junge dort, er müsste die Straßen nennen können, er müsste die Namen des Bürgermeisters, des Schulrektors, des Gemüsehändlers kennen. Er müsste auch wissen, was sich in den letzten Tagen in der Stadt ereignet hat. Denkt darüber nach, welche Personen ihr darstellen könntet und was ihr dafür wissen müsstet. Jetzt gibt es etwas zu essen, und in zwei Tagen treffen wir uns wieder. Redet mit niemandem über unsere Pläne! Unser Leben kann davon abhängen.«

Sabrina sah mit Freude, wie gut Svens Genesung voranschritt. Und sie beobachtete mit Furcht, wie der Krieg wieder von ihrem Mann Besitz ergriff. Er wusste jetzt, dass ihm die Kontinentale Flotte kein Schiff geben konnte. Mr Bradwick würde ihm die Fregatte *Defence* anvertrauen, rechtlich zwar nur ein Kaperschiff, aber an Besatzung und Waffen so stark wie eine Kontinentale Fregatte.

Richard Bradwick verstand auch, dass Sven zuerst nach Charleston segeln wollte, um seiner alten Besatzung zu helfen. »Ende Mai muss unser Konvoi aber segeln, Sven. Wenn die Sache in Charleston nicht vorher beendet ist, musst du sie abbrechen.«

Billy mit dem Schoner war schon abgesegelt. Er würde alles vorbereiten. Jetzt wurden in New Jersey und den angrenzenden Staaten Plakate verteilt, um die Mannschaft für die *Defence* zu vervollständigen. Und Svens Name zog mehr Bewerber an denn je. Sie konnten die Besten auswählen. Viele waren bereits mit Sven gesegelt. Mr Potter wurde Erster Leutnant, Heinrich Bergson, einst Midshipman auf der *Enterprise*, wurde Zweiter und Frank Waller, lange Jahre Midshipman, wurde Dritter. Billy Walton, mit dem Schoner unterwegs, führten sie als diensttuenden Vierten Leutnant.

Sven hatte Joshua Petrus seinem Freund Karl Bauer nicht als Bootsmann wegnehmen können, aber er hatte Tom Winner, Joshuas Ersten Maat, nun als Bootsmann. Mit George White, dem Master, hatte er damit ein Team, das alle Kniffe kannte, um ein Schiff seeklar zu machen.

Sven studierte nicht nur alle Informationen über den Kampf um Charleston und über den Nachschub der britischen Belagerungstruppen. Einen großen Teil seiner Zeit musste er auch dem Training seiner Mannschaft widmen. Bei dem kalten März 1780 war das eine heikle Aufgabe, da manche Übung in leere Lagerhallen verlegt werden musste. Wenn er dann durch die Eisschollen des Delaware in sein Heim zurückkehrte, waren Gemüt und Planungskompetenz gleichermaßen gefragt. Sabrina und die Kinder wollten ihn als Partner. Architekten und Baumeister brauchten kurz vor dem Baubeginn noch seine Entscheidungen über Details der Stiftungsbauten. Manchmal sehnte sich Sven nach den Tagen auf See und ihrem überschaubaren Ablauf.

»Daddy ist gar nicht mehr richtig bei uns«, klagte Lilian, und Sabrina versuchte ihr zu erklären, warum ihr Vater jetzt von so vielem beansprucht wurde. »Wenn er wieder von einer Reise heimkommt, hat er erneut Zeit für uns. Auch die Väter anderer Kinder sind doch den ganzen Tag nicht daheim.«

Es war ein eigenartiger Abschied. Obwohl Sven diesmal relativ lange daheim gewesen war, hatte er das Gefühl, es bliebe mehr unerledigt als sonst.

Am dritten Tag war die *Defence* dann endlich in freier See. Jetzt konnten sie Segel setzen. Sven ließ das Manöver gleich dreimal durchführen. Er war zufrieden.

»Wir haben praktisch keine Neulinge an Bord, Sir«, sagte Leutnant Potter. »Das macht sich bemerkbar.«

»Dann gehen wir auf Kurs 170 Grad und setzen Geschützexerzieren an. Hoffentlich klappt das auch gut.«

Sven war auch hier zufrieden und nutzte jede Minute, um sich mit Mannschaft und Schiff vertraut zu machen. Der Master flüsterte Leutnant Potter zu: »So engagiert habe ich ihn lange nicht erlebt.«

Mr Potter nickte. »Er verlangt von den Offizieren dauernd neue Ideen für den Landeinsatz.«

Die Eile hinderte Sven nicht, ständig Ausguck nach britischen Handelsschiffen zu halten. Aber es dauerte neun Tage, bis sie fremde Segel sichteten. Ein Regenschauer hatte sie zwei Stunden eingehüllt, und als sie endlich klare Sicht hatten, sahen sie vier fremde Segel drei Meilen vor sich. Drei Segel fuhren in Kiellinie, das vierte war windwärts abgesetzt.

»Wetten, das ist ein britisches Geleit mit einer Sloop«, raunte Mr Waller dem Zweiten Leutnant zu.

»Wer soll dagegen wetten, du Anfänger? Das ist doch sonnenklar«, antwortete ihm Mr Bergson.

»Britische Flagge setzen!«, befahl Sven und fragte den Signalmidshipman: »Haben wir nicht noch das britische Signal ›Kommandant an Bord‹?«

»Ja, Sir, aber es ist vom Januar, und wir haben die zweite Aprilhälfte.«

Sven überlegte. Sollte er ein veraltetes Signal setzen? Ja! Der Brite würde wieder Zeit brauchen, um darauf zu kommen, was es bedeutete, und würde noch ein wenig grübeln, warum er ein veraltetes Signal setzte. Und das bedeutete, dass er ihm noch näher kam und dass seine Kugeln sicherer treffen würden.

Sie setzten das Signal. Sie bemannten die Kanonen unauffällig und machten das Schiff gefechtsbereit. Andererseits arbeitete immer noch ein Trupp auf dem Vorschiff und täuschte Routinearbeiten vor.

Sie hatten Erfolg. Die Sloop zögerte länger als erhofft, ehe sie den drei Handelsschiffen Befehl gab, sich zu zerstreuen und ehe sie die *Defence* mit Signalen und einem Kanonenschuss aufforderte, ein richtiges Signal zu setzen.

»Heißt unsere Flagge! Feuer nach Zielauffassung frei!«, rief Sven und ließ das Ruder so legen, dass sie ihre Breitseite dem Heck der Sloop zuwandten.

Die Zwölfpfünder der *Defence* rissen große Löcher in das Heck der Sloop, aber es war kein Treffer am Ruder oder am Besanmast dabei. Die Sloop setzte im Nu alle Segel und floh.

Die *Defence* sandte ihr noch einige Schüsse hinterher, wandte sich aber dann den flüchtenden Handelsschiffen zu. Sie waren leicht einzuholen und stellten die Flucht spätestens dann ein, wenn die *Defence* ihnen eine Kugel ins Vorschiff schoss. Kutter mit den Enterkommandos besetzten die drei Handelsschiffe.

Die britischen Seeleute empfingen die amerikanischen Matrosen teils mit Flüchen, teils mit stoischer Ruhe. Sie wurden entwaffnet und auf dem Vorschiff zusammengetrieben. Dann wurden die Papiere geprüft, um Klarheit über die Ladung zu bekommen, und die Pulverkammer wurde gesichert. Das war alles Routine.

Aber alle Enterer spitzten die Ohren, um zu hören, was die Ladung an Wert barg. Und bald sprach es sich herum. Die Schiffe hatten Proviant und Munition für die Belagerer von Charleston geladen. Diese Ladung war überall in Amerika willkommen. Gute Beute!

Die Enterer strahlten und gaben ihren Kameraden auf der *Defence*

Zeichen, dass gutes Prisengeld zu erwarten war. Sven bekam dann offiziell die Papiere mit den genauen Angaben, aber da hatten sich die Matrosen schon freudig auf die Schultern geklopft.

»Wir bringen zwei der Schiffe nach Wilmington, das dritte nehmen wir mit nach Charleston«, entschied Sven.

Der Erste wandte ein: »Sir, wenn Sie erlauben: In Philadelphia würden wir wesentlich bessere Preise erzielen.«

»Stimmt, Mr Potter. Aber ich müsste mindesten dreißig Mann als Prisenmannschaften entbehren, was ich mir nicht leisten kann.«

»Aye, aye, Sir.«

Sie liefen Wilmington nur kurz an, setzten die britischen Besatzungen aller drei Schiffe an Land und meldeten zwei Prisen an. Der örtliche Agent der Reederei Bradwick versprach, alles zu unternehmen, um gute Preise zu erzielen und Post weiterzuleiten.

»Mensch, wenn dieses Kaff richtige Kneipen und ein paar Weiber mehr gehabt hätte, wäre ich desertiert. Das kann man doch keinem Seemann zumuten, so eine Stippvisite im Hafen!«, schimpfte der bullige Maat Rob zu Bootsmann Winner.

Tom Winner blickte ihn ernst an. »Du warst auch nicht auf der *Liberty*, du Hurenbock. Wenn du Joshua Petrus kennen würdest, könntest du auf deine Nummer verzichten, um ihm zu helfen. Er hätte es tausend Mal für uns getan.«

Die meisten dachten so, denn sie hatten gute Freunde auf der *Liberty*. Sven hatte selten eine so nüchtern motivierte Mannschaft erlebt, die keine Mühe bei den Vorbereitungen scheute. Sie hatten keine Marineinfanteristen, da sie kein Schiff der Flotte waren. Aber sie hatten dreißig Mann als Ranger abgestellt, die dunkelgrüne Jacken und Hosen erhielten und eifrig mit Musketen und Handwaffen übten.

Am späten Abend des 1. Mai 1780 erreichte die *Defence* eine Position sechs Kilometer seewärts von der Isle of Palms. Sven befahl Klarschiff und völlige Abdunkelung.

Ein Teil der Kanoniere konnte an den Kanonen schlafen, die anderen standen in Bereitschaft. Sven hatte die Männer mit der besten

Nachtsicht am Bug und den Seiten postiert und ergänzte sie durch Posten mit gutem Gehör, die immer wieder Sprechtrompeten an die Ohren hielten. Und Rocky wurde herumgeführt und musste horchen und schnuppern.

Sie sahen die Lichter britischer Schiffe, sie hörten Befehle und Gelächter, aber niemand rief sie an. Sie waren jetzt querab von Coffin Land.

»Jetzt haben wir die Einmündung zum Hafen doch schon passiert, nicht wahr, Sir?«, fragte ein junger Midshipman den Master.

Der wollte bejahen, als am Bug ein Warnruf erscholl. Der Master spähte nach vorn, sprintete dann zum Ruder, bellte einen Befehl und drehte mit am Ruder, um das Schiff auf einen anderen Kurs zu bringen. Ein dunkler Schatten rauschte beängstigend nah an ihnen vorbei. Erstaunte Rufe waren zu hören, dann war alles vorbei.

»Eine Handelsbark«, atmete der Master erleichtert aus. »Eine Fregatte hätte uns nicht so leicht laufen lassen.«

»Was war los, Mr Winner?«, fragte Sven, der auf der anderen Seite des Achterschiffs gestanden hatte.

»Eine Bark hätte uns beinahe gerammt, vermutlich britisch, Sir. Sie war gut abgedunkelt. Nur ein Warnschrei am Bug hat mich bewogen, das Ruder herumzulegen.«

»Gut gemacht, Mr Winner. Ein Zusammenstoß wäre das Letzte, was wir jetzt bräuchten. Aber nun haben wir die Gefahrenzone wahrscheinlich hinter uns. Lassen Sie einen Teil der Wachen abtreten und legen Sie sich auch noch zwei Stunden hin. Wir brauchen Sie, wenn wir uns am Morgen zwischen den Inseln verstecken. Ich werde bald auch Klarschiff aufheben.«

Die *Defence* hatte die Segel gekürzt und trieb langsam auf die Insel Seabrook zu. Sven spähte mit dem Nachtglas aus und hoffte, dass die Dämmerung sich schnell lichtete. Er wollte vor Tageslicht in einen der Mündungsarme des Edisto einlaufen. Aber dazu brauchte er Sicht.

Er drehte sich um und spähte nach Osten. Der Spalt des kommenden Lichts war am Horizont noch sehr schmal. Sven fluchte leise vor sich hin.

Mr Bergson, der Wachhabende, stieß den Master an und griente. Aber Mr White zuckte mit den Schultern.

Charleston und Umgebung

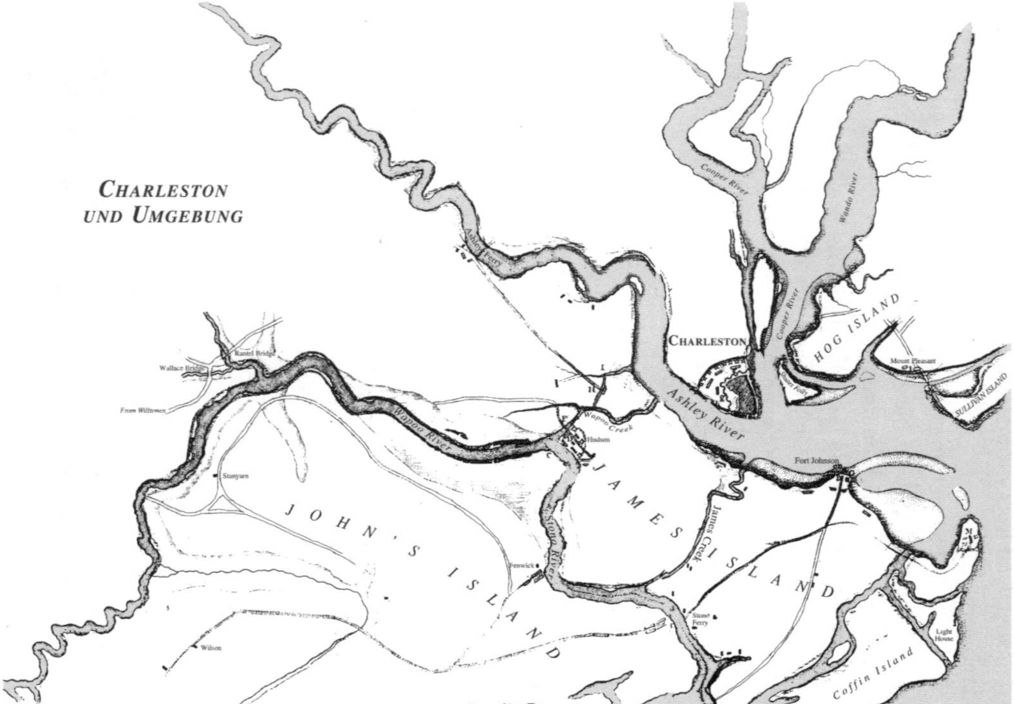

»Licht! Steuerbord voraus!«, meldete ein Ausguck.

Sven fuhr herum und hob sein Nachtglas. Das war ein Fischer, der am Bug eine Schale mit Feuer hatte, um Fisch anzulocken. Der Fischer war spät dran. Und warum hatte er erst jetzt sein Feuer gezündet? Svens Misstrauen war geweckt.

»Mr Bergson! Kutter Eins soll sofort zu Wasser und den Fischer dort untersuchen!«

»Aye, Sir«, antwortete Mr Bergson lakonisch und rief die Besatzung des Kutters. Als der Kutter ablegte, kam vom Fischer klar und deutlich der Ruf: »Richard!«

Sven antwortete: »Sabrina«.

Der Fischer nahm Kurs auf sie. Sven erklärte: »Das sind Mr Waltons Leute! Ruft den Kutter zurück.« Dann schaute er noch einen Augenblick nach dem Fischerboot und ging danach in seine Kajüte.

»Als wir Kontakt mit Charleston bekamen, merkten wir bald, das wir in Rockville viel zu weit ab waren, Sir. Mr Walton hat eine Zuflucht für uns am James Creek auf James Island gefunden. Dort sind wir nicht weit vom Ashley River und schnell in der Stadt. Die *Defence* könnte in den Stono River einlaufen und sich dort verstecken«, berichtete der Maat, den Mr Walton zurückgelassen hatte, um Sven zu informieren.

Sven nickte. »Hat das Fischerboot irgendeinen Wert für Sie?«

»Nein, Sir!«

»Gut, dann entnehmen Sie alle Ihre Sachen und lassen es treiben. Wir segeln.«

Mr Walton saß in Svens Kajüte. Sein »Inselexperte« stand mit dem Master am Bug und dirigierte die *Defence* in einen schmalen Wasserarm zwischen einer Insel und dem Flussufer. Kutter zogen und stakten.

Sven saß in seiner Kajüte Billy gegenüber und ließ sich von ihm den Stand der Belagerung erklären.

»Der britische General Clinton hat zunächst unsere Befestigungen an der Südseite des Ashley-Flusses erobert, Sir. Er verfügte über etwa achttausendfünfhundert Mann, darunter viele Hessen. Unser Befehlshaber, General Lincoln, konnte knapp sechstausend Mann mobilisieren, davon etwa die Hälfte Milizen. General Lincoln wollte seine Truppen nach Norden führen und sich nicht in der Stadt einschließen lassen. Aber die politische Führung der Stadt hat heftig opponiert, und jetzt ist Lincoln eingeschlossen. Die Briten ziehen den Belagerungsring immer enger.«

Sven nickte. »Es ist so gekommen, wie wir es befürchtet haben. Was wissen Sie von unserer *Liberty*, Bill?«

»Sie wurde mit den anderen Schiffen im Cooper River versenkt, um die Zufahrt zum Hafen zu blockieren. Die Besatzung hat die Verteidiger an der Hafenfront verstärkt.«

»Konnten Sie mit unseren Leuten Kontakt aufnehmen?«

»Aber ja, Sir. Der kleine Dick Borell spaziert in der Stadt herum, als wäre er dort zu Hause. Wir haben nicht nur zu Kapitän Bauer Kontakt, Sir, sondern auch zu dem amerikanischen Kommandanten, der am Ashley-Flussufer kommandiert, mit Bürgern der Stadt vom Priester zum Ladearbeiter, und wir haben verschiedene Fluchtmöglichkeiten erkundet. Aber Kapitän Bauer ist immer noch der Meinung, er könne nicht desertieren.«

Sven schüttelte den Kopf. »Was meint er damit?«

»Er ist wie die anderen Kapitäne auch dem Befehl General Lincolns unterstellt. Wenn der General eine Kapitulation unterzeichnet und ihm befiehlt, mit seinen Leuten die Waffen niederzulegen, dann fühlt er sich an einen solchen Befehl gebunden.«

»Formell stimmt das«, bestätigte Sven. »Aber es ist ein Verstoß gegen die höheren Interessen unseres Landes. Wenn wir eine erfahrene Fregattenbesatzung für den weiteren Kampf retten können, müssen wir es tun. Ich werde mit Kapitän Bauer selbst darüber reden und ihm einen Brief des Marinekomitees übergeben. Können Sie mich zu ihm bringen?«

Billy bestätigte und berichtete, was sie für Fluchtwege ausgekundschaftet hätten. Der beste Fluchtweg war immer noch der alte Kanal, der von Lagerhäusern überbaut war. Daneben hatten sie entdeckt, dass sie leicht in der Höhe von Savages Sugar House Schilfinseln antreiben lassen konnten.

»Und der kleine Dick Borell hat vorgeschlagen, dass wir einige unserer Leute in britische Uniformen stecken und sie als ›Wachmannschaft‹ Matrosen der *Liberty* aus der Stadt geleiten könnten.«

Sven lächelte. »Das ist ein kleines Schlitzohr, was?«

»Ja, Sir, wie die meisten Kinder, die selbst für sich sorgen müssen.«

Sie brachten Sven in der nächsten Nacht in die Stadt. Das Sumpfgebiet an der Südseite von Charleston Neck war nicht unüberwindbar, sondern es gab einen Pfad vom Ashley-Fluss zu den Befestigungslinien. Sven hielt sich sorgfältig auf dem Pfad, auf dem Sam und Dick vor ihm gingen. Dreißig Meter neben ihm reichten die britischen Gräben bis an den Sumpf, und sie hörten, wie geschaufelt und geredet wurde. Dann wuchsen die Stadtmauern vor ihnen empor, und Dick krächzte wie ein Reiher.

Ein Kopf lugte über die Mauer. »Wer da?«, rief er.

Dick antwortete fröhlich. »He, Johnny, wir sind zu dritt. Lass uns die Strickleiter runter.«

Die Strickleiter kam, und Dick kroch zuerst hoch, gab dem Posten ein frisch geschlachtetes Huhn und sagte: »Sam und ein Freund kommen noch. Gibt es was Neues bei euch?«

»Geht nicht ins Wachzimmer. Die haben heute zwei Nutten gemietet. Da würdet ihr nur stören.«

Für Sven, dessen Bein noch nicht die volle Leistungsfähigkeit hatte, war der Weg durch die Stadt sehr anstrengend. Es war zwar interessant, Charleston, das er bisher nur aus dem Kutschenfenster kannte, nun zu Fuß zu erkunden, aber nach einer Weile fragte er: »Können wir uns einen Augenblick hinsetzen und einen Kaffee trinken?«

»Aye, Sir, an der nächsten Ecke ist ein kleines Café, in dem viele Arbeiter und Vertreter frühstücken«, antwortete Sam.

Das Eckcafé war gerammelt voll, aber sie konnten drei Plätze erwischen, als einige Gäste gingen. Sven aß mit Dick einen Streuselkuchen zu seinem Kaffee und blickte sich im Laden um. Er sah die übliche Charlestoner Mischung. Geschäftsleute und Arbeiter. Weiße, Mischlinge und Neger und einige Frauen. Alle sprachen lebhaft. Es herrschte fast südländisches Flair.

Dick schien beliebt zu sein. Der Wirt gab ihm einen Bonbon, als sie gingen. Draußen marschierten einige Soldaten der kontinentalen Truppe vorbei. Sonst sahen sie keine Uniformen.

Nach einiger Zeit lief Dick zu einem kleinen Reihenhaus voraus und schaute sich um. Sam erklärte: »Wir treffen uns hier, damit keiner der Besatzung Sie sieht. Von den Kontakten von draußen nach innen braucht niemand zu wissen.«

In einem kleinen Zimmer umarmten sich Karl und Sven herzlich. »Diesmal war es nicht so sicher, ob wir uns gesund wiedersehen würden«, sagte Karl.

»Ich muss dir doch die herzlichsten Grüßen deiner lieben Frau überbringen und auch einige Briefe von ihr, lieber Karl. Außerdem will ich mit dir schimpfen, weil du meine alte *Liberty* versenkt hast.«

»Das geschah auf Befehl, lieber Sven. Ich halte mich an Befehle.«

Sven sah ihn skeptisch an. »Spielst du schon auf die Kapitulation an? Lies hier den Brief des Marinekomitees. Dort wird dir erklärt, dass es deine höhere Pflicht ist, eine gute Besatzung vor Gefangenschaft zu retten. Niemand wird das als Befehlsverweigerung sehen.«

Karl las und lachte Sven an. »Endlich ist der Konflikt zwischen Pflicht und Neigung gelöst.« Sven nickte und dachte, es sei gut, dass Karl nicht wisse, wie viel Überredung und Tricks ihn dieser Brief gekostet hatte.

»Erzähl mir etwas über die neuesten Entwicklungen in der Belagerung, Karl.«

Karl schlug die Hände ineinander. »So ein Landkrieg ist furchtbar. Es ist, als ob du dich an einer Leeküste festgesegelt hast. Wir sind ringsum eingeschlossen. General Lincoln, übrigens ein tüchtiger Offizier, hat mit den Briten verhandelt, um freien Abzug für seine regulären Truppen zu erhalten, wenn er die Stadt übergibt. Die Briten haben noch mehr Truppen aus New York geschickt und machen keine Zugeständnisse. In ein paar Tagen werden sie die Stadt sturmreif schießen. Wie du uns da rausholen willst, bleibt mir ein Rätsel.«

Sven holte eine Karte aus der Tasche, erklärte, fragte nach und diskutierte angeregt mit Karl, der immer zuversichtlicher wurde. Natürlich konnte er zehn hessische Uniformen besorgen. Es waren ja genug Gefallene vor ihren Linien liegen geblieben oder im Hafen angetrieben worden. Er würde auch genug Leute in seiner Besatzung finden, die Deutsch sprachen und die »Gefangenen« abtransportieren könnten.

»Aber die Route müssen wir noch festlegen.«

Sven nickte. »Ich treffe mich nachher noch mit einem Major aus Lincolns Stab, genauer gesagt aus Washingtons Stab. Sobald er die Kapitulationsbedingungen kennt, erfahre ich sie. Vergiss aber nicht, dass ihr noch den Stollen zwischen den zwei Häusern graben müsst, die ich dir gezeigt habe.«

»Das alles ist am 10. Mai, also in zwei Tagen, fertig. Bis dahin wird sich die Stadt noch halten.«

»Aber bitte nicht viel länger, Karl«, sagte Sven ihn. »Mr Bradwick will, dass ich Ende Mai einen Konvoi nach Nordspanien geleite.«

Sven verabschiedete sich ungewohnt hastig von seinem Freund Karl. Nur er wusste, dass er auf dem Rückweg herausfinden wollte, ob Rosita in der Stadt war. Er erinnerte sich, dass in der Nähe von Talbots Haus eine Poststation war. Dort wollte er fragen.

Als sie die Straße erreichten, bat er Sam und Dick, einen Moment zu warten. Er selbst ging hinein und fragte den Postintendanten, ob die Familie der Talbot-Nichte in der Stadt sei.

»Na ja«, antwortete der ein wenig zögernd. »Der Witwer ist im Haus. Die Nichte ist ja schon im Februar vor Beginn der Belagerung gestorben.«

Sven konnte die Überraschung nicht verbergen. »Sie war doch eine junge und gesunde Frau.«

»Sie ist bei einer Geburt gestorben. Sie hatte sich so auf das Kind gefreut, aber das Mädchen hat auch nicht überlebt.«

Sam bemerkte, wie verstört Sven war. Ganz gegen seine Gewohnheit fragte er: »Haben Sie etwas Unangenehmes erfahren, Sir?«

»Ja. Die Nichte meines Freundes Talbot, die sein Geschäft übernommen hatte, ist unerwartet verstorben.«

»Das tut mir leid, Sir.«

Am 11. Mai morgens hörte Sven, wie die britischen Kanonen ein konzentriertes Feuer auf Charleston begannen. Er ließ sofort seine Offiziere zu sich kommen und befahl, alle Hilfskräfte für die Evakuation in Alarmbereitschaft zu versetzen.

»Leutnant Bergson, Sie machen unsere drei Schilfinseln startbereit. Die erste startet morgen um ein Uhr mittags, die nächsten je eine Stunde später. Die Landungsplätze sind bekannt. Leutnant Waller besetzt mit zwanzig Mann die beiden Häuser, in denen der Kanal endet. Sollten noch Briten in der Nähe sein, werden sie ausgeschaltet. Aber das ist unwahrscheinlich, denn sie werden an die Mauern der Stadt vorrücken. Nehmen Sie auch Waffen für die Befreiten mit, Leutnant Waller. Den Marsch der Gefangenen beobachtet Leutnant Walton aus einiger Entfernung und greift ein, falls Briten den Zug aufhalten oder umleiten wollen. Aber möglichst ohne Geschieße. Das amerikanische Schiff zur Aufnahme der Befreiten liegt hier! Alles klar?«

Kapitän Karl Bauer erfuhr spät am Abend, dass die amerikanischen Truppen am nächsten Tag ihre Waffen niederlegen würden. Washingtons Major berichtete es ihm. »Ich werde Sie und Ihre Leute zu Kapitän Larsson begleiten. Ich habe meinen Burschen zu ihm geschickt, damit er alle Einzelheiten kennt, Mr Bauer.«

»Wie soll denn alles vor sich gehen, Major?«

»Morgen Nachmittag werden die Eroberer mit Fahnen und klingendem Spiel einrücken. General Lincoln wird das britische Siebte Infanterieregiment und Lissings Hessisches Jägerkorps empfangen. Auch General Clintons Stab rückt mit ihm ein. Diese Truppen werden die Wälle sichern. Am Samstag geben unsere Truppen die Waffen ab. Die

Milizen werden nach Hause entlassen und müssen schwören, nie mehr gegen England zu kämpfen. Die kontinentalen Truppen werden in die Gefangenschaft abgeführt.«

Karl Bauer wiegte den Kopf hin und her. »Das würde auch uns betreffen, gäbe es nicht meinen Freund Sven.«

»Ihr Freund?«

»Ja, wir waren beide Mitte 1770 zusammen auf der *Victoria*. Ich war Matrose, und er fing an. Wir haben viel gemeinsam erlebt und sind Freunde geworden, die sich aufeinander verlassen. Aber sagen Sie mir nun, wann unsere Einheiten die Waffen übergeben sollen?«

»Auch am Samstag. Ich meine, wir alle sollten uns in der Nacht zum Samstag verstecken, damit wir fliehen, sobald das Signal zur Waffenübergabe kommt.«

Vor Beginn der Morgendämmerung verließen etwa fünfzig Matrosen unter Führung des Zweiten Leutnants ihre Quartiere und schlichen einzeln durch die Straßen in Richtung Süden. In dem einsetzenden Gewimmel der Neugierigen und der zur Arbeit strebenden Menschen war ihre Chance aufzufallen sehr gering. Dieser Trupp würde sich unter den vorbereiteten Schilfinseln verstecken und gegen Abend »absegeln«.

Karl hielt die anderen Männer am Samstag in ihren Stellungen und erlaubte keinem, sich zu entfernen. Die anderen Truppen sollten nicht aufmerksam werden. Sie hörten die melodischen Glocken von St. Michael am Morgen und auch die Hymne »God save the king«, die die einrückenden Truppen spielten, aber sie konnten die Truppen nicht sehen.

Gegen Mittag traten die von ihnen eingekleideten »hessischen Soldaten« aus einem Haus und gingen zu etwa fünfzig Matrosen der *Liberty*, die waffenlos waren und nur ihre Seesäcke mit persönlicher Habe trugen. Die »Hessen« wurden von einem erfahrenen Maat in der Uniform eines Sergeanten geführt. Alle trugen Musketen mit aufgepflanztem Bajonett.

Drei »Hessen« marschierten an der Spitze der Kolonne, die anderen an den Seiten. Karl sah ihnen nach und hoffte, dass alles gut ginge. Er selbst ging zu den Offizieren der neben ihnen liegenden Truppen und sagte, dass seine Männer den Befehl zur Abgabe der Waffen erhalten hätten.

Der ältere, hagere Milizmajor klagte. »Nun ist es so weit. Dank für die gute Kameradschaft, Kapitän. Wo sollen Sie die Waffen abliefern?«

»Am Pul…« Kapitän Bauers Antwort wurde durch ein gewaltiges Krachen übertönt. Beide Männer zuckten zusammen und drehten sich nach dem Schall um, wo eine riesige Wolke aufstieg und immer höher in den Himmel wuchs. Neue Explosionen ertönten, manche wie ein Schlag, andere wie ein Knattern.

»Mein Gott!«, rief Kapitän Bauer. »Das ist das Pulvermagazin, wo wir unsere Waffen abgeben sollten.« Er winkte dem Major zu und rannte zu seinen Männern.

Aber die Männer der *Liberty* drängten schon aus den Stellungen. Der Erste Leutnant hatte sofort nach der ersten Explosion das Abrücken in die Fluchtstellungen befohlen. Sie rannten zu den Lagerhallen und betraten sie durch zwei getrennte Eingänge. Ein Teil räumte den Kanaleingang frei, andere krochen durch den neuen Stollen.

Joshua Petrus betrat den Kanal als Erster. Er hielt eine Fackel in der Hand und inspizierte beim Voranschreiten die Wände. Außer dem schrecklichen Gestank schien alles in Ordnung. Hinter ihm loderten weitere Fackeln auf. Der Großteil der Mannschaft flüchtete durch den Kanal.

Auch Kapitän Bauer war in dieser Gruppe und versuchte, weiter nach vorn zu kommen. Aber das gelang erst, als die Menschenmasse nach fast einer Stunde anhielt.

»Wir sind unter dem Ausgang«, hieß es von vorn.

»Lasst mich durch!«, rief Kapitän Bauer. »Wer erkundet?«

»Bootsmann Petrus, Sir«, wurde ihm geantwortet.

Joshua räumte Balken und Steine zur Seite. Anscheinend waren die Häuser, die am Kanalende lagen, in den letzten Tagen noch zerstört worden. Hier war der Kellergang, dort die Treppe. Wieder musste er räumen. Dann hatte er einen freien Blick auf die Stadt. Zuerst sah er die riesige Staubwolke. Dann fielen ihm die britischen Fahnen auf den Mauern auf, und schließlich kam ihm zu Bewusstsein, dass er keinen britischen Soldaten sah. Erleichtert kroch er um die Ecke und blickte zum Fluss und zum Wald hinüber. Auch hier war kein Brite zu sehen.

Sie hatten das Schwerste hinter sich.

»Los raus!«, rief er. »In Zweierreihen zum Strand! Nicht rennen!«

Als Kapitän Bauer den Ausgang erreichte, sah er schon eine lange Kette von Matrosen zum Fluss gehen. Hoffentlich fällt das nicht auf, dachte er. Wir hätten das noch besser überlegen müssen. Aber dann marschierte er mit den anderen los.

Sie hatten etwa einen halben Kilometer zu gehen. Der Acker war sehr uneben, und viele Seeleute fluchten.

»Ruhe!«, rief Kapitän Bauer. »Ihr Meckerköppe marschiert in die Freiheit. Da schimpft man nicht.«

»Da vorn sind aber Briten!«, riefen plötzlich die, die vor ihnen marschierten.

»Lasst mich nach vorn«, brüllte der Kapitän. »Das sind unsere Leute von der *Liberty*. Leutnant Waller kommandiert sie. Den kennt ihr doch.«

Am Flussufer stand neben einem großen Busch Leutnant Waller in britischer Uniform und schwenkte seinen Hut. Jetzt rannten die Ersten los und sprangen am Strand in die Ruderboote.

Kapitän Bauer fiel ein Stein vom Herzen. Plötzlich packte eine Hand seinen Arm. Ein Seemann hielt ihn fest und blickte voller Schreck zur Seite. Da ritten fünf britische Reiter mit gezogenen Säbeln auf sie zu.

Karl Bauer fasste sich in Bruchteilen von Sekunden.

»Halt!«, schrie er und sprang auf die Reiter zu. »Wir sollen da mit Booten abtransportiert werden. Fragt eure Kameraden da vorn.«

Die Reiter stutzten, senkten die Säbel und ritten langsamer zum Ufer.

Leutnant Waller winkte ihnen zu und sagte etwas zu den »Briten« von der *Liberty*. Die Reiter kamen näher und wurden von lachenden britischen Soldaten umringt. Plötzlich zielte ein Teil der Soldaten auf die Reiter, die anderen fassten die Zügel.

»Lasst die Waffen fallen! Wir sind amerikanische Soldaten. Ihr seid gefangen.« Die Reiter blickten auf die Männer der *Defence*, die jetzt einen großen Kreis bildeten und sie drohend ansahen. Da ließen sie die Waffen fallen und stiegen von den Pferden.

Leutnant Waller sah zu Männern der *Defence*. »Wer von euch kann reiten?«

Zehn Arme reckten sich in die Höhe. Mr Waller wählte fünf Mann aus. »Zieht euch ihre Sachen an. Ihr könnt dann zum Sumpf drüben reiten und die holen, die dort über den Pfad kommen.«

Dann drehte er sich wieder zu den anderen um. »Tempo! In die Boote und über den Fluss. Da wollen noch mehr rüber.«

Die Amerikaner waren wie erlöst, lachten und knufften voller Spaß auch die Briten, die in Unterwäsche dastanden.

Die befreiten Matrosen der *Liberty* waren auf das erbeutete britische Handelsschiff transportiert worden. Jetzt ging das Gemecker wieder los. Ein Handelsschiff hatte natürlich eine viel geringere Besatzung als ein Kriegsschiff.

»He! Wo sollen wir denn da alle schlafen? Und ein Dreckstall ist das auch!«

»Ruhe!«, brüllte da Kapitän Bauer voller Wut. »Wer zurück in die Gefangenenlager der Briten will, soll vortreten. Ihr anderen haltet das Maul! Das hier ist ein Übergang, weil wir nicht bis Philadelphia schwimmen können, ihr Dussels. Das ist ein Handelsschiff! Es hat weniger Platz und weniger Kanonen. Wir müssen uns einrichten. Bootsmann Petrus macht jetzt die Einteilung!«

Als der Koch der *Defence* das Essen verteilte, das er vorsorglich auf dem Handelsschiff gekocht hatte, beruhigten sich die Gemüter vollends.

»Was Kapitän Larsson sich ausgedacht hat, um uns alle zu befreien, ist schon ein dolles Ding. Jetzt müssen wir noch auf die mit den Schilfinseln warten«, rief Karl Bauer.

Viele konnten am Abend nicht auf die Schilfinseln warten, denn Joshua hatte auch Reinigung angesetzt, nachdem die Seeleute sich mit den Kanonen und Segeln bekannt gemacht hatten. Aber Kapitän

Bauer und der Schiffsarzt lehnten an der Reling und starrten stromaufwärts.

»Es ist ein Wunder, dass alles so geklappt hat, Mr Bauer«, sagte der Schiffsarzt. »Aber dass die Reiter von Leuten mit britischer Uniform entwaffnet wurden, wird noch ein Nachspiel haben. Wenn die Briten davon erfahren, werden sie ein großes Tamtam machen wegen illegaler Täuschung.«

»Ja, aber was sollte Kapitän Larsson denn machen? Er hat mit irgendeinem Zwischenfall gerechnet, und den konnten ohne großes Aufheben nur Soldaten in britischer Uniform lösen. Sonst hätte es eine Schießerei gegeben. Die Briten hätten Truppen geschickt. Unsere Männer vom Sumpfpfad waren noch nicht in Sicherheit. Viele wären nicht gerettet worden.«

»Man müsste die gefangenen Reiter auf unsere Seite ziehen«, schlug Dr. Bader vor.

»Versuchen Sie es doch mit Opium«, lachte Karl, als ein Ausguck rief: »Schilfinseln stromaufwärts in Sicht.«

Die Schilfinseln legten an einer Uferstelle an, die geräumt war. Langsam näherten sie sich dem Ufer. Aber dann hoben die Männer, die Grund unter den Füßen hatten, die Tarnung hoch und trugen sie ans Ufer. Die wartenden Matrosen lachten über dieses Spektakel.

Die Inseln ruhten auf leeren Fässern, die durch Leisten verbunden waren. An den Leisten hatten sich die Matrosen festgehalten. Der Kopf war über dem Wasser und durch die Schilfaufbauten verborgen. In geringem Maße konnten die Inseln auch durch einheitliche Beinbewegungen gelenkt werden.

Die Matrosen waren durchnässt und erschöpft. Einige blieben am Ufer liegen.

»Kommt!«, riefen die Maate. »Ein heißer Grog und warmes Essen warten auf euch!«

Aber Dr. Bader musste einige Männer in sein Hospital tragen lassen.

»Den ganzen Tag im Wasser, und jetzt am Abend kam uns ein britisches Schiff gefährlich nahe. Das war eine Tortur«, klagte der Dritte Leutnant, der vorübergehend »Inselkommandant« gewesen war.

Als die Schilfinseln wieder in den Fluss gestoßen worden waren, kam Sven mit dem kleinen Schoner von Leutnant Walton zu Kapitän Bauer. Er wurde auf dem Handelsschiff mit dem üblichen Zeremoniell empfangen. Kapitän Bauer hatte schon eine Wache, die mit präsentierten Musketen imponieren und einen Trommler und Querpfeifer, die genügend Krach machen konnten.

»Respekt, Mr Bauer«, lobte Sven. »Das wirkt ja schon wie auf einem Kriegsschiff.«

In der Kajüte wurden sie dann informeller. Sie stießen mit ihren Gläsern an, und Sven sagte: »Was bin ich froh, dass alles so glatt verlaufen ist. Ein wenig Pech und wir hätten große Verluste haben können.«

»Wir alle freuen uns mehr, als wir dir sagen können, Sven. Wir sind dir unendlich dankbar, dass du das alles organisiert hast. Wir würden sonst auf dem Marsch in die Gefangenschaft sein, und du weißt, das ist für viele der Marsch in den Tod.«

»Aber Karl, das habe ich doch nicht allein getan. Dankt auch Billy und seinen Leuten. Sie sind mit ihrem kleinen Schoner schon wieder auf dem Weg, um für uns aufzuklären. Wir laufen kurz nach Mitternacht aus.«

»Ich werde auch Billy danken, aber ohne deine Anregung und deine Führung wären wir nicht befreit worden. Das wissen wir. Aber nun sag mir, was du als Nächstes vorhast.«

Sven berichtete, dass er schnellstens nach Philadelphia müsse, um Bradwicks Konvoi nach Nordspanien zu bringen. »Was dich angeht, Karl, so weiß ich nicht, ob dir die Kontinentale Flotte schon wieder ein Schiff anbieten kann.«

»Das macht gar nichts, Sven. Ich möchte zuerst einmal etwas länger bei meiner Frau bleiben. Und Joshua hat mir im Vertrauen gesagt, dass er abmustern und nicht mehr zur See fahren möchte. Er will es dir selbst sagen, dass er sich an Land etwas suchen und bei Frau und hoffentlich bald einem Kind bleiben wolle. Nun bist du schon gewappnet, wenn er es dir sagt.«

Sven schwieg eine ganze Weile. »Ich kann mir schwer vorstellen, ohne ihn auszukommen. Er war Teil unseres Quartetts von der *Victoria*. Wir gehörten doch zusammen wie Pech und Schwefel. Aber ich kann ihn verstehen, Karl, und unsere beiden Frauen werden uns jetzt noch mehr beknien.«

»Aber Sven! Wir sind doch glücklich mit unseren Frauen.«

»Ja, Karl, doch die See ist auch ein bedeutender Teil meines Lebens. Aber reden wir nicht mehr davon! Wir segeln nach Philadelphia und müssen uns noch entscheiden, ob wir die dort abgegebenen beiden Handelsschiffe wieder aus Wilmington holen.« Er erklärte Karl, dass er die beiden Frachter mit ihrer wertvollen Ladung dort abgeliefert habe, weil er keine Prisenmannschaft entbehren wollte, die er für die Befreiung der Männer der *Liberty* gebraucht hätte. Aber in Philadelphia gäbe es natürlich viel mehr Prisengeld als in Wilmington.

Billys Schoner meldete, dass die beiden Handelsschiffe unverändert in Wilmington lagen. Alle blickten auf Sven, bis der sagte: »Na gut, dann bringen wir sie nach Philadelphia. Aber nur Kapitän Bauer läuft ein, besetzt die beiden Schiffe und läuft gleich wieder aus.« Da jubelten seine Leute und klopften sich auf die Schultern.

Karl Bauers Mannschaft war auch zufrieden. Endlich hatten sie wieder genügend Platz zum Schlafen und Essen, und einen Anteil am Prisengeld sollten sie auch kriegen, denn sie segelten ja jetzt die Prisen.

Die Stimmung war gut, als die drei Handelsschiffe in Kiellinie leewärts von der *Defence* segelten. Der kleine Schoner klärte vor ihnen auf.

Am vierten Tag meldete der Ausguck der *Defence* nach Anbruch der Dämmerung mehrere Segel backbord von ihnen. Sven schickte einen Midshipman mit dem Teleskop in den Mast.

Der Midshipman meldete ihm, es seien drei Schiffe auf einem Kurs, der sich mit ihrem in etwa zwei Stunden schneide. »Es sind zwei Barken, eindeutig Handelsschiffe, Sir, und ein Begleitschiff mit zwei Masten, eine Brigg.«

Master White, der dicht neben Sven stand, riss die Augen weit auf. Sven lächelte ihn an und legte den Finger auf den Mund. Dem Midshipman befahl er: »Wenn Sie jemand fragt, erzählen Sie, es seien drei Linienschiffe mit ablaufendem Kurs.«

Als der junge Bursche weg war, atmete Sven tief aus. »Mir wird ganz flau, Mr White. So viel Glück kann man doch gar nicht haben. Was kommt da hinterher?«

»Die Mannschaft glaubt schon lange, Sir, dass Sie das Glück gepachtet haben. Was ist daran schlecht? Das ist doch alles Aberglaube, Sir, dass man am Gold ersticken kann.«

Sie setzten britische Flaggen. Als die drei Schiffe näher kamen, behielten sie Formation und Tempo bei und hissten Signale, als ob sie die Neuen aufforderten, sich bei ihnen einzureihen. Erst als sie ganz nahe waren, ließen sie die Masken fallen, hissten die amerikanische Flagge und rannten die Kanonen aus.

Die Brigg lag neben der *Defence* und hatte nicht den Hauch einer Chance gegen deren Übermacht. Die drei Schiffe mit den Männern von Kapitän Bauer richteten ihre Kanonen auf die beiden Ankömmlinge und setzten Kutter mit Enterern aus.

In einer halben Stunde segelte der vergrößerte Konvoi wieder auf dem alten Kurs. Männer der *Defence* hatten die Brigg besetzt, und Matrosen von Kapitän Bauer hatten sich auf die beiden neuen Prisen verteilt. Die Prisen kamen aus der Karibik mit Nachschub für New York.

»Und jede Menge Rum haben sie auch geladen«, schwärmte abends Leutnant Bergson in der Messe.

Als sie in den Delaware einliefen, hatte Billys Schoner ihre Ankunft schon einen halben Tag vorher gemeldet. Die Schiffe, die ihnen begegneten, dippten die Flaggen. Die Matrosen jubelten, und die Einwohner standen am Ufer und winkten.

Philadelphia schien völlig außer Rand und Band. Die Besatzungen stammten zum größeren Teil aus der Stadt und ihrer Umgebung. Wer von der glücklichen Heimkehr der Seinen gehört hatte, stand am Ufer und schrie sich die Kehle aus dem Hals. Böller wurden abgeschossen. Abordnungen der Truppen standen und präsentierten. Vertreter des Rates, des Kongresses, der Komitees erwarteten sie.

Sven tat der Arm weh, denn er schwenkte nun schon Stunden seinen Hut. »Signalisieren Sie den anderen, sie sollen im Fluss ankern und nicht anlegen. Die treten uns sonst die Schiffe ein. Und bei uns stehen die Ranger an der Reling an und lassen niemanden an Bord«, befahl Sven seinem Ersten.

»Sir, wir werden Zugeständnisse machen müssen. Vielleicht können Sie, die Offiziere und ein Teil der Mannschaft an Land gehen und sich begrüßen lassen«, erwiderte der.

»Na gut, wählen Sie zwanzig verdiente Leute aus und veranlassen Sie alles.«

Sven erkannte Mr Smith und Richard Bradwick am Ufer. Und dann sah er seine Frau und seine Kinder, und nun schien der Empfang viel angenehmer als eben noch.

Der große Konvoi
(Juni und August 1780)

»Deck! Vier Segel backbord querab fünf Meilen. Ein Segel ist Brigantine *Anne*.«

»Na endlich!«, schimpfte Sven vor sich hin, der immer wieder wartend zum Ausguck geschaut hatte. Dann wandte er sich an den Signalmidshipman: »Setzen Sie Signal: ›Aufschließen zum Geleit‹, und fügen Sie die Flagge für ›Eilt!‹ hinzu.«

»Aye, aye, Sir«, antwortete der junge Mann und rannte zu seinen Leuten.

»Nun haben wir endlich den ganzen Haufen beisammen«, sagte Sven erleichtert zu Mr Potter, seinem Ersten Leutnant.

»Es klappte doch eigentlich recht gut, Sir«, antwortete der. »Wir mussten vier Teilgeleite zusammenfügen, die in verschiedene Richtungen gestartet waren.«

Sven nickte. »Sie haben ja recht, Mr Potter, zwei Tage sind dafür nicht zu viel. Aber Sie kennen mich ja.«

»Ja, Sir«, lachte der Erste. »Es kann nie schnell genug gehen. Darum werde ich auch sofort veranlassen, dass der Kommandant der *Anne* die geheimen Befehle für den Konvoi erhält.«

Sven lächelte und sah ihm nach. Mit seiner Mannschaft konnte er sehr zufrieden sein. Er kommandierte nun fast nur Offiziere, die er schon als Midshipman ausgebildet hatte. Alle hatten sich gut entwickelt, auch Tom Potter.

Das war wohl der größte Konvoi, der unter amerikanischer Flagge Kurs auf Europa nahm. Alle Schiffe segelten unter der Flagge der Reederei Bradwick, dem großen goldenen B auf rotem und blauem Untergrund. Neun Schiffe gehörten der Reederei, drei waren von befreundeten Reedereien für diesen Zweck entliehen.

Auch die Kriegsschiffe gehörten zu Bradwick, manche allerdings nur zum Teil. So zum Beispiel die Fregatte *Defence*, die Bradwick und andere Reeder vom Staat Maryland ersteigert hatten. Die Brigg *Philadelphia* unter Mr. Flinders und die Brigg *Virginia* unter Walter Johnson sowie die Brigantine *Anne*, der Schoner *Freedom* und der Bermudaschoner mit Billy Walton schützten teilweise seit Langem die Schiffe der Reederei Bradwick.

Sven war gar nicht so glücklich, dass er jetzt wieder eine Kaperfregatte und kein Schiff der Kontinentalen Flotte kommandierte. Aber die paar Fregatten, die der Kontinentalen Flotte nach dem Desaster von Charleston verblieben waren, wurden von bewährten Kapitänen befehligt. Und das Marinekomitee hätte ein solches Risiko, wie es dieser Konvoi darstellte, nicht auf sich genommen.

Bradwick und Sven hatten das Unternehmen lange vorbereitet. Die Reederei hatte auf schnelle und doch tragfähige Frachter umgerüstet. Sie hatte Kaperschiffe für den Geleitdienst aufgekauft und Kontakte mit europäischen Verbündeten planmäßig ausgebaut.

Der Nachschub für die amerikanische Armee und Wirtschaft nahm jetzt den zeit- und vor allem kostenaufwändigen Umweg über karibische Inseln, vor allem über das neutrale St. Eustatius. Diesen kostenaufwändigen Zwischenhandel konnte man nicht mit einzelnen Schiffen aufbrechen, die sich von Amerika nach Europa durchschlugen. Hier musste ein deutliches Signal gesetzt werden. Und das hatten Bradwick und Sven lange geplant.

Niemand erfuhr, wann und mit welchen Schiffen dieser Konvoi wohin segeln sollte. Die Schiffe wurden wie immer einzeln beladen. Dann erhielten sie fiktive Ziele genannt. Für diese Fahrt wurde ihnen zum Schutz ein Kriegsschiff der Reederei zugeordnet. Das alles war übliche Praxis und kein Grund, die britischen Agenten zu alarmieren. Der Kommandant des Kriegsschiffes öffnete nach dem Auslaufen einen Geheimbefehl, der die Weisung enthielt, an einer bestimmten Stelle außer Sichtweite des Landes vor der Bucht des Delaware auf weitere Befehle der Fregatte *Defence* zu warten.

So waren vier kleinere Konvois aus verschiedenen Häfen am Delaware zu verschiedenen Zeiten ausgelaufen. Die meisten Seeleute hatten von einer Fahrt in die Karibik geträumt. Niemand wusste etwas anderes, bis ihnen auf See die Fregatte *Defence* die neuen Befehle aushändigte, die auch alle Einzelheiten für das Verhalten im Geleit enthielten.

Sven kannte jeden Kommandanten eines Geleitschiffes und hatte mit allen gesprochen, während sich der Konvoi in zwei Reihen gruppierte.

Weit vor dem Geleitzug kreuzte der Bermudaschoner, den sie *Hunter* getauft hatten, weil er immer auf der Jagd nach fremden Segeln war. Es war das schnellste Schiff, das Sven je gesehen hatte. Die *Hunter* trug nur am Bug einen langen Vierpfünder als Jagdkanone. Um die Verstärkung der Kanone hatte Billy Walton, der diensttuende Leutnant, gebeten. »Sir, meine Dreipfünderkugeln bleiben ja schon im Küchenbrett des Koches stecken, wenn er es hinter das Heck hält.« Jetzt konnte er kleineren Schiffen auch das Heck zertrümmern.

Die *Defence* segelte mit der Brigg *Philadelphia* windwärts vom Konvoi. Die Brigg *Virginia* kreuzte vor ihm, die Brigantine *Anne* hinter ihm, und der Schoner *Freedom* hielt Kontakt mit *Hunter*, um Signale schnell an das Geleit weiterzugeben.

Sie hatten alle Segel gesetzt, die verfügbar waren, um schnell aus der Küstenregion herauszukommen, in der häufiger britische Kriegsschiffe anzutreffen waren. »Obwohl«, wie Matrose Bolles gerade seinem Kumpel Bernardo zuraunte, »die Briten schon mit einem Vierundsiebziger kommen müssten, um uns zu ärgern. Eine Fregatte pusten wir doch aus dem Wasser.«

Es war ein richtiger »Soldatenwind« während der ersten drei Tage, stetig und kräftig, ohne stürmisch zu werden. Der Konvoi war fast dreihundert Seemeilen von der Küste entfernt, und Sven hatte am vorigen Abend angekündigt, dass sie am nächsten Tag Scharfschießen üben würden. »Jetzt locken wir wohl keine britischen Blockadeschiffe mehr an.«

Aber am Morgen kam der Melder vom Achterdeck schon vor dem Wecken. »Eine Empfehlung von Mr White. Er erwartet einen stärkeren Sturm und bittet, für den ganzen Konvoi Signal zum Segelkürzen setzen zu dürfen.«

»Ich komme sofort an Deck«, war Svens kurze Antwort.

In der Tat folgte er dem Melder fast auf dem Fuße und fragte Mr White, was ihn zu seinem Vorschlag veranlasst habe.

»Sehen Sie hier, Sir, wie das Barometer gefallen ist.« Er richtete den Schein der Laterne auf das Schieferbrett, auf dem der Luftdruck der letzten zwölf Stunden verzeichnet war. Er war in der Tat dramatisch abgefallen.

Sven brummte etwas, was der Master als Zustimmung deutete.

»Und dann, Sir, schauen Sie in Richtung Nordwest. Dort ist kein Stern mehr zu sehen, aber immer wieder zucken Blitze. Nach Südost haben wir klare Sicht.«

Sven nickte. »Signal an alle Schiffe: Segel kürzen, sturmklar machen, Abstände vergrößern! Ich trinke noch Kaffee und komme dann an Bord.« Er winkte dem wachhabenden Offizier: »Mr Bergson, lassen Sie sofort wecken und Frühstück ausgeben. Dann wird das Schiff sturmklar gemacht!«

Martin, Svens Bursche, hatte schon alles vorbereitet. Kaffee und Toast standen auf dem Tisch, Ei und Schinken brutzelten in der Pfanne.

»Das sieht mal wieder gut aus, Martin«, lobte Sven. »Kannst du, sobald du aufgetan hast, mit Rocky zur Schütte gehen? Wir machen sturmklar.«

»Gern, Sir.«

Rocky war aufgestanden, als er seinen Namen hörte, und schaute erwartungsvoll zu Sven. Aber der setzte sich und sagte nur kurz: »Geh mit Martin!«

Rocky guckte enttäuscht zu Martin, denn er wusste, wenn der mit ihm ging, war das nur ein kurzer Aufenthalt im Freien. Und am Wind und der Schaukelei merkte er schon, dass sie ihn in Kürze wieder mit dem Bauchgurt in der Kajüte festbinden würden, damit ihn der Sturm nicht von Wand zu Wand schleudern würde. Das war eine furchtbare Qual, stundenlang an diesem Bauchgurt zu hängen und sich wirklich hundeelend zu fühlen.

Überall auf dem Schiff waren die Mannschaften beschäftigt, die Luken zu schließen und abzudichten, die Kanonen doppelt und dreifach festzuzurren und die Segel einzuholen und fest an den Rahen zu verschnüren.

Der Wachhabende passte besonders auf, dass die Ruderboote gut vertäut waren. Beim letzten Sturm war ein Tau zerrissen, und das Boot hätte ihnen fast das ganze Oberdeck zertrümmert.

Auch unter Deck musste alles, was nicht fest verankert war, weggeschlossen oder angebunden werden. Der Koch hatte noch eine dicke Erbsensuppe gekocht, löschte nun das Feuer und verstaute mit seinen Helfern alle Töpfe, Geräte und Speisen.

»Du, William, das wird doch kein Hurrikan oder?«, fragte der unerfahrene Kai den älteren Seemann.

»Aber nein! Nicht doch bei der Windrichtung. Das ist einer der üblichen Stürme. Aber nun lauf los und hilf in der Kapitänskajüte, wie du es gelernt hast!«

Sven stand auch in der zweiten Wache, nachdem der Sturm ausgebrochen war, an Deck. Nur kurz war er zwischendurch zweimal in seiner Kajüte gewesen, um sich trockene Kleidung anzuziehen und einen Becher Kaffee zu trinken, den Martin mit Kerzen warm hielt. Aber nach ein paar Minuten war er immer wieder durchnässt, weil der Wind den Regen fast waagerecht peitschte, sodass er den ölgetränkten Wettermantel bald durchdrang.

Der Konvoi hielt sich gut im Sturm. Zwischendurch erhaschte Sven immer wieder einen Blick auf andere Schiffe. Sie waren auf Position und unbeschädigt. Nur einmal sah er ganz kurz, wie sie auf einem Handelsschiff Taue, Holz und Rettungsringe ins Wasser warfen. Dort war wohl ein Mann über Bord geschleudert worden. Es wäre ein Wunder, wenn sie ihn retten könnten.

Sven richtete sich darauf ein, auch die Nacht an Deck zu verbringen, und besprach mit Mr Potter den stündlichen Rhythmus im Wachwechsel. Aber dann flaute der Wind stetig ab.

Mr White zuckte mit den Schultern. »Diese Stürme aus Nordwest sind immer für eine Überraschung gut, Sir. Ich hatte ihm eigentlich drei Tage gegeben, und nun will er schon jetzt nicht mehr.«

»Und wenn das nur eine Pause ist, Mr White?«

»Nein, nein, Sir. Wir können auch im Nordwesten wieder die Sterne sehen und der Luftdruck lässt deutlich nach. Es ist vorbei. Wir können Segel setzen und auf normalen Kurs gehen.«

»Na gut, Mr White. Dann setzen wir die Groß- und Bramsegel, und der Koch macht eine warme Mahlzeit für alle. Danach lösen wir alle Sturmsicherungen und setzen die üblichen Segel.«

Sven lag mit dem linken Arm halb auf dem Kompass. Mr White fragte besorgt: »Macht Ihnen Ihr Bein wieder zu schaffen, Sir?«

»Ich spüre gar nicht mehr, dass ich ein linkes Bein habe, Mr White. Schicken Sie mir doch bitte den starken Bill, dass er mir in die Kajüte hilft.«

Der nächste Morgen zeigte sich ihnen in der ganzen Schönheit, deren ein Sonnenaufgang auf hoher See fähig ist. Mit rötlichem Glühen stieg die Sonnenscheibe aus der dunklen See empor. Wolken schienen in wilden Formationen vor ihr zu fliehen. Der Wind war behutsam und brachte eine Frische, die man an Land nie spüren konnte.

Rocky, der große Schäferhund, drückte sich an seinen Herrn und war glücklich, dass er an Deck durfte. Er lief voraus zur Schütte und entleerte sich. Dann kam er zurück. Sein Herr stand auf dem Achterdeck und musterte sorgfältig Schiff nach Schiff. Geleit- und Handelsschiffe waren fast alle schon wieder auf Station. Kein Schiff schien ernsthaft beschädigt.

»Haben Sie Meldungen über größere Schäden, Mr Potter?«, fragte er den Ersten Leutnant.

»Nein, Sir. Ein paar eingeschlagene Beiboote, ein Mann über Bord gespült und vermisst auf Schiff Drei der zweiten Reihe, aber sonst nichts.«

»Dann hatten wir Glück. Lassen Sie bitte alle Segel setzen und die alten Abstände einnehmen. Ich werde ein wenig auf und ab gehen, um mein Bein wieder zu trainieren.«

Rocky blieb bei der Wanderung auf dem Achterdeck immer an seiner Seite. Mitunter pfiff ihm ein bekannter Seemann zu, und dann schaute er auf sein Herrchen. Wenn der nickte, lief er zu dem Matrosen und ließ sich kraulen.

Er kennt nun fast alle, und die meisten haben keine Angst mehr vor dem starken Hund mit seinem großen Gebiss, dachte Sven. Aber Joshua ist nicht mehr bei uns. Ich habe gar keinen mehr, mit dem ich als altem Freund ganz vertrauliche Dinge besprechen kann. Adam Borg war getötet worden. Karl Bauer wartete auf ein neues Kommando in der Kontinentalen Flotte, und Joshua war bei Frau und Kind geblieben. Er war nun sicher Sabrinas rechte Hand und überwachte den Aufbau der Stiftung, der er als Hausverwalter vorstehen würde. Da brauchte er sich wenigstens in dieser Hinsicht keine Sorgen zu machen.

Sven wurde in seinen Gedankengängen durch Unruhe auf dem Achterdeck unterbrochen. Auch Rocky war stehen geblieben. Der Wachhabende jagte gerade den Signalmidshipman mit dem Teleskop auf den Mast.

»Ein Signal von der *Virginia*, Sir. Der Ausguck konnte nur das Zeichen ›Dringend‹ erkennen«, meldete der Wachhabende. Nun war auch Sven gespannt und sah nach oben.

Als der Midshipman eilig die Wanten herunterstieg, ging er ihm unwillkürlich zwei Schritte entgegen.

»Meldung von *Hunter* über *Freedom*, Sir. Drei Fregatten, wahrscheinlich britisch, acht Meilen backbord voraus mit Kurs Westnordwest. *Hunter* lockt sie auf Nordwest.«

Sven reagierte schnell. »*Virginia* und Konvoi neuer Kurs Südost zu Süd. *Philadelphia* und wir segeln weiter Südost zu Ost. Alle Oberbram- und Royalsegel einholen!«

Der Wachhabende bestätigte und die Matrosen enterten auf. Mr Potter kam an Deck. Sven informierte ihn und sagte: »Wir müssen die Ausgucke verdoppeln. Ich hoffe, dass wir den Briten ausweichen können, aber in der nächsten Stunde müssen wir auf alles gefasst sein. Lassen Sie bitte alle Feuer löschen. Das Scharfschießen müssen wir auch wieder verschieben.«

Der Matrose Bill zwinkerte seinem Freund Jimmy zu: »Dat tut ihm weh! Für Scharfschießen lässt der jedes Weib sitzen«, flüsterte er.

Jimmy guckte ungläubig. Bill bestätigte: »Warte man ab, bis du ihn rumhopsen siehst und schreien hörst, sobald es kracht.«

Die Seeleute verrichteten ihre Routinearbeiten, aber eine gewisse Spannung lag über allem. Oft genug schweiften die Blicke nach Backbord, ob etwas an der Kimm zu sehen sei.

Defence und *Philadelphia* segelten wieder parallel zum Konvoi, wenn auch mehr auf Distanz. Sie nahmen nach einer Stunde wieder den alten Kurs. Auf den Kriegsschiffen wurde mit Handwaffen geübt, und gegen Abend meldete der Ausguck das Segel der *Hunter* backbord achteraus.

Billy Walton ließ sich zur *Defence* übersetzen und berichtete Sven.

»Es ist mir gelungen, Sir, die Briten auf Kurs Nordwest zu locken. Wir hatten zunächst die Segel nicht voll gesetzt, sodass sie uns näher kamen. Es waren ein Vierundsiebziger und zwei Fregatten. Wahrscheinlich Verstärkung für das Amerikageschwader, Sir. Wir sind ihnen dann mit allen Segeln davongelaufen. Außer Sicht habe ich den Kurs geändert.«

Billy trank vom Wein und lachte Martin an. Als Svens »Ziehsohn« kannte er alle aus Svens Mannschaft seit vielen Jahren.

»Das hast du gut gemacht, Billy. Habt ihr den Sturm gut überstanden?«, lobte Sven.

»Wir sind ihm mehr oder weniger weggelaufen, Sir. Mit der *Hunter* braucht man nicht in das Zentrum eines Sturmes zu geraten. Man kann allem Ärger davonsegeln.«

»Schön, dass dir dein Kommando Spaß macht, mein Lieber. Genieße es! Eines Tages sitzt du als Kommandeur auf einem Dickschiff und kannst dich nicht mehr austoben. Und nun segelst du wieder auf deine alte Position. Alles Gute weiterhin!«

»Danke, Sir. Auch Ihnen alles Gute. Bitte grüßen Sie die gnädige Frau, die Kinder und auch Martha und John, wenn Sie schreiben.«

»Das werde ich, und sie werden sich freuen.«

Sven wachte auf, weil ihn seine Blase drückte. Da hatte er am Abend zu viel Bier getrunken. Na ja, es war von einer deutschen Brauerei in Germantown und hatte ihm geschmeckt. Er schwang die Beine aus seinem Hängebett und stand auf. Rocky winselte sofort.

»Ach, du Quälgeist! Lass mich erst auf meine Toilette gehen, dann kannst du mit an Deck.«

Er erleichterte sich, warf sich dann einen Mantel über und sagte zu Rocky: »Nun komm!« Noch ehe er ausgesprochen hatte, war der Hund bei ihm und wedelte wild mit dem Schwanz.

Es war sechs Glasen der Hundewache (drei Uhr morgens). Der Himmel war bedeckt. Es war sehr dunkel. Nur diffus konnte man die Schatten der nächsten Schiffe des Konvois erkennen.

Rocky lief zur Schütte, um sein Geschäft zu verrichten, und kam dann wieder zu Sven, der die Meldung des Wachhabenden hörte, dass nichts von Bedeutung vorgefallen sei. Sven wollte noch ein wenig schlafen, aber nach alter Gewohnheit sagte er zu Rocky: »Geh noch schnuppern!«

Rocky lief erst zur Backbordseite, horchte und schnupperte und lief dann nach steuerbord. Und dort sträubten sich seine Nackenhaare, und er begann zu knurren.

»Das sind doch unsere Schiffe!«, wollte ihn Sven beruhigen. Aber Rocky sah ihn nur kurz an, witterte wieder und knurrte erneut. Sein Kopf war querab und etwas nach vorn gerichtet.

»Mr Bergson, bitte schauen Sie mit dem Nachtglas steuerbord querab nach vorn. Der Hund hat da etwas.«

Der Wachhabende nahm sein Glas und spähte sorgfältig. »Sir, es sieht fast aus, als wäre ein dunkler Schatten zwischen den Reihen des Konvois auf gleichem Kurs. Ich lasse einen Mann mit guter Nachtsicht das überprüfen.« Dann ging er zum Mittschiff und rief nach einem Maat.

Die Bark *Karin* segelte an dritter Stelle der Steuerbordkonvois. Henry Millers, wachhabender Steuermann, gähnte, ohne die Hand vor den Mund zu nehmen. Man sieht ja kaum etwas, dachte er, und starrte nach vorn zum Bug, wo er Geräusche gehört hatte.

Vom Bug kam der Ausguck gerannt. »Sir, da ist ein Schatten direkt vor unserem Bug zwischen die beiden Kolonnen gesegelt. Sehen Sie nur, da backbord querab.«

Henry Millers hob sein Nachtglas an das Auge. Ja, ein dunkler Schatten war da. Aber ob das ein Schiff aus der Backbordkolonne oder eins ihrer bewaffneten Begleitschiffe war, konnte er nicht erkennen. Er griff zur Sprechtrompete und rief laut: »Hier Bark *Karin*. Was für ein Schiff seid ihr?«

Von weit her kam deutlich die Stimme: »*Prince Robert* mit Kaperbrief Seiner Britischen Majestät.«

Henry Millers ging vor Schreck beinahe hinter der Bordwand in Deckung. Ein britischer Kaper in ihrem Konvoi. Er griff den Bugausguck an den Arm und flüsterte ihm hastig zu: »Der hält uns für Briten. Renn zum Niedergang. Alle Mann an Deck! Kanonen an Backbord bemannen. Kaperschiff querab!«

Als der Ausguck losrannte, lief der Steuermann zur kleinen Abschussrampe für das Notsignal, schlug mit dem Feuerstein gegen Eisen, blies den glimmenden Funken zur Glut und zündete die kurze Lunte. Dann trat er zurück, schirmte die Augen mit der Hand gegen den Lichtschein ab, den die explodierende Rakete am Himmel entfachen würde, und blickte in Richtung des fremden Schiffes.

Da war es! Der Leuchtball riss es aus der Dunkelheit. Eine große Brigg mit vier Achtpfündern an der Breitseite. Jetzt verschwand sie wieder, und seine Besatzung polterte an ihm vorbei und rannte zu den Kanonen.

Der Maat hatte Sven gerade gemeldet, dass dort nach seiner Meinung ein fremdes Schiff sei, da explodierte die Notrakete über dem Geisterschiff. Eine stark bewaffnete Brigg! Sven erkannte keine Fahne. Aber eines ihrer Schiffe war es nicht. Laut rief er: »Klarschiff!«

Viele Stimmen nahmen den Befehl auf, brüllten ihn in jeden Niedergang und ließen ihn unter Deck erschallen. Schatten rannten an Sven vorbei. Mr Bergson meldete sich bei ihm. »Ruder hart steuerbord, Mr Bergson. Lassen Sie eine Leuchtrakete in Richtung Brigg schießen, sobald wir feuerbereit sind. Eigene Flagge setzen. Rakete ankündigen!«

»Aye, aye, Sir!« Bergson lief davon.

Der letzte Befehl, dass die Rakete angekündigt werden sollte, bedeutete, dass die Leute mit guter Nachtsicht bei der Ankündigung »Leuchtrakete Abschuss!« die Augen abdecken mussten und sie erst beim Ruf »Rakete erloschen« wieder öffnen durften. Der grelle Schein hätte sie sonst für Minuten geblendet, in denen die Augen sich an die Dunkelheit gewöhnen müssten.

Die anderen sahen die Brigg im Schein der Leuchtrakete. Die Richtschützen richteten die Kanonen. Sven und Bergson spähten nach der Fahne aus. Da war sie! Ein Brite!

»Feuer frei!«, rief Sven. Die ersten Kanonen donnerten los.

Sven sah Einschläge auf der Brigg. Dann war wieder alles in Dunkelheit gehüllt. Aber die Kanonen der *Defence* schossen weiter auf den dunklen Schatten. Und nun erhellten auch die Mündungsfeuer des britischen Kapers die Nacht. Und hinter ihm, etwas querab, stachen ebenfalls Abschüsse aus der Dunkelheit.

»Erneut Leuchtrakete!«, befahl Sven. »Wer hat das andere Schiff dahinter erkannt?«

Wieder wurde die Nacht für einige Minuten erhellt. Die Kaperbrigg hatte Treffer einstecken müssen. Der vordere Mast war in der Mitte gebrochen. Hinter ihr schoss eine der Barken aus ihrem Konvoi. Mr Bergson rief auch bereits: »Drittes Schiff ist eine unserer Barken!«

Im Rumpf der *Defence* krachte es. Zwei Treffer! Aber sie hatten ihren Rhythmus gefunden. Schuss um Schuss fuhr aus den großen Kanonen der *Defence*. Sie feuerten nach den Abschussblitzen des Kapers. Ihr Master manövrierte sie hinter das Heck des Briten.

Sven sagte gerade: »Das halten die nicht lange durch!«, da rief einer hinter ihm: »Sehen Sie nur, Sir!«

Sven drehte sich schnell um.

Das zweite Schiff ihrer Backbordkolonne hatte alle Lichter, alle Lampen gesetzt und segelte wie ein Weihnachtsbaum durch die Nacht.

»Sind die wahnsinnig geworden?«, tobte Sven. Er griff nach der Sprechtrompete: »Lichter löschen! Nummer Zwei Backbord sofort abdunkeln!«

Er griff sich den Signalmidshipman. »Nehmen Sie sich eine grüne Signalrakete und schießen die direkt gegen Nummer Zwei!«

Der Midshipman quetschte sein »Aye, aye« heraus und rannte davon. Die grüne Rakete zischte mittschiffs vor der Barke ins Wasser. Licht um Licht ging dort aus. Sven drehte sich erleichtert herum.

Das britische Kaperschiff lag dort im Kreuzfeuer der *Defence*, der Brigg *Virginia*, die sich zwischen die beiden Kolonnen hatte hineinsacken lassen, und der Bark *Karin*. Es hatte beide Masten verloren und bebte unter den Einschlägen.

Sven nahm wieder das Sprechrohr und schrie mehrfach: »Ergebt euch! Stellt das Feuer ein! Zeigt die weiße Flagge!«

Auf der Kaperbrigg rannten zwei Männer mit einem großen weißen Tuch zum Bug. Andere stellten sich ihnen in den Weg. Aber die Kampfmüden erhielten Zulauf. Die anderen wurden überrannt, die weiße Fahne wurde am Bug befestigt.

»Gelb-weißes Signal schießen! Feuer einstellen. Mr Waller mit zwanzig Mann übersetzen. Leuchtraketen!«, rief Sven.

Die Geschütze schwiegen, aber die Männer standen weiter an den Kanonen. Der Kutter wurde hinabgelassen und Leutnant Waller dirigierte ihn zum Kaperschiff. Mit schussbereiten Waffen stiegen er und seine Leute an Bord, ließen Lampen anzünden und trieben die Überlebenden auf dem Vordeck zusammen.

»Mr Merg, nehmen Sie drei Mann und sichern Sie die Pulverkammer. Mr Alton, durchsuchen Sie das Unterdeck. Los!«, rief Mr Waller und lief zum Vordeck.

»Wer hat das Kommando?«, fragte er.

Ein Mann mit Armbinde stand auf. »Ich, Obersteuermann Hilbert. Der Kapitän ist gefallen.«

»Mr Hilbert, alle Maate kommen mit Ihnen auf die Fregatte. Gehen Sie in den Kutter. Ihre Sachen werden später geholt«, ordnete

Mr Waller an und instruierte Midshipman Sign, was er Kapitän Larsson melden sollte.

Sven hörte den Bericht mit Interesse und überlegte. Wassereinbruch an drei Stellen des Rumpfes, beide Masten und das Ruder zerstört. Die Zeit für die Reparaturen lohnte bei diesem Schiff nicht.

Sven sagte dem Master, er solle die *Defence* längsseits von dem Kaper legen, und bestimmte den Zahlmeister und einen Bootmannsmaat sowie den Feuerwerker mit ihren Leuten, den Kaper zu durchsuchen und alle wertvollen Sachen überzuladen. »Wichtig sind vor allem Papiere, Pulver und Handwaffen. Ich gebe Ihnen Sam und den Hund mit.«

Jetzt herrschte eifrige Tätigkeit an Deck der *Defence*. Die Männer verließen die Kanonen und eilten an Takel und Seile, um Kisten und Säcke umzuladen. Dr. Bader kam mit seinen Sanitätern, um Verwundete in Empfang zu nehmen. Die paar Verletzten der *Defence* hatte er bereits versorgt.

Es war immer heller geworden. Sven fand es kühl, aber er wollte noch nicht unter Deck, bevor der Kaper nicht mit Rockys Hilfe durchsucht worden war. Doch Mr Potter, der Erste, kam auf ihn zu und sagte: »Sir, erlauben Sie mir die Feststellung, dass Sie sich vielleicht erst vollständig anziehen sollten, ehe Sie den Obersteuermann des Kapers empfangen.«

Sven wurde mit einem Schlag aus dem laufenden Geschehen herausgerissen, erinnerte sich an sein Aufstehen und blickte an sich hinunter. Unter dem Mantel sah er die nackten Unterschenkel und seine Latschen. Er erschrak und musste dann lächeln. »Man kann seinen Eifer auch übertreiben. Geben Sie mir ein paar Minuten Zeit, ehe Sie den Mann reinschicken, Mr Potter.«

Als Obersteuermann Hilbert eintrat, begrüßte er ihn in Hose und Jacke und bot ihm Kaffee an. Der Kaper war aus Bristol und hatte auf seiner Fahrt bereits drei französische und amerikanische Prisen erobert.

»Dann werden Sie enttäuscht sein, dass wir Ihre erfolgreiche Reise unterbrechen, Mr Hilbert«, stellte Sven fest.

»Ja, wir hatten geglaubt, bei einem britischen Konvoi unterzuschlüpfen. Wohin werden Sie uns bringen, Sir?«

»Das kann ich Ihnen noch nicht sagen, Mr Hilbert. Aber wir werden Ihre Verwundeten versorgen. Sie werden eine Kammer in meiner Nähe beziehen, Mr Hilbert. Ihre Leute werden wir auf zwei Barken unterbringen.«

Als alle an Bord der *Defence* waren, versenkten sie den Kaper, indem sie die Bilgenlöcher öffneten. Sie sahen zu, wie zuletzt das Heck versank, und setzten dann alle Segel, um den Konvoi einzuholen.

Sam kam mit Rocky zu Sven und erzählte ihm, dass er das Geld und die Wertsachen gefunden habe, die der Kaperkapitän nach Eroberung der Prisen versteckt hatte. »Dreitausend Dollar, Sir, ohne Besitzerangabe, und ein Goldbesteck für zwölf Personen für einen Grafen Navarro in Havanna.«

»Na ja«, bestätigte Sven. »Dann können wir wenigstens das Geld behalten. Das Pulver und die anderen Sachen werden wir auch aufs Prisengeld anrechnen.«

Am Nachmittag desselben Tages ließ sich Sven mit fünf bewaffneten Matrosen sowie mit Sam und Rocky auf die zweite Bark ihrer Backbordkolonne übersetzen.

Der Kapitän empfing sie mit bedrückter Miene. »Sie kommen sicher wegen der unpassenden Festbeleuchtung, Kapitän Larsson«, sagte er bedrückt. »Ich war noch unter Deck. Unser Steuermann, er ist etwas unerfahren, hat irgendetwas missverstanden und den falschen Befehl gegeben.«

Sven ging mit Kapitän Dodge, einem älteren, bärtigen Seemann, zur Seite und sagte: »Bitte erzählen Sie mir, was Sie von diesem Steuermann wissen.«

Kapitän Dodge blickte überrascht, berichtete dann aber kurz und präzise. »Mr Lobs ist Mitte zwanzig. Er segelt auf dieser Reise zum ersten Mal mit mir. Mein Steuermann erkrankte vier Tage vor dem Auslaufen. Lobs wurde mir von einem Bekannten empfohlen. Er fährt seit sieben Jahren zur See, vornehmlich auf Bostoner Schiffen. Er ist ein guter Seemann und zuverlässig. Ich hatte bisher keinen Grund zur Klage.«

Sven blickte grübelnd über das Meer und rieb sich das Kinn. »Es kann ein seltener Irrtum sein, Kapitän Dodge, es könnte aber auch ein beabsichtigtes Signal für die Briten gewesen sein. Ich bin misstrauisch und möchte sichergehen. Haben Sie einen Mann in der Mannschaft, dem Sie voll und ganz vertrauen können?«

Kapitän Dodge überlegte. »Maat Saunders, mein unehelicher Sohn. Das weiß außer ihm aber keiner. Er weiß, dass ich immer für ihn da war, wenn er mich brauchte, und ist mir sehr ergeben.«

Sven empfahl, dass der Maat den Steuermann unauffällig beobachten solle, mit wem er Kontakt aufnahm, ob er heimlich in bestimmte Räume des Schiffes ging oder sonst irgendetwas Ungewöhnliches tat. »Ich möchte dann in zehn Tagen mit dem Maat reden.«

»Aber dann sollten wir vor dem Zielhafen stehen, Mr Larsson.«

Sven lächelte. »Ein Verräter wäre jetzt wohl erst einmal passiv. Und ich möchte auch auf der Rückreise beruhigt sein können.«

Der Konvoi segelte sicher seinen Kurs. Alle waren zufrieden, wie nahe sie Europa schon waren. Die Matrosen hatten ihre Übungen im Scharfschießen hinter sich. Sven war zufrieden, denn auch die Handelsschiffe hatten gute Ergebnisse erzielt.

Der Matrose Jimmy hatte seinem Freund Bill bestätigt: »Et stimmt. Ick hab den Alten noch nie so in Fahrt jesehen wie bei dat Jeballere.«

Aber alle Aufregung war vorbei. Sven hatte den Gottesdienst am Sonntag gehalten. Es hatte gutes Essen gegeben, und nun genoss die wachfreie Mannschaft ihre Freizeit. Sie spielten, wenige lasen, andere standen beim Fiedler und warteten, dass er anfangen würde zu spielen.

Sie hatten alle Freude an der Hornpipe, ob Tänzer oder Fiedler. Ursprünglich ein schottischer Volkstanz zur Schalmei, hatte sich die Hornpipe zu einem Lieblingstanz der Seeleute entwickelt. Sie war durch raffiniert athletische Sprünge so kräftezehrend umgestaltet worden, dass nur Männer sie tanzen konnten.

Auch der Bootsmann Tom Winner und der Master George White sahen gerne zu. »Heute ist der Ben Alton wieder dabei. Da wird er wohl gewinnen«, flüsterte Mr Winner dem Master zu.

»Ich tippe auf Kid Galter und setze fünf Schillinge«, erwiderte der.

»Donnerwetter! Wir hatten auf dieser Reise doch kaum Prisen. Aber egal, ich gehe mit!«

Der Fiedler stimmte sein Instrument, und die Ersten sprangen im Takt auf dem Vordeck. Mr White klopfte mit einem Fuß die Melodie mit. Die Favoriten hielten sich noch zurück. Aber als sie merkten, dass auch Kapitän Larsson auf dem Achterdeck stand und ihnen zuschaute, wurden die Sprünge immer raffinierter und mitreißender.

Zur nächsten Pause klatschten Bootsmann und Master wie die Wilden ihren Kandidaten zu. »Na, was ist nun?«, stichelte der Master. »Jeder kann doch sehen, dass Kid Galter besser ist.«

»Haha! Warte man ab, bis sie in der letzten Runde gegeneinander tanzen!«, gab der Bootsmann zurück.

Sven hatte auch geklatscht und bekannte zu Mr Waller, dem Wachhabenden: »Nicht die Hälfte der Sprünge könnte ich mehr. Wenn man nicht täglich die Wanten hoch- und runtersausen muss, wird man steif.«

»Die beiden trainieren aber auch speziell für die Sprünge, Sir. In der Takelage sind die gar nicht so gut. Sie sind beide in meiner Division.«

Auch abends in der Messe ging der Streit noch weiter. Mr Potter und der Schiffsarzt waren für Ben Alton, den Sieger. Der Master und Mr Bergson plädierten dafür, dass eigentlich Kid Galter hätte den Preis erhalten müssen.

»Ist doch egal«, meinte Mr Waller. »Es war ein schöner Nachmittag, wir haben uns gut amüsiert, und Samuel Root hat wieder eine Mütze gestrickt.«

Da mussten sie lachen, denn Sam, Maat und alter Gefährte des Kapitäns, war nicht nur für seine Kraft und Wurfkunst bekannt, er strickte auch leidenschaftlich gern und lief immer mit seinen Strickkappen herum.

Sven hatte am Abend zu viel gegessen. Jetzt wälzte er sich in seinem Bett und konnte nicht schlafen. Er stand auf und zog sich Hosen und Jacke an.

»Komm!«, ermunterte er den aufmerksamen Rocky. »Wir gehen noch ein bisschen an Deck.«

Es war eine ruhige Nacht. Der Wachhabende meldete sich bei Sven. Alle Ausgucke waren auf Posten. Rocky schnupperte und lauschte, fand aber nichts Unbekanntes. Den Geruch und die Geräusche der Konvoischiffe kannte er längst.

Sven blieb am Bugspriet stehen und starrte voraus. Wie mochte es Frau und Kindern gehen? Mr Bradwick und er hatten mit diesem Konvoi eine Menge riskiert. Wenn er einem britischen Geschwader in die Hände fiel, könnten sie die Reederei kaum halten. Und Sven wusste nicht, ob er dann das Haus weiter finanzieren und die Zukunft der Kinder sichern könnte. Angst überfiel ihn. Warum hatten sie das Risiko auf sich genommen? Nun gut, sie könnten bereits mit dem einen Konvoi viel gewinnen, denn die neutralen Händler, die Waren von Europa in die Karibik transportieren, verlangten immer mehr. Sie wussten ja, dass die rebellischen Kolonien die Waren brauchten. Und es ging nicht nur um Pulver! Die reichen Damen zahlten auch jeden Preis für französisches Parfüm.

Aber er hatte doch genug für sich und die Kinder. Warum immer mehr? War er gierig? Wollte er protzen? Na ja, es tat ihm gut, wenn die Menschen von ihm als dem erfolgreichen Kaperkapitän redeten. Und es war auch bequem, wenn man sich keine Sorgen ums Geld machen musste. Aber so ein Risiko?

Rocky stupste seinen Herrn schon eine Weile mit der Schnauze an. Aber der reagierte nicht, sondern starrte nur so vor sich hin. Nun winselte Rocky.

»Was ist denn los?«, fragte Sven.

Rocky reckte seinen Kopf zur Schiffsmitte. Dort stand ein Posten und fragte: »Darf er zu mir, Sir?«

Sven erkannte Sam Root. »Natürlich! Lauf schon!« Und Rocky sauste los und ließ sich von seinem alten Freund kraulen.

Sven war aus seinen trüben Gedanken herausgerissen und ärgerte sich, dass er von Zeit zu Zeit so pessimistisch war. Er ging zu den beiden und fragte: »Na, Sam! Was denkst du denn so? Kommen wir sicher in Spanien an?«

»Aber ja, Sir. Wir passen gut auf. Die *Hunter* kann uns rechtzeitig warnen, und wir segeln schnell. Uns erwischt so leicht keiner, Sir!«

»Du machst mir Mut, Sam. Aber findest du es nicht auch schade, dass der Joshua diesmal nicht bei uns ist?«

»Das schon, Sir. Aber seine Frau ist so schön. Da würde ich auch daheim bleiben.«

»Ist meine Frau etwa nicht schön, Sam?«

»Das ist etwas anderes, Sir. Die Weißen sind vernünftiger. Bei uns geht es mehr nach Leidenschaft.«

Sven lachte. Ob ich das Sabrina erzählen kann, dachte er. Er klopfte Sam auf die Schulter und sagte: »Pass gut auf, alter Freund!«

In Svens Kajüte standen Mr Bergson, der Bootsmann und ein Maat und meldeten einen Fall von Aufsässigkeit und Ungehorsam.

»Sir, der Matrose Bert Karici hat beim einfachen Schotstek immer beide Enden des zweiten Seils durch die Mitte des ersten gesteckt, nicht eins darüber und das andere darunter. Ich hab ihm das gesagt und vorgemacht. Aber er wurde wütend und meinte ›Ich hab das immer so gemacht und tu es auch nicht anders, weil du Quatsch erzählst.‹«

»Haben Sie das gehört, Mr Winner?«, fragte Sven.

»Jawohl, Sir. Der Karici hat auch nicht auf mich gehört, als ich es ihm sagte.«

»Sir«, mischte sich Leutnant Bergson ein. »Wenn Sie erlauben, möchte ich etwas über den Matrosen sagen, der in meiner Division ist.«

Sven nickte.

»Der Karici ist vor drei Jahren aus Polen eingewandert. Er ist im Allgemeinen willig und folgsam. Aber er ist ziemlich dumm und wird von den anderen oft verspottet. Und manchmal hakt es in seinem Kopf aus. Da macht er aus irgendwelchen Kleinigkeiten ein Riesenaufheben, sieht nichts ein und schaltet auf stur. Erst nach einiger Zeit fügt er sich.«

Sven schüttelte den Kopf. »Die Zeit haben wir nicht. Bei uns muss jeder Befehl sofort befolgt werden. Ist der Mann schon bestraft worden?«

Bevor Mr Bergson antworten konnte, klopfte es an der Tür. Sie wurde geöffnet und der Melder rief: »Signal von *Hunter* über *Freedom*: ›Konvoi mit drei Barken und einer Brigg in Sicht, acht Meilen Ost bei Nord. Kurs West zu Südwest!‹«

Sven stand sofort auf. »Wir reden später weiter. Signal an Konvoi: Neuer Kurs West zu Nord. Britische Flaggen hissen. Ich komme.«

Der kleine Konvoi war vom Achterdeck aus auch mit dem Teleskop noch nicht zu erkennen. Sven ging zum Ersten Leutnant. »Mr Potter, ich möchte, dass alles ganz unauffällig aussieht. Also: Nur verdeckt Klarschiff, nach außen Routinedienst. Winken, wenn die Schiffe näher kommen. Aber jederzeit feuerbereit. Lassen Sie das auch an die Handelsschiffe weitergeben.«

»Er will es also wieder mit Täuschung versuchen«, stellte Mr Bergson fest, als er von Mr Potter informiert wurde.

»Das ist doch auch der beste Weg. Warum sollten wir Prisen zusammenschießen?«, entgegnete Bergson.

»Ja, ja. Es ist bloß ein Problem, dass wir deren Geheimsignal nicht haben.«

Jetzt konnte man den kleinen britischen Konvoi auch mit den Teleskop sehen. Er kroch auf konvergierendem Kurs langsam immer näher.

Die Matrosen der *Defence* stießen sich an und grinsten. Endlich mal wieder Prisen! Die einen dachten an ihr Häuschen und ihre Familie, die anderen träumten von den Wonnen des Bordells.

Sven dachte nur daran, dass er keine britischen Kriegsschiffe anlocken wollte. Die Brigg beim Konvoi war keine Gefahr für sie. Aber sie musste möglichst lautlos ausgeschaltet werden.

»Wir werden das Tempo noch etwas verringern. Die Briten kommen dann auf konvergierendem Kurs von hinten auf. Hoffentlich kommen sie so breitseits, dass sie vor Schreck umfallen, wenn sie unsere Kanonen sehen«, sagte Sven zu Mr Potter.

»Aye, Sir. Und die *Virginia* möglichst noch vor den Bug der Brigg.

Dann müssten sie lebensmüde sein, wenn sie sich nicht ergeben würden.«

Sven nickte. »Bereiten Sie es so vor!«

Die Briten waren nicht lebensmüde. Sie ließen sich nicht entmutigen, weil sie das Geheimsignal der *Defence* nicht lesen konnten. Sie sahen die Matrosen der Fregatte winken und waren glücklich, dass sie nicht mehr allein vor der feindlichen Küste segeln mussten.

Dann setzte die Fregatte noch das Signal: »Kommandant zum Rapport an Bord!« Da ließ der britische Leutnant das Boot fertig machen und ordnete an, dass seine Handelsschiffe an die zwei Reihen des Konvois anschließen konnten.

Da brauchte er nicht allein durch die Biskaya mit ihren französischen Kapern und Kriegsschiffen zu segeln. Jetzt hatte er reelle Aussicht, heil nach England zu kommen.

An Bord der *Defence* trat die Wache zum Empfang des fremden Leutnants an, denn er kommandierte ja ein Schiff. Die »Seesoldaten« hatten keine zerlumpten roten Jacken an. Sven hatte neue Uniformen besorgt. Daran sollte man nicht sparen, wenn man keine vorzeitige Entdeckung riskieren wollte.

Dem Leutnant fiel auch nichts auf. Stolz enterte er die Hängeleiter auf. Mit Freude hörte er das Schrillen der Querpfeifen und das Dröhnen der Trommel. Aber warum standen so viele Männer bereit an den Kanonen? Dann lenkte ihn wieder ab, dass sogar der Kapitän ihn erwartete. Er stellte sich vor.

Der Kapitän fasste an seinen Hut. »Ich bin Kapitän Sven Larsson vom Kaper der Reederei Bradwick aus Philadelphia. Schauen Sie bitte!«, und er wies zum Flaggenmast, wo die amerikanische Flagge aufstieg. Er nickte zu Mr Bergson, und die Kanonen wurden ausgerannt.

»Geben Sie Ihren Leuten den Befehl, die Waffen niederzulegen, sonst gibt es ein Blutbad auf Ihrem Schiff. Sie haben keine Chance!« Sven wies auf die *Virginia* hin, die mit feuerbereiten Kanonen vor dem Bug der britischen Brigg lag.

Man konnte sehen, wie in dem Gesicht des britischen Leutnants schlagartig die Verzweiflung die hoffnungsvolle Freude ablöste. Er blickte gehetzt von seiner Brigg zu den fremden Schiffen. Nein, sie hatten nicht den Hauch einer Chance.

»Geben Sie mir bitte eine Sprechtrompete«, sagte er. Mechanisch griff er danach, räusperte sich und rief: »Leute, legt die Waffen nieder! Löscht die Lunten und tretet an die Bordseiten. Sie haben uns in die Falle gelockt. Holt die Flagge ein. Es ist vorbei!«

Es gab auf der Brigg ein wenig Durcheinander. Dann aber befolgten alle den Befehl. Von der *Defence* und von der *Virginia* lösten sich vier Kutter mit Bewaffneten, um die vier Schiffe in Besitz zunehmen.

»Kommen Sie bitte mit in meine Kajüte, Herr Kapitän«, sagte Sven zum Briten und führte den schreckensbleichen Mann am Arm. »Nehmen Sie Platz und trinken Sie einen Whisky oder Rum. Möge das der schlimmste Tag Ihrer Karriere bleiben.«

»Meine Karriere ist zu Ende, Sir. Das Kriegsgericht wird mir nie verzeihen, dass ich der Meldung meines Signalmaaten, Sie würden das Geheimsignal durcheinanderbringen, nicht nachgegangen bin.«

Im Kontrast zu Schock und Trauer des britischen Leutnants stand die Freude bei den amerikanischen Besatzungen. Die Trupps, die die britischen Schiffe unter Kontrolle brachten, brachen bei jeder Meldung über neue wertvolle Fracht in Jubel aus. Die drei Handelsschiffe waren gut mit Getreide, Öl und den besten spanischen und italienischen Weinen beladen.

Sven nahm die Meldung eher unbeteiligt entgegen und vergewisserte sich vor allem, dass Kapitäne und Steuerleute von den Handelsschiffen auf eines ihrer Handelsschiffe kamen und alle Maate und Offiziere der Brigg auf die *Defence*.

»Lassen Sie dann alle wieder den alten Kurs nehmen und alle Segel setzen, Mr Potter. Wir haben keine Zeit zu verlieren!«

Dann fiel Sven der Matrose Karici ein. Er rief den Bootsmann und sagte: »Bringen Sie mir bitte den Matrosen Karici!«

Karici kam, war noch ganz von Freude erfüllt und meldete sich strahlend. »Du hast deinem Maat beim Knoten widersprochen und den Befehl verweigert. Mr Winner hat es bestätigt. Was hast du dazu zu sagen?«

»Ich entschuldige mir, Sir. Es tuen mir serr leid.«

Sven überlegte. Dann sollte er in der allgemeinen Freude nicht zu streng sein. »Weil wir alle eben so viel Glück hatten, will ich dir statt der 24 Peitschenhiebe, die du eigentlich verdient hast, nur acht geben lassen. Aber wenn du noch einmal so aufsässig bist, werden dir nachträglich die erlassenen 16 Hiebe aufgebrummt. Wegtreten!«

Die Mannschaften lachten viel an diesem Abend. Wer Rum gehortet hatte, trank ihn jetzt. In zwei Tagen würden sie Spanien erreichen. Nun hatten sie auch noch anständige Prisen gekapert. Und die Reederei hatte eine Prämie versprochen, wenn sie ohne Schiffsverluste Spanien erreichten.

Um vier Glasen der Hundewache (zwei Uhr morgens) zuckten Blitze über dem Wasser, und der Donner von Kanonen rollte wenig später zu ihnen.

Leutnant Bergson hatte Wache und wusste sofort, das waren *Hunter* und *Freedom*, die sich mit einem stärkeren Gegner herumschossen.

»Hol den Kapitän!«, schrie er den Melder an. Dann folgte sofort der Befehl: »Klarschiff zum Gefecht!«

Sven rannte wie alle anderen an Deck.

»Was ist?«, rief er Mr Bergson zu.

»*Hunter* und *Freedom* beschießen sich mit zwei stärkeren Gegnern, Sir. Entfernung etwa acht Meilen. Etwas backbord voraus.«

»Trompeter?«, fragte Sven knapp und blickte voraus.

»Steht neben Ihnen, Sir.«

Sven sah nach rechts. »Kennst du deine Signale für die Nacht aus dem Kopf?«

»Ja, Sir.«

Dann wandte sich Sven wieder an Bergson. »Haben Sie irgendeine Bewegung der feuernden Schiffe erkannt?«

»Eher nach backbord, Sir.«

Sven überlegte ganz kurz. »Trompeter: Signal: Kurs Südost.« Und dann nach zwei Minuten: »Ausführen!«

Wenn das man gut geht!, dachte Bergson.

Das Trompetensignal wurde von allen Schiffen aufgenommen und wiederholt. Dann erscholl das Signal: »Ausführung!« Nun blickten alle nicht mehr nach den Kanonenblitzen, sondern nur auf die dunklen Schatten vor, hinter und neben ihnen.

Aber es klappte! Schwerfällig drehten sich die großen Kästen nach halb rechts, wie ein Landmann sagen würde, und ordneten sich wieder in die Formation ein.

»Hoffentlich kriegen unsere beiden Schoner nicht zu viel ab, wenn sie die Briten in nördliche Richtung locken«, sagte Sven zu Leutnant Potter, der jetzt neben ihm stand. »Die Briten sind nach ihrem Mündungsfeuer zwei Linienschiffe.«

»Die Distanz hat sich etwas vergrößert, Sir, seit ich an Deck bin. Ich hoffe, dass sie es schaffen. Sie sind ja beide sehr schnell.«

Die Mannschaften blieben auf ihren Gefechtspositionen, auch als das Schießen voraus abflaute und die Dämmerung die Nacht vertrieb. Ausgucke mit Teleskopen wurden auf den Mast geschickt.

Sven atmete auf, als die Meldung kam: »Kein fremdes Segel in Sicht!«

»Vielleicht können wir uns hinter ihrem Rücken in den Hafen schleichen. Aber auf den alten Kurs gehen wir erst wieder in ein bis zwei Stunden. Lassen Sie bitte Klarschiff aufheben, Mr Potter!«

Der Koch machte seine Feuer wieder an, aber er achtete darauf, nur trockenes Holz zu nehmen, um möglichst wenig Rauch zu erzeugen. Doch die Mannschaften warteten auf ihr Frühstück. Schon kamen die Essenholer der Backschaften mit ihren Kaffeekesseln.

»Denkt ihr, ich kann hexen?«, rief der Koch verärgert.

Sven hatte einen Melder zu Martin geschickt, dass er in fünfzehn Minuten zum Frühstück komme, aber er war immer noch unruhig und suchte den Horizont mit dem Teleskop nach irgendwelchen Zeichen ab. Wer würde schon außer ihm prüfen, ob Vögel am Horizont kreisten? So nahe an der Küste würden sie schon zu Schiffen fliegen und auf Abfälle hoffen. Aber er sah nichts. Und er hörte auch nichts, als er die Sprechtrompete ans Ohr hielt. Hoffentlich war Billy den Briten entkommen.

Sven saß noch beim Frühstück, als ein Melder mit der Nachricht kam, dass zwei Segel mit Kurs auf den Konvoi gesichtet worden seien. Martin sah Sven ängstlich an.

Sven fragte den Melder: »Aus welcher Richtung, Mann?«

»Nordwest, Sir.«

»Danke, ich komme.« Und Martin beruhigte er: »Das werden unsere sein.«

Als Sven an Deck kam, wusste man schon, dass es zwei Schratsegler waren, also wahrscheinlich ihre beiden Schoner. »Der eine will zu uns, der andere wieder an die Spitze«, stellte Mr White fest.

Nach kurzer Zeit war die *Hunter* auf Rufweite heran. Billy Walton stand mit der Sprechtrompete an Deck. »Zwei Vierundsiebziger. Sie sind uns in der Nacht sehr nahe gekommen. Wir haben sie mit Kurs Nord weggelockt. Eigene Verluste: Zwei Verwundete auf jedem Schoner. Wir nehmen wieder Position ein.«

»Einverstanden und Dank für die gute Operation!«, rief Sven.

Leutnant Potter trat zu Sven. »Ein Glück, Sir. Man müsste sich ja aufhängen, wenn so kurz vor dem Ziel noch etwas passiert.«

Sven lächelte. »Sie haben wohl gerade mit Mr White unsere Ankunftszeit berechnet.«

»Ja, Sir. Wenn wir nachts die Segel etwas kürzen, stehen wir morgen Früh nach der Dämmerung vor Vigo.«

Sven fuhr sich über die Stirn. »Na, dann wollen wir mal bis dahin besonders gut aufpassen. Lassen Sie bitte die Ausgucke doppelt besetzen.«

Alle waren den Tag über angespannt. In der Nähe der Küste war der Schiffsverkehr dichter. Aber sie sahen nur Fischerboote und hin und wieder ein einzelnes Segel an der Kimm.

Sven konnte in der Nacht kaum schlafen. Er konnte noch nicht glauben, dass sie es geschafft hatten. Erst mussten sie im Hafen sein. Dann konnte er sich ausruhen. »Pustekuchen!«, redete er mit sich selbst. »Dann kommt der ganze Rummel mit den Behörden und den befreundeten Händlern.«

Kurz nach Mitternacht meldete der Ausguck dann die ersten Leuchttürme. Sven ging mit Rocky an Deck und beobachtete, wie das Land langsam näher kam. Nun sah man auch schon das Licht der Städte.

Die große Lichteransammlung, das war Vigo. Steuerbord voraus in einiger Entfernung schimmerte noch Baiona herüber. Backbord vor Vigo musste Cangas liegen.

»Inseln steuerbord querab«, meldete der Ausguck. Ja, das waren die Illas Cies. Jetzt konnte nichts mehr passieren. Hier trauten sich Briten nicht mehr her.

Nun hatte die *Hunter* auch schon die Ankunft des Konvois gemeldet. Auf den Straßen zum Hafen wurde es lebendig. Boote fuhren ihnen entgegen. Und darin saßen nicht nur Hafenbeamte und Kaufleute. Die Seeleute wiesen sich schon gegenseitig auf Boote mit bunten Flaggen hin. Sie waren vollgepackt mit Huren, die erwartungsvoll winkten und ihre Busen in die richtige Position reckten.

»Mr Potter, unsere Schützen sollen dafür sorgen, dass niemand unerwünscht an Bord kommt. Bitte unterbinden Sie auch den Verkehr mit den Händlern.«

Es war eben wie bei allen Hafenankünften. Wer glaubte, an den Ankömmlingen etwas verdienen zu können, kam ihnen entgegengerudert. Nun ja, es war bei der Ankunft eines Konvois spektakulärer als bei Ankunft eines einzelnen Schiffes. Und hier war alles mit spanischem Temperament durchsetzt.

Die *Defence* segelte jetzt an der Spitze des Konvois. Sven hatte seine beste Uniform an. In den Kneipen am Hafen wurden amerikanische Flaggen neben den spanischen gehisst.

Sie waren bereit zum Salut. Und jetzt schoss auch eine Batterie an der Hafeneinfahrt den Begrüßungssalut für einen ausländischen Botschafter. Sven winkte Leutnant Bergson, und ihre Kanonen donnerten die Erwiderung hinaus.

An ihrer Bordwand wurde die Leiter heruntergelassen. Die Barkasse der Hafenbehörden legte an. Neben dem Leiter der Hafenbehörde stieg ein Offizier der spanischen Flotte an Bord. Ihm folgte ein Zivilist. Die Pfeifer und Trommler spielten.

Leutnant Potter trat vor und begrüßte die Gäste. Dann führte er sie zu Sven und stellte sie vor. Sven winkte einem Maat, der Spanisch als Muttersprache beherrschte, denn er hatte geahnt, dass er einem Schwall spanischer Sätze ausgesetzt sein würde.

Der Leiter der Hafenbehörde begrüßte ihn gestenreich als Kommandeur des ersten Konvois eines befreundeten Landes, der in Vigo anlandete. Der Kapitän der spanischen Flotte drückte seinen Respekt vor dem erfolgreichen Kapitän der jungen Kontinentalen Flotte aus, und der Zivilist überbrachte ihm die Grüße des Barons de Savord, dessen Bank er in Spanien vertrete.

Das war ohne Zweifel der wichtigste Mann für sie. Ohne die Hilfe des Barons konnten sie ihre Fracht nicht schnell und günstig absetzen und ihre Handelsschiffe nicht für die Rückfahrt mit Pulver und anderer wichtiger Ladung füllen. So wie Sven den Baron kannte, war alles bis ins letzte Detail vorbereitet.

Sie saßen dann in Svens Kajüte, und nach dem Austausch der ersten Höflichkeiten und Belanglosigkeiten kamen sie dann auch zur Sache. Der Hafenarzt wollte jedes Schiff besuchen und sich nach den Kranken erkundigen.

Sven kürzte das Verfahren mit seinem Vorschlag ab: »Da fangen Sie doch gleich mit unserem Schiff an. Wir stellen Ihnen dann zwei Boote, die Sie und Ihren Vertreter zu den Schiffen bringen. Dr. Bader, unser Schiffsarzt, wird Sie begleiten.«

Der Zollbeamte schloss sich dem Verfahren an und meinte, bei der Gelegenheit könnten seine Beamten auch gleich die Ladelisten überprüfen.

Sven ging es nur darum, dass alles ohne großen Aufwand ablief und dass er bald mit dem Vertreter des Barons ungestört sprechen konnte. Davon hingen der Verlauf ihres Aufenthaltes und der Gewinn ab.

Der Bevollmächtigte des Barons de Savord war, wie Sven bemerkt hatte, mit den beiden Beamten auf vertrautem Fuße. Sie hörten auch jetzt seinem Vorschlag aufmerksam zu.

»Meine Herren! Sie wissen besser als ich, wie sehr Vigo unter der kriegsbedingten Flaute des Handels leidet. Ich schlage vor, dass wir unseren Ehrgeiz nicht darein setzen, Kapitän Larsson zu zeigen, wie gut wir unsere amtlichen Vorschriften erfüllen, sondern darein, ihm zu zeigen, wie willkommen uns Gäste aus Amerika sind und wie wir ihnen ihre Geschäfte erleichtern. Vor Kapitän Larsson liegt das große Programm der Vorstellungsbesuche beim Rat und bei den Händlern der Stadt, er muss seine Fracht absetzen und neue einladen, seine Flotte will verproviantiert und sicher auch teilweise repariert werden. Zeigen wir ihm, wie Vigo das alles seinen Partnern erleichtert. Weisen wir ihm die Ankerplätze zu, erklären wir ihm, wie wir seinen Konvoi schützen wollen und was er tun muss.«

Die beiden nickten zustimmend und lächelten. Der Herr der Hafenbehörde zog eine Karte des Hafens und der Bucht von Vigo hervor und zeigte Sven, wo seine Handelsschiffe ankern konnten, um dann je nach Bedarf schnell an die Kais geholt zu werden. Der Kapitän der Flotte wies Sven auf die Lage der Hafenbatterien hin und sagte, dass Polizei und Marine das Ufer am Ankerplatz für Unberechtigte sperren würden. »Wir empfehlen Ihnen, Herr Kapitän, dass Sie auch Ihrerseits Wachboote um Ihre Schiffe rudern lassen und Ihre Begleitschiffe entsprechend postieren. Der Rat dieser Stadt wird Sie heute Nachmittag auf die gesellschaftlichen Aspekte dieses Besuches hinweisen, und wir freuen uns, dann auch Ihre Herren Offiziere kennen zu lernen.«

Als die Herren sich verabschiedeten, teilten sie Sven mit, dass der Rat der Stadt ihn um drei Uhr Nachmittags erwarte. Señor Carlos Diaz Albertes, der Beauftragte des Barons de Savord, werde ihn abholen und ihm als Dolmetscher dienen.

Als die drei Herren gingen, sagte Señor Albertes noch leise in akzentfreiem Englisch: »Ich komme schon um zwei Uhr.«

Sven nickte.

Er begleitete die drei Herren an Deck und sah, wie die Boote der Händler und Huren seine Schiffe inzwischen umschwärmten. Aber die spanische Polizei und Marine bezog auch Posten und drängte mit ihren Booten die aufdringlichen Besucher zurück.

Der Maat, der für ihn dolmetschte, verriet ihm, dass die Polizisten immer riefen: »Sie kommen ja bald an Land. Da könnt ihr sie doch bequemer ausnehmen!«

Sven lachte: »Bemerkenswert ehrliche Polizisten haben die hier.« Aber dann wandte er sich an den Signalmidshipman und wies ihn an, das Signal für »Alle Kapitäne zum Rapport an Bord des Flaggschiffes«

zu setzen. Mr Potter, den Ersten Leutnant, und Mr White, den Master, bat er in seine Kajüte.

Sie einigten sich darauf, welche Schiffe wo ankern und welche Boote welche Abschnitte kontrollieren sollten.

»Was meinen Sie, sollen wir allen Schiffen zur gleichen Zeit Landurlaub ermöglichen?«

Mr Potter verzog sein Gesicht. »Ich fürchte, Sir, nach über fünf Wochen Überfahrt können wir nicht einigen Schiffen Landgang geben und anderen nicht. Den Benachteiligten platzen glatt die Eier. Ab morgen könnten wir die Schiffe einteilen. Dann haben wir Be- und Entladung als Grund, und sie konnten sich alle schon mal erleichtern.«

Mr White nickte zustimmend.

»Na gut«, entschied Sven. »Dann haben heute alle von fünf Uhr Nachmittags bis zwei Uhr früh Ausgang. Und nun müssen wir bereden, was wir tun, falls Agenten sich bei der Rückkehr morgens anstelle der Matrosen Zugang verschaffen wollen, wenn Matrosen bestochen werden, Sabotage an Bord zu verüben und so fort. Denn, meine Herren, wir sind uns doch alle darüber klar, dass die Briten mit allen Mitteln verhindern wollen, dass dieser Konvoi hier Handel treibt und dann heil zurückkehrt.«

Sie mussten ihr Gespräch abbrechen, denn die Kapitäne der anderen Schiffe erschienen und mussten ihre Ankerplätze zugewiesen und die nächsten Aktionen angekündigt bekommen. Sven wies sie nachdrücklich darauf hin, dass sie ihre Besatzungen vor dem Landgang eindringlich auf die Gefahren hinweisen müssten, die dem Konvoi durch Sabotage und Agenten drohten.

Der Konvoi setzte Boote aus und nahm seine Ankerpositionen ein. An Land sperrten die Spanier den Zugang ab. Auf dem Wasser des Flusses patrouillierten Wachboote. Sven ließ sich von Martin einen Lunch auftragen und ruhte sich ein paar Minuten aus, um den Strapazen des Nachmittags besser gewachsen zu sein.

Und dann wurde ihm auch schon Señor Albertes gemeldet. Martin bot ihnen Kaffee an, und Señor Albertes bemerkte, dass Svens Schiffe nicht den Kaperschiffen ähnelten, die er bis jetzt gesehen habe, sondern eher britischen Kriegsschiffen. »Ich meine das als Kompliment, Herr Kapitän.«

Sven nickte. »Ich verstehe Sie schon richtig, Señor. Die meisten meiner Offiziere und Männer haben in der Kontinentalen amerikanischen Flotte gedient. Diese Flotte hat fast alle Regulation der britischen Flotte übernommen. Das lag nahe, denn die britische Flotte war erfahren und effizient, und wir mussten bei null anfangen. Wir sind in der Reederei Bradwick auch auf unseren Kaperschiffen bei diesen Regeln geblieben. Und nun, Señor, möchte ich Sie zunächst nach den Gefahren befragen, die uns hier durch britische Spionage und Sabotage drohen.«

Albertes schmunzelte. »Der Leiter des britischen Geheimdienstes in Vigo ist Señor Mendoza, der Mann mit der ›Quartergalerie‹, wie er überall genannt wird.« Er schüttelte sich vor Lachen.

Sven schaute ein wenig verständnislos drein.

»Ich muss Ihnen erklären, dass die Bemerkung seine Frau betrifft, die ein so ausladendes und hochstehendes Hinterteil hat wie die Heckgalerie eines Vierundsiebzigers.«

»Donnerwetter!«, staunte Sven und musste auch lachen.

»Diesen Señor Mendoza haben wir beobachtet, als Ihr Konvoi einlief. Er erhielt Besuche, die wir zum Teil nicht erwartet haben. Ich bin sicher, man wird noch andere leitende Agenten nach Vigo schicken, denn es wäre für die Briten ein fatales Signal, wenn ein amerikanischer Konvoi hier gefahrlos Handel treiben könnte. Sie werden versuchen, Ihre Schiffe und die Ladungen zu schädigen, durch Explosionen, durch Brände und durch Vergiftungen zum Beispiel.«

Und Señor Albertes schilderte Sven kurz, wie er in den vergangenen Wochen versucht hatte, die Lagerung von Waren für die Rückfahrt des Konvois zu tarnen.

»Wir haben das Pulver in Fässern, Säcken und sogar in Kisten mit verschiedener Aufschrift hier und an drei Orten außerhalb gelagert. Morgen früh fahren die Ochsenkarren mit Pulver an einem Ort los. Wir laden morgen erst das Pulver aus unserer Lagerhalle achthundert Meter westlich in Richtung Baiona ein und entladen Tabak aus Ihren

Schiffen. Ab übermorgen kommen dann die Ochsenkarren und fahren Tabak, Melasse und Getreide in dieser Reihenfolge ab. Jeder Zug Ochsenkarren hat eine Wache.«

Sven blickte respektvoll. »Das können Sie doch nicht allein organisiert haben, Mr Albertes.«

»Aber nein, Mr Larsson. Ich habe fünf Sekretäre und Disponenten aus spanischen Banken und dreißig unserer Transportwächter zur Unterstützung lokaler Kräfte nach Vigo mitgebracht. Baron de Savord misst diesem Konvoi große Bedeutung bei.«

Das hörte Sven eine Stunde später auch in den Reden beim Empfang des Rates. Der Konvoi solle ein Zeichen setzen. Vigo, das alte Zentrum des Amerikahandels, wolle die Fesseln des Krieges abstreifen und wieder den früheren Glanz gewinnen.

Sven antwortete mit wohlgesetzten Worten, die Señor Abertes übersetzte. »Freundschaft und Handel«, das waren die Worte, die am häufigsten benutzt wurden.

Die Mehrheit der Anwesenden stimmte Sven freundlich, ja fast herzlich zu. Das waren die Vertreter des Rates und die Händler. Aber einige schienen auch sehr reserviert und zeigten eher unwillig die nötigsten Formen der Höflichkeit.

Albertes informierte ihn leise. »Das ist der britische Konsul, Señor Batista. Dort steht mit seiner ›Quarterdeckgalerie‹ Señor Mendoza, Schiffshändler und britischer Geheimdienstchef.« Sven blickte auf einen Mann mit stattlichem Schnauzbart, der sich zu einer unförmig dicken Frau hinabbeugte. Er hatte Mühe, sein Lachen zu unterdrücken.

»Und das ist Kapitän Norman, Marineattaché bei der Britischen Botschaft in Portugal. Er kam vor wenigen Tagen zu einem privaten Besuch nach Vigo. Aber der Rat hält ihn wohl für zu wichtig, um ihn nicht einzuladen.«

Sven war erschrocken. In dem großen, massigen Mann hatte er nicht den Commander Norman wiedererkannt, unter dessen Kommando er 1793 und 1794 in der britischen Flotte gedient hatte. Mr Norman ahnte wohl auch nicht, dass dieser Kapitän Sven Larsson jener Ben Larsberg war, den man vor sieben Jahren in die britische Flotte gepresst hatte. Er hatte damals seinen Namen geändert, um nicht gleich als Deserteur aufzufallen, wenn er die von Anfang an geplante Flucht realisieren konnte. Aber Norman war immer ein kompetenter und fähiger Offizier gewesen.

Als der Empfang sich in Gruppen auflöste, die ihren Wein tranken, kamen zuerst die Händler auf Sven zu, um ihre Interessen anzumelden. Señor Albertes antwortete mit freundlichen und unverbindlichen Sätzen.

Und dann stand Sven auf einmal Kapitän Norman gegenüber. Beide verbeugten sich höflich. Norman erkannte ihn nicht.

Sven sagte leise auf Englisch: »Erinnern Sie sich an den Steuermannsmaat Ben Larsberg auf der *Eagle*, Sir?«

Norman starrte ihn an. Das Wiedererkennen breitete sich in seinem Gesicht aus. »Waren Sie nicht schanghait worden? Sie sind das doch?«

»Ja, Mr Norman. Meine Freunde und ich waren schanghait worden und sind desertiert. Aber ich erinnere mich gern an Ihr strenges, faires und kompetentes Kommando.«

Mr Norman lächelte Sven an. »Sie waren schon damals gut, Mr Larsson. Ich kann in Ihnen nicht den Feind sehen, nur den alten Schiffsgefährten. Ich hoffe, wir finden mal eine Stunde Zeit, um miteinander zu plaudern. Ich wohne beim Konsul.«

Sven schlief erschöpft die ganze Nacht durch. Erst als die ersten Sonnenstrahlen über die Bucht tanzten, wurde er wach.

»Martin!«, rief er. »Warum hast du mich nicht geweckt?«

»Sie waren sehr erschöpft, Sir, und es lag kein Termin für Sie an, Sir.«

Sven lächelte. »Wenn ich an Deck komme, werden mir die Herren schon zu verstehen geben, was ich alles versäumt habe. Aber ist egal, ich fühle mich gut.«

Er wusch sich und setzte sich an den Tisch, den Martin wieder mit viel Aufmerksamkeit gedeckt hatte. Und nach dem Frühstück durfte auch Rocky wieder in die Kajüte. Sein Schwanzwedeln und Mauzen erinnerte Sven bald daran, dass es an Deck nach Rockys Meinung viel schöner war.

»Ist gut! Komm schon«, sagte er und griff nach seinem Hut.

An Deck traf er zunächst auf Mr White, der ihn grüßte und sich dann wunderte, wie unaufmerksam Sven den Gruß erwiderte, ganz gegen seine sonstigen Gewohnheiten.

Sven stand da und schaute verwundert auf die lange fjordähnliche Wasserfläche mit ihren abwechslungsreichen, aber immer lieblichen und grünen Ufern.

»Das ist ja wunderschön hier, Mr White«, sagte er schließlich.

»Ja, Sir, ich habe mich gestern schon gewundert, dass Sie nichts bemerkten.«

»Ach, Mr White, gestern war ich ganz erfüllt davon, dass wir es geschafft hatten. Ich schaute nur, wer uns empfing und was vorbereitet war. Aber heute sehe ich, diese Ria de Vigo ist ja fast ein Paradies und ein sicherer Hafen dazu.«

Mr White bestätigte und erzählte, dass er von den vier Rias Bajas die von Muros und Pontevedra bereits angelaufen habe. »Sie sind lieblicher und bewachsener als die nördlicher gelegenen Rias Altas. Aber alle bieten gute Häfen.«

Sven überlegte kurz. »Wir müssten uns an der Küste mal ein wenig umsehen, denn wenn wir Erfolg haben, kommen wir öfter her. Unsere jungen Leutnants und Offiziersanwärter sollten das auch sehen. Wir könnten einen Kutter der *Defence* nehmen oder uns von der *Hunter* transportieren lassen. Aber jetzt muss ich mich um den Fortgang der Entladung kümmern.«

»Ich werde die Erkundung schon ein wenig vorbereiten, Sir!«, rief ihm der Master noch hinterher.

Mr Potter erwartete Sven mit ernster Miene.

»Na, Mr Potter, Sie haben Ärger zu verkünden«, begrüßte Sven seinen Ersten.

»Aye, Sir. Tut mir leid. Drei Handelsmatrosen und zwei Matrosen der *Defence* sind im Stadtgefängnis, weil sie Einrichtungen zerschlagen und Huren verprügelt haben. Ein Maat und zwei Matrosen der *Defence* haben nach Rückkehr vom Landurlaub betrunken Vorgesetzte angepöbelt.«

Sven schüttelte den Kopf. »Lernen es die Kerle niemals? Bitten Sie

Mr Johnson von der *Virginia*, in meinem Namen mit der Stadt zu verhandeln. Unser Zahlmeister soll ihn begleiten. Die Meldungen über die aufsässigen Burschen geben Sie meinem Sekretär. Und jetzt berichten Sie mir bitte, wie der ganze Be- und Entladungsvorgang läuft.«

»Recht gut, Sir. Wir entladen vier Frachter mit Leichtern, danach legen sie am Lagerhaus an und werden mit Pulver beladen. Wir hatten zunächst ein wenig Probleme, weil Señor Albertes erst geplant hatte, die Frachter von einer Seite zu be- und von der anderen zu entladen. Aber das klappt nur für Landleute. Jetzt klappt es nach der Regel: die leichteren Güter mit Leichtern, die schwereren am Kai.«

»Sehr gut, Mr Potter. Bei Ihnen braucht ein Kapitän nur noch alles abzunicken.«

Bei Señor Mendoza saßen drei Männer im Büro und tranken schon ihre dritte Tasse Kaffee.

»Das war eine Nacht, Señor Mendoza! Die vergisst keiner von uns so schnell. Wir mussten alle Kneipen und Bordelle absuchen, um den besten Doppelgänger für unseren Agenten zu finden. Wir entdeckten ihn erst zum Schluss, als er eine Bordellwirtin beschimpfte, weil er nicht zufrieden war. Er gleicht unserem Juan wie ein Ei dem anderen. Größe, Gewicht, Haarfarbe, Aussehen, sogar Tonfall und Gestik stimmen. Ich dachte erst, der Juan sei es.«

»Und was haben Sie getan, Señor Pita?«

»Ich habe sofort Juan holen lassen, damit er Kleidung und Verhalten des Kolonisten studiert. Dann habe ich die Bordellwirtin zur Seite genommen und ihr viel Geld gegeben, damit die Nutte den Kerl zurückholt und noch eine andere Nutte zur Verstärkung erhält. Der Kolonist hat dann bis zur letzten Minute den ›Flotten Dreier‹ genossen und geschworen, dass er wiederkommt.«

»Wird er das tun?«, fragte Señor Mendoza.

»Aber ja. Die Hure hat seinen Schwengel in den höchsten Tönen gerühmt. Das ist ihm sicher noch nie passiert, denn er hätte nur ein ›Würmchen‹, hat sie mir nachher verraten. Aber er schrie bis zum Kai: ›Ich komme wieder!‹«

»Diese dämlichen Kolonisten«, lachte Señor Mendoza verächtlich. »Sorgen Sie dafür, dass der Juan weiß, was man auf einem Schiff tun muss und dass er seine Aufgabe beherrscht.«

»Der ist doch Seemann, Señor Mendoza!« Aber der winkte nur ab.

Der Matrose, dem der Juan so ähnelte, saß auf dem Frachter *Schuylkill* und löffelte seine Suppe. Er hieß Bob Silton, war hager, blond und mittelgroß. Er war müde von der letzten Nacht, die Knochen taten vom Be- und Entladen weh, aber er gab an, wie er in der letzten Nacht die Nutten fast ohnmächtig gebumst habe.

»Womit denn, Kleiner?«, fragte ein großer, stark behaarter Maat.

»Komm doch mit, wenn wir morgen wieder Landgang haben«, protzte Bob Silton. »Du kannst auch zusehen. Die erfüllen mir jeden Wunsch.«

Der Maat schüttelte ungläubig den Kopf.

Sven war den Tag über beschäftigt, die Ladevorgänge zu überwachen und die Sicherheitsmaßnahmen zu kontrollieren.

»Achtet auf treibende Fässer! Ihr wisst, sie haben bei New York Pulverfässer mit brennender Lunte gegen Schiffe treiben lassen. Da kann ein Schiff in die Luft fliegen. Habt ihr Leinen mit Enterhaken bereit?«

Alle Wachboote mussten Leuchtraketen an Bord haben, und an Bord der Schiffe lagen lange Stangen zur Abwehr von Treibgut bereit.

Die Matrosen jener Schiffe, die noch nicht zum Laden eingeteilt waren, überprüften alle Taue und Segel und hämmerten und strichen.

Die Kapitäne rasierten sich besonders gut, denn Sven hatte sie in ein Lokal, das Mr Albertes empfohlen hatte, zum Essen eingeladen. Sam überprüfte mit mehreren Kameraden die Örtlichkeit und verabredete mit dem Wirt, wo bewaffnete Matrosen am Abend wachen würden.

Mr Albertes hatte Sven gewarnt, so etwas auf längere Zeit zu planen. »Wenn die britischen Agenten das lange genug vorher wissen, dann mauern sie vielleicht ein Fass Pulver ein und sprengen Sie in die Luft. Bitte unternehmen Sie immer nur kurzfristig etwas außerhalb Ihres Schiffes.«

Sven vermisste Joshua, auf dessen Stärke und Wachsamkeit er sich jederzeit verlassen konnte. Er hatte Sam gebeten, drei Kameraden herauszusuchen, mit denen er sich gut verstand und die besonders gut bei Übungen im Schießen und der Abwehr von Enterern abgeschnitten hatten. Seitdem begleiteten ihn bei jedem Landgang Rocky und drei bewaffnete Matrosen.

Sven hatte sich gerade in seiner Kajüte hingesetzt und Martin um eine Tasse Kaffee gebeten, da klopfte es an der Tür. Ärgerlich schaute Sven auf. Sein Sekretär kam und legte eine Ledermappe auf den Schreibtisch. »Die Post ist aus La Coruña angeliefert worden, Sir. Die Briefe für die Besatzung habe ich Mr Potter zur Verteilung übergeben. Die Schreiben des Marinekomitees liegen obenauf.«

Svens Ärger verflog, und er griff eilig nach der Mappe. Die offiziellen Schreiben mit ihren Siegeln schob er zur Seite und sortierte die Umschläge der privaten Absender. Zwei Briefe von Sabrina, je einer von Ingrid und Henry sowie seinen Eltern.

Alle Briefe waren zu Händen des amerikanischen Konsuls in La Coruña adressiert worden, da nicht bekannt werden sollte, welchen Hafen sie tatsächlich ansteuerten.

Er schlitzte Sabrinas Briefe mit dem Messer auf und las zuerst den Schluss des letzten Briefes. Alles in Ordnung! Keiner krank! Keine Hiobsbotschaft! Er trank mit Genuss einen Schluck Kaffee und begann den ersten Brief zu lesen.

Sabrinas Zeilen zauberten ihn immer sehr schnell nach Hause zurück. Er hörte fast den kleinen Richard krähen und sich gegen die Aufpasserei der älteren Schwester wehren. Er sah John im Garten werkeln, und er begleitete Sabrina zu ihren Besichtigungen der Bauten für das Waisenhaus.

Er spürte, wie sie sich nach ihm sehnte, wenn die Kinder abends im Bett waren, und hatte ein schlechtes Gewissen, weil er an Deck so selten an Sabrina gedacht hatte, da sich seine Gedanken fast immer auf die Schiffsführung konzentrieren mussten.

Sie erwähnte auch Joshua, der ein schlechtes Gewissen zu haben schien, weil er seinen Freund und Kapitän habe allein segeln lassen.

Aber er sei von unschätzbarem Wert bei der Beaufsichtigung der Bauarbeiten am Waisenhaus.

Sabrina hatte gute Nachrichten von ihren Eltern erhalten, die sich immer dringlicher nach einem Besuch ihrer Kinder und Enkelkinder sehnten. Wenn ich nur noch in der Reederei bin und mich verpflichte, nicht mehr gegen England zu kämpfen, dann würden uns die Kanadier wahrscheinlich die Einreise erlauben, dachte Sven. Aber dann schüttelte er den Kopf. Wer wusste schon, wie sich der Krieg entwickeln würde?

Sabrina schrieb auch von der Reederei. Richard Bradwick versuche es zu verbergen, aber er sei furchtbar nervös, weil sie mit dem Konvoi fast alles auf eine Karte gesetzt hätten. Er habe jetzt auch ein Flussschiff für Transporte auf dem Delaware gekauft. Da sei das Risiko viel geringer. Sven dachte: Wenn er sich man nicht verzettelt.

Sven war so vertieft, dass Martin ihn erinnern musste: »Sir, Sie haben in einer halben Stunde den Termin mit Mr Albertes im Hotel Ciuda.«

»Sir, wir haben vierzig große Kisten mit ausgewählten französischen Parfüms und Cremes. Sie können bis zu hundert große Kisten alten französischen Kognak laden, aber wir wussten noch nicht, ob Sie mehr Schwergewicht auf spanische Weine legen oder vielleicht italienische Seide bevorzugen würden.«

Sven hatte seinen Zahlmeister bei sich, denn außer Pulver, Waffen, spanischen Ledergürteln und Patronentaschen interessierte ihn die Fracht nicht so sehr, aber dann drängte sich Sabrina in seine Gedanken, die sich beklagt hatte, wie teuer französische Kosmetika wurden, weil sie so selten geliefert wurden. Und ihm fiel ein, dass er ja noch private Geschenke für Familie und Freunde kaufen musste.

Mr Albertes unterbrach seine Überlegungen und wies ihn flüsternd darauf hin, dass er auch etwas Laderaum für französische Modekleidung reservieren müsse. »Die können Sie teuer an Schneidereien verkaufen, die sie gerne kopieren werden.«

Die Liste des Zahlmeisters ließ erkennen, wie viel sie noch laden konnten. Und Sven entschied sich auch für einige Kisten deutschen

Schnaps, den sein Großvater so gern getrunken hatte. Und dann fiel ihm ein, wie sehr sein Schiffsarzt immer auf Medikamente hingewiesen hatte. Er fragte Mr Albertes, ob er gute Lieferanten kenne.

Endlich war die Ladeliste in Umrissen abgeschlossen. Sven wollte zurück zu seinen Briefen.

Nach dem Abendessen saß Sven dann an seinem Schreibtisch und schrieb an seinen Antworten auf die Briefe. Mit den Briefen an die Eltern und an die Kellaghans war er bald fertig, aber der Brief an Sabrina würde wieder so ein Fortsetzungsbrief werden. Aber diesmal musste er ihn vor der Abfahrt aufgeben, sonst wäre er eher daheim.

Er war gerade bei der Schilderung des britischen Geheimdienstchefs mit seiner »Quarterdeckgalerie«, als an Deck geschrien wurde. Schüsse fielen und Raketen erhellten die Kajütenfenster.

Sven rief nach Rocky, griff zu Säbel und Pistole und rannte an Deck.

»Sir«, rief Leutnant Waller, »Fässer treiben auf uns zu!« Sein Arm wies flussaufwärts.

Sven sah etwa ein halbes Dutzend Fässer auf die verankerten Schiffe zutreiben. Ein Wachboot ruderte auf die Fässer zu. Die Brigg *Philadelphia* lag querab. An ihrer Reling standen Schützen mit Rifles und feuerten auf die Fässer, die nur etwa fünfzehn Zentimeter aus dem Wasser ragten.

Ein Fass war gerade gluckernd versunken.

»Boot zu Wasser! Leinen mit Enterhaken an Bord!«, befahl Sven, und die Mannschaften rannten auf ihre Posten. Zwei Fässer zog jetzt das Wachboot zur Seite, aber drei Fässer hatten immer noch aller Abwehr widerstanden.

Sven ließ sich eine Rifle reichen und zielte sorgfältig auf das mittlere Fass. Sein Schuss traf. Das Fass explodierte mit krachendem Feuerschein und einer Druckluftwelle, die Sven die Haare aus der Stirn wehte.

»Da haben Sie den Fassreif oder einen Nagel getroffen, Sir«, rief Mr White.

»Wo sind die beiden anderen Fässer?«, fragte Sven.

Eines entdeckten sie noch. Es war zur Flussmitte abgetrieben. Das andere musste leckgeschlagen sein. Die beiden Fässer, die das Wachboot ans Ufer gezogen hatte, explodierten kurz nacheinander.

»Wenn es hell wäre, könnten wir die Fische einsammeln«, brummelte der Bootsmann.

»Nehmen Sie sich ruhig ein Boot und vier Fackeln, Mr Winner«, schaltete sich Sven ein. »Die Fischliebhaber werden Ihnen dankbar sein.«

In Vigo hatte man von dem Trubel um die Fässer nichts mitbekommen. Es war zu hell im Hafenviertel und zu laut. Doch als das erste Fass explodierte, schrie Bob Silton der Hure zu, die gerade auf ihm ritt: »Furz nicht so laut!«, und lachte aus vollem Hals, als sie sein Englisch nicht verstand.

Die Hure war ärgerlich und rollte sich von ihm herunter. Aber Bob war noch nicht zufrieden, presste ihr die Schenkel auseinander und stieß in sie hinein. Er stöhnte gerade laut und schloss die Augen, als sie unter die Matratze fasste, ein scharfes Messer herausholte und ihm genau ins Herz stach.

Er riss die Augen auf, sein Gesicht verzerrte sich, er öffnete den Mund, aber im Schreien sackte er zusammen. Sie rollte sich unter ihm weg, um dem Blut zu entgehen, das aus seinem Mund strömte, und rief um Hilfe. Zwei Männer kamen ins Zimmer, griffen Bobs Leiche, rollten sie schnell in das Laken. Erst dann trat Bobs Doppelgänger in den Raum und sah sich um.

Niemand kümmerte sich um die Hure, die in der Ecke saß und zitterte. Der Doppelgänger nahm Bobs Hose und Jacke, die der vorhin auf einen Stuhl geworfen hatte. »Und wo ist sein Hemd?«, fragte er.

»Das ist mit Blut beschmiert«, antwortete einer.

»Verdammt, und wenn sich die Posten gemerkt haben, welches Hemd er anhatte?«, fluchte der Doppelgänger.

»Wer merkt sich denn so etwas?«, schimpfte einer der beiden Männer. »Komm jetzt her. Wir geben dir die Sachen und bereden, was du zu tun hast.«

Sven war wieder an Deck gegangen, als der Bootsmann mit dem Boot zurückkam. »Na, haben Sie einen guten Fang einsammeln können?«, fragte er Mr Winner.

»Wir hätten das ganze Boot vollladen können, Sir. Und es sind Fische dabei, die keiner von uns kennt.«

»Vielleicht finden Sie noch genug Fischliebhaber unter den Matrosen, die Ihnen helfen können. Das Boot brauchen Sie nicht einzuholen. Mir ist eingefallen, dass ich mir die Kontrollstelle für Landgänger einmal ansehen muss.«

Sven ließ sich zu dem Landungssteg rudern, an dem sich alle Landgänger zurückmelden mussten. Sie wurden dort von den Spaniern kontrolliert, ob sie nicht illegal das Land verlassen wollten, und von den Amerikanern, damit sie nicht illegal Alkohol an Bord bringen konnten.

Die Kontrolle der Spanier war locker. Sie hielten nur wenige an, die etwas südländisch aussahen, und prüften, ob die Männer Englisch konnten und sich im Wortschatz der Matrosen auskannten.

Die Kontrolle der Flotte war etwas genauer. Die Männer gingen an einem Tisch vorbei und nannten den Schiffsnamen. In der Liste wurde nachgesehen, ob ihr persönlicher Name dort als Ausgänger eingetragen war. Dann mussten sie an zwei Maaten vorbei, die sie abtasteten, ob sie am Körper Alkoholflaschen schmuggelten. Natürlich achteten diese Maate auch auf Waffen, Bomben oder andere gefährliche Gegenstände. Wenn sie unbeanstandet blieben, konnten sich die Matrosen zu den anderen am Kopf des Landungssteges stellen, die von Booten zu ihren Schiffen gebracht wurden.

Als der Doppelgänger Bob Siltons zur Körperkontrolle kam, entdeckte ihn ein Bordkamerad, der schon auf das Boot wartete. Er rief seinen Namen und winkte. Der Doppelgänger winkte zurück, konnte aber keinen Namen rufen. Ihm wurde doch etwas unbehaglich. Das war seine erste Bewährungsprobe. Die Kontrolle fürchtete er nicht. Ein Maat spottete zwar über seine komischen Mitbringsel, aber das wehrte er mit einem Scherz ab. Doch jetzt musste er auf den Bordkameraden zugehen.

»He, wo hast du denn meinen Schal?«, rief der. »Du hast ihn dir doch vor dem Landgang geliehen.«

Der Doppelgänger fasste sich schnell. »Der gefiel mir doch nicht! Hast du schon vergessen, dass ich ihn auf deine Koje zurückgelegt habe?«

»Willst du mich verarschen, Bob? Du bist hier an der Kontrolle mit dem Schal vorbei. Dass wissen auch die anderen, die Landgang hatten. Hast du ihn bei deiner Hure gelassen, Bob?«

Sven Larsson hatte ihr Geschrei gehört, als sein Boot am Landungssteg anlegte. Als er zuhörte, hatte er auf einmal den Gedanken, wie man jemand an Bord schmuggeln konnte. Als Doppelgänger! Und wie konnte man ihn entlarven, wenn er sehr ähnlich war? Durch mangelnde Kenntnisse der Namen und Besonderheiten dieses Schiffs.

Er kletterte die Treppe hoch. Der Aufsicht führende Leutnant rief »Achtung!«, und meldete. Die Matrosen kümmerten sich nicht viel darum, und der Bordkamerad brüllte weiter: »Hey! Was hast du denn da auf einmal für Pickel am Hals? Dann hätte ich dir den Schal doch nicht geliehen.«

Sven ging auf die beiden zu, Sam und zwei bewaffnete Matrosen hinter sich.

»Von welchem Schiff seid ihr denn?«

Der Doppelgänger antwortete: »Von der *Schuylkill*, Sir.«

»Und wie heißt der Kapitän?«, fragte Sven nach.

Der Doppelgänger erschrak und stotterte. Der andere antwortete für ihn: »Mr Bob Ralton, Sir.«

»Lass ihn mal reden!«, forderte Sven.

Der Doppelgänger wiederholte: »Bob Ralton, Sir.«

Sven nickte und wollte nun wissen: »Und wie hieß das Schiff, das während der Ozeanüberquerung immer in eurer Kolonne vor euch segelte.«

Der Doppelgänger schloss die Augen. Es war vorbei. Einer solchen Befragung konnte er nicht standhalten. Weg! Er warf das Brot und die beiden Melonen Sven ins Gesicht und wollte über das Geländer des Landungsstegs ins Wasser springen. Aber Sam hechtete vorwärts, erwischte sein Bein und riss ihn um.

Es war vorbei! Als er aufstehen wollte, berührten zwei Entermesser seinen Hals. Da blieb er liegen.

Sven kümmerte sich erst einmal um das Brot und die Melonen. Das Baguettebrot war ungewöhnlich schwer. Er brach die Brotrinde weg und erkannte den Blechbehälter. Dann entdeckte er auch die Öffnung und roch am Inhalt.

»Öl!«, sagte er. »Das hätte ein schönes Feuer gegeben.«

Er ging auf den liegenden Doppelgänger zu. »Wer bist du, und wer schickt dich?«

Der Doppelgänger schwieg.

»Durchsuchen! Fesseln! Auf die *Defence* schaffen!« Dann wandte sich Sven dem anderen Matrosen zu. »Du sagst deinem Kapitän, er möchte bitte auf die *Defence* kommen. Wir hätten einen wichtigen Fall!«

Der Doppelgänger wurde von den Matrosen, die ihn auf die *Defence* brachten, hart angefasst. Er wimmerte vor Schmerz.

»Du bist doch kein Seemann«, fuhr ihn ein Matrose an. »Deine Pfoten sind zart, und du bist empfindlich wie ein Weichei. Warte man, bis wir dich an Bord richtig in die Mangel nehmen.«

Aber Sven entschied anders. »Wenn er immer noch nichts sagt, übergeben wir ihn den Spaniern. Ich will keine Folter an Bord. Ich schreibe eine Notiz für Señor Albertes. Der wird wissen, wer ihn zum Sprechen bringt.«

Am nächsten Vormittag schon kam Mr Albertes an Bord und berichtete, dass Señor Mendoza hinter dem Anschlag stecke. Da man die Leiche des Seemannes Bob Silter gefunden und da Juan gestanden habe, werde Mendoza wegen Anstiftung zum Mord angeklagt. Ich bin sicher, der Doppelgänger und die Hure werden zum Tode verurteilt. Der Geheimagent und seine Helfer wandern für zehn Jahre in den Kerker. In der Stadt wird der Anschlag von fast allen verurteilt.«

»Nun, Mr Albertes, sicher werde ich erst sein, wenn wir den Delaware aufwärts segeln, vorher nicht!«

»Auf dem Fest des Rates am Wochenende müssen Sie sich vor allem vor den Señoritas fürchten, Mr Larsson. Sie werden Sie bewundern, weil Sie den Attentäter entdeckt haben.«

»Was soll ich auf dem Fest? Ich kann mich mit den Damen nicht unterhalten, und gut tanzen kann ich auch nur mit meiner Frau.«

Albertes lachte ihn an. »Sie müssen auf das Fest, denn ich habe mir ausgedacht, wie wir den Auslauftermin des Konvois verschleiern können.« Und Albertes erzählte von seinem Plan, dass eine fingierte Einladung des Präfekten der Autonomen Provinz Galizien an Sven für den Sonntag in acht Tagen nach Santiago de Compostela verlesen werde. Die Briten würden sofort folgern, dass der Konvoi dann nicht vor dem folgenden Montag oder Dienstag auslaufen könne.

»Sie aber, Señor Larsson, werden samstags nicht nach Santiago fahren. Weit vor Pontevedra wird Ihr Wagen in einem Seitenweg gegen einen Wagen mit einem Doppelgänger ausgetauscht. Sie kommen in einem Fischerboot zurück, und der Konvoi läuft am Samstagnachmittag aus. Wie finden Sie das?«

Sven nickte und lächelte. »Ganz schön raffiniert, mein Herr. Aber wird die Verwaltung Galiziens nicht böse sein, wenn der Name des hohen Präfekten missbraucht wird?«

»Keine Sorge. Ich habe dort meine Verbindungen.«

Auf dem Fest wurde Sven mit seinen Offizieren mit Beifall begrüßt. Sie waren überrascht von der Eleganz und dem Schmuck der Damen, von den bunten Uniformen vieler Herren und von dem Empfangsmarsch, bei dem Dudelsäcke die tragende Melodie spielten.

»Ein Erbe der frühen Besetzung durch Kelten«, flüsterte Mr Albertes Sven zu, »so, wie die vielen blonden Damen und Herren an germanische Einwanderungen nach Galizien erinnern.«

Die Amerikaner wurden vom Bürgermeister als Freunde Spaniens begrüßt. Der Handel mit Amerika werde Vigo erneut erblühen lassen. Man sehne den Frieden und die Unabhängigkeit Amerikas herbei.

Aber nicht die der spanischen Kolonien in Amerika, dachte Sven. In seiner kurzen Rede betonte er die Partnerschaft beider Staaten und bedankte sich im Namen aller seiner Männer für die freundliche Aufnahme.

Und dann wurde zum Tanz gespielt.

»Kommen Sie, Mr Larsson«, sagte Señor Albertes. »Ich bringe Sie zu Señora Mera, der Frau eines Reeders. Sie brauchen sich nur zu verbeugen. Alles andere tut sie.«

»Und ihr Mann?«

»Er hat einen verkrüppelten Fuß und tanzt nie. Eine Verbeugung vor ihm reicht.«

Sven sah eine Frau, die etwas älter war als er, die aber durchaus attraktiv wirkte. Er verbeugte sich vor ihr und sank in eine Wolke von teurem Parfüm. Sie erhob sich, nahm seinen Arm, und von da an brauchte Sven nur noch ihren Anweisungen zu folgen, die sie mit leiser Stimme, mit Gesten oder Blicken erteilte.

Sie stellte ihn an die richtige Stelle unter den Tanzlustigen, sie ließ ihn wissen, welchen Fuß er vorsetzen oder ob er sich drehen sollte. Allmählich fühlte er sich fast sicher in den Bewegungen. Aber dann verhaspelte er sich und erkannte, dass er nur die Puppe an den Fäden einer geschickten Puppenspielerin war.

Erheiternd war, als er die Umgebung wahrnehmen konnte und seine Offiziere sah. Nur einer konnte tanzen. Die anderen hüpften umher wie erschreckte Ziegenböcke, und immer mehr stellten sich an die Bar und schütteten Alkohol in sich hinein.

Sven war seiner Tänzerin dankbar, aber er war erlöst, als ihn Señor Albertes an einen Tisch dirigierte, an dem Damen und Herren saßen, mit denen er sich englisch oder französisch unterhalten konnte.

Einige Herren hatten ihn beim Tanzen beobachtet und erzählten ihm nun schmunzelnd, dass Señora Mera fast immer die unbekannten Ausländer erproben müsse. Dann wüssten alle, was man ihnen im Tanzen zumuten könne.

Eine Dame beschwerte sich in fließendem Englisch, dass die Herren zu bequem zum Tanzen seien. »Sie reiten und jagen, aber vor dem Tanzen drücken sie sich immer.«

Sie wurden unterbrochen, als der Herold mit seinem Stab Gehör erbat. Die Einladung des Präfekten an Sven wurde verlesen, als ob sie eben ein Bote ausgeliefert habe. Sie brachte Sven viele respektvolle Blicke ein.

»Eine außerordentliche Ehre für einen Ausländer, Herr Kapitän. Sie werden im Pazo de Rajoy, dem Regierungspalast, wohnen, und man wird Ihnen die Reliquien in der Kathedrale zeigen. Wir alle beneiden Sie.«

Einer der Herren beugte sich zu ihm. »Auch wenn Sie die Heiligenstory nicht glauben, Santiago bietet für jeden Geschmack etwas. Es ist eine lebendige Stadt.«

Sven lernte auch den amerikanischen Konsul in Galizien kennen, der ihm mit Frau und Tochter vorgestellt wurde. Das Ehepaar war in seinem Alter und begrüßte ihn sehr natürlich. Beide fühlten sich wohl in Spanien. Als Sven sich erkundigte, wie sie mit der Sprache zurechtkämen, lachte die Frau.

»Wir haben schon in Virginia Spanisch gelernt und konnten uns gut mit den eingewanderten Spaniern unterhalten. Aber hier haben wir kein Wort verstanden.«

Sven schaute sie so ungläubig an, dass sie erklärte: »Die überwiegende Zahl der Galizier spricht nicht Spanisch, sondern ›Gallego‹, eine mit dem Portugiesischen verwandte Regionalsprache. Nur aus Höflichkeit reden unsere Bekannten mit uns Spanisch, denn es ist die Sprache des Hofes in Madrid, den hier nicht viele lieben. Inzwischen lernen wir auch noch Gallego.«

Als Sven den Ball verließ, begleiteten ihn viel weniger Offiziere als auf dem Hinweg. Er nahm an, die anderen hätten Anschluss gefunden und kämen später. An Bord hörte er jedoch von Leutnant Potter, dass Mr Bergson schon vor einer Stunde gekommen sei und geschimpft habe, das sei ein Mummenschanz mit aufgetakelten und schmuckbehangenen alten Weibern gewesen, auf dem es keinen anständigen Rum und Gin, sondern nur wässerigen Wein zu trinken gab.

»Das ist eine sehr einseitige Schilderung, Mr Potter. Ich habe sehr hübsche junge Damen gesehen und ausgezeichneten Wein, Kognak und Champagner getrunken. Aber ich gebe zu, die Sprache und die Tänze boten schon Barrieren. Vielen Dank jedenfalls, dass Sie die Verantwortung für den Konvoi übernommen haben, Mr Potter.«

An den nächsten Tagen war Sven mit der Kontrolle der Ladungen und der Inspektion der Schiffe mehr als beschäftigt. Aber er war auch sehr zufrieden mit den Ergebnissen. Sie hatten wertvolle Ladungen, und die Schiffe waren in gutem Zustand.

Als er Mr Albertes sagte, wie zufrieden er mit dem Geschäft sei, antwortete der: »Auch wir beurteilen unser Geschäft sehr positiv. Aber das ist nicht verwunderlich. Denken Sie daran, dass die sogenannten Neutralen beim Umweg über die Karibik auf jeden Preis schon ein Drittel aufschlagen. Das haben wir zusätzlich zu jedem Gewinn.«

Er sah Sven in die Augen. »Ich habe noch eine Nachricht, aber die muss unter uns beiden bleiben. Wenn Sie übermorgen auslaufen, wird ein spanisches Geschwader mit zwei Linienschiffen und vier Fregatten Sie in einiger Distanz von Ferrol aus bis zu den Azoren begleiten.«

Sven war völlig überrascht. »Sind Sie der heilige Jakob, oder können Sie zaubern?«

»Ich arbeite für eine große und hinter den Kulissen sehr einflussreiche Gesellschaft. Das ist alles. Sie stehen in Gefahr viel einsamer da als ich, Mr Larsson. Nach allem, was Sie geleistet haben, sind Sie der Zauberer.«

Am Morgen des übernächsten Tages nahmen sie Abschied. Sven stieg in den Wagen, der ihn nach Santiago de Compostela bringen sollte. Sam nahm auf dem Kutschsitz Platz, zwei Seeleute kletterten auf den hinteren Sitz. Acht Kavalleristen begleiteten den Wagen im Auftrag des Rates der Stadt.

Sven musterte aufmerksam seine Schiffe, während der Wagen die Hafengegend verließ. Dann lehnte er sich zurück. Würde alles gut gehen? Würde er in zwei Monaten wieder bei Sabrina und den Kindern sein? Er hatte nur noch einen Brief von ihr erhalten, aber das lag wahrscheinlich an den Zufälligkeiten, denen der Postversand über den Ozean ausgesetzt war. Er döste vor sich hin.

Nach einer Stunde war die Ria de Vigo nicht mehr an der linken Seite zu sehen. Musste jetzt nicht bald der Wagenwechsel stattfinden? Da bog der Wagen auch schon scharf ab und tauchte in ein großes Gebüsch ein. Ganz in der Nähe hörte er Peitschenknallen und das Geräusch eines anfahrenden Wagens. Der Kutscher riss die Tür auf und radebrechte auf Englisch: »Wir gewechselt, Sir. Noch eine halbe Stunde warten, dann fahren zu Boot. Alles gut!«

Sven vertrat sich mit Sam und den beiden Matrosen die Beine.

»Nun geht es also heim. Hat euch Spanien gefallen?«

»Nun ja, Sir. Das Land ist schön. Die alten Häuser sind sehr beeindruckend. An das Essen muss man sich gewöhnen, aber die Sprache, die lerne ich nie, Sir«, antwortete einer der Matrosen.

»Rassige Weiber haben sie hier, Sir. Da möchte man sich schon die eine oder andere mitnehmen«, meinte Sam.

»Weiber auf dem Schiff!« Sven spielte den Empörten. Da käme man doch nie nach Hause.

Sie lachten alle, und dann mahnte der Kutscher zum Einsteigen.

Sie fuhren den kleinen Waldweg ein Stück entlang und nahmen dann eine Straße weiter landeinwärts zum inneren Ausläufer der Ria de Vigo. Dort wartete ein Fischerboot auf sie. Sie setzten sich Fischerhüte auf und zogen andere Jacken an. Dann blickten sie voraus, bis der Konvoi auftauchte.

Sven wurde ganz ohne Zeremoniell an Bord der *Defence* empfangen.

»Es ist alles vorbereitet, Sir. Wir müssen nur Signal setzen. Der Wind steht günstig«, meldete Leutnant Potter.

»Dann lassen Sie bitte Signal setzen, Mr Potter. Auf eine gesunde Heimkehr!«

Als alle Schiffe auf das Signal hin Segel setzten und sich zum Auslaufen formierten, wurde es am Ufer lebendig. Die Menschen wiesen sich auf den Konvoi hin. Immer mehr liefen zusammen und starrten auf die große Armada. Viele winkten. Sven konnte mit dem Teleskop Señor Albertes erkennen. Er dachte daran, dass der seinen letzten Brief an Sabrina vielleicht schon aufgegeben habe. Wahrscheinlich würde der Brief Sabrina noch vor seiner Rückkehr erreichen.

Er hatte ihr vom dem Überraschungsplan für das Auslaufen geschrieben und auch von seinem kurzen Treffen mit Kapitän Norman. Dem hatte er zum Abschied gesagt, dass er hoffe, ihm nie als Feind auf See zu begegnen.

Doch Norman hatte gelacht und gesagt: »Warum nicht, Mr Larsson? Wir sind doch beide faire Gegner.«

Sven musste in der Erinnerung lächeln und wandte sich der Beobachtung des Konvois zu.

Alle Schiffe waren auf Position. Steuerbord voraus lagen die Inseln von Cies. Und dann kam der weite Atlantik.

Er wartete, ob die Ausgucke ein fremdes Segel sichteten. Keine Meldung. Er blickte zurück auf die Schiffe. Sie stampften in den höheren Wellen der weiten See.

Endlich auf See mit Kurs Heimat!

Der Weg nach Yorktown
(September 1780 bis Oktober 1781)

John schob Martha seine Tasse hin. »Hast du noch was für mich?«

»Für dich immer, John«, antwortete Martha und goss ihm ein.

John schlürfte behaglich, aber dann setzte er die Tasse ab. »Verdammt, was bellt der Köter denn schon wieder?«

»Ricky ist ein guter Hund. Sag nicht Köter zu ihm!«, schimpfte Martha. »Sieh lieber nach, wer vor dem Tor steht!«

John ging hinaus und sah einen jungen Burschen mit einer Kappe ans Tor klopfen. »He, was willst du?«, rief er.

»Eilige Nachrichten für die gnädige Frau!«, erwiderte der Bursche.

Widerwillig öffnete John das Tor.

»Gib her!«, sagte er.

»Nur mündlich und persönlich von Mr Bradwick, dem Reeder.«

»Komm mit!«, knurrte John und ging zum Haus.

»Henrietta!«, rief er im Flur.

»Was ist?«, klang es von oben.

»Ein Bote von Mr Bradwick für Mrs Larsson.«

»Kann kommen. Sie ist im Kinderzimmer.«

John winkte, und der junge Bursche stolperte die Treppe hinauf. Oben erwartete ihn eine etwas dralle junge Frau, öffnete eine Tür und meldete: »Mrs Larsson, ein Bote von Mr Bradwick möchte Sie sprechen.«

»Lass ihn rein!«

Der Bote trat ins Zimmer, riss die Kappe vom Kopf und sah sich einer mittelgroßen, sorgfältig gekleideten Dame gegenüber. »Ich bin Mrs Larsson. Was hast du zu melden?«

»Mrs Larsson, zu Diensten. Ich bin Jonny Wild und soll sagen …«, er stockte und begann erneut: »Ich bin Jonny Wild und soll sagen, die *Hunter* ist eingelaufen. Der Konvoi ist wohlbehalten zurück. Die *Defence* legt heute noch in Philadelphia an.«

Die junge Dame hatte sich auf einen Stuhl sinken lassen und war ganz blass. »Der Konvoi?«, stammelte sie.

»Mama!«, rief ein kleines Mädchen. »Kommt Daddy heim?«

Der junge Bote hatte sich gefasst, als er die anderen so aufgeregt sah. »Ja, Mrs Larsson, Kapitän Larsson kommt mit dem Konvoi. Alles ist gut, sagt Mr Bradwick.«

Mrs Larsson war aufgestanden, hatte das kleine Mädchen hochgehoben und drückte es an sich. »Dein Papa kommt! Alles ist gut.«

Ein kleiner Junge von etwa drei Jahren war von seinem Baukasten aufgestanden und rief fragend: »Papa kommt?«

»Ja!«, jubelte seine Mutter. »Er kommt heute noch, Einar. Komm, wir machen uns alle schön für ihn.« Dann blickte sie zu dem Boten. »Sag Mr Bradwick herzlichen Dank für die gute Nachricht.« Und zu Henrietta fügte sie hinzu: »John soll ihm einen Dollar geben, und sag allen, der Kapitän kommt.«

Dann ging sie zu einem kleinen, knapp einjährigen Jungen, der ganz versunken mit einem kleinen Stoffbären spielte. »Na, Henry, bist du gar nicht aufgeregt, deinen Papa zu sehen? Du kannst dich doch nicht an ihn erinnern.«

Der Kleine guckte sie ernst an und sagte: »Papa auf See!«

Seine Mutter hockte sich zu ihm. »Ja, immer noch. Aber ganz bald kommt er mit seinem Schiff den Fluss entlang zu uns. Er kann dann mit dir spielen.«

Der Kleine klatschte in die Hände. »Fein, mit Papa spielen!«

Sabrina lachte und nahm ihn auf den Arm.

Die *Defence* segelte jetzt an der Spitze des Konvois. Hinter ihr folgte eine schier endlos lange Reihe von vierundzwanzig Handelsschiffen und fünf Begleitschiffen. Sven sah die Ufer des Delaware vorbeigleiten und fühlte sich glücklich und stolz. Was für ein Erfolg, dachte er. Hoffentlich sind Sabrina und die Kinder gesund, und er betete still.

Seine Offiziere hatte er aufgefordert, für alle Ehrenbezeugungen vorbereitet zu sein. Als er Leutnant Waller gebeten hatte, er möge auch Salut vorbereiten, hatte der aufgeregt geantwortet: »Bei allem Respekt, Sir. Wir sind ein privater Konvoi. Warum sollte da jemand Salut feuern?«

»Meinen Großvater haben sie nach seiner dritten Umsegelung von Kap Hoorn auch durch Salut geehrt«, antwortete Sven. »Wir sollten immer vorbereitet sein.«

Der Erste Leutnant griente vor sich hin. Als Sven sich außer Hörweite entfernt hatte, flüsterte er Mr Waller zu: »Hast du's immer noch nicht kapiert, Frank, dass er immer alles in Betracht zieht?«

Sven hatte inzwischen Sam zu sich herangewinkt und fragte: »Hast du alles gepackt, Sam? Du weißt ja, Walter soll bei uns wohnen, Alfred fährt nach Hause in Urlaub. Sag meiner Frau Bescheid, dass wir kommen und dass du den Kutter dabei hast, damit sie den Empfang in Philadelphia beobachten kann.«

»Aye, aye, Sir. Ich hol dann die beiden und sag Mr Winner Bescheid.«

Sven nickte und schaute wieder voraus.

Martha war zu Sabrina gegangen. »Mrs Larsson, möchten Sie dem Kapitän nicht zuwinken, wenn er den Fluss entlangsegelt? Wissen Sie, gleich neben dem Landungssteg ist doch der kleine Hügel. Da kann man gut sehen und wird gesehen.«

»Gute Idee! Und wer bleibt hier im Haus?«

»Na ich. John bringt mir zwei Hühner, und ich mache Frikassee, das der Kapitän gern isst. Frischen Braten kriegen wir jetzt am Nachmittag doch nicht mehr.«

»Gut, Martha. Dann zieh ich mit Henrietta schnell die Kinder an.

Jack kann uns fahren. Bertie, der Wächter, soll mitkommen, damit der Kapitän zufrieden ist.«

Martha lächelte. Sie wusste, wie ärgerlich Sven wurde, wenn seine Frau oder die Kinder ohne bewaffnete Wächter waren. Aber er hatte ja recht. Die Zeiten waren im Krieg so unsicher geworden. Überall hörte man von Raub und Totschlag.

Wenig später stand Sabrina mit Henrietta, den Kindern und dem Wärter auf dem kleinen Hügel und blickte über den Fluss. Es war einer dieser warmen Augusttage, an dem die Haut feucht vor Hitze wurde. Nur gut, dass es vom Fluss her kühl wehte.

Am anderen Ufer rechts lagen die großen Kais und Gebäude der Reederei »Bradwick und Co«.

»Das sind doch unsere Häuser und Schuppen«, rief die kleine Lilian laut. Sabrina lächelte. Lilian mit ihren vier Jahren war immer stolz, wenn sie etwas zeigen konnte, was ihnen gehörte.

Ein Fischerboot segelte vorbei.

»Ist das der Papa?«, fragte Einar.

»Aber nein, Einar. Sein Schiff ist viel größer und hat drei Masten«, antwortete Henrietta.

Sabrina trat einen Schritt vor und stellte sich auf die Zehen. Sie blickte angestrengt den Fluss hinunter. »Henrietta!«, rief sie. »Schau doch einmal! Du hast jüngere Augen. Kommen da nicht viele Segel den Fluss hinauf?«

Henrietta trat zu ihr und spähte. »Ja«, sagte sie freudig erregt. »Da kommen viele Schiffe.«

Sabrina seufzte froh. Die Kinder wollten auf Arme und Schultern, um mehr zu sehen. Und dann entdeckte Lilian den Kutter, der auf den Landungssteg zuhielt.

»Mama!«, jubelte sie. »Da kommt doch der Sam!«

Wirklich. Der Schwarze dort, das musste Sam sein. Und jetzt winkte er auch.

»Darf ich mit Henrietta zum Steg?«, fragte Lilian.

Die Mutter nickte, und beide liefen los. Aber nun wollte Einar auch mit. Erst als Sabrina ihm sagte: »Du musst mich doch beschützen. Henry ist doch noch so klein!«, war er wieder ruhig.

Der Kutter machte am Steg fest. Sam und seine beiden Begleiter stellten das Gepäck auf die Bretter. Und dann kam Lilian gelaufen und rief: »Sam, Sam!«

Er nahm sie in die Arme und schwenkte sie herum. Sie ließ es froh geschehen. Sam kannte sie schon ewig. Er stellte ihr Walter und Alfred vor. »Wir drei begleiten deinen Vati immer, wenn er an Land ist. Walter wird bei uns wohnen.«

Lilian gab beiden die Hand, fasste dann aber wieder Sam an und fragte: »Gehen wir zu Mami?«

Sam bejahte, meinte aber, dass er erst noch den Transport des Gepäcks ins Haus organisieren müsse. Drei Matrosen stiegen aus und ließen sich den Weg erklären.

Sam ging dann mit Henrietta, Lilian und den beiden Matrosen zu Sabrina.

Sabrina fasste ihn um. »Geht es euch allen gut?«

»Ja, Mrs Larsson. Und wir haben zwei Neue für Joshua. Walter und Albert begleiten den Kapitän jetzt mit mir. Walter ist Deutscher und soll bei uns wohnen, und Alfred ist aus Holland, aber in Amerika geboren.«

»Jetzt sind wir alle Amerikaner«, lächelte Sabrina und gab ihnen die Hand.

Dann erzählte Sam von Svens Vorschlag, dass Sabrina die Ankunft des Konvois in Philadelphia vom Kutter aus beobachten könnte. »Da ist sicher viel los, Mrs Larsson.«

»Ach, ihr Männer«, seufzte sie. »Ich will ihn daheim haben und nicht auf dem Achterdeck. Liegt ihm mehr an jubelnden Menschen oder an mir?«

»Aber, Mrs Larsson, das wissen Sie genau. Aber er muss es doch ertragen, und dann ist es doch schöner, Sie und die Kinder sehen es auch.«

Sabrina hörte auf ihn. Er war ja schon ein geschätztes Mitglied der Familie. »Du hast ja recht, Sam. Zu viele wollen etwas von ihm.«

Sie stiegen in den Kutter.

Dicht vor der *Defence* ruderten sie auf die andere Flussseite zu, wo die Fahnen vor der Reederei Bradwick wehten. Die ehemalige Lehrerin in Sabrina trieb sie an, die Kinder zu fragen, welche Flaggen dort wehten. Einar kannte die Flagge der Reederei, weil er sich die Farben gemerkt hatte. Lilian wusste, dass die Flagge mit den Streifen und dem blauen Feld mit dreizehn Sternen die Fahne aller Kolonien war. Die Flagge des Staates Pennsylvania musste ihnen Sabrina erklären.

Die Menschen vor der Reederei hoben die Arme und schwenkten Flaggen. Die *Defence* segelte heran.

Das war ein erhebender Anblick. Sie saßen klein im Kutter, und dicht bei ihnen ragte der riesige Dreimaster hoch empor. Er hatte nur einen Teil der Segel gesetzt, aber allein der Holzrumpf war so hoch und erst die Masten! Die Kinder sperrten die Münder vor Erstaunen auf, und Sabrinas Augen suchten das Schiff nach Sven ab.

Dort am Achterdeck beugte er sich über die Reling, winkte mit seinem Hut und rief: »Sabrina!«

Unwillkürlich wollte Sabrina aufstehen. Aber sie taumelte, und ein Matrose sprang auf und hielt sie fest. Da blieb sie sitzen und winkte und rief. Und die Kinder saßen neben ihr, schwenkten die Arme und riefen mit ihr, sorgfältig beaufsichtigt von Sam. Nur Henry saß auf Henriettas Arm und bestaunte mit großen Augen stumm das Geschehen um ihn herum.

Sven wischte sich die Augen trocken und trat zurück zur Mitte des Achterdecks. Er stellte sich neben den Ersten Leutnant. Aber seine Gefühle waren zu stark, um zu schweigen.

»Sie sind alle wohlauf, meine Frau und die drei Kinder. Auch der kleine Henry ist mit dem Kindermädchen unten im Kutter.« Er sprach mehr zu sich als zu Leutnant Potter.

Aber der antwortete höflich: »Das ist wunderbar, Sir.«

»Ja«, antwortete Sven. »Je mehr liebe Menschen auf einen warten, desto mehr Sorgen macht man sich um sie. Also, schaffen Sie sich nicht zu viele Freundinnen an, Mr Potter. Mit ihnen wachsen nur die Sorgen.«

Potter schmunzelte. »Bisher hatte ich kaum die Zeit für eine Freundin, Sir.«

»Ja, das will ich gern glauben. Aber jetzt, schauen Sie doch nur! Jetzt werden Sie sich nicht mehr bemühen müssen. Jetzt rennen Ihnen alle jungen Frauen nach.«

Es war in der Tat überwältigend, was für eine Kulisse sich ihnen bot. An den Hafenkais liefen immer mehr Menschen mit Fahnen zusammen. Kapellen waren aufmarschiert. Alle Flaggenmasten waren mit Fahnen geschmückt. Und was den Seeleuten besonders imponierte: Auf den vielen Schiffen im Hafen kletterten die Matrosen auf die Rahen, um ihnen den Salut darzubieten.

»Hast du das schon erlebt, dass sie dein Schiff auf den Rahen begrüßen?«, fragte der Bootsmann den Master.

»Nein, Tom, diese Ehre wurde mir noch nie zuteil«, antwortete Mr White ernst und berührt. »Aber der Kapitän hat es verdient. Welche Verantwortung hatte er auf sich genommen?«

»Mr White«, Leutnant Bergson wandte sich an den Master, der neben ihm stand, »wir sind noch nie so empfangen worden. Sehen Sie nur, dort vorn versammelt sich der Rat der Stadt.«

Ihre Schützen, die auf der Kaperfregatte die Rolle der Seesoldaten auf Schiffen der Kontinentalen Flotte einnahmen, sammelten sich an der Reling. Sie hatten nicht die leuchtenden Uniformen der Seesoldaten, aber ihr Obermaat hatte sie mindestens so sehr gedrillt.

Als die *Defence* die letzten Segel einholte, begann an Land die Salutkanone zu feuern. Sven traten die Tränen in die Augen. Wie bewegend hatte sein Opa immer erzählt, wie ihm der Salut geboten wurde, als er die schnellste Umseglung Kap Hoorns geschafft hatte. »Das ist eine ganz seltene Ehre, mein Junge! Wem da nicht die Tränen in die Augen treten, der hat es nicht verdient.«

Die Salutkanone feuerte sechs Schuss. Die *Defence* antwortete mit einem Schuss weniger. Und während die Schiffe des Konvois eines nach dem anderen neben der *Defence* ankerten, spielten die Kapellen an Land, und die Menschen sangen und winkten.

Ein Kutter hatte Sven und seine Offiziere an Land gebracht. Die Menschenmassen jubelten ihnen zu. Ein Zug Infanteristen präsentierte. Sven zog seinen Hut zum Dank und ging auf den Bürgermeister zu, der vor seinen Ratsherren stand.

Wieder zog Sven seinen Hut und meldete in die sich ausbreitende

Stille hinein: »Euer Ehren, ich melde gehorsamst, dass der Konvoi der Reederei Bradwick mit vierundzwanzig Handelsschiffen unbeschädigt aus Spanien zurückgekehrt ist. Wir bringen vor allem Salpeter, Pulver und Waffen für den Kampf um unsere Freiheit.«

Wieder riefen die Menschen ihre Begeisterung hinaus. Der Bürgermeister reichte Sven die Hand, trat neben ihn und hob den Arm. Als die Massen schwiegen, sagte er: »Kapitän Larsson! Die Stadt begrüßt in Ihnen einen ihrer erfolgreichsten Bürger. Wir danken Ihnen und Ihren Männern für alles, was Sie für unser Land getan haben. Kapitän Larsson, seine Offiziere und Männer leben hoch, hoch, hoch!«

Das dreifache Hoch brandete hinaus zu den Schiffen und hinauf in die Straßen. Auf der *Defence* schrien die Matrosen auch ihr Hoch hinaus, und Frank Waller stotterte vor Aufregung, als er Tom Potter fragte, ob er so einen Jubel schon erlebt habe.

»Nein, du Grünschnabel«, antwortete Tom. »Aber warte erst einmal ab, was heute Abend in der Stadt los ist. Sie werden uns im Rum ersäufen.«

Sven bemerkte, dass Ratsherren, Priester und Reeder vortraten, um ihn zu begrüßen. Aber aus den Augenwinkeln sah er auch, wie Sabrina mit Sam, Henrietta und den Kindern den Platz betrat. Henrietta musste Lilian mit aller Kraft festhalten. Sie wollte zum Vater laufen. Lasst sie doch zu mir, dachte Sven. Das ist mir lieber als diese steife Zeremonie.

Aber da stand schon ein Priester vor ihm und sprach von Gottes Segen, der diesen Konvoi behütet habe. Sven nickte und murmelte seinen Dank. Aber seine Augen kehrten zurück zur Familie und er sah, dass Einar seiner Mutter entkommen war und auf ihn zulief. Er entschuldigte sich, wandte sich seinem Sohn zu und breitete die Arme aus.

»Daddy!«, rief Einar und ließ sich emporheben und drückte seinen Vater.

Die Bürger lachten, aber ein Ratsherr schimpfte hörbar, ob die junge Generation gar kein Benehmen mehr kenne. Sven drehte sich, seinen Sohn auf dem Arm, wieder dem Begrüßungskomitee zu. Aber er konnte nicht den Hut lüften, sondern nur die Hand ausstrecken. Da sah er, wie sich ein großer Schwarzer mit marineblauem Jackett durch die Menge drängte. Das war doch Joshua.

Joshua trat auf ihn zu. »Einar«, sagte er bestimmend. »Daddy hat zu tun. Komm zu Onkel Joshua!«

Einar streckte die Arme aus und ließ sich von Joshua nehmen. »Warum weinst du, Onkel Joshua?«, fragte Einar und wischte Joshua mit seinen Händchen die Tränen ab.

Sven schluckte und nahm allen Willen zusammen, um nicht auch zu weinen und beide zu umarmen. Er nahm die Glückwünsche entgegen und verbeugte sich.

Richard Bradwick sah, wie Sven zumute war, und sagte zu seinen Kollegen: »Meine Herren, ich schlage vor, wir treten zurück und lassen der Familie den Vortritt.«

Sie nickten und gingen einige Schritte zurück.

Sven stieg in seinem Haus mit Sabrina die Treppe zum Obergeschoss empor. Auf einmal merkte er, wie erschöpft er war. Er taumelte fast, als er ihr die Tür öffnete. Aber als sie beide im Schlafzimmer standen, umarmte er sie und küsste sie innig. »Endlich halte ich dich wieder in meinen Armen, Liebste«, sagte er leise und küsste sie noch einmal.

»Aber wir haben uns doch schon am Kai umarmt und geküsst, Sven«, antwortete Sabrina zärtlich.

»Das zählt doch nicht«, antwortete er. »Wie sollen Gefühle aufkommen, wenn die Menge klatscht und einige ›Zugabe‹ rufen? Mir ist es zuwider, für die Menge den Clown zu spielen.«

»Aber sie haben dich doch alle bewundert und geehrt, Sven. Sie meinten es doch gut mit dir. Spürst du denn nicht Freude und Genugtuung?«

»Das habe ich gespürt, als sie Salut schossen wie bei meinem Großvater. Aber danach fühlte ich mich wie ein Tanzbär, bei dem auch alle jubeln.«

»Und als du den treuen Joshua umarmtest und deine Kinder, Sven?«

»Ich hätte das lieber ohne den Beifall der Massen getan, Sabrina.«

Sie nickte verständnisvoll. »Ja, du musstest ja noch mit dem Hafenkapitän über die Gefangenen, mit Richard Bradwick über die Entladung und mit einigen anderen über alles Mögliche sprechen. Und morgen sollst du schon wieder zur Kommandantur und zur Reederei. Und Kellaghans werden auch kommen, sobald sie von deiner Ankunft hören. Wann werden wir Zeit für uns haben?«

»Bald, Liebling«, flüsterte Sven und setzte sich aufs Bett. Er musste gähnen. »Entschuldige bitte, Sabrina, ich falle fast um vor Müdigkeit. Seit zwei Tagen habe ich nicht geschlafen.«

»Aber jetzt musst du schlafen, Sven, denn ich möchte dich morgen ausgeruht erleben.« Sie half ihm beim Ausziehen, stellte ihm sein Nachtgetränk hin, zog die Vorhänge zu und gab ihm einen Kuss, aber da schlief er wohl schon.

Sabrina war am Morgen früh wach, stand leise auf und zog sich im Nebenzimmer an. Sven schlief ruhig und fest.

Martha und Henrietta waren schon in der Küche. »Wir wollen den Kapitän schlafen lassen. Er ist gestern fast vor Müdigkeit umgefallen, als er ins Schlafzimmer trat. Was machen die Kinder, Henrietta?«

»Henry hat nachts gerufen und wollte etwas zum Trinken. Die beiden anderen haben gestern noch länger über den Empfang erzählt. Jetzt schlafen alle noch.«

Sabrina fragte weiter: »Und wie geht es unseren Pensionsgästen? Billy und Sam gehören ja schon zur Familie, aber der Walter Jungmann muss sich erst noch eingewöhnen.«

»Aber ich glaube, er ist recht nett, Mrs Larsson. Er hat gestern schon zugefasst, als die anderen noch erzählten.«

Sabrina schmunzelte: »Ihr werdet auch mit ihm fertig werden. Aber nun gebt mir bitte eine Tasse Kaffee, und dann reden wir über den Tagesablauf.«

Für Sven begann der Tag mit einem zärtlichen Kuss, der ihn aus einem Traum riss, in dem er auf dem Achterdeck stand und kommandierte. Wer küsst mich da?, dachte er. Und dann wurde er wach und fasste seine Frau um.

»Es tut mir so leid, dass ich dich wecken muss, mein Liebster. Aber du wolltest zu Richard, und die Kinder geben keine Ruhe, wenn du nicht vorher bei ihnen hereinschaust.«

»Haben wir nicht vorher allein ein wenig Zeit«, fragte er und zwinkerte ihr zu.

»Haben wir nicht, du Leichtfuß. Pflicht ist Pflicht! Komm, wir haben dir bereits das Wasser eingefüllt.«

Sven wurde von den Kindern schon überfallen, als er noch frühstückte. Lilian und Henry krabbelten einfach auf seine Knie, und Henry streckte seine kleinen Ärmchen so flehend aus, dass er ihn hochnehmen musste.

»Und wie soll ich nun essen?«, fragte Sven.

»Wir füttern dich!«, krähte Lilian.

Martha lachte, dass ihr bald die Tränen kamen.

Eine Stunde später saß Sven im Boot, das ihn zur Reederei brachte, und musste immer noch schmunzeln, wie ihm die Kinder die Brocken in den Mund gesteckt hatten. War die Sorge um den Konvoi nun wirklich vorbei?

Er blickte voraus und sah die vielen Schiffe an den Kais liegen, wo sie entladen wurde. Ja, es war vorbei! Zufriedenheit und Genugtuung erfüllten ihn.

In der Reederei standen die Schreiber auf, als er den Vorraum betrat, und der Büroleiter eilte zu ihm, um ihm die Glückwünsche aller zu übermitteln. Er merkte, dass sie sich wirklich über seinen Erfolg freuten. Ihre Arbeitsplätze waren gesichert.

Mr Bradwick kam ihm in seinem Zimmer entgegen und umarmte ihn. »Noch einmal die herzlichsten Glückwünsche und vielen Dank, lieber Sven. Du hast das große Risiko wieder einmal bravourös gemeistert.«

»Ich hatte Glück, Richard, und alle unsere Leute haben weit mehr als ihre Pflicht getan.«

»Ja, aber du repräsentierst den Erfolg, Sven. Und ich muss dir noch erzählen, was man dir alles zutraut. Als vor wenigen Tagen die Nachricht kam, dass fünfundfünfzig britische Handelsschiffe aus einem Konvoi gekapert wurden, wie später bekannt wurde, von einem Geschwader der spanischen und der französischen Flotte, kam unser Büroleiter und rief: ›Kapitän Svensson hat sich selbst übertroffen und fünfundfünfzig Briten gekapert!‹ Man traut dir also die Taten eines ganzen Geschwaders zu.«

Sven musste lachen. »Dann lassen sich unsere Waren doch aber nicht so gut verkaufen, wenn schon so viele Prisen angelandet werden?«

»Das waren ja Ostindiensegler, sehr wertvoll zwar, aber mit anderer Fracht als dein Konvoi.«

»Und wie ist die Lage sonst?«, fragte Sven.

Sie gingen in Mr Bradwicks Zimmer, tranken einen leichten Wein, und Mr Bradwick gab seinen Eindruck der Lage wieder. Die wirtschaftliche Situation für Philadelphia und die Reederei sei gut. Lebensmittel hätten sich zwar verteuert, aber es gäbe auch wieder mehr Arbeit für die Menschen. Die Franzosen hätten zur Unterstützung Amerikas eine Armee von sechstausend Mann in Newport gelandet.

»Wenn ihre Flotte aus der Karibik kommt, geraten die Briten in ernsthafte Schwierigkeiten«, schloss er.

»Aber unsere Kontinentale Flotte ist doch fast völlig zerstört, und im Süden, so sagte man mir, beherrschen die Briten das Land«, wandte Sven ein.

»Nein, Sven, das scheint nur so. Sie sitzen in einigen Städten, aber aufs offene Land können sie sich nur wagen, wenn sie in größerer Zahl kommen. Sie schicken auch keine Trupps mit weniger als dreißig Mann, um Proviant zu organisieren. Das Land beherrschen die Milizen und Freischärler, die die Briten dauernd aus dem Hinterhalt angreifen. Es soll ein mörderischer Krieg sein.«

Sven erinnerte sich, wie er damals geholfen hatte, einen Trupp der Briten zu überfallen, und nickte.

»Und die Kontinentale Flotte ist sehr geschwächt, das stimmt. Aber die Franzosen haben uns schon zwei Fregatten vermietet, und entscheidend ist ihre eigene Flotte. Übrigens, Mr Smith hat vorgefühlt, ob er auch unsere Fregatte *Defence* mieten könne. Ich habe ihm aber gesagt, dass sie erst noch Schiffe nach Boston und zurück geleiten muss.«

»Wann denn?«, wollte Sven wissen.

»In einem Monat etwa.«

Sven nickte, und sie diskutierten noch die eine und andere Frage, bis Sven zur Kommandantur fuhr, um noch einige Unterschriften zu erledigen. Aber dann trieb er Kutsche und Boot an, ihn nach Hause zu bringen.

Als Sven daheim ankam, wurde er begrüßt, als käme er von einer Reise. Billy Walton spielte im Garten mit den Kindern, die sofort auf ihn zuliefen. Sabrina kam die Treppe hinunter, umarmte und küsste ihn. Ricky wollte ihn ablecken, und Martha schaute aus der Küchentür. Nur Henrietta war nicht zu sehen.

»Außer Henrietta seid ihr alle da. Warum das?«, fragte er Sabrina.

Sie dachte, er habe nach Henrietta gefragt und flüsterte: »Bei ihr und dem Walter Jungmann hat was gezündet. Sie kleben aneinander. Im Augenblick zeigt sie ihm die Kutsche.«

Sven drückte seine Kinder und ging ins Zimmer.

»Tante Ingrid kommt!«, jubelte Lilian. Sven blickte zu Sabrina, und sie bestätigte, dass seine Schwester mit Mann und Kindern schon in Philadelphia sei und einen Boten geschickt habe.

»Wir müssen fliehen, Sabrina, sonst sind wir nie allein.«

Die nächsten Wochen waren die rastlosesten Urlaubswochen, die Sven je erlebt hatte. Private und geschäftliche Einladungen wechselten ab. Er musste mit Sabrina nach den Häusern für die Stiftung sehen, deren Rohbauten bis zum Wintereinbruch beendet sein sollten. Mr Bradwick brauchte ihn für Gespräche mit Banken und in der Reederei.

Zufrieden war Sven, dass die Reederei nun so gut mit Geld gepolstert war. Sofern der Krieg nicht verloren wurde, brauchte er sich keine Geldsorgen mehr zu machen. Das beruhigte zwar, aber es stillte nicht Svens und Sabrinas gemeinsame Sehnsucht nach ungestörten Stunden für ihre Liebe.

»Wollen wir nicht ins Sommerhaus oder irgendwo anders hin, Sabrina?«

»Liebster Sven, du hast doch schon gemerkt: Während der Bauzeit wollen sie alle zwei Tage eine Entscheidung von uns in der Stiftung. Joshua entscheidet zwar viel allein, aber alles kann er auch nicht. Und Richard kommt doch ohne dich auch kaum aus.«

»Das muss er doch auch, wenn ich wieder auf See bin.«

»Aber wenn du da bist, will er dich an allem teilhaben lassen.«

Es waren dennoch schöne Wochen, in denen er täglich seine Kinder sah und mit ihnen spielte. Natürlich musste er auch die *Defence* und die anderen Schiffe besuchen, aber es war irgendwie schon ein wenig mehr Last als Freude.

Sabrina und er fanden auch Stunden, in denen sie ihre Liebe leidenschaftlich genossen, doch Sven musste aufpassen.

»Ich will nicht schon wieder ein Kind!«, hatte Sabrina kategorisch erklärt.

Zwei Tage vor Svens neuer Ausreise kam Kapitän Karl Bauer mit seiner Kontinentalen Sloop von einer Kreuzfahrt zurück. Nun fühlte sich Sven als Störenfried, weil er unbedingt noch eine Stunde vor dem neuen Törn mit seinem ältesten Freund Karl erzählen wollte. Aber Karl war auch auf Svens Erfahrungen gespannt, und seine Frau Anne verstand das.

Die Schiffe des Konvois waren wieder einzeln oder in kleinen Gruppen ausgelaufen und hatten sich vor Reeds Beach in der Delaware-Bucht gesammelt. Die Kriegsschiffe waren die gleichen wie beim Spanienkonvoi.

Sven hatte sich erst gewundert, dass vierzehn Handelsschiffe geleitet werden mussten, aber Mr Bradwick hatte ihm erklärt, dass nur sechs zur eigenen Reederei gehörten. Acht kamen von anderen Reedern. Sie wollten sich aber unter den Schutz von Bradwicks Kriegsschiffen stellen und zahlten dafür.

»Du siehst, was uns dein guter Ruf einbringt«, bemerkte Richard. »Die Versicherung nimmt auch geringere Prämien, wenn du den Konvoi geleitest. Aus allem lässt sich ein Geschäft machen.«

Aber Sven dachte nicht ans Geschäft, als er den Schiffen zusah, wie sie Kap May rundeten und in den Ozean hinaussegelten. Er dachte daran, wie sehr er gestern noch mit Einar und Henry gelacht hatte. Seine Freude an der Seefahrt nahm ab, je mehr er die Wünsche und Gedanken seiner Kinder miterleben konnte.

Sven seufzte und wandte sich Billy Walton zu, der jetzt als Dritter

Leutnant auf der *Defence* diente. »Einige Schiffe können sich noch nicht an die rechte Ordnung gewöhnen. Lassen Sie Nummer sieben und acht in der Backbordgruppe signalisieren: ›Position besser einhalten!‹«

»Aye, aye, Sir«, bestätigte Billy und gab dem Signalmaat die Instruktionen.

Sven lächelte. Dieser Billy war ja praktisch sein Ziehsohn. Niemand merkte ihm mehr an, dass er früher ein kleiner, unwissender und verschmutzter Pulverjunge war. Hoffentlich entwickelten sich seine Söhne auch so gut.

Der Konvoi steuerte mit Ostkurs in den Atlantik hinaus. Sie wollten großen Abstand von der Küste halten und erst vor Boston wieder auf Land zusteuern.

»Hoffentlich geht alles gut und schnell!«, hatte Mr White, der Master, gesagt, als sie den Kurs festlegten.

»Nanu, auf Sie warten doch nicht Frau und Kinder, Mr White. Oder haben Sie heimlich geheiratet?«

White lachte. »Nein, Sir. Ich bin der geborene Junggeselle. Aber so ein Geleit ist eine etwas langweilige Angelegenheit, wenn man es mit freier Jagd vergleicht.«

Als sie querab von Barnegat-Bucht standen, meldete *Hunter* erstmals ein feindliches Segel. Es war ein britisches Kaperschiff, eine Brigantine.

Sven ließ Signal für *Hunter* und die beiden Briggs *Philadelphia* und *Virginia* setzen: »Feind verjagen!« Das bedeutete, dass sie den Feind versenken, ihn zum Abwerfen seiner Kanonen zwingen oder ihn so weit wegtreiben mussten, dass eine Rückkehr zum Konvoi nicht lohnte.

Sie hörten nach einer Stunde Kanonendonner aus der Ferne. Aber ihre Schiffe kehrten erst am nächsten Morgen zum Konvoi zurück. Sie hatten die Brigantine gezwungen, die Kanonen und die Munition über Bord zu werfen, um mit dem leichteren Schiff noch zu entkommen.

»Dann können wir ja heute das Geschützexerzieren durchführen«, stellte Sven fest. »Sind die Offiziere und Geschützführer orientiert, wer welches Schiff übernimmt, Mr Potter?«

»Aye, Sir«, war die knappe Antwort.

»Dann lassen Sie das Signal zum Vollzug setzen!«

Der Bootsmann ließ seine Pfeife trillern. Neun ausgewählte Kanoniere begaben sich zum Boot. Leutnant Johnson und Leutnant Walton folgten ihnen und mussten sich die scherzhaften Bemerkungen von Mr Potter und dem Master anhören. Nun ja, es war nicht gerade eine angenehme Aufgabe, den Matrosen der Handelsschiffe den Drill an den Kanonen schmackhaft zu machen.

Die Handelsschiffe brassten die Segel kurz back und erwarteten die von allen Kriegsschiffen zu ihnen rudernden Boote. Leutnant Billy Walton war mit drei Geschützführern zu einem Handelsschiff einer fremden Reederei eingeteilt.

Als Leutnant Walton die Strickleiter emporgeklettert war, sah er, dass das Schiff anscheinend nicht auf die Übung vorbereitet war. Die Kanonen waren mit Kisten, Seilrollen und anderem verstellt. Einige Matrosen waren mit Malerarbeiten beschäftigt.

»Wo ist der Kapitän?«, fragte Billy einen Matrosen.

Der zeigte nur mit dem Daumen zum Achterdeck und spleißte weiter an seinem Seil. Leutnant Walton ging zum Achterdeck und sah einen älteren Mann mit grauem Vollbart. Er ging zu ihm.

»Ich bin Leutnant Walton von der Fregatte *Defence* und zur Durchführung des Kanonendrills auf dieses Schiff kommandiert.«

»Was soll das für ein Quatsch sein?«, brummte der alte Mann missmutig.

»Drill für Ihre Kanoniere. Das wurde Ihnen zu Beginn der Reise mitgeteilt und ist Teil der Instruktionen für den Konvoi, die Ihnen vorliegen.«

»Sind das die Übungen mit den Kanonen?«

»Ja, Sir.«

»Meine Leute kennen sich mit Kanonen aus, mein Herr. Machen Sie, dass Sie von Bord kommen.«

»Herr Kapitän, ich habe meine Befehle, die notfalls mit Waffengewalt durchgesetzt werden. Sie unterstehen dem Befehl des Konvoikommodores, der Sie auch aus dem Konvoi ausschließen kann.«

Der halsstarrige Kapitän überlegte einen Moment. »Quatsch! Wir zahlen ja dafür. Verlassen Sie jetzt mein Schiff!« Er rief seinen Matrosen zu: »Schmeißt sie von Bord!«

Billys Männer zogen Pistolen oder Entermesser. Aber Leutnant Walton rief: »Waffen weg! Wir gehen.«

Er trat zur Strickleiter und ließ seine Männer voran ins Boot steigen.

Als Walton an Bord der *Defence* kletterte, trat ihm Sven bereits entgegen und fragte: »Was ist denn bei Ihnen los?«

Billy berichtete vom Verhalten des Kapitäns. Sven stutzte etwas, dann befahl er Leutnant Potter: »Lassen Sie bitte ein Enterkommando von zwanzig Mann fertig machen. Kanone zwei und drei der Steuerbordseite sollen mit einer Kugel geladen werden.«

Leutnant Potter war überrascht, antwortete aber mit seinem stereotypen »Aye, aye, Sir.«

Das Enterkommando trat an der Reling mit seinen Waffen an. Die Kanonen zwei und drei wurden ausgerannt. Sven trat mit der Sprechtrompete an die Reling.

»Brigg Chester, steuern Sie sofort längsseits. Alle Mann an Deck. Wir entern!«

An Bord des Handelsschiffes liefen Matrosen durcheinander. Der Kapitän trat an die Reling und brüllte zurück: »Schert euch zum Teufel! Ihr werdet für Bewachung bezahlt, nicht für Schikane!«

Sven rief seinen Kanonieren zu: »Kanone zwei: Schuss vor den Bug. Kanone drei: Schuss über das Achterdeck. Feuer frei!«

Die beiden Schüsse krachten. Vor dem Bug stieg eine Wassersäule empor. Auf dem Achterdeck der Brigg zogen die Männer ihre Köpfe ein. Der Kapitän warf sich zu Boden.

Auf einen Wink Svens stieg das Enterkommando in die Boote, ruderte die wenigen Meter zur Brigg und enterte auf. Die Matrosen des Handelsschiffes leistete keinen Widerstand. Der Kapitän hatte sich aufgerappelt und schrie immer: »Was soll das?«

Leutnant Walton unterbrach ihn: »Sie sind festgenommen, weil Sie gegen die Regeln für den Konvoi verstoßen haben, die Ihr Reeder unterschrieben hat. Sie müssen den Anweisungen von Kapitän Larsson hinsichtlich der Steuerung und der Gefechtsbereitschaft Ihres Schiffes folgen. Dazu gehört auch Kanonendrill. Sie werden Ihres Kommandos enthoben. Ihr Steuermann übernimmt das Kommando. Lassen Sie Ihre Sachen packen. Sie kommen auf die *Defence* und werden im Hafen dem Gericht übergeben.«

Der Alte brach fast zusammen und musste gestützt werden. Sein Mund bewegte sich unentwegt, aber niemand konnte verstehen, was er sagte. Leutnant Walton ordnete zwei Matrosen ab. »Nehmt ihn und bringt ihn zum Schiffsarzt.«

Dann rief er den Matrosen der Brigg zu: »Nun macht die Kanonen frei, damit der Drill beginnen kann!«

Als am späten Nachmittag die Boote zu den Kriegsschiffen zurückkehrten, waren alle erschöpft. Den Matrosen der Handelsschiffe taten die Muskeln von den immer wiederholten Bewegungen weh. Die Offiziere und Kanoniere der *Defence* waren heiser vom Schreien der Befehle, erschöpft vom Herumgerenne hinter den Kanonen und müde vom Vormachen der Handgriffe.

»Die Kanonen werden sie in der nächsten Woche bedienen können, Sir, aber ob sie treffen, steht in den Sternen«, sagte Ben Alton zum Master.

»Für Probeschüsse sind wir aber zu dicht an der Küste. Wenn der Kanonendonner britische Blockadeschiffe anlockt, kann das ein schlechtes Geschäft werden, Ben«, antwortete Mr White.

Zwei Glasen der Morgenwache (fünf Uhr früh). Die Glocke der *Defence* läutete nachts auf Feindfahrt nicht. Dafür schlug ein Holzhammer gegen den Besan. Im Osten zeigte sich ein schmaler heller Streifen. Eine Regenwolke zog vorbei.

Plötzlich meldete der Posten am Bugspriet: »Fregatte ein Kilometer voraus!«

Sven griff sich ein Teleskop und rannte zum Vorschiff. Jetzt konnte er sehen. Er hob das Teleskop an sein Auge und stellte es scharf.

Eine Fregatte, kein Zweifel! Britisch oder Französisch? Sven sah keine Nationalflagge. Aber da traten Seesoldaten zum Wachwechsel aus dem Niedergang. Das waren britische Uniformen. Eindeutig!

Sven lief zurück zum Achterdeck und rief: »Klarschiff! Ohne Pfeifen!«

Die Maate rannten durch die Unterdecks, riefen immer »Klarschiff!« und warfen auch den einen oder anderen aus der Hängematte.

Sven rief den Signalmidshipman. »Geben Sie zuerst für *Philadelphia* und *Virginia* Signal: Feind angreifen. Dann signalisieren Sie für den Konvoi: Kurs Ostnordost! Feuer im Vorbeilauf frei!«

Und schon drehte er sich zu Mr Potter um, der gerade noch seinen Rock zuknöpfte. »Wir haben den Windvorteil. Lassen Sie zwei Kugeln laden. Wir greifen mit der Backbordseite an!«

An Deck schien ein furchtbares Gewirr zu herrschen, aber schon nach wenigen Sekunden waren alle an ihrem Ort. Offiziere und Maate brüllten Befehle und überwachten ihre Ausführung. Die Kanoniere füllten Pulver und Kugeln ein. Dann visierten sie den Feind an, der noch nicht kampfbereit war.

»Heißt Flagge!« Auf der *Defence* und den anderen Schiffen des Konvois stieg die amerikanische Flagge empor.

Die britische Fregatte segelte einen Kurs, der sie vor dem Bug der *Defence* zur Küste führte. Die *Defence* näherte sich ihr auch mit Gefechtsbesegelung schnell. Noch vierhundert Meter. Jetzt noch dreihundert Meter! Sven erkannte, dass die Briten zu den Kanonen rannten. Wenn er doch noch einen Scharfschützen wie Joshua an Bord hätte!

Sven erteilte Befehl, kurz Kurs nach steuerbord zu nehmen. »Backbordbatterie: Ziel auffassen! Achtung: Feuer!«

Die Salve donnerte hinaus. Die Kanonen rollten zurück. Die Matrosen legten sich in die Seile, wischten die Rohre aus, luden neu, rannten aus und zielten.

Die erste Salve hatte gut getroffen. Das Bugspriet der Briten war weggebrochen, der Bug aufgerissen. An der Bordseite klafften Löcher. Kanonen hingen schief aus den Geschützluken.

Und jetzt röhrte die zweite Salve hinaus. Und dann mischte sich die *Philadelphia* ein und bestrich die andere Seite der britischen Fregatte.

Aber die Briten konnten auch austeilen. Kugeln krachten in die

Deckaufbauten der *Defence*. Zwei Kanonen wurden aus den Verankerungen gerissen. Matrosen wälzten sich schreiend an Deck. Mr Winner, der Bootsmann, rannte auf die Verletzten zu. Eine verspätete Kugel zerschmetterte seinen Brustkorb und riss ihn von den Beinen. Aber schon waren andere heran und halfen den Verletzten unter Deck.

Leutnant Waller rannte hinter den Kanonen herum und feuerte die Kanoniere an. Sie mussten wie Roboter arbeiten und nicht zu den Verwundeten sehen.

Auch ihre andere Brigg griff in den Kampf ein. Sie hatte sich hinter das Heck des Briten geschlichen und jagte ihm eine Salve ins Heck.

»Gut gemacht!«, kommentierte Sven.

Sie waren jetzt auf fünfzig Meter an den Briten herangekommen.

»Traubengeschosse aufsetzen!«, befahl Sven. Sie sollten die britische Besatzung unter Deck treiben. Die Kanonen feuerten jetzt einzeln, je nach Geschwindigkeit der Bedienung.

Leutnant Potter trat zu Sven. »Fertig machen zum Entern, Sir?«

Sven sah, dass er seinen Arm in einer blutenden Binde trug. »Können Sie denn die Enterer führen?«, fragte er.

»Ja, Sir. Nur ein glatter Durchschuss«, antwortete Potter.

»Sie können aber mit dem Arm nicht fechten oder schießen. Übernehmen Sie hier das Kommando, ich führe die Enterer.«

Der Erste nickte und ließ die Enterer sich bereithalten.

Aber noch feuerten die Kanonen. Die britische Fregatte war durch das Feuer dreier Gegner schwer angeschlagen. Jetzt wurde am hinteren Niedergang eine weiße Flagge rausgestreckt.

»Feuer einstellen!«, befahl Sven.

Die Maate gaben seinen Befehl weiter.

Der Brite stieg aus dem Niedergang und befahl ebenfalls die Einstellung des Kampfes.

Auf beiden Schiffen traten die Kanoniere von ihren Geschützen zurück, wischten sich den Schweiß ab und ließen die Schultern hängen. Aber dann riefen schon wieder die Maate. Die Matrosen blickten sich an. Einige gingen zu den Verwundeten und trugen sie zum Lazarett.

Andere räumten die Trümmer weg, und noch andere reinigten die Kanonen und schoben sie in die Ruhestellung.

An Bord der britischen Fregatte erwartete nur ein Offizier die Enterer. Sven ging auf ihn zu und fragte nach dem Kapitän.

»Der Kapitän, der Erste und der Zweite Leutnant sind gleich zu Beginn des Kampfes gefallen. Mein Name ist Adam Thatcher, Dritter Leutnant, Sir. Darf ich Ihnen meinen Degen übergeben?«

»Danke, nein«, wehrte Sven ab. »Behalten Sie ihn in Anerkennung Ihres tapferen Widerstandes. Kann Ihr Schiffsarzt die Verwundeten versorgen?«

»Ich fürchte, er wird es nicht schaffen, Sir. Wir haben zu viele.«

»Gut. Sobald unsere Ärzte ihre Schiffe versorgt haben, helfen sie Ihnen. Bitte sorgen Sie jetzt für die Abgabe der Waffen, und stellen Sie die Handwerker bereit.«

Philadelphia und *Virginia* nahmen gemeinsam die britische Fregatte in Schlepp, auf der die Handwerker Bug und Takelage reparierten. Der Konvoi war wieder auf Kurs. Sven nahm in der Kajüte die Meldungen über Verluste und Schäden entgegen.

Sie hatten neun Tote, elf Schwer- und sieben Leichtverletzte. »Drei der Schwerverletzten werden sterben. Ich habe ihnen Opium gegeben, damit sie nicht leiden müssen«, berichtete Dr. Bader. »Sonst kommen alle durch. Zwei Arme musste ich amputieren. Die Briten haben fast das Zehnfache an Verlusten.«

Sven nickte. »Wir hatten Glück, dass es nur eine ihrer kleinen Fregatten mit achtundzwanzig Kanonen war und dass die drei höchsten Offiziere gleich zu Beginn des Kampfes ausfielen. Aber die Mannschaften maulen wieder, dass das nur wenig Prisengeld bringt.«

»Für einen Bordellbesuch in Boston wird es schon reichen, Sir.«

Als sie in Boston einliefen, hatten viele in der Tat nichts anderes im Kopf als das nächsten Bordell. Die, die Boston schon kannten, wurden mit der Bitte um Rat umlagert. Nur der kleinere Teil der Mannschaften stand abseits und hatte andere Dinge im Kopf.

Tim Albus, als Bootsmann von der *Philadelphia* wieder in die gleiche Funktion auf der *Defence* kommandiert, schüttelte den Kopf. »Es ist immer das Gleiche. Sie tun so, als ob ihnen gleich die Eier platzen. Dabei hat ein Teil dieser Böcke Frau und Kinder daheim, die kaum das Nötigste zum Futtern haben.«

»Du übertreibst, Tim! Der Zahlmeister sagte mir, dass immer mehr Männer ihr Prisengeld bei ihm einzahlen und gute Bankzinsen auf Vermittlung des Kapitäns einstreichen«, antwortete ihm Mr White.

»Und warum tun es nicht alle?«

Die Bevollmächtigten des Marinekomitees in Boston kauften die britische Fregatte zu einem guten Preis. Auf der *Defence* beseitigten die Handwerker die Schäden, die der britische Beschuss angerichtet hatte. Und jeden Morgen musste Leutnant Potter die Matrosen aus dem Gefängnis abholen, die randaliert hatten. Da sie keinen Landgang mehr erhielten, wurde die Zahl der Stadtgänger immer kleiner. Als die Woche Liegezeit vorbei war, erwarteten daher die meisten den Auslaufbefehl.

Sven war froh, dass sie nach so kurzer Zeit wieder auslaufen konnten. Er war unruhig, weil der Krieg auf der Kippe zu stehen schien. Britische Agenten verbreiteten immer wieder Siegesnachrichten aus den südlichen Staaten. Aber die Behördenvertreter in Boston, mit denen Sven zu tun hatte, nahmen das alles nicht ernst.

»Glauben Sie mir, Mr Larsson«, versicherte ihm der Vertreter des Marinekomitees, »in zwei Jahren ist alles vorbei. Die britischen Befehlshaber Clinton und Cornwallis sind untereinander uneins. Die britische Regierung zieht mal den einen, mal den anderen vor. Sie hat kein Geld mehr für die Truppen. Und ihre Bevölkerung will den Frieden.«

Als der Konvoi zurücksegelte, blieben vier Schiffe zurück, die noch keine Ladung gefunden hatten. Dafür schlossen sich ihnen drei neue Schiffe an.

Leutnant Waller musste die Kapitäne über die Signale und über die

Regeln im Konvoidienst unterrichten, da Tom Potter seinen Arm noch nicht belasten durfte. Und dass sein Erster Leutnant mit dem Bootsmannsstuhl an Deck gehievt werden sollte, wollte ihm Sven nicht zumuten.

Es war eine ereignislose Fahrt. Man konnte meinen, es sei Frieden und es sei Sommer. Kein Feind streifte ihren Kurs, und die Herbststürme wüteten woanders.

Sven war es recht. Er schaute glücklich auf die Ufer des Delaware und freute sich auf seine Familie. Diese Ankunft würde nicht so ein Spektakel auslösen wie die letzte, und er würde mehr Zeit für seine Familie haben.

Aber als er nach Gloucester kam, war keine Familie dort. Sabrina war mit den Kindern zu den Kellaghans gefahren. »Ihre Schwester, Herr Larsson, hatte schon so lange auf den Besuch gedrängt. Ihre Gattin hat auch den Wächter mitgenommen«, erklärte ihm Martha.

»Ich fahre sofort hinterher«, erklärte Sven.

»Lieber Herr«, wandte Martha ein. »Das wäre aber nicht vernünftig. Tauschen Sie doch erst einmal die Wäsche, dann packen wir alles neu, Sie essen, schlafen sich aus und reisen morgen Früh hinterher.«

Sven dachte: So hat sie auch immer auf mich eingeredet, als ich noch klein war. »Ist ja gut, Martha«, antwortete er. »Ich tu doch immer, was du sagst.«

Als ihm John beim Auspacken half, sagte der: »Sie sind ja diesmal ohne Prise eingelaufen, Sir.«

»Ich sollte ja auch keine Prisen fangen, John, sondern Frachter geleiten. Aber wir haben eine britische Fregatte gekapert und in Boston verkauft.«

»Na ja, Sie und ohne Prise, das geht ja gar nicht!«

Svens Schwester Ingrid lief ihm zuerst über den Weg, als er in Norristown vom Fluss zum Haus der Kellaghans ging. Sie war erst erschrocken und hielt die Hand vor den Mund. Aber dann war sie sicher, dass sie keins ihrer »zweiten Gesichter« erblickte und rannte mit ausgebreiteten Armen auf ihn zu.

»O Sven, ich bin so glücklich, dich gesund zu sehen. Und was wird Sabrina erst jubeln. Komm, ich gehe gleich mit dir zu ihr. Die Hutmacherin kann warten.«

Sabrina und die Kinder fielen förmlich über Sven her und fassten ihn um. Henry, der jüngste Sohn, stand schreiend neben dem Körpergewirr und hob die Ärmchen. Da nahm ihn Sven hoch. Augenblicklich verstummte das Schreien und Henrys kleine Ärmchen grapschten in Svens Gesicht. Sven atmete schwer, so voller Glück war er.

Er hatte diesmal weniger zu erzählen als sonst. So blieb ihm mehr Zeit, die kleine Astrid zu bestaunen und Kellaghans zu lauschen. Als Henry spät am Abend erschöpft nach Hause kam, hatte er auch eine Neuigkeit für Sven.

»Wir werden Nachbarn, lieber Sven. Ihr habt doch am Schuylkill Bauland für die Stiftung und für ein neues Haus gekauft. Ich habe das Land westlich davon erworben und baue dort ein neues Krankenhaus und etwas abgesetzt ein eigenes Haus. Was sagst du nun?«

Sven war skeptisch. Krankenhaus und Kinderheim, wie war das vereinbar?

»Wie weit ist denn das Krankenhaus von unseren Häusern entfernt?«, fragte er.

Henry schmunzelte. »Sechs- bis siebenhundert Meter. Reicht dir das?«

»Aber ja«, stimmte Sven zufrieden zu. »Dann haben wir ja ärztliche Hilfe in der Nähe. Und wir können uns öfter sehen. Das ist wunderbar!«

Svens Schwester Ingrid schüttelte mit dem Kopf. »Mein großer Bruder ist bei allen neuen Dingen erst abwehrend und misstrauisch. Aber dann kommt die Freude doch noch durch. Ist das nicht ein wenig hinderlich, liebe Sabrina?«

»Nein«, lachte Sabrina. »Ich hätte ihm gleich gesagt, in welchem Abstand das Krankenhaus zu den Kindern entsteht. Aber ihr wollt ihn ja erst ein wenig ärgern, weil ihr wisst, wie er immer erst auch die möglichen Nachteile abwägt.«

Nun mussten alle lachen, und Sven fand dann auch die richtigen Worte, um Henrys großen beruflichen Erfolg zu würdigen.

»Henry soll nun auch die jungen Ärzte für die medizinische Fakultät in der Praxis ausbilden«, ergänzte Ingrid stolz.

Als Sven die Bauten für die Stiftung besuchte, sah er mit Überraschung, wie weit sie in den letzten zwei Monaten gewachsen waren.

»Ihr Verwalter sitzt uns aber auch ständig im Nacken«, bemerkte der Architekt. »Ich war erst ein wenig erstaunt, dass Sie einen Neger für ein so verantwortungsvolles und leitendes Amt einsetzen. Aber inzwischen respektiere ich seine Zuverlässigkeit und seine Intelligenz voll und ganz, Herr Larsson.«

»Und Sie kennen seine Treue und seinen Mut noch nicht einmal. Joshua Petrus war ein wunderbarer Kamerad in all den Jahren, die ich zur See fahre. Ach, da kommt er ja schon.«

»Dann lasse ich Sie zur Begrüßung kurz allein und gehe vor zur Küche«, entschied der Architekt.

Sven und Joshua umarmten sich herzlich. Beide hatten Tränen in den Augen. »Du hast mir gefehlt, Joshua, aber jetzt höre ich von allen, dass du auch hier unentbehrlich bist. Nun kann ich nicht mehr klagen, sondern muss froh sein, dass du uns hier hilfst. Macht dir die Arbeit auch Spaß?«

»Aber ja, Sven. Ich war erst skeptisch, ob ich auf die See verzichten könnte und die guten Kameraden. Aber nun habe ich mich hier eingearbeitet. Es macht mir Spaß und ich bin abends und an Wochenenden immer mit meiner Familie zusammen. Es ist wunderbar, wie sich mein Leben gestaltet hat.«

Joshua erzählte noch ein wenig von seiner Tochter und seiner Frau. Sven berichtete kurz über die letzten Fahrten, und dann gingen sie zum Architekten.

Wächter von der Reederei Bradwick standen mit Fackeln vor der Tür. Kutschen rollten an. Im Haus der Larssons herrschte Aufregung. Die Larssons gaben ein Fest für ihre Freunde.

Die älteren Kinder der Larssons und Kellaghans standen im Kinderzimmer hinter den Gardinen und beobachteten unter Henriettas Aufsicht die Anfahrt der Gäste. Henry und Astrid, die beiden Kleinen, lagen schon im Bett und schliefen. Die Hunde waren im Stall eingesperrt, und man konnte dumpf ihr aufgeregtes Bellen hören.

Richard Bradwick und seine Frau kamen zuerst, wurden herzlich begrüßt und gesellten sich zu Kellaghans, die schon im Salon warteten. In kurzen Abständen folgten Karl und Hanna Bauer, Joshua und Adeline Petrus sowie Jonathan Smith mit Frau.

Sabrina und Sven wussten, dass es etwas riskant war, Joshua und Adeline so in die Gesellschaft einzuführen. Karl Bauer und Joshua waren zwar alte und eng verbundene Freunde. Die Kellaghans kannte Joshua auch schon lange. Aber Richard Bradwick war Joshua nur flüchtig begegnet, und Mr Smith kannte ihn nur von Erzählungen.

Ein guter Beobachter konnte beiden auch die Überraschung anmerken, hier ein farbiges Paar zu treffen. Aber die Bradwicks waren mit den Larssons so eng befreundet, dass sie auch deren Freunde akzeptierten. Die Smiths hatten größere Schwierigkeiten.

Doch Sabrina und Sven konnten nur staunen, wie Adeline und Joshua die Probleme meisterten. Adeline hatte bei den Männern leichtes Spiel. Sie war die Schönste des Abends. Ihre reizvolle Figur wurde von einem eleganten und doch schlichten Kleid betont. Sie plauderte charmant, bewegte sich graziös und sah in ihrer dunklen Samthaut so gut aus, dass auch die Frauen sie bewunderten. Das fiel ihnen umso leichter, als Adeline bei aller Schönheit doch keine Konkurrenz für sie war.

Joshua war wie alle anderen Herren im dunklen Anzug erschienen, hielt sich etwas zurück, plauderte zuerst mit den Bauers und wurde immer stärker in das allgemeine Gespräch einbezogen. Sven verfolgte mit Erstaunen, wie Joshua nicht nur kleine Anekdoten aus ihrer maritimen Vergangenheit zum Besten gab, sondern auch in politischen und wirtschaftlichen Fragen bescheiden und dennoch kompetent mitreden konnte.

Als sich die Herren nach dem Essen für eine Zigarre zurückzogen, sagte Mr Smith zu Sven: »Ich hatte schon von Ihrer engen Beziehung zu einem Neger gehört, Mr Larsson, aber dass dieser Mann aus dem Mannschaftsstand ein so gut erzogener und gebildeter Herr ist, hat mich schon erstaunt. Er passt wirklich in jede Gesellschaft. Und seine Frau ist nicht nur eine Schönheit, sondern nach meinem Eindruck auch die Idealbesetzung als Rektorin für die Schule der Stiftung.«

»Joshua ist der tapferste, treueste und kompetenteste Seemann, den ich kenne, Sir. Wäre er nicht schwarz, wäre er einer unserer besten Kapitäne. Und Adeline ist ebenso klug wie herzensgut.«

Mr Smith nickte. »Ich vertraue Ihrem Urteil auch in diesem Fall.« Und dann erzählte er Sven kurz unter dem Siegel der Verschwiegenheit, dass der Kongress in Kürze das Amt eines Ministers für die Marine schaffen werde, um die Flotte wirksamer zu fördern. Man habe sich aber noch nicht auf einen Kandidaten einigen können. »Das wird wohl auch schwerfallen. Aber einfacher war der Entschluss, die *Defence* für die Flotte anzumieten. Sie können also bald wieder in der Uniform der Flotte segeln.«

Nach Mitternacht waren Sabrina und Sven in ihrem Bett allein. Sie waren erschöpft nach all dem Trubel, aber auch zufrieden über das gelungene Fest.

»Sie haben sich alle so gut verstanden, wie ich es nie erwartet hatte«, meinte Sabrina.

»Es sind auch alles prächtige Menschen, und die Männer interessieren sich alle für die Schifffahrt«, ergänzte Sven.

»Aber alle sind wahrscheinlich auf einer solchen Feier erstmals einem Neger als Gast begegnet. Das war neu. Mr Smith hat mir von seinem Gespräch mit Joshua berichtet. Er fragte, ob man nicht ganze Schiffe nur mit Negern bemannen solle. Joshua habe erwidert, dass das kontraproduktiv sei. Farbige und Weiße seien doch alles Amerikaner. Besser finde er es, wenn es in der Flotte auch farbige Offiziere gebe. Mr Smith will das ernsthaft erwägen und sagte, es sei für ihn eine gute Lektion gewesen, einem Neger zu begegnen, der aus dem Mannschaftsstand zu einem wirklichen Gentleman aufgestiegen sei. Mein Mann müsse auch Talent zu einem Erzieher haben. Ich habe geantwortet, dass er ja auch von Lehrerinnen umzingelt sei. Da konnte er sich vor Lachen kaum halten.«

»Es war ein schöner Abend, und es war eine besondere Freude, Karl und Joshua wieder gemeinsam zu erleben.« Sven gähnte nach dieser Feststellung, und Sabrina beteuerte, dass sie jetzt nur noch schlafen sollten. »Am Morgen werden uns nicht nur unsere Kinder wecken, sondern auch die von Kellaghans.«

Sven war auch oft in der Reederei und diskutierte mit Richard Bradwick die Geschäftspolitik. Die winterliche Ruhepause für die Schifffahrt in Philadelphia stand bevor. Auch wenn der Winter nicht so streng werden würde wie der vorige, der Delaware wäre bis Februar sicher nicht schiffbar.

Mr Bradwick berichtete über den guten Stand der Reederei. »Wir sind jetzt die größte Reederei am Delaware, haben gute Schiffe, erfahrene und zuverlässige Besatzungen und ein gutes Kapitalpolster. Aber wir müssen uns auch auf die Zeit nach dem Krieg vorbereiten. Wenn wir keine Konzeption haben, können wir leicht abrutschen. Uns werden dann neue Märkte offen stehen. Sollten wir uns auf Ostasien oder die pazifische Küste Südamerikas konzentrieren? Wir haben in beiden Regionen keine Erfahrung.«

Sie diskutierten eine Weile über die Bedingungen der Schifffahrt in beiden Gebieten, über ihre Produkte und die Absatzmöglichkeiten und entschieden sich für Ostasien.

»Und wie bereiten wir uns praktisch vor?«, fragte Mr Bradwick.

»Ich studiere die Navigationshandbücher, wir beide hören uns unauffällig nach Deckoffizieren um, die öfter nach Ostasien gesegelt sind, und du, lieber Richard, schaust dich nach einem Ostindiensegler um, der günstig zu kaufen ist. Er sollte mindestens 600 Tonnen und 14 Kanonen haben. Seitdem die spanisch-französische Flotte so viele Ostindiensegler vor einigen Monaten gekapert hat, müsste es doch Angebote geben.«

»Und was machen wir mit dem großen Kahn bis zum Frieden, Sven?«

»Du lässt ihn gründlich überholen und schickst ihn dann mit drei oder vier anderen Handelsschiffen und der *Philadelphia* nach Südamerika. Wenn ein Mann wie Karl Bauer den Konvoi kommandiert, kann ihm auch eine Fregatte nichts anhaben.«

Der erste Morgen des Jahres 1781 tastete sich empor. Sven dehnte sich im Bett und berührte Sabrinas nackte Schulter. Sie schlief noch. Sie hatten lange gefeiert, die Larssons, die Kellaghans und die Petrus'. Es war eine ausgelassene und lustige Silvesterfeier gewesen.

Sie hatten auch Blei gegossen und stritten sich im Scherz, was es bedeuten sollte. Wie sah Blei aus, wenn es Frieden ankündigte? Henry Kellaghan deutete alles als innere Organe, Joshua tippte auf Mauersteine und Sven auf Geldsäcke. Nur die Frauen waren origineller und vielfältiger. Adeline fand am meisten Zustimmung, als sie die Bleikugeln zu einem Siegerkranz gruppierte.

Würde es ein Jahr des Sieges werden?, dachte Sven verschlafen.

Sabrina reckte sich und schaute auf die Uhr.

»Frohes Neues Jahr, Liebste«, flüsterte Sven zärtlich.

»Dir auch, geliebter Schwede. Aber wir müssen raus. Das Personal möchte die Neujahrswünsche anbringen und die Geschenke empfangen. Und unsere Kinder werden auch gleich erscheinen.«

»Das ist ja schlimmer als auf See.«

Bald werden sie ihn wieder wegholen, dachte Sabrina und sagte leise: »Aber da hast du doch keine liebende Frau.«

Schon am zweiten Tag des Jahres erreichte Sven ein Schreiben, in dem Mr Smith um dringende Rücksprache bat. Er zeigte es wortlos seiner Frau. Sabrina las, und ihre Augen füllten sich mit Tränen.

»Wir wissen doch noch gar nicht, was er will«, wollte Sven trösten.

»Er will dich wieder auf See schicken, sobald das Eis es ermöglicht. Lieber Gott, lass es wieder so kalt sein wie im letzten Winter.«

Mr Smith wünschte Sven ein gutes Jahr und fragte sogleich: »Wie bereit ist die *Defence* zum Einsatz?«

»Rückruf der Urlauber, Füllung der Pulverkammer, Aufstockung der Vorräte. Acht Tage, Sir.«

»Ich habe Nachricht, dass General Benedict Arnold, der Verräter, sich zum Auslaufen vorbereitet, um in die Chesapeake Bay zu segeln und dort zu plündern. Außerdem hat sich bestätigt, dass England den Niederlanden den Krieg erklärt hat.«

»Dann werden die Briten ihre Flotte noch mehr aufsplittern müssen, Sir«, warf Sven ein.

Mr Smith nickte. »Ja, aber die Briten werden St. Eustatius und andere niederländische Besitzungen in Westindien erobern. Und woher erhalten wir dann die Waffen und Werkzeuge, die wir brauchen? Entweder aus Europa oder aus Südamerika. Auf jeden Fall müssen wir reagieren. Sobald Sie auslaufen können, sollen Sie erst vor den Küsten von Virginia und Nordkarolina patrouillieren und unsere Truppen unterstützen und dann in die Chesapeake Bay einlaufen, sofern der Arnold tatsächlich dort auftaucht.«

»Mr Smith, für die Bucht sollten Sie mir aber eine Sloop oder eine Brigg zuordnen. Eine Fregatte allein ist durch viele flache Buchten zu sehr behindert, mit den Truppen an Land gut zu kooperieren.«

Mr Smith überlegte kurz. »Das ließe sich wahrscheinlich arrangieren. Jetzt bereiten Sie schnell die *Defence* vor. In zwei Wochen haben wir mehr Informationen und sprechen wieder über Ihren Auftrag.«

Die Tage hatten sich verändert. Sabrina und Sven lebten mit einer Last, die sie zu verbergen suchten, die aber für sie immer gegenwärtig war. Sabrina schaute immer wieder zum Fluss, ob seine schneebedeckte Eisdecke Zeichen von Rissen und Rinnen zeigte. Sven sah seinen lachenden und umhertollenden Kindern zu und sorgte sich, ob er sie wiedersehen würde.

Es war mehr Verzweiflung als Leidenschaft, die sie in den Nächten zueinander trieb. Aber ihre Liebe war so groß, dass sie ihnen Kraft gab.

»Es wird Zeit, dass ich an Land bleibe«, flüsterte Sven eines Nachts.

»Ich bin nicht mehr wie früher, als ich Familie und Seefahrt verbinden konnte. Die Angst um euch nimmt mir die Unbefangenheit, die meine Stärke im Kampf war. Werde ich alt, Liebste?«

»Es ist wohl der Lauf der Dinge, dass bei klugen Menschen die Gedanken stärker werden als die Muskeln. Erst wenn auch die Gedanken müde werden, wirst du alt.«

Die *Defence* war längst an Gloucester vorübergesegelt. Vor ihrem Kiel lag die schmale Fahrrinne, die immer wieder von Eisschollen verdeckt wurde. Am Bug standen Männer, die mit langen Stangen versuchten, die Schollen abzuhalten. Zur Sicherheit war der Bug auch mit filzgefüllten Säcken geschützt, die vom Bugspriet herunterhingen.

Sven stand am Bug und beobachtete angespannt die Eisdecke vor ihnen. Mit Handzeichen und Befehlen dirigierte er die Leute am Ruder und an den Brassen. Jetzt hatte er keine Zeit, an seine Familie zu denken, die sich tränenüberströmt von ihm verabschiedet hatte.

»Verdammt!«, schimpfte er vor sich hin. »Warum ist das Eis immer noch so stark? Hier müsste der Salzgehalt im Wasser das doch schon verhindern.«

Mr Waller, der Zweite Leutnant, hatte ihn gehört und geschmunzelt. »Es sind noch vier Kilometer bis zur Mündung, Sir. Bald haben wir es geschafft!«

Der Matrose, der gerade mit seiner Stange eine Scholle weggeschoben hatte, verzog das Gesicht. Er dachte bei sich: Ja, ihr trinkt in eurer Messe ein Glas Wein, aber wir müssen die Wanten aufentern, und die sind vereist, Salz hin, Salz her.

Im Kielwasser de *Defence* segelte die Kanonenbrigg *Hudson*. Auf ihr schimpften die Matrosen über die auf der *Defence*, die bequem auf dem großen, dicken »Sofa« dahinsegelten, während sie hier auf ihrem kleinen Boot schon von der ersten Welle durchnässt waren.

»Warum schimpfen die Leute immer, Sir?«, fragte ein junger Midshipman den wachhabenden Leutnant. »Die Männer auf der *Defence* leiden doch genauso unter Wind und Wellen.«

»Sie schimpfen immer, Mr Grey. Und wenn die Sonne scheint,

schimpfen sie über die Hitze. Davon wird ihnen wohler. Merken Sie sich: Solange sie schimpfen, meutern sie nicht!«

Einen Tag später dachte sich der junge Midshipman Grey, dass die Matrosen nun wohl bald meutern würden, wenn die Bemerkung des Leutnants stimmte. Nach zwei Stunden Geschützexerzieren fluchten die Männer nicht mehr. Sie konzentrierten sich mit aller Kraft auf immer die gleichen Handgriffe, die sie immer noch ein wenig schneller ausführen sollten.

Leutnant Wheland sah den jungen Grey etwas verwundert schauen. »Kurz vor dem Umfallen fluchen sie auch nicht mehr«, flüsterte er dem Midshipman zu und grinste. Dann rannte er zur nächsten Kanone, brüllte und korrigierte.

Commander Brent, Kommandant der *Hudson*, hatte alle Deckoffiziere in seine Kajüte gerufen. »Machen Sie den Männern klar, dass ihr Leben davon abhängt, wie gut und schnell sie treffen. Dieser Verräter Benedict Arnold zieht nun schon den ganzen Monat Januar die Chesapeake Bay rauf und runter und plündert und zerstört. Wer Kapitän Larsson nur ein wenig kennt, weiß, wie sehr er darauf brennt, diese Banditen zu erwischen und dazwischenzuschlagen. Und der Arnold hat tausend Mann bei sich. Da müssen wir verdammt gut treffen!«

Sven verließ mit Rocky noch vor Morgengrauen seine Kajüte. Er schickte den Hund mit einem kleinen Klaps zu seiner Schütte, damit er sich entleeren konnte. Rocky ging nur zögernd weg, weil sein Herrchen sich nicht weiter um ihn kümmerte. Aber Sven quälten andere Sorgen.

Wie konnte er nur diesen Raubzug von General Arnold stoppen? Jedes Fischerboot, das sie trafen, berichtete von neuen Gräueltaten der Briten. Er hatte auf beiden Schiffen zusammen knapp hundert Mann, die für den Landkampf trainiert waren. Damit konnte er nicht gegen Arnolds Truppen antreten. Er müsste ihn mit den Schiffskanonen zusammenschießen. Aber Arnold würde sich kaum dafür am Strand aufstellen.

Sven schüttelte den Kopf und schaute nach den Segeln. Der Wind kam fast aus Richtung Süd. Sie mussten gegen ihn ankreuzen. Das verzögerte ihre Ankunft in der Bay. Es war wie verhext.

»Sir!«, rief es leise von der Reling. Das war Sam.

»Was ist?«, fragte Sven.

»Rocky will Richtung Ost bellen, Sir. Aber ich kann nichts erkennen.«

Sven ging die wenigen Schritte zu Sam, der Rocky am Halsband hielt. »Such!«, sagte er zu Rocky und der reckte seine Nase in eine ganz bestimmte Richtung und sog die Luft ein. Sven holte sein Nachtglas aus der Tasche, aber er konnte nichts entdecken.

»Sam, da ist was, wenn Rocky so intensiv schnuppert. Aber ich kann auch nichts sehen. Wer hat die beste Nachtsicht?«

»Billy Howard, Sir, Vormast, jetzt nicht auf Wache.«

»Dann lassen Sie ihn ...« Sven unterbrach sich. Ein heller Lichtschein flammte in der Richtung auf, in die sie blickten.

»Sir, da hat einer eine Lampe fallen gelassen. Die Klappe ist aufgesprungen und leuchtet ein Segel an!«, rief Sam aufgeregt.

Sven befahl: »Klarschiff! Kein Laut, kein Licht!« Dann rief er den Signalmidshipman und befahl, die *Hudson* zu informieren.

Beide Schiffe hatten den Kurs geändert und hielten auf die Stelle zu, wo vorhin das Licht aufgeleuchtet hatte. Das Licht war verschwunden, aber am Bugspriet konnten zwei Posten mit guter Nachtsicht inzwischen schon mindestens drei dunkle Schatten erkennen.

»Hoffentlich keine britischen Linienschiffe!«, flüsterte der Erste Leutnant Tom Potter.

»Drei Fregatten würde unser Käpten ja vielleicht auch noch angreifen«, tuschelte Leutnant Waller zurück und lachte leise.

»Quatsch! Ich tippe auf britische Transporter«, schloss Potter die Unterhaltung.

Leutnant Potter behielt recht. Es waren vier britische Frachtbarken mit einer kleinen Kanonenbrigg als Geleit, die mit allen Segeln floh, als sie entdeckte, wer da angesegelt kam.

Mr White, der Master, blickte Sven fragend an.

»Nein, Mr White, wir verfolgen die Brigg nicht. Das kostet zu viel Zeit. Wir schicken drei Boote, die *Hudson* eins, um die Prisen zu besetzen. Bitte veranlassen Sie das. Ich rede inzwischen mit Leutnant Waller, der den Konvoi kommandieren kann.«

Sven erklärte Mr Waller, dass er mit einem kleinen Prisenkommando den Konvoi nach Chincoteague bringen solle. »Wir begleiten Sie bis zur Einfahrt, denn ich will keine Zeit verlieren. Kennen Sie den kleinen Hafen?«

»Ja, Sir.«

Leutnant Waller beugte sich in der Kajüte des größten Frachtseglers über den kleinen Schrank, der die Schiffspapiere und Karten enthielt. Aus den Augenwinkeln sah er Midshipman Grey, der zu seiner Begleitung kommandiert war. Er musste unwillkürlich schmunzeln, denn die Marinepistole, die Grey schussbereit in der Hand hielt, wirkte viel zu groß für ihn.

Krachend flog die Tür auf, die zur fensterlosen Nebenkabine der Kajüte führte. Ein Mann mit offenem britischen Offiziersjackett stand in der Tür und schlug Leutnant Waller einen Eisenkasten über den Kopf, wie man ihn für Geheimmaterial verwandte. Waller sackte zusammen. Der Offizier wandte sich Grey zu, aber der hatte seine große Pistole fest mit beiden Händen auf den Eindringling gerichtet und schoss ihm durch die Brust.

Als Mr Waller sich taumelnd wieder aufrichtete, sah er, wie Grey automatisch die Pistole nachlud, ohne dabei den britischen Offizier auf dem Boden aus den Augen zu lassen.

»Er hatte einen Kasten mit Geheimmaterial in der Hand, Sir«, berichtete Grey. »Und Leutnant Bergson hat im Unterricht gesagt, wir müssten immer mit allen Mitteln verhindern, dass auf einem gekaperten Schiff feindliches Geheimmaterial ins Meer geworfen wird.«

»Und da haben Sie ihn erschossen«, ergänzte Mr Waller, nachdem er die Schlagader des Toten abgetastet hatte.

Als Leutnant Waller das alles Sven berichtete, fügte er an dieser

Stelle hinzu: »Da hat er wohl zum ersten Mal realisiert, was alles passiert war. Er ließ die Pistole sinken und schloss die Augen.«

Sven nickte. »Respekt! Es ist doch seine erste Reise, und er ist erst dreizehn Jahre alt. Ich werde ihn zu mir bestellen und ihm ein Lob aussprechen.«

»Das würde ihn sehr glücklich machen, Sir. Und er hat es verdient. Er versieht seinen Dienst auf der *Hudson*, als sei nichts geschehen.«

Gegen Mittag war die ganze Aktion beendet. Sie hatten die vier Prisen in Chincoteague abgeliefert, und *Defence* und *Hudson* stürmten wieder in Richtung Süd. Die Mannschaften gingen lachend zum Mittagessen, denn die Barken waren beladen mit Material, das die Briten in den Werften und Gießereien um Westham erbeutet hatten.

»Da wird auch das Marinekomitee mitbieten«, prophezeite Bootsmann Albus dem Master. Aber Mr White nickte nur abwesend, denn er beobachtete, wie die älteren Midshipmen dem jungen Mr Grey mit ungewohntem Respekt gegenübertraten, als dieser vom Kapitän kam und bis über beide Ohren strahlte.

Dem Geheimmaterial entnahm Sven, dass General Arnold den Fluss James bis nach Richmond emporgesegelt war und am Ufer Werften, Lager, Fabriken und Wohnhäuser geplündert und verbrannt hatte. Ungeschminkt war auch erwähnt worden, dass die Plünderer gemordet und vergewaltigt hatten.

»Er will nach Portsmouth zurück und sich dort verschanzen«, berichtete Sven Mr Brent, dem Commander der *Hudson*. »Wenn er sich an Land verschanzt, können wir den Bestien schwer beikommen.«

»Ich bezweifele, Sir, ob Arnold mit Portsmouth eine gute Wahl getroffen hat. Das liegt nah genug am Atlantik, sodass dort auch die großen französischen Schiffe Truppen anlanden könnten«, entgegnete Brent.

»Das sehe ich auch so. Vielleicht können wir ihn erwischen, wenn er sich eine andere Zuflucht sucht.«

Alle Ausgucke waren doppelt und dreifach besetzt, als sich die beiden amerikanischen Schiffe an der Küste von Norfolk vorbei in die Chesapeake Bay tasteten. Es war einer dieser frühen Sonnentage im Februar, aber niemand an Bord genoss das gute Wetter. Alle spähten aus oder wachten an Kanonen und Gewehren.

Leutnant Waller hatte Midshipman Grey als seinen Melder bei sich. Bootsmann Albus machte den Master lächelnd darauf aufmerksam.

Sie schlichen sich in die Hampton Roads hinein und sahen vor Portsmouth viele Masten. Die *Defence* und die *Hudson* versteckten sich in einer kleinen Bucht, und Sven ließ sich zu einem winzigen Fischerdorf rudern. Sam, Walter Jungmann und Albert Holt begleiteten ihn.

Die Fischer wussten, dass mindestens zwei britische Fregatten und dazu Sloops und Briggs vor Portsmouth lagen. »Die Rotröcke schanzen am Stadtrand, aber sie haben gestern auch eine Sloop mit einem Transporter in das Innere der Bay geschickt«, brabbelte ein alter Mann.

Sven verabredete mit ihnen, dass sie Sam am nächsten Morgen auf einem ihrer Boote mitnehmen und vor Portsmouth fischen würden.

»Zwei Fregatten, drei Kanonenbriggs und etwa zehn kleinere Transportschiffe liegen vor Ufer, Sir«, berichtete Sam am nächsten Abend. »Sie schanzen und schaffen Kanonen an den Strand. Aber sie haben auch eine Brigg und einen Transporter wieder den James River hinaufgeschickt.«

Sven blickte nachdenklich auf die Karte. »Wenn sie hier ihr Lager befestigen, dann erwarten sie wahrscheinlich Verstärkung aus Nordkarolina. Und von ihrem Stützpunkt aus schicken sie immer Streifen aus zum Plündern«, dachte Sven laut vor sich hin. »Wir werden morgen sehen, dass wir die Sloop finden, die sie in die Bay entsandt haben.«

Die beiden Schiffe standen im Morgengrauen schon querab vom Northend Point und steuerten die Bucht von Yorktown an. Zwei Fischerboote holten vor ihnen gerade die Netze ein. Rocky knurrte sie an.

Sven ließ die Segel backbrassen und rief den Fischer an.

Nein, sie hätten keine britische Sloop gesehen, die Truppen angelandet hätte. Aber ein Reiter sei gestern von Bertrand am Rappahannock gekommen und habe erzählt, dass die Briten dort geplündert hätten.

Sven bat den Fischer, der sich gut auszukennen schien, für einen guten Rum an Bord und ließ ihn an der Karte berichten. Er erfuhr, wo Werften und wo Gießereien waren und mit welchen Wassertiefen er rechnen konnte. Der Fischer schwankte ein wenig, als er auf sein Boot zurückkletterte. Aber er schwenkte fröhlich die Rumflasche, die er noch für seine Kameraden erhalten hatte.

Als die *Defence* querab von Gwynn's Island stand, meldete der Ausguck mehrere Segel vor ihnen westlich vom Windmill Point. Leutnant Bergson, der mit dem Teleskop aufgeentert war, erkannte eine Sloop und drei Transporter.

Sven ließ die Segel kürzen. »Dann werden wir ihnen mal folgen!«, sagte er zu Mr White.

Nach zwei Stunden zweifelten sie nicht mehr daran, dass die Briten in den Potomac einlaufen würden. Ein Fischer, den sie auch zu einem Glas Rum an Bord einluden, war sicher: »Die wollen die Werften bei Westmoreland zerstören. Einer von uns ist schon unterwegs, um die Miliz zu alarmieren.«

Sven ließ sich mit seinen Leutnants an der Karte orientieren, wo die Werften lagen und wo Kanonen der Miliz standen.

»Die Knaller der Miliz haben gegen die Kanonen der Sloop aber keine Chance, Sir«, stellte Mr Potter fest, als der Fischer gegangen war.

»Darum werden wir nachhelfen«, sagte Sven und begrüßte Commander Brent, der die Kajüte betrat. »Sie kommen genau zur richtigen Zeit, Mr Brent. Ich möchte, dass Sie unsere Landungstruppen kommandieren und hier anlanden und vorrücken. Wir laufen hier in diese Bucht ein und schießen ihre Schiffe zusammen. Dann treiben wir sie Ihnen in die Arme.«

»Vorausgesetzt, die Briten tun das, was wir von ihnen erwarten«, antwortete Commander Brent lächelnd.

Die Briten taten es. Die Sloop lag vor dem kleinen Ort und beschoss ihn. Die Boote der Briten landeten bereits seitwärts von Ort und Werft die Soldaten an. *Defence* und *Hudson* umrundeten die Landzunge, die sie bisher verborgen hatte, und schossen mit allen Kanonen auf die Briten. Sie konnten drei Breitseiten abfeuern, ehe auch nur eine Kanone der Briten antwortete. Damit war der Kampf entschieden. Die Sloop hatte zwei Masten und viele Kanonen verloren. Sie wehrte sich noch eine Weile, aber dann stieg die weiße Fahne hoch, noch ehe die Enterer der *Defence* die Sloop betraten.

Mr Bergson, der Zweite Leutnant der *Defence*, sprang mit seinen Leuten an Bord der zerstörten Sloop, trieb die Überlebenden auf dem Vordeck zusammen, entwaffnete sie und schickte seine Leute unter Deck, um die Pulverkammer zu sichern und die Kajüte des Kapitäns nach Karten und Befehlen zu untersuchen.

Dann rief Mr Bergson nach Mr Albus, dem Bootsmann. »Jetzt kommt Ihre Stunde, Mr Albus. Sammeln Sie Ihre Männer und nehmen Sie die drei Transporter in Besitz! Widerstand ist ja nicht zu erwarten. Setzen Sie die Transporter etwas vom Ufer zurück.«

Hab dich nicht so wichtig, dachte Mr Albus und antwortete laut: »Das hat der Kapitän mir schon gesagt. Ich melde mich dann ab, Sir.«

Die amerikanischen Schiffe schossen mit Gewehren und Kanonen auf die Briten, die sie noch am Strand sahen. Aber die meisten waren schon aus den Straßen und Häusern in die Wälder geflüchtet, als *Defence* und *Hudson* ihre Sloop angriffen.

Sven blickte mit dem Teleskop zum Strand und erblickte vor allem Frauen und Kinder, die ihnen vom Strand zuwinkten.

»Mr Potter«, rief er seinem Ersten zu. »Wir haben zwar kaum noch Leute, aber nehmen Sie sich zwanzig Mann und achten Sie im Ort und in der Werft auf Ordnung. Es könnte ja sein, dass einige Briten sich wieder in die Häuser flüchten, wenn sie auf Commander Brent und unsere Landungstruppen treffen.«

Mr Potter bestätigte: »Aye, aye, Sir!« und rief nach Freiwilligen. Er war guter Stimmung und fand genug Freiwillige. Die Abwechslung lockte.

Als die Männer aber dann den Strand emporstiegen, die ersten frohen Begrüßungen dankend genossen hatten und in die Straßen des Ortes kamen, wurde ihre Stimmung getrübt. Sie sahen Frauen und Kinder mit durchschnittenem Kehlkopf im Sand liegen.

»Die Britenmörder haben getötet, wer sich nicht versteckt hatte!«, rief ihnen ein alter Mann zu. »Seht hier die Lisa, die wollte ihre Kinder von der Straße holen. Da haben sie ihr die Kleider vom Leibe gerissen und wollten sie vergewaltigen. Ihr Sohn, der William, zehn Jahre alt, wollte ihr helfen. Sie haben ihn mit dem Bajonett aufgespießt und seiner Mutter die Kehle durchgeschnitten. Das sind Verbrecher! Tötet sie, sonst töten sie uns!«

Potters Leute halfen, die Toten zu bergen und ein Haus zu löschen, das die Briten angezündet hatten. Sie halfen den Bewohnern, die Häuser nach versteckten Briten zu durchsuchen, und nahmen gern manchen Schluck aus den Flaschen, die ihnen angeboten wurden. Mr Potter wurde misstrauisch, als sie zu lustig mit den jungen Frauen scherzten.

»Alle Mann der *Defence* in Linie antreten!«, befahl er, und die Maate gaben seinen Befehl brüllend weiter. Als er seine Leute beisammen hatte, ging er mit ihnen zu den Häusern am Waldrand und verteilte sie, damit sie flüchtige Briten abwehren konnten.

Commander Brents Landungstruppe war ungestört am Strand gelandet. Die Männer scherzten wie auf einem Sonntagsausflug. Mr Brent ließ sie am Strand antreten, ermahnte sie zu Ruhe und Wachsamkeit und teilte sie in eine Vorhut und eine Doppellinie ein. Dann rückten sie vor.

Die Männer der *Defence* trugen einheitlich dunkelgrüne Kleidung. Leutnant Waller kommandierte sie und hatte wieder Midshipman Grey an seiner Seite. Sie stapften durch einen lichten Wald mit einzelnen Ginsterbüschen bergan. In einigen Mulden lag noch etwas Schnee, aber es war nicht zu übersehen, dass der Frühling kam.

Die Männer zuckten unwillkürlich zusammen, als plötzlich etwa vierhundert Meter vor ihnen die Kanonen der *Defence* und der *Hudson* aufbrüllten. Sie fassten ihre Gewehre fester und schauten gespannter voraus. Noch war nichts zu erkennen.

Aber nun hörten sie Gewehrschüsse und Angstschreie.

»Die Briten sind an Land!«, rief Mr Waller. »Passt auf!«

Dann duckten sich die Leute von der Vorhut und winkten.

Die Linien hielten an. Leutnant Waller ging einige Schritte voraus und gab dann das Signal zum weiteren Vorrücken. Von der Vorhut kam einer angelaufen und meldete, dass der Waldrand dicht vor ihnen sei. Dann folge eine schmale freie Fläche und danach erkenne man schon Gärten und Häuser.

»Vorrücken bis zum Waldrand!«, befahl Commander Brent.

Midshipman Grey war der Arm schon müde von der schweren Marinepistole, aber seine Augen waren wach, und er entdeckte zuerst jene Briten, die in einem der Gärten zusammenstanden. Er zeigte auf sie, und Leutnant Waller setzte sein Teleskop ans Auge.

»Verdammt!«, fluchte er. »Die vergewaltigen eine Frau!«

Er wollte vorstürzen, aber Commander Brent rief gerade: »Stellung behalten! Zwei Linien bilden!«

Im Ort waren Schreie und Schüsse zu hören. Briten liefen aus den Straßen auf den Wald zu. Auch die Vergewaltiger flüchteten in diese Richtung.

Die Amerikaner hoben ihre Gewehre und zielten. Aber sie wussten, dass sie erst auf Kommando feuern durften. Die Briten waren schon auf dreißig Meter heran, als Mr Brent rief: »Feuer!«

Etwa zwanzig Briten stürzten zu Boden. Rund zehn drängten sich zusammen und wussten nicht, wohin sie flüchten sollten. Da befahl Commander Brent den Angriff.

Die Amerikaner stürmten mit aufgepflanztem Bajonett auf die Briten zu. Midshipman Grey hob mit neuer Begeisterung seine Pistole und schrie wie die anderen: »Vic-to-ry!«

Die Briten verließ angesichts dieser brüllenden Meute der Mut. Die meisten warfen die Waffen zu Boden und hoben die Hände. Aber drei Männer legten die Gewehre an und schossen auf die Angreifer.

Mr Waller pfiff eine Kugel dicht am Kopf vorbei. Er riss seine Pistole hoch und schoss auf den Schützen. Aber auch seine Kugel verfehlte ihr Ziel. Da sah Waller plötzlich, dass der Brite ein seidenes Damentuch um den Hals hatte. Ein Vergewaltigerschwein!, dachte er und rief Grey zu: »Leg ihn um!«

Der kleine Grey stutzte im Laufen, hob die schwere Pistole und zielte. Aber er zielte zu lange. Ein anderer erschoss den Briten. Grey ließ die Pistole sinken und sah Mr Waller ratlos an.

Der Leutnant ahnte, dass der junge Midshipman gerade begriffen hatte, dass er mit seiner Waffe Leben auslöschen sollte, und sagte zu ihm: »Sie haben doch das Zielen nicht verlernt, Midshipman Grey! Sehen sie dort das Fass, zehn Meter neben sich. Zielen Sie und schießen Sie schnell! Dann wird neu geladen, damit wir unseren Kameraden helfen können.«

Grey blickte erstaunt, riss sich zusammen, zielte und schoss. Er hatte getroffen. Leutnant Waller klopfte ihm auf die Schulter. »Geht doch wieder! Nun aber schnell den anderen nach!«

Die Amerikaner waren bald darauf von den Einwohnern umringt. »Da ist einer von den Vergewaltigern! Gebt ihn uns! Wir hängen das Schwein auf.«

Leutnant Waller kam hinzu.

»Was ist hier los?«

Seine Matrosen berichteten ihm, dass die Dorfbewohner einen der Gefangenen ausgeliefert haben wollten. »Das gibt's nicht!«, entschied er kurz angebunden.

Aber eine junge Frau warf sich vor seinen Füßen auf die Knie und hob die Arme. Irritiert schaute Waller auf ihre nackten Brüste, die durch die zerrissene Bluse kaum bedeckt wurden. Auch der Rock war zerfetzt.

»Sir!«, flehte sie. »Der Kerl hat uns brutal wie ein Tier Gewalt angetan. Er muss bestraft werden, Sir. Gerechtigkeit!«

Mr Waller blickte sie streng an. »Ich kann ihn dem Gericht übergeben, aber dann muss sie ihre Aussage beschwören.«

»Nicht nur ich, mehrere von uns werden es beschwören, Sir.«

Mr Waller zeigte auf einen der Männer. »Übergebt ihn dem Profoss!«

Der Kampf war vorbei. Für Sven begann die Zeit der Berichte, der Organisation und der neuen Anweisungen. Im Augenblick war Dr. Bader bei ihm und schilderte, welche Verwundungen bei Matrosen und Zivilpersonen vorlagen.

»Die Briten haben mindestens vierzig Tote, Sir. Sie müssten hier an Land bestattet werden. Könnten Sie bitte mit dem Bürgermeister sprechen.«

Sie standen noch beisammen, als der Erste Leutnant kam und voller Empörung von den zahlreichen Vergewaltigungen sprach.

»Wenn es mehr Briten gewesen wären und sie mehr Zeit gehabt hätten, dann wäre wohl keine Frau davongekommen. Mr Waller hat einen der Schurken und die entsprechende Zeugin dazu.«

»Da müssen wir ja noch ein Gericht einberufen«, seufzte Sven. »Es wäre einfacher, sie gleich aufzuhängen, aber dann wären wir so gesetzlos wie diese Mörder. Wie sieht es sonst im Dorf aus? Kann der Zahlmeister was einkaufen?«

Sie sprachen noch darüber und über die Hilfe, die die Werft bieten könnte. Aber dann drängten der Bürgermeister und einige Bewohner auf einen Termin.

Sven wandte sich ihnen zu und erwartete die übliche Mischung von Danksagungen und Forderungen.

Aber dieser Bürgermeister fiel nicht nur durch seinen gezwirbelten Schnauzbart auf. Er bedankte sich kurz und knapp für die Vertreibung der Briten, bot an, die gefangenen Briten zur Miliz zu führen, und fragte, ob Interesse bestehe, dass die Bürger durch Errichtung einer Batterie Dorf und Werft schützten.

Sven erkundigte sich, wie weit die nächste Milizeinheit entfernt sei und welche Stärke sie besitze. Der Bürgermeister gab kurz und knapp Antwort, und sie einigten sich schnell über den Transport der Briten. Allerdings, so gab Sven zu bedenken, müsse vorher noch der Prozess stattfinden.

»Wird der Kerl denn nicht aufgehängt?«, fragte der Bürgermeister verwundert.

»Wahrscheinlich schon, aber ich brauche den ranghöchsten Briten als Verteidiger des Angeklagten.«

Der Bürgermeister schaute irritiert drein, und einer der Bürger sagte laut: »Affentheater!«, aber Sven überhörte es.

Der Prozess war kurz. Mr Waller vertrat die Anklage. Sven und zwei seiner Offiziere bildeten das Gericht. Ein etwas dicklicher britischer

Leutnant, der einzige überlebende Offizier, verteidigte den Angeklagten.

Als die Zeugin die Vergewaltigung beschwor, beharrte er auf einem einzigen Argument: Der Mann habe nicht der amerikanischen Gerichtsbarkeit unterstanden.

Leutnant Waller hatte das erwartet und konnte mit Zeugen beweisen, dass die britische Sloop vor der Vergewaltigung die weiße Flagge gehisst habe. Von dem Zeitpunkt an seien alle Besatzungsmitglieder dem amerikanischen Recht unterstellt gewesen. Und er konnte sich nicht verkneifen zu fragen, ob Vergewaltigungen nach britischem Recht straffrei seien.

Der Urteilsspruch stand danach nicht mehr infrage: Tod durch Erhängen. Die Dorfbewohner beklatschten nicht nur das Urteil, sondern auch seine Vollstreckung. Das unterband Sven. Mr Waller erklärte Midshipman Grey: »Im Augenblick des Todes haben wir zu schweigen. Jetzt übernimmt Gott das Gericht.«

Der britische Offizier schimpfte beim Abmarsch der Gefangenen, dass er es den amerikanischen Offizieren heimzahlen würde. »Man sieht sich immer zweimal im Leben!«, drohte er.

Nach dem Abtransport der Gefangenen trat der Bürgermeister zu Sven. »Furchtbare Zeiten, nicht wahr, Herr Kapitän? Dauernd muss man um sein Leben bangen. Können Sie uns ein paar Kanonen von der britischen Sloop überlassen, damit wir uns verteidigen können?«

Sven war unschlüssig. »Sir, wenn ein britisches Schiff Sie angreift, dann haben Sie mindestens sechs Sechspfünder gegen sich. Glauben Sie, dass Sie da mit vier Achtpfündern bestehen können? Mehr kann ich Ihnen nicht geben.«

Der Bürgermeister nickte. »Wir haben lange überlegt. Zwei unserer Mitbürger haben als Sergeanten bei der Artillerie gedient. Die können Kanoniere schulen. Wenn wir drüben an dem Felsvorsprung ein kleines Steinfort bauen, dann können wir Dorf und Werft gleichermaßen schützen. Wir haben einen Baumeister und setzen uns alle ein.«

»Na gut«, entschied Sven. »Vier Achtpfünder, Pulver und Munition. Und Sie besprechen mit unserem Zweiten Leutnant Ihre Baupläne.« Sie schüttelten sich die Hand.

Bevor die *Defence* am übernächsten Tag absegeln konnte, erschien noch der Kommandeur der Miliz. Er wurde mit militärischen Ehren auf der Fregatte empfangen und berichtete Sven von den neuen Entwicklungen des Krieges.

»Sie haben sicher gehört, dass der französische General Lafayette, der auf unserer Seite kämpft, auf Anweisung General Washingtons mit Truppen in Annapolis gelandet ist. Leider konnte der Marquis de Tilley mit seinem Flaggschiff nicht in die Bucht einlaufen, da es zu viel Tiefgang hatte. Er sollte mit Lafayette die Briten unter General Arnold in die Zange nehmen.«

Sven nippte an seinem Glas und schüttelte den Kopf. »Die Franzosen werden doch auch Karten mit den Wassertiefen haben.«

»Ja, es geht immer wieder etwas schief. Und jetzt erhalte ich noch Nachricht, dass die Briten zweitausend Mann unter General Phillips gelandet haben, um Arnold zu unterstützen.«

»Dann wird es noch schwerer für uns«, bestätigte Sven. »Aber wir werden es schaffen.«

Doch als er mit seinen Schiffen am Point Lookout wieder in die offene Bucht hinaussegelte, erreichte sie von einem Fischerboot die Nachricht, dass die Briten einen Angriff der französischen Flotte auf die Chesapeake-Bucht abgewehrt hätten.

»Ohne uns schaffen die wohl gar nichts«, brabbelte Leutnant Potter so vor sich hin, dass Sven es hören musste. »Nun müssen wir wieder alles allein schaffen.«

»Es hat auch Vorteile, wenn man nicht dauernd einem französischen Admiral seine verrückten Ideen ausreden muss«, antwortete Sven. »Wir kennen uns doch hier gut genug aus, um den Briten das Leben zur Hölle zu machen.«

Die *Defence* und die *Hudson* durchstöberten in den folgenden Wochen und Monaten jeden Winkel der Chesapeake-Bucht von Lookout Point bis zum Elk Neck hoch im Norden der Bucht. Sie jagten kleinere britische Schiffe und zerstörten Lager der königstreuen Milizen.

Die Mannschaften waren guter Stimmung, obwohl sie nur wenige reiche Prisen kapern konnten. Aber sie hatten ständig Kontakt zum Land. Das bedeutete nicht nur frisches Fleisch und Gemüse zum Essen, sondern auch das eine oder andere gesellige Ereignis in den Fischerdörfern.

Sven benutzte jeden Landfall, um Informationen über die Bewegungen der Truppen zu sammeln. Er hörte von zahlreichen Gefechten in Virginia, in denen die Briten oft siegten, aber so große Verluste hatten, dass sie in immer mehr Landschaften die Kontrolle verloren. Er hörte, dass General Phillips gestorben war und dass General Cornwallis nun das britische Kommando führe. Er erfuhr aus Washingtons Hauptquartier, dass Amerikaner und Franzosen gemeinsam Kräfte in der Chesapeake-Bucht bündeln würden, um die Briten zu vertreiben. Und er erhielt den Befehl, südwärts nach Hampton zu segeln, um die Landung französischer Truppen zu unterstützen.

Als sich die *Defence* und die *Hudson* dem Ausgang der Bucht zum Atlantik näherten, kam das Gerücht auf, dass sie in den Heimathafen segelten. Als Sven davon hörte, wurde ihm bewusst, wie sehr auch er sich nach Frau und Kindern sehnte. Er wusste zwar, dass es allen gut ging, denn vom nördlichen Zipfel der Chesapeake-Bucht war es nicht weit bis Gloucester, sodass Boten Briefe überbringen konnten. Aber Briefe waren ein kümmerlicher Ersatz für den persönlichen Kontakt.

Sven rief die Mannschaften zusammen und erklärte ihnen, dass die Zeit für die Heimkehr noch nicht gekommen sei. »Wer mich kennt, weiß, wie ich an Frau und Kindern hänge. Aber wir sind im Augenblick praktisch eingeschlossen. Britische Linienschiffe blockieren die Ein- und Ausfahrt zur Bucht. Britische Truppen befestigen Yorktown. Wir sollen jetzt die Anlandung französischer Truppen unterstützen. Danach will die französische Flotte angreifen. Wir müssen warten, bis sie Erfolg hatten.«

Ein heftiges Gewitter zog am nächsten Morgen von Südost heran. Die beiden amerikanischen Schiffe suchten Schutz in den kleinen Buchten von Craddock Neck an der Ostküste der Bay. Die *Hudson* lag in der

Nähe einiger Fischerboote, aber Sturm und Regen verhinderten den Kontakt.

Als sich das Wetter beruhigt hatte, signalisierte Sven den Befehl zum Auslaufen. Die Fischer winkten und riefen etwas zur *Hudson*. Commander Brent hörte nur das Wort »Silver Beach«. Er ging zur Karte und schaute nach. Er hatte sich richtig erinnert. Silver Beach war ein kleiner Ort, etwa zwanzig Meilen südlich vor ihnen. Was sollte dort sein? Eine schiffbare Bucht, das wusste er. Ob sich dort ein britisches Schiff versteckt hatte?

Als sich sein Schiff der *Defence* näherte, rief Brent die Meldung für Sven hinüber. Der dankte ihm mit einem Winken und ordnete an, dass sie dichter an der Ostküste entlangsegelten. Vor der Einfahrt zu der Bucht bei Silver Beach schickte Sven einen Kutter voraus, der in die Bucht hineinspähen sollte. Aber kein größeres Schiff war zu sehen.

Sie nahmen wieder Kurs auf Kap Charles.

Doch kaum waren sie wieder auf ihrem Kurs, da meldete der Ausguck eine Ansammlung kleinerer Lastschiffe. Sie änderten ihren Kurs und steuerten auf die Schiffe zu. Es waren die typischen Newport-Leichter, die ihre Fracht von Norfolk über Newport nach Richmond den James-Fluss auf- und abwärts transportierten.

»Was wollen die denn hier?«, fragte Dr. Bader den Master, Mr White.

»Das kann ich mir nach einem solchen Unwetter beim besten Willen nicht vorstellen. Sehen Sie, die Frachtschiffe sind breit gebaut, damit sie weniger Tiefgang haben. Den brauchen sie in schmalen Binnengewässern auch nicht. Aber Stürmen in dieser Bucht sind sie nicht gewachsen. Sie müssen einen eiligen, vielleicht auch geheimen Auftrag haben, dass sie jetzt unterwegs sind.«

»Welchen Kurs haben sie?«, fragte Sven, der eilig an Deck gestürmt war.

»Kurs Südwest, auf die Mündung des York-Flusses zu, Sir.«

Sven erinnerte sich, dass Cornwallis Yorktown befestigte, und befahl: »Signalisieren Sie: ›Sofort stoppen und Kontrolle abwarten!‹«

Aber die Frachtschiffe reagierten nicht und änderten den Kurs auf »West«, um eher flaches Wasser zu erreichen.

Die *Defence* folgte ihnen. »Schuss vor den Bug!«, befahl Sven. Die *Hudson* feuerte auch und lag jetzt etwas vor der *Defence*.

»Schiffe befördern Truppen«, signalisierte die *Hudson*.

Jetzt sah es auch Sven mit seinem Teleskop. In den offenen Laderäumen der Leichter standen Männer, eng gedrängt. Sollte er die Leichter zusammenschießen? Das gäbe ein furchtbares Blutbad!

»Sir, sie haben auch Gefangene an Bord!«, rief der Ausguck.

In jedem der fünf Leichter erkannte Sven jetzt eine Gruppe im Vorschiff, die ihnen zuwinkte. Das waren doch die Uniformen der Marylander Miliz! Er drehte sich um. »Mr Potter, überprüfen Sie bitte mit dem Teleskop, ob Sie die Uniformen der Männer im Vorschiff erkennen!«

Leutnant Potter spähte sorgfältig voraus. »Sir, das sind die Uniformen, wie sie die Milizen in Maryland tragen. Die Männer winken uns zu.«

Sven fasste sich an die Nase und überlegte. Die Leichter drehten nicht bei, weil sie wussten, die Amerikaner würden nicht schießen, sobald sie die eigenen Leute erkannt hatten.

Sven hob die Sprechtrompete und befahl: »Alle Musketenschützen in die Topps und an die Breitseiten! Alle Handgranatenwerfer an Oberdeck! Alle Drehbassen schussbereit! Wir steuern zwischen die Leichter und feuern nur auf ihre Achterdecks. Auf dem Vordeck sind Gefangene der Marylander Miliz. Genau zielen!«

Defence und *Hudson* steuerten von hinten zwischen die Leichter. Die Matrosen duckten sich hinter die Bordwand, denn von den Leichtern wurde mit Gewehren auf die amerikanischen Schiffe gefeuert. Hin und wieder krachte auch eine Drehbasse.

»Feuer frei!«, befahl Sven.

Nun fielen die Männer in den Leichtern wie von der Sense gemäht. Sven blieb fast das Herz stehen, als er auch auf den Vordecks die Männer zusammensinken sah. Aber dann erkannte er, dass die Gefangenen sich hinhockten, um umherfliegenden Kugeln weniger Ziel zu bieten.

Die Scharfschützen der *Defence* zielten immer zuerst auf Rudergänger und Offiziere. Bald stand niemand mehr an den Rudern der Leichter. Sie fielen vom Kurs ab, und die Segel flatterten.

Sven erteilte Befehl, dass die Enterkommandos sich fertig machen sollten. Die Offiziere liefen herum und bildeten die Gruppen, die über Bord springen würden. Dann segelten die Amerikaner an die Leichter heran, legten kurz an, und die Gruppen sprangen über.

Die Enterer schlugen mit ihren Entermessern auf die Briten ein. Die Scharfschützen feuerten weiter auf diejenigen, die den Widerstand organisieren wollten. Die Gefangenen entwaffneten ihre Wärter und griffen in den Kampf ein.

Es war ein Durcheinander mit Geschrei, Gebrüll und krachenden Schüssen. Immer mehr Briten hoben die Hände. Dann mussten die Enterer mit lauten Befehlen gestoppt und zurückgehalten werden, weil keiner der Briten mehr kämpfte. Alle Segel wurden eingeholt. Es war, als ob alles, sei es Schiff oder Mensch, den Atem anhielt.

Sven nahm seinen Hut ab und wischte sich die Stirn. »War das ein Gemetzel!« Aber dann stieg der Jubel empor. Zuerst riefen die Gefangenen, dann fielen die Schützen ein, die auf den Schiffen geblieben waren, und schließlich kamen auch die Enterer wieder zu Atem und schrien ihre Erleichterung hinaus.

Einige der befreiten Gefangenen schlugen in ihrem aufgestauten Hass auf die Briten ein. Ein Sergeant aus Maryland trat auf einen verwundeten Briten ein, bis ihm Midshipman Grey seine Marinepistole unter die Nase hielt.

»Aufhören!«, schrie er ihn mit überkippender Stimme an.

Der Sergeant guckte hoch und brüllte zurück. »Halt dein Maul, du Dreikäsehoch!«

Grey spannte den Hahn und schien zum Abfeuern entschlossen.

»Hör auf! Das ist ein Midshipman, ein Fähnrich!«, rief ein Gefährte des Sergeanten.

Der Sergeant trat einen Schritt zurück, hob die Hände und murmelte verstört: »Tut mir leid.«

Grey sah ihn groß an. »Verwundete tritt man nicht. Vorgesetzte sollen Vorbild sein.« Dann wandte er sich ab und rief Kommandos. Der Sergeant schüttelte den Kopf.

Sven hatte die Szene beobachtet und lächelte. Den jungen Burschen würde man beobachten müssen.

Die Briten hatten mit den Leichtern Verstärkungen aus Maryland nach Yorktown schaffen wollen. Der Versuch hatte sie 40 Tote, 30 Verwundete und 90 Gefangene gekostet. 48 Amerikaner wurden befreit. Svens Schiffe beklagten sechs Tote und elf Verwundete.

Er steuerte mit den Leichtern Deltaville an der Mündung des Rappahannock an und übergab die Gefangenen und die Befreiten der dortigen Miliz.

Die Reaktion war zwiespältig. Einerseits freuten sich die Patrioten über den Sieg und die erbeuteten Waffen. Andererseits würde es viel Mühe machen, die Gefangenen im nächsten Lager abzuliefern. Und erst die Verwundeten! Wer sollte sie pflegen?

Sven half, so gut er konnte. Die Befreiten würde er mit den Leichtern nach Maryland schleppen. Der Schiffsarzt würde mit allen Sanitätern zwei Tage bei der Versorgung der Verwundeten helfen, wenn die Bewohner alle Ärzte der Umgebung zusammenriefen. Und einen Leichter würde er ihnen auch überlassen.

Defence und *Hudson* kehrten mit den leeren Leichtern zurück, nachdem sie die befreiten Gefangenen an die Ostküste nach Maryland geschleppt hatten. Einige der Gefangenen hatten sich freiwillig für den Dienst in der Flotte gemeldet und füllten nun die Plätze der Toten.

Sven erkannte das kleine Nest Deltaville kaum wieder. Zelte waren aufgebaut. Über Lagerfeuern brutzelte Essen in großen Kesseln.

Der Bürgermeister empfing ihn. »Sir, unsere Leute, die die Gefangenen wegbringen, sind noch nicht zurück. Aber wir feiern heute Abend den Abschied der auswärtigen Ärzte und Helfer. Nur zwei Ärzte werden noch gebraucht. Sie und Ihre Leute sind herzlich eingeladen.«

Die Abwechslung gönnte Sven seinen Mannschaften und erteilte großzügig Landgang. Am Abend saß er dann mit seinen Offizieren und den Dörflern gemeinsam an langen Tischen und Bänken.

Sie tranken ihr Bier, aßen Erbsensuppe und fühlten sich wohl. Gewiss, es waren nicht genug Frauen für alle da, aber immerhin genug, um begehrliche Blicke zu wecken. Und ein Teil der Männer war ja noch nicht zurück.

Bald wurde auch nach der Fiedelmusik getanzt. Und dann bemerkte Sven mit Schmunzeln, dass es schon Paare gab, die nach dem Tanz nicht zurückkehrten, sondern im Dunkeln verschwanden.

»Na, wenigstens werden sich hier nicht so viele eine Geschlechtskrankheit holen wie in den Hafenstädten«, flüsterte Mr White, der Master, zum Bootsmann.

»Red jetzt nicht davon, George!«, antwortete Mr Albus. »Ich hab mir doch auch schon eine ausgeguckt.«

Am nächsten Morgen waren einige Männer der Besatzung schon sehr unausgeschlafen. Die anderen verspotteten sie, während sie die Decks reinigten. Die *Defence* und die *Hudson* segelten zur Hampton Road.

Französische Infanterie und Artillerie war gelandet, und die beiden Schiffe sicherten das Übersetzen von Norfolk und begleiteten ihren Weg an der Küste nach Yorktown. Immer wieder schossen sie sich mit britischen Batterien und Kanonenbooten herum. Auf der *Defence* wurde die Munition knapp.

Als die Boote der *Defence* eines Tages Frischwasser aus einer Quelle holten, brachten sie einen Bauern mit, der fast nur Deutsch sprach.

»Lasst mich mit ihm reden!«, sagte Sven, der in der Nähe stand und die mühevolle Zeichensprache beobachtet hatte.

Der Bauer meldete, dass die Hessen ein Munitionslager im Wald bei Grafton angelegt hätten. Die Männer aus seiner Ansiedlung, alles eingewanderte Deutsche, hätten dabei helfen müssen.

»Und er will uns sagen, wo das Lager liegt?«

»Ja, Herr Kapitän, und ich bitte nur um einen Sack Salz. Das ist sehr knapp geworden.«

»Den kann er haben«, bestätigte Sven und gab die Befehle, dass sich ein Trupp von zwanzig Mann fertig machen solle. »Ich gehe mit!«

»Aber Sir«, wandte Leutnant Potter leise ein. »Sie sollten sich nicht der Gefahr aussetzen!«

Sven wehrte ab. »Mr Potter! Jetzt sind Sie aber zu ängstlich. Sehen Sie hier! Wenn wir mit Booten in die Bucht bei Poquoson einlaufen, dann haben wir höchstens fünf Kilometer Landmarsch. Und die Franzosen sind gestern dort schon durchgezogen. Wo sehen Sie da eine Gefahr? Ich brauche auch mal wieder einen Spaziergang. Mein Jackett wird schon zu eng.«

Sam, Walter und Albert waren mit Rocky natürlich mit dabei, als der Landungstrupp der *Defence* an Land durch Wald und Gestrüpp stiefelte. Die Männer waren aufmerksam und schwatzten nicht. Aber sie hatten, ihren Gesichtern nach zu urteilen, doch wohl eher den Eindruck eines Landausfluges. Da sah man kein ängstliches Zögern, kein besorgtes Spähen. Sie gingen wohlgemut durch den sich herbstlich färbenden Wald.

Nach etwa der Hälfte der Strecke ordnete Sven eine Pause an. Sie stellten in jeder Himmelsrichtung einen Posten auf. Die meisten setzten sich, aßen ein Brot oder tranken etwas. Sven sagte Leutnant Bergson, dass er austreten müsse, und ging hinter eine kleine Buschgruppe in der Nähe. Rocky bekam gerade sein Fressen an der anderen Ecke des Lagers.

Während Sven seine Hose öffnete, erhielt er plötzlich einen gewaltigen Schlag auf den Kopf. Wortlos sackte er zusammen. Vier Hände hielten ihn und schleiften ihn fort.

Nach einer Weile wurde Leutnant Bergson unruhig und fragte, ob jemand den Kapitän habe zurückkommen sehen. Niemand wusste etwas. Da stand Bergson auf, schritt in die Richtung des Gebüschs und rief: »Kapitän Larsson!«

Niemand antwortete. Er trat näher heran und wiederholte seinen Ruf. Nichts! Schließlich trat er hinter das Gebüsch und sah keinen Kapitän.

Da ging er zurück und rief Sam mit dem Hund. Als beide kamen, führte er sie hinter das Gebüsch, erklärte Sam, was geschehen war, und bat ihn, Rocky zur Suche aufzufordern.

Sam rief: »Such Herrchen, such!«

Rocky schnüffelte umher und ging dann in die Richtung, in die Sven weggeschleift worden war.

»Halt!«, befahl Bergson. »Ich hole erst die Truppe.«

Mr Bergson rief alle zusammen, erklärte, worum es ging und ließ dann antreten. Der deutschsprachige Bauer bereitete Schwierigkeiten, aber schließlich fanden sie einen, der übersetzen konnte.

Die beiden Männer, die wie Waldläufer gekleidet waren, schleiften Sven ein Bachbett entlang. Der jüngere fragte den älteren Mann: »Bist du sicher, dass die Briten nicht nur für französische Offiziere zahlen?«

»Aber klar«, antwortete der. »Das ist ein Kapitän der Kolonisten. Der ist mehr wert als ein französischer Leutnant. Vielleicht haben sie sogar eine Prämie für ihn ausgesetzt.«

Sven hatte schon seit kurzer Zeit die Augen wieder geöffnet. Jetzt dämmerte ihm langsam, was eigentlich los war. Er wollte schreien, aber er brachte nur heisere, stammelnde Laute hervor.

Der ältere Waldläufer ließ Sven sofort fallen, riss sein großes Messer hervor und setzte es Sven an die Kehle. »Noch ein Schrei und du bist tot. Die Briten zahlen auch für tote Offiziere.«

Sven räusperte sich und bat leise: »Wasser, einen Schluck!«

Der Waldläufer nahm seine Flasche vom Gürtel und flößte Sven Wasser ein. »Wohin wolltet ihr?«

»Zu den Franzosen in Grafton«, gab Sven Auskunft.

»Da sind keine Franzosen!«, erwiderte der Waldläufer.

»Hat man uns aber gesagt«, beharrte Sven.

»Egal! Wir bringen dich in jedem Fall nach Yorktown zu den Briten.«

Der ältere Waldläufer riss Sven hoch. »Los, du kannst jetzt selbst gehen! Ein falscher Schritt und wir schießen dich über den Haufen.«

Sven stolperte voran, aber schon nach wenigen Schritten wurde ihm schwindlig und er sank in Ohnmacht.

Als er wieder erwachte, standen mehrere Menschen um ihn herum. Männer mit Uniform waren darunter. Er sah eine Offiziersuniform der britischen Armee. Der Mann beugte sich zu ihm. »Können Sie mich hören, Sir?«

Sven nickte und artikulierte mit Mühe: »Ja, Sir«

»Können Sir mir Namen und Dienstrang nennen, Sir?«

Sven antwortete: »Sven Larsson, Kapitän der Kontinentalen Flotte.«

Der britische Offizier nickte dem Waldläufer ermutigend zu und fragte nach. »Welches Schiff haben Sie kommandiert, Herr Kapitän?«

»Die Fregatte *Defence.*«

»Sie sind jetzt Gefangener der britischen Streitkräfte, Herr Kapitän. Ich lasse Sie nun zu den anderen Gefangenen bringen. Wir werden uns morgen wiedersehen.« Zu den Waldläufern sagte er: »Ihr habt Glück! Es ist eine Prämie von fünfzig Dollar für ihn ausgesetzt.«

Als Leutnant Bergson mit dem Trupp ohne den Kapitän auf das Schiff zurückkehrte, war im Nu die gesamte Besatzung in Aufruhr. Leutnant Potter musste an sich halten, dass er nicht losschrie. Er ging mit Mr Bergson in die Kapitänskajüte und ließ sich berichten.

Als Bergson mit der Frage schloss: »Was sollte ich denn machen? Ich kann doch dem Kapitän nicht zum Pinkeln eine Begleitung zuteilen? Und es sah alles so friedlich aus.«

»Ist gut, John. Wir können es nicht ändern. Der Kapitän ist manchmal so sorglos, was seine Sicherheit angeht. Wir werden die Küste absegeln und Spähtrupps ausschicken.«

Die Tage vergingen. Die *Defence* hatte ihre Munitionsvorräte noch aus dem Depot aufgefüllt und immer wieder nach Sven gesucht. Sie setzten Prämien für Nachrichten aus, und dann kamen Einwohner mit Informationen. Einer wollte mit Sven auf Italienisch gesprochen haben. Mr Potter schäumte vor Wut und drohte jedem, der falsche Nachrichten brachte, mit Prügelstrafe.

Aber dann erzählte ein britischer Gefangener, er habe gehört, dass ein amerikanischer Kapitän in Yorktown gefangen sei, und schließlich kamen Einwohner, die ihn gesehen hatten und einige seiner charakteristischen Eigenheiten beschreiben konnten.

»Das ist besser, als wenn er tot wäre«, sagte Dr. Bader zu Tom Potter.

»Ich weiß nicht«, antwortete der. »Die Briten nehmen ihm einige Kriegslisten und Erfolge ziemlich übel.«

»Ach, Tom. Einem Mann mit seinem Ansehen werden sie nichts tun.«

Sven konnte nicht über Misshandlungen klagen. Ein britischer Arzt untersuchte seine Kopfverletzung, verband ihn und verordnete eine Woche strikte Ruhe. Aber Sauberkeit, Komfort und ausreichend Essen konnte er nicht verordnen.

Die Briten hatten ihre Gefangenen in einer verrotteten Scheune untergebracht. Es waren ein Dutzend amerikanische Seeleute und Soldaten sowie einige Franzosen. Für alle gab es ein paar Bündel Stroh, drei einfache Balken als Toiletten sowie vier Eimer Trinkwasser pro Tag. Waschen konnten sich die Gefangenen einmal am Tag an der Pumpe, während sie ihre halbe Stunde Aufenthalt im Freien hatten.

Zu essen gab es morgens und abends eine Schnitte Brot und mittags einen Teller Suppe. Das war nicht genug. Die Gefangenen meuterten und schimpften. Die Wächter schlugen mit dicken Stöcken auf sie ein.

Sven konnte den Briten keinen Vorwurf machen und hielt sich zurück. Die Briten hatten selbst nicht mehr. Ihre Soldaten taumelten manchmal vor Schwäche und suchten in der Landschaft alles zusammen, was essbar war. Diese Freiheit hatten die Gefangenen natürlich nicht.

Sven hatte zuerst nur auf dem kargen Boden gelegen und an seine Familie gedacht. Dann machte er sich Vorwürfe, weil er nicht vorsichtig genug gewesen war, und sorgte sich um sein Schiff. Und als es ihm etwas besser ging, fühlte er die Verpflichtung, sich um das Wohl der Gefangenen zu kümmern.

Er war der ranghöchste Gefangene, und als nach Ankunft eines neuen Schubs Gefangener der Vorschlag aufkam, einen Sprecher zu wählen, wurde Sven in dieses Amt berufen.

Es war wohl Zufall, dass zu dieser Zeit auch der für die Gefangenen zuständige britische Leutnant durch einen hessischen Hauptmann abgelöst wurde. Er trug den linken Arm in der Binde, als er Sven empfing und nach den Wünschen der Gefangenen fragte.

Sven brachte ihm die Klagen über die unzureichende Verpflegung vor und hörte, wie der Hesse für sich murmelte: »Ich habe doch auch keinen besseren Fraß.«

Unwillkürlich antwortete Sven auf Deutsch: »Dann lassen Sie uns doch wenigstens selbst zur Verbesserung beitragen.«

Und wieder kam ohne Zögern die deutsche Antwort: »Was könntet ihr denn tun?« Erst dann merkte der Hesse, dass sie die Sprache gewechselt hatten, und er sagte: »Sie sprechen Deutsch, Herr Kapitän? Dann können wir uns ja in dieser Sprache unterhalten.«

Sven bejahte und erläuterte seinen Vorschlag, dass täglich drei Gefangene auf Ehrenwort zum Angeln beurlaubt würden. Das könnte zur Aufbesserung beitragen.

Der Hesse, ein Hauptmann von Neuenburg, war damit einverstanden, und sie kamen ins persönliche Gespräch. Herr von Neuenburg war nicht aus Leidenschaft Soldat geworden, sondern aus familiärem Geldmangel. Die Baronie und das Gut erhielt sein älterer Bruder. Er selbst lernte bei entfernten Verwandten Landwirtschaft und hatte viel Freude daran. Dann sollte eine Schwester sehr reich einheiraten, und der Vater hatte kein Geld für die Mitgift. Da opferte sich der jüngere Bruder Wolfgang für das hessische Amerikakontingent, das gutes Handgeld zahlte.

Sven gab nur preis, dass er verheiratet war und drei Kinder hatte. Aber der Hesse war ihm durchaus sympathisch.

Die Angler der Gefangenen waren erfolgreich und brachten jeden Tag mindestens zwei Dutzend Fische und einige Waldfrüchte mit. Sie sammelten auch Informationen, welche ihrer Schiffe sie gesehen hätten, was dieser oder jener Bauer erfahren hätte und so fort. Da das Ehrenwort nur ausschloss, dass sie flohen, ermunterte sie Sven zu diesen Erkundigungen.

So erfuhren die Gefangenen, dass die Franzosen Ende August über dreitausend Mann und Belagerungsartillerie gelandet hatten, um die Belagerung Yorktowns zu verstärken.

Hauptmann von Neuenburg bestätigte die Nachrichten indirekt, indem er klagte, was mit ihm geschehe, wenn er in amerikanischen Lagern schmoren müsse. »Seitdem ich dieses Land hier kenne, möchte ich hier als Landwirt arbeiten, am liebsten im unbesiedelten Hinterland.«

»Machen Sie sich darüber man keine Sorgen«, antwortete Sven, denn sie waren sich recht nahegekommen. »Dazu kann ich Ihnen verhelfen.«

Den Gefangenen ging es jetzt besser. Nicht nur ihre Mahlzeiten waren angereichert, auch der Freigang wurde verlängert, und Sven hatte Schreib- und Lesekurse organisiert. Die größte Überraschung erlebte er aber, als eines Tages Samuel Root, Walter Jungmann und Alfred Holt als Gefangene eingeliefert wurden, seine Freunde und Begleiter vom Schiff.

Er hatte Mühe, sich nichts anmerken zu lassen und einen halben Tag zu warten, bis er sie allein sprechen konnte. »Wir wussten durch Ihre Angler genau, wo Sie waren, Sir. Da haben wir uns gefangen nehmen lassen, um Ihre Befreiung vorzubereiten. Mr Potter schickt jeden zweiten Tag einen Mann an die Bachmündung, in deren Nähe die Gefangenen angeln.«

Sven drückte ihnen gerührt die Hände und fragte zuerst nach Frau und Kindern.

»Wir waren bei ihnen, Sir, sobald wir wussten, dass Sie in Gefangenschaft waren. Sie wissen, dass es vom Nordteil der Bucht nur zwei Tagesmärsche zu Ihrem Heim sind. Es geht Ihrer Familie gut. Ihre Frau war sogar erleichtert, dass Sie nicht mehr kämpfen müssten.«

Sven musste lächeln. »Ja, so ist sie. Hat Sie dann noch an Mr Potter geschrieben?«

»Ja, Sir, wir haben einen Brief bei uns.«

Sam kramte in seiner Tasche und reichte Sven einen Brief. Die drei Männer schauten weg, als er schnell las. Sven merkte jetzt so richtig, wie ihm diese Nachrichten gefehlt hatten.

Als er sich wieder gefasst hatte, erzählte er ihnen von den Bedingungen im Gefangenenlager. Jetzt erfuhr er auch genau, wo das Lager war. An einer kleinen bewaldeten Bucht des York River, flussaufwärts von Yorktown.

Die Wochen zogen sich dahin. Das Gefangenenlager hatte jetzt etwa hundertfünfzig Bewohner. Die Fische waren nur noch ein Tropfen auf den heißen Stein. Hoffnung sogen die Gefangenen aus der Nachricht, dass Washington auf dem Marsch die Chesapeake-Bucht südwärts Baltimore durchquert habe. Und dann erhielten sie Informationen über den Sieg von Admiral de Grasse über die britische Flotte an der Mündung der Bucht.

»Wir müssen jetzt weg«, sagte Sven zu seinen Leuten. »Die Briten sind nun vom Nachschub über die See abgeschnitten. Sie werden uns sonst in ihre Festungslinien verlegen und uns noch mehr hungern lassen.«

Sven selbst ging mit den Anglern an die Bucht und traf Leutnant Potters Mann am Bach. Er informierte ihn über die Situation im Lager und besprach, wie die *Defence* einen Scheinangriff auf die zur Chesapeake-Bucht gelegenen Befestigungen durchführen könne, während die *Hudson* mit mehreren Ruderbooten den York abwärts segeln, ein Landungskommando aussetzen und die Wachen überwältigen müsse. Details möchte er mit dem Führer des Landungstrupps in drei Tagen aushandeln.

Als Sven vier Tage später auf den Morgen wartete, merkte er, wie entwöhnt er von solchen Abenteuern durch die Zeit der Gefangenschaft war. Er war so aufgeregt, dass ihm ganz heiß wurde. Jetzt mussten die ausgewählten Gefangenen zu den Posten im Süden und zur Bucht hin gehen und um Feuer bitten, da die Lagerfeuer erloschen seien. Dann würden die Männer der *Hudson* zugreifen und die Posten überwältigen. Und danach würden sie zu ihm kommen. Und er würde dann den Angriff auf die restlichen Posten leiten.

Nur einige der Gefangenen waren eingeweiht. Die anderen wollte er erst später fragen, ob sie bleiben oder mit ihm zu den Booten fliehen wollten. Und Hauptmann von Neuenburg konnte er auch erst dann fragen.

»Was ist denn los?«, hörte er mehrere Stimme von einer Ecke des Lagers brüllen.

War etwas schief gegangen?

Einige Gefangene waren aufgewacht, als Gefangene mit bewaffneten Matrosen in das Lager kamen. Sven rannte, um sie zu beruhigen.

Dann ließ er Waffen an ausgewählte Gefangene verteilen. Sie umstellten das Quartier von Hauptmann von Neuenburg. Die Männer der *Hudson* gingen mit Sven, die restlichen Posten zu überwältigen.

Das war bei den wenigen Posten keine Schwierigkeit, aber alle Gefangenen aufzuwecken, sie zu informieren und doch so ruhig zu halten, dass sie die in der Nähe stationierten britischen Truppen nicht aufmerksam machten, das stellte Sven vor erhebliche Probleme.

Da waren die üblichen Schreihälse, die bei jeder Gelegenheit losbrüllten und das auch jetzt taten, als sie geweckt wurden. Sven hatte angeordnet, ihnen aufs Maul zu hauen und die Waffen vors Gesicht zu halten. Und dann gab es die Angsthasen, die vor Schreck schrien, und die Angeber, die gleich Yorktown erobern wollten. Sven rief mehrmals »Ruhe!« und drohte Prügelstrafen an, ehe sie alle schwiegen. Dann erklärte er, was geschehen war, ordnete an, dass bleiben könne, wer wolle. Alle anderen sollten aufstehen, sich in Zwanzigergruppen zusammenstellen und den Männern der *Hudson* folgen, die sie zu den Booten im Fluss bringen würden. Alle sollten leise sein, sonst schnitte er ihnen selbst die Kehle durch.

Bis auf die gefangenen Franzosen räumten alle das Lager, während sich Sven zum Hauptmann begab. Er redete eindringlich auf ihn ein, doch mit ihm zu kommen. Er könne ihm garantieren, dass er spätestens nach Kriegsende Land zum Bewirtschaften erhielte. Er müsse auch nicht in Gefangenschaft, wenn er sein Ehrenwort gäbe.

Der Hauptmann willigte ein, raffte seine wichtigsten Sachen zusammen und stapfte mit Sven zu den Booten.

Fünf Boote waren schon fast in der Mitte des Hudson-Flusses angekommen. Ein Teil ihrer Nachhut bestieg gerade ein sechstes. Das siebente Boot für Sven legte an. Da hörten sie Schreie und Schüsse aus der Richtung des Lagers.

»Ablegen und sichern!«, rief Sven dem sechsten Boot zu und winkte das letzte heran.

»Schnell rein!«, befahl er den Männern, die noch am Ufer standen. Sie hörten die Schüsse, stapften ins Wasser und wälzten sich über den Dollbord ins Boot. »Ablegen! Rudert an! Drehbassen und Gewehre kontrollieren!«, trieb Sven die Männer an.

Sie waren schon mehrere Bootslängen vom Ufer entfernt, als britische Infanteristen aus dem Wald bis ans Wasser rannten und sofort auf die Boote schossen.

Sven hatte sich an eine Drehbasse gesetzt, visierte sorgfältig und schoss. Auch ihre Musketenschützen und das sechste Boot schossen. Einige Briten fielen zu Boden. Die anderen rannten in den Wald zurück. Sven atmete auf. Nun waren sie außer Schussweite.

Die Seeleute der *Defence* und *Hudson* standen alle an der Reling und riefen »Hurra!«, als die Boote zu ihnen ruderten. Jubel brandete empor, als Mr Potter Sven das Schiff übergab.

Sven ließ sich die Sprechtrompete reichen.

»Männer der *Defence*! Ich bin glücklich, wieder bei euch zu sein. Ich danke euch für das, was ihr während meiner Gefangenschaft für unser Land getan habt. Ohne eure Hilfe wäre ich und mit mir viele Landsleute nicht freigekommen. Ich bin stolz, euch wieder kommandieren zu dürfen.«

Unter ihren Hurrarufen ging er in seine Kajüte. Martin und Rocky erwarteten ihn. Martin rannen die Tränen über das Gesicht, und Rocky riss sich winselnd los, sprang Sven an, legte sich auf Befehl vor ihm auf den Boden, jaulte und leckte an seinen Füßen. Sven fasste Martin um und beugte sich dann zu Rocky, um ihn zu streicheln. Er musste sich danach die Augen auswischen, denn Mr Potter hatte gerade gesagt: »Wir haben einen Brief Ihrer Gattin auf Ihr Schreibpult gelegt, Sir«, und er konnte ihn noch nicht sehen. Dann sah er ihn. Nun war er wieder bei den Seinen.

Die *Defence* hatte zehn Tage später die Ehre, General Washington auf das Flaggschiff *Ville de Paris* zu bringen, wo er mit Admiral de Grasse konferierte.

Washington, der auf der Hinfahrt recht einsilbig gewesen war, kam strahlend auf die *Defence* zurück und sagte zu Sven: »In den nächsten Wochen werden Sie das Ende unserer Knechtschaft miterleben, und Sie können Ihren Enkeln einmal sagen, Sie seien dabei gewesen.«

Dann beherrschte er schnell wieder seine Gefühle und erteilte Sven sehr sachlich den Befehl, den französischen General Rochambeau mit seiner Infanterie von Annapolis zum York River zu geleiten. »Er wird uns bei der Belagerung unterstützen.«

Ende September 1781 hatte Washington sechzehntausend Mann zur Belagerung Yorktowns versammelt. Die *Defence* musste vier ihrer schweren Kanonen für die Belagerungsartillerie abgeben. Und dann begann die Kanonade.

Der britische General Cornwallis räumte seine äußeren Befestigungen so schnell, dass sich alle Belagerer wunderten. »Nun wären wir auch innerhalb der Stadtgrenzen untergebracht und bekämen die eigenen Kanonenkugeln auf den Kopf«, bemerkte Alfred zu seinem Freund Walter.

Zur selben Zeit fragte Sven seinen Freund Sam: »Möchtest du da drinnen sitzen, wenn das jetzt wochenlang so weitergeht?«

»Um Gottes willen, nein! Aber was machen wir jetzt? Liegen wir hier nur auf dem Fluss herum?«

»Keine Sorge! Wir werden an den Küsten vor Northampton patrouillieren. Wir wollen nicht, dass Königstreue in die Belagerung eingreifen.«

Aber nach zehn Tagen wurde die *Defence* zurückgerufen. Spione hatten gemeldet, dass Cornwallis ausbrechen und den York River überqueren wolle, wo er in Gloucester noch einen Stützpunkt unterhielt. Doch ein schwerer Sturm fegte diesen Plan hinweg und zerstörte einen Teil der Boote. Nur weil Master White eine so gute Nase hatte und die Wolken richtig deutete, konnte die *Defence* rechtzeitig hinter einer Landzunge Schutz suchen.

Und dann überschlugen sich die Gerüchte. Einmal hieß es, dass eine starke britische Flotte mit Clintons Truppen aus New York komme, um Yorktown zu befreien. Dann wieder war von britischen Unterhändlern die Rede, die in Washingtons Hauptquartier über die Kapitulation verhandelten. Gleichzeitig kam der Befehl, Yorktown so eng abzuschnüren, dass kein Mensch, ob Frau, Kind oder Greis, in die Stadt gelangen könne.

»Was ist denn nun? Kommt Clinton oder kapituliert Cornwallis?«, polterte Dr. Bader in der Offiziersmesse los.

»Wir hoffen, dass Cornwallis zuerst kapituliert, bevor Clinton in Sicht kommt. Für uns wäre das so ein Gewinn wie für Ihren Patienten der Tod, bevor Sie Ihr Messer ansetzen«, antwortete Leutnant Potter.

Die anderen lachten laut. Dr. Bader drohte Potter lächelnd mit dem Finger. »Warten Sie nur, bis Sie mir auf den Tisch kommen.«

Hauptmann von Neuenburg war für Washingtons Stab tätig, um hessische Wünsche zu dolmetschen oder mit einer Sprechtrompete vor den Mauern die Hessen zum Überlaufen zu ermuntern. Gut zwei Dutzend waren ihm bisher gefolgt.

Am 19. Oktober ließ er sich eilends auf die *Defence* bringen.

»Kapitän Larsson! Heute früh tritt die Kapitulation in Kraft. Die britischen Truppen marschieren aus den Mauern. Kommen Sie! Können Sie ein wenig näher dort heransegeln? Dann sehen wir sie besser.«

Sven atmete tief durch und presste die Lippen zusammen, um seine Gefühle unter Kontrolle zu halten. Dann packte er Neuenburg an den Schultern und rief: »Dann geht es heim, und ich kann meine Familie wiedersehen.«

Sven gab die nötigen Befehle. Die *Defence* ankerte dicht am Strand. Die Matrosen enterten auf Masten und Rahen. Die Offiziere standen auf dem Achterdeck.

An Land trat eine Kompanie rechts und links vor dem Tor an. Andere Truppen sammelten sich, um vor den Briten herzumarschieren.

»Dort kommt Washington mit dem Stab. Der General hinter ihm ist Lincoln«, meldete Hauptmann von Neuenburg.

Sie achteten nicht weiter auf General Cornwallis, der zu Washington ging, sondern warteten nur auf die Truppen. Und dann kam der Marschblock heran, exakt wie immer, Schritt für Schritt. Vorab die Pfeifer und Trommler. Sie spielten und die Blöcke sangen.

»Können Sie hören, was sie singen?«, fragte Sven den Hauptmann.

»Ja«, bestätigte von Neuenburg, »es ist ein sehr beliebtes Lied und heißt: The world turned upside down.« (Die Welt steht Kopf.)

Sven sah ihn fragend an. »Ich kenne es nicht.«

Von Neuenberg lachte. »Unser Sergeant sang es dauernd. Hören Sie genau hin.« Er sang leise mit:

»Wenn die Butterblumen um die Bienen schwirren,
wenn die Boote an Land sind
und die Kirchen auf See,
wenn die Pferde Menschen reiten,
dann stellt sich die Welt auf den Kopf.«

Sven schüttelte den Kopf. »Die Briten wollen es nur nicht einsehen. Aber jetzt ist die Welt endlich in Ordnung!«

ENDE

Glossar

Abfallen: Vom Wind wegdrehen, sodass er mehr von achtern einfällt
Achterdeck: Hinterer Teil des Decks, auf größeren Schiffen erhöhter Aufbau. Dem Kapitän und den kommissionierten Offizieren vorbehalten
achtern: achterlich
achteraus: Hinten, von hinten, nach hinten. ›Achter‹ (engl. after) deutet in verschiedenen Zusammensetzungen auf Schiffsteile hinter dem Großmast hin, z. B. Achterschiff
am Wind segeln: Der Wind kommt mehr von vorn als von der Seite. Das Schiff segelt in spitzem Winkel zum Wind
Ankerspill: siehe ›Gangspill‹
anluven: Gegenteil von abfallen. Zum Wind hindrehen, sodass er mehr von vorn einfällt
aufgeien: Aufholen eines Rahsegels an die Rah mithilfe der Geitaue
aufschießen: Zusammenlegen von Leinen oder Tauen in Form eines Kreises oder einer Acht
ausrennen: Schiffsgeschütze mithilfe der Taljen nach vorn rollen, sodass die Mündung aus der Stückpforte ragt
ausschießen: siehe ›Wind‹

Back: 1. Erhöhter Decksaufbau über dem Vorschiff. 2. Hölzerne Schüssel für das Mannschaftsessen. 3. Meist hängender Tisch zum Essen für die Backschaft (Gruppe, die zu diesem Tisch gehört). Der Backschafter (Tischdienst) tischt auf (aufbacken) oder räumt ab (abbacken). Mit ›Backen und Banken‹ wurde zum Essen gerufen
Backbord: Die linke Schiffsseite, von achtern (hinten) gesehen
backbrassen: Die Rahen mit den Brassen so drehen, dass der Wind von vorn einfällt und die Segel gegen den Mast drückt. Dadurch wird das Schiff gebremst

Bark: Segelschiff mit mindestens drei Masten, von denen die vorderen Rahsegel tragen, während am (hinteren) Besanmast nur ein Gaffelsegel gefahren wird
Barkasse: Größtes Beiboot eines Segelkriegsschiffes, etwa zwölf Meter lang
belegen: 1. Leine festmachen. 2. Befehl widerrufen
Belegnagel: Großer Holz-(oder Eisen-)stab mit Handgriff, der zum Festmachen der Leinen diente. Er wurde in der Nagelbank an der Reling aufbewahrt und diente auch als Waffe im Nahkampf
Besan: 1. Der hintere, nicht vollgetakelte Mast eines Schiffes mit mindestens drei Masten. 2. Das Gaffelsegel an diesem Mast
Besteck nehmen: Ermittlung des geografischen Ortes eines Schiffes
Bilge: Der tiefste Raum im Schiff zwischen Kiel und Bodenplanken, in dem sich Wasser ansammelt
Blindesegel: siehe Schemazeichnung Segel
Block: Rolle in Holzgehäuse, über die Tauwerk läuft
Blunderbüchse: (blunderbuss) auch Donnerbüchse: großkalibrige, kurzläufige Muskete mit trichterförmig endendem Lauf, aus der Grobschrot u. Ä. auf kurze Entfernung verschossen wurde
Bombarda: Spanische Bezeichnung für die Handelsversion eines Mörserschiffes. Der vordere große Mast mit Rahsegeln steht weit hinten, damit vor ihm die im Rumpf eingebauten Mörser schießen können. Der Besanmast ist auch nach hinten verschoben. Die Schiffe sind flach gebaut, um auch in Ufernähe schießen zu können
Bootsgast: Mitglied der Besatzung eines Beibootes
Bramstenge: siehe Schemazeichnung: Masten
Brassen: 1. Hauptwort: Taue zum waagerechten Schwenken der Rahen.
2. Tätigkeitswort: Die Rahen um die Mastachse drehen. Vollbrassen = ein Segel so stellen, dass der Wind es ganz füllt; lebend brassen = das Segel so stellen, dass es dem Wind keinen Widerstand bietet, also längs zum Wind steht; backbrassen = siehe dort
Brigantine: Zweimaster, dessen vorderer Mast voll getakelt ist, während der hintere Gaffelsegel trägt
Brigg: Schiff mit zwei voll getakelten Masten
Brooktau: Tau, das den Rücklauf einer Kanone nach dem Schuss abstoppt
Bug: Vorderer Teil des Schiffes

Claret: In der Navy üblicher Ausdruck für Rotwein
Cockpit: (hier) Teil des Orlop- oder Zwischendecks am achteren Ende, das in Linienschiffen den Midshipmen als Wohnraum und während des Gefechts als Lazarett diente
Commander: Kapitän eines Kriegsschiffes unterhalb der Fregattengröße mit mindestens einem Leutnant

Davit: Kranartige Vorrichtung zum Aus- und Einsetzen von Booten
Deckoffiziere: (warrant officers) 1. Master, Proviant- und Zahlmeister, Schiffsarzt mit Zugang zur Offiziersmesse. 2. Stück-(Geschütz-)Meister, Bootsmann, Schiffszimmermann, Segelmacher u. a. ohne Zugang zur Offiziersmesse
Dingi: Kleinstes Beiboot
dog watch: siehe Wacheinteilung

Dollbord: Obere, verstärkte Planke von Beibooten, in die die Dollen (Holzpflöcke oder Metallgabeln) für die Riemen eingesetzt werden
Draggen: Leichter, vierarmiger Bootsanker ohne Stock, der auch als Wurfanker benutzt wurde, um Leinen am feindlichen Schiff festzumachen
Drehbassen: (swivel gun) Kleine, auf drehbaren Zapfen fest angebrachte Geschütze mit einem halben bis zwei Pfund Geschossgewicht
dwars: Quer, rechtwinklig zur Kielrichtung

Ende: Kürzeres Taustück, dessen beide Enden Tampen heißen
en flûte: Ein Kriegsschiff segelt en flûte, wenn es den größeren Teil seiner Kanonen und Mannschaften abgegeben hat, um Platz für dringend benötigte Waffen oder Lebensmittel zu schaffen, die durch ein Kriegsschiff schneller und sicherer zu transportieren sind als durch ein Handelsschiff
Entermesser: Schwerer Säbel mit rund siebzig Zentimeter langer Klinge
entern: Besteigen eines Mastes oder eines feindlichen Schiffes

Faden: siehe Längenmaße
Fall: Tau zum Heißen oder Fieren von Rahen oder Segeln
Fallreep: Treppe, Jakobsleiter, die an der Bordwand heruntergelassen wird
Fallreepspforte: Aufklappbare Pforte in einem unteren Deck zum Einstieg vom Fallreep
Fender: Puffer, früher aus geflochtenem Tauwerk
fieren: Ein Tau lose geben (lockern), etwas absenken, hinunterlassen
Finknetze: Kästen am Schanzkleid zur Aufnahme der Hängematten, meist aus Eisengeflecht
Fock: siehe Schemazeichnung Segel eines Zweideckers
Fockmast: Vorderster Mast
Fregatte: Kriegsschiff der 5. und 6. Klasse mit 550–900 Brit. Tonnen, 24–44 Kanonen und 160–320 Mann Besatzung
Fuß: siehe Längenmaße
Fußpferd: Das unter einer Rah laufende Tau, auf dem die Matrosen stehen, wenn sie die Segel los- oder festmachen oder reffen

Gaffel: Der obere Baum eines Gaffelsegels
Gaffelsegel: Längsschiffs stehendes viereckiges Segel, z. B. Besan
Gangspill: Winde, die um eine senkrechte Achse mit Spill (= Winde) oder Handspaken (= kräftigen Steckhölzern) gedreht wird, um den Anker zu hieven oder Trossen einzuholen
Gangway: 1. Laufbrücke an beiden Schiffsseiten zwischen Back- und Achterdeck. 2. bewegliche Laufplanke zwischen Schiff und Pier
gecobt: Strafe bei Offiziersanwärtern. Schläge mit einem schmalen Sandsack
Geitau: Tau zum Aufgeien (Emporziehen) eines Segels
gieren: Unbeabsichtigtes Abweichen vom Kurs durch Wind, Seegang oder ungenaues Steuern
Gig: Beiboot für Kommandanten

gissen: Möglichst genaues Schätzen des Schiffsortes durch Koppeln
Glasen: Anschlagen der Schiffsglocke, nachdem die Sanduhr (Glas) in 30 Minuten abgelaufen ist. 8 Glasen = 4 Stunden = 1 volle Wache
Gordings: Taue, mit denen ein Segel zur Rah aufgeholt wird
Gräting: Hölzernes Gitterwerk, mit dem Luken bei gutem Wetter abgedeckt waren. Zum Auspeitschen wurden Grätings aufgestellt und die Verurteilten daran festgeschnallt
Großsegel: siehe Schemazeichnung Segel eines Zweideckers

halsen: Mit dem Heck durch den Wind auf den anderen Bug gehen
Heck: Hinterster Teil des Schiffes, in der damaligen Zeit bei Linienschiffen
mit verzierten Galerien ausgestattet
heißen (hissen): Hochziehen eines Segels, einer Flagge
Helling: Schräge Holzkonstruktion am Ufer, auf der Schiffe heraufgezogen oder hinuntergelassen werden
Helm: Auf kleineren Schiffen das Steuer oder Ruder selbst, auf größeren Schiffen die Ruderpinne
Heuer: Monatslohn der Seeleute nach den Regelungen von Nov. 1775

Kapitän	32	Dollar
Leutnant	20	"
Master	20	"
Masters Maat	20	"
Bootsmann	20	"
Bootsmannsmaat	9 $^{1}/_{2}$	"
Feuerwerker	15	"
Feuerwerkersmaat	10 $^{2}/_{3}$	"
Schiffsarzt	21 $^{1}/_{3}$	"
Vollmatrose	6 $^{2}/_{3}$	"

Die Heuer wurde im Lauf des Krieges erhöht, erstmals im Dezember 1776 z. B. für Vollmatrosen auf 8 Dollar.

Durchschnittspreise für einige Waren und Dienstleistungen:

1 Pfund Schweinefleisch		6 p
1 Pfund Butter	2 s	
1 Pfund Zucker	1 s	
1 Pfund Tee	10 s	
1 Liter Cognac	4 s	6 p
Anzug für Büroangestellte	5 £	
Hemd, Anfertigung	12 s	

Postkutschenfahrt von London
nach Carlisle (500 km, 3 Tage)
Innenplatz 3 £ 4 s 9 p, Außenplatz 2 £ 2 s
1 Pfund Sterling (£) = 20 Shilling (s) = 240 Pence (p)

hieven: Hochziehen einer Last, meist mit Takel und Geien
Hulk: Altes Schiff, abgetakelt, meist als Wohn- oder Gefangenenschiff benutzt
Hundewache: siehe Wacheinteilung
Hütte: Aufbau auf dem Achterschiff, auch Poop oder Kampanje

Inch: siehe Längenmaße

Jagdgeschütze: Lange Kanonen im Bug, die einen verfolgten Gegner beschießen konnten
Jakobsleiter: Leichte Tauwerksleiter mit runden Holzsprossen
Jakobsstab: Altes Navigationsinstrument zur Messung der Breite
Jurymast: Behelfsmast

Kabelgatt: Lagerraum für Tauwerk
Kabel: 1. dickes Tau. 2. Längenmaß (185,3 m)
kalfatern: Dichten der Ritzen zwischen den Planken mit Teer und Werg
Kanonenboot: Häufig mit Riemen angetriebenes Boot mit einem schweren Geschütz im Bug
kappen: Ab-, durchschneiden, z. B. Anker kappen = Ankertau mit der Axt durchschlagen
Kartätschen: Kanonenmunition, gefüllt mit Musketenkugeln oder Eisennägeln, vornehmlich zur Abwehr von Enterern
kentern: 1. Umkippen eines Schiffes. 2. Umschlagen des Windes. 3. Wechsel der Strömungsrichtung zwischen Ebbe und Flut
Ketsch: Segelschiff mit zwei Masten. Der vordere Mast ist wesentlich größer als der hintere. Die Ketsch führt Schratsegel
Kettenkugeln: Zwei Voll- oder Halbkugeln waren durch Ketten oder Stangen verbunden, die sich während des Fluges spreizten, um die feindliche Takelage zu zerfetzen
Kiel: In Längsrichtung des Schiffes verlaufender starker Grundbalken, auf dem Vor- und Achtersteven und seitlich die Spanten aufgesetzt sind
Kielschwein: Auf den Kiel zur Verstärkung aufgesetzter Balken
kielholen: 1. Ein Schiff am Sandufer so krängen (neigen), dass der Schiffsrumpf ausgebessert bzw. gesäubert werden kann. 2. Einen Menschen mit einem Tau von einer Schiffsseite unter dem Kiel zur anderen durchziehen. Diese lebensgefährliche Strafe war in der englischen Kriegsmarine nicht üblich
killen: Das Schlagen oder Flattern der Segel, weil sie ungünstig zum Wind stehen
Klampen: Profilhölzer zur Lagerung von Beibooten an Deck
Klarschiff: Gefechtsbereitschaft eines Schiffes (klar Schiff zum Gefecht)
Klüse: Öffnung in der Bordwand für Taue
Klüver: siehe Schemazeichnung: Segel eines Zweideckers
Klüverbaum: Spiere zur Verlängerung des Bugspriets
Knoten: 1. Zeitweilige Verknüpfung von Tauenden. 2. Geschwindigkeitsangabe für Seemeilen pro Stunde
Kontinentale Flotte: Gemeinsame Flotte aller dreizehn Kolonien. Bereits im Herbst 1775 ließ Washington einige Schiffe ausrüsten, um den Nachschub der Briten zu stö-

ren. Sie wurden vom Kongress finanziert. Aber die südlichen Agrarstaaten sträubten sich noch gegen eine Gesetzgebung für eine kontinentale Flotte, die aber begann, als am 13. Dezember 1775 der Beschluss zum Bau von dreizehn Fregatten für die gemeinsame Flotte gefasst wurde.
koppeln: Ermittlung des Schiffsortes durch Einzeichnen der Kurse und Distanzen in die Karte (= mitkoppeln)
Krängung: Seitliche Neigung des Schiffsrumpfes kreuzen: Auf Zickzackkurs im spitzen Winkel zum Wind abwechselnd über Back- und Steuerbordbug segeln
Kreuzmast: siehe Schemazeichnung: Segel eines Zweideckers
krimpen: siehe Wind
Kuff: Von Belgien bis Norddeutschland häufig gebauter Küstenfrachter mit breitem, flachem Schiffsboden und hochgezogenem Bug und Heck. Meist trug die Kuff anderthalb Masten, am vorderen Mast ein Gaffelsegel und darüber an der Maststenge ein oder zwei Rahsegel. Der achtere Besanmast führte nur ein Gaffelsegel
Kuhl: Offener Teil des obersten Kanonendecks zwischen Vor- und Achterdeck
Kutter: 1. einmastiges Schiff mit Gaffelsegel und mehreren Vorsegeln. 2. Beiboot

Landfall: Erste Sichtung von Land nach längerer Seefahrt
Längenmaße: Britische nautische Meile = 1,853 km, Kabel = 185,3 m, Faden = 1,853 m, Seemeile = 1,852 km. Yard = 91,44 cm, Fuß = 30,48 cm, Inch = 2,54 cm, 1 Knoten = 1 Seemeile pro Stunde
längsseits holen, kommen, liegen: Seite an Seite mit einem Schiff, Kai, Steg u. a. zu liegen kommen
laschen: Zusammenbinden, festbinden (-zurren)
Last: Vorrats- oder Stauraum
Laudanum: Opiumtinktur zur Betäubung der Verwundeten
Lee: Die dem Wind abgewandte Seite
Legerwall: Küste in Lee, auf die der Wind weht; das Schiff ist hier in Gefahr zu stranden, wenn es sich nicht freisegeln oder Anker werfen kann
Leinen: Allgemeiner Begriff für Tauwerk
lenzen: Leer pumpen
Log: Gerät zur Messung der Fahrt des Schiffes durchs Wasser (loggen)
Lot: Gerät zur Messung der Wassertiefe
Lugger: Küstensegler mit zwei oder drei Masten und viereckigen, längsschiffs stehenden Segeln. Schnelle Lugger waren bei den Franzosen als Kaperschiffe häufig
Luv: Die dem Wind zugewandte Seite

Manntaue: Bei schwerem Wetter an Deck zum Festhalten gespannte Taue
Mars: Plattform am Fuß der Marsstenge, an den Salings. Gefechtsplatz von Scharfschützen
Marine-Komitee: Ausschuss des Kongresses, der für die 13 Kolonien gemeinsam eine Flotte schaffen und die erforderlichen Gesetze ausarbeiten sollte. Er wurde am 14. 12. 1775 mit 13 Mitgliedern berufen und sollte zuerst 13 Fregatten bauen lassen.
Marsstenge: siehe Schemazeichnung: Masten
Mastgarten: Einrichtung am Mast zum Belegen von laufendem Gut

Master: Ranghöchster Deckoffizier (siehe dort), der nur dem Kapitän unterstand und für die Navigation, die Verstauung der Ladung und den Trimm verantwortlich war
Messe: Speiseraum der Offiziere, von dem meist auch die Schlafplätze abgingen

Navy Board: Unterausschuss des Marinekomitees mit drei Mitgliedern, der die Verwirklichung der Beschlüsse zu überwachen hatte. Im April 1777 wurde zusätzlich ein Navy Board für die vier Neuenglandstaaten (N. B. of the Eastern Department in Boston) gegründet, der dann vom Board für die mittleren und südlichen Staaten (N. B. of the Middle Department in Philadelphia) unterschieden wurde
Niedergang: Treppe zu den unteren Decks
Nock: Ende eines Rundholzes

Oberlicht: Fenster im Oberdeck zur Beleuchtung darunter liegender Räume
Ölzeug: Schlechtwetterkleidung aus dichtem, mit Leinöl getränktem Stoff
Ösen: Ausschöpfen des Wassers aus einem Boot
Orlop: Niedriges Zwischendeck über dem Laderaum

Pardunen: siehe Schemazeichnung: Masten
peilen: 1. Flüssigkeitsstand im Schiff messen. 2. Richtung zu einem anderen Objekt feststellen
Penterbalken, Penterhaken: Teile der aus Balken, Seilzügen und Haken bestehenden Vorrichtung, um große Anker einzuholen
Pinasse: 1. Größeres Beiboot. 2. Kleiner Küstensegler mit Schratsegel
Poop: siehe Hütte
Poopdeck: Über das mittlere Deck, die Kuhl, hinausragender Aufbau am Heck des Schiffes
preien: Anrufen
Prise: Legale Beute, meist ein feindliches Schiff, dessen legale Aufbringung durch ein Prisengericht bestätigt wurde
Profos: Meist Maat des Bootsmanns, der für Bestrafungen und Arrest zuständig war
Polacca: Dreimastiges Schiff im Mittelmeer. Charakteristisch ist, dass die Masten Pfahlmasten sind, d. h. aus einem Stück ohne Marse oder Salinge. Die Rahsegel sind mit Tauen am Mast verankert. Dadurch können alle Segel bis zum Deck hinuntergelassen werden. An Stelle der Wanten hängt von der Mastspitze bis zum Deck eine Sturmleiter
Pütz: Eimer
pullen: 1. Ziehen an einem Tau. 2. Rudern (Riemen durchs Wasser ziehen)

Rack: 1. Vorrichtung zur Befestigung der Rahen am Mast. 2. Holzkasten mit schalenförmigen Vertiefungen zur Aufnahme der Kanonenkugeln in der Nähe des Geschützes
Rah: Holzspiere, die horizontal und drehbar am Mast befestigt ist und an der Segel angeschlagen werden
Rahnock: Äußere Enden der Rah
Rahsegel: Rechteckige Segel, die quer zur Längsachse des Schiffes an seitlich schwenkbaren Rahen befestigt sind

Rammer: Holzstange mit Aufsatz etwa in Kaliberdurchmesser. Mit dem Rammer wird die Kartusche fest ins Kanonenrohr gestoßen
Raumer Wind: Wind aus achterlichen Richtungen, für Rahsegler günstig
Reede: Geschützter Ankerplatz außerhalb des Hafens
Reff, Reef: Teil des Segels, der bei starkem Wind durch Reffbändsel zusammengebunden wird, um die Segelfläche zu verkleinern
Riemen: Rundholz mit Blatt, das zum Pullen oder Wriggen benutzt wird
Rigg: Sammelbezeichnung für die gesamte Takelage mit Rahen
riggen: Auftakeln eines Schiffes
rollen: Seitliches Schwingen des Schiffes um seine Längsachse (s. a. schlingern und stampfen)
Ruder: 1. Ruderblatt im Wasser, 2. allgemeine Steueranlage

Saling: Gerüst am Topp der Masten und Stengen zum Ausspreizen der Wanten
Schalken: Abdichten der Schiffsluken
Schaluppe: 1. Einmastiges Küstenfrachtschiff mit Gaffelsegel. 2. Großes Beiboot (s. aber Sloop)
Schanzkleid: Erhöhung der Außenplanken des Rumpfes über das oberste Deck hinaus zum Schutz der Besatzung. Das Schanzkleid ist im Unterschied zur Reling geschlossen, hat aber Speigatten zum Abfluss übergekommenen Wassers
Schebecke, Xebeke: Dreimastiges Segelschiff mit Lateinersegeln (= Schratsegel), vor allem im Mittelmeer gebräuchlich
scheren: Taue durch Block oder Öse ziehen
schlingern: Gleichzeitige Bewegung des Schiffes um Längs- und Querachse
Schnau: Meist zweimastige Schiffe, die hinter den Masten noch zusätzliche dünnere Masten haben, an denen Gaffelsegel befestigt sind
Schoner: Zwei- oder mehrmastiges Schiff mit Schratsegeln
Schratsegel: Sammelbegriff für alle Segel, deren Unterkante in Längsrichtung des Schiffes steht, z. B. Stag-, Gaffel-, Besansegel
schwoien, schwojen: Das Schiff bewegt sich um den Anker schwabbern: Reinigung des Deckes
Seite pfeifen: Auf Pfeifsignal des Bootsmannes versammeln sich Offiziere und Seesoldaten an der Fallreepspforte, um von und an Bord gehenden Kommandanten und Flaggoffizieren eine Ehrenbezeigung zu erweisen
Sextant: Winkelmessgerät für terrestrische und astronomische Navigation. Vor allem zur Messung der Gestirnhöhen über der Kimm benutzt
Sloop: Engl. Bezeichnung für voll getakeltes kleineres Kriegsschiff mit im Allgemeinen bis zu zwanzig Kanonen (französisch: Korvette). Die Übersetzungen Schaluppe oder Slup sind irreführend, da damit vor allem einmastige Segelschiffe bezeichnet werden, während die Sloop drei Masten hatte
Speigatt: Öffnung in Fußreling oder Schanzkleid, durch die eingenommenes Wasser abfließen kann
Staatsflotte: Bezeichnung für die Staatsflotten der dreizehn einzelnen Bundesstaaten (ehemaligen Kolonien). Die nördlichen und mittleren Kolonien hatten meist größere Flotten (bis hin zu Fregatten) als die südlichen

Stage: Dicke, nicht bewegliche Taue, die die Masten gegen Druck von vorn sichern
Stern: Bezeichnung für Heck
Stropp: Tau, das als Ring gespleißt ist. Dient meist zur Lastaufnahme
Stückmeister: Für die Kanonen (die Stücke) und Munition zuständiger Deckoffizier. Im Gefecht gab er Kartuschen in der Pulverkammer aus.
stütz!: Befehl an den Rudergänger, eine Schiffsdrehung durch Gegenruderlegen abzufangen

Takelage: Gesamtheit der Masten, Segel, des stehenden und laufenden Guts
Takelung: Art (Typ) der Takelage
Taljen: Flaschenzug aus Tauen und zwei Blöcken
Tamp: Kurzes Ende eines Taus, auch Tampen
Tender: Bewaffnetes Begleitschiff eines größeren Kriegsschiffes. Tender wurden im Allgemeinen von Offizieren der Linienschiffe finanziert, um Prisengeld einzubringen
Tonne: Maß für die Masse von Schiffen, 1 brit. Tonne entspricht 1 016,05 kg
Topp: 1. Mastspitze. 2. Mast mit Takelage
Toppgast: Seemann, der im Topp die Segel bedient
Toppsegel: siehe Schemazeichnung: Segel eines Zweideckers Nr. 12 und 21
Toppsegelschoner: Schoner mit ein oder zwei Rahsegeln am oberen Mast zusätzlich zu den Schratsegeln
Traubengeschosse: Eine Art sehr grober Kartätsche. 900 Gramm schwere Kugeln wurden in Segeltuch in Kalibergröße verschnürt
Trosse: Sehr starkes Tau

verholen: Schiff über geringe Entfernung an einen anderen Liegeplatz bringen
Verklicker: Windrichtungszeiger an der Luvseite des Steuerrades. Er bestand aus einem Stab, an dessen Spitze ein Faden befestigt war, auf den kleine Federkreise auf Korkscheiben gezogen wurden
versetzen: Durch Strömung oder Wind aus dem Kurs bringen
Vortopp: 1. Die Spitze des Fockmastes (vorderster Mast). 2. Der Fockmast mit seiner Takelage

Wacheinteilung: Der nautische Tag beginnt um 12 Uhr mittags, wenn der Standort des Schiffes gemessen wird.
12–16 Uhr: Nachmittagswache
16–20 Uhr: Dog watch (Verstümmelung von ›docked‹ oder verkürzt), da hier zwei verkürzte Wachen von 16–18 und 18–20 Uhr dauerten, damit die Mannschaft nicht alle Tage die gleiche Wachzeit hatte
20–24 Uhr: Erste Wache (Abendwache)
0–4 Uhr: Hundewache
4–8 Uhr: Morgenwache
8–12 Uhr: Vormittagswache (siehe auch glasen)
warpen: Ein Schiff bei Flaute bewegen, indem der Anker mit einem Beiboot in Fahrtrichtung ausgebracht und das Schiff mit dem Ankerspill an den Anker herangezogen wird

wenden: Mit dem Bug durch den Wind auf einen anderen Kurs gehen
Wind: ausschießen = der Wind dreht auf den Kompass bezogen nach rechts; krimpen = der Wind dreht auf den Kompass bezogen nach links; räumen = der Wind dreht so, dass er mehr von achtern einfällt; schralen = der Wind dreht so, dass er mehr von vorn kommt
Wischer: Stange mit feuchtem Wischer – meist aus Schaffell, mit der nach Entfernung von Rückständen das Kanonenrohr ausgewischt wurde
Wurm: Stange mit ein oder zwei Eisenspiralen an der Spitze. Mit ihr wurden nach dem Abfeuern einer Kanone Rückstände im Rohr gelöst und entfernt

Historische Seeromane von Frank Adam:

Diese Auflistung ist ein Service für den Leser und beinhaltet auch vergriffene Titel. Diese können nur antiquarisch erworben werden.

Die David-Winter-Serie:

Der junge Seewolf
Die Bucht der sterbenden Schiffe
Segel in Flammen
Die Bombay-Marine
Der Kapitän der Zarin
Verrat an Frankreichs Küsten
Der König von Haiti
Der Kampf um die Sieben Inseln
Eine Brigg zwischen Krieg und Frieden
Kampf an Preußens Küste
Die Eroberung der Karibik
Die Guerillas und der Admiral
Kanonendonner über der Adria
Sieg und Frieden

Die Sven-Larsson-Serie:

Rebell unter Segeln
Unter der Flagge der Freiheit
Kurs auf Sieg